经科版 2008 年注册会计师全国统一考试辅导用书

经科版 2008 年 CPA 考试精读精讲

经 济 法

组编　上海国家会计学院 CPA 考试辅导委员会

主编　叶　朱

经济科学出版社

图书在版编目（CIP）数据

经济法／上海国家会计学院 CPA 考试辅导委员会组编.
—北京：经济科学出版社，2008.4
（经科版 2008 年 CPA 考试精读精讲）
经科版 2008 年注册会计师全国统一考试辅导用书
ISBN 978 - 7 - 5058 - 7016 - 1

Ⅰ. 经　Ⅱ. 上…　Ⅲ. 经济法 - 中国 - 会计师 - 资格考核 -
自学参考资料　Ⅳ. F23

中国版本图书馆 CIP 数据核字（2008）第 030696 号

上海国家会计学院 CPA 考试辅导委员会成员名单

会 计

郑庆华　高志谦　薛许红　赵　耀　葛希群　汪寿成

审 计

王生根　王咏梅

财务成本管理

刘正兵　郑朝晖

经 济 法

叶　朱　汪　珺　王　燕　孙艺军

税 法

陈　荣　刘雄飞　王双彦　牟建国

前　　言

2007 年度注册会计师全国统一考试共有 57 万人报名，48 万余人次参加了考试。各科合格人数及合格率分别为：会计 16538 人，12.66%；审计 8083 人，13.95%；财务成本管理 13466 人，18.41%；经济法 20636 人，17.09%；税法 11249 人，11.08%。总体来看，2007 年度所有科目的平均合格率为 14.64%，与 2006 年度的平均合格率相当。

2003～2007 年注册会计师考试各科目及格率比较

年份	会计 （%）	审计 （%）	财务成本管理 （%）	经济法 （%）	税法 （%）	平均 （%）
2007	12.66	13.95	18.41	17.09	11.08	14.64
2006	12.87	13.22	14.50	16.69	17.34	14.93
2005	11.22	10.93	13.92	12.47	18.19	13.41
2004	10.32	10.04	12.61	12.68	11.66	11.44
2003	9.17	7.48	10.36	12.82	12.01	10.54

为了帮助广大考生全面理解注册会计师考试最新考试大纲和教材内容，在短期内进行高效的全面透彻的复习，系统掌握教材中的重点及难点内容，顺利通过考试，上海国家会计学院远程教育网（www.esnai.net）在举办 CPA 考前网络辅导的同时，应广大考生的需求，成立了上海国家会计学院 CPA 考试辅导委员会，配合网络辅导课程，与经济科学出版社通力合作，同步推出了《经科版 2008 年注册会计师全国统一考试辅导用书》，包括《经科版 2008 年 CPA 考试精读精讲》和《经科版 2008 年 CPA 考试考前冲刺模拟试卷》两个系列，均根据财政部 2008 年注册会计师考试大纲及教材编写。

《经科版 2008 年 CPA 考试精读精讲》系列辅导用书以全面解读最新考试大纲和教材为主导，与教材中的章节同步，针对教材中的变化内容进行详细、清晰地讲解。本辅导用书分为五分册，各分册均包括：课程导读，帮助考生理清教材的结构体系，建立完整而系统的知识体系；分章讲解的课程讲义，系统详细、重点突出，包含透彻的知识点讲解和大量练习题及历年试题分析；每分册还配有两套题型、题量和难易程度与考试相近的全真模拟试题，供考生进行考前模拟训练，检验学习成果，及时查漏补缺，快速进入临考状态。

购买本系列辅导用书还可获赠上海国家会计学院远程教育网针对 2008 年 CPA 考试全新推出的 CPA 专用优惠卡（基础班学习卡），使用此卡可享受以下增值服务：（1）开通上海国家会计学院远程教育网 2008 年 CPA 考前网络辅导的基础班课程（1 张卡可开通 1～5 门，2007 年相同课程价格为 100 元/门）；（2）登录上海国家会计学院远程教育网的 CPA 参考书答疑版面，向辅导书编写老师提出学习过程中的疑惑，编写老师和助教将在 48 小时内给予解答。

上海国家会计学院远程教育网是财政部重点建设的财会人员远程教育网站，注册会计师考试辅导委员会成立也已经 5 年，编委会成员既有实务界精英，也有理论界专家，均为全国各地知名的经验丰富的辅导老师，相信上海国家学院的 CPA 网络辅导课程及系列辅导用书将使广大考生在复习中事半功倍，取得满意的成绩。

衷心祝愿广大考生顺利通过 2008 年 CPA 考试。

目　录

课程导读

全国注册会计师执业资格考试科目之一《经济法》，是一门既有一定的理论性，又具有很强的实践性的学科，它比较全面地介绍了我国现行经济法律法规的主要内容，着重考核学生运用法律知识解决实际问题的能力。

一、2008 年教材基本结构

本课程教材的内容共为 15 章，大致可以归纳为 5 个部分：即民法基础知识部分、企业法部分、合同法部分、知识产权法部分和经济管理法部分。

第一部分为民法基础知识，即教材的经济法基础知识和物权法这两章。这部分主要阐述了经济法概述、经济法律关系、法律行为与代理、诉讼时效和违反经济法的法律责任、物权概述、所有权、用益物权和担保物权等内容。其中物权法这章是 2008 年教材新增的章节，又是非常重要的基本理论，对以后很多章节有普遍的指导意义，考生应当特别重视掌握这章的知识点。

第二部分为企业法部分，即教材的个人独资企业法和合伙企业法、公司法、外商投资企业法和破产法 4 章。通过这些章节的学习，考生应该了解、熟悉和掌握个人独资企业、合伙企业、有限责任公司和股份有限公司、中外合资企业、中外合作企业和外资企业的设立条件、组织机构、管理模式、财务会计等规定，熟悉和掌握破产的法律规定，并能运用这些知识解决实际问题。本部分的合伙企业法和破产法完全按照刚颁布的法律撰写，是 2007 年教材修改最大的章节，是考试的重点。公司法、外国投资者并购境内企业的有关规定也是考试的重点。

第三部分为合同法部分，即教材的合同法总则和分则这两章。这部分内容主要介绍了合同法的适用范围和基本原则、合同的订立、合同的效力、合同的履行、合同的担保、合同的变更、转让和终止以及合同的违约责任等内容，还介绍了15 种有名合同的基本规定。合同法历来是考试的重点，2008 年教材新增了物权法一章，对担保物权作了新的规定，可以和合同法结合在一起考综合题。考生必须熟练掌握上述内容，尤其是掌握合同法总则、合同的担保以及各种有名合同具有特殊性的部分，并熟练运用这些法律规定解决实际问题。

第四部分为知识产权法部分，即教材的知识产权这一章。该章介绍了我国著作权法、专利法、商标法和反不正当竞争法的主要内容。

第五部分为经济管理法部分，即教材的国有资产管理法律制度、证券法、外汇管理法律制度、支付结算法律制度、票据法律制度、会计法这几章，其中企业国有产权转让、证券法以及票据法的有关规定为考试的重点。本部分每年必考综合题。

二、2008 年教材重点章节

《经济法》试卷虽然覆盖的面很广，但重点也很突出。其重点突出主要体现在两个方面：

第一是重点章节往往占考分的 70% 左右。通过对近 5 年考试的分析，分值超过 10 分的章节有：公司法、证券法、合同法总则。分值在 6 ~ 10 分的章节有：外商投资企业法、破产法、合同法分则、票据法、知识产权法。分值在 3 ~ 5 分的章节有：经济法基础知识、国有资产管理法律制度、个人独资企业与合伙资企业法、支付结算法律制度。分值不到 3 分的章节为外汇管理法律制度、会计法。2008 年教材新增了物权法，这部分肯定是考试的重点。

第二是重点章节中的重要知识点在历年考试中经常出现，只是题目类型有所不同，如个人独资企业与合伙企业的设立条件、事务管理、损益分配、债务清偿；不同类型企业的国有产权界定；两类公司的设立条件、组织机构、议事规则，公司高管的资格、职责以及法律责任；外国投资者并购境内企业、外商投资企业的出资方式、比例及期限，合资企业的注册资本与投资总额的关系、出资额的转让；破产程序，破产财产、破产债权以及与破产有关的几种权利，破产财产分配顺序；证券发行、证券交易的条件；合同订立的程序，合同的效力，合同的抗辩和保全，合同的变更、转让和终止；经常项目和资本项目的外汇管理；各种票据的绝对记载事项，票据行为和票据权利；各种知识产权的取得条件和保护期限等。根据这一特点，考生必须重点复习这些章节，熟练掌握重要知识点，不断提高运用这些法律规定解决实际问题的能力，这样就能事半功倍，确保考试过关。

三、2008 年教材新增、修改内容

注册会计师经济法考试十分注重教材新增和修改的内容，通常情况下新知识点在考试中超过 20%，2006 年和 2007 年教材作了大幅度调整，这两年考试中新增知识点的考分都超过了 40 分，所以考生必须特别重视复习教材的新增和修改部分。

2008 年教材较前两年的修改幅度小，新增和修改的内容主要为：①新增了物权法这一章。②企业法一章更名为个人独资企业法和合伙企业法，删除了第一节企业法概述和第四节全民所有制工业企业法。③证券法一章新增了上市公司信息披露一节。④合同法一章的抵押、质押、留置部分移到了物权法。⑤合同法分则一章的框架作了调整。

四、2008 年考试难度分析

注册会计师考试的通过率比较低，要说其原因，就是考试难度较大。

第一，难度较大体现在客观题不是照搬教材内容，而是运用教材上的知识点考联系实际的题目。如 2007 年多项选择题第 11 题：2007 年 7 月 6 日，甲授权乙以甲的名义将甲的一台笔记本电脑出售，价格不得低于 8 000 元。乙的好友丙欲以 6 000 元的价格购买。乙遂对丙说："大家都是好朋友，甲说最低要 8 000 元，但我想 6 000 元卖给你，他肯定也会同意的。"乙遂以甲的名义以 6 000 元将笔记本电脑卖给丙。下列说法中，正确的是（　）。A. 该买卖行为无效；B. 乙是无权代理行为；C. 乙可以撤销该行为；D. 甲可以追认该行为。

第二，难度较大体现在客观题不局限于一个知识点，而是将相关的内容放在一起考。如 2006 年多项选择题第 16 题：根据《票据法》的规定，下列有关汇票与支票区别的表述中，正确的有（　　）。A. 汇票可以背书转让，支票不可背书转让；B. 汇票有即期汇票与远期汇票之分，支票则均为见票即付；C. 汇票的票据权利时效为 2 年，支票的票据权利时效则为 6 个月；D. 汇票上的收款人可以由出票人授权补记，支票则不能授权补记。

第三，难度较大体现在主观题比重大。经济法这门课每年都要考四道综合题，最近几年分值都是 50 分。

第四，难度较大体现在综合题篇幅较大、设问较多，而且跨越章节。如 2005 年的第 2 道综合题有近 1 300 字，虽然只提了四个问题，但包含 7 个知识点，涉及国有资产管理、公司法和合同法 3 章的内容。

从上述分析可以看出，注册会计师的经济法考试特别注重考核考生运用法律知识综合解决实际问题的能力。因此考生在看书时要经常思索"这一规定联系实际会怎样出题，该如何回答"；在复习中要做大量的综合题，把握出题规律，摸索答题技巧；但特别要指出的是，在考试时不能过分联系自己的工作实际，因为考生在平时的工作中有一些不规范的操作、有些是规避法律的、有些甚至是违反法律的，如果考生将这些不规范的办法做到答卷上，那当然不会得到好分数。

五、经济法课程复习方法

1. 熟练掌握教材内容

《经济法》要背的内容很多，复习时可采用以下方法加强记忆：

（1）理解以后再背

《经济法》课程中专业术语较多，有的句子还有点拗口，如果死记硬背，势必事倍功半。因此一定要搞懂有关的规定，只有这样，才能真正掌握有关内容。

（2）用比较的方法背

要善于运用比较方法，将相同的或相近似的、相反的、同类的内容放在一起，相互比较、对照记忆，这样就能准确掌握有关内容。

考生普遍反映多项选择题很难答，总有些似是而非的选项难以取舍。因此对教材中并列条款较多的地方，一定要反复比较，准确掌握。

（3）用以线串点的方法背

考生复习到一定阶段，会觉得已经背了很多内容，但此问题和彼问题的答案搅和在一起了。如果就这样去考试，肯定会答非所问。此时要做一项重要的工作，即将每一章的主要内容列出线条，每条线再理出答题要点，这就把零碎的知识点用一条线串起来了。例如在合同订立这一节中，关于缔约过失责任问题，着重抓住其与违约责任的区别；在合同是否成立的问题上，用要约、承诺的条件来回答；在合同生效的问题上，要掌握成立生效、批准生效、附条件的生效以及附期限的生效；关于合同的效力，有有效合同、无效合同、可以撤销的合同、效力待定的合同四种；无效合同和可撤销的合同着重抓住它们的条件和处理；效力待定的合同着重抓住表见代理和负责人越权代理等。只有这样，才能系统掌握考试的内容。

（4）要按照自己的记忆规律来复习

每个人的记忆宽度不同，有的人一次可以背两三章的内容，有的人只背一章也会将问题混淆。考生必须掌握自己的记忆规律，每次不要背诵太多的内容，第二次一定要先复习一下老的，然后再进行新的复习。每复习完内容接近的几章后，都要巩固一下，然后才能继续复习。总之，要在大脑里留下不同深度的记忆，这样就不会将相关内容混淆了。

还有的考生有记忆盲点，如有的人记不住有关原则，对四个字为一组、八个字为一条的原则特别记不住；有的人数字概念极差，百分比和数字总是要搞错。这样的考生应当将自己特别容易错的内容列出来，强化记忆。

2. 抓住重点，关注新增、修改的部分

如前所述，重点章节占试卷总分的 70%；2008 年教材新增、修改的内容非常集中，占考卷总分的比重不会小。因此，抓住重点和新增部分，就能事半功倍，顺利通过考试。

3. 一定要攻克主观题的难关

经济法考试的主观题只有综合题，虽然只有四道题目，但最近几年都是 50 分。主观题都是联系实际的题目，都要求考生回答法律依据，所以很多考生觉得无从下手。其实每年综合题考核的章节都非常集中，联系实际多做练习，就可以攻克这一难关。

根据2008年教材的特点，估计2008年考试的综合题可以出以下几个方面的内容：①物权法，可以结合公司法、合同法、代理、争议解决办法等一起考。②公司法，重点还是两种公司设立、组织机构和议事规则等；可以结合证券法一起考。③外商并购境内企业，尤其是缴纳出资的期限等；可以结合国有资产管理、公司法等一起考。④证券法，尤其是上市公司收购，股份有限公司的首发、配股增发、转债发行的条件和程序等；可以结合公司法一起考。⑤合同法总则总是和合同法分则结合在一起考，2008年特别要准备保证、抵押、质押、留置等合同法与物权法结合在一起综合题；合同法还可以结合支付结算、账户管理、票据等内容一起考综合题。⑥知识产权法，尤其是商标法、专利法。

4. 适当进行模拟训练

复习期间做点练习题，不但可以使考生熟悉考试的形式，还可以使考生熟悉考核的重点。考前进行模拟训练也是十分必要的，一方面可以验证自己的复习水平，更重要的是可以学会掌握时间，确保做完试卷。做模拟卷时要像考试一样严格要求自己，要控制时间；做完后要严格打分，要找出错题的问题所在。

■第一章　　经济法基础知识

本章概述

一、内容提要

本章在教材中具有比较特殊的地位——它是阐述经济法基础知识的章节，虽然不是具体的部门法，但其基本精神对以后各章节具有指导意义。

本章的主要内容包括经济法的概念、调整对象、特征、形式、体系，经济法律关系的概念、主体、内容、客体，法律行为、代理，诉讼时效的概念、期间、中止、中断与延长，法律责任的概念、形式以及解决经济纠纷的方式等内容。其中经济法律关系、法律行为、代理、诉讼时效、经济纠纷的解决办法为本章学习重点。

二、历年考题分析

本章在历年考试中占的比重不大，最近 5 年平均考分 3.4 分。本章的题型主要是客观题，但代理、诉讼时效和经济纠纷的解决办法等内容可以穿插在综合题中出现。本章近 5 年考试的题型、分值及考点分布详见下表，估计 2008 年题型和分值依旧。

年份	题型	题量	分值	考　点
2007	单项选择题	1	1	诉讼时效期间的计算
	多项选择题	1	1	无权代理的法律后果
	判　断　题	1	1	代理的适用范围
2006	单项选择题	2	2	无效民事行为的情形；诉讼时效为一年的情形
	多项选择题	1	1	滥用代理权的情形
	判　断　题	1	1	代理后果
2005	单项选择题	1	1	诉讼时效
	多项选择题	1	1	表见代理的情形
2004	单项选择题	1	1	法的渊源之行政法规
	多项选择题	1	1	诉讼时效为一年的情形
	判　断　题	1	1	申请再审期限
2003	单项选择题	2	2	诉讼时效期间的计算；行使撤销权的期间
	多项选择题	1	1	无效民事行为与可撤销民事行为的联系和区别
	判　断　题	2	2	人民法院一审判决的效力；经济法律关系的主体资格

三、2008 年教材内容变化

2008 年教材第一章基本没有修改。

本章内容结构基本框架

知识点	第一章　经济法基础知识	学习建议
1.1	经济法概述	
1.1.1	经济法的形式	应当记住
1.2	经济法律关系	
1.2.1	经济法律关系的概念和特点	一般了解
1.2.2	经济法律关系主体	应当记住
1.2.3	经济法律关系的内容	应当记住
1.2.4	经济法律关系的客体	应当记住

续表

知识点	第一章　经济法基础知识	学习建议
1.3	法律行为与代理	
1.3.1	法律行为的条件	应当记住
1.3.2	附条件和附期限的法律行为	应当记住
1.3.3	无效和可以撤销的民事行为	应当记住
1.3.4	代理概述	必须掌握
1.4	诉讼时效	
1.4.1	诉讼时效的特征和期间	应当记住
1.4.2	诉讼时效的中止与中断	必须掌握
1.5	违反经济法的法律责任	
1.5.1	违反经济法的法律责任	一般了解
1.5.2	仲裁和诉讼	必须掌握

知识点精讲

1.1　经济法概述

1.1.1　经济法的形式

Ⅰ.考点分析

经济法的形式，亦称经济法的渊源，即经济法的表现形式。

（1）我国经济法的主要表现形式有宪法、法律、行政法规、地方性法规、部门规章、司法解释、国际条约或协定。

（2）不同表现形式的法是由不同的机构颁布的。宪法是全国人大颁布的，法律由全国人大或全国人大常委会颁布，行政法规由国务院颁布，地方法规由地方国家机关（包括人大和政府）制定，部门规章由国务院的组成部门和直属机构制定。特别要注意的是，最高人民法院发布的司法解释也是经济法的表现形式之一，地方高级人民法院发布的文件不是我国法的表现形式。

（3）不同表现形式的法，其法律效力地位亦不同；而法律效力地位的不同则是由其颁布机构的地位高低决定的。宪法由全国人大以特别决议的方式通过，法律由全国人大或人大常委会以一般决议的方式通过，国务院是由全国人大产生并对全国人大负责……所以宪法具有最高的法律效力，法律在地位和效力上仅次于宪法，行政法规的效力次于宪法和法律，地方性法规不能与宪法、法律、行政法规相抵触……

【要点提示】①经济法的渊源不是经济法的根源或者起源，而是经济法的表现形式。②不同表现形式的法是由不同的机构颁布的。③不同表现形式的法，其法律效力地位亦不同；而法律效力地位的不同则是由其颁布机构的地位高低决定的。

Ⅱ.经典例题

1. ［2005年判断题第8题］民族自治地方有关调整经济关系的自治条例和单行条例也是我国经济法的渊源之一。　（　　）

【答案】√

【解析】经济法的渊源包括宪法、法律、法规、规章、民族自治地方的自治条例和单行条例、国际条约、协定。

2. ［2004年单项选择题第1题］下列规范性文件中，属于行政法规的是（　　）。

A. 全国人民代表大会常务委员会制定的《中华人民共和国公司法》

B. 国务院制定的《中华人民共和国外汇管理条例》

C. 深圳市人民代表大会制定的《深圳经济特区注册会计师条例》

D. 中国人民银行制定的《人民币银行结算账户管理办法》

【答案】B

【解析】行政法规是国家最高行政机关颁布的规范性文件，我国的最高行政机关为国务院，所以只能选择B项。

1.2　经济法律关系

1.2.1　经济法律关系的概念和特点

Ⅰ.考点分析

经济法律关系是指由经济法律规范规定和调整而形成的权利义务关系。

经济法律关系具有以下特点：（1）经济法律关系是在经济领域中发生的意志关系；（2）经济法律关系是经济法规定和调整的法律关系；（3）经济法律关系是具有经济内容的权利义务关系；（4）经济法律关系是具有强制性的权利义务关系。

【要点提示】经济法律关系包含三个方面的内容：经济领域之内发生，由经济法规定和调整，具有经济内容的强制性权利义务关系。

Ⅱ.经典例题

1. ［多项选择题］关于经济法律关系，下列说法中正确的是（　　）。

A. 经济法律关系是在经济领域中发生的意志关系

B. 经济法律关系是经济法规定和调整的法律关系

C. 经济法律关系是一种具有经济内容的权利义务关系

D. 经济法律关系是具有强制性的权利义务关系

【答案】ABCD

【解析】经济法律关系是一种在经济领域之内发生的，由经济法规定和调整的，具有经济内容的强制性权利义务关系。

2. ［多项选择题］下列各项中，属于经济法律关系的有（　　）。

A. 上市公司因发行股票而引起的各种关系

B. 税务局长与税务干部发生的领导与被领导关系

C. 企业厂长与企业职工在生产经营管理活动中发生的经济关系

D. 税务机关与纳税人之间发生的征纳关系

【答案】ACD

【解析】经济法律关系是由经济法律规范调整而形成的权利义务关系。本题A项属于经济活动法调整的关系；C项属于经济组织法调整的关系；D项属于经济管理法调整的关系，因此都是经济法律关系。本题B项属于国家机关内部行政领导与被领导的关系，不属于经济法的调整范畴，所以不是经济法律关系。

1.2.2 经济法律关系主体

Ⅰ.考点分析

经济法律关系由三个基本要素构成,即主体、内容和客体。

经济法律关系的主体即经济法的主体,是指在经济管理和协调过程中依法独立享受一定权利和承担一定义务的当事人。考生必须注意的是,该当事人可以是自然人,也可以是法人。法人代表、负责人是代表经济法律关系主体参与经济法律活动,并不是经济法律关系主体本身,因此他们的变更不能影响经济法律关系。

作为经济法律关系的主体,必须具有经济法主体资格。主体资格是指当事人参加经济法律关系,享受一定权利和承担一定义务的资格或能力。经济法对主体资格的认可,一般采用法律规定一定条件或规定一定程序成立的方式予以确认。未取得法律主体资格的组织不能参与经济法律关系,不能从中享有权利和承担义务,不受法律保护。依法成立的经济法律关系的主体只能在法律规定或认可的范围内参加经济法律关系。此处考生应当注意,最高人民法院《合同法司法解释》规定,当事人超越经营范围订立合同,人民法院不因此认定合同无效,除非是违反国家限制经营、特许经营和禁止经营的。

经济法主体的范围十分广泛,大致分为两大类,即经济管理主体和经济活动主体。经济管理主体主要是指国务院及其承担经济管理职能的部、委、局、会、行和地方政府及其相应机构,也包括各级权力机关,以及由国家和法律授权而承担某种经济管理职能的其他组织等。经济活动主体包括各类企业、事业单位、社会团体、农村承包经营户、个体工商户以及公民个人。

此外,经济组织的内部机构、国家机关和国家作为整体,在一定条件下也是经济法律关系的经济活动主体。

【要点提示】 经济法律关系主体即经济管理和协调过程中依法独立享受一定权利和承担一定义务的当事人(可以是自然人或法人)。作为经济法律关系的主体,必须具有主体资格。经济法主体分为两大类,即经济管理主体和经济活动主体。经济组织的内部机构、国家机关和国家作为整体,在一定条件下也是经济法律关系的经济活动主体。

Ⅱ.经典例题

1.[2003 年判断题第 2 题] 未取得经济法律关系的主体资格的组织不能参与经济法律关系,不能从中享有权利和承担义务,不受法律保护。

( )

【答案】 √

【解析】 主体资格是社会组织参加经济法律关系的必要条件。

2.[多项选择题] 下列各项中可以作为经济法律关系主体的有( )。

A. 中华人民共和国
B. 上海财经大学会计学院
C. 人民饭店二楼餐厅
D. 公民王小毛

【答案】 A C D

【解析】 国家机关、各类企业、事业单位、社会团体、农村承包经营户、个体工商户以及公民个人都可以成为经济法律关系的主体,在一定条件下,经济组织的内部机构和国家也能成为经济法律关系的主体。但学校不是经济组织,其内部机构不能成为经济法律关系的主体,所以 B 项不选。

1.2.3 经济法律关系的内容

Ⅰ.考点分析

经济法律关系的内容指经济法律关系的主体享有的权利和承担的义务。这是经济法律关系的核心。

权利是指经济法律关系的主体在经济管理和经济协调关系中依法具有的自己为一定行为或不为一定行为和要求他人为一定行为或不为一定行为的资格。义务是指经济法律关系的主体为了满足特定的权利主体的权利,在法律规定的范围内必须实施或不实施某种经济行为。考生必须注意的是:(1)经济法主体只能在法律规定的范围内享受权利,也只需在法律规定的范围内承担义务;(2)权利是一种资格,可以享受也可以不享受,义务是一种责任,必须履行,否则要受到法律制裁;(3)有一些特殊的权利,如国家经济管理机关对经济活动的管理权,是权利义务交织在一起的,既是权利也是义务,因此不能随意放弃。

【要点提示】 经济法律关系的内容即主体的权利义务,考生须注意区别何谓权利何谓义务。

Ⅱ.经典例题

1.[多项选择题] 下列关于经济职权的表述中,( )是正确的。

A. 经济职权既是权利又是义务
B. 经济职权具有隶属性
C. 经济职权是可以随意转让、放弃和抛弃的
D. 经济职权是一切经济主体都享有的权利

【答案】 A B

【解析】 经济职权指国家机关及其工作人员在行使经济管理职能时依法享有的权利。经济职权的特征为:具有行政权力性质、命令与服从关系,既是权利又是义务。

2.[判断题] 国家经济管理机关对经济活动的管理权,既是权利也是义务。

( )

【答案】 √

【解析】 国家经济管理机关对经济活动的管理权,是权利义务交织在一起的,既是权利也是义务。

1.2.4 经济法律关系的客体

Ⅰ.考点分析

经济法律关系的客体是指经济法律关系的主体享有权利和承担义务所共同指向的对象。

经济法律关系客体的种类包括：（1）物，指可以为人们控制和支配，具有一定经济价值并以物质形态表现出来的物体。对考试比较有意义的物的分类为：流通物和限制流通物、特定物和种类物、主物和从物、原物和孳息（分为自然孳息、法定孳息）等。（2）经济行为，是指经济法主体为达到一定经济目的所进行的行为。经济行为一定是合法行为。（3）智力成果，是指人们创造的能够带来经济价值的脑力劳动成果。此外，经济权利亦可能成为经济法律关系的客体，当某种经济权利成为另一经济权利的对象时，该经济权利就成为客体的组成部分。

【要点提示】经济法律关系的客体即主体权利义务指向的对象，其种类包括物、经济行为、智力成果。

Ⅱ.经典例题

1.［单项选择题］下列各项中，不能成为经济法律关系客体的是（ ）。

A. 空气　　　　B. 汽车

C. 商标权　　　D. 经济决策行为

【答案】 A

【解析】经济法律关系客体中的物包含三个特征：可以为人们控制和支配、具有一定经济价值、以物质形态表现。空气目前不具备经济价值，故不可作为经济法律关系中的物。

2.［单项选择题］经济法律关系主体享有权利和承担义务所共同指向的对象是经济法律关系的（ ）。

A. 客体　　　　B. 标的

C. 内容　　　　D. 构成要素

【答案】 A

【解析】经济法律关系的客体即主体权利义务指向的对象。

1.3 法律行为与代理

1.3.1 法律行为的条件

Ⅰ.考点分析

法律行为是指以设立、变更或终止权利义务为目的的合法行为。

法律行为的要件包括实质有效要件和形式有效要件。

法律行为的实质有效要件为：（1）行为人具有相应的民事行为能力（考生应当注意：并非要求行为人具有完全民事行为能力）；（2）意思表示真实；（3）不违反法律或社会公共利益。

法律行为的形式有效要件为：（1）书面形式。书面形式可分为一般书面形式和特殊书面形式。

特殊书面形式包括公证形式、审核批准形式、登记形式和公告形式等。法律规定用特定形式的，必须依照法律规定，否则不能产生法律效力。（2）口头形式。（3）其他形式。考生必须注意：其他形式是指除书面、口头以外的其他行为方式。其他行为方式包括作为和不作为两种形式。作为即作出一定行为，即根据当事人的积极行为来推定其意思。如《合同法》规定，合同尚未成立时，一方当事人实际履行，另一方当事人接受的，合同成立。不作为行为成立，必须有法律的规定或双方的约定，否则不能成立。如在托收承付结算方式中，验单托收的，买方在3天内不表示拒付，即视为同意付款，因为这是法律规定的。但在合同订立过程中，受约方收到要约后在约定的期限内没有任何答复的，则视为拒绝要约，除非双方当事人另有约定。

【要点提示】法律行为改变的是权利义务关系，其实质要件包括：①相应的民事行为能力；②意思表达真实；③合法且不违背公共利益。其形式则包含口头、书面、其他（作为和不作为）三种。

Ⅱ.经典例题

1.［多项选择题］法律行为的分类有（ ）。

A. 单方的法律行为和多方的法律行为

B. 要式的法律行为和不要式的法律行为

C. 主法律行为和从法律行为

D. 合法行为和非法行为

【答案】 A B C

【解析】法律行为是指以设立、变更或终止权利义务为目的的合法行为。因此非法行为不能作为法律行为。

2.［判断题］法律行为必须采用书面形式。

（ ）

【答案】 ×

【解析】除法律规定或双方约定采用书面形式外，一般的法律行为可以有书面、口头、推定或沉默等形式。

Ⅲ.相关链接

有效合同的条件。

1.3.2 附条件和附期限的法律行为

Ⅰ.考点分析

附条件的法律行为指在法律行为中指定条件，把该条件的成就（发生）或不成就（不发生）作为法律行为效力的发生或终止的根据。作为法律行为所附条件的事实必须具备以下条件：（1）是将来发生的事实；（2）是不确定的事实；（3）是当事人任意选择的事实；（4）是合法的事实；（5）所限制的是法律行为效力的发生或消灭，而不涉及法律行为的内容，即不与行为的内容相矛盾。

附期限的法律行为指在法律行为中指明一定

的期限，把期限的到来作为法律行为生效或终止的依据。

【要点提示】 期限是必然到来的事实，而条件是可能发生的情形，这是附期限与附条件的不同之处。

Ⅱ．经典例题

1．[单项选择题] 一位老人的儿子出国留学，老人将他儿子的房屋出租给一位年轻人住，双方约定，待老人的儿子留学回国，该房屋租赁关系终止。该法律行为属于（　）的法律行为。

A．附生效条件　　　　B．附解除条件

C．附生效期限　　　　D．附解除期限

【答案】 B

【解析】 老人儿子回国是可能发生的事件，而非必然发生的事件，故选B。

2．[判断题] 当事人可以将将来必然发生的事实作为法律行为所附的条件；当该事件发生时，法律行为的效力即发生或终止。（　　）

【答案】 ×

【解析】 当事人只能将将来可能发生的事实作为法律行为所附的条件，不能将将来必然发生的事实作为法律行为所附的条件。

Ⅲ．相关链接

附条件附期限的合同。

1.3.3 无效和可以撤销的民事行为

Ⅰ．考点分析

无效民事行为是指欠缺法律行为的有效要件，行为人设立、变更和终止权利义务的内容不发生法律效力的行为。

无效民事行为的种类有：（1）无行为能力人实施的民事行为；（2）限制民事行为能力人依法不能独立实施的民事行为；（3）一方以欺诈、胁迫的手段或者乘人之危，使对方在违背真实意思的情况下所为的民事行为；（4）恶意串通，损害国家、集体或者第三人利益的民事行为；（5）违反法律或公共利益的民事行为；（6）违反国家指令性计划的民事行为；（7）以合法形式掩盖非法目的的民事行为。

部分无效的民事行为是指部分无效且不影响其他部分效力的民事行为。

无效民事行为从开始起就没有法律约束力，其法律后果有恢复原状；赔偿损失；收归国家、集体所有或返还第三人；其他制裁，如行政责任和刑事责任等。

可撤销的民事行为是指可以因行为人自愿的撤销行为而自始归于无效的民事行为。

可撤销民事行为与无效民事行为相比，有以下特点：（1）在该行为撤销前，其效力已经发生，未经撤销，其效力不消灭。（2）该行为的效力消灭，以撤销为条件。（3）该行为的撤销，应由撤销权人提出并实施，其他人不能主张其效力的消

灭。（4）具有撤销权的人，可以选择撤销该行为，也可以选择不撤销该行为；行使撤销权的期限为1年（从该行为发生之日开始计算）。（5）该行为一经撤销，其效力溯及于行为开始时无效。

可撤销民事行为的种类有：（1）有重大误解的民事行为；（2）显失公平的民事行为。请考生特别注意：《合同法》将一方以欺诈、胁迫的手段或者乘人之危，使对方在违背真实意思的情况下订立的合同列入可变更、可撤销合同。

如果享有撤销权的当事人未在法定期间内行使撤销权，则可撤销行为视同为法律行为，对当事人具有约束力。如果可撤销的民事行为被依法撤销，则具有与无效民事行为相同的经济法律后果。

【要点提示】 ①无效民事行为即缺少实质生效要件的民事行为，这里须注意的是"违反国家指令性计划"同样也属于违反法律或公共利益的行为。②可撤销民事行为为含两类：重大误解、显失公平。③无效民事行为与可变更可撤销民事行为的区别在于：前者自始无效；后者撤销前有效，经撤销自始无效。

Ⅱ．经典例题

1．[2006年单项选择题第1题] 根据《民法通则》的规定，下列选项中，属于无效民事行为的是（　　）。

A．限制民事行为能力人实施的民事行为

B．恶意串通损害第三人利益的民事行为

C．所附条件尚未成就的附条件民事行为

D．因重大误解而实施的民事行为

【答案】 B

【解析】 无效民事行为的种类有：（1）无行为能力人实施的民事行为；（2）限制民事行为能力人依法不能独立实施的民事行为；（3）一方以欺诈、胁迫的手段或者乘人之危，使对方在违背真实意思的情况下所为的民事行为；（4）恶意串通，损害国家、集体或者第三人利益的民事行为；（5）违反法律或公共利益的民事行为；（6）违反国家指令性计划的民事行为；（7）以合法形式掩盖非法目的的民事行为。

2．[2003年单项选择题第2题] 根据有关规定，对于可撤销民事行为，享有撤销权的当事人未在法定期间内行使撤销权，该行为对当事人具有约束力。当事人可行使撤销权的法定期间为（　　）。

A．6个月　　　　B．1年

C．2年　　　　　D．20年

【答案】 B

【解析】 《民法通则》规定，当事人行使撤销权的期限为1年。

3．[2003年多项选择题第1题] 下列关于无效民事行为与可撤销民事行为的联系和区别的表

述中，正确的有（　　）。

A. 无效民事行为与可撤销民事行为都欠缺法律行为的有效要件

B. 无效民事行为与可撤销民事行为都从行为开始起就没有法律约束力

C. 可撤销民事行为被依法撤销后，其效力与无效民事行为一样，自行为开始时无效

D. 可撤销民事行为被依法撤销后，其法律后果与无效民事行为相同

【答案】C D

【解析】可撤销民事行为在撤销前效力已经发生，被依法撤销后，其效力与无效民事行为一样，自行为开始时无效，并且其法律后果与无效民事行为相同。

4. [2002 年多项选择题第 1 题] 下列选项中，属于无效民事行为的有（　　）。

A. 恶意串通损害第三人利益的民事行为

B. 行为人对行为内容有重大误解的民事行为

C. 一方以欺诈手段使对方在违背真实意思的情况下所为的民事行为

D. 显失公平的民事行为

【答案】A C

【解析】此题特别要注意的是：《合同法》规定一方以欺诈胁迫手段使对方在违背真实意思的情况下订立的合同为可撤销的合同，只有当其损害国家利益时才为无效合同。《民法通则》规定一方以欺诈手段使对方在违背真实意思的情况下所为的民事行为为无效民事行为。

Ⅲ. 相关链接

无效、可撤销的合同。

1.3.4　代理概述

Ⅰ. 考点分析

代理具有以下特征：（1）代理人以被代理人的名义实施法律行为；（2）代理人直接向第三人进行意思表示；（3）代理人在代理权限内独立地为意思表示；（4）代理行为的法律效果直接归属于被代理人。

代理适用于民事主体之间设立、变更或终止权利义务的法律行为，同时也适用于法律行为之外的其他行为。但是，依照国家法律规定或行为性质必须由本人亲自进行的行为，则不能代理。

代理的种类有：（1）委托代理。委托书授权不明的，被代理人对第三人承担民事责任，代理人负连带责任；（2）法定代理；（3）指定代理。

代理人行使代理权必须符合被代理人的利益，不得滥用代理权。常见的滥用代理权的情况如下：（1）代理他人与自己进行民事活动；（2）代理双方当事人进行同一民事行为；（3）代理人与第三人恶意串通，损害被代理人利益。滥用代理权的行为，视为无效代理，由代理人承担损害赔偿责任；代理人与第三者恶意串通的，一起承担连带

责任。

无权代理是指没有代理权而以他人名义进行的民事行为。

无权代理的种类有：（1）没有代理权的代理；（2）超越代理权的代理；（3）代理权终止后而为的代理。

请考生特别注意：无权代理行为的法律后果有三种情况：（1）一般的无权代理视同无效民事行为，并产生与之相同的法律后果，即代理后果由代理人承担。（2）无权代理经过本人追认的，或者本人知道他人以本人名义实施民事行为而不作否认表示的，视为有权代理，代理后果由被代理人承担。（3）无权代理人所为代理行为，善意相对人有理由相信其有代理权的，即构成表见代理，代理后果由被代理人承担；被代理人承担代理后果后再要求无权代理人赔偿损失。善意相对人有理由相信之表见代理曾经考过综合题，考生还应注意其他几种表见代理的情况。

【要点提示】①代理即代理人以被代理人名义独立地向第三人进行意思表示，其效果直接归属于被代理人。②代理人不得代理别人与自己或代理双方进行民事活动，也不可恶意串通第三人损害被代理人利益。③注意：无权代理经追认后有效；善意相对人有理由相信无权代理人有代理权的，即构成表见代理；这两种情况代理后果都由被代理人承担，后一种情况被代理人可再要求无权代理人赔偿损失。

Ⅱ. 经典例题

1. [2007 年多项选择题第 11 题] 2007 年 7 月 5 日，甲授权乙以甲的名义将甲的一台笔记本电脑出售，价格不得低于 8 000 元。乙的好友丙欲以 6 000 元的价格购买。乙遂对丙说："大家都是好朋友，甲说最低要 8 000 元，但我想 6 000 元卖给你，他肯定也会同意的。"乙遂以甲的名义以 6 000 元将笔记本电脑卖给丙。下列说法中，正确的是（　　）。

A. 该买卖行为无效

B. 乙是无权代理行为

C. 乙可以撤销该行为

D. 甲可以追认该行为

【答案】B D

【解析】本题考核无权代理的法律后果。根据规定，行为人没有代理权、超越代理权或者代理权终止后以被代理人名义订立的合同，未经被代理人追认，对被代理人不发生效力，由行为人承担责任，该合同属于效力待定合同，而不直接归为无效，因此选项 A 不正确；合同被追认之前，善意相对人有撤销的权利。因此选项 C 不正确。

2. [2007 年判断题第 12 题] 代书遗嘱是订立遗嘱的一种方式，因此立遗嘱可以代理。（　　）

【答案】×

【解析】本题考核代理的适用范围。根据规定，依照国家法律规定或行为性质必须由本人亲自进行的行为，不能代理。如遗嘱、婚姻登记、收养子女等。

3. ［2006 年多项选择题第 1 题］下列代理行为中，属于滥用代理权的有（　　）。

A. 超越代理权进行代理

B. 代理人与第三人恶意串通，损害被代理人利益

C. 没有代理权而进行代理

D. 代理他人与自己进行民事行为

【答案】B D

【解析】常见的滥用代理权的情况如下：（1）代理他人与自己进行民事活动；（2）代理双方当事人进行同一民事行为；（3）代理人与第三人恶意串通，损害被代理人利益。选项 AC 属于无权代理。

4. ［2006 年判断题第 1 题］授权委托书授权不明的，被代理人应当对第三人承担民事责任，代理人不承担责任。（　　）

【答案】×

【解析】委托书授权不明的，被代理人应当向第三人承担民事责任，代理人负连带责任。

5. ［2005 年多项选择题第 1 题］乙以甲公司的名义采取下列方式与他人订立的合同，法律效果归属于甲公司的有（　　）。

A. 乙使用偷盗的甲公司合同专用章，与善意的丙公司订立的合同

B. 乙使用伪造的甲公司合同专用章，与善意的丁公司订立的合同

C. 乙使用甲公司交给的合同专用章，超越甲公司授权范围与善意的戊公司订立的合同

D. 乙使用甲公司交给的合同专用章，在代理权终止后，与善意的庚公司订立的合同

【答案】C D

【解析】CD 情况构成表见代理，所以法律效果归属于甲公司。

6. ［2001 年单项选择题第 1 题］下列行为中，属于代理行为的是（　　）。

A. 居间行为

B. 行纪行为

C. 代保管物品行为

D. 保险公司业务员的揽保行为

【答案】D

【解析】居间不是居间人独立的意思表示、行纪不是以被代理人的名义实施法律行为、代管物品中的代管人没有向第三人进行意思表示，都不符合代理的条件。保险公司的业务员是以保险公司的名义独立地向客户进行揽保的意思表示，其行为后果由保险公司承担，所以 D 项属于代理行为。

Ⅲ. 相关链接

1. 合同代理、票据代理；

2. 代理的法律后果（见下表）。

代理情况		代理后果承担人		
		代理人	被代理人	第三人
有效代理	正常情况		√	
	委托书授权不明的	连带责任	√	
滥用代理权	代理他人与自己	√		
	代理双方当事人	√		
	与第三人恶意串通	√		
无权代理	没有、超越、终止后	√		
	得到追认		√	
	表见代理		√，再向代理人追偿	

1.4 诉讼时效

1.4.1 诉讼时效的特征和期间

Ⅰ. 考点分析

诉讼时效有以下特征：（1）诉讼时效以权利人不行使请求法院保护其权利的事实状态为前提；（2）诉讼时效消灭的是一种请求权，而不消灭实体权利；（3）诉讼时效具有强制性，当事人均不得对其内容做任何修改。

诉讼时效期间从知道或者应当知道权利被侵害时计算，但是从权利被侵害之日起超过 20 年的，人民法院不予保护。

诉讼时效期间可以分为普通诉讼时效期间和特别诉讼时效期间。普通诉讼时效期间为 2 年；特殊诉讼时效期间中的国际货物买卖合同、技术进出口合同的诉讼时效和仲裁期限为 4 年；身体受到伤害要求赔偿的、出售质量不合格的商品事先没有声明的、延付或拒付租金的、寄存财物被丢失或损毁的，诉讼时效期间为 1 年。

此处考生应注意，1 年、2 年、4 年的诉讼时

效期间从权利人知道或者应当知道权利被侵害时开始计算，20 年的时效是从权利被侵害之日起计算。在经济法考试中，涉及诉讼时效的往往是合同纠纷。合同纠纷认定权利人知道或者应当知道权利受到侵害，诉讼时效开始计算的情况有三种：（1）有履行期限的合同，义务人不履行义务的，权利人的诉讼时效自期限届满之日开始计算；（2）没有履行期限的合同，义务人不履行义务的，权利人的诉讼时效自合同订立之日开始计算；（3）分批履行的合同，义务人不履行义务的，权利人的诉讼时效自每批次期限届满之日开始计算。如：甲企业租用乙企业的仓库，约定租用期限为 5 年，每年年底支付租金。但甲企业仅支付了 2 年的租金，从第三年开始就一直没有支付租金。乙企业直至 5 年期限届满后才要求甲企业偿还尚未支付的 3 年的租金，并向律师咨询。律师指出，第三年租金的诉讼时效于第四年最后一天期限届满，第四年租金的诉讼时效于第五年最后一天期限届满，因为拒付拖欠租金的诉讼时效只有 1 年。当然，如果甲企业愿意偿还还是可以的，也是应当的，因为诉讼时效超过消灭的只是请求权，并不消灭实体权利。

【要点提示】①普通诉讼时效期间（权利人知道或者应当知道权利被侵害之日起）：普通 2 年，国际货物买卖合同、技术进出口合同纠纷 4 年，身体受伤害、出售质量不合格的商品事先没有声明、延付或拒付租金、寄存财物被丢失或损毁诉讼时效期间为 1 年。到期后：请求权消灭。②除诉期间（权利被侵害之日起）：20 年。到期后果：实体权利消灭。

Ⅱ. 经典例题

1. ［2007 年单项选择题第 1 题］甲于 2007 年 3 月 20 日将小件包裹寄存乙处保管。3 月 22 日，该包裹被盗。3 月 27 日，甲取包裹时得知包裹被盗。甲要求乙赔偿损失的诉讼时效期间届满日是（   ）。

A. 2009 年 3 月 27 日

B. 2009 年 3 月 22 日

C. 2008 年 3 月 27 日

D. 2008 年 3 月 22 日

【答案】C

【解析】本题考核诉讼时效期间的计算。根据规定，寄存财物被丢失或损毁的，诉讼时效期间为 1 年。从当事人知道或者应当知道其权利受到侵害之日起计算。本题中，甲在 2007 年 3 月 27 日知道权利被侵害，因此诉讼时效期间为 2007 年 3 月 27 日~2008 年 3 月 27 日。

2. ［2006 年单项选择题第 2 题］根据有关法律规定，下列争议中，诉讼时效期间为 1 年的是（   ）。

A. 国际技术进出口合同争议

B. 贷款担保合同争议

C. 因出售质量不合格的商品未声明引起的争议

D. 因运输的商品丢失或损毁引起的争议

【答案】C

【解析】身体受到伤害要求赔偿的、出售质量不合格的商品事先没有声明的、延付或拒付租金的、寄存财物被丢失或损毁的，诉讼时效期间为 1 年。

3. ［2004 年多项选择题第 1 题］根据民法通则的规定，下列情形中，诉讼时效期间为 1 年的有（   ）。

A. 身体受到伤害要求赔偿的

B. 延付或拒付租金的

C. 出售质量不合格的商品未声明的

D. 寄存财物被丢失或损毁的

【答案】A B C D

【解析】法律规定，身体受到伤害要求赔偿的、出售质量不合格的商品事先没有声明的、延付或拒付租金的、寄存财物被丢失或损毁的，诉讼时效期间为 1 年。

4. ［2003 年单项选择题第 1 题］甲将一工艺品寄存乙处。2003 年 2 月 10 日，乙告知甲寄存的工艺品丢失。2003 年 8 月 2 日，乙找到了丢失的工艺品并将其归还给甲，甲发现工艺品损毁严重。根据民法通则的规定，甲向人民法院请求保护其民事权利的诉讼时效期间为（   ）。

A. 自 2003 年 2 月 10 日至 2004 年 2 月 10 日

B. 自 2003 年 8 月 2 日至 2004 年 8 月 2 日

C. 自 2003 年 2 月 10 日至 2005 年 2 月 10 日

D. 自 2003 年 8 月 2 日至 2005 年 8 月 2 日

【答案】B

【解析】法律规定，寄存财物被损毁灭失的诉讼时效为 1 年，从当事人知道或应当知道之日算起。甲是因工艺品损毁严重而向人民法院请求保护其民事权利的，所以诉讼时效期间从其发现工艺品损毁严重之日开始计算。

1.4.2 诉讼时效的中止与中断

Ⅰ. 考点分析

诉讼时效中止是指在诉讼时效期间的最后 6 个月内，因发生一定法定事由使权利人不能行使请求权，暂时停止计算诉讼时效期间，以前经过的时效期间仍然有效，待阻碍时效进行的法定事由消除后，时效继续进行。诉讼时效中止的法定事由有：（1）不可抗力；（2）其他障碍。如 2002 年单项选择题第 1 题：2001 年 5 月 5 日，甲拒绝向乙支付到期租金，乙忙于事务一直未向甲主张权利。2001 年 8 月，乙因出差遇险无法行使请求权的时间为 20 天。根据民法通则的有关规定，乙请求人民法院保护其权利的诉讼时效期间是（   ）。

A. 自 2001 年 5 月 5 日至 2002 年 5 月 5 日

B. 自 2001 年 5 月 5 日至 2002 年 5 月 25 日

C. 自 2001 年 5 月 5 日至 2003 年 5 月 5 日

D. 自 2001 年 5 月 5 日至 2003 年 5 月 25 日

本题答案只能选 A，《民法通则》规定，拖欠、拒付租金的诉讼时效为 1 年。此外，诉讼时效的中止只能发生在时效的最后 6 个月内，乙出差遇险的时间不在此期间内，所以不能适用时效中止的规定。

诉讼时效中断是指在诉讼时效进行中，因发生一定法定事由，致使已经经过的时效期间统归无效，待时效中断的事由消除后，诉讼时效期间重新计算。诉讼时效中断的法定事由有：（1）提起诉讼；（2）当事人一方向义务人提出履行义务的要求；（3）当事人一方同意履行义务。如 2001 年判断题第 1 题：甲公司与乙银行订立一份借款合同，甲公司到期未还本付息。乙银行于还本付息期届满后 1 年零 6 个月时向有管辖权的人民法院起诉，要求甲公司偿还本金、支付利息并承担违约责任。乙银行的行为引起诉讼时效中断。

本知识点近两年考得较多，考生应特别注意：（1）诉讼时效中止和诉讼时效中断的区别：

	发生时间	法定事由	事由消除后
时效中止	诉讼时效期间的最后 6 个月	不可抗力或其他障碍使权利人不能行使请求权	诉讼时效继续进行
时效中断	诉讼时效中的任何时候	权利人提起诉讼或向义务人提出履行义务的要求；义务人同意履行义务	诉讼时效期间重新计算

（2）与诉讼时效中止有关的情况有三种：第一是不可抗力或其他障碍发生和结束都在诉讼时效的最后 6 个月以前，就如上述 2002 年单项选择题第 1 题，该情况不引起诉讼时效中止。第二是引起诉讼时效中止的事由发生在时效期间届满的最后 6 个月以前，但一直延续到最后 6 个月以内，该事由消除后，诉讼时效还剩 6 个月。如：2001 年 5 月 5 日，甲拒绝向乙支付到期租金，乙忙于事务一直未向甲主张权利。2001 年 10 月 5 日，乙因出差遇险严重受伤，无法行使请求权的时间为两个月，直至 2001 年 12 月 5 日才恢复行为能力。根据民法通则的有关规定，乙请求人民法院保护其权利的诉讼时效期间是自 2001 年 5 月 5 日至 2002 年 6 月 5 日。第三是引起诉讼时效中止的事由发生在时效期间届满的最后 6 个月以内，引起诉讼时效中止；该事由消除后，原诉讼时效还要加上中止的时间。如：2001 年 5 月 5 日，甲拒绝向乙支付到期租金，乙忙于事务一直未向甲主张权利。2001 年 12 月 5 日，乙因出差遇险严重受伤，无法行使请求权的时间为两个月，直至 2002 年 2 月 5 日才恢复行为能力。根据民法通则的有关规定，乙请求人民法院保护其权利的诉讼时效期间是自 2001 年 5 月 5 日至 2002 年 7 月 5 日。

【要点提示】 诉讼时效中止造成诉讼时效计算的暂停，诉讼时效中断造成时效重新计算。注意区分诉讼时效中止和诉讼时效中断的时间以及事由的区别。

Ⅱ. 经典例题

1.［2005 年单项选择题第 1 题］下列有关诉讼时效的表述中，正确的是（　　）。

A. 诉讼时效期间从权利人的权利被侵害之日起计算

B. 权利人提起诉讼是诉讼时效中止的法定事由之一

C. 只有在诉讼时效期间的最后 6 个月内发生诉讼时效中止的法定事由，才能中止时效的实行

D. 诉讼时效中止的法定事由发生之后，已经经过的时效期间统归无效

【答案】C

【解析】诉讼时效期间从权利人知道或者应当知道权利被侵害之日计算；权利人提起诉讼是诉讼时效中断的法定事由之一；诉讼时效中止的法定事由发生之后，已经经过的时效期间继续计算。

2.［单项选择题］甲于 2000 年 5 月 10 日同乙签订保管合同，5 月 12 日甲将货物交于乙保管。5 月 14 日，甲提货时得知货物被盗。2000 年 10 月 1 日甲所在地发生洪水泛滥的自然灾害，经过 3 个月抗洪救灾，通讯与交通才恢复。甲请求乙赔偿损失的诉讼时效应始于（　　），届满于（　　）。

A. 2000 年 5 月 10 日　2001 年 5 月 10 日

B. 2000 年 5 月 12 日　2002 年 5 月 12 日

C. 2000 年 5 月 14 日　2001 年 7 月 1 日

D. 2000 年 5 月 14 日　2002 年 7 月 14 日

【答案】C

【解析】寄存货物损毁的诉讼时效为 1 年。诉讼时效中止从时效的最后 6 个月开始，所以回答此题时应为抗洪救灾结束后再加 6 个月。

1.5　违反经济法的法律责任

1.5.1　违反经济法的法律责任

Ⅰ. 考点分析

违反经济法法律责任的形式有：（1）民事责任；（2）行政责任；（3）刑事责任。

关于法律责任的规定，历来是考试中最难复习的问题，因为教材中每一个部门法的最后部分都是关于法律责任的规定，而且考试时要求考生将某种违法行为应承担的法律责任都回答出来，甚至包括罚款额度。建议考生看熟民事责任、行

政责任的种类，重点复习违反资产评估法律法规、公司法、证券法、外汇管理条例、支付结算办法、票据法和会计法的法律责任，熟练掌握合同的违约责任和商标、专利、著作权的侵权责任。回答法律责任的综合题时，别忘记违法行为严重、构成犯罪的，还要予以刑事处罚。

【要点提示】注意民事责任、行政责任的种类；注意赔偿损失、罚款、罚金、没收财产分属于民事责任、行政责任和刑事责任。

Ⅱ.经典例题

1.［单项选择题］下列各项中，属于民事责任的种类有（ ）。

A. 赔偿损失　　　B. 拘留

C. 警告　　　　　D. 罚金

【答案】A

【解析】赔偿损失是民事责任，罚金是刑事责任，拘留和警告是行政责任。

2.［单项选择题］下列各项中，不属于刑罚种类的是（ ）。

A. 拘役　　　　　B. 罚款

C. 罚金　　　　　D. 没收财产

【答案】B

【解析】罚款属于行政处罚，不属于刑事处罚，所以不是刑罚的种类。

1.5.2 仲裁和诉讼

Ⅰ.考点分析

仲裁是指经济法的各方当事人依照事先约定或事后达成的书面仲裁协议，共同选定仲裁机构并由其对争议依法作出具有约束力裁决的一种活动。

仲裁委员会独立于行政机关，与行政机关没有隶属关系，仲裁委员会之间也没有隶属关系。

申请仲裁的条件为：（1）有仲裁协议；（2）有具体的仲裁请求和所依据的事实、理由；（3）属于仲裁委员会受理的范围。请考生注意，此处教材有误，《仲裁法》规定申请仲裁的条件就是三条。因为法律对仲裁机构的管辖权未作规定，当事人可以自由选择仲裁机构。

仲裁委员会受理仲裁后，应当按照法定要求组成仲裁庭。仲裁庭作出裁决前，可以先行调解。仲裁庭根据多数仲裁员的意见作出裁决，裁决书自作出之日起生效。如果当事人一方不履行裁决的，另一方当事人可以向人民法院申请执行。

诉讼是指当事人不能通过协商解决争议，而在人民法院起诉、应诉，请求人民法院通过审判程序解决纠纷的活动。

起诉的条件为：（1）原告是与本案有直接利害关系的公民、法人和其他组织；（2）有明确的被告；（3）有具体的诉讼请求和事实、理由；（4）属于人民法院受理民事诉讼的范围和受诉人民法院管辖；（5）当事人没有事先或事后约定的仲裁协议；（6）当事人没有就同一事实、同一诉讼标的再行向法院提起诉讼。

请考生注意仲裁和诉讼的主要区别：

	受理机构	受理前提	能否复议	决定生效
仲裁	仲裁委员会	有有效的仲裁协议	一裁终局	作出之日起生效
诉讼	法院	没有有效的仲裁协议	可以上诉，裁定的上诉期限是10天，判决的上诉期限为15天	上诉期满当事人没有上诉，或二审判决、裁定作出

我国人民法院审理经济纠纷案件实行两审终审制。经济纠纷的诉讼一般包括一审程序、二审程序（上一级法院进行）、执行程序三个阶段。当事人对生效的判决、裁定不服的，可以在两年内申请再审。但再审是对已经生效的判决、裁定进行的，故原审判决或裁定仍要执行。

经常有考生问判决与裁定有什么区别，2004年教材新增了这一内容：

	解决问题	发生阶段	采用形式	能否上诉
判决	实体问题	审理终结时	书面	可以
裁定	程序问题	诉讼各阶段	书面、口头	一般不可以（三种可以）

【要点提示】①掌握或裁或审、双方自愿、一裁终局的仲裁原则。②仲裁须有有效的仲裁协议方能实行。③注意区分判决与裁定的区别。

Ⅱ.经典例题

1.［2004年判断题第1题］当事人对人民法院二审作出的判决不服的，可在4年内申请再审，但不影响该判决的执行。（ ）

【答案】×

【解析】法律规定，当事人申请再审的期限为2年。

2.［2003年判断题第1题］人民法院作出一审判决后，当事人在法定期限内未上诉的，一审判决即发生法律效力，当事人不履行判决的，另一方当事人可以向人民法院申请强制执行。（ ）

【答案】√

【解析】法律规定，人民法院作出一审判决

后，当事人在法定期限内未上诉的，一审判决即发生法律效力，当事人不履行判决的，另一方当事人可以向人民法院申请强制执行。

3.［2002 年判断题第 1 题］仲裁庭对当事人申请仲裁的争议作出裁决，自裁决书作出之日起发生法律效力。　　　　　　　　　　（　　）

【答案】√

【解析】法律规定，仲裁庭根据多数仲裁员的意见作出裁决，裁决书自作出之日起生效。

知识点测试

一、单项选择题

1. 根据《中华人民共和国民法通则》的规定，被代理人出具的授权委托书授权不明的，应当由（　　）。
   A. 被代理人对第三人承担民事责任，代理人不负责任
   B. 代理人对第三人承担民事责任，被代理人不负责任
   C. 被代理人对第三人承担民事责任，代理人负连带责任
   D. 先由代理人对第三人承担民事责任，代理人无法承担责任的，由被代理人承担责任

2. 甲于 2000 年 5 月 10 日同乙签订保管合同，5 月 12 日甲将货物交于乙保管。5 月 14 日，甲提货时得知货物被盗。2000 年 10 月 1 日甲所在地发生洪水泛滥的自然灾害，经过 3 个月抗洪救灾，通讯与交通才恢复。甲请求乙赔偿损失的诉讼时效应始于（　　），届满于（　　）。
   A. 2000 年 5 月 10 日　2001 年 5 月 10 日
   B. 2000 年 5 月 12 日　2002 年 5 月 12 日
   C. 2000 年 5 月 14 日　2001 年 7 月 1 日
   D. 2000 年 5 月 14 日　2002 年 7 月 14 日

3. 1998 年 6 月 1 日，甲厂与乙厂签订一份买卖合同，约定甲于 1998 年 7 月 1 日向乙发运一批货物，价款为 150 万元；乙方必须于收到货物后 10 天内交付货款。1998 年 7 月 1 日，甲方按时发货，乙于当年 8 月 1 日收到货物，但只付了 100 万元货款，以后一直没有交付。2000 年 6 月 10 日，甲厂向乙厂催要剩余的款项，乙厂写了保证书，保证于当年 10 月份还款，但以后一直没有偿还。根据我国法律的有关规定，甲厂对乙厂的剩余货款的诉讼时效到（　　）为止。
   A. 2000 年 6 月 1 日
   B. 2000 年 8 月 10 日
   C. 2001 年 4 月 30 日
   D. 2002 年 10 月 31 日

4. 中方一家国有企业甲与日方一家公司乙合资成立一家合资企业。在合资经营过程中，企业甲与公司乙就合资经营合同中所规定的利润分配比例条款的执行发生争议。合资企业董事会专门召开会议讨论此问题的解决办法，但最终未能解决则（　　）。
   A. 可向中国仲裁机构申请仲裁
   B. 可向日本仲裁机构申请仲裁
   C. 可向人民法院起诉
   D. 没有书面仲裁协议时，可向中国相关人民法院起诉

5. 经济法的调整对象是（　　）在对经济管理活动进行管理过程中所发生的法律关系。
   A. 企业　　　　　　B. 国家
   C. 个人　　　　　　D. 社会

6. 下列项目中，不属于经济法律关系客体的有（　　）。
   A. 股票　　　　　　B. 矿石
   C. 专利技术　　　　D. 阳光

7. 下列（　　）行为可以由他人代理。
   A. 签订合同　　　　B. 收养子女
   C. 婚姻登记　　　　D. 约稿

二、多项选择题

1. 下列各项中，属于经济法律关系的有（　　）。
   A. 消费者因商品质量问题与商家发生的赔偿与被赔偿关系
   B. 税务局长与税务干部发生的领导与被领导关系
   C. 企业厂长与企业职工在生产经营管理活动中发生的经济关系
   D. 税务机关与纳税人之间发生的征纳关系

2. 关于我国经济法的渊源的表述，下列（　　）项是正确的。
   A. 法律的效力地位仅次于宪法
   B. 行政法规是由国务院制定的
   C. 地方性法规指地方人大颁布的规范性意见，地方人民政府颁布的规范性意见为"规章"
   D. 高级人民法院发布的对法律规范的解释也是我国法的表现形式之一

3. 经济法律关系也是一种社会关系。以下正确的说法为（　　）。
   A. 它是有关主体之间依据经济法所形成的权利义务关系
   B. 它是经济关系
   C. 它在本质上属于一种思想意志关系
   D. 它属于经济基础的范畴

4. 下列各项中，可以作为经济法律关系主体的有（　　）。
   A. 中华人民共和国
   B. 上海财经大学法学院
   C. 人民饭店二楼餐厅
   D. 公民王小毛

5. 下列各项中，可以作为经济法律关系客体的有（　　）。
   A. 阳光　　　　　　B. 房屋
   C. 经济决策行为　　D. 非专利技术

6. 根据有关法律的规定，下列选项中，属于无效民事行为的有（　　）。
   A. 不满10周岁的丫丫自己决定将压岁钱500元捐赠给希望工程
   B. 李某因认识上的错误为其儿子买回一双不能穿的鞋
   C. 甲企业的业务员黄某自己得到乙企业给予的回扣款1 000元而代理甲企业向乙企业购买了10吨劣质煤
   D. 丙公司向丁公司转让一辆无牌照的走私车

7. 《民法通则》规定的可撤销民事行为的种类有：（　　）。
   A. 有重大误解的民事行为
   B. 显失公平的民事行为
   C. 因欺诈、胁迫所为的民事行为
   D. 乘人之危所为的民事行为

8. 下列（　　）行为不能由他人代理。
   A. 签订合同　　　　B. 收养子女
   C. 婚姻登记　　　　D. 约稿

9. 根据《中华人民共和国民法通则》的有关规定，下列选项中，适用于诉讼时效期间为1年的情形有（　　）。
   A. 身体受到伤害要求赔偿的
   B. 拒付租金的
   C. 拒不履行买卖合同的
   D. 寄存财物被丢失的

10. 当事人对人民法院的下列（　　）项结论性判定不服气的，可以上诉。
    A. 对破产案件不予受理的裁定
    B. 对侵权纠纷管辖权异议的裁定
    C. 驳回合同当事人起诉的裁定
    D. 对知识产权侵权案件的一审判决

三、判断题

1. 经济法是调整一切经济关系的法律规范的总称。
   （　　）
2. 凡是参加经济活动的人，必定是经济法律关系的主体。（　　）
3. 专利权只能作为经济法律关系的内容，不能作为经济法律关系的客体。（　　）
4. 经济决策行为、提供劳务行为以及完成一定工作行为，都可以成为经济法律关系的客体。（　　）
5. 有效的法律行为的当事人必须具有完全民事行为能力。（　　）
6. 当事人可以将将来必然发生的事实作为法律行为所附的条件；当该事件发生时，法律行为的效力即发生或终止。（　　）

7. 可撤销的民事行为没有撤销时，其效力不消灭。（　　）
8. 甲公司未授予王某代理权，王某以甲公司名义与乙企业实施民事行为，甲公司知道该事项而不作否认表示的，王某所为的代理行为的法律后果应由甲公司承担。（　　）
9. 仲裁庭作出的仲裁裁决书发生法律效力后，如果当事人一方不履行裁决的，另一方当事人可以依据民事诉讼法的有关规定向人民法院申请执行。（　　）
10. 我国的仲裁机构是由地方人民政府组织有关部门和商会统一组建的仲裁委员会，隶属于行政机关。（　　）
11. 判决是指人民法院对民事案件依法定程序审理后对案件的程序问题作出的具有法律效力的结论性判定。（　　）

知识点测试答案

一、单项选择题

1. 【答案】C
   【解析】《民法通则》的规定，被代理人出具的授权委托书授权不明的，应当由被代理人对第三人承担民事责任，代理人负连带责任。

2. 【答案】C
   【解析】寄存货物损毁的诉讼时效为1年。诉讼时效中止从时效的最后6个月开始，所以回答此题时应为抗洪救灾结束后再加6个月。

3. 【答案】D
   【解析】甲厂向乙厂要求剩余的款项了，诉讼时效中断。当乙厂在保证书约定的期限届满时又不付款的，诉讼时效重新开始计算。

4. 【答案】D
   【解析】仲裁的前提条件是当事人之间有合法有效的仲裁协议；而当事人之间有有效的仲裁协议的，该争议就只能仲裁，不能诉讼。因此，本题只能选D。

5. 【答案】B
   【解析】经济法的概念。

6. 【答案】D
   【解析】经济法律关系客体中的物包含三个特征：可以为人们控制和支配、具有一定经济价值、以物质形态表现。阳光目前不具备经济价值，故不可作为经济法律关系中的物。

7. 【答案】A
   【解析】BC项必须由本人亲自所为，D项带有人身性质，故都不适用代理制度。

二、多项选择题

1. 【答案】A C D

【解析】经济法律关系是由经济法律规范调整而形成的权利义务关系。本题 A 项属于经济活动法调整的关系；C 项属于经济组织法调整的关系；D 项属于经济管理法调整的关系，因此都是经济法律关系。本题 B 项属于国家机关内部行政领导与被领导的关系，不属于经济法的调整范畴，所以不是经济法律关系。

2.【答案】A B

【解析】地方性法规指地方国家机关颁布的规范性意见，包括地方人大和地方人民政府颁布的规范性意见。高级人民法院发布的对法律规范的解释不是我国法的表现形式之一，司法解释是指最高人民法院发布的法律解释。

3.【答案】A C

【解析】经济法律关系是经济法律规范调整经济关系时形成的权利义务关系，它在本质上属于一种思想意志关系，属于上层建筑范畴，不是经济关系，也不属于经济基础的范畴。

4.【答案】A C D

【解析】国家机关、各类企业、事业单位、社会团体、农村承包经营户、个体工商户以及公民个人都可以成为经济法律关系的主体，在一定条件下，经济组织的内部机构和国家也能成为经济法律关系的主体。但学校不是经济组织，所以 B 项不选。

5.【答案】B C D

【解析】作为经济法律关系客体的物，必须是人们可以控制支配，有一定经济价值并以物质形态表现出来的物体，阳光不具有这一特性，故不能成为经济法律关系的客体。

6.【答案】A C D

【解析】A 项属于无行为能力人所为的行为；C 项属于恶意串通损害第三人利益的行为；D 项属于违反法律的行为，故都是无效的民事行为。B 项系误解的行为，是可以撤销的，但不是无效的。

7.【答案】A B

【解析】《民法通则》规定的可撤销的民事行为只有重大误解的和显失公平的；因欺诈、胁迫所为和乘人之危所为的民事行为被列为无效的民事行为。《合同法》将一方以欺诈、胁迫的手段或者乘人之危，使对方在违背真实意思的情况下订立的合同也列入可撤销的合同。

8.【答案】B C D

【解析】BC 项必须由本人亲自所为，D 项带有人身性质，故都不适用代理制度。

9.【答案】A B D

【解析】《民法通则》规定，身体受到伤害要求赔偿的、出售质量不合格的商品事先没有声明的、延付或拒付租金的、寄存财物被丢失或损毁的，诉讼时效期间为 1 年。

10.【答案】A B C D

【解析】当事人对人民法院不予受理、对管辖权异议和驳回起诉的裁定以及一审判决可以上诉。

三、判断题

1.【答案】×

【解析】经济法不调整一切经济关系，只调整国家在经济管理和协调发展经济活动过程中发生的经济关系。

2.【答案】×

【解析】作为经济法律关系的主体，必须能够以自己的名义独立地参加经济法律关系；是经济法律关系中权利和义务的担当者；能够独立地承担经济法律责任。因此并非所有参加经济活动的人，都是经济法律关系的主体。

3.【答案】√

【解析】专利权是一种知识产权，也是人们智力劳动的成果。权利本身属于经济法律关系的内容，但当其成为另一种权利的对象时，可以作为经济法律关系的客体。

4.【答案】√

【解析】经济法律关系客体的种类包括物、行为、智力劳动的成果。行为包括经济管理行为、提供劳务行为以及完成一定工作行为。

5.【答案】×

【解析】《民法通则》规定，民事法律行为的行为人必须具有相应的民事行为能力。

6.【答案】×

【解析】当事人只能将将来可能发生的事实作为法律行为所附的条件，不能将将来必然发生的事实作为法律行为所附的条件。

7.【答案】√

【解析】可以撤销的民事行为属于相对无效的民事行为，享有撤销权的当事人提出撤销则该行为自始无效；当事人不申请撤销，则该行为有效。

8.【答案】√

【解析】本题当事人的行为构成表见代理，故应由被代理人承担代理后果。

9.【答案】√

【解析】法律规定，仲裁庭作出的仲裁裁决书发生法律效力后，如果当事人一方不履行裁决的，另一方当事人可以依据民事诉讼法的有关规定向人民法院申请执行。

10.【答案】×

【解析】我国的仲裁机构是民间机构，它和人民政府没有隶属关系。

11.【答案】×

【解析】判决是指人民法院对民事案件依法定程序审理后对案件的实体问题作出的具有法律效力的结论性判定；裁定才是对程序问题的判定。

第二章　物　权　法

本章概述

一、内容提要

物权法是关于财产归属和利用的法律规则，是实行社会主义市场经济的基本制度，因此其基本理论对以后各章有普遍的指导意义。

本章的主要内容包括物权法概述、占有、物权变动、物权的保护，所有权概述、各类所有权、业主的建筑物区分所有权、共有与相邻关系，用益物权概述、承包经营权、建设用地使用权，抵押、质押、留置等。

二、历年考题分析

本章为2008年新增章节，其中担保物权部分以前涵盖在合同法中，曾经考过题目，其他部分均没有考过。本章的题型除了客观题以外，极有可能考综合题。本章内容可以和公司法、合同法等结合在一起考综合题。

本章担保物权部分近5年的考试题型、分值及考点分布详见下表。

年份\\项目	题　型	题量	分值	考　　点
2007	综　合　题	0.2	2	留置权
2005	多项选择题	1	1	可依法行使留置权的合同
2005	综　合　题	0.1	2	抵押合同的效力
2004	综　合　题	0.2	3	在建建筑物设立抵押权的效力

三、2008年教材内容变化

本章为2008年新增章。

本章内容结构基本框架

知识点	第二章　物权法	学习建议
2.1	物权法概述	
2.1.1	物权法概述	应当记住
2.1.2	占有	必须掌握
2.1.3	物权变动	必须掌握
2.1.4	物权的保护	一般了解
2.2	所有权	
2.2.1	所有权概述	应当记住
2.2.2	各类所有权	一般了解
2.2.3	业主的建筑物区分所有权	必须掌握
2.2.4	共有与相邻关系	必须掌握
2.3	用益物权	
2.3.1	用益物权概述	一般了解
2.3.2	承包经营权	必须掌握
2.3.3	建设用地使用权	应当记住
2.3.4	地役权	应当记住
2.4	担保物权	
2.4.1	抵押	必须掌握
2.4.2	质押	必须掌握
2.4.3	留置	必须掌握

知识点精讲

2.1　物权法概述

2.1.1　物权法概述

Ⅰ．考点分析

1. 物是指人们能够支配的物质实体和自然力。按照不同标准，可以对物进行不同分类：（1）动产与不动产区分的标准是看其在性质上是否可以移动，或者移动后是否会损害物的价值。（2）特定物与种类物的划分是按照物是否有独立特征或是否已被权利人指定而特定化。（3）根据两个独立存在的物在用途上客观存在的主从关系可以区分主物和从物。（4）根据两物之间存在的原有物产生新物的关系，物又可分为原物和孳息，其中孳息又包括自然孳息和法定孳息。天然孳息由所有权人取得；一物之上既有所有权人，又有用益物权人的，因该物产生的天然孳息由用益物权人取得。当事人另有约定的，按照约定。法定孳息当事人有约定的，按照约定取得；没有约定或者约定不明确的，按照交易习惯取得。

2. 物权是指权利人对特定的物享有直接支配和排他的权利，包括所有权、用益物权和担保物权。物权的权利人行使权利是排他性的，对所有其他人都有约束力。所有权是物权中最完整、最充分的权利；他物权也称为限制物权，他物权人对物一般享有一定程度的直接支配权。他物权分为用益物权和担保物权，用益物权是指以物的使用收益为目的的物权；担保物权是指以担保债权为目的，即以确保债务的履行为目的的物权。

3. 物权法具有以下几个基本原则：（1）平等保护原则，即国家、集体、私人的物权和其他权利人的物权受法律保护，任何单位和个人不得侵犯；（2）物权法定原则，即物权的种类和内容，由法律规定；（3）一物一权原则，即一个物权的客体仅为一个独立的有体物，在同一个物之上只能设定一个所有权；同时，一物之上不得设定两个或两个以上在内容上相冲突的物权；（4）公示、公信原则。所谓公示，是指物权的权利状态必须通过一定的公示方法向社会公开，使第三人在物权变动时，知道权利状态，维护交易安全。所谓公信，是指当物权依据法律规定进行了公示，即使该公示方法表现出来的物权存在瑕疵，对于信赖该物权存在并已从事物权交易的人，法律承认其法律效果。

【要点提示】①物权法上的物是有体物或者有形物，它是相对于著作、商标以及专利等精神产品而言的，精神产品不属于物权法调整的范围；②注意天然孳息和法定孳息取得的不同规定；③在按份共有中，各共有人虽依据其份额对财产享有相应的权利，承担相应的义务，但是份额本身并非单独的所有权；一物的某一部分不能成立单个的所有权，物只能在整体上成立一个所有权。

Ⅱ．经典例题

1. ［多项选择题］新的《物权法》规定的物权种类有（　　）。

A. 所有权　　　　B. 用益物权
C. 担保物权　　　D. 限制物权

【答案】ＡＢＣ

【解析】《物权法》规定：物权是指权利人对特定的物享有直接支配和排他的权利，包括所有权、用益物权和担保物权。根据传统民法，他物权可分为用益物权和担保物权。所以本题答案为ＡＢＣ。

2. ［单项选择题］某招领处将招领期已过的一块瑞士罗马表以拍卖的方式卖给了公民甲，公民乙将该表盗走并以较低的价格卖于公民丙。经查，该表原为公民丁所有。现公民甲、丙、丁都主张该物的所有权，该表应归（　　）所有。

A. 甲　　　　　　B. 丙
C. 丁　　　　　　D. 归甲、丙、丁共有

【答案】Ａ

【解析】在同一标的物上物权和债权并存时，物权有优先于债权的效力；在同为物权时，以物权成立的先后顺序确定物权的效力。所以本题的答案为Ａ。

2.1.2　占有

Ⅰ．考点分析

1. 占有是指民事主体对物进行管领而形成的事实状态。不管主体对物的管领是否具备据为己有的意思，只要客观上的控制状态形成且主观上有占有的意思就可以构成物权法所称的占有。除非有相反的证据，占有人无证明占有的举证责任。

2. 占有包括以下几种分类：（1）自主占有与他主占有。以所有的意思占有标的物即可称之为自主占有。（2）直接占有与间接占有。直接占有是指直接对物进行事实上的管领的控制；而间接占有，指并不直接占有某物，但因为可以依据一定的法律关系而对直接占有某物的人享有返还占有请求权，而对物形成间接的控制和管理。（3）有权占有与无权占有。有权占有是指基于法律或合同的规定而享有对某物进行占有的权利。无权占有则指没有权源的占有。比如拾得遗失物，不当得利。（4）善意占有与恶意占有。这是对无权占有的进一步分类。善意占有指不法占有人在占有他人财产时，不知道或者不应当知道其占有是非法的占有。恶意占有指不法占有人在占有他人财产时明明知道或者应当知道其占有行为属于非法但仍然继续占有。

3. 无权占有人与返还请求权人之间有三种法律关系：（1）不动产或者动产被占有人占有的，权利人可以请求返还原物及其孳息，但应当支付善意占有人因维护该不动产或者动产支出的必要费用；（2）占有人因使用占有的不动产或者动产，致使该不动产或者动产受到损害的，恶意占有人应当承担赔偿责任；（3）占有的不动产或者动产毁损、灭失，该不动产或者动产的权利人请求赔偿的，占有人应当将因毁损、灭失取得的保险金、赔偿金或者补偿金等返还给权利人；权利人的损害未得到足够弥补的，恶意占有人还应当赔偿损失。

4. 占有的不动产或者动产被侵占的，占有人有权请求返还原物；对妨害占有的行为，占有人有权请求排除妨害或者消除危险；因侵占或者妨害造成损害的，占有人有权请求损害赔偿。但是，占有人返还原物的请求权，应当自侵占发生之日起1年内未行使，否则该请求权消灭。

【要点提示】①占有是以事实上的管领为规范对象的，其不以是否有权利来源作为前提；②除非有相反的证据，占有人无证明占有的举证责任；③自主占有不一定是有权占有；④在不当得利的返还方面，善意占有人一般只返还现在的利益，对于已经灭失的利益不负返还责任，而恶意占有人在此情况下负有赔偿责任。

Ⅱ．经典例题

1. ［多项选择题］甲遗失一部相机，乙拾得后放在办公桌抽屉内，并张贴了招领启事。丙盗

走该相机，卖给了不知情的丁，丁出质于戊。对此，下列（　　）说法正确。

 A. 乙对相机的占有属于无权占有

 B. 丙对相机的占有属于他主占有

 C. 丁对相机的占有属于自主占有

 D. 戊对相机的占有属于直接占有

【答案】ACD

【解析】依据本节对占有分类的分析，丙的占有是自主占有而不是他主占有。因此除B选项，其他都是正确的。

2. [单项选择题] 王某捡到一只山羊，将其牵回家饲养，并花钱配种生了两只小羊。后来失主许某找到王某要羊。对本案的处理方法，下列各项正确的是（　　）。

 A. 王某根据先占原则取得羊的所有权，许某无权要回

 B. 大山羊应该归还许某，小山羊是许某劳动所得，不必归还

 C. 大小山羊都应该归还给许某，许某应付给王某饲料费、劳务费和配种费

 D. 大小山羊都应归还给许某，许某应付给王某饲料费、劳务费，配种费不必支付

【答案】C

【解析】根据《物权法》的规定，不动产或者动产被占有人占有的，权利人可以请求返还原物及其孳息，但应当支付善意占有人因维护该不动产或者动产支出的必要费用。所以本案中王某的占有是他主占有，所有权人仍是许某，因此本案中，大小山羊都应该归还给许某，许某应付给王某饲料费、劳务费和配种费。

2.1.3　物权变动

Ⅰ. 考点分析

1. 我国的不动产登记采用登记生效主义，即不动产的物权变动不仅需要当事人的法律行为或其他法律事实，还需要登记这个法律事实才能完成不动产物权的变动。但法律规定有如下例外情形：（1）依法属于国家所有的自然资源，所有权可以不登记。（2）因人民法院、仲裁委员会的法律文书，人民政府的征收决定等，导致物权设立、变更、转让或者消灭的，自法律文书生效或者人民政府的征收决定等行为生效时发生效力。（3）因继承或者受遗赠取得物权的，自继承或者受遗赠开始时发生效力。（4）因合法建造、拆除房屋等事实行为设立和消灭物权的，自事实行为成就时发生效力。（2）、（3）、（4）三种情形的物权变动虽不以登记为要件，但获得权利的主体在处分该物权时，仍应当依法办理登记。未经登记，不发生物权效力。（5）一些他物权的变动不以登记为生效要件，而是以登记为对抗要件。这些情形具体包括：①土地承包经营权自土地承包经营权合同生效时设立；未经登记，不得对抗善意第三人。

②地役权自地役权合同生效时设立；未经登记，不得对抗善意第三人。③已经登记的宅基地使用权转让或者消灭的，应当及时办理变更登记或者注销登记。从这条规定来看，宅基地使用权不以登记为生效要件。

2. 动产物权的设立和转让，自交付时发生效力，但法律另有规定的除外。根据此条规定，动产所有权的转移以交付为标准。船舶、航空器和机动车等物权的设立、变更、转让和消灭采用了登记对抗主义，即船舶、航空器和机动车等物权的设立、变更、转让和消灭，未经登记，不得对抗善意第三人。对于此类动产，其所有权的转移仍以交付为要件，而不以登记为要件，但是交付后没有办理登记的，则不能对抗善意第三人。动产物权的交付，除了现实交付以外，还有以下几种情况：（1）简易交付，即指动产物权设立和转让前，权利人已经先行占有该动产的，无须现实交付，物权在法律行为生效时发生变动效力。（2）指示交付，是指让与动产物权的时候，如果让与人的动产由第三人占有，让与人可以将其享有的对第三人的返还请求权让与给受让人，以代替现实交付。指示交付作为一种观念交付，其实际交付没有发生。（3）占有改定，是指动产物权的让与人与受让人之间特别约定，标的物仍然由出让人继续占有，而受让人则取得对标的物的间接占有以代替标的物的现实交付。这样在双方达成物权让与合意时，视为已经交付。由于占有改定中标的物没有发生任何实际移转，物权变动也没有任何可以从外部认知的表征，因此占有改定是观念交付中公示效果最弱的。

3. 所有权的原始取得方式主要有：（1）善意取得，即动产占有人或者不动产的名义登记人将动产或者不动产不法转让给受让人以后，如果受让人善意取得财产，即可依法取得该财产所有权。善意取得要求受让人受让财产时主观上为善意；并以合理的价格有偿受偿；且转让财产依照法律规定该登记的已经登记，不需要登记的已经交付。动产和不动产均适用善意取得。（2）拾得遗失物应当返还权利人。拾得人与权利人之间法律关系有如下规定：①拾得人应当及时通知权利人领取，或者送交公安等有关部门；②拾得人在返还拾得物时，可以要求支付必要费用，但不得要求支付报酬。但遗失人发出悬赏广告，愿意支付一定报酬的，不得反悔；③有关部门收到遗失物，知道权利人的，应当及时通知其领取；不知道的，应当及时发布招领公告。自有关部门发出招领公告之日起6个月内无人认领的，遗失物归国家所有；④拾得人在遗失物送交有关部门前，有关部门在遗失物被领取前，应当妥善保管遗失物。因故意或者重大过失致使遗失物毁损、灭失的，应当承担民事责任；⑤拾得人拒不返还遗失物，按侵权

行为处理。拾得人不得要求支付必要费用。也无权请求权利人按照承诺履行义务。如果遗失物通过转让为他人所占有时，权利人有权要求占有人返还原物或者赔偿损失。①权利人有权向无处分权人请求损害赔偿，或者自知道或者应当知道受让人之日起2年内向受让人请求返还原物。②如果受让人通过拍卖或者向具有经营资格的经营者购得该遗失物的，权利人请求返还原物时应当支付受让人所付的费用。权利人向受让人支付所付费用后，有权向无处分权人追偿。

【要点提示】①国家所有的自然资源，所有权可以不登记；②宅基地使用权不以登记为生效要件；③不动产权属证书与不动产登记簿不一致的，除有证据证明不动产登记簿确有错误外，以不动产登记簿为准；④注意船舶、航空器和机动车等特殊动产的交付登记的效力；⑤遗失物、漂流物、隐藏物、埋藏物不适用善意取得，占有人不可以依善意取得制度而获得所有权；⑥受让人通过拍卖或者向具有经营资格的经营者购得该遗失物的，权利人请求返还原物时应当支付受让人所付的费用。

Ⅱ. 经典例题

1. [单项选择题] 某宾馆为了8月8日的开业庆典，于8月7日向电视台租借了一台摄像机。庆典日，工作人员不慎摔坏摄像机，宾馆决定按原价买下，以抵偿电视台的损失，遂于8月9日通过电话向电视台负责人表示此意，对方表示同意。8月15日，宾馆依约定向电视台支付了价款。根据法律规定，摄像机的所有权（　　）转移。

A. 8月7日　　　　B. 8月8日
C. 8月9日　　　　D. 8月15日

【答案】 C

【解析】 法律规定：标的物的所有权自标的物交付时起转移，但法律另有规定或者当事人另有约定的除外。标的物在订立合同之前已为买受人占有的，合同生效的时间为交付的时间。所以，本题答案为C。

2. [判断题] 既然船舶、航空器和机动车等物权的设立、变更、转让和消灭，未经登记，不得对抗善意第三人，那么此类动产其实是采用的登记主义。（　　）

【答案】 ×

【解析】 虽然船舶、航空器和机动车等物权的设立、变更、转让和消灭，未经登记，不得对抗善意第三人，但是对于此类动产的所有权移转仍以交付为要件，而不是以登记为要件。

2.1.4 物权的保护

Ⅰ. 考点分析

1. 民法对物权的保护分为物权的保护方法和债权的保护方法。物权的保护方法是指物上请求权，债权的保护方法则是指通过侵权损害赔偿的方法来保护物权。物上请求权又分为：（1）请求确认物权；（2）请求返还原物。需要注意的是在共有的情况下，每个共有人都可以请求不法占有人返还共有物。但各共有人必须要求不法占有人将共有物返还给全体共有人；（3）请求排除妨碍或者消除危险；（4）请求恢复原状。恢复原状不仅要在实际上可能，而且要在经济上合理，否则就不应该采取这种方式。

2. 请求赔偿损失的权利是一种债权请求权，这种请求权以侵害人的行为构成侵权行为，应当承担侵权损害赔偿之债为前提。损害赔偿请求权必须以实际受有损害为前提。物上请求权与损害赔偿请求权可以并存。

【要点提示】①权利人只能针对无权占有人提出返还原物，而不能要求有权占有人返还原物；②在消除危险情形下，妨碍事实还没有发生，只是有可能发生；③注意物上请求权与损害赔偿请求权的效力；④物上请求权与损害赔偿请求权不互相排斥，两者可以并存。

Ⅱ. 经典例题

1. [单项选择题] 某甲向银行取款时，银行工作人员因点钞失误多付给1万元，甲以这1万元为本金经商，获利5 000元，其中2 000元为其劳务管理费用成本。1个月后，银行发现了多付款的事实，要求甲退回，甲不同意。下列有关该案的（　　）表述是正确的。

A. 甲无须返还，因系银行自身失误所致

B. 甲应返还银行多付的1万元

C. 甲应返还银行多付的1万元，同时还应返还1个月的利息

D. 甲应返还银行多付的1万元，同时还应返还1个月的利息和3 000元利润

【答案】 C

【解析】 根据法律规定：没有合法根据，取得利益，造成他人损失的应当将取得的不当利益返还受损失的人。根据《民通意见》，返还的不当利益，应当包括原物和原物所生的孳息。利用不当得利所取得的其他利益，扣除劳务管理费用，应当予以收缴。本题中，甲明知银行多付给其1万元，仍将其作为本钱经商，主观上构成恶意，对其1万元的占有构成不当得利，因此，对于银行多付的1万元及其1个月的利息（法定孳息），甲都应当返还。对于甲净剩的3 000元利润，其属于利用不当得利所取得的其他利益，应当予以收缴。

2. [单项选择题] 送奶人误将王某定的牛奶放入其邻居张某家的奶箱中，张不明所以，取而弃之，张某行为的性质应定性为（　　）。

A. 构成不当得利

B. 构成侵权行为

C. 构成无权代理

D. 并无不当

【答案】D

【解析】本题可采用排除法，张某的行为不构成不当得利，因为张某并没有实际获利。并且，张某的行为也不构成侵权行为，因为侵权行为要以过错为要件，而张某主观上没有过错，没有占有王某牛奶的故意，因此A、B错误；答案C为误导项，根本不符合题意。所以正确答案是D。

2.2 所有权

2.2.1 所有权概述

Ⅰ. 考点分析

1. 所有权是指所有人依法对自己的财产享有的占有、使用、收益和处分的权利。其法律特征主要表现在：（1）所有权具有完整性。（2）所有权是一种绝对权。（3）所有权具有排他性。而且所有权实行一物一权，任何财产只能有一个所有权，不能形成双重所有权。（4）所有权具有存续上的永久性。

2. 所有权包括四项权能，即占有权、使用权、收益权、处分权。（1）占有权就是民事主体对于财产的实际控制权。占有与占有权是两个不同的概念。占有强调一种事实状态，既可以是合法的，也可以是不合法的。而占有权则一定是基于合法占有所产生的权利。（2）使用权，就是民事主体对于财产的利用权。（3）收益权，是指民事主体通过合法途径获取基于财产而产生的物质利益的权利。（4）处分权是民事主体在法律允许的范围内对财产进行处置的权利，其包括事实上的处分和法律上的处分。财产所有人可以将这四项权能集于一身统一行使，也有权将这四项权能中的若干权能交由他人行使。

3. 法人、其他组织及公民所有的财产不可侵犯，但是当国家基于公共利益需要时，可以依法对私有财产进行征收或者征用。征收是指国家为了公共利益的需要而依法强制取得原属于私人或者集体所有的所有权或者其他物权的行为；征用是指国家为了公共利益的需要而依法强制取得原属于私人或者集体所有的财产的使用权的行为。征收集体所有的土地，应当依法足额支付土地补偿费、安置补助费、地上附着物和青苗的补偿费等费用，安排被征地农民的社会保障费用。征收单位、个人的房屋及其他不动产，应当依法给予拆迁补偿；征收个人住宅的，还应当保障被征收人的居住条件。因抢险、救灾等紧急需要，可以征用单位、个人的不动产或者动产。被征用的不动产或者动产使用后，应当返还被征用人。单位、个人的不动产或者动产被征用或者征用后毁损、灭失的，应当给予补偿。征收与征用的主体都是国家，都是为了公共利益的需要，也均是强制性的。但是两者之间仍存在区别：（1）法律效果不同。征收是财产所有权发生了变化；征用是所有权没有变化，使用权暂时发生了变化。（2）适用对象不同。征收是针对土地、房屋等不动产，不包括动产；征用则于不动产和动产均可适用。（3）适用条件不同。虽然征收和征用都是为了公共利益，但是征用还要求必须是为了抢险、救灾等紧急需要。

【要点提示】①占有与占有权是两个不同的概念；②掌握征收和征用的区别；③注意所有权与他物权的关系。

Ⅱ. 经典例题

1. ［单项选择题］所有权的继受取得方式包括（　　）。
A. 添附　　　　　　　B. 买卖
C. 拾得遗失物　　　　D. 善意取得

【答案】B

【解析】所有权继受取得的原因包括买卖、赠与、互易等法律行为和法律行为以外的事实两大类。所以只有B项正确。

2. ［单项选择题］物权法定的含义包括（　　）。
A. 物权种类法定
B. 物权内容法定
C. 物权效力法定
D. 物权公示方式法定

【答案】ABCD

【解析】物权法定原则包括两个方面的内容：物权种类法定和物权内容法定。所谓的内容法定主要是指物权的方式、效力等内容都由法律明文规定。所以本题答案是ABCD。

2.2.2 各类所有权

Ⅰ. 考点分析

1. 国家所有权是国家对国有财产的占有、使用、收益和处分的权利。国有财产的行使，除法律另有规定的以外，均由国务院代表国家行使所有权。未授权给公民、法人经营、管理的国家财产受到侵害的，不受诉讼时效的限制。

国家所有权的客体包括：（1）城市土地、矿藏、水流、海域；（2）野生动植物资源；（3）无线电频谱资源；（4）国防资产；（5）森林、山岭、草原、荒地、滩涂等自然资源，但法律规定属于集体所有的除外；（6）法律规定属于国家所有的农村和城市郊区的土地及铁路、公路、电力设施、电信设施和油气管道等基础设施；（7）法律规定属于国家所有的文物。

2. 劳动群众集体所有权是指劳动群众集体组织占有、使用、收益和处分其财产的权利。劳动群众集体组织所有权的客体可以是法律规定的国家专有财产以外的其他任何财产。劳动群众集体组织所有权的各项权能可以由集体组织自己行使，也可以将其所有权的权能转移给个人行使。为了保证集体所有的财产权不受侵害，专门规定：（1）属于村农民集体所有的，由村集体经济组织或者村民委员会代表集体行使所有权；（2）分别属于村内两个以上农民集体所有的，由村内各该集体经济组织或者村民小组代表集体行使所有权；（3）属于乡镇农民集体所有的，由乡镇集体经济组织代表集体行使所有权。

3. 私人所有权是私人依法享有的占有、使用、收益和处分其生产资料和生活资料的权利。

【要点提示】 ①未授权给公民、法人经营、管理的国家财产受到侵害的，不受诉讼时效的限制；②城市土地和矿产资源只能由国家所有，其不能成为集体组织或公民个人所有权的客体，③掌握劳动群众集体所有权的行使规则。

Ⅱ. 经典例题

1. ［多项选择题］根据我国法律规定，下列（　　）自然资源不属于集体所有。

A. 森林 　　　　　　 B. 矿产

C. 山岭 　　　　　　 D. 城市土地

【答案】 BD

【解析】 根据我国法律规定，城市土地、矿藏、水流、海域都专属于国家所有，由法律规定属于集体所有的森林、山岭、草原、荒地、滩涂除外。

2. ［单项选择题］农民甲因其邻居乙越界建房侵入自己的宅基地而诉请法院保护，乙的行为侵犯了甲的（　　）。

A. 相邻权

B. 住宅所有权

C. 宅基地使用权

D. 宅基地所有权

【答案】 C

【解析】 本题可以采取排除法，相邻权并非法律意义上的权利，农村宅基地属于宅基地使用权，而非宅基地所有权和住宅所有权。所以本题的答案为 C。

2.2.3 业主的建筑物区分所有权

Ⅰ. 考点分析

1. 建筑物区分所有权由专有部分所有权、共有部分的权利以及因共同关系所产生的成员权三要素构成。专有所有权、共有权及成员权三个构成要素要作为一个整体看待，权利人不得保留专有部分所有权而抵押其共有部分，也不得保留成员权而转让专有部分所有权与共有权。

2. 区分所有权的客体包括区分所有部分和共有部分：区分所有部分是指通过物理方法所分割出的，兼具构造上和使用上独立性的一部分房屋。共有部分包括共用部分及附属物、共用设施等，它们都是建筑物区分所有权的客体。业主对建筑物内的住宅、经营性用房等专有部分享有所有权，有权对专有部分占有、使用、收益和处分。但是业主在行使专有部分所有权时，不得危及建筑物的安全，不得损害其他业主的合法权益。同时，业主不

得违反法律、法规以及管理规约，将住宅改变为经营性用房。业主将住宅改变为经营性用房的，除遵守法律、法规以及管理规约外，应当经有利害关系的业主同意。业主对专有部分以外的共有部分享有共有的权利。共有部分包括：（1）建筑区划内的道路，但属于城镇公共道路的除外。（2）建筑区划内的绿地，但属于城镇公共绿地或者明示属于个人的除外。（3）建筑区划内的其他公共场所、公用设施和物业服务用房。（4）占用业主共有的道路或者其他场地用于停放汽车的车位。业主对专有部分以外的共有部分既享有权利，又承担义务，而且此项义务不得放弃，在转让专有部分所有权时，共有部分的共有权及共同管理权必须随之转移。

3. 业主对专有部分以外的共有部分享有共同管理的权利。业主可以自行管理建筑物及其附属设施，也可以委托物业服务企业或者其他管理人管理。《物权法》规定了业主共同行使权利的事项，其中大部分事项经专有部分占建筑物总面积过半数的业主且占总人数过半数的业主同意即可，但是对于筹集和使用建筑物及其附属设施的维修资金和改建、重建建筑物及其附属设施的行为则应当经专有部分占建筑物总面积 2/3 以上的业主且占总人数 2/3 以上的业主同意。

【要点提示】 ①注意建筑物区分所有权与传统的共有制度间的区别；②建筑物区分所有权的三个部分应看成为一个整体，其权利应同时转移；③在转让专有部分所有权时，共有部分的共有权及共同管理权必须随之转移；④对于业主共同行使权利的部分事项，须经专有部分占建筑物总面积 2/3 以上的业主且占总人数 2/3 以上的业主同意。

Ⅱ. 经典例题

1. ［多项选择题］甲为一开发商，乙为一苗圃经营商，甲将已出卖的楼房的房顶租与乙进行苗圃种植。因乙在房顶种植花草浇水引起纠纷。以下表述正确的是（　　）。

A. 甲对该房顶享有所有权，其与乙之间签订的合同为有效合同

B. 甲对该房顶不享有所有权，其将房顶出租给乙侵犯了房屋各区分所有人的共有权

C. 本案应按照相邻关系处理

D. 本案应按照区分所有处理

【答案】 BD

【解析】 本案中甲作为开发商，对已卖出的房顶不享有所有权，其房顶纠纷实际侵犯了房屋各区分所有人的共有权，因此应该按照区分所有处理。

2. ［多项选择题］甲、乙共同共有的房屋出租后，因年久失修山墙倒塌砸毁承租人丙的汽车，关于赔偿责任的承担，表述正确的是（　　）。

A. 甲、乙按照共有份额的比例承担赔偿责任

B. 甲、乙各按 50% 的比例承担责任

C. 甲承担赔偿责任

D. 甲、乙承担连带赔偿责任

【答案】D

【解析】对于共同共有的财产造成损失的，应该由共同共有一同承担连带的赔偿责任。所以本题的答案为 D。

2.2.4 共有与相邻关系

I. 考点分析

1. 共有是指某项财产由两个或两个以上的权利主体共同享有所有权。共有具有以下特征：(1) 共有的主体是两个或两个以上的公民或法人。但是多数人共有一物，并非有多个所有权，只是一个所有权由多人共同享有。(2) 共有物在共有关系存续期间不能分割，不能由各个共有人分别对某一部分共有物享有所有权。(3) 共有人对共有物按照各自的份额享有权利并承担义务，或者平等地享有权利、承担义务。在处分共有财产时，必须由全体共有人协商，按照法律规定的方式决定。(4) 共有法律关系的权利内容只能是所有权，用益物权、担保物权及其他权利的共享只能参考共有制度。

2. 按份共有，是指两个或两个以上的共有人按照各自的份额分别对共有财产享有权利和承担义务。法律规定：(1) 按份共有人按照预先确定的份额分别对共有财产享有占有、使用和收益的权利；(2) 但对共有财产的使用，应由全体共有人协商决定；(3) 按份共有人死亡以后，其份额可以作为遗产由继承人继承或受遗赠人获得；(4) 按份共有人有权自由处分自己的共有份额，无须取得其他共有人的同意，但是共有人将份额出让给共有人以外的第三人时，其他共有人在同等条件下，有优先购买的权利。

3. 共同共有是指两个或两个以上的公民或法人，根据某种共同关系而对某项财产不分份额地共同享有权利并承担义务。需要注意的是：(1) 共同共有须以共同关系的存在为前提；(2) 共有人对共有财产不分份额地享有权利。对共有财产的处分，必须征得全体共有人的同意。(3) 共同共有关系终止时才能确定份额，分割共有财产。

对于约定不明确的共有关系，除共有人具有家庭关系等外，均视为按份共有。

4. 对于共有财产的处分，除共有人之间另有约定，处分共有的不动产或者动产以及对共有的不动产或者动产作重大修缮的，应当经占份额 2/3 以上的按份共有人或者全体共同共有人同意。一个或几个共有人未经占份额 2/3 以上的按份共有人同意或者其他共同共有人同意，擅自处分共有财产的，其处分行为应当作为效力待定的民事行为处理。根据法律规定或依据共有人之间的协议，

可以由某个共有人代表或代理全体共有人处分共有财产。无权代表或代理的共有人擅自处分共有财产的，如果其他共有人明知而不提出异议，视为其同意。对于共有财产的分割，共有人可以协商确定分割方式；达不成协议，共有的不动产或者动产可以分割并且不会因分割减损价值的，应当对实物予以分割；难以分割或者因分割会减损价值的，应当对折价或者拍卖、变卖取得的价款予以分割。

5. 相邻关系是指两个或两个以上相互毗邻的不动产的所有人或使用人，在行使不动产的所有权或使用权时，因相邻各方应当给予便利和接受限制而发生的权利义务关系。(1) 相邻一方因生产和生活上的需要，必须临时或长期通过对方使用的土地的，对方应当提供必要的方便。(2) 不动产权利人应当为相邻权利人用水、排水提供必要的便利。对自然流水的利用，应当在不动产的相邻权利人之间合理分配。对自然流水的排放，应当尊重自然流向。(3) 不动产权利人因建造、修缮建筑物以及铺设电线、电缆、水管、暖气和燃气管线等必须利用相邻土地、建筑物的，该土地、建筑物的权利人应当提供必要的便利，但不动产权利人不得危及相邻不动产的安全。(4) 相邻各方修建房屋和其他建筑物，必须与邻居保持适当距离，不得违反国家有关工程建设标准，不得妨碍邻居的通风和采光。(5) 不动产权利人不得违反国家规定弃置固体废物，排放大气污染物、水污染物、噪声、光、电磁波辐射等有害物质。

【要点提示】①共有只有一个所有权，只不过这个所有权由多个人共同享有；②对共有财产的处分须经全体共有人协商，并按照法律规定的方式决定；③共有法律关系的权利内容只能是所有权；④掌握按份共有和共同共有的区别；⑤对于约定不明确的共有关系，除共有人具有家庭关系等外，均视为按份共有；⑥注意共有财产处分的条件限制；⑦主张相邻关系的当事人，既可以是不动产的所有人，也可以是不动产的使用人；⑧掌握相邻关系的五种情况。

II. 经典例题

1. [判断题] 相邻关系是相邻的不动产所有权人或使用权人之间基于合同的约定而发生的权利义务关系。 （ ）

【答案】×

【解析】相邻关系的发生不是当事人通过合同约定的，其是基于行使所有权或使用权而发生的，也可以说是法律直接规定的。因此，相邻关系是基于合同约定而发生的判断是错误的。

2. [单项选择题] 甲、乙、丙共有一套房屋，其应有部分各为 1/3。为提高房屋的价值，甲主张将此房的地面铺上木地板，乙表示赞同，但丙反对。下列（ ）选项是正确的。

A. 因没有经过全体共有人同意，甲乙不得铺木地板

B. 因甲乙的应有部分合计过半数，故甲乙可以铺木地板

C. 甲乙只能在自己应有部分上铺木地板

D. 若甲乙坚持铺木地板，则需要先分割共有房屋

【答案】B

【解析】此题考查的是共有人对共有物的管理。按份共有人按照各自的份额对共有财产分享权利，分担义务。本案中，三人对房屋是按份共有，各共有人对共有物实施改良行为和处分行为时，应依共同意思，即全体同意，当不能形成共同意思时，则应依其份额占多数的共有人的意思，甲乙坚持铺木地板，在共有份额中占多数，所以即使丙不同意，甲乙仍可以铺木地板。

2.3 用益物权

2.3.1 用益物权概述

Ⅰ．考点分析

用益物权是对他人所有的不动产或者动产，依法享有占有、使用和收益的权利。其中包括土地承包经营权、建设用地使用权、宅基地使用权、地役权以及准物权。与所有权、担保物权相比较，用益物权具有以下特征：（1）用益物权以对标的物的使用、收益为主要内容，即注重物的使用价值，并以对物的占有为前提。（2）用益物权中除地役权外，均为主物权。（3）用益物权是他物权、是一种有期限的物权。

【要点提示】 ①掌握用益物权与所有权的区别；②掌握用益物权与担保物权的区别。

Ⅱ．经典例题

1．［多项选择题］下列权利中不属于用益物权的是（　　）。

A. 土地承包经营权　　　B. 抵押权

C. 土地使用权　　　　　D. 典权

【答案】B

【解析】根据《物权法》规定，用益物权是对他人所有的不动产或者动产，依法享有占有、使用和收益的权利。其中包括土地承包经营权、建设用地使用权、宅基地使用权、地役权以及准物权。

2．［判断题］用益物权是一种有期限的物权，而所有权具有存续上的永久性。（　　）

【答案】√

【解析】用益物权是他物权、是一种有期限的物权，而所有权具有存续上的永久性，即会因标的物的存在而永久存在。

2.3.2 承包经营权

Ⅰ．考点分析

承包经营权，是指由公民或集体组织，对国家所有或集体所有的土地、山岭、草原、荒地、滩涂、水面等，依照承包合同的规定而享有的占有、使用和收益的权利。承包经营权通过订立承包合同方式确立；承包经营权的期限因为内容的不同而有不同：耕地的承包期为 30 年；草地的承包期为 30～50 年；林地的承包期为 30～70 年，特殊林木的林地承包期，经国务院林业行政主管部门批准可以延长。在承包经营期限范围内，承包权人有权根据法律规定，采取转包、互换、转让等方式流转土地承包经营权，流转的期限不得超过承包期的剩余期限。如果采取互换、转让方式流转没有办理登记手续的，不得对抗善意第三人。通过招标、拍卖、公开协商等方式承包荒地等农村土地，依照农村土地承包法等法律和国务院的有关规定，其土地承包经营权可以转让、入股、抵押或者以其他方式流转。在承包期内，承包地被征收的，土地承包经营权人有权依照法律规定获得相应补偿。

【要点提示】 ①土地承包经营权自土地承包权合同生效时成立；②耕地的承包期为 30 年；③采取互换、转让方式流转没有办理登记手续的土地承包经营权，其不得对抗善意第三人。

Ⅱ．经典例题

1．［多项选择题］依照我国土地承包法，关于承包期限，下列表述正确的是（　　）。

A. 耕地的承包期为 30 年

B. 草地的承包期为 30～50 年

C. 林地的承包期为 30～70 年

D. 耕地、林地、草地的承包期均为 30 年

【答案】A B C

【解析】根据《物权法》规定，承包经营权的期限因为内容的不同而有不同：耕地的承包期为 30 年；草地的承包期为 30～50 年；林地的承包期为 30～70 年，特殊林木的林地承包期，经国务院林业行政主管部门批准可以延长。所以本题的答案是 ABC。

2．［多项选择题］依照我国土地承包法，承包方对取得的土地承包经营权享有流转的权利，该权利包括（　　）。

A. 转包权　　　　　　B. 出租权

C. 互换权　　　　　　D. 转让权

【答案】A B C D

【解析】在承包经营期限范围内，承包权人有权根据法律规定，采取转包、互换、转让等方式流转土地承包经营权。通过招标、拍卖、公开协商等方式承包荒地等农村土地，依照农村土地承包法等法律和国务院的有关规定，其土地承包经营权可以转让、入股、抵押或者以其他方式流转。所以本题的答案是 ABCD。

2.3.3 建设用地使用权

Ⅰ．考点分析

1. 建设用地使用权人依法对国家所有的土地

享有占有、使用和收益的权利，有权利用该土地建造建筑物、构筑物及其附属设施。建设用地使用权独立于土地所有权而存在；建设用地使用权可以在土地的地表、地上或者地下分别设立。

2. 建设用地使用权的取得方式有出让、划拨等方式，其中划拨是无偿取得使用权的方式。凡是工业、商业、旅游、娱乐和商品住宅等经营性用地，都应当采取招标、拍卖等公开竞价的方式出让。建设用地使用权以登记为生效要件。

3. 建设用地使用权与附着在上面的建筑物所有权采取"房随地走、地随房走、房地一体"的流转规则。权利人取得建设用地的使用权后，除法律另有规定的以外，有权将建设用地使用权转让、互换、出资、赠与或者抵押。在转让、互换、出资或者赠与时，附着于该土地上的建筑物、构筑物及其附属设施一并处分。当建筑物、构筑物及其附属设施转让、互换、出资或者赠与的，该建筑物、构筑物及其附属设施占用范围内的建设用地使用权一并处分。

【要点提示】①建设用地使用权可以在土地的地表、地上或者地下分别设立；②登记是建设用地使用权生效的条件；③建设用地使用权与附着在上面的建筑物所有权采取"房随地走、地随房走、房地一体"的流转规则。

Ⅱ.经典例题

1. [判断题] 建设用地使用权可以与该土地上的建筑物、构筑物及其附属设施分开处分。　　（　　）

【答案】×

【解析】建设用地使用权与附着在上面的建筑物所有权采取"房随地走、地随房走、房地一体"的流转规则。在转让、互换、出资或者赠与时，附着于该土地上的建筑物、构筑物及其附属设施一并处分，不可单独处分。

2. [多项选择题] 建设用地使用权的取得方式有（　　）。

A. 出让　　　　　　　　B. 划拨

C. 招标　　　　　　　　D. 拍卖

【答案】ABCD

【解析】建设用地使用权的取得方式有出让、划拨等方式。同时法律规定，凡是工业、商业、旅游、娱乐和商品住宅等经营性用地，都应当采取招标、拍卖等公开竞价的方式出让。

2.3.4　地役权

Ⅰ.考点分析

1. 地役权，是指土地上权利人（包括土地所有人、地上权人以及土地的承租人），为了自己使用土地的方便或者土地利用价值的提高，通过约定得以利用他人土地的权利。其中为他人土地利用提供便利的土地称为供役地，而享有地役权的土地称为需役地。地役权具有从属性和不可分性。地役权的

从属性，是就地役权与需役地的关系而言。具体表现为两个方面：（1）地役权不得与需役地相分离单独转让，不得单独设定抵押。（2）地役权不得与需役地的所有权或使用权相分离，作为其他权利的标的。所谓地役权的不可分性，是指地役权存在于需役地和供役地的全部，不能分割为各个部分或仅仅以一部分而单独存在。我国对地役权的设定采用的是登记对抗主义，地役权自地役权合同生效时设立，当事人要求登记的，可以向登记机构申请地役权登记；未经登记，不得对抗善意第三人。

2. 地役权人有权依据合同约定的利用目的和方法利用供役地，同时尽量减少对供役地权利人物权的限制。地役权与其他用益物权之间的平衡采取下列方式：（1）土地所有权人享有地役权或者负担地役权的，设立土地承包经营权、宅基地使用权时，该土地承包经营权人、宅基地使用权人继续享有或者负担已设立的地役权。（2）土地上已设立土地承包经营权、建设用地使用权、宅基地使用权等权利的，未经上述用益物权人同意，土地所有权人不得设立地役权；（3）需役地以及需役地上的土地承包经营权、建设用地使用权部分转让时，转让部分涉及地役权的，受让人同时享有地役权；（4）供役地以及供役地上的土地承包经营权、建设用地使用权部分转让时，转让部分涉及地役权的，地役权对受让人具有约束力。如果地役权人滥用地役权或者约定的付款期间届满后在合理期限内经两次催告未支付费用的，供役地权利人有权解除合同使得地役权消灭。

3. 地役权与相邻关系的区别主要体现在：（1）相邻关系实质上是相邻不动产所有人或使用人行使权利的延伸或限制，因而相邻关系不是一项独立的民事权利，更非独立的他物权。而地役权是一种物权，它是归属于需役地人的一种用益物权。（2）相邻关系是法定的，不需要登记程序。地役权通常是由当事人各方通过合同约定设立，没有经过登记程序，不能对抗善意第三人。（3）地役权的设立是为了使不动产权利人的权利得到更好的行使，是一个比较高的标准；而相邻关系则是为了达到使用的最低标准。（4）相邻关系强调相邻，地役权不一定相邻，虽然地役权多发生在相邻不动产间，但也可以发生在不相邻的不动产间。

【要点提示】①注意地役权和相邻关系的联系与区别；②地役权具有从属性和不可分性；③地役权的设定采用的是登记对抗主义；④掌握供役地权利人解除地役合同的条件。

Ⅱ.经典例题

1. [多项选择题] 甲为了能在自己的房子里欣赏远处的风景，便与相邻的乙约定：乙不在自己的土地上从事高层建筑；作为补偿，甲每年支付给乙4 000元。两年后，乙将该土地使用权转让

给丙。丙在该土地上建了一座高楼，与甲发生了纠纷。对此纠纷，下列（　　）判断是正确的。

A. 甲对乙的土地不享有地役权

B. 甲有权不让丙建高楼，但得每年支付其4 000元

C. 丙有权建高楼，但须补偿甲由此受到的损失

D. 甲与乙之间的合同因没有办理登记而无效

【答案】A

【解析】本题考查的是地役权。地役权是指为实现自己土地的利益而使用他人土地的权利。甲欣赏景色不是实现自己土地的利益，乙不能建高楼是禁止性条款，而不是使用他人的土地。所以，A的说法是正确的。

2. [多项选择题] 在下列民事关系中，（　　）应按照相邻关系处理。

A. 甲在乙的房屋后挖菜窖，造成乙的房屋基础下沉，墙体裂缝引起纠纷

B. 甲新建的房屋滴水，滴在乙的房顶上，引起纠纷

C. 甲村在河流上游修建拦河坝，使乙村用水量剧减，引起纠纷

D. 甲家与乙家相邻，甲家的猫闯入乙家，打碎乙家的花瓶，引起纠纷

【答案】A B C

【解析】相邻关系是指两个或两个以上相互毗邻的不动产的所有人或使用人，在行使不动产的所有权或使用权时，因相邻各方应当给予便利和接受限制而发生的权利义务关系。本案中ABC符合相邻关系的有关规定。

2.4　担保物权

2.4.1　抵押

I. 考点分析

1. 抵押权具有从属性、不可分性、物上代位性和不转移标的物占有的特征，考生对前三点特征应当展开理解。当事人不得签订流质合同。

2. 抵押权的设定。

（1）抵押物必须是特定的、可以转让的。注意抵押物的从物如何处理；抵押物附合、混合、加工时怎么处理；抵押物为共同财产时怎么处理。同时需要注意，抵押权人在债务履行期届满前，不得与抵押人约定债务人不履行到期债务时抵押财产归债权人所有。如果双方在合同中约定债务人不履行到期债务时，抵押财产归债权人所有，则此条款（流质条款）无效，流质条款无效不影响抵押合同其他条款的效力。

7类财产可以抵押；6类财产不得抵押。

（2）抵押物登记的效力：①当事人以建筑物、建设用地使用权、土地承包经营权、正在建造的建筑物作抵押的，抵押合同登记生效。②其他抵押合同自合同成立时起生效，没有办理登记手续的，不能对抗善意第三人。

（3）抵押权的效力：①抵押人享有对抵押物的占有权、取得孳息权、处分权、收益权。②抵押人的义务主要是妥善保管抵押物。③抵押权人的权利包括保全抵押物、放弃抵押权、变更抵押权的顺位和优先受偿权。

3. 抵押权的实现。

（1）抵押担保的范围包括主债权及利息、违约金、损害赔偿金、保管担保财产和实现抵押权的费用；抵押合同另有约定的，按约定。

（2）债务履行期届满抵押权人未受清偿的，抵押权人可以与抵押人协议以抵押物折价或者以拍卖、变卖该抵押物所得的价款受偿。

（3）抵押物折价或者拍卖、变卖所得的款项，当事人没有约定的，按照实现抵押权的费用、主债权的利息、主债权这一顺序清偿。

（4）同一财产向两个以上债权人抵押的，拍卖、变卖抵押物所得的价款按照抵押物登记的先后顺序清偿；抵押物已登记的先于未登记的清偿；抵押合同未登记的，按照债权比例清偿。如：甲向乙借1万元，将家里的钢琴作抵押；甲又向丙借2万元，也以这台钢琴作抵押。这两次抵押都没有登记过。当两个债权期限届满时，甲无法清偿，而这台钢琴因为比较陈旧了，变卖后只得了1.5万元。因此乙和丙按照比例受偿，即乙得0.5万元，丙得1万元。

（5）同一财产向两个以上债权人抵押的，顺序在先的抵押权与该财产的所有权归属一人时，该财产的所有权人可以其抵押权对抗顺序在后的抵押权。还是以上的例子，甲将钢琴先押给乙，后押给丙。在拍卖此钢琴时，乙又买下了这台钢琴，因此抵押权与所有权归属于一人了，此时乙得到的优先受偿权再也不是与丙按比例分配，而是由其受偿1万元，余下5 000元由丙受偿。

（6）同一财产向两个以上债权人抵押的，顺序在后的抵押权所担保的债权先到期的，抵押权人只能就抵押物价值超出顺序在先的抵押担保债权的部分受偿。甲3月5日将钢琴押给乙，并于3月6日进行了抵押登记，欠乙的1万元债将于12月5日到期；甲又于5月8日将钢琴押给丙，但没有办理抵押登记，该债务（也是1万元）将于10月15日到期。甲对丙的债务到期在先，但抵押权实现顺序在后，因此当10月15日甲无法清偿对丙的到期债务时，钢琴变卖款15 000元不能全部用来清偿对丙的债务，因为乙的抵押债权实现顺序在先，丙只能就超过对乙的清偿额的5 000元受偿。

（7）同一财产法定登记的抵押权与质权并存时，抵押权人优先于质权人受偿。

（8）同一财产抵押权与留置权并存时，留置

权人优先于抵押权人受偿。

（9）建设工程价款的优先受偿权优先于抵押权受偿。

（10）同一债权有两个以上抵押人的，当事人对其提供的抵押财产所担保的债权份额或者顺序没有约定或者约定不明的，抵押权人可以就其中任一或者各个财产行使抵押权。如果债权人放弃债务人提供的抵押担保的，其他抵押人可以请求人民法院减轻或者免除其应当承担的担保责任。抵押人承担担保责任后，可以向债务人追偿，也可以要求其他抵押人清偿其应当承担的份额。

4. 最高额抵押。

（1）最高额抵押是指抵押人与抵押权人协议，在最高债权额限度内，以抵押物对一定期间内连续发生的债权作担保。最高额抵押担保的债权包括将要发生和已经存在的债权。

（2）最高额抵押担保的债权确定前，部分债权转让的，最高额抵押权不得转让，但当事人另有约定的除外。

抵押权人债权确定的情形如下：①约定的债权确定期间届满；②没有约定债权确定期间或约定不明确，抵押权人或抵押人自最高额抵押权设立之日起满2年后请求确定债权；③新的债权不可能发生；④抵押财产被查封扣押；⑤债务人、抵押人被宣告破产或被撤销；⑥法律规定的其他情形。

【要点提示】①建筑物、建设用地使用权、土地承包经营权、正在建造的建筑物抵押，登记后生效；②一物两抵，按登记的先后顺序清偿；已登记的优先于未登记的；都未登记的按比例清偿。顺序在先的抵押权与所有权归属一人时，所有权人可以对抗顺序在后的抵押权。顺序在后的抵押权先到期，只能就抵押物价值超出在先的抵押权的部分受偿；③法定登记的抵押权先于质权后于留置权；④一债两抵，债权人自行决定抵押权行使，债权人放弃债务人的抵押，其他抵押人可减免责任；⑤最高额抵押债权的确定。

Ⅱ. 经典例题

1. ［单项选择题］1999年3月10日乙以其不动产为抵押，与甲签订为期1年的借款合同。2000年2月10日，乙将其抵押的不动产作为标的的与丙签订买卖合同，甲得知后对此表示反对。按照法律规定，乙丙双方所签订的合同在效力上属于（　）。

A. 有效合同　　　B. 无效合同
C. 可撤销合同　　D. 效力待定合同

【答案】B

【解析】法律规定，抵押人在抵押期间转让已办理登记的抵押物的，应当通知抵押权人并告知受让人转让物已经抵押的情况，否则转让行为无效。抵押权人同意的则该转让合同有效。

2. ［综合题］2003年6月，甲公司将一台价值900万元的机床委托乙仓库保管，双方签订的保管合同约定：保管期限从6月21日至10月20日，保管费用2万元，由甲公司在保管到期提取机床时一次付清。

8月，甲公司急需向丙公司购进一批原材料，但因资金紧张，暂无法付款。经丙公司同意，甲公司以机床作抵押，购入丙公司原材料。双方约定：至12月8日，如甲公司不能偿付全部原材料款，丙公司有权将机床变卖，以其价款抵偿原材料款。

10月10日，甲公司与丁公司签订了转让机床合同（甲公司已通知丙公司转让机床的情况，同时也已向丁公司说明该机床已抵押的事实），双方约定：甲公司将该机床作价860万元卖给丁公司，甲公司于10月31日前交货，丁公司在收货后10日内付清货款。

10月下旬，甲公司发现丁公司经营状况恶化（有证据证明），于是通知丁公司中止交货并要求丁公司提供担保，丁公司没有给予任何答复。11月上旬，甲公司发现丁公司经营状况进一步恶化，于是向丁公司提出解除合同。丁公司遂向法院提起诉讼，要求甲公司履行合同并赔偿损失。

【要求】根据上述事实及有关法律规定，回答下列问题：

（1）如果甲公司到期不支付机床保管费，乙仓库可以行使什么权利？

（2）甲公司向丁公司转让已抵押的机床，甲、丁公司订立的转让合同是否有效？为什么？

（3）甲公司能否中止履行与丁公司订立的转让机床合同？为什么？

（4）甲公司能否解除与丁公司订立的转让机床合同？为什么？

【答案及解析】

（1）如果甲公司到期不支付机床保管费，乙仓库可以行使留置权。

（2）甲、丁公司之间的转让合同有效。根据规定，在抵押期间，抵押人转让已办理登记的抵押物的，应当通知抵押权人并告知受让人转让物已经抵押的情况。抵押人未通知抵押权人或者未告知受让人的，转让行为无效。

（3）甲公司可以中止履行合同。根据规定，应当先履行债务的当事人，有确切证据证明对方经营状况严重恶化的，可以行使不安抗辩权，中止合同履行。

（4）甲公司可以解除合同。根据规定，当事人在中止履行合同后，如果对方在合理期限内未恢复履行能力并且未提供适当担保的，可以解除合同。

Ⅲ. 相关链接

同一债权上数个担保并存的概括：

（1）同一债权上数个抵押并存时，债权人放弃债务人提供的物的担保的，其他担保人在其放弃权利的范围内减轻或者免除担保责任。已承担担保责任的抵押人有权向债务人追偿，或者要求其他抵押人清偿其应当承担的份额。

（2）同一债权上有两个以上保证人的，按照与债权人的约定承担保证责任；没有约定的，承担连带保证责任。已承担连带责任的保证人有权向债务人追偿，或者要求其他保证人清偿其应当承担的份额。

（3）同一债权上既有抵押又有保证的，①根据当事人的约定确定承担责任的顺序。②没有约定或约定不明的，先就债务人的物的担保求偿。③没有约定或约定不明，又没有债务人的物的担保的，第三人物保和保证担保同一顺序清偿；如果其中一人承担了担保责任，则只能向债务人追偿，不能向另一个担保人追偿。

请考生注意：本知识点讲的是同一债权上数个担保并存的情况，如果一笔债权上分别有两个以上担保的不在此列。如甲向银行借款 200 万元，以自己的房子抵押担保 50 万元，乙为其保证 150 万元。当甲无法还债时，银行放弃对甲的房子的优先受偿权的，乙仍然应当承担 150 万元的保证责任。因为房子抵押和乙的保证是与银行约定的分别的担保。

2.4.2 质押

Ⅰ．考点分析

1. 质押，指债务人或者第三人将其动产或权利移交债权人占有，将该财产作为债的担保，当债务人不履行债务时，债权人有权依法以该财产变价所得优先受偿。质押与抵押权相比，有一定的区别：（1）抵押的标的物既可以是动产也可以是不动产。质押的标的物则不包括不动产；质押分为动产质押和权利质押，用于质押的标的物可以是动产或者权利。（2）抵押权的设定不要求移转抵押物的占有；质权的设定必须移转占有。（3）抵押权设定不移转占有；由于质押移转标的物的占有，因此质押人虽然享有对标的物的所有权，但不能直接对质押物进行占有、使用、收益。

2. 动产质押，是以动产作为标的物的质押。法律规定：（1）质押合同自质物移交于质权人占有时生效。出质人以间接占有的动产出质的，书面通知送达占有人时视为移交；占有人收到出质通知后仍接受出质人的指示处分出质财产的，该行为无效。出质人和质权人不得签订流质合同；但该条款无效不影响质押合同其他部分的效力。出质人和质权人可以协议设立最高额质权。（2）动产质权的效力及于质物的从物，但从物未随同质物移交的除外。（3）质押期间，质权人有权占有质物并收取孳息，孳息作为质押标的。质权人在质权存续期间，为担保自己的债务，经出质人同意，以其所

占有的质物为第三人设定质权的，应当在原质权所担保的债权范围之内，超过的部分不具有优先受偿的效力。转质权的效力优于原质权。

3. 权利质押指以可转让的权利为标的物的质权，其有七种分类，需要注意的是，（1）以有价证券质押的，质权自权利凭证交付时起设立；没有权利凭证的，自有关部门办理登记时起生效。①以汇票、支票、本票质押的，必须背书"质押"字样，否则不能对抗善意第三人；②以公司债券质押的，必须背书"质押"字样，否则不能对抗公司和第三人；③以存款单出质的，银行核押后又受理挂失并造成存款流失的，应承担民事责任；④以票据、债券、存款单、仓单、提单出质的，质权人再转让或质押的无效；⑤汇票、支票、本票、债券、存款单、仓单、提单的兑现日期或提货日期先于主债权到期的，质权人可以兑现或提货，并可以提前清偿债务或提存。（2）以可以转让的基金份额、股权出质的，质权自登记时起设立，其中以非由证券登记结算机构登记的股权出质的，质权自工商部门办理出质登记时设立。①必须是依法可以转让的基金份额或股权，质权的效力及于孳息，②基金份额、股权出质后不得转让，但经出质人与质权人协商同意的除外，转让所得应提前清偿债务或提存；③国有股东授权单位持有的国有股只限于为本单位及全资或控股子公司提供质押，且不得超过其持有的该上市公司国有股总额的 50%；④股权质押还应当符合公司法关于股权转让的规定。（3）以可以转让的商标专用权以及专利权，著作权中的财产权出质的，质押合同自登记之日起生效。设定质权后，未经质权人同意不得转让或许可他人使用。否则认定为无效，因此给质权人或第三人造成损失的，由出质人承担民事责任。（4）以应收账款出质的，质权自信贷征信机构办理登记时设立。应收账款出质后不得转让，但经出质人与质权人协商同意的除外，转让所得应提前清偿债务或提存。

【要点提示】 ①动产质押：交付生效，流质合同无效但不影响质押效力。转质权的效力优于原质权；②权利质押：共七类，自权利凭证交付时起设立；注意自登记起生效的权利质押。

Ⅱ．经典例题

1. ［2002 年单项选择题第 12 题］甲公司向银行贷款，并以所持乙上市公司股份用于质押。根据担保法律制度的规定，该质押合同生效的时间是（　　）。

A. 借款合同签订之日

B. 质押合同签订之日

C. 向证券登记机构申请办理出质登记之日

D. 证券登记机构办理出质登记之日

【答案】 D

【解析】《担保法司法解释》规定，以上市公

司的股份出质的，质押合同自证券登记机构办理出质登记之日起生效。

2.［多项选择题］下列关于质押合同生效时间的表述中，符合担保法律制度规定的有（ ）。

A. 以机器设备出质的，质押合同自机器设备移交质权人占有之日起生效

B. 以仓单出质的，质押合同自仓单交付之日起生效

C. 以非上市公司的股份出质的，质押合同自股份出质记载于股东名册之日起生效

D. 以依法可转让的专利权出质的，质押合同自向其管理部门出质登记之日起生效

【答案】A B C D

【解析】本题考核质押合同生效时间。以上四项均符合规定。

2.4.3 留置

Ⅰ. 考点分析

1. 留置是指债权人按照合同约定占有债务人的动产，债务人不按合同约定的期限履行债务，债权人有权依法留置财产，以该财产折价或者以拍卖、变卖该财产的价款优先受偿。留置权属于担保物权，因此具有担保物权的从属性、不可分性和物上代位性等担保物权的特征。同时，留置权属于法定的担保物权。留置权只有在符合法律规定的条件时产生，并非依当事人约定产生。但当事人可以通过合同约定排除留置权的适用。

2. 留置权的构成条件有三项：（1）债权人占有债务人的动产。如债权人合法占有债务人交付的动产时，不知债务人无处分该动产的权利，债权人可以依法行使留置权。（2）占有的动产与债权属于同一法律关系，但企业之间留置的除外。（3）债权已届清偿期且债务人未按期履行义务。

3. 留置权的效力及于从物、孳息和代位物。留置物为不可分物的，留置权人可以就其留置物全部行使留置权。留置权的效力分三个层次：（1）留置标的物；债权人在其债权没有得到清偿，有权留置债务人的财产，并给债务人确定一个履行期限。《物权法》的规定，该履行期限应当为两个月以上。（2）优先受偿；即债务人超过规定的期限仍不履行其债务时，留置权人可依法以留置物折价或拍卖、变卖所得价款优先受偿。留置财产折价或者拍卖、变卖后，其价款超过债权数额的部分归债务人所有，不足部分由债务人清偿。（3）同一动产上已设立抵押或者质权，该动产又被留置的，留置权人优先受偿。

【要点提示】注意：占有的动产与债权属于同一法律关系是留置权的特征，但企业之间留置的除外。

Ⅱ. 经典例题

1.［2005年多项选择题第20题］下列合同中，一方当事人不履行支付款或者报酬义务时，另一方可依法行使留置权的有（ ）。

A. 保管合同　　　　B. 建设工程合同

C. 货物运输合同　　D. 行纪合同

【答案】A C

【解析】留置是一种典型的法定担保形式，通常适用于保管、运输、加工承揽合同中债务人不履行债务的情形。

2.［判断题］东风公司受红光公司委托，加工一批服装，双方约定红光公司提供面料并支付加工费。红光公司超过领取期3个月不来取货也不支付加工费，东风公司经催告无效便将其做好的服装予以拍卖，所得价款，用于抵补加工费、保管费之后，将剩余款项全部退给了红光公司。东风公司的行为不合法。（ ）

【答案】×

【解析】东风公司拍卖服装的行为是行使了《担保法》规定的留置权。

知识点测试

一、单项选择题

1. 物权法的基本原则不包括（ ）。

A. 物权法定

B. 一物一权

C. 物权行为独立性和无因性

D. 不动产物权公示、公信

2. 甲有天然奇石一块，不慎丢失。乙误以为无主物捡回家，配以基座，陈列于客厅。乙的朋友丙十分喜欢，乙遂以高价卖石于丙。后甲发现，向丙追索。下列选项中，（ ）是正确的。

A. 奇石属遗失物，丙应返还给甲

B. 奇石属无主物，乙取得其所有权

C. 乙因加工行为取得奇石的所有权

D. 丙可以取得奇石的所有权

3. 甲企业有一价值800万元的办公大楼，甲以该大楼抵押，向乙银行贷款500万元。后来甲因生产经营需要，再次以该大楼作抵押，向丙银行贷款200万元，两个抵押权均经过登记。那么，对此的下列表述中，正确的是（ ）。

A. 第二个抵押权无效，因为物权具有排他性

B. 两个抵押权都有效，乙银行和丙银行对于抵押物有同等的优先受偿权

C. 两个抵押权均有效，但乙银行的抵押权优先于丙银行的抵押权

D. 如两个抵押权设立后，该大楼的价值跌到500万元，则第二个抵押权无效

4. 以下属于物权继受取得方式的是（ ）。

A. 甲之建筑材料添附于乙之房屋

B. 甲对于无主动产进行先占而取得其所有权

C. 甲与土地所有人乙订立地上权契约而取得地上权

D. 依善意取得之规定，甲取得先前属于乙所有的动产

5. 下列选项中，正确的是（　　）。

A. 物权的效力是对特定人的效力

B. 物权的变动在交付时发生

C. 物权的客体为特定物

D. 物权类型的设定原则上采任意主义

6. "一物一权" 的含义是（　　）。

A. 一物上只能成立一个物权

B. 法律禁止在同一物上，同时设立两个以上的抵押权

C. 排除在同一物上同时设立所有权和他物权

D. 不得在同一物上，同时设立两个以上内容冲突的物权

7. 甲出卖电脑于乙，同时约定甲作为借用人继续占有电脑 1 个月，此种交付方式属于（　　）。

A. 简易交付　　　　B. 占有改定

C. 现实交付　　　　D. 指示交付

8. 甲、乙、丙依次比邻而居，甲为修房向乙提出在其院内堆放建材，乙不允，甲遂向丙提出在其院内堆放，丙要求甲付费 200 元，并提出不得超过 20 天，甲同意。修房过程中，甲搬运建材须从乙家门前经过，乙予以阻拦。对此，下列（　　）说法不正确。

A. 乙无权拒绝甲在其院内堆放建材

B. 乙无权阻拦甲经其门前搬运建材

C. 甲应依约定向丙支付占地费

D. 若建材堆放时间超过 20 天，丙有权要求甲清理现场

9. 下列关于留置权的说法，错误的是（　　）。

A. 留置权的范围，仅限于承揽、运输、保管、仓储和行纪五种合同

B. 留置权的范围，包括一切债权人合法占有债务人动产的场合，并不限于 A 项所列的五种合同

C. 对于企业之间的留置，债权人所留置的动产，并不需要与债权属于同一法律关系

D. 在没有约定或者约定不明确的情况下，留置权人应当给债务人两个月以上履行债务的期间，但鲜活易腐等不易保管的动产除外

10. 甲、乙、丙共有一套房屋，其应有部分各为 1/3。为提高房屋的价值，甲主张将此房的地面铺上木地板，乙表示赞同，但丙反对。下列选项中，（　　）是正确的。

A. 因没有经过全体共有人的同意，甲乙不得铺木地板

B. 因甲乙的部分合计占份额的 2/3 以上，故甲乙可以铺木地板

C. 甲乙只能在自己的应有部分上铺木地板

D. 因甲乙的应有部分合计已过半数，故甲乙可以铺木地板

11. 关于权利质押的登记，下列说法错误的是（　　）。

A. 债务人以应收账款出质的，质权自信贷征信机构办理出质登记时设立

B. 以不需要在证券登记结算机构登记的股权出质，质权自工商行政管理部门办理出质登记时设立，不以记载于股东名册为准

C. 以仓单出质的，质权自有关部门办理出质登记时设立

D. 以基金份额出质的，质权自证券登记结算机构办理出质登记时设立

12. 主债权的诉讼时效结束后，关于抵押权人行使担保物权的诉讼时效期间，下列说法正确的有（　　）。

A. 抵押权人可以在诉讼时效结束后 6 个月内行使，未行使的，人民法院不予保护

B. 抵押权人可以在诉讼时效结束后 1 年内行使，未行使的，人民法院不予保护

C. 抵押权人可以在诉讼时效结束后 2 年内行使，未行使的，人民法院不予保护

D. 抵押权人应当在主债权诉讼时效期间行使抵押权，未行使的，人民法院不予保护

13. 甲将房屋一间作抵押向乙借款 2 万元，并办理了登记手续。抵押期间，丙向某甲表示愿以 3 万元购买甲的房屋，甲也想将抵押的房屋出卖。对此，下列（　　）表述是正确的。

A. 甲有权将该房屋出卖，但仅需告知抵押权人乙

B. 甲可以将该房屋出卖，不必征得抵押权人乙的同意

C. 甲可以将该房屋卖给丙，但应征得抵押权人乙的同意

D. 甲未经乙的同意将该房屋卖给丙，丙不能行使第三人的抗辩权

14. 2007 年 4 月 1 日清晨，某渔村有乐乐、花花、老占三人，相约去赶海，潮水退后，三人同时在沙滩上发现一颗珍珠，三人很高兴，将珍珠暂时交给老占保管。乐乐和花花商定用这颗珍珠去换一艘小渔船，但老占表示不同意，私自去邻村换了一头毛驴。对此，下列说法错误的有（　　）。

A. 老占私自去邻村换毛驴的行为属于效力待定

B. 只要乐乐和花花两人同意，就可以用这颗珍珠去换小渔船

C. 必须乐乐、花花、老占三人都同意，才能用这颗珍珠去换小渔船

D. 老占可以随时请求将珍珠变卖，就取得的价款予以分割，不需要重大理由

二、多项选择题

1. 质权人在质权存续期间，有（ ）行为并给出质人造成损失的，必须承担赔偿责任。
   A. 经出质人同意使用质物
   B. 经出质人同意出租质物
   C. 未经出质人同意使用质物
   D. 未经出质人同意出租质物
   E. 未经出质人同意处分质物

2. 甲企业设立在上海市某地区，其占用的土地为划拨取得的国有土地，当其将土地设立抵押权时，下列（ ）论述是对的。
   A. 该抵押合同必须要登记
   B. 该抵押合同不仅要登记，而且要经有关主管部门批准
   C. 抵押权实现时，抵押权人对土地的全部卖得款享有优先受偿权
   D. 抵押权实现时，抵押权人对土地卖得款缴纳土地出让金后的剩余部分享有优先受偿权

3. 关于地役权的取得，下列（ ）项表述是正确的。
   A. 可以通过订立合同后登记取得
   B. 可以通过继承取得
   C. 可以通过地役权的抵押取得
   D. 可以因取得时效完成而取得

4. 甲与乙公司订立房屋买卖合同，双方约定，乙公司将价值 30 万元的别墅卖给甲，并于 5 日内付款，若任何一方违约，违约方将支付房屋总价款的 20% 的违约金。随后甲乙双方对房屋买卖进行了预告登记。该合同订立后的第 3 日，乙公司又将该别墅以 40 万元价款卖给丙，同时办理房屋产权登记。甲（ ）。
   A. 可以主张丙的所有权无效
   B. 可以行使物权返还请求权
   C. 可以行使消灭危险请求权
   D. 可以行使排除妨碍请求权

5. 某股份有限公司因进行技术改造需要一笔资金，就以其享有的一项实用新型专利权作为质押，向银行申请了 200 万元人民币的贷款，在签订了贷款合同和质押合同后，双方即向有关部门办理了出质登记手续。则以下说法正确的是（ ）。
   A. 该质押合同自办理质押登记手续时生效
   B. 该质押合同自该公司向银行交付专利证书时生效
   C. 质押合同生效后，该公司不得转让或者许可他人使用该项专利权
   D. 质押合同生效后，该公司可以转让或者许可他人使用该项专利权，但是应当经过银行同意

6. 甲、乙、丙、丁分别购买了某住宅楼（共四层）的 1~4 层住宅，并各自办理了房产证。下列

（ ）说法是正确的。
   A. 甲、乙、丙、丁有权分享该住宅楼的外墙广告收入
   B. 一层住户甲对三、四层间楼板不享有民事权利
   C. 若甲出卖其住宅，乙、丙、丁享有优先购买权
   D. 如四层住户丁欲在楼顶建一花圃，须得到甲、乙、丙同意

7. A 向 B 借 15 万元，以自己的房屋进行抵押，但两人因感觉登记手续过于麻烦，所以双方约定不用去进行抵押登记。后 A 又向 C 借 20 万元，以相同的房屋向 C 质押。后 A 再向 D 借 15 万元。现三个借款合同均已到期，但 A 除此房屋外并无其他财产，A 的房屋拍卖后得 45 万元。就 A 房屋拍卖后的钱款应当如何偿还债务，下列（ ）说法是错误的。
   A. C 优先受偿 20 万元，B、D 在剩余的 25 万元中平均受偿
   B. C 优先受偿 20 万元，B 再优先受偿 15 万元，D 只能得到 10 万元
   C. B、C、D 在 45 万元内平均受偿
   D. B、C、D 在 45 万元内按 3∶4∶3 的比例受偿

8. 下列案件中，（ ）项适用返还原物。
   A. 张某借了王某的手表并把它卖给刘某，刘某以为是张某自己的手表而买之，王某要求刘某返还
   B. 宋某偷了李某的金项链送给女友王某，王某在不知情的情况下收下，李某要求王某返还
   C. 贺某借给宋某一支金笔，宋某谎称丢失，贺某要求宋某返还
   D. 赵某向钱某购羊两只，钱某将羊交付赵某后，赵某又将羊卖给孙某，赵某得款后迟迟不付钱某的羊款，钱无奈要求赵某返还两只羊

9. 甲为了能在自己房中欣赏远处风景，便与相邻的乙约定：乙不在自己的土地上建造高层建筑，作为补偿，甲一次性支付给乙 4 万元。两年后，甲将该房屋转让给丙，乙将该土地使用权转让给丁（丁并不知道甲乙之间的约定）。对此，下列（ ）判断是错误的。
   A. 甲、乙之间的约定为有关相邻关系的约定
   B. 丙可禁止丁建高楼，且无须另对丁进行补偿
   C. 若丁建高楼，丙只能要求甲承担违约责任
   D. 甲、乙之间约定因房屋和土地使用权转让而失去效力

10. 下列观点中，（ ）是正确的。
   A. 居住权为物权
   B. 居住权为他物权
   C. 居住权为用益物权
   D. 居住权的客体为居住房屋（包括该房屋的附属设施）

三、判断题

1. 以尚未建造或正在建造中的建筑物作抵押，抵押无效。（　）

2. 以依法可以转让的股票出质的，出质人与质权人订立的质押合同自出质人将股票交付于质权人时生效。（　）

3. 荣耀公司受荣盛公司委托，加工一批服装，双方约定荣盛公司提供面料并支付加工费。荣盛公司超过领取期 3 个月不来取货也不支付加工费，荣耀公司经催告无效便将其做好的服装予以拍卖，所得价款，用于抵补加工费、保管费之后，将剩余款项全部退给了荣盛公司。荣耀公司的行为不合法。（　）

4. 一方面，物权往往是债权成立的基础，另一方面，债权又往往是物权运动的结果。（　）

5. 数个物权并存一物时，先设立的物权一定有优先权。（　）

6. 甲、乙共同出资购买一房并出租给丙，租房期间甲欲转让自己的份额，乙、丙均表示愿意购买，该房的邻居丁也很想购买，正确的处理是在同等条件下由丁优先购买。（　）

7. 对所有权的法律上的处分是指通过法律行为改变所有物的法律状态，如出租、转让、设定他物权以及改造等。（　）

8. 由于所有权是对物的最完全的支配权利，是一种绝对权，因此意味着所有权是一种不受任何制约的权利。（　）

9. 留置权作为一种债的担保方式，既可以适用于合同债权的担保，也可以适用于侵权之债的担保。（　）

10. 以动产设定的质权，自质押合同登记时有效。（　）

11. 同一债权有两个以上抵押人的，当事人对其提供的抵押财产所担保的债权份额或者顺序没有约定或者约定不明的，抵押权人可就其中任一或者各个财产行使抵押权。如果某一抵押人承担担保责任后，只能向债务人追偿。（　）

12. 依据交付要件主义，在标的物移转占有前，物权的变动不能对抗第三人，只能在当事人之间产生效力。（　）

13. 甲、乙、丙三人合伙投资开办一餐厅，现甲急需钱用，甲有权将自己的份额转让给愿意购买的丁。（　）

14. 甲向乙借款 3 万元，约定以甲所有的音响设备作抵押，双方签订了书面抵押合同，未办理登记。在抵押期间，乙可以无条件地将其这一抵押权转让给丙。（　）

四、综合题

1. 某市 A 物业开发公司，于 2000 年 3 月 3 日以 8 000 万元出让金获得该市黄金地段一幅土地用于房屋住宅建设，开工日期为当年 4 月 3 日，但因后续资金未能充分到位而无法启动。直到 2001 年 5 月 8 日，A 物业开发公司因后续资金到位才全面开工，但进度很快。2001 年 6 月 6 日 A 到物业开发公司开始在全市范围内推出该项目楼盘预售。由于楼盘价位适中，颇受购房者青睐。A 物业开发公司在收到预售房款后将其中大部分资金转入其子公司某证券公司进行炒股。2001 年 12 月 18 日，A 物业开发公司与 B 集团公司签证了有偿转让已完工的甲座、乙座两幢多层住宅楼的协议。

根据以上情况回答以下问题：

（1）仅就本案所提供的材料，A 物业开发公司有哪些违法行为？

（2）A 物业公司向 B 集团公司转让房地产时应具备什么条件及履行什么手续？

（3）如果 A 物业开发公司 2001 年 5 月 16 日曾与该市 C 合作银行签订一份《贷款合同》和《房地产抵押合同》，以甲座、乙座楼所占用地的土地使用权为抵押物；2002 年 11 月 16 日，该银行以 A 物业开发公司未能按期偿还贷款为由要求将甲、乙两座进行整体拍卖，并对拍卖所得全部价款要求进行优先受偿，请问该合作银行的要求合理吗？为什么？

2. 冯某系养鸡专业户，为改建鸡舍和引进良种鸡需资金 20 万元。冯某向陈某借款 10 万元，以自己的一套价值 10 万元的音响设备抵押，双方立有抵押字据，但未办理登记。冯某又向朱某借款 10 万元，以该音响设备质押，双方立有质押字据，并将音响设备交付朱某占有。冯某得款后，改造了鸡舍，且与县良种站签订了良种鸡引进合同。合同约定良种鸡款共计 2 万元，冯某预付定金 4 000 元，违约金按合同总额的 10% 计算，冯某以销售肉鸡的款项偿还良种站的货款，合同没有明确约定履行地点。后县良种站将良种鸡送交冯某，要求支付运费，冯某拒绝。因发生不可抗力事件，冯某预计的收入落空，冯某因不能及时偿还借款和支付货款而与陈某、朱某及县良种站发生纠纷。诉至法院后，法院查证上述事实后又查明：朱某在占有该设备期间，不慎将该设备损坏，送蒋某修理，朱某无力交付蒋某的修理费 1 万元，该设备现已被蒋某留置。请问：

（1）冯某与陈某之间的抵押关系是否有效？为什么？

（2）冯某与朱某之间的质押关系是否有效？为什么？

（3）朱某与蒋某之间存在什么法律关系？

（4）陈某要求对该音响设备行使抵押权，朱某要求行使质押权，蒋某要求行使留置权，应由谁优先行使其权利？为什么？

3. 孔某所居住的房屋是祖父所留，1999年，孔某将其中的一间进行翻修改造时，在屋子的房脊内发现一幅清代名人字画，并有孔某祖父对字画裱糊的年代的说明。这一字画发现，引起在场人的震惊，认为这是稀世珍宝，应当归村委会所有。当天，村委会主任就无偿将字画收归公有保存，为此，孔某多次与村委会成员协商索要，均未成功。最后，孔某向当地县人民法院提起诉讼，要求人民法院依法保护他的财产所有权。（后经查，该字画不属文物）

问题：请问人民法院应该如何判决该案？理由是什么？

4. 案情：王某与甲公司于2004年2月签订合同，约定王某以40万元向甲公司购买1辆客车，合同签订之日起1个月内支付30万元，余款在2006年2月底前付清，并约定在王某付清全款之前该车所有权仍属甲公司。王某未经其妻同意，以自家住房（婚后购买，房产证登记所有人为王某）向乙银行抵押借款30万元，并办理了抵押登记。王某将30万元借款支付给甲公司后购回客车。王某请张某负责跟车经营，并商定张某按年终纯收入的5%提成，经营中发生的一切风险责任由王某承担。

2005年6月，该车营运途中和一货车相撞，车内乘客李某受重伤，经救治无效死亡。客车因严重受损被送往丁厂修理，需付费3万元。经有关部门认定，货车驾驶员唐某违章驾驶，应对该交通事故负全责。后王某以事故责任在货车方为由拒付修理费，丁厂则拒绝交车。2005年12月，因王某借款到期未还，乙银行申请法院对该客车采取财产保全措施，并请求对王某住房行使抵押权。

问题：

（1）王某和张某之间是否成立合伙关系？为什么？

（2）乙银行能否对王某住房行使抵押权？为什么？

（3）丁厂拒绝交车是否合法？为什么？

（4）王某应否对李某的继承人承担支付赔偿金的责任？为什么？

（5）法院对客车采取财产保全措施是否合法？为什么？

5. 案情：甲与乙分别出资60万元和240万元共同设立新雨开发有限公司（下称新雨公司），由乙任执行董事并负责公司经营管理，甲任监事。乙同时为其个人投资的东风有限责任公司（下称东风公司）的总经理，该公司欠白云公司货款50万元未还。乙与白云公司达成协议约定：若3个月后仍不能还款，乙将其在新雨公司的股权转让20%给白云公司，并表示愿就此设质。

届期，东风公司未还款，白云公司请求乙履行协议，乙以"此事尚未与股东甲商量"为由搪塞，白云公司遂拟通过诉讼来解决问题。

东风公司需要租用仓库，乙擅自决定将新雨公司的一处房屋以低廉的价格出租给东风公司。

乙的好友丙因向某银行借款需要担保，找到乙。乙以新雨公司的名义向该银行出具了一份保函，允诺若到期丙不能还款则由新雨公司负责清偿，该银行接受了保函且未提出异议。

甲知悉上述情况后，向乙提议召开一次股东会以解决问题，乙以业务太忙为由迟迟未答应开会。

公司成立三年，一次红利也未分过，目前亏损严重。甲向乙提出解散公司，但乙不同意。甲决定转让股权，退出公司，但一时未找到受让人。

问题：

（1）白云公司如想通过诉讼解决与东风公司之间的纠纷，应如何提出诉讼请求？

（2）白云公司如想实现股权质权，需要证明哪些事实？

（3）乙以新雨公司的名义单方向某银行出具的保函的性质和效力如何？为什么？

知识点测试答案

一、单项选择题

1. 【答案】C

【解析】物权行为独立性是指承认传统法的债权行为之外，并存着一类直接以物权现实变动为目的的物权行为。物权行为与债权行为是两类不同的法律行为，前者以负担债权债务为直接目的；后者以现实完成物权变动为直接目的。在一个以所有权移转为目的的交易活动中，一般发生两个法律行为，一个为原因行为，它以主体负担移转标的物所有权，或价金所有权之债务为直接目的，后一个为结果行为，它作为原因行为的履行行为，以所有权的现实移转为直接目的。但是，这两个法律行为是完全不同的法律事实，各自有独立的要件和成立方式。物权行为无因性是指物权行为与其作为原因的目的（负担行为）在效力上相分离而独立存在互不影响。故答案C。

2. 【答案】A

【解析】《物权法》规定，所有权人或者其他权利人有权追回遗失物。该遗失物通过转让被他人占有的，权利人有权向无处分权人请求损害赔偿，或者自知道或者应当知道受让人之日起2年内向受让人请求返还原物，但受让人通过拍卖或者向具有经营资格的经营者购得该遗失物的，权利人请求返还原物时应当支付受让人所付的费用。权利人向受让人支付所付费用后，有权向无处分权人追偿。据此，甲有权追回其遗失物，"配以基座"的加工行为无法考证加工形成的价值和原奇石的价值大小，因此不能取得所有权。随后乙将奇石卖给丙，丙并不能通过善意取得制度享有对遗失物的所有权，因此奇石的所有权仍然归属于甲，故 A 正确。

3.【答案】C
【解析】《物权法》第 180 条规定：债务人或者第三人有权处分的下列财产可以抵押：（1）建筑物和其他土地附着物；（2）建设用地使用权；（3）以招标、拍卖、公开协商等方式取得的荒地等土地承包经营权；（4）生产设备、原材料、半成品、产品；（5）正在建造的建筑物、船舶、航空器；（6）交通运输工具；（7）法律、行政法规未禁止抵押的其他财产。抵押人可以将前款所列财产一并抵押。

《物权法》第 187 条规定：以本法第 180 条第一款第 1 项至第 3 项规定的财产或者第 5 项规定的正在建造的建筑物抵押的，应当办理抵押登记。抵押权自登记时设立。

《物权法》第 199 条规定：同一财产向两个以上债权人抵押的，拍卖、变卖抵押财产所得的价款依照下列规定清偿：抵押权已登记的，按照登记的先后顺序清偿；顺序相同的，按照债权比例清偿。因此，这两个抵押权应当按照登记的先后顺序清偿，乙银行的抵押权成立在先，效力优先，故 C 正确。

4.【答案】C
【解析】凡基于他人既存的物权而取得物权的为继受取得，凡非基于他人既存的物权而取得物权的为原始取得。添附中既不基于法律行为，也不基于他人既存的物权而取得物权，为原始取得，故 A 错误。先占中既不基于法律行为，也不基于他人既存的物权而取得物权，为原始取得，故 B 错误。订立地上权契约既存在法律行为，又基于他人既存的所有权而取得物权，为继受取得，故 C 正确。善意取得中既不基于法律行为，也不基于他人既存的物权而取得物权，为原始取得，故 D 错误。

5.【答案】C
【解析】物权是绝对权，因此其效力是针对不特定人的效力，故 A 错误。物权的变动发生于动产交付、不动产登记时，故 B 错误。《物权法》第 2 条规定：本法所称物权，是指权利人依法对特定的物享有直接支配和排他的权利，包括所有权、用益物权和担保物权。故 C 正确。《物权法》第 5 条规定：物权的种类和内容，由法律规定。我国物权类型的设定原则上

采法定主义，故 D 错误。

6.【答案】D
【解析】一物上可以同时存在两个物权，如在房屋所有权上设定抵押权，故 A、C 错误。《物权法》第 199 条规定：同一财产向两个以上债权人抵押的，拍卖、变卖抵押财产所得的价款依照下列规定清偿：抵押权已登记的，按照登记的先后顺序清偿；顺序相同的，按照债权比例清偿。由此可知，法律并不禁止在同一物上同时设立两个以上的抵押权，故 B 错误。

7.【答案】B
【解析】《物权法》第 25 条规定的是简易交付——动产物权设立和转让前，权利人已经依法占有该动产的，物权自法律行为生效时发生效力。第 26 条规定的是指示交付——动产物权设立和转让前，第三人依法占有该动产的，负有交付义务的人可以通过转让请求第三人返还原物的权利代替交付。第 27 条规定的是占有改定——动产物权转让时，双方又约定由出让人继续占有该动产的，物权自该约定生效时发生效力。故 B 正确。

8.【答案】A
【解析】《物权法》第 87 条规定：不动产权利人对相邻权利人因通行等必须利用其土地的，应当提供必要的便利。第 88 条规定：不动产权利人因建造、修缮建筑物以及铺设电线、电缆、水管、暖气和燃气管线等必须利用相邻土地、建筑物的，该土地、建筑物的权利人应当提供必要的便利。

本案属于相邻权纠纷，三家比邻而居，道路是三家共有的以供出行的公共通道，应当彼此给予通行的便利。但是，在各自的院内，属于私人物权范围，未经允许不得侵占，且在院内堆放建材对于修缮建筑物而言并非必要，因此乙和丙都有权拒绝或同意甲在其院内摆放建材。因此，A 说法不正确，属于权利的滥用，乙有权拒绝甲在其院内摆放建材。

9.【答案】C
【解析】对于 A 项和 B 项，《物权法》第 230 条规定：债务人不履行到期债务，债权人可以留置已经合法占有的债务人的动产，并有权就该动产优先受偿。可见，物权法扩展了留置权的范围，将其扩展至一切债权人合法占有债务人动产的场合。所以 A 正确，B 错误。对于 C 项，见《物权法》第 231 条：债权人留置的动产，应当与债权属于同一法律关系，但企业之间留置的除外。所以 C 正确。

10.【答案】B
【解析】甲乙的主张属于改良行为，应当经占份额 2/3 以上的按份共有人同意。《物权法》第 97 条规定：处分共有的不动产或者动产以及

对共有的不动产或者动产作重大修缮的，应当经占份额 2/3 以上的按份共有人或者全体共同共有人同意，但共有人之间另有约定的除外。故正确答案是 B。

11.【答案】C

【解析】A 项正确。依据《物权法》第 228 条，以应收账款出质的，当事人应当订立书面合同。质权自信贷征信机构办理出质登记时设立。

B 项和 D 项正确。依据《物权法》第 226 条，以基金份额、股权出质的，当事人应当订立书面合同。以基金份额、证券登记结算机构登记的股权出质的，质权自证券登记结算机构办理出质登记时设立；以其他股权出质的，质权自工商行政管理部门办理出质登记时设立。

C 项错误。依据《物权法》第 224 条，以汇票、支票、本票、债券、存款单、仓单、提单出质的，当事人应当订立书面合同。质权自权利凭证交付质权人时设立；没有权利凭证的，质权自有关部门办理出质登记时设立。

12.【答案】D

【解析】物权法所规定的行使担保物权的期限，为主债权的诉讼时效期间，亦即债权人应该在对主债权提起诉讼时同时要求实现抵押权。该等规定短于担保法所规定的主债权诉讼时效结束后两年内。

13.【答案】C

【解析】本题涉及先抵后卖问题，《物权法》第 191 条明确规定了需要抵押权人的同意才能转让。

14.【答案】B

【解析】对于 A，无论乐乐、花花、老占三人对珍珠是按份共有或者共同共有，老占私自去邻村换毛驴的行为都构成对整个共有物的无权处分，属于效力待定行为。A 项正确。

对于 B 项和 C 项，根据《物权法》第 103 条，乐乐、花花、老占三人对珍珠并没有约定为按份共有或者共同共有，此时应视为按份共有。所以，只需占份额 2/3 以上的按份共有人（乐乐、花花）同意，就可以对珍珠做出有效的处分行为。故 B 项正确、C 项错误。

对于 D 项，根据《物权法》第 99 条和第 100 条，没有约定或者约定不明确的，按份共有人可以随时请求分割，难以分割或者因分割会减损价值的，应当对折价或者拍卖、变卖取得的价款予以分割。D 项正确。

二、多项选择题

1.【答案】C D E

【解析】质押权未实现时，并不改变质物的所有关系，只改变质物的占有关系。故质权人经出质人同意对质物的处理是有效的；未经出质人同意对质物的处理是无效的，一旦造成损失，就要承担赔偿责任。

2.【答案】A B D

【解析】企业以划拨国有土地使用权设立抵押的，不仅要登记，而且要经批准，否则抵押无效。抵押有效的，划拨土地使用权的卖得款必须先交付土地出让金，然后才由抵押权人优先受偿。

3.【答案】A B D

【解析】地役权可以通过法律行为而取得，例如通过订立合同设定地役权（须登记）、让与地役权（不能单独让与）。另外，地役权也可因法律行为之外的事实而取得，例如取得时效、继承（我国目前没有取得时效制度）。

4.【答案】B C D

【解析】《物权法》第 20 条规定：当事人签订买卖房屋或者其他不动产物权的协议，为保障将来实现物权，按照约定可以向登记机构申请预告登记。预告登记后，未经预告登记的权利人同意，处分该不动产的，不发生物权效力。因此，乙、丙之间的买卖与登记并不发生物权效力，故 A 正确。但同时预告登记本身并不发生物权效力，所以此时房屋所有权人仍为乙，甲不得对一个自己并不享有物权的特定物主张物上请求权，故 B、C、D 错误。

5.【答案】A D

【解析】《物权法》第 227 条规定：以注册商标专用权、专利权、著作权等知识产权中的财产权出质的，当事人应当订立书面合同。质权自有关主管部门办理出质登记时设立。知识产权中的财产权出质后，出质人不得转让或者许可他人使用，但经出质人与质权人协商同意的除外。出质人转让或者许可他人使用出质的知识产权中的财产权所得的价款，应当向质权人提前清偿债务或者提存。故答案 A、D 正确。

6.【答案】A B D

【解析】《物权法》第 70 条规定：业主对建筑物内的住宅、经营性用房等专有部分享有所有权，对专有部分以外的共有部分享有共有和共同管理的权利。第 71 条规定：业主对其建筑物专有部分享有占有、使用、收益和处分的权利。业主行使权利不得危及建筑物的安全，不得损害其他业主的合法权益。第 72 条规定：业主对建筑物专有部分以外的共有部分，享有权利，承担义务；不得以放弃权利不履行义务。

建筑物区分所有权是指多个区分所有权人共拥有一幢建筑物时，各区分所有权人对建筑物专有部分所享有的专有权和对建筑物共有部分所享有的共有权，以及因区分所有权人之间的共同事务所产生的成员权的总称。该住宅楼的外墙、楼顶属于住户共有，故甲、乙、丙、丁有权分享该住宅楼的外墙广告收入，如果四层住户丁欲在楼顶建一花园，须得到甲、乙、丙同意，故 A 项、D 项正确。三、四层间楼板不属于一层住户所有，一层住户对其不享有权利，故 B 项正确。住户出卖其专有部分的，不需其他住户同意，其他住户也没有优先购买权，故 C 项错误。故正确答案 A、B、D。

7.【答案】A B C
【解析】依据"物权法定"原则——（1）由法律直接规定物权的种类，禁止任何人创设法律没有规定的物权；（2）由法律直接规定各种物权的权能，禁止任何人超越法律规定行使物权；（3）由法律直接规定各种物权设立及变动的方式，非依法律规定的方式不产生物权设立及变动的法律效力——此两个担保合同不生效。
由于担保合同是从合同，借款合同是主合同。从合同的效力不及于主合同，因此从合同不生效，并不影响主合同生效。因为上述三个借款合同均成立、生效并已经履行期届满，所以依据"债权平等"的原则，各债权人按照各债权数额的比例平等受偿。本案中的分配比例是 3:4:3。《物权法》第 5 条规定，物权的种类和内容，由法律规定。第 187 条规定：以本法第 180 条第一款第 1 项至第 3 项规定的财产或者第 5 项规定的正在建造的建筑物抵押的，应当办理抵押登记。抵押权自登记时设立。故正确答案为 A、B、C。

8.【答案】B C
【解析】根据《物权法》第 34 条规定：无权占有不动产或者动产的，权利人可以请求返还原物。所以无权占有他人之物，通常情况下所有人可以请求返还原物。但为保护交易安全，保护不特定第三人利益，物权法设立的善意取得制度，《物权法》第 106 条规定，无处分权人将不动产或者动产转让给受让人的，所有权人有权追回；除法律另有规定外，符合下列情形的，受让人取得该不动产或者动产的所有权：（1）受让人受让该不动产或者动产时是善意的；（2）以合理的价格转让；（3）转让的不动产或者动产依照法律规定应当登记的已经登记，不需要登记的已经交付给受让人。受让人依照前款规定取得不动产或者动产的所有权的，原所有权人有权向无处分权人请求赔偿损失。当事人善意取得其他物权的，参照前两款规定。故 A、D 符合善意取得的规定，所有权已转移给第三人不能要求返还。

9.【答案】A B C D
【解析】本题考查地役权的相关内容。《物权法》第 156 条规定：地役权人有权按照合同约定，利用他人的不动产，以提高自己的不动产的效益。前款所称他人的不动产为供役地，自

己的不动产为需役地。第 158 条规定：地役权自地役权合同生效时设立。当事人要求登记的，可以向登记机构申请地役权登记；未经登记，不得对抗善意第三人。第 166 条规定：需役地以及需役地上的土地承包经营权、建设用地使用权部分转让时，转计部分涉及地役权的，受让人同时享有地役权。第 167 条规定：供役地以及供役地上的土地承包经营权、建设用地使用权部分转让时，转让部分涉及地役权的，地役权对受让人具有约束力。
甲乙之间的约定对乙土地的利用已经超出了相邻关系的范畴，是关于设立地役权的约定。但是甲设立地役权的时候并没有登记，所以此地役权不能对抗善意第三人，故甲及甲的权利继受者并没有权利对抗丁。故 B 错误。但是甲及甲的权利继受者丙相对于丙仍然享有地役权，地役权并不随供役地转移而消灭，故 C、D 错误。故答案是 A、B、C、D。

10.【答案】A B C D
【解析】以上四个选项都是正确答案，集中考查了物权法中的居住权这个知识点。

三、判断题

1.【答案】×
【解析】以依法获准尚未建造或正在建造中的建筑物作抵押，办理了抵押物登记的，抵押是有效的。

2.【答案】×
【解析】根据法律规定，股票质押合同应于登记时生效。

3.【答案】×
【解析】荣耀公司拍卖服装的行为是行使了《担保法》规定的留置权。

4.【答案】√
【解析】一方面，物权往往是债权成立的基础，另一方面，债权又往往是物权变动的主要条件和途径。

5.【答案】×
【解析】数个物权并存一物时，先设立的物权不一定有优先权。

6.【答案】×
【解析】正确的处理是在同等条件下由乙、丙优先购买。

7.【答案】×
【解析】去掉"改造"两字。

8.【答案】×
【解析】所有权并不是不受任何制约的权利。

9.【答案】×
【解析】留置权作为一种债的担保方式，可以适用于合同债权的担保，不能适用于侵权之债的担保。

10.【答案】×

【解析】以动产设定的质权，质物移交给质权人占有时生效。

11.【答案】×

【解析】如果某一抵押人承担担保责任后，只能向债务人和其他抵押人追偿。

12.【答案】×

【解析】不仅不能对抗第三人，在当事人之间也不产生效力。

13.【答案】×

【解析】乙、丙在同等条件下享有优先购买权。

14.【答案】×

【解析】抵押权必须同债权一起转让。

四、综合题

1.（1）①迟延开工一年多，人为将土地闲置，依法应缴纳土地闲置费。

②"商品房预售所得款项，必须用于有关工程建设。"A公司将其大部分用于炒股，此行为违法。

（2）①应具备的条件，依法取得土地使用权证书；完成房屋建设工程投资总额的25%以上，应当持有房屋所有权证书。②履行手续，向房产管理部门申请房产变更登记；向土地管理部门申请土地使用权变更登记，更换或更改土地所有权证书。

（3）部分合理。

对拍卖新增房屋所得，抵押权人，无权优先受偿。银行对拍卖所得全部价款要求进行优先受偿不对。因为抵押合同签订后，土地上新增的房屋不属于抵押财产。

2.（1）有效。根据《担保法》第43条，"当事人以其他财产抵押的，可以自愿办理抵押物登记，抵押合同自签订之日起生效。当事人未办理抵押物登记的，不得对抗第三人。"

（2）有效。由于冯某与陈某之间的抵押合同未办理抵押物登记，抵押合同不得对抗第三人。根据《担保法》第64条，"出质人与质权人应当以书面形式订立质押合同。质押合同自质物移交于质权人占有时生效。"由于冯某与朱某之

间双方立有质押的字据，并将该设备与朱某占有，故质押关系有效。

（3）朱某与蒋某之间存在承揽合同关系（修理合同关系）和留置权法律关系。

（4）对该设备，应由蒋某优先行使其权利。因为留置权是为了恢复标的物本身价值而发生的权利，在各担保权中应最优先。

3. 人民法院应判决该字画归孔某所有，该村委会应当及时予以返还。

本案涉及埋藏物的发现权属问题。埋藏物之发现是指发现埋藏物而予以占有的一种法律事实。在本案中，孔某对其房屋进行修缮时，发现这幅字画内载有其祖父所留笔迹，因此字画应当归孔某所有。依照最高人民法院的司法解释，公民、法人对于挖掘、发现的埋藏物、隐藏物，如果能够证明属其所有，而且根据现行的法律、政策又可归其所有的，应当予以保护。

4.（1）不成立合伙关系，因王某聘请张某属于雇佣关系，王某既未出资，也不承担风险，不符合合伙关系的特征。

（2）不能，因为该住房属于王某夫妻共同财产，未经共有权人其妻的同意进行抵押，该抵押无效。

（3）合法，因为丁厂作为承揽人可行使留置权或同时履行抗辩权。

（4）应当，因为王某与李某之间成立运输合同关系，王某应承担违约责任或侵权责任，对李某的赔偿实行无过错责任原则。

（5）合法，因该客车所有权虽然属于甲公司，但王某支付了大部分价款对该车享有一定的权益，该车属于与案件有关的财物。

5.（1）①请求东风公司清偿货款本金与利息；

②请求东风公司承担违约责任；

③请求行使股权质权（或权利质权）。

（2）①证明其与乙签订了股权质押合同；

②证明股权质押已经到工商行政管理部门办理了登记。

（3）该保函具有保证合同的性质，保证合同有效。乙虽然未经股东会同意为银行担保，侵犯了公司利益，但其行为构成表见代理。

第三章 国有资产管理法律制度

本章概述

一、内容提要

国有资产管理涉及国有资产的取得、认定、使用、收益、管理体制等多个方面。由于国有资产的存在形式主要依附于企业，因此国有资产的管理主要侧重对企业国有资产的管理。本章主要对国有企业的财产监管、产权界定与纠纷处理、国有资产评估、国有资产产权登记以及企业国有产权转让等管理制度加以说明。

二、历年考题分析

本章在近几年考试中所占比重不大，最近 5 年平均考分 3.2 分，但考生的得分率普遍不高，主要是因为本章内容具有较强的专业性。本章题型都是单选、多选和判断题，国有产权转让的规定可以和外商并购国有企业结合起来考综合题，资产评估机构违反规定的法律责任也可以在综合题中出现。

本章近 5 年考试的题型、分值及考点分布详见下表。

项目 年份	题型	题量	分值	考点
2007	单项选择题	1	1	国有产权转让价款的支付期限
	多项选择题	1	1	国有资产监督管理的内容
	判断题	1	1	国有产权转让价格形成的问题
2006	多项选择题	1	1	企业国有产权不得实施无偿划转的情形
2005	单项选择题	1	1	企业国有产权转让的付款期限
	多项选择题	1	1	应当进行国有资产评估的情况
	综合题	0.3	4	收购国有产权的程序
2004	单项选择题	1	1	应当界定为国有资产的情况
	多项选择题	1	1	对国有企业重大事项的管理
	判断题	1	1	对国有企业负责人的管理
2003	单项选择题	1	1	国有资产的界定
	多项选择题	1	1	对国有资产进行资产评估的情形

三、2008 年教材内容变化

2008 年教材第三章基本没有修改。

本章内容结构基本框架

知识点	第三章 国有资产管理法律制度	学习建议
3.1	国有资产管理概述	
3.1.1	国有资产的监督管理部门	一般了解
3.1.2	国有资产监督管理的内容	应当记住
3.2	国有资产产权界定与纠纷处理制度	
3.2.1	国有资产产权界定的概念和原则	一般了解
3.2.2	国有资产的所有权界定	应当记住
3.2.3	全民所有制单位之间的产权界定	一般了解
3.2.4	产权界定的组织实施和产权纠纷的处理	一般了解
3.3	国有资产评估管理制度	

续表

知识点	第三章 国有资产管理法律制度	学习建议
3.3.1	国有资产评估的原则和组织管理	一般了解
3.3.2	国有资产评估的对象和范围	应当记住
3.3.3	国有资产评估方法	一般了解
3.3.4	资产评估违法行为的法律责任	应当记住
3.4	国有资产产权登记制度	
3.4.1	国有资产产权登记的性质和范围	应当记住
3.4.2	企业国有资产产权登记的管理	一般了解
3.4.3	企业国有资产产权登记的内容和手续	应当记住
3.5	企业国有产权转让制度	
3.5.1	企业国有产权转让概述	应当记住
3.5.2	企业国有产权转让的监督管理	应当记住
3.5.3	企业国有产权转让的程序	必须掌握
3.5.4	企业国有产权的无偿划转	应当记住

知识点精讲

3.1　国有资产管理概述

3.1.1　国有资产的监督管理部门

Ⅰ．考点分析

对国有资产实施监督管理的部门在中央主要是指国务院国有资产监督管理委员会，在地方是指省、自治区、直辖市人民政府设立的国有资产监督管理机构和设区的市、自治州级人民政府设立的国有资产监督管理机构。国务院国有资产监督管理委员会代表国务院履行出资人职责，但其监督管理的范围只是中央企业（不含金融类企业）的国有资产。

【要点提示】 注意国务院国有资产监督管理委员会的监管对象。

Ⅱ．经典例题

1．［判断题］国务院国有资产监督管理委员会监管对象是全国所有的国有企业。　　（　　）

【答案】 ×

【解析】 国务院国有资产监督管理委员会的监督管理的范围只是中央企业（不含金融类企业）的国有资产。

2．［判断题］对国有资产实施监督管理的部门在地方是指省、自治区、直辖市人民政府设立的国有资产监督管理机构和设区的市、自治州级人民政府，以及县级人民政府设立的国有资产监督管理机构。　　（　　）

【答案】 ×

【解析】 地方上对国有资产实施监督管理的部门，不包括县级。

3.1.2　国有资产监督管理的内容

Ⅰ．考点分析

1．对企业负责人的管理。（1）任免或者建议任免所出资企业的企业负责人。对国有独资企业，任免总经理、副总经理、总会计师和其他企业负责人；对国有独资公司，任免董事长、副董事长、董事，并向其提出总经理、副总经理、总会计师等的任免建议；对国有控股公司，提出向其派出的董事、监事人选，推荐其董事长、副董事长和监事会主席人选，并向其提出总经理、副总经理、总会计师人选的建议；对国有参股公司，提出向其派出的董事、监事人选。（2）对企业负责人经营业绩进行考核。此处内容是2004年增加的，比较新，希望考生展开掌握。如2004年判断题第3题：国有独资公司的董事长、副董事长、董事，由国有资产监督管理机构任免。（　　）本题答案为对。法律规定，国有独资公司的董事长、副董事长、董事，由国有资产监督管理机构任免。

2．对企业重大事项的管理。其中重要内容为：国有资产监督管理机构出资企业中的国有独资企业、国有独资公司的重组、股份制改造方案和国有独资公司章程，须由国有资产监督管理机构审核批准。这些企业、公司的分立、合并、破产、解散、增减资本、发行公司债券等重大事项，由国有资产监督管理机构依法决定，其中重要的国有独资企业，国有独资公司分立、合并、破产、解散的，由国有资产监督管理机构审核后，报本级人民政府批准。出资企业的国有股权转让，由国有资产监督管理机构决定，其中转让全部国有股权或者转让部分国有股权致使国家不再拥有控股地位的，须经本级人民政府批准。此处内容也是2004年新增加的，可以展开考核，所以应当全面掌握。如2004年多项选择题第3题：根据国有资产管理制度的规定，国有独资公司发生的下列事项中，须由国有资产监督管理机构审核批准或决定的有（　　）。

A．股份制改造方案

B．修改章程

C．增减资本

D．发行公司债券

本题答案为ABCD。法律规定，国有资产监督管理机构出资企业中的国有独资企业、国有独资公司的重组、股份制改造方案和国有独资公司章程，须由国有资产监督管理机构审核批准。这些企业、公司的分立、合并、破产、解散、增减资本、发行公司债券、国有股权转让等重大事项，由国有资产监督管理机构依法决定。

3．对企业国有资产的管理监督。此处请考生注意，国有资产监督管理的内容要展开理解掌握，考试时不会简单地考国有资产监督管理的内容有几条，而是展开考国有资产监督管理的内容。

【要点提示】 注意国有资产监督管理的内容主要包括对企业负责人的管理，对企业重大事项的管理以及对企业国有资产的管理监督。该三项监管内容可以展开考试。

Ⅱ．经典例题

1．［2007年多项选择题第1题］某重要的国有独资公司由国有资产监督管理机构出资。根据企业国有资产监督管理的规定，该国有独资公司的下列事项中，应当由国有资产监督管理机构批准的有（　　）。

A．公司章程

B．公司分立

C．公司债券的发行

D．全部国有股权的转让

【答案】 A C

【解析】 本题考核国有资产监督管理的内容。根据规定，国有资产监管机构依法定程序决定其所出资企业中的国有独资公司的分立、合并、破产、解散、增减资本、发行公司债券等重大事项。

其中重要的国有独资公司的分立、合并、破产、解散，由国有资产监管机构审核后，报本级人民政府批准。国家出资企业的国有股权转让，由国有资产监管机构决定，其中转让全部国有股权的，须报本级人民政府批准。本题中，该国有独资公司为重要的国有独资公司，它的分立事项应由本级人民政府批准，另外，其全部国有股权转让的行为也需要本级人民政府批准，因此不选择 B 和 D。

2. ［单项选择题］对下列国有企业的负责人，国有资产监督管理机构有权任免的是（ ）。

　A. 国有独资企业的副总经理

　B. 国有独资公司的总经理

　C. 国有控股公司的副董事长

　D. 国有参股公司的董事长

【答案】A

【解析】国有资产监督管理机构对国有独资企业，任免总经理、副总经理、总会计师和其他企业负责人；对国有控股公司，提出向其派出的董事、监事人选，推荐其董事长、副董事长和监事会主席人选，并向其提出总经理、副总经理、总会计师人选的建议；对国有参股公司，把出向其派出的董事、监事人选。

3. ［多项选择题］根据国有资产监督管理法律的规定，国有资产监督管理机构对国有独资公司，有权直接任命其（ ）。

　A. 董事长　　　　B. 副董事长

　C. 董事　　　　　D. 总经理

【答案】A B C

【解析】国有独资公司的总经理、副总经理、总会计师由董事会聘任。

3.2 国有资产产权界定与纠纷处理制度

3.2.1 国有资产产权界定的概念和原则

Ⅰ. 考点分析

国有资产产权界定是对国有资产的所有权以及经营权、使用权等产权的归属进行确认的一种法律行为。

国有资产所有权界定包括两方面内容：（1）界定哪些资产归国家所有；（2）界定由国有资产所有权派生出来的权利由谁享有。

国有资产产权界定的原则为：（1）国家所有、分级分工管理原则。（2）"谁投资 谁拥有产权"的原则。

【要点提示】国有资产，即属于国家的资产，包括国家依法取得和认定的，或者国家以各种形式对企业投资和投资收益、国家向行政事业单位拨款等形成的资产。

Ⅱ. 经典例题

1. ［多项选择题］国有资产产权界定是对国有资产的（ ）进行确认的一种法律行为。

　A. 债权　　　　　B. 所有权

　C. 使用权　　　　D. 经营权

【答案】B C D

【解析】国有资产产权界定是对国有资产的所有权以及经营权、使用权等产权的归属进行确认的一种法律行为，不包括债权。

2. ［判断题］国有资产产权界定的原则为全民所有、分级分工管理。（ ）

【答案】×

【解析】国有资产产权界定的原则为国家所有、分级分工管理原则。

3.2.2 国有资产所有权界定

Ⅰ. 考点分析

国有资产的范围包括：（1）国有土地、矿藏、水流、森林、草原、荒地、渔场等自然资源；（2）国家机关及所属事业单位的财产；（3）军队财产，如军事设施等；（4）全民所有制企业；（5）国家所有的公共设施、文物古迹、风景游览区、自然保护区等；（6）国家在国外的财产；（7）国家对非国有单位的投资以及债权等其他财产权；（8）不能证实属于集体或个人所有的财产等。

国有资产界定的标准具体见下表：

		界定为国有资产	除外情形
国家机关		占有、使用的全部资产	借用、租用的资产
事业单位	国家机关及国有企业单位创办或者所属	占有、使用的全部资产	借用、租用的资产
	非国家机关及非国有企业单位创办	国家投入的资产	
政党及人民团体		国家拨款形成的资产	党费、他人捐赠的资产
全民所有制企业		（1）投资形成的国家资本金、税后利润再投资、留存收益等；（2）以全民所有制企业和行政事业单位担保，完全用借入资金创办的全民所有制企业的净资产；（3）受赠所得；（4）党、团、工会组织等占用企业的财产	以个人缴纳党费、团费、会费以及按国家规定由企业拨付的活动经费等结余购建的资产

续表

	界定为国有资产	除外情形
集体所有制企业	（1）由全民所有制企业和行政事业单位独资（包括几个全民所有制单位合资）创办的，同全民所有制企业的产权界定办法； （2）全民所有制企业和行政事业单位，投资于非全民所有制单位独资创办的集体企业的资本金及其权益； （3）1993年7月1日后依据规定享受的优惠形成的所有者权益，其中属于国家税收应收而未收的税款部分和列为"国有扶持基金"等投资性的减免税部分； （4）集体企业使用银行贷款、国家借款等借贷金形成的资产，全民单位提供担保，且履行了连带责任的，全民单位应予以追索清偿或协商转为投资； （5）供销、手工业、信用等合作社中由国家拨入的资本金（含资金或实物）； （6）改组为股份制企业时，国有土地折价部分形成的国家股份或其他所有者权益	（1）明确是无偿转让或有偿转让而收取的转让费已达原值的资产及其收益； （2）1993年6月30日前依据规定享受的优惠形成的所有者权益； （3）集体企业使用银行贷款、国家借款等借贷金形成的资产，全民单位只提供一般担保
中外合资、合作经营企业（中方为全民所有制单位）	（1）中方的出资、再投资，或优先购买另一方股份所形成的资产； （2）可分配利润及从税后利润中提取的各项基金中，中方按投资比例所占的相应份额； （3）中方职工的工资差额； （4）依据有关规定按中方工资总额一定比例提取的中方职工的住房补贴基金； （5）企业清算或完全解散时，馈赠或无偿留给中方继续使用的各项资产	已提取用于职工奖励、福利等分配给个人消费的基金
股份制、联营企业	（1）由国家机关或其授权单位投资形成的国家股； （2）由全民所有制企业投资形成的国有法人股； （3）公积金、公益金、未分配利润中，全民单位按照投资比例应占有的份额	

请考生注意，国有资产界定问题历来是本章常见的考点，其具体内容又比较难背，希望大家认真准备。以前曾经考过以下多项选择题：根据国有资产产权界定管理的有关规定，下列资产中，应当界定为国有资产的有（　　）。

A. 国有企业接受馈赠形成的资产

B. 集体企业使用银行贷款资金由国有企业提供担保而未发生担保责任所形成的资产

C. 国有企业以从中外合资经营企业分得的利润再投资所形成的资产

D. 国家授权投资的机构或部门直接向新设立的股份有限公司投资形成的资产

本题答案为ACD。B项仅由国有企业提供担保，不作为国有资产；如国有企业承担担保义务了，而且集体企业不能清偿的，则作为国有资产。

【要点提示】掌握国有资产的范围和国有资产界定的标准。

Ⅱ. 经典例题

1. ［2004年单项选择题第3题］根据国有资产产权界定管理的规定，下列资产中，应当界定为国有资产的是（　　）。

A. 国有企业为安置企业富余人员无偿转让给集体企业的资产

B. 国有企业投资创办的以集体企业名义注册登记的企业资产

C. 集体企业由国有企业提供担保而未发生担保责任使用银行贷款形成的资产

D. 国有企业职工缴纳的工会会费

【答案】B

【解析】法律规定，国有企业投资创办的以集体企业名义注册登记的企业资产，界定为国有资产。

2. ［2003年单项选择题第3题］甲公司的注册资本为200 000万元，其中：国家授权投资的乙机构出资100 000万元；国有企业丙出资50 000万元；民营企业丁出资50 000万元。甲公司的年度财务报告显示，其有公积金6 000万元，公益金3 000万元，未分配利润9 000万元。根据上述数据资料，可以界定甲公司国有资产的数额为（　　）万元。

A. 109 000　　　　　B. 150 000

C. 163 500　　　　　D. 107 500

【答案】C

【解析】有关法律规定，在股份制、联营企业中，由国家授权单位投资形成的资产、全民所有制企业投资形成的资产、公积金、公益金、未分配利润中，全民单位按照投资比例应占有的份额都属于国有资产。

3. [2001 年单项选择题第 4 题] 根据国有资产产权界定管理的有关规定，下列资产中，应当界定为国有资产的是（   ）。

A. 国有企业为安置企业下岗人员无偿投入集体企业的资产

B. 国有独资公司投资创办的以集体企业名义注册登记的企业的资产

C. 集体企业由国有企业提供担保而未发生担保责任使用银行贷款形成的资产

D. 集体企业改组为股份制企业时有偿占用的国有土地折价形成的资产

【答案】B

【解析】法律规定，国有企业为安置企业下岗人员无偿投入集体企业的资产、集体企业由国有企业提供担保而未发生担保责任使用银行贷款形成的资产以及集体企业改组为股份制企业时有偿占用的国有土地折价形成的资产都属于集体所有，不属于国有资产。

3.2.3 全民所有制单位之间的产权界定

Ⅰ. 考点分析

全民所有制单位之间产权界定的原则为：（1）分级分工管理，非经法定手续，不得随意变更其产权关系。（2）不得随意无偿调拨。（3）谁投资、谁拥有产权。（4）国家机关不能投资创办企业或其他经济实体。

全民所有制单位之间产权界定的具体办法是教材中比较难以掌握的内容，涉及一系列具体情况，请考生注意把握。

【要点提示】掌握全民所有制单位之间产权界定的原则和具体办法。

Ⅱ. 经典例题

【多项选择题】全民所有制单位之间产权界定的原则为（   ）。

A. 分级分工管理，非经法定手续，不得随意变更其产权关系

B. 不得随意无偿调拨

C. 谁投资、谁拥有产权

D. 国家机关不能投资创办企业或其他经济实体

【答案】A B C D

【解析】以上四项都是全民所有制单位之间产权界定的原则。

3.2.4 产权界定的组织实施和产权纠纷的处理

Ⅰ. 考点分析

有下列情形之一的，应当进行产权界定：（1）与外方合资、合作的；（2）实行股份制改造和与其他企业联营的；（3）发生兼并、拍卖等产权变动的；（4）国家机关及其所属事业单位创办企业和其他经济实体的；（5）国有资产监管机构

认为需要界定的其他情形。经常性的产权界定工作由国有资产管理部门负责，省级以上国有资产管理部门应当成立产权界定和产权纠纷调处委员会，具体负责。

全民所有制单位之间产权纠纷的处理程序为：（1）协商；协商不能解决的，报同级或共同上一级国有资产监管机构调解和裁定；必要时报有权管辖的人民政府裁定；最终裁定权在国务院。（2）对裁定不服的，可以在收到裁定之日起 15 日内，向上一级国有资产监管机构申请复议，上一级国有资产监管机构应当在自收到复议申请之日起 60 日内作出复议决定。

全民所有制单位与其他经济成分之间产权纠纷的处理程序为：（1）协商。（2）司法程序。

【要点提示】掌握需要进行产权界定的情形，产权纠纷的处理程序。其中产权纠纷的处理程序因为主体不同而有所不同。

Ⅱ. 经典例题

1. [单项选择题] 南昌市的甲国有企业与九江市的乙集体企业发生国有资产的产权纠纷。经过协商未能解决，根据法律规定，乙企业可以（   ）。

A. 向九江市的国有资产管理部门申请调解和裁定

B. 向南昌市的国有资产管理部门申请调解和裁定

C. 向九江市、南昌市共同的国有资产管理部门申请调解和裁定

D. 向人民法院起诉

【答案】D

【解析】全民所有制企业与其他经济成分企业发生纠纷，经协商不能解决，依司法程序处理。

2. [单项选择题] 全民所有制单位之间发生产权纠纷的，行使最终裁定权的部门是（   ）。

A. 全国人大　　　　B. 最高人民法院

C. 国务院　　　　　D. 财政部

【答案】C

【解析】法律规定，全民所有制单位之间发生产权纠纷的，由当事人协商解决。协商不成的，应向同级或者共同上一级国有资产监管机构申请调解和裁定。必要时报有权管辖的人民政府裁定，但最终裁定权由国务院行使。

3.3　国有资产评估管理制度

3.3.1　国有资产评估的原则及组织管理

Ⅰ. 考点分析

国有资产评估的原则为：（1）真实性原则：一是进行评估所依据的数据资料必须是真实的；二是评估过程是真实的；三是提供的评估结果报告必须是真实的。（2）科学性原则：即要充分运用国有资产评估中的客观规律来开展评估工作。

（3）可行性原则：可行性原则又叫有效性原则，是指提出的评估结果必须是在法律上有效。

国有资产评估的组织管理系统由国有资产评估指导监督部门和国有资产评估机构两部分组成。国有资产评估指导监督部门为国有资产管理行政部门，在地方指地方各级国有资产管理部门或国有资产管理专门机构。国有资产评估机构指依法设立、取得资产评估资格，从事资产评估业务活动的社会中介机构，其组织形式为合伙制或者有限责任公司制。资产评估的范围主要包括：各类单项资产评估、企业整体资产评估、市场所需的其他资产评估或者项目评估。包括资产评估公司、会计师事务所、审计师事务所、财务咨询公司和经国有资产管理部门认可的临时评估机构。资产评估机构承担评估业务不受地区行业限制，但不得承接与其有直接经济利益关系的单位的评估业务。

自2002年起，国家取消政府部门对国有资产评估项目的立项确认审批制度，经各级政府批准的涉及国有资产产权变动、对外投资等经济行为的重大经济项目，其国有资产评估实行核准制。对除须报经核准的资产评估项目外的国有资产评估项目，实行备案制。

占有单位发生依法进行资产评估的经济行为时，应当以资产评估的结果为作价参考依据；实际交易价格与评估结果相差10%以上的，应向同级财政部门作出书面说明。

【要点提示】掌握国有资产评估的原则、国有资产评估的核准制和备案制，以及资产交易价格与评估结果的许可相差范围。

Ⅱ．经典例题

1. ［2002年单项选择题第4题］根据国有资产管理的有关规定，国有资产占有单位转让国有资产时，实际交易价格与评估结果差异达到一定比例的，应当向同级财政部门以及其他相关部门作出书面说明。该差异比例是（　　）。

A. 2%以上　　　　　B. 5%以上
C. 8%以上　　　　　D. 10%以上
【答案】D

【解析】国有资产占有单位转让国有资产时，实际交易价格与评估结果差异达到10%以上的，应当向同级财政部门以及其他相关部门作出书面说明。

2. ［2002年判断题第4题］自2002年起，国有资产评估项目实行核准制和备案制。凡由国务院批准的涉及国有资产产权变动的重大经济项目，其国有资产评估实行核准制；凡由省级人民政府批准的涉及国有资产产权变动的重大经济项目，其国有资产评估实行备案制。（　　）

【答案】×

【解析】各级政府批准的涉及国有资产产权变动的重大经济项目，其国有资产评估都实行核准制。

3.3.2 国有资产评估的对象和范围
Ⅰ．考点分析

国有资产评估的对象是国有资产占有单位所占有的国有资产，其范围包括固定资产、流动资产、无形资产和其他资产。

国有资产占有单位有下列情形之一的，应当进行国有资产评估：（1）整体或部分改建为有限责任公司或者股份有限公司；（2）以非货币资产对外投资；（3）合并、分立、清算；（4）除上市公司以外的原股东股权比例变动；（5）除上市公司以外的整体或者部分产权（股权）转让；（6）资产转让、置换、拍卖；（7）整体资产或者部分资产租赁给非国有单位；（8）确定涉讼资产价值；（9）法律、行政法规规定的其他需要进行评估的事项。

各级国有资产监督管理机构履行出资人职责的企业及其各级子企业有下列情形时，应当进行资产评估：（1）以非货币资产偿还债务；（2）收购非国有单位的资产；（3）接受非国有单位以非货币资产出资或抵债。

经各级人民政府及其授权部门批准，对整体企业或者部分资产实行无偿划转，以国有独资企业、行政事业单位下属的独资企业（事业单位）之间的合并、资产（产权）划转、置换和转让的，可以不进行资产评估。

国有资产占有单位收购非国有资产、与非国有单位置换资产、接受非国有单位以实物资产偿还债务的，对其非国有资产也应当进行评估。

国有资产占有单位有其他经济行为，而当事人认为需要的，可以进行资产评估。

请考生注意，本部分内容也是考试经常涉及的知识点。尤其要看清题目考的是应当进行国有资产评估还是应当进行资产评估。如2003年多项选择题第5题：根据国有资产评估管理制度的规定，国有资产占有单位发生的下列情形中，属于应当对国有资产进行资产评估的有（　　）。

A. 以部分资产改建为有限责任公司
B. 将资产租赁给非国有单位
C. 利用外资改组为外商投资企业
D. 国有独资企业下属的独资企业之间的资产转让

本题答案为ABC。国有资产管理法律规定，国有资产占有单位以部分资产改建为有限责任公司的以及将资产租赁给非国有单位的，应当对国有资产进行评估。利用外资改组国有企业的法律规定，改组前，应当组织被改组企业进行清查、产权界定、债权债务清理、财务审计和资产评估。法律还规定，国有独资企业下属的独资企业之间的资产转让的，可以不进行资产评估。

又如2002年多项选择题第4题：根据国有资

产评估管理的有关规定，国有资产占有单位发生的下列行为中，应当进行资产评估的有（　　）。

A. 以无形资产对外投资

B. 以部分资产改建为有限责任公司

C. 将部分资产租赁给非国有单位使用

D. 接受非国有单位以实物资产偿还债务

本题答案为 ABCD。其中 D 项特别容易错，如果题目考应当进行国有资产评估的情况，D 项不选；但此题是考应当进行资产评估的情况，D 项要选的。因为法律规定，接受非国有单位以实物资产偿还债务的，对其非国有资产也应当进行评估。

【要点提示】注意区分应当进行国有资产评估和应当进行资产评估的情形，以及哪些情形可以不进行资产评估。

Ⅱ．经典例题

1. ［2005 年多项选择题第 10 题］甲、乙、丙、丁在中国境内投资设立了一家中外合资经营企业，其中：甲、乙为国有企业，丙为集体所有制企业，丁为外国企业。甲、乙、丙、丁的出资比例依次为 30%、30%、10%、30%。该营业股东发生的下列行为中，依法应当进行国有资产评估的有（　　）。

A. 甲将出资额全部转让给乙

B. 甲将出资额全部转让给丙

C. 甲、乙分别将全部出资额转让给丁

D. 甲将出资额转让给该合营企业股东以外的另一国有企业

【答案】ABCD

【解析】法律规定，除上市公司以外的国有资产占有单位的原股东股权比例变动或除上市公司以外的国有资产占有单位整体或者部分产权（股权）转让，都应当进行国有资产评估。

2. ［多项选择题］国有资产占有单位在（　　）情况下，应该进行资产评估。

A. 改造为有限责任公司

B. 拍卖其占有的土地中不足 20% 的土地使用权

C. 为获得银行贷款而把自己的办公楼抵押

D. 以非货币性资产对外投资

【答案】ABD

【解析】国有资产占有单位有下列情形之一的，应当进行国有资产评估：（1）整体或部分改建为有限责任公司或者股份有限公司；（2）以非货币资产对外投资；（3）合并、分立、清算；（4）除上市公司以外的原股东股权比例变动；（5）除上市公司以外的整体或者部分产权（股权）转让；（6）资产转让、置换、拍卖；（7）整体资产或者部分资产租赁给非国有单位；（8）确定涉讼资产价值；（9）法律、行政法规规定的其他需要进行评估的事项。

3.3.3　国有资产评估方法

Ⅰ．考点分析

1. 收益现值法——须被评估资产能够独立创收，能不断地获得预期收益，且该预期收益可以用货币来计算。

2. 重置成本法——适用于单项资产评估和企业整体评估。

3. 现行市价法——主要适用于单项资产评估。

4. 清算价格法——主要适用于企业停业和破产时的资产评估。

5. 其他方法：（1）对存货资产，按现行市场价格、计划价格，考虑购置费用、产品完工程度、损耗等因素，评定重估价值。（2）有价证券的评估，可参照市场价格或票面价值、预期收益等因素，评定重估价值。（3）对无形资产的评估：外购的，按购入成本及该资产的获利能力评定；自创或自有的，按形成时的实际成本及该资产的获利能力评定；自创或自有的未单独计算成本的，按该资产的获利能力评定。

【要点提示】注意各种评估办法的适用范围。

Ⅱ．经典例题

1. ［多项选择题］下列属于国有资产评估方法的有（　　）。

A. 收益现值法　　　B. 重置成本法

C. 现行市价法　　　D. 清算价格法

【答案】ABCD

【解析】以上四项都是国有资产评估的方法。

2. ［判断题］国有资产评估的方法中的现行市价法适用于单项资产评估和企业整体评估。（　　）

【答案】×

【解析】现行市价法主要适用于单项资产评估，重置成本法才是适用于单项资产评估和企业整体评估。

3.3.4　资产评估违法行为的法律责任

Ⅰ．考点分析

此处重点复习评估机构违反规定的法律责任。应掌握违反规定的行为种类以及处罚办法，如评估结果失实的、故意出具虚假报告的、过失出具重大遗漏报告的等。此外，新《公司法》对过失出具重大遗漏报告的罚款倍数已作修改，请考生特别注意。

Ⅱ．经典例题

［判断题］资产评估的法律责任由签字的注册评估师独立承担（　　）。

【答案】×

【解析】应该由签字的注册评估师及所在评估机构共同承担。

3.4　国有资产产权登记制度

3.4.1　国有资产产权登记的性质和范围

Ⅰ．考点分析

企业国有资产产权登记是指国有资产监管机

构代表政府对占有国有资产的各类企业的资产、负债、所有者权益等产权状况进行登记，依法确认产权归属关系的一种法律行为。《国有资产产权登记证》也是企业的资信证明文件。

县以上人民政府的国有资产监管机构负责对企业国有资产产权进行登记。

产权登记机关依法履行下列职责：（1）依法确认企业产权归属，理顺企业集团内部产权关系；（2）掌握企业国有资产占有、使用的状况；（3）监管企业的国有产权变动；（4）检查企业国有资产经营状况；（5）监督国家授权投资机构、国有企业和国有独资公司的出资行为；（6）备案企业的担保或资产被司法冻结等产权或有变动事项；（7）在汇总、分析的基础上，编报并向同级政府和上级产权登记机关呈送产权登记与产权变动状况分析报告。

只要是占有国有资产的企业都应当进行国有资产产权登记。具体地说，国有企业、国有独资公司、国家授权投资的机构，占有、使用国有资产的集体企业，国有企业、国有独资公司投资设立的企业，以及其他形式占有、使用国有资产的企业，都应当依照规定申请办理国有资产产权登记。有限责任公司、股份有限公司、中外合资经营企业、中外合作经营企业和联营企业，应由国有股权持有单位或委托企业按规定申办企业国有资产产权登记。有关部门所属未脱钩企业和事业单位及社会团体所投资企业的产权登记工作，由同级国有资产监管机构组织实施。

【要点提示】 国有资产产权登记是一种法律行为，这种行为不是简单地把国有资产记录在案，更重要的是要确认产权归属关系，国有资产监管机构要向企业颁发登记证，它是依法确认企业产权归属关系的法律凭证，也是企业的资信证明文件。

Ⅱ. 经典例题

1. ［判断题］只要是占有国有资产的单位都应该进行国有资产的产权登记。（　）

【答案】 √

【解析】 本题考核国有资产产权登记的范围，法律规定，只要是占有国有资产的单位都应该进行国有资产的产权登记。

2. ［判断题］设区的市以上人民政府的国有资产监管机构负责对企业国有资产产权进行登记。（　）

【答案】 ×

【解析】 法律规定，县以上人民政府的国有资产监管机构负责对企业国有资产产权进行登记。

3.4.2　企业国有资产产权登记的管理

Ⅰ. 考点分析

企业国有资产产权登记按照统一政策、分级管理的原则，由县以上国有资产监管机构，按照

产权归属关系办理。未设立国有资产监管机构的，由本级政府指定部门或机构负责产权登记。对于多个投资主体共同设立的企业，由国有资本额最大的出资者的产权归属关系确定产权登记的管辖机关；若出资额相等，则按其推举的出资者的产权归属关系确定，并由该国有资本出资人的所出资企业申请办理产权登记。

国家国有资产监管机构负责五类企业的国有资产产权登记管理工作，即：（1）国务院管辖的企业、行业总公司；（2）中央政府各部门、各直属机构、各直属事业单位及全国性社会团体管辖的企业；（3）在国家计划单列的企业集团公司；（4）国家授权投资的机构；（5）中央国有企业、国有独资公司投资设立的企业。

省、自治区、直辖市及计划单列市国有资产管理部门负责五类企业的国有资产产权登记管理工作，即：（1）省级人民政府管辖的企业；（2）省级政府各部门、直属机构、事业单位及社会团体管辖的企业；（3）省计划单列的企业集团公司；（4）省国有企业、国有独资公司投资设立的企业；（5）国家财政部委托办理产权登记的企业。

地（市）、县国有资产管理部门的产权登记管辖范围由省、自治区、直辖市及计划单列市以下各级国有资产管理部门规定。

【要点提示】 注意各个级别的国有资产监管部门在产权登记管理方面的权属范围。

Ⅱ. 经典例题

1. ［单项选择题］湖南省管辖的甲国有企业、湖北省管辖的乙国有独资公司、广东省管辖的丙合伙企业共同投资在广西壮族自治区设立了丁有限责任公司。其中甲企业投资占30%，乙公司投资占30%，丙企业占40%。请问，丁有限责任公司的产权登记机关是（　）。

A. 湖南省的国有资产管理部门

B. 湖北省的国有资产管理部门

C. 由甲、乙推举的出资者的产权归属关系确定产权登记的管辖机关

D. 广西壮族自治区的国有资产管理部门

【答案】 C

【解析】 法律规定，对于多个投资主体共同设立的企业，由国有资本额最大的出资者的产权归属关系确定产权登记的管辖机关；若出资额相等，则按其推举的出资者的产权归属关系确定产权登记的管辖机关。

2. ［单项选择题］根据有关规定，下列各项中，由省级国有资产监督管理机构国有资产产权登记的有（　）。

A. 上海市人民政府批准设立的企业集团公司

B. 信息产业部在南京市设立的直属企业

C. 在国家计划单列的企业集团公司

D. 中国残疾人联合会设立的直属企业

【答案】A

【解析】本题考核产权登记管理分工。选项 A 应由省级国有资产监督管理机构负责国有资产产权登记管理工作，选项 B、C、D 应由国家国有资产监管机构负责办理。

3.4.3 企业国有资产产权登记的内容和手续

Ⅰ.考点分析

1. 申请取得法人资格的企业国有资产产权登记的手续：工商登记前 30 日内，申办国有资产产权登记。

2. 占有产权登记的主要内容包括：（1）出资人名称、住所、出资金额及法定代表人；（2）企业名称、住所及法定代表人；（3）企业的资产、负债及所有者权益；（4）企业实收资本、国有资本；（5）企业投资情况；（6）国务院国有资产管理部门规定的其他事项。

3. 变动产权登记的情形包括：（1）企业名称改变的；（2）企业组织形式级次发生变动的；（3）企业国有资本额发生增减变动的；（4）企业国有资本出资人发生变动的；（5）企业国有资产产权发生变动的其他情形。企业发生前述（1）情况的，应在于工商行政部门核准登记后 30 日内办理变动产权登记；发生前述（2）至（5）种情况的，应当在向工商行政部门申请变更登记前，申办变动产权登记。

4. 注销产权登记的情形包括：（1）企业解散、被依法撤销或者被依法宣告破产的；（2）企业转让全部产权或者企业被划转的；（3）产权登记机关规定的其他情形。企业应在上述情形发生后的 30 日内办理注销产权登记。但是如果企业是被依法宣告破产的，应自法院裁定之日起 60 日内由企业破产清算机构向原产权登记机关申办注销产权登记。

5. 产权登记年度检查：企业应于每年 2 月 1 日至 4 月 30 日完成企业产权登记情况的年度检查工作，并向产权登记机关报送企业产权登记年度汇总表和年度汇总分析报告；各级产权登记机关应于每年 5 月 31 日前对企业产权登记的情况进行抽查，并将本级政府所出资企业产权登记年度汇总表和年度汇总分析报告逐级上报，国务院国有资产监督管理委员会应于每年 6 月 30 日前完成全国非金融类企业国有资产产权登记年度汇总检查工作。

【要点提示】重点掌握变动产权登记和注销产权登记的情形。

Ⅱ.经典例题

1. ［单项选择题］某日甲国有独资公司的资本额发生变动。经查，甲国有独资公司由乙国有控股公司出资设立，至今未办理占有产权登记，下列各项中符合规定的是（   ）。

A. 由甲国有独资公司先办理变动产权登记，再及时补办占有产权登记

B. 由乙国有控股公司先办理变动产权登记，再及时补办占有产权登记

C. 由甲国有独资公司先补办占有产权登记后，再申办变动产权登记

D. 由乙国有控股公司先补办占有产权登记后，再申办变动产权登记

【答案】D

【解析】法律规定：（1）已取得法人资格的企业未办理产权登记的，应该通过所出资企业向产权登记机关申报占有产权登记；（2）未办理占有产权登记的企业发生国有资产产权变动时，应该补办占有产权登记后，再申办变动产权登记。所以由乙国有控股公司先补办占有产权登记后，再申办变动产权登记。

2. ［单项选择题］国有企业被宣告破产的，由清算组在法定期限内向原产权登记机关申请办理注销登记。该法定期限为（   ）。

A. 自法院裁定之日起 60 日内

B. 自法院裁定之日起 90 日内

C. 自法院裁定之日起 30 日内

D. 自法院裁定之日起 15 日内

【答案】A

【解析】国有企业被宣告破产的，由清算组在法定期限内向原产权登记机关申请办理注销登记。该法定期限为自法院裁定之日起 60 日内。

3.5 企业国有产权转让制度

3.5.1 企业国有产权转让概述

Ⅰ.考点分析

企业国有产权，是指国家对企业以各种形式投入形成的权益、国有及国有控股企业各种投资所形成的应享有的权益，以及依法认定为国家所有的其他权益。企业国有产权转让是指国有资产监督管理机构、持有国有资本的企业将所持有的企业国有产权有偿转让给境内外法人、自然人或者其他组织的活动。

金融类企业国有产权转让和上市公司的国有股权转让不适用《企业国有产权转让管理暂行办法》。

企业国有产权转让可以采取拍卖、招投标、协议转让以及国家法律、行政法规规定的其他方式进行。权属关系不明确或者存在权属纠纷的企业国有产权不得转让。被设置为担保物权的企业国有产权转让，应当符合《中华人民共和国担保法》的有关规定。

【要点提示】掌握企业国有产权转让的方式和禁止转让、限制转让的情况。

Ⅱ.经典例题

1. ［多项选择题］企业国有资产产权转让方

式包括（ ）。

    A. 拍卖   B. 招投标

    C. 协议转让   D. 无偿转让

【答案】ABCD

【解析】以上四项均为国有资产产权转让方式

2. ［判断题］权属关系不明确或者存在权属纠纷的企业国有产权，经国有资产监督管理部门批准后，方可转让。 （ ）

【答案】×

【解析】权属关系不明确或者存在权属纠纷的企业国有产权不得转让

3.5.2 企业国有产权转让的监督管理

Ⅰ. 考点分析

国有资产监管机构决定所出资企业的国有产权转让。其中，转让企业国有产权致使国家不再拥有控股地位的，应当报本级人民政府批准。

所出资企业决定其子企业的国有产权转让。其中，重要子企业的重大国有产权转让事项，应当报同级国有资产监管机构会签财政部门后批准。其中涉及社会公共管理审批事项的，需预先报经政府有关部门审批。

【要点提示】①转让企业国有产权致使国家不再拥有控股地位的，应当报本级人民政府批准。②所出资企业是指国务院，省、自治区、直辖市人民政府，设区的市、自治州级人民政府授权国有资产监督管理机构履行出资人职责的企业。

Ⅱ. 经典例题

［单项选择题］转让企业国有产权致使国家不再拥有控股地位的，应当报（ ）批准。

    A. 财政部门

    B. 上级主管部门

    C. 国务院国有资产管理部门

    D. 本级人民政府

【答案】D

【解析】转让企业国有产权致使国家不再拥有控股地位的，应当报本级人民政府批准。

3.5.3 企业国有产权转让的程序

Ⅰ. 考点分析

企业国有产权转让应当做好可行性研究，按照内部决策程序进行审议，并形成书面决议。国有独资公司的产权转让，应当由董事会审议；没有设立董事会的，由总经理办公会议审议。涉及职工合法权益的，应当听取转让标的企业职工代表大会的意见，对职工安置等事项应当经职工代表大会讨论通过。

企业国有产权转让事项经批准或者决定后，转让方应当组织转让标的企业按照有关规定开展清产核资。转让所出资企业国有产权导致转让方不再拥有控股地位的，由同级国有资产监督管理机构组织进行清产核资，并委托社会中介机构开展相关业务。转让方应委托具有相关资质的资产

评估机构进行资产评估。评估报告经核准或备案后，作为确定企业国有产权转让价格的参考依据。

转让方应当将产权转让公告委托产权交易机构刊登在省级以上公开发行的经济或者金融类报刊和产权交易机构的网站上，公开披露有关企业国有产权转让信息，广泛征集受让方。产权转让公告期为20个工作日。

企业国有产权转让价格应当以资产评估结果为参考依据，在产权交易市场中公开竞价形成，产权交易机构应按照有利于竞争的原则积极探索新的竞价交易方式。（1）转让企业国有产权的首次挂牌价格不得低于经核准或备案的资产评估结果。经公开征集没有产生意向受让方的，转让方可以根据标的企业情况确定新的挂牌价格并重新公告；如拟确定新的挂牌价格低于资产评估结果的90%，应当获得相关产权转让批准机构书面同意。（2）对经公开征集只产生一个意向受让方而采取协议转让的，转让价格应按本次挂牌价格确定。（3）企业国有产权转让中涉及的职工安置、社会保险等有关费用，不得在评估作价之前从拟转让的国有净资产中先行扣除，也不得从转让价款中进行抵扣。（4）在产权交易市场中公开形成的企业国有产权转让价格，不得以任何付款方式为条件进行打折、优惠。（本段内容为2007年增）

经公开征集产生两个以上受让方时，转让方应当与产权交易机构协商，根据转让标的的具体情况采取拍卖或者招投标方式组织实施产权交易。经公开征集只产生一个受让方或者按照有关规定经国有资产监督管理机构批准的，可以采取协议转让的方式。转让企业国有产权导致转让方不再拥有控股地位的，在签订产权转让合同时，转让方应当与受让方协商提出企业重组方案，包括在同等条件下对转让标的企业职工的优先安置方案。

企业国有产权转让的全部价款，受让方应当按照产权转让合同的约定支付。转让价款原则上应当一次付清。如金额较大、一次付清确有困难的，可以采取分期付款的方式。采取分期付款方式的，受让方首期付款不得低于总价款的30%，并在合同生效之日起5个工作日内支付；其余款项应当提供合法的担保，并应当按同期银行贷款利率向转让方支付延期付款期间利息，付款期限不得超过1年。

【要点提示】企业国有产权转让的程序主要有如下几步：企业决议、清产核资、确定受让方、转让成交、转让收入处理。

Ⅱ. 经典例题

1. ［2007年单项选择题第2题］在企业国有产权转让中，受让方可以采取分期付款的方式向转让方支付价款。下列有关受让方采取分期付款方式支付价款的表述中，符合企业国有产权转让规定的是（ ）。

A. 受让方首次付款不得低于总价款的 20%，并在合同生效之日起 5 个工作日内支付；其余款项应当提供合法的担保，并应当按同期银行贷款利率向转让方支付延期付款期间利息，付款期限不得超过 1 年

B. 受让方首次付款不得低于总价款的 30%，并在合同生效之日起 5 个工作日内支付；其余款项应当提供合法的担保，并应当按同期银行贷款利率向转让方支付延期付款期间利息，付款期限不得超过 1 年

C. 受让方首次付款不得低于总价款的 20%，并在合同生效之日起 5 个工作日内支付；其余款项应当提供合法的担保，并应当按同期银行贷款利率向转让方支付延期付款期间利息，付款期限不得超过 2 年

D. 受让方首次付款不得低于总价款的 30%，并在合同生效之日起 5 个工作日内支付；其余款项应当提供合法的担保，并应当按同期银行贷款利率向转让方支付延期付款期间利息，付款期限不得超过 2 年

【答案】B

【解析】本题考核国有产权转让价款的支付期限。根据规定，企业国有产权转让的全部价款采取分期付款方式的，受让方首期付款不得低于总价款的"30%"，并在合同生效之日起"5 个工作日"内支付；其余款项应当提供合法的担保，并应当按同期银行贷款利率向转让方支付延期付款期间利息，付款期限不得超过"1 年"。

2. [2007 年判断题第 2 题] 在企业国有产权转让中，对涉及的职工安置、社会保险等有关费用，可以在评估作价之前从拟转让的国有净资产中先行扣除。　　　　（　）

【答案】×

【解析】本题考核国有产权转让中职工安置的问题。根据规定，企业国有产权转让中涉及的职工安置、社会保险费等有关费用，不得在评估作价之前从拟转让的国有净资产中先行扣除，也不得从转让价款中进行抵扣。

3. [2005 年单项选择题第 3 题] 根据企业国有产权转让管理的有关规定，企业国有产权转让时，受让方采取分期付款方式支付价款，对首期付款的支付比例和支付期限的要求是（　）。

A. 不得低于总价的 15%，并在合同生效之日起 5 个工作日内支付

B. 不得低于总价的 30%，并在合同生效之日起 5 个工作日内支付

C. 不得低于总价的 15%，并在合同生效之日起 15 个工作日内支付

D. 不得低于总价的 30%，并在合同生效之日起 15 个工作日内支付

【答案】B

【解析】法律规定，企业国有产权转让时，转让价款原则上应当一次付清。如金额较大、一次付清确有困难的，可以采取分期付款的方式：首期付款不得低于总价的 30%，并在合同生效之日起 5 个工作日内支付；其余款应当提供合法的担保，并应当按同期银行贷款利率向转让方支付延期付款期间利息，付款期限不得超过 1 年。

4. [单项选择题] 企业国有产权转让的公告期为（　）。

A. 10 个工作日　　　　B. 20 个工作日

C. 30 个工作日　　　　D. 60 个工作日

【答案】B

【解析】企业产权转让公告期为 20 个工作日。

III. 相关链接

国有企业兼并缴纳兼并款的期限；转让国有产权缴纳转让款的期限；设立外商投资企业、利用外资改组内资企业、外商并购内资企业的缴纳出资期限；公司股东缴纳注册资本的期限。详见外商投资企业法一章的汇总表格。

3.5.4 企业国有产权的无偿划转

1. 考点分析

企业国有产权无偿划转，是指企业国有产权在政府机构、事业单位、国有独资企业、国有独资公司之间的无偿转移。

划转双方应当在可行性研究的基础上，按照内部决策程序进行审议，并形成书面决议。划入方（划出方）为国有独资企业的，应当由总经理办公会议审议划转决议；已设立董事会的，由董事会审议。划入方（划出方）为国有独资公司的，应当由董事会审议划转决议；尚未设立董事会的，由总经理办公会议审议。所涉及的职工分流安置事项，应当经被划转企业职工代表大会审议通过划转决议。

划出方应当就无偿划转事项通知本企业（单位）债权人，并制订相应的债务处置方案。

划转双方应当组织被划转企业按照有关规定开展审计或清产核资，以中介机构出具的审计报告或经划出方国资监管机构批准的清产核资结果作为企业国有产权无偿划转的依据。

划转双方协商一致后，应当签订企业国有产权无偿划转协议。企业国有产权在同一国资监管机构所出资企业之间无偿划转的，由所出资企业共同报国资监管机构批准划转协议。企业国有产权在不同国资监管机构所出资企业之间无偿划转的，依据划转双方的产权归属关系，由所出资企业分别报同级国资监管机构批准。实施政企分开的企业，其国有产权无偿划转所出资企业或其子企业持有的，由同级国资监管机构和主管部门分别批准。下级政府国资监管机构所出资企业国有产权无偿划转上级政府国资监管机构所出资企业或其子企业持有的，由下级政府和上级政府国资

监管机构分别批准。企业国有产权在所出资企业内部无偿划转的，由所出资企业批准并抄报同级国资监管机构。

有下列情况之一的，不得实施无偿划转：（1）被划转企业主业不符合划入方主业及发展规划的；（2）中介机构对被划转企业划转基准日的财务报告出具否定意见、无法表示意见或保留意见的审计报告的；（3）无偿划转涉及的职工分流安置事项未经被划转企业的职工代表大会审议通过的；（4）被划转企业或有负债未有妥善解决方案的；（5）划出方债务未有妥善处置方案的。

下列无偿划转事项，依据中介机构出具的被划转企业上一年度（或最近一次）的审计报告或经国资监管机构批准的清产核资结果，直接进行账务调整，并按规定办理产权登记等手续。（1）由政府决定的所出资企业国有产权无偿划转本级国资监管机构其他所出资企业的；（2）由上级政府决定的所出资企业国有产权在上、下级政府国资监管机构之间的无偿划转的；（3）由划入、划出方政府决定的所出资企业国有产权在互不隶属的政府的国资监管机构之间的无偿划转的；（4）由政府决定的实施政企分开的企业，其国有产权无偿划转国资监管机构持有的；（5）其他由政府或国资监管机构根据国有经济布局、结构调整和重组需要决定的无偿划转事项。

【要点提示】重点掌握无偿划拨的内部决策程序和决策机构，以及不能实施无偿划拨的五种情形。

Ⅱ．经典例题

1．［2006年多项选择题第4题］根据企业国有产权无偿划转的有关规定，下列选项中，企业国有产权不得实施无偿划转的情形有（ ）。

A．被划转企业的或有负债未有妥善解决方案

B．被划转企业职工代表大会未通过无偿划转涉及的职工分流安置事项

C．被划转企业主业不符合划入方主业及发展规划

D．中介机构对被划转企业划转基准日的财务报告出具了保留意见的审计报告

【答案】ABCD

【解析】有下列情况之一的，不得实施无偿划转：（1）被划转企业主业不符合划入方主业及发展规划的；（2）中介机构对被划转企业划转基准日的财务报告出具否定意见、无法表示意见或保留意见的审计报告的；（3）无偿划转涉及的职工分流安置事项未经被划转企业的职工代表大会审议通过的；（4）被划转企业或有负债未有妥善解决方案的；（5）划出方债务未有妥善处置方案的。

2．［单项选择题］根据《企业无偿划转管理暂行办法》，划入方（划出方）为国有独资企业的，对于决议方式，下列说法对的是（ ）。

A．应由总经理办公会议决议；已设立董事会的，由董事会决议

B．由股东大会审议

C．由本企业债权人会议审议

D．只能由总经理办公会议决议

【答案】A

【解析】根据规定，企业国有产权无偿划转的，划入方（划出方）为国有独资企业的，由总经理办公会议决议；已设立董事会的，由董事会决议。

知识点测试

一、单项选择题

1．某国有企业年末净资产为8 000万元，经批准拟向境外投资，如无特殊规定，则该企业此次投资的最高为（ ）。

A．1 000万元　　　B．2 000万元
C．3 000万元　　　D．4 000万元

2．某集体企业在改组为股份制企业时，经依法评估确认，其全部资产额为人民币5 000万元。在该企业的资产中，1992年前用税前还贷形成的资产为人民币1 000万元；由国有企业担保，通过银行贷款形成的资产为人民币1 000万元，该贷款已由集体企业还清；集体企业原无偿使用国有土地使用权折价人民币3 000万元。根据《国有资产产权界定和产权纠纷处理暂行办法》的规定，该集体企业资产中，应界定为国有资产的数额为人民币（ ）万元。

A．1 000　　　　　B．2 000
C．3 000　　　　　D．5 000

3．泰市的荣昌公司为国有企业，荣发公司为集体企业，这两个企业因资产归属问题发生产权纠纷。荣昌公司经主管国有资产管理部门同意，提出了一套处理产权纠纷的意见，并与荣发公司协商解决，荣发公司不同意荣昌公司的处理意见。根据国有资产产权纠纷处理的有关规定，荣昌公司可以提请（ ）。

A．泰市的国有资产管理部门裁定解决

B．泰市上一级国有资产管理部门裁定解决

C．泰市的人民政府裁定解决

D．人民法院依司法程序处理

4．关于国有资产评估的法规规定，资产评估机构与委托人或被评估单位串通作弊，故意出具虚假报告的，没收违法所得，处以违法所得（ ）的罚款，并予以暂停执业。

A．1倍以上3倍以下

B．1倍以上5万元以下

C．1倍以上5倍以下

D．1万元以上5万元以下

5. A 省管辖的甲国有企业与 B 省管辖的乙国有独
资公司共同投资在 C 省设立两有限责任公司。
其中，甲企业投资占 65%，乙公司投资占
35%。根据企业国有资产产权登记管理的有关
规定，丙公司的产权登记管辖机关是（ 　）。
　　A. A 省的国有资产管理部门
　　B. B 省的国有资产管理部门
　　C. C 省的国有资产管理部门
　　D. 甲企业和乙公司共同推举的 A 省或 B 省或 C
　　　　省的国有资产管理部门

6. 根据《企业国有资产产权登记管理办法》的规
定，企业应当于每一年度终了后 90 日内，办理
产权年度检查登记，向国有资产管理部门提交
（ 　）和国有资产经营年度报告书。
　　A. 审计报告　　　　B. 资产评估报告
　　C. 盈利预测报告　　D. 财务报告

7. 在企业国有产权交易过程中，当交易价格低于
评估结果的（ 　）时，应当暂停交易，在获
得相关权转让批准机构同意后方可继续进行。
　　A. 80%　　　　　　B. 85%
　　C. 90%　　　　　　D. 95%

8. 法律规定，企业国有产权转让公告期为（ 　）
个工作日。
　　A. 10　　　　　　　B. 15
　　C. 20　　　　　　　D. 30

9. 企业国有产权转让采取分期付款方式的，受让
方首期付款不得低于总价款的（ 　），并在合
同生效之日起 5 个工作日内支付；其余款项应
当提供合法的担保，并应当按同期银行贷款利
率向转让方支付延期付款期间利息，付款期限
不得超过（ 　）。
　　A. 20%　 6 个月　　　B. 30%　 6 个月
　　C. 20%　 1 年　　　　D. 30%　 1 年

10. 对下列国有企业负责人，国有资产监督管理机
构有权任免的是（ 　）。
　　A. 国有独资企业的副总经理
　　B. 国有独资公司的总经理
　　C. 国有控股公司的副董事长
　　D. 国有参股公司的董事长

11. 甲公司的注册资本为 200 000 万元，其中：国家
授权投资的乙机构出资 100 000 万元；国有企业
丙出资 50 000 万元；民营企业丁出资 50 000 万
元。甲公司的年度财务报告显示，其有公积金
6 000 万元，公益金 3 000 万元，未分配利润
9 000 万元。根据上述数据资料，可以界定甲公
司国有资产的数额为（ 　）万元。
　　A. 109 000　　　　　B. 150 000
　　C. 163 500　　　　　D. 107 500

二、多项选择题

1. 根据《国有资产产权界定和产权纠纷处理暂行
办法》的规定，下列资产中，应界定为国有资
产的有（ 　）。
　　A. 国有企业接受馈赠形成的资产
　　B. 中外合资经营企业中方职工的工资差额
　　C. 国有企业工会组织用企业按国家规定拨付的
　　　　活动经费结余购律的资产
　　D. 国有企业以货币、实物独资创办的以集体所
　　　　有制名义注册登记的企业净资产

2. 国有资产占有单位有下列（ 　）之一的，必
须对国有资产进行资产评估。
　　A. 整体或部分改建为有限责任公司或者股份有
　　　　限公司
　　B. 合并、分立、清算
　　C. 整体或者部分产权（股权）转让
　　D. 收购非国有资产

3. 下列有关国有资产评估的说法对的有（ 　）。
　　A. 采用收益现值法评估的，须评估资产能够独
　　　　立创收，能不断地获得预期收益，且该预期
　　　　收益可以用货币来计算
　　B. 对存货资产，按现行市场价格、计划价格、
　　　　应购置费用、完工程度、损耗等因素，评
　　　　定重估价值
　　C. 有价证券的评估，可参照市场价格或票面价
　　　　值、预期收益等因素，评定重估价值
　　D. 对外购无形资产的评估，按购入成本及该资
　　　　产的获利能力评定

4. 根据企业国有资产产权登记管理的有关规定，
下列选项中，应当依照规定申请办理国有资
产权登记的有（ 　）。
　　A. 国有独资公司
　　B. 占有、使用国有资产的集体企业
　　C. 国有企业投资设立的有限责任公司
　　D. 国家授权投资的机构

5. 根据有关规定，下列各项中，由国家国有资产
管理局负责办理国有资产产权登记的有
（ 　）。
　　A. 在国家计划单列的企业集团公司
　　B. 邮电部在成都市设立的直属企业
　　C. 北京市人民政府批准设立的企业集团公司
　　D. 中国红十字会设立的直属企业

6. 国务院国有资产监督管理委员会的主要职责包
括：（ 　）。
　　A. 指导推进国有及国有控股企业的改革和重组
　　B. 对所出资企业的企业负责人进行任免、考核
　　　　及奖惩
　　C. 对所出资企业履行出资人职责，维护所有者
　　　　权益
　　D. 制定企业国有资产监督管理的规章制度

7. 产权登记机关的职责主要包括：（ 　）。
　　A. 检查企业国有资产经营状况
　　B. 监督国家授权投资机构、国有企业和国有独

资公司的出资行为

C. 备案企业的担保或资产被司法冻结等产权或有变动事项

D. 编报并向同级政府和上级产权登记机关呈送产权登记与产权变动状况分析报告

8. 关于企业国有产权转让审批机构的规定，下列（ ）论述是对的。

A. 国有资产监管机构所出资企业的国有产权转让，致使国家不再拥有控股地位的，应当报本级人民政府批准

B. 国有资产监管机构所出资企业的国有产权转让，致使国家不再拥有控股地位的，应当报上级人民政府批准

C. 所出资企业的重要子企业的重大国有产权转让事项，应当报同级国有资产监管机构会签财政部门后批准

D. 所出资企业的子企业的国有产权转让，涉及社会公共管理审批事项的，需预先报经政府有关部门审批

9. 国有独资企业、国有独资公司的下列事项，应由其出资的国有资产监督管理机构依法定程序决定的有（ ）。

A. 分立成两个企业

B. 与其他公司合并成一个公司

C. 增加或减少注册资本

D. 发行公司债券

10. 全民所有制企业中的党、团、工会组织等占用企业的财产，界定为国有资产，但不包括（ ）购建的资产。

A. 以个人缴纳党费、团费

B. 以个人缴纳会费

C. 按国家规定由企业拨付的活动经费等结余

D. 以企业接受馈赠

11. 国有独资企业、行政事业单位下属的独资企业之间的（ ），可以不进行资产评估。

A. 合并 B. 资产划转

C. 置换 D. 转让

12. 由于国有资产占有单位提供虚假资料，造成评估结果失实的，国有资产管理部门将给予的行政处罚包括（ ）。

A. 通报批评 B. 限期改正

C. 停业整顿 D. 罚款

三、判断题

1. 某全民单位按国家规定以优惠价向职工个人出售住房，由于采用分期付款，产权尚未完全转移到个人，则全民单位应将这部分房产视为共有财产。 （ ）

2. 国有资产评估机构为国有资产管理行政部门，在中央指财政部，在地方指地方各级国有资产管理部门或国有资产管理专门机构。 （ ）

3. 国有资产占有单位对整体企业或者部分资产实行无偿划转，以国有独资企业、行政事业单位下属的独资企业（事业单位）之间的合并、资产（产权）划转、置换和转让的，必须进行资产评估。 （ ）

4. 企业国有资产产权登记是国有资产管理部门对占有国有资产的各类企业的产权状况进行登记，并且确认产权归属的一种法律行为。 （ ）

5. 国有资产监督管理机构出资企业的国有股权转让，须经本级人民政府批准。 （ ）

6. 金融类企业国有产权转让和上市公司的国有股权转让不适用《企业国有产权转让管理暂行办法》。 （ ）

7. 国有独资公司的董事长、副董事长、董事，由国有资产监督管理机构任免。 （ ）

8. 国有资产占有单位发生诉讼，对诉讼涉及的资产价值，应当进行资产评估。 （ ）

9. 国有资产监督管理机构有权任免国有控股公司的董事长、副董事长，并向其提出总经理、副总经理、总会计师人选的建议。 （ ）

10. 2000 年某集体企业改组为股份制企业时，改组前税前还贷形成的资产中，国家税收应收未收的税款部分，其产权归集体企业所有。（ ）

11. 产权交易机构对征集到的意向受让方由自己或委托会计师事务所进行登记管理，但不得委托转让方进行。 （ ）

12. 会计师事务所在企业国有产权转让的审计过程中违规执业的，应由国有资产监督管理机构给予相应的处罚；情节严重的，可要求企业不得再委托其进行企业国有产权转让的审计业务。 （ ）

知识点测试答案

一、单项选择题

1. 【答案】 D

【解析】法律规定，除国家有特殊规定外，企业累计对外投资不得超过本企业净资产的 50%，即最高投资额为净资产的 50%。

2. 【答案】 C

【解析】1992 年前用税前还贷形成的资产，不界定为国有资产；由国有企业担保，通过银行贷款形成的资产，因该贷款已由集体企业还清，国有企业不再承担连带责任，故不界定为国有资产；集体企业原无偿使用国有土地使用权折价人民币 3 000 万元应界定为国有资产。

3. 【答案】 D

【解析】泰市的荣昌公司为国有企业，荣发公司为集体企业，故应按全民所有制单位与其他经济成分之间产权纠纷的处理程序解决。

4. 【答案】C

【解析】法律规定，在国有资产评估过程中，资产评估机构与委托人或被评估单位串通作弊，故意出具虚假报告的，应没收违法所得，处以违法所得 1 倍以上 5 倍以下的罚款，并予以暂停执业。

5. 【答案】A

【解析】对于多个投资主体共同设立的企业，由国有资本额最大的出资者的产权归属关系确定产权登记的管辖机关。

6. 【答案】D

【解析】法律规定，企业应当于每一年度终了后 90 日内，办理产权年度检查登记，向国有资产管理部门提交财务报告和国有资产经营年度报告书。

7. 【答案】C

【解析】法律规定，在企业国有产权交易过程中，当交易价格低于评估结果的 90% 时，应当暂停交易，在获得相关产权转让批准机构同意后方可继续进行。

8. 【答案】C

【解析】法律规定，企业国有产权转让公告期为 20 个工作日。

9. 【答案】D

【解析】企业国有产权转让采取分期付款方式的，受让方首期付款不得低于总价款的 30%，并在合同生效之日起 5 个工作日内支付；其余款项应当提供合法的担保，并应当按同期银行贷款利率向转让方支付延期付款期间利息，付款期限不得超过 1 年。

10. 【答案】A

【解析】本题考核国有资产监督管理机构对企业负责人的管理。国有资产监督管理机构有权任免国有独资企业的总经理、副总经理、总会计师及其他企业负责人。

11. 【答案】C

【解析】本题考核联营企业中国有资产所有权的界定。国家授权投资的乙机构出资 100 000 万元和国有企业丙出资 50 000 万元也就是 150 000 万元应该是属于国有资产，企业的公积金、公益金和未分配利润中，国家授权投资的乙机构和国有企业丙按照投资比例所占的份额，应该界定为国有资产，即（6 000 + 3 000 + 9 000）×（100 000 + 50 000）÷ 200 000 = 13 500（万元），所以甲公司国有资产的总的数额为 150 000 + 13 500 = 163 500（万元）。

二、多项选择题

1. 【答案】A B D

【解析】全民企业以个人缴纳党费、团费、会费以及按国家规定由企业拨付的活动经费等结余购建的资产不界定为国有资产。

2. 【答案】A B

【解析】国有资产占有单位整体或者部分产权（股权）转让要进行资产评估，但上市公司除外。收购非国有资产只需对非国有资产进行评估，国有资产不需评估。

3. 【答案】A B C D

【解析】法律规定，采用收益现值法评估国有资产的，必须是评估资产能够独立创收，能不断地获得预期收益，且该预期收益可以用货币来计算。对存货资产，按现行市场价格、计划价格，考虑购置费用、完工程度、损耗等因素，评定重估价值。对有价证券的评估，可参照市场价格或票面价值、预期收益等因素，评定重估价值。对外购无形资产的评估，按购入成本及该资产的获利能力评定。

4. 【答案】A B C D

【解析】只要是占有国有资产的企业都应当进行国有资产产权登记。

5. 【答案】A B D

【解析】法律规定，国家国有资产管理部门负责五类企业的国有资产产权登记管理工作，即：（1）国务院管辖的企业、行业总公司；（2）中央政府各部门、各直属机构、各直属事业单位及全国性社会团体管辖的企业；（3）在国家计划单列的企业集团公司；（4）国家授权投资的机构；（5）中央国有企业、国有独资公司投资设立的企业。

6. 【答案】A B C D

【解析】法律规定，国有资产监督管理机构的主要职责为：（1）对所出资企业履行出资人职责，维护所有者权益；（2）指导推进国有及国有控股企业的改革和重组；（3）向所出资企业派出监事会；（4）对所出资企业的企业负责人进行任免、考核及奖惩；（5）对企业国有资产的保值增值情况进行监督；（6）履行出资人的其他职责和承办本级政府交办的其他事项；（7）国务院国有资产监督管理委员会还可以制定企业国有资产监督管理的规章制度。

7. 【答案】A B C D

【解析】法律规定，产权登记机关依法履行下列职责：（1）依法确认企业产权归属，理顺企业集团内部产权关系；（2）掌握企业国有资产占有、使用的状况；（3）监管企业的国有产权变动；（4）检查企业国有资产经营状况；（5）监督国家授权投资机构、国有企业和国有独资公司的出资行为；（6）备案企业的担保或资产被司法冻结等产权或有变动事项；（7）在汇总、分析的基础上，编报并向同级政府和上级产权登记机关呈送产权登记与产权变动状况分析报告。

8.【答案】A C D

【解析】国有资产监管机构所出资企业国有产权转让致使国家不再拥有控股地位的，应当报本级人民政府批准。所出资企业决定其子企业的国有产权转让时，重要企业的重大国有产权转让事项应当报同级国有资产监管机构会签财政部门后批准；涉及社会公共管理审批事项的需预先报经政府有关部门审批。

9.【答案】A B C D

【解析】本题考核国有资产监督管理机构对国有企业重大事项的管理。国有资产监管机构依法定程序决定其所出资企业中的国有独资企业、国有独资公司的分立、合并、破产、解散、增减资本、发行公司债券等重大事项。

10.【答案】A B C

【解析】本题考查国有资产的界定。以个人缴纳党费、团费、会费以及按国家规定由企业拨付的活动经费等结余购建的资产，不应界定为国有资产。全民所有制企业接受馈赠形成的资产，界定为国有资产。

11.【答案】A B C D

【解析】本题考查国有资产评估的范围。经各级人民政府及其授权部门批准，对整体企业或者部分资产实行无偿划转，以及国有独资企业、行政事业单位下属的独资企业（事业单位）之间的合并、资产（产权）划转、置换和转让的，可以不进行资产评估。

12.【答案】A B D

【解析】本题考查国有资产占有单位违反规定的法律责任。国有资产占有单位违反《国有资产评估管理办法》的规定，向评估机构提供虚假情况和资料，或者与评估机构串通作弊，致使评估结果失实的，国有资产管理行政主管部门可以宣布评估结果无效，并根据情节轻重，给予通报批评、限期改正、罚款等行政处罚。

三、判断题

1.【答案】√

【解析】法律规定，全民单位按国家规定以优惠价向职工个人出售住房，由于采用分期付款，产权尚未完全转移到个人，则全民单位应将这部分房产视为共有财产。

2.【答案】×

【解析】国有资产评估机构指持有国务院或者省、自治区、直辖市人民政府国有资产部门颁发的国有资产评估资格证书的机构。国有资产评估指导监督部门为国有资产管理行政部门，在中央指财政部，在地方指地方各级国有资产管理部门或国有资产管理专门机构。

3.【答案】×

【解析】经各级人民政府及其授权部门批准，对整体企业或者部分资产实行无偿划转，以国有独资企业、行政事业单位下属的独资企业（事业单位）之间的合并、资产（产权）划转、置换和转让的，可以不进行资产评估。

4.【答案】√

【解析】企业国有资产产权登记是指国有资产管理部门代表政府对占有国有资产的各类企业的资产、负债、所有者权益等产权状况进行登记，依法确认产权归属关系的一种法律行为。

5.【答案】×

【解析】法律规定，国有资产监督管理机构出资企业的国有股权转让，由国有资产监督管理机构决定，并非都要经本级人民政府批准，只有其中转让全部国有股权或者转让部分国有股权致使国家不再拥有控股地位的，须经本级人民政府批准。

6.【答案】√

【解析】《企业国有产权转让管理暂行办法》适用于各类企业国有产权转让，但金融类企业国有产权转让和上市公司的国有股权转让除外。

7.【答案】√

【解析】本题考核对企业负责人的管理。国有资产监督管理机构对国有独资公司，任免其董事长、副董事长、董事，并向其提出总经理、副总经理、总会计师等的任免建议。

8.【答案】√

【解析】本题考核国有资产评估的范围。国有资产占有单位确定涉讼资产价值，属于应当进行资产评估的范围。

9.【答案】×

【解析】本题考核对企业负责人的管理。国有资产监督管理机构对国有控股公司提出向其派出的董事、监事人选，推荐其董事长、副董事长和监事会主席人选，并向其提出总经理、副总经理、总会计师等的任免建议。

10.【答案】×

【解析】全部界定为国家股。

11.【答案】×

【解析】本题考核企业国有产权转让的登记管理。对征集到的意向受让方由产权交易机构负责登记管理，产权交易机构不得将对意向受让方的登记管理委托转让方或其他方面进行。

12.【答案】×

【解析】本题考核企业国有产权转让的法律责任。社会中介机构在企业国有产权转让的审计、评估和法律服务中违规执业的，由国有资产监督管理机构将有关情况通报其行业主管机关，建议给予相应的处罚；情节严重的，可要求企业不得再委托其进行企业国有产权转让的审计业务。

第四章　个人独资企业法和合伙企业法

本章概述

一、内容提要

本章包括两个方面的内容，即个人独资企业法和合伙企业法。

考生学习本章时，应掌握个人独资企业的特征、设立、投资人及事务管理、权利和工商管理、解散和清算、违反个人独资企业法的法律责任，合伙企业的概念及分类，普通合伙企业的概念、设立、财产、事务执行、与第三人关系、入伙与退伙、特殊的普通合伙企业，有限合伙企业的概念、设立、事务执行、财产出质与转让、债务清偿、入伙与退伙、合伙人性质转变，合伙企业的解散与清算，违反合伙企业法的法律责任。其中《合伙企业法》为本章学习的重点，因为该法为2007 年新法，可以考综合题，希望考生注意。

二、历年考题分析

本章最近五年平均考分 5.8 分。本章近 5 年考试的题型、分值及考点分布详见下表。

年份\项目	题型	题量	分值	考点
2007	判断题	1	1	特殊普通合伙企业中合伙人的责任承担
	综合题	1	14	有限合伙企业合伙人对外合同的效力，合伙协议未约定情况下合伙企业的表决形式，有限合伙企业的组织形式及对责任的承担办法
2006	单项选择题	2	2	个人独资企业的债务清偿；合伙人当然退伙的情形
	多项选择题	2	2	合伙企业的债务清偿；违反个人独资企业法的法律责任
	判断题	1	1	合伙企业的损益分配
2005	单项选择题	1	1	对合伙人除名的程序
	多项选择题	1	1	合伙企业的债务清偿
	判断题	1	1	新入伙人的权利义务
2004	单项选择题	1	1	个人独资企业投资人对受托管理人的权力限制，不能对抗善意第三人
	多项选择题	1	1	合伙人个人债务与合伙企业的关系
	判断题	1	1	合伙协议不得约定将全部利润分配给部分合伙人或者由部分合伙人承担全部亏损
2003	多项选择题	3	3	个人独资企业投资人的出资、个人独资企业分支机构的设立、个人独资企业解散时的清算人及清偿债务的顺序；合伙企业必须经全体合伙人一致同意的事务；合伙企业亏损分担

三、教材变化

2007 年教材本章的合伙企业法部分完全是按照新合伙企业法写的；2008 年本章教材删除了企业法概述和全民所有制企业法的内容。

本章内容结构基本框架

知识点	第四章　企业法	学习建议
4.1	个人独资企业法	
4.1.1	个人独资企业的设立	应当记住
4.1.2	个人独资企业受聘管理人的职责	应当记住

续表

知识点	第四章　企业法	学习建议
4.1.3	个人独资企业的解散和清算	一般了解
4.2	合伙企业法	
4.2.1	合伙与合伙企业	一般了解
4.2.2	普通合伙企业的概念和设立条件	应当记住
4.2.3	普通合伙企业财产	应当记住
4.2.4	普通合伙企业的合伙事务执行	应当记住
4.2.5	普通合伙企业与第三人关系	应当记住
4.2.6	普通合伙企业的入伙和退伙	应当记住
4.2.7	特殊的普通合伙企业	应当记住

续表

知识点	第四章　企业法	学习建议
4.2.8	有限合伙企业设立的特殊规定	必须掌握
4.2.9	有限合伙企业事务执行的特殊规定	必须掌握
4.2.10	有限合伙企业财产出质与转让的特殊规定	必须掌握
4.2.11	有限合伙人债务清偿的特殊规定	必须掌握
4.2.12	有限合伙企业入伙与退伙的特殊规定	必须掌握
4.2.13	合伙人性质转变的特殊规定	必须掌握
4.2.14	合伙企业的解散与清算	一般了解

知识点精讲

4.1　个人独资企业法

4.1.1　个人独资企业的设立

Ⅰ.考点分析

个人独资企业是指在中国境内设立，由一个自然人投资、财产为投资人个人所有，投资人以其个人财产对企业债务承担无限责任的经营实体。此处考生应当注意，个人独资企业不具有法人资格，无独立承担民事责任的能力，企业的责任由投资人承担无限责任。但个人独资企业是独立的民事主体，可以以自己的名义从事民事活动，如对外签订合同，进行交易等。

个人独资企业的设立条件为：（1）投资人为一个中国公民。（2）有合法的企业名称。个人独资企业在其名称中不得使用"有限"、"有限责任"或"公司"字样。（3）有投资人申报的出资。投资人可以家庭共有财产出资，但在登记时要注明；投资人不能以家庭其他成员的财产作为个人出资。（4）有固定的生产经营场所和必要的生产经营条件。（5）有必要的从业人员。

个人独资企业可以设立分支机构。

法律对个人独资企业的投资人有以下规定：（1）法律、行政法规禁止从事营利性活动的人，不得作为投资人申请设立个人独资企业。（2）个人独资企业的投资人对本企业的财产依法享有所有权，其有关权利可以依法进行转让或继承。（3）个人独资企业投资人在申请企业设立登记时明确以其家庭共有财产作为个人出资的，应当依法以家庭共有财产对企业债务承担无限责任。

【要点提示】个人独资企业系一个自然人投资，财产为投资人个人所有，投资人以其个人财产对企业债务承担无限责任的具有独立名义的经营实体。需注意：①个人独资企业可以以家庭共有财产出资，但在登记时要注明。②个人独资企业投资人对企业财产的所有权及其相关权利可以转让或继承。

Ⅱ.经典例题

1.［单项选择题］以下关于个人独资企业与合伙企业的说法中，符合法律规定的是（　　）。

A.个人独资企业与合伙企业对自然人出资的要求相同

B.个人独资企业与合伙企业在企业解散后5年内出资人对企业债务均负有偿债的责任

C.个人独资企业的财产所有权规定个人所有，合伙企业的财产所有权规定企业所有

D.个人独资企业与合伙企业的出资方式相同

【答案】B

【解析】个人独资企业的出资人须具有中国国籍，合伙企业的出资人无国籍的限制，所以A选项不对；合伙企业的财产所有权归合伙人共同共有，所以C选项不对；合伙企业经全体合伙人同意，合伙人可以劳务出资，但个人独资企业不可以，因此D选项也不对。

2.［多项选择题］下列关于个人独资企业的表述中，正确的是（　　）。

A.个人独资企业不是独立的民事主体，也不能独立承担民事责任

B.个人独资企业分支机构的民事责任由个人独资企业承担

C.个人独资企业的全部财产不足以清偿到期债务时，应当首先以投资人的个人财产清偿，个人财产仍不足时，以投资人的家庭共有财产清偿

D.个人独资企业不具有法人资格

【答案】B D

【解析】选项A：个人独资企业是独立的民事主体，可以自己的名义从事民事活动。选项C：以个人财产出资设立的个人独资企业，仅以个人财产对企业债务承担无限责任；以家庭共有财产出资设立的个人独资企业，以家庭共有财产对企业债务承担无限责任。

Ⅲ.相关链接

1.法律对不同企业出资人的不同规定如下：个人独资企业——1个中国自然人；普通合伙企业——2个以上合伙人；有限合伙企业——2个以上50个以下合伙人，至少有1个普通合伙人；有限责任公司——50个以下股东；股份有限公司——发起人2～200人，其中过半数在中国境内有住所；中外合资、合作企业——中方不能有自然人。

2.法律对不同企业出资问题的要求：个人独资企业是有投资人申报的出资；合伙企业是认缴或实缴资本；公司和外商投资企业是认缴资本（一人有限公司为实缴资本），其中公司的首次出资额不能少于注册资本的20%，外商投资企业是成立后缴纳出资。

3.个人独资企业与一人有限公司的区别：

	个人独资企业	一人有限公司
法律地位	不是法人	独立法人
承担责任	无限责任	有限责任
投资人	一个中国自然人	一个自然人或法人
注册资本	申报的出资，没有最低限额的规定	实缴资本，最低限额 10 万元人民币
能否破产	不能	可以

4.1.2 个人独资企业受聘管理人的职责

Ⅰ. 考点分析

个人独资企业的投资人可以自己管理企业，也可以委托或聘用他人管理企业。

个人独资企业投资人对委托或聘用的管理人的职权限制，对善意第三人没有约束力。如 2001 年单项选择题第 2 题：个人独资企业投资人甲聘用乙管理企业事务，同时对乙的职权予以限制，凡乙对外签订标的额超过 1 万元的合同，须经甲同意。某日，乙未经甲同意与善意第三人丙签订了一份标的额为 2 万元的合同。下列关于该合同效力的表述中，正确的是（　　）。

A. 该合同有效，但如果给甲造成损害，由乙承担民事赔偿责任

B. 该合同无效，如果给甲造成损害，由乙承担民事赔偿责任

C. 该合同为可撤销合同，可请求人民法院予以撤销

D. 该合同无效，经甲追认后有效

本题答案只能选 A。因为个人独资企业投资人对聘用的管理人的职权限制，对善意第三人没有约束力，受聘的管理人超出投资人的限制与第三人的业务交往有效。但如果此行为给甲造成损害的，应由管理人乙承担民事赔偿责任。

受委托或被聘用管理个人独资企业事务的人员不得从事下列行为：（1）利用职务上的便利，索取或者收受贿赂；（2）利用职务或者工作上的便利侵占企业财产；（3）挪用企业的资金归个人使用或者借贷给他人；（4）擅自将企业资金以个人名义或者以他人名义开立账户储存；（5）擅自以企业资产提供担保；（6）未经投资人同意，从事与本企业相竞争的业务；（7）未经投资人同意，同本企业订立合同或者进行交易；（8）未经投资人同意，擅自将企业商标或者其他知识产权转让给他人使用；（9）泄露本企业的商业秘密；（10）法律、行政法规禁止的其他行为。考生在此处应注意，第（4）到第（8）条都是相对禁止，不是绝对禁止，即非擅自或经投资人同意，可以作出上述行为。

【要点提示】①个人独资企业的投资人可以委托或聘用他人管理企业，但其对受托或聘用的管理人的职权限制对善意第三人没有约束力。②受委托或被聘用管理个人独资企业事务的人员不可

危害企业利益，也不可擅自从事以企业资产提供担保、同业竞争、转让企业知识产权、同本企业协议或交易等有危害企业嫌疑的行为。

Ⅱ. 经典例题

1. ［2004 年单项选择题第 2 题］甲投资设立乙个人独资企业，委托丙管理企业事务，授权丙可以决定 10 万元以下的交易。丙以乙企业的名义向丁购买 15 万元的商品。丁不知甲对丙的授权限制，依约供货。乙企业未按期付款，由此发生争议。下列表述中，符合法律规定的是（　　）。

A. 乙企业向丁购买商品的行为有效，应履行付款义务

B. 丙仅对 10 万元以下的交易有决定权，乙企业向丁购买商品的行为无效

C. 甲向丁出示给丙的授权委托书后，可不履行付款义务

D. 甲向丁出示给丙的授权委托书后，付款 10 万元，其余款项丁只能要求丙支付

【答案】 A

【解析】 法律规定，个人独资企业投资人对受托管理人的权力限制，不能对抗善意第三人。

2. ［判断题］某个人独资企业受聘管理人以自己的名义与个人独资企业进行交易，这是法律不允许的。（　　）

【答案】 ×

【解析】 个人独资企业受聘管理人以自己的名义与个人独资企业进行交易，如经投资人同意，法律是允许的；如未经投资人同意，法律才不允许。

4.1.3 个人独资企业的解散和清算

Ⅰ. 考点分析

个人独资企业解散的原因为：（1）投资人决定解散；（2）投资人死亡或者被宣告死亡，无继承人或者继承人决定放弃继承；（3）被依法吊销营业执照；（4）法律、行政法规规定的其他情形。

个人独资企业解散时，可由投资人自行清算，也可由债权人申请人民法院指定清算人进行清算。

个人独资企业的财产清偿顺序为：（1）所欠职工工资和社会保险费用；（2）所欠税款；（3）其他债务。请考生注意：个人独资企业的财产不足以清偿债务的，投资人应当以其个人的其他财产予以清偿，该个人财产包括家庭共有财产中属于其个人的部分，但不是以家庭共有财产清偿债务，除非登记时注明是以家庭共有财产出资的。如 2002 年判断题第 2 题：个人独资企业解散后，其财产不足以清偿债务的，投资人应当以其个人的其他财产予以清偿，仍不足清偿的，投资人应当以其家庭共有财产予以清偿。（　　）本题答案为错，个人独资企业以投资人的个人财产承担债务责任；只有在设立时注明以家庭共有财产出资设立的个人独资企业，才以家庭共有财产承担债务责任。

个人独资企业解散后，原投资人对个人独资企业存续期间的债务仍应承担偿还责任，但债权人在5年内未向债务人提出偿债请求的，该责任消灭。

【要点提示】①个人独资企业会因投资人意愿或法律规定而解散，解散时投资人可自行清算或由债权人申请人民法院指定清算人进行清算。②个人独资企业的财产清偿顺序：职工工资和社保费—税款—其他债务；承担债务的财产顺序为：企业财产—投资人个人财产—家庭共有财产（需设立时注明）。

Ⅱ．经典例题

1．[2006年单项选择题第3题]某个人独资企业由王某以个人财产出资设立。该企业因经营不善被解散，其财产不足以清偿所欠债务，对尚未清偿的债务，下列处理方式中，符合《个人独资企业法》规定的是（　　）。

A．不再清偿

B．以王某的其他财产予以清偿，仍不足清偿的，则不再清偿

C．以王某的家庭共有财产予以清偿，仍不足清偿的，则不再清偿

D．债权人在企业解散后5年内未提出偿债请求的，王某不再承担清偿责任

【答案】D

【解析】以个人财产出资设立的个人独资企业解散后，其财产不足以清偿所负的债务，对尚未清偿的债务，以投资人个人的其他财产予以清偿；仍不足清偿，如果债权人在5年内未提出偿债请求，则不再清偿。

2．[2003年多项选择题第2题]张先生在谈论个人独资企业法的有关规定时讲到以下内容，其中正确的有（　　）。

A．设立个人独资企业时，投资人可以个人财产出资，也可以家庭其他成员的财产作为个人出资

B．个人独资企业可以设立分支机构

C．个人独资企业解散时，可由投资人自行清算，也可由债权人申请人民法院指定清算人进行清算

D．个人独资企业解散清偿债务时，所欠职工工资和社会保险费用应作为第一顺序清偿

【答案】BCD

【解析】《个人独资企业法》规定，设立个人独资企业时，投资人可以个人财产出资，也可以家庭共有财产作为个人出资，但不是家庭其他成员的财产作为个人出资；个人独资企业可以设立分支机构；个人独资企业解散时，可由投资人自行清算，也可由债权人申请人民法院指定清算人进行清算；个人独资企业解散清偿债务时，所欠职工工资和社会保险费用应作为第一顺序清偿。

3．[2001年多项选择题第1题]以个人财产出资设立的个人独资企业解散后，其财产不足以清偿所负的债务，对尚未清偿的债务，下列处理方式中，不符合《中华人民共和国个人独资企业法》规定的有（　　）。

A．不再清偿

B．以投资人家庭共有财产承担无限责任

C．以投资人个人的其他财产予以清偿，仍不足清偿的，如果债权人在2年内未提出偿债请求，则不再清偿

D．以投资人个人的其他财产予以清偿，仍不足清偿的，如果债权人在5年内未提出偿债请求，则不再清偿

【答案】ABC

【解析】法律规定，以个人财产出资设立的个人独资企业解散后，其财产不足以清偿所负的债务，对尚未清偿的债务，以投资人个人的其他财产予以清偿；仍不足清偿的，如果债权人在5年内未提出偿债请求，则不再清偿。

Ⅲ．相关链接

合伙企业解散时的债务清偿责任。

4.2　合伙企业法

4.2.1　合伙与合伙企业

Ⅰ．考点分析

合伙是指两个以上的人为着共同目的，相互约定共同出资、共同经营、共享收益、共担风险的自愿组合。

合伙企业，是指自然人、法人和其他组织依照《合伙企业法》在中国境内设普通合伙企业和有限合伙企业。外国企业或者个人可以在我国境内设立合伙企业，其管理办法由国务院另行规定。

【要点提示】注意区分合伙及合伙企业。

Ⅱ．经典例题

1．[单项选择题]关于合伙企业设立分支机构的问题，以下论述正确的是（　　）。

A．合伙企业不同于公司，因此不能设立分支机构

B．合伙企业设立分支机构，应当申请登记，办理营业执照

C．合伙企业分支机构的行为后果由同意设立分支机构的合伙人承担

D．合伙企业分支机构的行为后果要由该分支机构独立承担

【答案】B

【解析】合伙企业设立分支机构，应当向分支机构所在地的企业登记机关申请登记，领取营业执照。

2．[多项选择题]某普通合伙企业由A、B、C、D四个合伙人共同出资设立，合伙协议约定债务分担比例为10%、20%、30%、40%。现该合

伙企业对某债权人甲的负债已经到期，以合伙企业财产偿还后尚有 4 万元债务没有清偿。以下关于剩余债务清偿的正确说法是（　　）。

A. 四位合伙人应当按照出资比例分别向债权人甲承担债务

B. 四位合伙人应当按照平均分担的办法分别向债权人甲承担 1 万元的债务

C. 任何一位合伙人都有义务向债权人清偿 4 万元的债务

D. 债权人甲可以分别向每位合伙人要求清偿 1 万元债务

【答案】C D

【解析】合伙人对合伙企业财产不足以清偿的部分须承担无限连带责任。债权人不受合伙协议的约束，债权人可以根据自己的清偿利益，请求全体合伙人中的一人或数人承担全部清偿责任，也可以按照自己确定的比例向各合伙人分别追索。

4.2.2 普通合伙企业的概念和设立条件

I．考点分析

普通合伙企业，是指由普通合伙人组成，合伙人对合伙企业债务依照《合伙企业法》规定承担无限连带责任的一种合伙企业。

普通合伙企业的设立条件包括：

（1）2 个以上合伙人。合伙人为自然人的，应当具有完全民事行为能力。国有独资公司、国有企业、上市公司以及公益性的事业单位、社会团体不得成为普通合伙人。（补充不能担任普通合伙人的投资人——公司、不具有完全民事行为能力的自然人）

（2）有书面合伙协议。合伙协议应当载明法律规定的各项事项。合伙协议经全体合伙人签名、盖章后生效。合伙人按照合伙协议享有权利，履行义务。修改或者补充合伙协议，应当经全体合伙人一致同意；但是，合伙协议另有约定的除外。

（3）有合伙人认缴或者实际缴付的出资。合伙人可以用货币、实物、知识产权、土地使用权或者其他财产权利出资，也可以用劳务出资。合伙人以实物、知识产权、土地使用权或者其他财产权利出资，需要评估作价的，可以由全体合伙人协商确定，也可以由全体合伙人委托法定评估机构评估。合伙人以劳务出资的，其评估办法由全体合伙人协商确定，并在合伙协议中载明。合伙人应当按照合伙协议约定的出资方式、数额和缴付期限，履行出资义务。

以非货币财产出资的，依照法律、行政法规的规定，需要办理财产权转移手续的，应当依法办理。

（4）有合伙企业的名称和生产经营场所。普通合伙企业应当在其名称中标明"普通合伙"字样。合伙企业的主要经营场所只能有一个，并且应当在其企业登记机关登记管辖区域内。

（5）法律、行政法规规定的其他条件。

【要点提示】 ①普通合伙企业，即是由 2 个以上合伙人通过书面合伙协议设立并承担无限连带责任的，以合伙人认缴或者实际缴付的出资为企业初始财产的，有合伙企业的名称和生产经营场所的合伙企业。②普通合伙企业应当在其名称中标明"普通合伙"字样。

II．经典例题

1．[判断题] 普通合伙企业应当在其名称中标明"普通合伙"字样。（　　）

【答案】√

【解析】普通合伙企业应当有合伙企业的名称和生产经营场所，并在其名称中标明"普通合伙"字样。

2．[多项选择题] 以下（　　）项是普通合伙的设立条件。

A. 2 个以上合伙人

B. 书面的合伙协议

C. 合伙人认缴或者实际缴付的出资

D. 生产经营场所

【答案】A B C D

【解析】普通合伙企业的设立条件包括：（1）2 个以上合伙人；（2）有书面合伙协议；（3）有合伙人认缴或者实际缴付的出资；（4）有合伙企业的名称和生产经营场所；（5）法律、行政法规规定的其他条件。

III．相关链接

有限合伙企业的概念和设立条件。

4.2.3 普通合伙企业财产

I．考点分析

合伙人的出资、以合伙企业名义取得的收益和依法取得的其他财产，均为合伙企业的财产。

合伙企业的财产具有独立性和完整性的特征。合伙人在合伙企业清算前，不得请求分割合伙企业的财产；但是法律另有规定的除外。合伙人在合伙企业清算前私自转移或者处分合伙企业财产的，合伙企业不得以此对抗善意第三人。

合伙人之间转让在合伙企业中的全部或者部分财产份额时，应当通知其他合伙人。除合伙协议另有约定外，合伙人向合伙人以外的人转让其在合伙企业中的全部或者部分财产份额时，须经其他合伙人一致同意。合伙人向合伙人以外的人转让其在合伙企业中的财产份额的，在同等条件下，其他合伙人有优先购买权；但是，合伙协议另有约定的除外。合伙人以外的人依法受让合伙人在合伙企业中财产份额的，经修改合伙协议即成为合伙企业的合伙人，依照《合伙企业法》和修改后的合伙协议享有权利，履行义务。

合伙人以其在合伙企业的财产份额出质的，须经其他合伙人一致同意；未经其他合伙人一致同意，其行为无效，由此给善意第三人造成损失的，由行为人依法承担赔偿责任。

【要点提示】①合伙企业财产具有独立性和完整性，私自转移或者处分不得抗善意第三人。②除另有约定外，合伙人对外转让其财产份额时，须经其他合伙人一致同意，在同等条件下，其他合伙人有优先购买权。③合伙人以其在合伙企业的财产份额出质的须经其他合伙人一致同意，否则其行为无效。

Ⅱ．经典例题

1. [单项选择题] 合伙企业哪些事项需经全体合伙人一致同意（   ）。

A. 合伙人向合伙人以外的人转让财产份额

B. 奖惩职工

C. 日常经营中的决策变动

D. 购买生产原料

【答案】A

【解析】合伙人向合伙人以外的人转让其在合伙企业中的全部或者部分财产份额时，须经其他合伙人一致同意。

2. [单项选择题] 甲的父亲生前与其他几个合伙人办了一普通合伙企业，作为唯一的继承人，甲被吸纳为合伙人，其要求出质父亲在合伙企业中的份额。依据法律规定，下列不正确的是（   ）。

A. 须经其他合伙人一致同意

B. 未经其他合伙人同意的，出质行为无效

C. 出质无效给善意第三人造成损失的，由行为人承担赔偿责任

D. 可以直接出质

【答案】D

【解析】合伙人以其在合伙企业中的财产份额出质的，须经其他合伙人一致同意；未经其他合伙人一致同意，其行为无效，由此给善意第三人造成损失的，由行为人依法承担赔偿责任。

Ⅲ．相关链接

有限合伙企业的财产出质与转让。

4.2.4 普通合伙企业的合伙事务执行

Ⅰ．考点分析

合伙人执行合伙企业事务，可以有两种形式：（1）全体合伙人共同执行合伙企业事务。（2）委托一个或者数个合伙人执行合伙事务。委托一个或者数个合伙人执行合伙事务的，其他合伙人不再执行合伙事务。

除合伙协议另有约定外，合伙企业的下列事项应当经全体合伙人一致同意：（1）改变合伙企业的名称；（2）改变合伙企业的经营范围、主要经营场所的地点；（3）处分合伙企业的不动产；（4）转让或者处分合伙企业的知识产权和其他财产权利；（5）以合伙企业名义为他人提供担保；（6）聘任合伙人以外的人担任合伙企业的经营管理人员。（还有——劳务出资、对外转让、对外出质、修改合伙协议、同意合伙事务执行人与本合伙企业进行交易、吸收新人入伙、同意普通合伙人继承、协议退伙、同意合伙人转变性质；其他都可以另有约定，合伙财产对外出质必须一致同意，没有另有约定）

合伙人在执行合伙事务中的权利主要包括以下内容：（1）合伙人对执行合伙事务享有同等的权利。（2）执行合伙事务的合伙人对外代表合伙企业。作为合伙人的法人、其他组织执行合伙企业事务的，由其委托的代表执行。（3）不执行合伙事务的合伙人有权监督执行事务合伙人执行合伙事务的情况。（4）合伙人有权查阅合伙企业会计账簿等财务资料。（5）合伙人分别执行合伙事务的，执行事务合伙人可以对其他合伙人执行的事务提出异议。提出异议时，应当暂停该项事务的执行。如果发生争议，依照有关规定作出决定。受委托执行合伙事务的合伙人不按照合伙协议或者全体合伙人的决定执行事务的，其他合伙人可以决定撤销该委托。

合伙人在执行合伙事务中的义务主要包括以下内容：（1）由一个或者数个合伙人执行合伙事务的，执行事务合伙人应当定期向其他合伙人报告事务执行情况以及合伙企业的经营和财务状况，执行合伙事务所产生的收益归合伙企业，所产生的费用和亏损由合伙企业承担。（2）合伙人不得自营或者同他人合作经营与本合伙企业相竞争的业务。（绝对禁止——合伙企业的普通合伙人；相对禁止——个人独资企业的受托管理人、合伙企业的有限合伙人、公司的董事和其他高管）（3）除合伙协议另有约定或者经全体合伙人一致同意外，合伙人不得同本合伙企业进行交易。（个人独资企业、合伙企业、公司都是相对禁止）（4）合伙人不得从事损害本合伙企业利益的活动。

合伙人对合伙企业有关事项作出决议，按照合伙协议约定的表决办法办理。合伙协议未约定或者约定不明确的，实行合伙人一人一票并经全体合伙人过半数通过的表决办法。《合伙企业法》对合伙企业的表决办法另有规定的，从其规定。

合伙企业的损益分配原则为：（1）合伙企业的利润分配、亏损分担，按照合伙协议的约定办理；合伙协议未约定或者约定不明确的，由合伙人协商决定；协商不成的，由合伙人按照实缴出资比例分配、分担；无法确定出资比例的，由合伙人平均分配、分担。（2）合伙协议不得约定将全部利润分配给部分合伙人或者由部分合伙人承担全部亏损。（有限合伙企业——可以约定将全部利润分配给部分合伙人，但不能约定由部分合伙人承担全部亏损）

除合伙协议另有约定外，经全体合伙人一致同意，可以聘任合伙人以外的人担任合伙企业的经营管理人员。被聘任的合伙企业的经营管理人员应当在合伙企业授权范围内履行职务。被聘任

的合伙企业的经营管理人员，超越合伙企业授权范围履行职务，或者在履行职务过程中因故意或者重大过失给合伙企业造成损失的，依法承担赔偿责任。

【要点提示】考生须注意以下几点：①合伙企业哪些事项须合伙人一致同意。②合伙人在执行合伙事务中的权利义务。③合伙企业的表决办法及其损益分配原则。

Ⅱ．经典例题

1．[2006 年判断题第 2 题] 甲、乙订立书面合伙协议约定：甲以 10 万元出资，乙以劳务出资；乙执行合伙企业事务；合伙企业利润由甲、乙分别按 80% 和 20% 的比例分配，亏损由甲、乙分别按 20% 和 80% 的比例分担。该合伙协议的约定符合《合伙企业法》的规定。（　　）

【答案】√

【解析】原合伙企业法规定，合伙企业的损益分配原则为：（1）由合伙人依照合伙协议约定的比例分配和分担；（2）合伙协议未约定比例的，各合伙人平均分配和分担；（3）合伙协议不得约定将全部利润分配给部分合伙人或者由部分合伙人承担全部责任。现合伙企业法规定，合伙企业的损益分配原则为：（1）合伙企业的利润分配、亏损分担，按照合伙协议的约定办理；合伙协议未约定或者约定不明确的，由合伙人协商决定；协商不成的，由合伙人按照实缴出资比例分配、分担；无法确定出资比例的，由合伙人平均分配、分担。（2）合伙协议不得约定将全部利润分配给部分合伙人或者由部分合伙人承担全部亏损。

2．[2004 年判断题第 2 题] 甲、乙订立书面合伙协议约定：甲以 10 万元出资，乙以劳务出资；乙执行合伙事务；合伙企业利润由甲、乙平均分配，亏损由乙承担。该合伙协议的约定符合合伙企业法的规定。（　　）

【答案】×

【解析】法律规定，合伙协议不得约定将全部利润分配给部分合伙人或者由部分合伙人承担全部责任。

Ⅲ．相关链接

有限合伙企业的合伙事务执行。

4.2.5　普通合伙企业与第三人关系

Ⅰ．考点分析

可以取得合伙企业对外代表权的合伙人，主要有三种情况：一是，由全体合伙人共同执行合伙企业事务的，全体合伙人都有权对外代表合伙企业。二是，由部分合伙人执行合伙企业事务的，只有受委托执行合伙企业事务的那一部分合伙人有权对外代表合伙企业。三是，由于特别授权在单项合伙事务上有执行权的合伙人，依照授权范围可以对外代表合伙企业。合伙企业对合伙人执行合伙事务以及对外代表合伙企业权利的限制，不得对抗善意第三人。

合伙企业对其债务，应先以其全部财产进行清偿。合伙企业不能清偿到期债务的，合伙人承担无限连带责任。合伙人由于承担无限连带责任，清偿数额超过规定的其亏损分担比例的，有权向其他合伙人追偿。合伙人之间的分担比例对债权人没有约束力。债权人可以根据自己的清偿利益，请求全体合伙人中的一人或数人承担全部清偿责任，也可以按照自己确定的清偿比例向合伙人分别追索。如果某一合伙人实际支付的清偿数额超过其依照既定比例所应承担的数额，依照《合伙企业法》的规定，该合伙人有权就超过部分向其他未支付或者未足额支付应承担数额的合伙人追偿。

合伙人发生与合伙企业无关的债务，相关债权人不得以其债权抵销其对合伙企业的债务；也不得代位行使合伙人在合伙企业中的权利。合伙人的自有财产不足清偿其与合伙企业无关的债务的，该合伙人可以以其从合伙企业中分取的收益用于清偿；债权人也可以依法请求人民法院强制执行该合伙人在合伙企业中的财产份额用于清偿。人民法院强制执行合伙人的财产份额时，应当通知全体合伙人，其他合伙人有优先购买权；其他合伙人未购买，又不同意将该财产份额转让给他人的，依照《合伙企业法》的规定为该合伙人办理退伙结算，或者办理削减该合伙人相应财产份额的结算。

【要点提示】合伙企业与第三人关系主要分为两部分：①对外代表权：谁执行谁代表，但不得对抗善意第三人。②对外债务：无限连带，超过自己清偿比例部分可依法向其他合伙人追偿。③个人债务依法清偿。

Ⅱ．经典例题

1．[2005 年多选第 2 题] 甲、乙、丙为某合伙企业的合伙人。该合伙企业向丁借款 15 万元，甲、乙、丙之间约定，如果到期合伙企业无力偿还该借款，甲、乙、丙各负责偿还 5 万元。借款到期时，该合伙企业没有财产向丁清偿。下列关于该债务清偿的表述中，正确的有（　　）。

A．丁有权直接向甲要求偿还 15 万元

B．只有在甲、乙确实无力清偿的情况下，丁才有权要求丙偿还 15 万元

C．乙仅负有向丁偿还 5 万元的义务

D．丁可以根据各合伙人的实际财产情况，要求甲偿还 10 万元，乙偿还 3 万元，丙偿还 2 万元

【答案】A D

【解析】合伙人对合伙企业的债务承担无限连带责任，合伙人内部的约定不能对抗债权人。

2．[2004 年多项选择题第 2 题] 甲向乙借款 4 万元作为出资与他人合伙设立了一家食品厂。借款到期后，乙要求甲偿还借款，甲个人财产不足

以清偿。下列有关偿还借款的方式中，正确的有（　　）。

　　A. 甲用从食品厂分取的收益偿还借款

　　B. 甲自行将自己在食品厂的财产份额转让给乙，以抵偿借款

　　C. 甲自行将自己在食品厂的财产份额出质取得贷款，用于偿还借款

　　D. 乙请求人民法院强制执行甲在食品厂的财产份额用于清偿借款

　　本题答案为 AD。因为法律规定，合伙人个人的债务只能用个人的财产清偿，也可以用其在合伙企业的收益清偿，债权人还可以通过法院强制执行合伙人在合伙企业的财产份额用于清偿。但合伙财产份额对外转让要经其他合伙人同意；合伙人的财产份额出质也要经过其他合伙人同意。

　　3. ［2001 年判断题第 2 题］合伙企业的债权人可以根据自己的清偿利益，请求全体合伙人中一人或数人承担全部的清偿责任，也可以按照自己确定的比例向各合伙人分别追偿。（　　）

　　【答案】√

　　【解析】各合伙人对合伙企业的债务是承担无限连带责任的，所以债权人可以根据自己的清偿利益选择合伙人承担清偿责任。

　　4. ［2001 年判断题第 3 题］甲向乙借款 5 万元作为出资与其他 2 人共同设立了一合伙企业。合伙企业经营期间，乙欠合伙企业货款 5 万元，乙可以将其对甲的债权抵销对合伙企业的债务。（　　）

　　【答案】×

　　【解析】合伙人个人的债务与合伙企业的债权不能抵销，否则就会损害其他合伙人的利益。

Ⅲ. 相关链接

有限合伙企业的债务清偿。

4.2.6　普通合伙企业的入伙和退伙

Ⅰ. 考点分析

　　新合伙人入伙，除合伙协议另有约定外，应当经全体合伙人一致同意，并依法订立书面入伙协议。订立入伙协议时，原合伙人应当向新合伙人如实告知原合伙企业的经营状况和财务状况。新合伙人与原合伙人享有同等权利，承担同等责任。但是，入伙协议另行约定的，从其约定。新合伙人对入伙前合伙企业的债务承担无限连带责任。

　　合伙协议约定合伙期限的，在合伙企业存续期间，有下列情形之一的，合伙人可以退伙：（1）合伙协议约定的退伙事由出现；（2）经全体合伙人一致同意；（3）发生合伙人难以继续参加合伙的事由；（4）其他合伙人严重违反合伙协议约定的义务。合伙人违反上述规定退伙的，应当赔偿由此给合伙企业造成的损失。

　　合伙协议未约定合伙期限的，合伙人在不给合伙企业事务执行造成不利影响的情况下，可以退伙，但应当提前 30 日通知其他合伙人。合伙人违反上述规定退伙的，应当赔偿由此给合伙企业造成的损失。

　　合伙人有下列情形之一的，当然退伙：（1）作为合伙人的自然人死亡或者被依法宣告死亡；（2）个人丧失偿债能力；（3）作为合伙人的法人或者其他组织依法被吊销营业执照、责令关闭、撤销，或者被宣告破产；（4）法律规定或者合伙协议约定合伙人必须具有相关资格而丧失该资格；（5）合伙人在合伙企业中的全部财产份额被人民法院强制执行。当然退伙以退伙事由实际发生之日为退伙生效日。

　　合伙人被依法认定为无民事行为能力人或者限制民事行为能力人的，经其他合伙人一致同意，可以依法转为有限合伙人，普通合伙企业依法转为有限合伙企业。其他合伙人未能一致同意的，该无民事行为能力或者限制民事行为能力的合伙人退伙。

　　合伙人有下列情形之一的，经其他合伙人一致同意，可以决议将其除名：（1）未履行出资义务；（2）因故意或者重大过失给合伙企业造成损失；（3）执行合伙事务时有不正当行为；（4）发生合伙协议约定的事由。对合伙人的除名决议应当书面通知被除名人。被除名人接到除名通知之日，除名生效，被除名人退伙。被除名人对除名决议有异议的，可以自接到除名通知之日起 30 日内，向人民法院起诉。

　　合伙人死亡或者被依法宣告死亡的，对该合伙人在合伙企业中的财产份额享有合法继承权的继承人，按照合伙协议的约定或者经全体合伙人一致同意，从继承开始之日起，取得该合伙企业的合伙人资格。有下列情形之一的，合伙企业应当向合伙人的继承人退还被继承合伙人的财产份额：（1）继承人不愿意成为合伙人；（2）法律规定或者合伙协议约定合伙人必须具有相关资格，而该继承人未取得该资格；（3）合伙协议约定不能成为合伙人的其他情形。合伙人的继承人为无民事行为能力人或者限制民事行为能力人的，经全体合伙人一致同意，可以依法成为有限合伙人，普通合伙企业依法转为有限合伙企业。全体合伙人未能一致同意的，合伙企业应当将被继承合伙人的财产份额退还该继承人。

　　合伙人退伙，其他合伙人应当与该退伙人按照退伙时的合伙企业财产状况进行结算。退伙人对基于其退伙前的原因发生的合伙企业债务，承担无限连带责任。

　　本知识点考生要注意以下问题：（1）退伙包括协议退伙、通知退伙、当然退伙和除名四种情况，各种退伙的原因可以考多项选择题，千万不要混淆。（2）新入伙人对入伙前的债、退伙人对基于其退伙前的原因发生的债都负有连带责任。

（3）退伙人在退伙前已经结算过了，仍然要对债权人承担无限连带责任，但承担责任后可以向其他合伙人追偿超过其应当承担、又是该被追偿人应当承担的部分。

【要点提示】①新合伙人对入伙前合伙企业的债务承担无限连带责任。②掌握四种退伙的情况。③退伙人只要基于其退伙前的原因发生的债都负有连带责任，如已经结算，则承担责任后可以依法向其他合伙人追偿。

Ⅱ. 经典例题

1. [2006 年多项选择题第 2 题] 根据《合伙企业法》的规定，当合伙企业的财产不足以清偿其债务时，下列人员中，应对合伙企业的债务承担连带责任的有（　）。

A. 合伙企业债务发生后入伙的新合伙人

B. 合伙企业债务发生后自愿退伙的合伙人

C. 合伙企业债务发生后被除名的合伙人

D. 不参加执行合伙企业事务的合伙人

【答案】A B C D

【解析】新入伙人对入伙前的债、退伙人对退伙前的债都负有连带责任。退伙人在退伙前已经结算并承担债务了，仍然要对债权人承担连带责任，但承担责任后可以向其他合伙人追偿全部。

2. [2005 年单项选择题第 2 题] 赵某、钱某、孙某和李某共同设立了一家合伙企业，钱某被委托单独执行合伙企业事务。钱某因重大过失给合伙企业造成了较大的损失，但自己并未牟取私利。为此，赵某、孙某和李某一致同意将钱某除名，并作出除名决议，书面通知钱某本人。对于该除名决议的下列表述中，正确的是（　）。

A. 赵某、孙某和李某不能决议将钱某除名，但可以终止对钱某单独执行合伙事务的委托

B. 如果钱某对除名决议没有异议，该除名决议自作出之日起生效

C. 如果钱某对除名决议有异议，可以在接到除名通知之日起 30 日内，向人民法院起诉

D. 如果钱某对除名决议有异议，可以在接到除名通知之日起 30 日内，请求工商行政管理机关作出裁决

【答案】C

【解析】合伙人因故意或重大过失给合伙企业造成损失的，其他合伙人可以对其作除名处理。除名应书面通知，该通知自被除名人接到之日起生效。被除名人有异议的，可以在接到除名通知之日起 30 日内向人民法院起诉。

3. [2005 年判断题第 1 题] 入伙的新合伙人与原合伙人可以在入伙协议中约定，新合伙人比原合伙人享有较大的权利，承担较小的责任。（　）

【答案】√

【解析】法律规定，新合伙人与原合伙人享有同等的权利，承担同等的责任。但是，如果原合伙人愿意以更优越的条件吸引新合伙人入伙，也可以在入伙协议中另行约定。

Ⅲ. 相关链接

有限合伙企业的入伙和退伙。

4.2.7　特殊的普通合伙企业

Ⅰ. 考点分析

特殊的普通合伙企业，是指以专业知识和专门技能为客户提供有偿服务的专业服务机构。特殊的普通合伙企业名称中应当标明"特殊普通合伙"字样。

一个合伙人或者数个合伙人在执业活动中因故意或者重大过失造成合伙企业债务的，应当承担无限责任或者无限连带责任，其他合伙人以其在合伙企业中的财产份额为限承担责任。合伙人在执业活动中非因故意或者重大过失造成的合伙企业债务以及合伙企业的其他债务，由全体合伙人承担无限连带责任。

合伙人执业活动中因故意或者重大过失造成的合伙企业债务，以合伙企业财产对外承担责任后，该合伙人应当按照合伙协议的约定对给合伙企业造成的损失承担赔偿责任。

【要点提示】考生须注意特殊的普通合伙企业中，合伙人在什么情况下承担无限责任或有限责任。

Ⅱ. 经典例题

1. [2007 年判断题第 1 题] 注册会计师甲、乙、丙共同出资设立一合伙制会计师事务所。甲、乙在某次审计业务中，因出具虚假审计报告造成会计师事务所债务 80 万元。对该笔债务，甲、乙应承担无限连带责任，丙应以其在会计师事务所中的财产份额为限承担责任。（　）

【答案】×

【解析】本题考核特殊普通合伙企业中合伙人的责任承担。根据规定，一个合伙人或者数个合伙人在执业活动中因故意或者重大过失造成合伙企业债务的，应当承担无限责任或者无限连带责任，其他合伙人以其在合伙企业中的财产份额为限承担责任。

2. [单项选择题] 普通合伙与特殊的普通合伙企业有（　）区别。

A. 对名称的要求不同　　　B. 归责方式不同

C. 设立方式不同　　　　　D. 组织机构不同

【答案】A B

【解析】特殊的普通合伙企业名称中应当标明"特殊普通合伙"字样。且一个合伙人或者数个合伙人在执业活动中因故意或者重大过失造成合伙企业债务的，应当承担无限责任或者无限连带责任，其他合伙人以其在合伙企业中的财产份额为限承担责任。

3. [判断题] 以专业知识和专门技能为客户提供有偿服务的专业服务机构，可以设立为特殊

的普通合伙企业。　　　　　　　　（　）

【答案】√

【解析】以专业知识和专门技能为客户提供有偿服务的专业服务机构，可以设立为特殊的普通合伙企业。特殊的普通合伙企业是指合伙人依法承担责任的普通合伙企业。

4.2.8　有限合伙企业设立的特殊规定

Ⅰ．考点分析

有限合伙企业，是指由有限合伙人和普通合伙人共同组成，普通合伙人对合伙企业债务承担无限连带责任，有限合伙人以其认缴的出资额为限对合伙企业债务承担责任的合伙组织。

有限合伙企业由2个以上50个以下合伙人设立；但法律另有规定的除外。有限合伙企业至少应当有1个普通合伙人。有限合伙企业仅剩有限合伙人的，应当解散；有限合伙企业仅剩普通合伙人的，应当转为普通合伙企业。

有限合伙企业名称中应当标明"有限合伙"字样（普通合伙企业、特殊的普通合伙企业和有限合伙企业的名称都应标明）。

有限合伙人可以用货币、实物、知识产权、土地使用权或者其他财产权利作价出资。有限合伙人不得以劳务出资。有限合伙人应当按照合伙协议的约定按期足额缴纳出资；未按期足额缴纳的，应当承担补缴义务，并对其他合伙人承担违约责任。

有限合伙企业登记事项中应当载明有限合伙人的姓名或者名称及认缴的出资数额。

【要点提示】有限合伙企业设立的特殊要求：①2个以上50个以下合伙人（至少一个普通合伙人）；②企业名称中标明"有限合伙"字样；③有限合伙人不得以劳务出资。

Ⅱ．经典例题

1．[单项选择题]《合伙企业法》规定，有限合伙企业由2个以上50个以下合伙人设立；但是，法律另有规定的除外。有限合伙企业至少应当有（　）个普通合伙人。

A．2　　　　　　　　B．1
C．5　　　　　　　　D．10

【答案】B

【解析】依照有关规定，《合伙企业法》规定，有限合伙企业由2个以上50个以下合伙人设立；但是，法律另有规定的除外。有限合伙企业至少应当有1个普通合伙人。

2．[单项选择题]有限合伙企业名称应当标明（　）。

A．有限合伙　　　　B．普通合伙
C．特殊普通合伙　　D．有限责任公司

【答案】A

【解析】依照有关规定，有限合伙企业名称中应当标明"有限合伙"字样。不能标明"普通合伙"、"特殊普通合伙"、"有限公司"、"有限责任公司"等字样。

Ⅲ．相关链接

普通合伙企业的概念和设立条件。

4.2.9　有限合伙企业事务执行的特殊规定

Ⅰ．考点分析

有限合伙企业由普通合伙人执行合伙事务。

有限合伙人不执行合伙事务，不得对外代表有限合伙企业。有限合伙人的下列行为，不视为执行合伙事务：（1）参与决定普通合伙人入伙、退伙；（2）对企业的经营管理提出建议；（3）参与选择承办有限合伙企业审计业务的会计师事务所；（4）获取经审计的有限合伙企业财务会计报告；（5）对涉及自身利益的情况，查阅有限合伙企业财务会计账簿等财务资料；（6）在有限合伙企业的利益受到侵害时，向有责任的合伙人主张权利或者提起诉讼；（7）执行事务合伙人怠于行使权利时，督促其行使权利或者为了本企业的利益以自己的名义提起诉讼；（8）依法为本企业提供担保。

第三人有理由相信有限合伙人为普通合伙人并与其交易的，该有限合伙人对该笔交易承担与普通合伙人同样的责任。有限合伙人未经授权以有限合伙企业名义与他人进行交易，给有限合伙企业或者其他合伙人造成损失的，该有限合伙人应当承担赔偿责任。

有限合伙企业不得将全部利润分配给部分合伙人，但合伙协议另有约定的除外。

有限合伙人可以同本有限合伙企业进行交易，但合伙协议另有约定的除外。有限合伙人可以自营或者同他人合作经营与本有限合伙企业相竞争的业务，但合伙协议另有约定的除外。

【要点提示】①有限合伙人哪些行为不视为执行合伙事务；②有限合伙人何时承担无限责任；③有限合伙人与普通合伙人在事务执行方面的区别。

Ⅱ．经典例题

1．[2007年综合题第1题]甲、乙、丙、丁共同投资设立了A有限合伙企业（以下简称A企业）。合伙协议约定：甲、乙为普通合伙人，分别出资10万元；丙、丁为有限合伙人，分别出资15万元；甲执行合伙企业事务，对外代表A企业。2006年A企业发生下列事实：2月，甲以A企业的名义与B公司签订了一份12万元的买卖合同。乙获知后，认为该买卖合同损害了A企业的利益，且甲的行为违反了A企业内部规定的甲无权单独与第三人签订超过10万元合同的限制，遂要求各合伙人作出决议，撤销甲代表A企业签订合同的资格。4月，乙、丙分别征得甲的同意后，以自己在A企业中的财产份额出质，为自己向银行借款提供质押担保。丁对上述事项均不知情，乙、丙之间也对质押担保事项互不知情。8 月，丁退伙，并从 A 企业取得退伙结算财产 12 万元。9 月，A 企业吸收庚作为普通合伙人入伙，庚出资 8 万元。10 月，A 企业的债权人 C 公司要求 A 企业偿还 6 月份所欠款项 50 万元。11 月，丙因所设个人独资企业发生严重亏损不能清偿 D 公司到期债务，D 公司申请人民法院强制执行丙在 A 企业中的财产份额用于清偿其债务。人民法院强制执行丙在 A 企业中的全部财产份额后，甲、乙、庚决定 A 企业以现有企业组织形式继续经营。经查：A 企业内部约定，甲无权单独与第三人签订超过 10 万元的合同，B 公司与 A 企业签订买卖合同时，不知 A 企业该内部约定。合伙协议未对合伙人以财产份额出质事项进行约定。要求：根据上述材料，分别回答下列问题：

（1）甲以 A 企业的名义与 B 公司签订的买卖合同是否有效？并说明理由。

（2）合伙人对撤销甲代表 A 企业签订合同的资格事项作出决议，在合伙协议未约定表决办法的情况下，应当如何表决？

（3）乙、丙的质押担保行为是否有效？并分别说明理由。

（4）如果 A 企业的全部财产不足清偿 C 公司的债务，对不足清偿的部分，哪些合伙人应当承担清偿责任？如何承担清偿责任？

（5）人民法院强制执行丙在 A 企业中的全部财产份额后，甲、乙、庚决定 A 企业以现有企业组织形式继续经营是否合法？并说明理由。

【答案及解析】

（1）甲以 A 企业的名义与 B 公司签订的买卖合同有效。根据《合伙企业法》的规定，合伙企业对合伙人执行合伙企业事务以及对外代表合伙企业权利的限制不得对抗善意的第三人。在本题中，B 公司属于不知情的善意第三人，因此，买卖合同有效。

（2）实行合伙人一人一票并经全体合伙人过半数通过的表决方式。

（3）①乙的质押行为无效。根据《合伙企业法》的规定，普通合伙人以其在合伙企业中的财产份额出质的，须经其他合伙人一致同意；未经其他合伙人一致同意，其行为无效，由此给善意第三人造成损失的，由行为人依法承担赔偿责任。在本题中，普通合伙人乙的质押行为未经其他合伙人的一致同意，因此，质押行为无效。②丙的质押行为有效。根据《合伙企业法》的规定，有限合伙人可以将其在有限合伙企业中的财产份额出质；但是，合伙协议另有约定的除外。在本题中，由于合伙协议未对合伙人以财产份额出质事项进行约定，因此，有限合伙人丙的质押行为有效。

（4）①普通合伙人甲、乙、庚应承担无限连带责任；②有限合伙人丙以出资额为限承担有限责任；③退伙的有限合伙人丁以其退伙时从 A 企

业分回的 12 万元财产为限承担有限责任。

（5）甲、乙、庚决定 A 企业以现有企业组织形式继续经营不合法。根据《合伙企业法》的规定，有限合伙企业仅剩普通合伙人的，应当转为普通合伙企业。在本题中，人民法院强制执行丙在 A 企业中的全部财产份额后，有限合伙人丙当然退伙，A 企业中仅剩下普通合伙人，A 企业应当转为普通合伙企业。

2.［单项选择题］下列有关有限合伙企业事务执行的表述正确的是（　　）。

A. 有限合伙企业由普通合伙人和有限合伙人执行合伙事务

B. 有限合伙企业由有限合伙人执行合伙事务

C. 有限合伙企业由普通合伙人执行合伙事务

D. 有限合伙企业由普通合伙人或有限合伙人执行合伙事务

【答案】 C

【解析】 依照有关规定，有限合伙企业事务执行的特殊规定：（1）有限合伙企业事务执行人：有限合伙企业由普通合伙人执行合伙事务。（2）禁止有限合伙人执行合伙事务。

3.［多项选择题］有限合伙人的下列（　　）行为，不视为执行合伙事务。

A. 参与决定普通合伙人入伙、退伙或对企业的经营管理提出建议

B. 参与选择承办有限合伙企业审计业务的会计师事务所以及获取经审计的有限合伙企业财务会计报告

C. 对涉及自身利益的情况，查阅有限合伙企业财务会计账簿等财务资料

D. 在有限合伙企业中的利益受到侵害时，向有责任的合伙人主张权利或者提起诉讼

【答案】 A B C D

【解析】 依照有关规定，有限合伙人的下列行为，不视为执行合伙事务：（1）参与决定普通合伙人入伙、退伙；（2）对企业的经营管理提出建议；（3）参与选择承办有限合伙企业审计业务的会计师事务所；（4）获取经审计的有限合伙企业财务会计报告；（5）对涉及自身利益的情况，查阅有限合伙企业财务会计账簿等财务资料；（6）在有限合伙企业中的利益受到侵害时，向有责任的合伙人主张权利或者提起诉讼；（7）执行事务合伙人怠于行使权利时，督促其行使权利或者为了本企业的利益以自己的名义提起诉讼；（8）依法为本企业提供担保。

Ⅲ．相关链接

普通合伙企业的事务执行。

4.2.10　有限合伙企业财产出质与转让的特殊规定

Ⅰ．考点分析

有限合伙人可以将其在有限合伙企业中的财

产份额出质，但合伙协议另有约定的除外。

有限合伙人可以按照合伙协议的约定向合伙人以外的人转让其在有限合伙企业中的财产份额，但应当提前30日通知其他合伙人。有限合伙人对外转让其在有限合伙企业的财产份额时，该企业的其他合伙人有优先购买权。

【要点提示】 注意：有限合伙人可将自己在有限合伙企业中的财产份额出质。

II．经典例题

1．[单项选择题] 下列有关有限合伙人财产份额转让的表述不正确的是（　　）。

A．有限合伙人可以按照合伙协议的约定向合伙人以外的人转让其在有限合伙企业中的财产份额，但应当提前30日通知其他合伙人

B．有限合伙人可以按照合伙协议的约定向合伙人以外的人转让其在有限合伙企业中的财产份额，但应当提前10日通知其他合伙人

C．有限合伙人对外转让其在有限合伙企业的财产份额时，有限合伙企业的其他合伙人有优先购买权

D．有限合伙人对外转让其在有限合伙企业中的财产份额应当依法进行：一是要按照合伙协议的约定进行转让；二是应当提前30日通知其他合伙人

【答案】 B

【解析】 依照有关规定，有限合伙人财产份额转让：①有限合伙人可以按照合伙协议的约定向合伙人以外的人转让其在有限合伙企业中的财产份额，但应当提前30日通知其他合伙人。②有限合伙人对外转让其在有限合伙企业中的财产份额应当依法进行：一是要按照合伙协议的约定进行转让；二是应当提前30日通知其他合伙人。③有限合伙人对外转让其在有限合伙企业的财产份额时，有限合伙企业的其他合伙人有优先购买权。

2．[单项选择题] 以下是关于有限合伙企业财产转让的四种说法，请问哪一种是符合法律规定的？（　　）

A．有限合伙人向合伙人以外的人转让其在有限合伙企业中的财产份额时，须经其他合伙人一致同意

B．有限合伙人向合伙人以外的人转让其在有限合伙企业中的财产份额时，须经2/3以上合伙人同意

C．有限合伙人可以按照合伙协议的约定向合伙人以外的人转让其在有限合伙企业中的财产份额，但应当提前15日通知其他合伙人

D．有限合伙人可以按照合伙协议的约定向合伙人以外的人转让其在有限合伙企业中的财产份额，但应当提前30日通知其他合伙人

【答案】 D

【解析】 根据《合伙企业法》规定：有限合伙

人可以按照合伙协议的约定向合伙人以外的人转让其在有限合伙企业中的财产份额，但应当提前30日通知其他合伙人。

III．相关链接

普通合伙企业的财产出质与转让。

4.2.11　有限合伙人债务清偿的特殊规定

I．考点分析

有限合伙人的自有财产不足清偿其与合伙企业无关的债务的，该合伙人可以以其从有限合伙企业中分取的收益用于清偿；债权人也可以依法请求人民法院强制执行该合伙人在有限合伙企业中的财产份额用于清偿。人民法院强制执行有限合伙人的财产份额时，应当通知全体合伙人。在同等条件下，其他合伙人有优先购买权。

【要点提示】 基本上同于普通合伙人的债务清偿。

II．经典例题

1．[单项选择题] 下列有关有限合伙人债务清偿的表述不正确的是（　　）。

A．有限合伙人的自有财产不足清偿其与合伙企业无关的债务的，该合伙人可以以其从有限合伙企业中分取的收益用于清偿

B．债权人也可以依法请求人民法院强制执行该合伙人在有限合伙企业中的财产份额用于清偿

C．人民法院强制执行有限合伙人的财产份额时，应当通知全体合伙人

D．人民法院强制执行有限合伙人的财产份额时，其他合伙人总有优先购买权

【答案】 D

【解析】 依照有关规定，有限合伙人的自有财产不足清偿其与合伙企业无关的债务的，该合伙人可以以其从有限合伙企业中分取的收益用于清偿；债权人也可以依法请求人民法院强制执行该合伙人在有限合伙企业中的财产份额用于清偿。人民法院强制执行有限合伙人的财产份额时，应当通知全体合伙人。在同等条件下，其他合伙人有优先购买权。

2．[多项选择题] 以下（　　）项是普通合伙企业与有限合伙企业在清偿债务中的共同点。

A．人民法院强制执行有限合伙人的财产份额时，应当通知全体合伙人

B．合伙人承担无限连带责任

C．可以用家庭共同财产清偿

D．如需强制执行，在同等条件下，其他合伙人对其份额有优先购买权

【答案】 A D

【解析】 人民法院强制执行有限合伙人的财产份额时，应当通知全体合伙人。在同等条件下，其他合伙人有优先购买权。

III．相关链接

普通合伙企业的债务清偿。

4.2.12 有限合伙企业入伙与退伙的特殊规定

Ⅰ. 考点分析

新入伙的有限合伙人对入伙前有限合伙企业的债务，以其认缴的出资额为限承担责任。

有限合伙人出现下列情形时当然退伙：（1）作为合伙人的自然人死亡或者被依法宣告死亡；（2）作为合伙人的法人或者其他组织依法被吊销营业执照、责令关闭、撤销，或者被宣告破产；（3）法律规定或者合伙协议约定合伙人必须具有相关资格而丧失该资格；（4）合伙人在合伙企业中的全部财产份额被人民法院强制执行。（比普通合伙人当然退伙的情形少一条"丧失还债能力"）

作为有限合伙人的自然人在有限合伙企业存续期间丧失民事行为能力的，其他合伙人不得因此要求其退伙。

作为有限合伙人的自然人死亡、被依法宣告死亡或者作为有限合伙人的法人及其他组织终止时，其继承人或者权利承受人可以依法取得该有限合伙人在有限合伙企业中的资格。

有限合伙人退伙后，对基于其退伙前的原因发生的有限合伙企业债务，以其退伙时从有限合伙企业中取回的财产承担责任。

【要点提示】 ①有限合伙人丧失还债能力不视为当然退伙。②有限合伙人丧失民事行为能力，其他合伙人不得因此要求其退伙。

Ⅱ. 经典例题

1.［多项选择题］有限合伙人出现下列（　　）情形时当然退伙。

A. 作为合伙人的自然人死亡或者被依法宣告死亡

B. 作为合伙人的法人或者其他组织依法被吊销营业执照、责令关闭、撤销，或者被宣告破产

C. 法律规定或者合伙协议约定合伙人必须具有相关资格而丧失该资格

D. 合伙人在合伙企业中的全部财产份额被人民法院强制执行

【答案】 A B C D

【解析】 依照有关规定，有限合伙人出现下列情形时当然退伙：①作为合伙人的自然人死亡或者被依法宣告死亡；②作为合伙人的法人或者其他组织依法被吊销营业执照、责令关闭、撤销，或者被宣告破产；③法律规定或者合伙协议约定合伙人必须具有相关资格而丧失该资格；④合伙人在合伙企业中的全部财产份额被人民法院强制执行。

2.［判断题］作为有限合伙人的自然人在有限合伙企业存续期间丧失民事行为能力的，其他合伙人可以因此要求其退伙。　　　　（　　）

【答案】 ×

【解析】 依照有关规定，作为有限合伙人的自然人在有限合伙企业存续期间丧失民事行为能力

的，其他合伙人不得因此要求其退伙。

Ⅲ. 相关链接

普通合伙企业的入伙与退伙。

4.2.13 合伙人性质转变的特殊规定

Ⅰ. 考点分析

除合伙协议另有约定外，普通合伙人转变为有限合伙人，或者有限合伙人转变为普通合伙人，应当经全体合伙人一致同意。

有限合伙人转变为普通合伙人的，对其作为有限合伙人期间有限合伙企业发生的债务承担无限连带责任。普通合伙人转变为有限合伙人的，对其作为普通合伙人期间合伙企业发生的债务承担无限连带责任。

【要点提示】 ①合伙人性质转变须经全体合伙人一致同意。②不论何种转变，性质转变后的合伙人对转变前的债务都是承担无限连带责任。

Ⅱ. 经典例题

1.［判断题］有限合伙人转变为普通合伙人的，对其作为有限合伙人期间有限合伙企业发生的债务承担有限责任。　　　　（　　）

【答案】 ×

【解析】 依照有关规定，有限合伙人转变为普通合伙人的，对其作为有限合伙人期间有限合伙企业发生的债务承担无限连带责任。

2.［判断题］普通合伙人转变为有限合伙人的，对其作为普通合伙人期间合伙企业发生的债务承担无限连带责任。　　　　（　　）

【答案】 √

【解析】 依照有关规定，普通合伙人转变为有限合伙人的，对其作为普通合伙人期间合伙企业发生的债务承担无限连带责任。

4.2.14 合伙企业的解散与清算

Ⅰ. 考点分析

合伙企业有下列情形之一的，应当解散：（1）合伙期限届满，合伙人决定不再经营；（2）合伙协议约定的解散事由出现；（3）全体合伙人决定解散；（4）合伙人已不具备法定人数满 30 天；（5）合伙协议约定的合伙目的已经实现或者无法实现；（6）依法被吊销营业执照、责令关闭或者被撤销；（7）法律、行政法规规定的其他原因。

合伙企业解散，应当由清算人进行清算。清算人由全体合伙人担任；经全体合伙人过半数同意，可以自合伙企业解散事由出现后 15 日内指定一个或者数个合伙人，或者委托第三人，担任清算人。自合伙企业解散事由出现之日起 15 日内未确定清算人的，合伙人或者其他利害关系人可以申请人民法院指定清算人。

清算人自被确定之日起 10 日内将合伙企业解散事项通知债权人，并于 60 日内在报纸上公告。债权人应当自接到通知书之日起 30 日内，未接到

通知书的自公告之日起45日内，向清算人申报债权。债权人申报债权，应当说明债权的有关事项，并提供证明材料。清算人应当对债权进行登记。清算期间，合伙企业存续，但不得开展与清算无关的经营活动。

合伙企业财产在支付清算费用和职工工资、社会保险费用、法定补偿金以及缴纳所欠税款、清偿债务后的剩余财产，依照《合伙企业法》关于利润分配和亏损分担的规定进行分配。

合伙企业注销后，原普通合伙人对合伙企业存续期间的债务仍应承担无限连带责任。

合伙企业不能清偿到期债务的，债权人可以依法向人民法院提出破产清算申请，也可以要求普通合伙人清偿。合伙企业依法被宣告破产的，普通合伙人对合伙企业同债务仍应承担无限连带责任。

违反《合伙企业法》规定的，应当承担民事赔偿责任和缴纳罚款、罚金，其财产不足以同时支付的，先承担民事赔偿责任。

【要点提示】 掌握：①合伙企业的解散情形。②合伙企业解散的程序。③合伙企业破产的情况。

Ⅱ．经典例题

1. ［单项选择题］违反《合伙企业法》规定，应当承担民事赔偿责任和缴纳罚款、罚金，其财产不足以同时支付的，（　　）。

A. 先承担罚金　　B. 按比例承担
C. 先承担罚款　　D. 先承担民事赔偿责任

【答案】 D

【解析】 依照有关规定，违反《合伙企业法》规定，应当承担民事赔偿责任和缴纳罚款、罚金的，其财产不足以同时支付时，先承担民事赔偿责任。

2. ［判断题］合伙人违反《合伙企业法》规定，提交虚假文件或者采取其他欺骗手段，取得合伙企业登记的，应当承担刑事责任。（　　）

【答案】 ×

【解析】 依照有关规定，合伙人违反《合伙企业法》规定，提交虚假文件或者采取其他欺骗手段，取得合伙企业登记的，由企业登记机关责令改正，处以5 000元以上5万元以下的罚款；情节严重的，撤销企业登记，并处以5万元以上20万元以下的罚款。

Ⅲ．相关链接

各种企业清算时清偿的顺序。

知识点测试

一、单项选择题

1. 李平、李亮和李光同为明星合伙企业的合伙人。李平欠张石人民币20万元，无力用个人财产清

偿。张石在不满足于用李平从明星合伙企业分得的收益偿还其债务的情况下，可以（　　）。

A. 代位行使李平在明星合伙企业的权利
B. 依法请求人民法院强制执行李平在明星合伙企业的财产份额用于清偿
C. 自行接管李平在明星合伙企业的财产份额
D. 直接变卖李平在明星合伙企业的财产份额用于清偿

2. 有限合伙人不可以用（　　）作价出资。

A. 货币
B. 实物
C. 劳务
D. 知识产权、土地使用权或者其他财产权利

3. 关于合伙企业设立分支机构的问题，以下论述正确的是（　　）。

A. 合伙企业不同于公司，因此不能设立分支机构
B. 合伙企业设立分支机构，应当申请登记，办理营业执照
C. 合伙企业分支机构的行为后果由同意设立分支机构的合伙人承担
D. 合伙企业分支机构的行为后果要由该分支机构独立承担

4. 有限合伙企业至少应当有（　　）普通合伙人。

A. 1个　　　　　　B. 2个
C. 3个　　　　　　D. 5个

5. 普通合伙企业的合伙人甲在单独执行企业事务时，未经其他合伙人同意，独自决定实施了下列行为。其中哪一项行为的实施，违反了合伙企业法的规定？（　　）

A. 为合伙企业购置办公用品
B. 为购买生产原料而向银行贷款
C. 以企业的设备为乙公司向银行借款提供抵押
D. 聘请律师办理土地使用权抵押登记手续

6. 以下是关于有限合伙企业财产转让的四种说法，请问哪一种是符合法律规定的？（　　）

A. 有限合伙人向合伙人以外的人转让其在有限合伙企业中的财产份额时，须经其他合伙人一致同意
B. 有限合伙人向合伙人以外的人转让其在有限合伙企业中的财产份额时，须经2/3以上合伙人同意
C. 有限合伙人可以按照合伙协议的约定向合伙人以外的人转让其在有限合伙企业中的财产份额，但应当提前通知15日通知其他合伙人
D. 有限合伙人可以按照合伙协议的约定向合伙人以外的人转让其在有限合伙企业中的财产份额，但应当提前30日通知其他合伙人

7. 以下关于有限合伙企业的说法中，哪个选项是错误的？（　　）

A. 有限合伙企业由 2 个以上 50 个以下合伙人设立

B. 有限合伙人不得以劳务出资

C. 有限合伙企业由普通合伙人执行合伙事务

D. 有限合伙企业由有限合伙人执行合伙事务

8. 甲的父亲生前与其他几个合伙人办了一普通合伙企业，作为唯一的继承人，甲要求出质父亲在合伙企业中的份额，依据法律规定，下列不正确的是（　　）。

A. 须经其他合伙人一致同意

B. 未经其他合伙人同意的，出质行为无效

C. 其他合伙人有优先受让的权利

D. 可以直接出质

二、多项选择题

1. 明华铸造厂是一家有限合伙企业，王某是普通合伙人，后因欲转让其合伙份额，而刘某正想加入合伙企业，于是提出愿意购买王某的合伙份额，其他合伙人对刘某不信任，坚决反对，但也无人愿意受让王某份额，则刘某能否成为合伙人说法不正确的是（　　）。

A. 能。因为刘某受让了王某的合伙份额

B. 能。因为其他人不愿意受让王某的份额，应视为同意

C. 不能。因为其他合伙人没能一致同意

D. 不能。因为其他合伙人没能行使优先权

2. 某普通合伙企业欠甲 2 万元，同时合伙人乙欠甲借款 1 万元。某日，甲向该合伙企业购买一批货物，应付货款 1 万元。甲的这一付款义务，可因下列哪些原因而消灭？（　　）

A. 甲向该企业支付 1 万元

B. 甲以该付款义务抵销对该企业的 2 万元债权的一半

C. 乙向该企业支付 1 万元，同时了结乙对甲的债务

D. 甲以该付款义务抵销对乙的债权

3. 某有限合伙企业有 5 个合伙人，其中甲、乙、丙三个合伙人为有限合伙人，戊、己为普通合伙人，甲、乙、丙三个合伙人的下列哪些行为不视为执行合伙事务？（　　）

A. 对企业的经营管理提出建议

B. 获取经审计的有限合伙企业财务会计报告

C. 参与决定普通合伙人入伙、退伙

D. 依法为本企业提供担保

4. 甲、乙、丙、丁四人设立一家有限合伙企业，后因经营不善，企业负债累累，债权人向企业索要债款，企业周转资金不灵，无力还款，为使得企业支撑下去，普通合伙人甲自己负担了全部债务，有限合伙人乙等三人非常感激，但是，甲要求向三人追偿时，三人均表示无力偿还，愿意以自己在企业中的份额抵偿。于是修

改协议，乙等三人保留合伙人名义，但是全部份额归甲，由甲自己管理企业，利润和亏损也全部归甲。乙等三人的做法是否合法？（　　）

A. 合法。因为合伙人达成一致协议

B. 合法。因为甲作为其他三人的债权人可以要求乙等以企业份额偿还

C. 不合法。因为实质上已经不符合合伙企业共同出资、共担风险的特点

D. 不合法。因为不能规定利润和亏损全部归于一人

5. 根据合伙企业法律制度的规定，下列各项中，可导致合伙企业解散的情形有（　　）。

A. 2/3 合伙人决定解散

B. 合伙人已不具备法定人数满 30 天

C. 合伙企业被依法吊销营业执照

D. 合伙协议约定的合伙目的无法实现

6. （　　）不得成为有限合伙企业的普通合伙人。

A. 国有独资公司

B. 国有企业

C. 上市公司

D. 公益性的事业单位、社会团体

7. （　　）可以依照法律规定设立有限合伙企业。

A. 自然人　　　　B. 法人

C. 其他组织　　　D. 国际组织

三、判断题

1. 个人独资企业不具有法人资格，也无独立承担民事责任的能力。（　　）

2. 我国《个人独资企业法》不适用于外商独资企业。（　　）

3. 某个人独资企业受聘管理人以自己的名义与个人独资企业进行交易，这是法律不允许的。（　　）

4. 有限合伙人不得以劳务出资。（　　）

5. 甲、乙、丙、丁四人设立一家有限合伙企业，后经协商约定由普通合伙人甲执行合伙企业的事务，其余三人不再执行合伙企业的事务。该约定违反合伙企业法的有关规定。（　　）

6. 甲和乙投资设立 A 普通合伙企业。某日，A 合伙企业与 B 公司签订买卖合同，合同约定：B 公司向 A 合伙企业发货，A 合伙企业向 B 公司支付货款。如果 A 合伙企业的资金不能支付货款，不足部分应该由投资人甲和乙以自己的个人财产承担。（　　）

7. 某普通合伙企业的合伙协议未约定合伙期限的，合伙人在不给合伙企业事务执行造成不利影响的情况下，可以退伙，但应当提前十五日通知其他合伙人。（　　）

8. 甲有限合伙企业中，乙是有限合伙人。某日，乙外出采购办公桌，家具店有理由认为乙为该合伙企业的普通合伙人，所以家具店和乙签

订了买卖办公桌的合同。针对上述情况，那么乙对该笔买卖交易应当承担与普通合伙人同样的责任。（ ）

9. 以专业知识和专门技能为客户提供有偿服务的专业服务机构，可以设立为特殊的普通合伙企业。（ ）

10. 合伙企业的主要经营场所可以有两个以上，但应当在其企业登记机关登记管辖区域内。（ ）

四、综合题

1. 2000 年 3 月，公民陈某独自出资 4 万元设立了一家面制品加工厂，生产面条、饺子皮、馄饨皮等。他注册的营业执照上注明的企业名称为某市东风面制品加工厂；住所为某市某路某号的一间 16 平方米的房屋。实际上，这间房屋只是陈某暂时借来应付登记的，真正的营业场所在一间简易房内，该房屋是某公交公司将一汽车终点站的候车室改建而成的，没有路名和门牌号码。而且，在正式开张时，陈某挂出的厂牌是"中国东风食品有限责任公司"。陈某向国家商标局申请注册"东风"商标用于其生产的面制品，获得了核准。

一日，李某的母亲突发急病送医院救治，李某手头缺钱，便瞒着陈某将刚收来的货款 1 000 元垫付了医药费。然而钱还是不够，李某找到其朋友林某，谎称面制品加工厂是自己所开，以加工设备为抵押，又借得 1 500 元，并立下了字据。

两个月后，陈某在核账时发现李某有货款未及时入账，便要求他 3 日内交出。李某无钱可交，就到乡下躲了起来。没几天，林某来到东风面制品加工厂讨债。陈某和林某这才发现他们都被骗了。林某坚持陈某先替李某还债，然后再向李某追偿。陈某断然拒绝，表示这是李某的个人债务，应由李某自己清偿。因此两人争执不下。

问：

(1) 陈某的独资企业在设立的过程中有哪些违法行为？为什么？

(2) 李某的行为违反了哪些法律规定？

(3) 林某的抵押权能否实现？为什么？

2. 2000 年 1 月 15 日，甲出资 5 万元设立 A 个人独资企业（本题下称"A 企业"）。甲聘请乙管理企业事务，同时规定，凡乙对外签订标的额超过 1 万元以上的合同，须经甲同意。2 月 10 日，乙未经甲同意，以 A 企业名义向善意第三人丙购入价值 2 万元的货物。2000 年 7 月 4 日，A 企业亏损，不能支付到期的丁的债务，甲决定解散该企业，并请求人民法院指定清算人。7 月 10 日，人民法院指定戊作为清算人对 A 企业进行清算。经查，A 企业和甲的资产及债权债务情况如下：（1）A 企业欠缴税款 2 000 元，

欠乙工资 5 000 元，欠社会保险费用 5 000 元，欠丁 10 万元；（2）A 企业的银行存款 1 万元，实物折价 8 万元；（3）甲在 B 合伙企业出资 6 万元，占 50% 的出资额，B 合伙企业每年可向合伙人分配利润；（4）甲个人其他可执行的财产价值 2 万元。

【要求】

(1) 乙于 2 月 10 日以 A 企业名义向丙购买价值 2 万元货物的行为是否有效？并说明理由。

(2) 试述 A 企业的财产清偿顺序。

(3) 如何满足丁的债权请求？

3. 甲有限公司和乙、丙两个自然人经协商后，决定成立一个有限合伙企业，共同经营服装加工生意，其中丙为有限合伙人。甲、乙以现金的形式分别出资 20 万元和 10 万元，丙以劳务作价 5 万元出资，推举甲作为合伙企业的代表，并签订了书面的合伙协议。在该合伙企业存续期间，发生下列事项：

(1) 甲认为当初丙一分钱不出而成为合伙人不合适，要求丙补交 5 万元出资，丙不同意。

(2) 乙不愿丙经营服装加工生意，拟将其在合伙企业中的全部财产份额转让给丁，甲不同意，但也不愿意购买乙的财产份额。

(3) 甲以合伙企业的名义与戊签订了一份价款为 3 万元人民币的服装购买合同，结果戊没有按照合同约定提供服装，以致已付出的 3 万元货款拿不回来。对于甲与戊签订服装购买合同，丙认为甲事先未与全体合伙人商量，而拒绝承担合同损失。

问题：

(1) 甲有限公司能否作为合伙人同乙丙共同组建有限合伙企业？为什么？

(2) 甲要求丙补交出资是否合法？说明理由。

(3) 乙是否可以转让财产份额给丁？说明理由。

(4) 丙拒绝承担损失的理由能否成立？说明理由。

4. 1999 年 1 月，甲、乙、丙、丁四人决定投资设立一合伙企业，并签订了书面合伙协议。合伙协议的部分内容如下：（1）甲以货币出资 10 万元，乙以实物折价出资 8 万元，经其他三人同意，丙以劳务折价出资 6 万元，丁以货币出资 4 万元；（2）甲、乙、丙、丁按 2：2：1：1 的比例分配利润和承担风险；（3）由甲执行合伙企业事务，对外代表合伙企业，其他三人均不再执行合伙企业事务，但签订购销合同及代销合同应经其他合伙人同意。合伙协议中未约定合伙企业的经营期限。

合伙企业在存续期间，发生下列事实：

(1) 1999 年 5 月，甲擅自以合伙企业的名义与善意第三人 A 公司签订了代销合同，乙合伙人获知后，认为该合同不符合合伙企业利益，经与丙、丁商议后，即向 A 公司表示对该合同不

予承认，因为甲合伙人无单独与第三人签订代销合同的权力。

（2）2000 年 1 月，合伙人丁提出退伙，其退伙并不给合伙企业造成任何不利影响。2000 年 3 月，合伙人丁撤资退伙。于是，合伙企业又接纳戊新入伙，戊出资 4 万元。2000 年 5 月，合伙企业的债权人 A 公司就合伙人丁退伙前发生的债务 24 万元要求合伙企业的现合伙人甲、乙、丙、戊及退伙人丁共同承担连带清偿责任。丁以自己已经退伙为由，拒绝承担清偿责任。戊以自己新入伙为由，拒绝对其入伙前的债务承担清偿责任。

（3）执行合伙事务的合伙人甲为了改善企业经营管理，于 2000 年 4 月独自决定聘任合伙人以外的 B 担任该合伙企业的经营管理人员；并以合伙企业名义为 C 公司提供担保。

（4）2001 年 4 月，合伙人乙在与 D 公司的买卖合同中，无法清偿 D 公司的到期债务 8 万元。D 公司于 2001 年 6 月向人民法院提起诉讼，人民法院判决 D 公司胜诉。D 公司于 2001 年 8 月向人民法院申请强制执行合伙人乙在合伙企业中全部财产份额。

【要求】

根据以上事实，回答下列问题：

（1）甲以合伙企业名义与 A 公司所签的代销合同是否有效？并说明理由。

（2）丁的主张是否成立？并说明理由。如果丁向 A 公司偿还了 24 万元的债务，丁可以向哪些当事人追偿？追偿的数额是多少？

（3）戊的主张是否成立？并说明理由。

（4）甲聘任 B 担任合伙企业的经营管理人员及为 C 公司提供担保的行为是否合法？并说明理由。

（5）合伙人乙被人民法院强制执行其在合伙企业中的全部财产份额后，合伙企业决定对乙进行除名，合伙企业的做法是否符合法律规定？并说明理由。

（6）合伙人丁的退伙属于何种情况？其退伙应符合哪些条件？

知识点测试答案

一、单项选择题

1.【答案】B

【解析】《合伙企业法》规定，合伙人个人财产不足清偿其个人所负债务的，该合伙人只能以其在合伙企业中分取的收益用于清偿；债权人也可依法请求人民法院强制执行该合伙人在合伙企业中的财产份额用于清偿。

2.【答案】C

【解析】依照有关规定，有限合伙人可以用货币、实物、知识产权、土地使用权或者其他财产权利作价出资。有限合伙人不得以劳务出资。

3.【答案】B

【解析】合伙企业设立分支机构，应当向分支机构所在地的企业登记机关申请登记，领取营业执照。

4.【答案】A

【解析】有限合伙企业至少应当有一个普通合伙人。

5.【答案】C

【解析】除合伙协议另有约定外，合伙企业的下列事项应当经全体合伙人一致同意：（1）改变合伙企业的名称；（2）改变合伙企业的经营范围、主要经营场所的地点；（3）处分合伙企业的不动产；（4）转让或者处分合伙企业的知识产权和其他财产权利；（5）以合伙企业名义为他人提供担保；（6）聘任合伙人以外的人担任合伙企业的经营管理人员。

6.【答案】D

【解析】根据《合伙企业法》规定：有限合伙人可以按照合伙协议的约定向合伙人以外的人转让其在有限合伙企业中的财产份额，但应当提前 30 日通知其他合伙人。

7.【答案】D

【解析】有限合伙企业由 2 个以上 50 个以下合伙人设立；但是，法律另有规定的除外。有限合伙企业至少应当有一个普通合伙人。有限合伙企业名称中应当标明"有限合伙"字样。有限合伙人可以用货币、实物、知识产权、土地使用权或者其他财产权利作价出资。有限合伙人不得以劳务出资。有限合伙企业由普通合伙人执行合伙事务。执行事务合伙人可以要求在合伙协议中确定执行事务的报酬及报酬提取方式。有限合伙人不执行合伙事务，不得对外代表有限合伙企业。

8.【答案】D

【解析】合伙人以其在合伙企业中的财产份额出质的，须经其他合伙人一致同意；未经其他合伙人一致同意，其行为无效，由此给善意第三人造成损失的，由行为人依法承担赔偿责任。

二、多项选择题

1.【答案】A B D

【解析】除合伙协议另有约定外，合伙人向合伙人以外的人转让其在合伙企业中的全部或者部分财产份额时，须经其他合伙人一致同意。

2.【答案】A B

【解析】合伙人发生与合伙企业无关的债务，相关债权人不得以其债权抵销其对合伙企业的债务；也不得代位行使合伙人在合伙企业中的权利。C项转移债务需要经过该合伙企业的同意。

3. 【答案】A B C D

【解析】有限合伙人的下列行为，不视为执行合伙事务：（1）参与决定普通合伙人入伙、退伙；（2）对企业的经营管理提出建议；（3）参与选择承办有限合伙企业审计业务的会计师事务所；（4）获取经审计的有限合伙企业财务会计报告；（5）对涉及自身利益的情况，查阅有限合伙企业财务会计账簿等财务资料；（6）在有限合伙企业中的利益受到侵害时，向有责任的合伙人主张权利或者提起诉讼；（7）执行事务合伙人怠于行使权利时，督促其行使权利或者为了本企业的利益以自己的名义提起诉讼；（8）依法为本企业提供担保。

4. 【答案】C D

【解析】合伙企业的利润分配、亏损分担，按照合伙协议的约定办理；合伙协议未约定或者约定不明确的，由合伙人协商决定；协商不成的，由合伙人按照实缴出资比例分配、分担；无法确定出资比例的，由合伙人平均分配、分担。合伙协议不得约定将全部利润分配给部分合伙人或者由部分合伙人承担全部亏损。有限合伙企业不得将全部利润分配给部分合伙人；但是，合伙协议另有约定的除外。

5. 【答案】B C D

【解析】合伙企业有下列情形之一的，应当解散：（1）合伙期限届满，合伙人决定不再经营；（2）合伙协议约定的解散事由出现；（3）全体合伙人决定解散；（4）合伙人已不具备法定人数满30天；（5）合伙协议约定的合伙目的已经实现或者无法实现；（6）依法被吊销营业执照、责令关闭或者被撤销；（7）法律、行政法规规定的其他原因。

6. 【答案】A B C D

【解析】依照有关规定，国有独资公司、国有企业、上市公司以及公益性的事业单位、社会团体不得成为有限合伙企业的普通合伙人。

7. 【答案】A B C

【解析】依照有关规定，自然人、法人和其他组织可以依照法律规定设立有限合伙企业。

三、判断题

1. 【答案】√

【解析】个人独资企业为非法人型企业，投资人对企业债务承担无限责任。

2. 【答案】√

【解析】个人独资企业是一个中国自然人投资举办的企业，所以《个人独资企业法》不适用于外商独资企业。外商独资企业适用《外资企业法》。

3. 【答案】×

【解析】个人独资企业受聘管理人以自己的名义与个人独资企业进行交易，如经投资人同意，法律是允许的；如未经投资人同意，法律才不允许。

4. 【答案】√

【解析】有限合伙人可以用货币、实物、知识产权、土地使用权或者其他财产权利作价出资。有限合伙人不得以劳务出资。

5. 【答案】×

【解析】合伙人执行合伙企业事务，可以由全体合伙人共同执行合伙企业事务，也可以委托一名或数名合伙人执行合伙企业事务，未接受委托执行合伙企业事务的其他合伙人，不再执行合伙企业的事务。有限合伙人不执行合伙事务，不得对外代表有限合伙企业。

6. 【答案】√

【解析】普通合伙企业对其债务，应先以其全部财产进行清偿。普通合伙企业不能清偿到期债务的，合伙人承担无限连带责任。

7. 【答案】×

【解析】合伙协议未约定合伙期限的，合伙人在不给合伙企业事务执行造成不利影响的情况下，可以退伙，但应当提前30日通知其他合伙人。

8. 【答案】√

【解析】第三人有理由相信有限合伙人为普通合伙人并与其交易的，该有限合伙人对该笔交易承担与普通合伙人同样的责任。有限合伙人未经授权以有限合伙企业名义与他人进行交易，给有限合伙企业或者其他合伙人造成损失的，该有限合伙人应当承担赔偿责任。

9. 【答案】√

【解析】以专业知识和专门技能为客户提供有偿服务的专业服务机构，可以设立为特殊的普通合伙企业。特殊的普通合伙企业是指合伙人依法承担责任的普通合伙企业。

10. 【答案】×

【解析】法律规定，合伙企业的主要经营场所只能有一个，并且应当在其企业登记机关登记管辖区域内。

四、综合题

1. （1）首先企业不符合法律规定。企业的名称是企业区别于其他同行业企业的识别标志，不能任意确定，工商登记后也不能自行变更。①凡使用"中国"、"中华"，冠以"国际"、"全国"、"国家"，或者冠以企业所在地行政区划的企业名称，需经国家工商行政管理局核准或核定。陈某自行将企业名称变更为"中国东风食品有限责任公司"，违反了我国企业名称登记管理的规定。②企业名称应与其责任形式及从事的营业相符合。陈某所办企业是个人独资企业，其名称中不得含有"有限"、"有限责任"或者"公司"等字样。

其次，企业的住所不符合法律规定。《个人独资企业法》规定，个人独资企业必须有固定的生产经营场所。生产经营场所包括企业的住所以及与生产经营相适应的处所。该住所经注册登记后不得随意变更；若要变更，应在作出变更决定之日起 15 日内依法向登记机关变更登记。本案陈某以假地址骗取注册登记，实际经营地是无路名和门牌号码的违章建筑，因此是违法的。

（2）《个人独资企业法》规定，个人独资企业的投资人可以自行管理企业事务，也可以委托或者聘用其他具有民事行为能力的人负责企业的事务管理。该法同时规定受托人或被聘用人员应当履行诚信、勤勉义务，按照与投资人签订的合同负责个人独资企业的事务管理。法律还规定了受托人或被聘用人员不得利用职务或者工作上的便利侵占企业财产，不得挪用企业的资金归个人使用或者借贷给他人，不得擅自以企业财产提供担保等。李某的行为违反了上述法律规定。李某应退还侵占的财产，并赔偿由此造成的损失。

（3）林某的抵押权不能实现。我国《担保法》规定，以企业的设备和其他动产抵押的，应当到财产所在地的工商行政管理部门办理抵押登记，抵押合同自登记之日起生效。本案中，林某与李某的抵押合同没有登记，所以是无效的，林某的抵押权不能实现。如果林某要求李某去工商局登记了，就会发现李某是以他人的财产作抵押，就不会上当了。

2.（1）乙于 2 月 10 日以 A 企业名义向丙购买价值 2 万元货物的行为有效。根据个人独资企业法的规定，投资人对被聘用的人员职权的限制，不得对抗善意第三人。尽管乙向丙购买货物的行为超越职权，但丙为善意第三人，因此，该行为有效。

（2）根据个人独资企业法的规定，A 公司的财产清偿顺序为：①职工工资和社会保险费用；②税款；③其他债务。

（3）首先，用 A 企业的银行存款和实物折价共 9 万元清偿所欠乙的工资、社会保险费用、税款后，剩余 78 000 元用于清偿所欠丁的债务；其次，A 企业剩余财产全部用于清偿后，仍欠丁 22 000 元，可用甲个人财产清偿；第三，在用甲个人财产清偿时，可用甲个人其他可执行的 2 万元清偿，不足部分，可用甲从 B 合伙企业分取的收益予以清偿或由丁依法请求人民法院强制执行甲在 B 合伙企业中的财产份额用于

清偿（或可用甲从 B 合伙企业分取的收益予以清偿或由丁依法请求人民法院强制执行甲在 B 合伙企业中的财产份额用于清偿，如有不足部分，可用甲个人其他可执行的财产 2 万元清偿）。

3.（1）甲有限公司可以作为合伙人同乙、丙共同组建有限合伙企业。自然人、法人和其他组织可以成为合伙企业的合伙人。

（2）甲要求丙补交出资合法。根据规定，有限合伙人可以用货币、实物、知识产权、土地使用权或者其他财产权利作价出资。有限合伙人不得以劳务出资。

（3）乙不可以转让财产份额给丁。根据规定，合伙企业存续期间，除合伙协议另有约定外，合伙人向合伙人以外的人转让其在合伙企业中的全部或者部分财产份额时，须经其他合伙人一致同意。

（4）丙拒绝承担合同损失的理由不成立。根据规定，按照合伙协议的约定或者经全体合伙人决定，可以委托一个或者数个合伙人对外代表合伙企业，执行合伙事务。执行合伙企业事务的合伙人，对外代表合伙企业。执行合伙企业事务的合伙人，在取得对外代表权后，即可以合伙企业的名义进行经营活动，在其授权的范围内作出法律行为。这种行为对合伙企业有法律效力，由此而产生的效益应当归合伙企业所有，成为合伙财产的来源；带来的风险，也应当由合伙人承担，构成合伙企业的债务。

4.（1）甲以合伙企业名义与 A 公司所签的代销合同有效。根据《合伙企业法》的规定，合伙企业对合伙人执行合伙企业事务以及对外代表合伙企业权利的限制，不得对抗不知情的善意第三人。在本题中，尽管合伙人甲超越了合伙企业的内部限制，但 A 公司为善意第三人，因此甲以合伙企业名义与 A 公司所签的代销合同有效。

（2）丁的主张不成立。根据《合伙企业法》的规定，退伙人对其退伙前已发生的合伙企业债务，与其他合伙人承担连带责任。如果丁向 A 公司偿还了 24 万元的债务，丁可以向合伙人甲、乙、丙、戊进行追偿，追偿的数额为 24 万元。

所以退伙人丁（对外）对其退伙前已发生的合伙企业债务承担连带责任，但在合伙企业（内部）对合伙企业债务不承担清偿责任。

（3）戊的主张不成立。根据《合伙企业法》的规定，入伙的新合伙人对入伙前合伙企业的债务承担连带责任。

（4）甲聘任 B 担任合伙企业的经营管理人员及为 C 公司提供担保的行为不符合规定。根据《合伙企业法》的规定，合伙企业委托一名或数

名合伙人执行合伙企业事务时，以下事项必须经全体合伙人一致同意：①处分合伙企业的不动产；②改变合伙企业的名称；③转让或者处分合伙企业的知识产权和其他财产权利；④向企业登记机关申请办理变更登记手续；⑤以合伙企业名义为他人提供担保；⑥聘任合伙人以外的人担任合伙企业的经营管理人员；⑦依照合伙协议约定的其他事项。

（5）合伙企业的做法不符合法律规定。根据《合伙企业法》的规定，合伙人被人民法院强制执行其在合伙企业中的全部财产份额的，属于当然退伙，当然退伙以法定事由实际发生之日为退伙生效日。

（6）合伙人丁属于通知退伙。根据《合伙企业法》的规定，合伙人通知退伙应满足以下条件：①合伙协议未约定合伙企业的经营期限；②合伙人退伙不会给合伙企业事务执行造成不利影响；③应当提前30日通知其他合伙人。

第五章　　　公　司　法

本章概述

一、内容提要

本章的主要内容包括公司的概念和种类、公司法的概念和特征，公司的登记管理，有限责任公司的设立和组织机构、一人有限责任公司的特别规定、国有独资公司的特别规定、有限责任公司的股权转让，股份有限公司的设立和组织机构，股份有限公司的股份发行和转让，公司董事、监事、高级管理人员的资格和义务、股东诉讼，公司债券的概念和种类、发行和转让，公司财务会计的作用、基本要求、公司的利润分配，公司的合并、分立、注册资本的减少与增加，公司解散的原因和清算，外国公司分支机构的法律地位、设立条件、权利和义务以及违反公司法的法律责任。

二、历年考题分析

本章在历年考试中占的比重较大，最近 5 年平均考分 13 分，而且每年都有综合题出现。公司法与证券法的关系非常密切，股票发行、上市以及公司转债发行等，都是公司的行为，因此公司法经常和证券法一起考综合题，希望考生注意这一特点。

本章近 5 年考试的题型、分值及考点分布详见下表。

年份 \ 项目	题型	题量	分值	考点
2007	单项选择题	2	2	股份有限公司股份转让的限制规定；公司为股东提供担保的事项
	多项选择题	3	3	股东会或者董事会决议内容的撤销；股份有限公司将收购的股票奖励给本企业职工的规定；一般有限责任公司和中外合资经营企业的区别
	判断题	1	1	公司法定代表人的担任
	综合题	0.14	2	股东大会和董事会的权限
2006	单项选择题	2	2	公司的组织机构；有限公司股东转让股权的程序
	多项选择题	2	2	一人有限责任公司的特征；股份有限公司回购公司股份的情形
	判断题	2	1	一人有限责任公司的设立条件
	综合题	1	15	有限责任公司的设立条件、组织机构、议事规则
2005	单项选择题	1	1	国有独资公司董事长的产生方式
	多项选择题	4	4	公司董事与本公司进行交易的条件；独立董事的职责；上市公司股东大会的职权；评估机构违反公司法的法律责任
	综合题	0.7	10	有限责任公司股东对外转让出资额的程序；股东大会的议事规则；独立董事的职权和职责
2004	单项选择题	2	2	公司办理变更登记的期限；有限责任公司股东出资的规定
	多项选择题	1	1	上市公司股东大会必须经过特别决议通过的事项
	判断题	2	2	股份有限公司应当在 2 个月内召开临时股东大会的情形；上市公司独立董事的职权
	综合题	0.5	7	股份有限公司的发起人人数；独立董事的任职资格；国有企业改建为股份有限公司时，国有资产的折股比例
2003	单项选择题	3	3	有限责任公司的股东转让出资；上市公司股东大会的特别决议；公司减少注册资本通知债权人并公告的时间
	多项选择题	3	3	公司需要办理变更登记的事项；依公司法设立的有限责任公司和依中外合资经营企业法设立的有限责任公司的区别；有限责任公司股东会的特殊决议
	判断题	2	2	重大关联交易应由独立董事认可；公司经理不能为他人经营与本公司有竞争关系的业务
	综合题	0.17	2	上市公司董事会的组成

三、2008 年教材内容变化

2008 年教材本章的内容基本没有修改。

本章内容结构基本框架

知识点	第五章　公司法	学习建议
5.1	公司法概述	
5.1.1	公司的概念和种类	一般了解
5.1.2	公司法的概念、特征以及适用范围	应当记住
5.1.3	公司法人财产权与股东权利	应当记住
5.2	公司的登记管理	
5.2.1	公司的登记管理	应当记住
5.3	有限责任公司的设立和组织机构	
5.3.1	有限责任公司的设立条件和股东权利	必须掌握
5.3.2	公司的组织机构	必须掌握
5.3.3	一人有限责任公司	应当记住
5.3.4	国有独资公司	应当记住
5.3.5	有限责任公司的股权转让	应当记住
5.4	股份有限公司的设立和组织机构	
5.4.1	股份有限公司的设立条件	必须掌握
5.4.2	股份有限公司的设立方式和创立大会	应当记住
5.4.3	股份有限公司的组织机构	必须掌握
5.5	股份有限公司的股份发行和转让	
5.5.1	股份有限公司的股份发行	应当记住
5.5.2	股份有限公司的股份转让	应当记住
5.6	公司董事、监事、高级管理人员的资格和义务	
5.6.1	公司董事、监事、高级管理人员的资格和义务	必须掌握
5.6.2	股东诉讼	应当记住
5.7	公司债券	
5.7.1	公司债券的发行和转让	一般了解
5.8	公司财务会计	
5.8.1	公司的财务会计	应当记住
5.9	公司合并、分立、增资、减资	
5.9.1	公司的合并、分立，增加、减少注册资本	应当记住
5.10	公司解散和清算	
5.10.1	公司解散	一般了解
5.11	外国公司的分支机构	
5.11.1	外国公司的分支机构	一般了解
5.12	违反公司法的法律责任	
5.12.1	违反公司法的法律责任	应当记住

知识点精讲

5.1　公司法概述

5.1.1　公司的概念和种类

Ⅰ．考点分析

公司是依照公司法组建并登记的以营利为目的的企业法人。

从股东的责任角度看，公司可以分为有限责任公司、股份有限责任公司、无限公司、两合公司和股份两合公司。从公司的组织关系看，公司可以分为母公司和子公司、本公司和分公司。子公司是法人，独立承担民事责任；分公司不是法人，其民事责任由设立分公司的公司承担。

我国《公司法》规定的公司只包括有限责任公司和股份有限公司两种，两种公司主要存在以下区别：

	有限责任公司	股份有限公司
设立方式	发起设立	发起设立 募集设立
股东人数	50 人以下	有下限无上限；发起人 2～200 人
出资证明形式	出资证明书	股票
股权转让方式	对外转让须经其他股东过半数同意	可依法自由转让
注册资本最低限额	3 万元（一人有限公司 10 万元）	500 万元
注册资本体现方式	划分为比例	划分为等额股份
组织机构	较为灵活（股东人数较少、资金规模较小的设执行董事或者监事）	健全规范
所有权与经营权分离程度	分离程度低，股东直接参与管理	分离程度高
信息披露义务	非开放性公司，无须公开	开放性，财务、经营情况必须依法披露

【要点提示】重点掌握子公司和分公司的法律地位，以及上面表格所列的我国有限责任公司和股份有限公司的区别。

Ⅱ．经典例题

1．[2002 年判断题第 5 题] 股份有限公司股东可以自由向股东以外的人转让股份，无须经股东大会审议通过；而有限责任公司股东向股东以外的人转让出资，须经股东会议通过。（　　）

【答案】×

【解析】有限责任公司股东向股东以外的人转让出资必须经股东会审议通过。股份有限公司股东向股东以外的人转让股份确实无须经股东大会审议通过；但不是自由转让，而是依法自由转让。

2. [多项选择题] 我国法律规定的公司形式为（　　）

A. 有限责任公司　　　　B. 无限公司

C. 股份有限公司　　　　D. 两合公司

【答案】A C

【解析】本题考核我国公司的形式。以股东对公司债务承担责任的方式可以将公司分为有限责任公司、股份有限公司、无限公司和两合公司；

但是我国《公司法》规定的公司形式仅为有限责任公司和股份有限公司。

5.1.2 公司法的概念、特征以及适用范围

Ⅰ．考点分析

公司法是规定公司的设立、组织与活动的法。狭义的公司法是指关于公司的设立、组织与活动的单个法律。公司法是一种组织法、行为法、强制性规范较多的法律。

《中华人民共和国公司法》对我国境内的公司都适用，对外商投资的公司也适用，但外商投资企业法有特别规定的，适用外商投资企业法。

《公司法》与外商投资企业法对有限责任公司的不同规定：

	公司法	三资企业法
设立条件程序	50 个以下股东，3 万元注册资本	有特别条件；并须经政府批准
出资制度	折中资本制，但须先缴纳一定资本（20%，不低于 3 万元）；其余 2 年内、投资类 5 年内）	认缴资本制，成立后再缴纳（一次缴清：6 个月；分期缴纳：3 个月第一次，不少于 15%）
组织形式	设股东会、董事会、监事会，股东会为权力机构；董事会成员由股东会选举产生；正副董事长的分量没有强制性规定	不设股东会、监事会，董事会为权力机构；董事会人数各方协商，不担任董事长的他方担任副董事长
经营期限	未作规定	有的行业应当约定合营期限

【要点提示】此处请考生特别注意：①公司法的适用范围。②《公司法》和外商投资企业法对有限责任公司的不同规定，学会掌握对外商投资的有限责任公司来说，在哪些问题上适用《公司法》，哪些问题上适用外商投资企业法，这些在考试中会出现，2007 年曾考过这一多项选择题。

Ⅱ．经典例题

[2007 年多项选择题第 4 题] 甲公司为依公司法设立的有限责任公司，乙公司为依中外合资经营企业法设立的有限责任公司。下列有关甲、乙两公司区别的表述中，正确的有（　　）

A. 甲公司的最高权力机构为股东会，而乙公司的最高权力机构为董事会

B. 甲公司的股东可以约定不按出资比例分配利润，而乙公司的股东必须按照出资比例分配利润

C. 甲公司成立时的股东实际缴付的出资额不得低于注册资本的 20%，而乙公司成立时的股东实际缴付的出资额没有最低限额

D. 甲公司对修改公司章程事项作出决议须经代表 2/3 以上表决权的股东通过，而乙公司对修改公司章程事项作出决议须经出席董事会会议的董事一致通过

【答案】A B C D

【解析】本题考核一般有限责任公司和中外合资经营企业的区别。以上四项的表述均符合规定。

5.1.3 公司法人财产权与股东权利

Ⅰ．考点分析

公司享有法人财产权。公司的财产虽然源于股东投资，但股东一旦将财产投入公司，便丧失对该财产的直接支配权利，只享有对公司的股权，由公司享有对该财产的支配权利，即法人财产权。

公司为公司股东或者实际控制人提供担保的，必须经股东会或者股东大会决议。接受担保的股东或者受实际控制人支配的股东不得参加表决。该项表决由出席会议的其他股东所持表决权的过半数通过。

公司股东依法享有资产受益、参与重大决策和选择管理者等权利。股东权利分为共益权和自益权。共益权是股东依法参加公司事务的决策和经营管理的权利，它是股东基于公司利益同时兼为自己的利益而行使的权利，包括股东会或股东大会参加权、提案权、质询权，在股东会或股东大会上的表决权、累积投票权，股东会或股东大会召集请求权和自行召集权，了解公司事务、查阅公司账簿和其他文件的知情权，提起诉讼权等权利。自益权是股东仅以个人利益为目的而行使的权利，即依法从公司取得利益、财产或处分自己股权的权利，主要为股利分配请求权、剩余资产分配权、新股认购优先权、股份质押权和股份转让权等。

公司股东滥用股东权利给公司或者其他股东造成损失的，应当依法承担赔偿责任。公司股东滥用公司法人独立地位和股东有限责任，逃避债

务，严重损害公司债权人利益的，应当对公司债务承担连带责任。

公司的控股股东、实际控制人、董事、监事、高级管理人员不得利用其关联关系损害公司利益，违反规定给公司造成损失的，应当承担赔偿责任。

公司股东会或者股东大会、董事会的决议内容违反法律、行政法规的无效。股东会或者股东大会、董事会的会议召集程序、表决方式违反法律、行政法规或者公司章程，或者决议内容违反公司章程的，股东可以自决议作出之日起60日内，请求人民法院撤销。股东据此规定提起诉讼的，人民法院可以应公司的请求，要求股东提供相应担保。

【要点提示】①新《公司法》规定公司可以向其他企业投资，但除法律另有规定外，不得成为对所投资企业债务承担连带责任的出资人，取消了很多限制，赋予公司更大的投资自主权。②公司向其他企业投资或者为他人提供担保，按照公司章程的规定由董事会或者股东会、股东大会决议，但是如果公司为公司股东或者实际控制人提供担保的，必须经股东会或者股东大会决议，董事会无权决定。

Ⅱ. 经典例题

1. [2007年单项选择题第4题] 某有限责任公司的股东会拟对公司为股东甲提供担保事项进行表决。下列有关该事项表决通过的表述中，符合公司法规定的是（　　）。

A. 该项表决由公司全体股东所持表决权的过半数通过

B. 该项表决由出席会议的股东所持表决权的过半数通过

C. 该项表决由除甲以外的股东所持表决权的过半数通过

D. 该项表决由出席会议的除甲以外的股东所持表决权的过半数通过

【答案】 D

【解析】 本题考核公司为股东提供担保的事项。根据规定，公司为公司股东或者实际控制人提供担保的，必须经股东会或者股东大会决议。接受担保的股东或者受实际控制人支配的股东不得参加表决。该项表决由出席会议的其他股东所持表决权的过半数通过。

2. [2007年多项选择题第3题] 根据公司法的规定，有限责任公司发生的下列事项中，属于公司股东可以依法请求人民法院予以撤销的有（　　）。

A. 股东会的决议内容违反法律的

B. 董事会的决议内容违反公司章程的

C. 董事会的会议召集程序违反法律的

D. 股东会的会议表决方式违反公司章程的

【答案】 B C D

【解析】 本题考核股东会或者董事会决议内容的撤销。根据规定，公司股东会或股东大会、董事会的"决议内容"违反法律、行政法规的无效，因此选项A不选。股东会或股东大会、董事会的会议召集程序、表决方式违反法律、行政法规或公司章程，或者决议内容违反公司章程的，股东可以自决议作出之日起60日内，请求人民法院撤销。

3. [多项选择题] 公司股东依法享有（　　）等权利。

A. 资产受益　　　　　　B. 参与重大决策

C. 选择管理者　　　　　D. 人事权

【答案】 A B C

【解析】 公司股东依法享有资产受益、参与重大决策和选择管理者等权利，关于人事权的提法不标准。

4. [多项选择题] 公司为公司股东或者实际控制人提供担保的，必须经（　　）决定。

A. 股东会　　　　　　　B. 股东大会

C. 董事会　　　　　　　D. 监事会

【答案】 A B

【解析】 公司为公司股东或者实际控制人提供担保的，必须经股东会或者股东大会决议，董事会无权决定。

5.2　公司的登记管理

5.2.1　公司的登记管理

Ⅰ. 考点分析

公司的登记包括设立登记、变更登记、注销登记和年度检验登记。

在我国，工商行政管理机关是公司登记机关。国家工商行政管理总局主管全国的公司登记工作。公司登记实行国家、省（自治区、直辖市）、县（市）三级管辖制度。

公司登记事项包括：名称、住所、法定代表人姓名、注册资本、实收资本、公司类型、经营范围、营业期限、有限责任公司股东或者股份有限公司发起人的姓名或者名称，以及认缴和实缴的出资额、出资时间、出资方式。

有限责任公司必须在公司名称中标明有限责任公司或者有限公司字样。股份有限公司必须在公司名称中标明股份有限公司或者股份公司的字样。

公司以其主要办事机构所在地为住所。

公司的法定代表人依照公司章程的规定，由董事长、执行董事或者经理担任。

股东不得以劳务、信用、自然人姓名、商誉、特许经营权或者设定担保的财产等作价出资。

公司设立应进行名称预先核准登记，预先核准的公司名称保留期为6个月。保留期内，该名称不得用于经营活动和转让。

登记事项发生变更时，应当进行变更登记，所以考生必须准确掌握登记事项。如 2003 年多项选择题第 6 题：根据公司登记管理法律制度的规定，下列各项中，需要办理变更登记的有（　　）。

A. 公司的经理发生变化

B. 公司的住所发生变化

C. 公司的股东发生变化

D. 公司的名称发生变化

本题答案为 BD。公司的经理不需要登记，其变更也不需要办理变更登记，所以 A 项不选。只有有限责任公司的股东必须进行登记，股份有限公司的股东不需要进行登记，其发生变更也不需要进行变更登记，所以 C 项也不选。

此外，考生还应掌握公司办理变更登记和注销登记的期限规定，这些也会在考试中出现。

【要点提示】①原《公司法》中法定代表人只能由董事长担任，新《公司法》取消了这一规定，执行董事或者经理也可能担任。②股东不得以劳务、信用、自然人姓名、商誉、特许经营权或者设定担保的财产等作价出资。③预先核准的公司名称保留期为六个月。

Ⅱ．经典例题

1. ［2007 年判断题第 3 题］有限责任公司和股份有限公司的法定代表人均可以由公司的经理担任。　　　　　　　　　　　　　　（　　）

【答案】√

【解析】本题考核公司法定代表人的担任。根据规定，公司法定代表人依照公司章程的规定，由董事长、执行董事或者经理担任。

2. ［2004 年单项选择题第 4 题］根据公司法律制度的规定，下列有关公司变更登记的表述中，正确的是（　　）。

A. 公司的董事、监事、经理发生变动，应当到原公司登记机关办理变更登记

B. 公司变更名称的，应当在作出变更决议或者决定之日起 45 日内申请变更登记

C. 公司减少注册资本的，应当自减少注册资本决议或者决定作出之日起 60 日后申请变更登记

D. 公司分立的，应当自公告之日起 45 日后申请变更登记

本题答案只能选 D，因为董事、监事、经理不属于法定登记事项，所以变更时不必进行变更登记；公司变更名称的，应当在作出变更决议或者决定之日起 30 日内申请变更登记；公司减少注册资本的，应当自减少注册资本决议或者决定作出之日起 45 日后申请变更登记；公司分立的，应当自公告之日起 45 日后申请变更登记。

3. ［单项选择题］设立公司应当申请名称预先核准，预先核准的公司名称保留期为（　　）。

A. 1 个月　　　　　　　　　B. 3 个月

C. 6 个月　　　　　　　　　D. 12 个月

【答案】C

【解析】根据规定，预先核准的公司名称保留期为 6 个月。

4. ［多项选择题］根据《公司登记管理条例》的规定，下列各项中，属于国家工商行政管理局直接负责登记的公司是（　　）。

A. 外商投资的有限责任公司

B. 省级人民政府国有资产监督管理机构设立的有限责任公司

C. 国务院国有资产监督管理机构单独设立的有限责任公司

D. 省级人民政府国有资产监督管理机构设立的公司再投资持有 50% 以上股份的公司

【答案】A C

【解析】选项 B、D 是由省、自治区、直辖市工商行政管理局负责登记。

5.3　有限责任公司的设立和组织机构

5.3.1　有限责任公司的设立条件和股东权利

Ⅰ．考点分析

1. 设立条件

（1）股东符合法定人数（50 人以下）；

（2）股东出资达到法定资本最低限额；

（3）股东共同制定公司章程；

（4）有公司名称，建立符合有限责任公司要求的组织机构；

（5）有固定的生产经营场所和必要的生产经营条件。

本知识点请考生特别注意掌握股东出资问题的一系列规定，包括：（1）注册资本为在公司登记机关登记的全体股东认缴的出资额。（2）公司全体股东的首次出资额不得低于注册资本的 20%，也不得低于法定的注册资本最低限额，其余部分由股东自公司成立之日起 2 年内缴足；其中，投资公司可以在 5 年内缴足。（3）注册资本的最低限额为人民币 3 万元。法律、行政法规对有限责任公司注册资本的最低限额有较高规定的，从其规定。（4）股东可以用货币出资，也可以用实物、知识产权、土地使用权等可以用货币估价并可以依法转让的非货币财产作价出资；但是，法律、行政法规规定不得作为出资的财产除外。全体股东的货币出资金额不得低于有限责任公司注册资本的 30%。（5）股东以货币出资的，应当将货币出资足额存入有限责任公司在银行开设的账户；以非货币财产出资的，应当依法办理其财产权的转移手续。（6）公司成立后，股东不得抽逃出资。（7）公司成立后，发现作为设立公司出资的非货币财产的实际价额显著低于公司章程所定价额的，应当由交付该出资的股东补足其差额；公司设立时的其他股东承担连带责任。此处请考生注意，只有设立时的股东负有补缴出资的连带责任。

2. 股东权利

股东有权查阅、复制公司章程、股东会会议记录、董事会会议决议、监事会会议决议和财务会计报告。股东可以要求查阅公司会计账簿。股东要求查阅公司会计账簿的，应当向公司提出书面请求，说明目的。公司有合理根据认为股东查阅会计账簿有不正当目的，可能损害公司合法利益的，可以拒绝提供查阅，并应当自股东提出书面请求之日起 15 日内书面答复股东并说明理由。公司拒绝提供查阅的，股东可以请求人民法院要求公司提供查阅。

股东按照实缴的出资比例分取红利；公司新增资本时，股东有权优先按照实缴的出资比例认缴出资。但是，全体股东约定不按照出资比例分取红利或者不按照出资比例优先认缴出资的除外。

【要点提示】 重点掌握股东出资问题的一系列规定，特别是公司全体股东的首次出资额不得低于注册资本的 20%，也不得低于法定的注册资本最低限额，其余部分由股东自公司成立之日起 2 年内缴足；其中，投资公司可以在 5 年内缴足。还有全体股东的货币出资金额不得低于有限责任公司注册资本的 30% 等。

II. 经典例题

1. [2006 年综合题第 1 题] 甲、乙、丙拟共同出资设立一家有限责任公司（以下简称公司），并共同制定了公司章程草案。该公司章程草案有关要点如下：

（1）公司注册资本总额为 600 万元。各方出资数额、出资方式以及缴付出资的时间分别为：甲出资 180 万元，其中：货币出资 70 万元、计算机软件作价出资 110 万元，首次货币出资 20 万元，其余货币出资和计算机软件出资自公司成立之日起 1 年内缴足；乙出资 150 万元，其中：机器设备作价出资 100 万元、特许经营权出资 50 万元，自公司成立之日起 6 个月内一次缴足；丙以货币 270 万元出资，首次货币出资 90 万元，其余出资自公司成立之日起 2 年内缴付 100 万元，第 3 年缴付剩余的 80 万元。

（2）公司的董事长由甲委派，副董事长由乙委派，经理由丙提名并经董事会聘任，经理作为公司的法定代表人。在公司召开股东会会议时，出资各方行使表决权的比例为：甲按照注册资本 30% 的比例行使表决权；乙、丙分别按照注册资本 35% 的比例行使表决权。

（3）公司需要增加注册资本时，出资各方按照在股东会行使表决权的比例优先认缴出资；公司分配红利时，出资各方依照以下比例进行分配：甲享有红利 25% 的分配权；乙享有红利 40% 的分配权；丙享有红利 35% 的分配权。

【要求】 根据上述内容，分别回答下列问题：

（1）公司成立前出资人的首次出资总额是否符合公司法的有关规定？并说明理由。公司出资人的货币出资总额是否符合公司法的有关规定？并说明理由。甲以计算机软件和乙以特许经营权出资的方式是否符合有关规定？并分别说明理由。甲、乙、丙分期缴纳出资的时间是否符合公司法的有关规定？并分别说明理由。

（2）公司的法定代表人由经理担任是否符合公司法的有关规定？并说明理由。公司章程规定的出资各方在公司股东会会议上行使表决权的比例是否符合公司法的有关规定？并说明理由。

（3）公司章程规定增加注册资本时，不按照出资比例优先认缴出资是否违反公司法的有关规定？并说明理由。公司章程规定的出资各方分红比例是否符合公司法的有关规定？并说明理由。

【答案及解析】

（1）公司首次出资总额不符合法律规定。根据公司法，有限责任公司全体股东首次出资额不得低于注册资本的 20%，而本题股东首次出资仅为 110 万元，未达到 20% 的限额，故不符合法律的规定。

公司出资人的货币出资符合法律规定。根据公司法，全体股东的货币出资金额不得低于有限责任公司注册资本的 30%，本题中 3 位股东的货币出资金额共 340 万元，已超过了 30% 的最低限额。

甲以计算机软件出资符合法律规定。根据公司法，股东可以以知识产权进行出资，而计算机软件属于著作权。

乙以特许经营权出资不符合法律的规定。根据公司法，股东不得以劳务、信用、商誉、特许使用权出资。

甲和乙分期缴纳出资的时间均符合法律规定，而丙分期缴纳出资的时间不符合法律规定。根据公司法，股东分期缴纳出资的，其余部分股款应自公司成立之日起 2 年内缴足。甲、乙的股款都在两年内缴足，而丙则拖到了第 3 年。

（2）公司法定代表人由经理担任符合公司法规定。根据公司法，公司法定代表人依照公司章程的规定，由董事长，执行董事或者经理担任。

公司章程规定的出资各方在股东会上行使表决权的比例符合法律规定。根据公司法，有限责任公司股东会会议由股东按照出资比例行使表决权，但公司章程另有规定的除外。故有限责任公司章程可对股东在股东会上行使表决权的比例作出规定。

（3）公司章程规定增加注册资本时不按照出资比例优先认缴出资符合法律规定。根据公司法，有限责任公司新增资本时，股东有权优先按照实缴的出资比例认缴出资，但全体股东可以事先约定不按照出资比例优先认缴出资。

公司章程规定的出资各方分红比例符合法律规定。根据公司法，有限责任公司股东按照实缴出资比例分取红利，但是全体股东可以事先约定不按照出资比例分红。

2. ［2004 年单项选择题第 5 题］根据公司法律制度的规定，下列有关有限责任公司股东出资的表述中，正确的是（　　）。

A. 经全体股东同意，股东可以用劳务出资

B. 不按规定缴纳所认缴出资的股东，应对已足额缴纳出资的股东承担违约责任

C. 股东在认缴出资并经法定验资机构验资后，不得抽回出资

D. 股东向股东以外的人转让出资，须经全体股东 2/3 以上同意

【答案】B

【解析】法律规定，有限责任公司股东不能用劳务出资；不按规定缴纳所认缴出资的股东，应对已足额缴纳出资的股东承担违约责任；股东在营业执照颁发后，不得抽回出资；股东向股东以外的人转让出资，须经其他股东过半数同意。

3. ［单项选择题］甲、乙、丙于 2000 年 3 月出资设立东方医疗器械有限责任公司。2003 年 10 月，该公司又吸收丁入股。2006 年 12 月，该公司因经营不善造成严重亏损，负大巨额债务，被依法宣告破产。人民法院在清算中查明：甲在公司设立时作为出资的房产，其实际价额明显低于公司章程所定价额；甲的个人财产不足以抵偿其应出资额与实际出资额的差额。按照我国《公司法》的规定，对甲不足出资的行为，正确的处理方法是（　　）。

A. 甲以个人财产补交其差额，不足部分由乙、丙、丁补足

B. 甲以个人财产补交其差额，不足部分由乙、丙补足

C. 甲以个人财产补交其差额，不足部分待有财产时再补足

D. 甲、乙、丙、丁均不承担补交该差额的责任

【答案】B

【解析】根据规定，有限责任公司成立后，发现作为出资的实物、知识产权、土地使用权的实际价额显著低于公司章程所定价额的，应当由交付该出资的股东补交其差额，公司设立时的其他股东对其承担连带责任。本题丁并非公司设立时的股东，因此，丁是不需要为此承担责任的，应由乙和丙承担补足的连带责任

4. ［判断题］公司法的出资制度规定，公司在缴纳一定资本后，其余资本应当在 2 年内缴纳。

（　　）

【答案】×

【解析】《公司法》规定，投资类公司可以在 5 年内缴纳全部出资。

5.3.2 公司的组织机构（为了帮助考生记忆，本知识点包括有限责任公司和股份有限公司）

Ⅰ. 考点分析

1. 两种公司股东（大）会、董事会、经理和监事会职权的区别

	有限责任公司	股份有限公司
股东（大）会的职权	（1）决定公司的经营方针和投资计划； （2）选举和更换非由职工代表担任的董事、监事，决定有关董事、监事的报酬事项； （3）审议批准董事会或者执行董事的报告； （4）审议批准监事会或者监事的报告； （5）审议批准公司的年度财务预算方案、决算方案； （6）审议批准公司的利润分配方案和弥补亏损方案； （7）对公司增加或者减少注册资本作出决议； （8）对发行公司债券作出决议； （9）对公司合并、分立、解散、清算或者变更公司形式作出决议； （10）修改公司章程； （11）公司章程规定的其他职权。 有限公司股东对上述事项以书面形式一致表示同意的，可以不召开股东会议，直接作出决定，并由全体股东在决定文件上签名、盖章。	同有限责任公司
董事会的职权	（1）召集股东会会议，并向股东会报告工作； （2）执行股东会的决议； （3）决定公司的经营计划和投资方案； （4）制订公司的年度财务预算方案、决算方案； （5）制订公司的利润分配方案和弥补亏损方案； （6）制订公司增加或者减少注册资本以及发行公司债券的方案； （7）制订公司合并、分立、解散或者变更公司形式的方案； （8）决定公司内部管理机构的设置； （9）决定聘任或者解聘公司经理及其报酬事项，并根据经理的提名决定聘任或者解聘公司副经理、财务负责人及其报酬事项； （10）制定公司的基本管理制度； （11）公司章程规定的其他职权。	同有限责任公司

续表

	有限责任公司	股份有限公司
经理的职权	（1）主持公司的生产经营管理工作，组织实施董事会决议； （2）组织实施公司年度经营计划和投资方案； （3）拟订公司内部管理机构设置方案； （4）拟订公司的基本管理制度； （5）制定公司的具体规章； （6）提请聘任或者解聘公司副经理、财务负责人； （7）决定聘任或者解聘除应由董事会决定聘任或者解聘以外的负责管理人员； （8）董事会授予的其他职权。	同有限责任公司
监事会的职权	（1）检查公司财务； （2）对董事、高级管理人员执行公司职务的行为进行监督，对违反法律、行政法规、公司章程或者股东会决议的董事、高级管理人员提出罢免的建议； （3）当董事、高级管理人员的行为损害公司的利益时，要求董事、高级管理人员予以纠正； （4）提议召开临时股东会会议，在董事会不履行本法规定的召集和主持股东会会议职责时召集和主持股东会会议； （5）向股东会会议提出提案； （6）依照公司法规定，对董事、高级管理人员提起诉讼； （7）公司章程规定的其他职权。	同有限责任公司

2. 两种公司股东（大）会、董事会、监事会 的性质及议事规则

公司类型		议事规则			
		临时会议提议	开会要求	一般决议	特殊决议
股东（大）会（权力机构）	有限责任公司	（1）1/10以上表决权股东；（2）1/3以上董事；（3）监事会或监事。	15天以前通知全体股东，章程另有规定或股东另有约定的除外。	由公司章程规定。	增、减资本，合并、分立，解散，变更形式，修改章程，代表2/3以上表决权的股东。
	股份有限公司	（1）董事人数不足法定人数或章程规定的2/3；（2）未弥补亏损达1/3；（3）10%以上股份股东请求；（4）董事会提议；（5）监事会提议；（6）公司章程规定的其他情形。2个月内召开临时会议。	（1）召开股东大会会议，应当将会议召开的时间、地点和审议的事项于会议召开20日前通知各股东。（2）临时股东大会应当于会议召开15日前通知各股东；发行无记名股票的，应当于会议召开30日前公告会议召开的时间、地点和审议事项。（3）单独或者合计持有公司3%以上股份的股东，可以在股东大会召开10日前提出临时提案并书面提交董事会；董事会应当在收到提案后2日内通知其他股东，并将该临时提案提交股东大会审议。	出席会议的股东所持表决权过半数。	（1）修改公司章程、增加或者减少注册资本，公司合并、分立、解散，变更公司形式，出席会议的股东所持表决权的2/3以上。（2）上市公司在一年内购买、出售重大资产或者担保金额超过公司资产总额30%的，应当由股东大会作出决议，并经出席会议的股东所持表决权的2/3以上通过。（3）选举董事、监事，可以依照公司章程的规定或者股东大会的决议，实行累计投票制。

续表

公司类型		议事规则			
		临时会议提议	开会要求	一般决议	特殊决议
董事会（执行机构、权力机构、行使部分职权）	有限责任公司		10 天前通知董事	章程规定	
	股份有限公司	代表 1/10 以上表决权的股东、1/3 以上董事或者监事会，可以提议召开董事会临时会议。董事长应当自接到提议后 10 日内，召集和主持董事会会议。	（1）每年至少两次；（2）10 天前通知董事和监事；（3）过半数董事出席。	全体董事过半数通过。	
监事会（监督机构）	有限责任公司	（1）成员不得少于 3 人。股东人数较少或者规模较小的有限责任公司，可以设 1～2 名监事，不设监事会。 （2）应当包括股东代表和适当比例的公司职工代表，其中职工代表的比例不得低于 1/3，具体比例由公司章程规定。监事会中的职工代表由公司职工通过职工代表大会、职工大会或者其他形式民主选举产生。 （3）设主席 1 人，由全体监事过半数选举产生。监事会主席召集和主持监事会会议；监事会主席不能履行职务或者不履行职务的，由半数以上监事共同推举一名监事召集和主持监事会会议。 （4）董事、高级管理人员不得兼任监事。 （5）监事的任期每届为 3 年。监事任期届满，连选可以连任。 （6）监事会、不设监事会的公司的监事发现公司经营情况异常，可以进行调查；必要时，可以聘请会计师事务所等协助其工作，费用由公司承担。 监事会每年度至少召开 1 次会议，监事可以提议召开临时监事会会议。 （7）议事方式和表决程序，除法律有规定的外，由公司章程规定。 （8）决议应当经半数以上监事通过。 （9）监事会、不设监事会的公司的监事行使职权所必需的费用，由公司承担。			
	股份有限公司	（1）同有限责任公司； （2）每 6 个月至少召开 1 次会议。监事可以提议召开临时监事会会议。			

注：（1）董事会在有股东会的公司里是执行机构；在没有股东会的公司里为权力机构（如中外合资企业）；在国有独资公司，董事会行使股东会的部分职权。

（2）有限责任公司股东会由董事会召集，董事长主持；董事长不能履行职务或者不履行职务的，由副董事长主持；副董事长不能履行职务或者不履行职务的，由半数以上董事共同推举 1 名董事主持。公司不设董事会的，股东会会议由执行董事召集和主持。董事会或者执行董事不能履行或者不履行召集股东会会议职责的，由监事会或者不设监事会的公司的监事召集和主持；监事会或者监事不召集和主持的，代表 1/10 以上表决权的股东可以自行召集和主持。

（3）股份有限公司股东大会由董事会召集，董事长主持；董事长不能履行职务或者不履行职务的，由副董事长主持；副董事长不能履行职务或者不履行职务的，由半数以上董事共同推举 1 名董事主持。董事会不能履行或者不履行召集股东大会会议职责的，监事会应当及时召集和主持；监事会不召集和主持的，连续 90 日以上单独或者合计持有公司 10% 以上股份的股东可以自行召集和主持。

（4）两种公司的董事会会议都由董事长召集和主持；董事长不能履行职务或者不履行职务的，由副董事长召集和主持；副董事长不能履行职务或者不履行职务的，由半数以上董事共同推举 1 名董事召集和主持。

（5）两种公司的监事会主席召集和主持监事会会议；监事会主席不能履行职务或者不履行职务的，由半数以上监事共同推举一名监事召集和主持监事会会议。

（6）有限公司的股东会记录由出席会议的股东签名；股份有限公司股东大会的会议记录由主持人、出席会议的董事（非股东）签名。

《公司法》最难掌握的问题之一是两种公司的组织机构，因为内容比较琐碎，所以难以准确掌握。考生在复习此问题时，应大量运用比较的方法，着重掌握股份有限公司，尤其是上市公司的有关规定，因为这是考试中很常见的内容。如以下综题：某股份有限公司（本题以下称"股份公司"）是一家于 2000 年 8 月在上海证券交易所上市的上市公司。该公司董事会于 2001 年 3 月 28 日召开会议，该次会议召开的情况及讨论的有关问题如下：

（1）股份公司董事会由 7 名董事组成。出席该次会议的董事有董事 A、董事 B、董事 C、董事

D；董事 E 因出国考察不能出席会议；董事 F 因参加人民代表大会不能出席会议，电话委托董事 A 代为出席并表决；董事 G 因病不能出席会议，委托董事会秘书 H 代为出席并表决。

(2) 出席本次董事会会议的董事讨论并一致作出决定，于 2001 年 7 月 8 日举行股份公司 2000 年度股东大会年会，除例行提交有关事项由该次股东大会年会审议通过外，还将就下列事项提交该次会议以普通决议审议通过，即：增加 2 名独立董事；股份公司与本公司市场部的项目经理李某签订一份将公司的一项重要业务委托李某负责管理的合同。

(3) 根据总经理的提名，出席本次董事会会议的董事讨论并一致同意，聘任张某为公司财务负责人，并决定给张某年薪 10 万元；董事会会议讨论通过了公司内部机构设置的方案，表决时，除董事 B 反对外，其他均表示同意。

(4) 该次董事会记录，由出席董事会会议的全体董事和列席会议的监事签名后存档。

【要求】

(1) 根据本题要点 (1) 所提示的内容，出席该次董事会会议的董事人数是否符合规定？董事 F 和董事 G 委托他人出席该次董事会会议是否有效？并分别说明理由。

(2) 指出本题要点 (2) 中不符合有关规定之处，并说明理由。

(3) 根据本题要点 (3) 所提示的内容，董事会通过的两项决议是否符合规定？并分别说明理由。

(4) 指出本题要点 (4) 的不规范之处，并说明理由。

【答案及解析】

(1) 出席该次董事会会议的董事人数符合规定，因为公司法规定股份有限公司的董事会只要过半数的董事出席就可举行；董事因故不能参加董事会的，可以书面委托其他董事代为出席，本案中董事 F 未采用书面形式、董事 G 委托的不是董事，故他们的委托都无效。

(2) ①上市公司的股东大会年会应在上一个会计年度结束后 6 个月之内举行；②公司与董事、经理和其他高级管理人员以外的人订立将公司重要业务交予其管理的合同，必须经股东大会特别决议批准。

(3) 董事会通过的第一项决议符合规定；第二项决议不符合规定，因为上市公司的董事会虽有权就以上事项作出决议，但须经全体董事的过半数同意。本案董事 B 不同意，董事 F、G 的委托无效，所以 7 名董事中只有 3 名同意，决议无效。

(4) 董事会记录，应由出席会议的全体董事在记录上签名，无须列席会议的监事签字。

【要点提示】①着重掌握股份有限公司，尤其是上市公司的组织机构的有关规定，因为这是考试中经常出现的内容。②特别注意相关链接中几种企业特别决议的归纳比较。

Ⅱ. 经典例题

1. [2006 年单项选择题第 5 题] 根据《公司法》的规定，下列有关公司组织机构的表述中，正确的是 ( )。

A. 股东人数较少或者规模较小的有限责任公司可以不设监事会，也可以不设监事

B. 一人有限责任公司不设股东会

C. 国有独资公司的董事长由董事会以全体董事的过半数选举产生

D. 股份有限公司的董事会成员应当有公司职工代表

【答案】 B

【解析】 有限责任公司设立监事会，其成员不得少于 3 人。股东人数较少或者规模较小的有限责任公司，可以设 1～2 名监事，不设立监事会。国有独资公司的董事会设董事长 1 人，可以设副董事长。董事长、副董事长由国有资产监督管理机构从董事会成员中指定。股份有限公司设董事会，其成员为 5～19 人。董事会成员中可以有公司职工代表。董事会中的职工代表由公司职工通过职工代表大会、职工大会或者其他形式民主选举产生。

2. [2005 年多项选择题第 5 题] 根据有关规定，下列选项中，属于上市公司股东大会职权的有 ( )。

A. 对公司聘用、解聘会计师事务所作出决议

B. 对股东以其持有的该上市公司股权偿还其所欠该公司的债务作出决议

C. 决定公司的经营计划和投资方案

D. 决定修改公司章程

【答案】 A B D

【解析】 公司的经营计划和投资方案由董事会决定，不属于股东大会的职权。

3. [2004 年判断题第 4 题] 某股份有限公司的未弥补亏损达到了公司股本总额的 40%，该公司应当在 2 个月内召开临时股东大会。 ( )

【答案】 √

【解析】 法律规定，股份有限公司未弥补亏损达到公司股本总额 1/3 时，应当在 2 个月内召开临时股东大会。

4. [2003 年多项选择题第 8 题] 根据公司法律制度的规定，有限责任公司股东会作出的下列决议中，必须经代表 2/3 以上表决权的股东通过的有 ( )。

A. 对股东转让出资作出决议

B. 对发行公司债券作出决议

C. 对变更公司形式作出决议

D. 对修改公司章程作出决议

【答案】C D

【解析】《公司法》规定，有限责任公司增、减注册资本，合并、分立、解散、清算、变更形式、修改章程等决议为特殊决议，必须经代表 2/3 以上表决权的股东通过。

5. [2002 年多项选择题第 5 题] 某上市公司召开董事会会议，下列选项中，符合有关规定的有（　　）。

A. 董事长因故不能出席会议，会议由董事长指定的副董事长甲主持

B. 通过了有关公司董事报酬的决议

C. 通过了免除乙的经理职务，聘任副董事长甲担任经理的决议

D. 会议记录由主持人甲和记录员丙签名后存档

【答案】A C

【解析】董事的报酬应当由股东大会决定。董事会会记录应当由出席会议的董事和记录员签名。

6. [2002 年多项选择题第 6 题] 根据公司法律制度的规定，下列选项中，属于上市公司监事会行使的职权有（　　）。

A. 检查公司财务

B. 提议召开临时股东大会

C. 提名独立董事候选人

D. 决定公司内部管理机构的设置

【答案】A B C

【解析】D 项属于董事会的职权。

7. [2001 年多项选择题第 3 题] 根据《中华人民共和国公司法》及有关规定，下列选项中，属于上市公司董事会职权的有（　　）。

A. 拟订公司重大收购、回购本公司股票方案

B. 对公司增加注册资本作出决议

C. 制订公司的年度财务预算方案、决算方案

D. 管理公司信息披露事项

【答案】A C D

【解析】B 项为股东大会的职权。董事会只有权拟订公司增加注册资本的方案，无权就此作出决议。

Ⅲ. 相关链接

几种企业特别决议的归纳比较（以两种公司为基础）：

有限责任（股份有限）公司（2/3 以上股权、出席会议的 2/3 以上股权）	国有独资公司（国有资产管理部门）	上市公司（出席会议的 2/3 以上股权）	中外合资企业（出席会议的全体董事）	中外合作企业（出席会议的全体董事）
增、减资本、合并、分立、解散、变更形式、修改章程	多发行债券；少变更形式	多一年内购买、出售重大资产或者担保金额超过公司资产总额 30%；多转债转股价格向下修正的修正方案	少变更形式	少变更形式；多资产抵押

5.3.3 一人有限责任公司

Ⅰ. 考点分析

一人有限责任公司是指只有一个自然人股东或者一个法人股东的有限责任公司。

一人有限责任公司的注册资本最低限额为人民币 10 万元。股东应当一次足额缴纳公司章程规定的出资额。

一个自然人只能投资设立一个一人有限责任公司。该一人有限责任公司不能投资设立新的一人有限责任公司。

一人有限责任公司应当在公司登记中注明自然人独资或者法人独资，并在公司营业执照中载明。

一人有限责任公司章程由股东制定。

一人有限责任公司不设股东会。股东行使相应职权时，应当采用书面形式，并由股东签名后置备于公司。

一人有限责任公司应当在每一会计年度终了时编制财务会计报告，并经会计师事务所审计。

一人有限责任公司的股东不能证明公司财产独立于股东自己的财产的，应当对公司债务承担连带责任。

【要点提示】掌握一人有限责任公司与其他有限责任公司不同的法律规定。

Ⅱ. 经典例题

1. [2006 年多项选择题第 5 题] 根据《公司法》的规定，下列选项中，属于一人有限责任公司与其他有限责任公司不同之处的有（　　）。

A. 关于注册资本最低限额的规定

B. 关于股东出资可否分期缴付的规定

C. 关于年终财务报告是否须经会计师事务所审计的规定

D. 关于股东是否承担有限责任的规定

【答案】A B

【解析】有限责任公司的注册资本为在公司登记机关登记的全体股东认缴的出资额。公司全体股东的首次出资不得低于注册资本的 20%，也不得低于法定的注册资本最低限额，其余部分由股东自公司成立之日起 2 年内缴足；其中，投资公司可以在 5 年内缴足。有限责任公司注册资本的最低限额为人民币 3 万元。法律、行政法规对有限责任公司注册资本的最低限额有较高规定的，从其

规定。一人有限责任公司的注册资本最低限额为人民币 10 万元。股东应当一次足额缴纳公司章程规定的出资额。

2. [2006年判断题第4题] 一个自然人只能投资设立一个一人有限责任公司，且该一人有限责任公司不能投资设立新的一人有限责任公司。（　　）

【答案】√

【解析】一个自然人只能投资设立一个一人有限责任公司，且该一人有限责任公司不能投资设立新的一人有限责任公司。

3. [单项选择题] 甲公司欲投资设立一个一人有限责任公司，根据《公司法》规定，其注册资本最低为（　　）。

A. 3 万元　　　　B. 10 万元
C. 15 万元　　　D. 根据公司性质决定

【答案】B

【解析】本题考核一人有限责任公司注册资本的最低限额。根据《公司法》规定，一人有限责任公司的注册资本最低限额为 10 万元。

5.3.4 国有独资公司

Ⅰ.考点分析

国有独资公司，是指国家单独出资、由国务院或者地方人民政府授权本级人民政府国有资产监督管理机构履行出资人职责的有限责任公司。

国有独资公司章程由国有资产监督管理机构制定，或者由董事会制定报国有资产监督管理机构批准。

国有独资公司不设股东会，由国有资产监督管理机构行使股东会职权。国有资产监督管理机构可以授权公司董事会行使股东会的部分职权，决定公司的重大事项，但公司的合并、分立、解散、增加或者减少注册资本和发行公司债券，必须由国有资产监督管理机构决定；其中，重要的国有独资公司合并、分立、解散、申请破产的，应当由国有资产监督管理机构审核后，报本级人民政府批准。

国有独资公司设董事会，每届任期不得超过3年。董事会成员中应当有公司职工代表。董事会成员由国有资产监督管理机构委派；但是，董事会成员中的职工代表由公司职工代表大会选举产生。董事会设董事长一人，可以设副董事长。董事长、副董事长由国有资产监督管理机构从董事会成员中指定。

国有独资公司设经理，由董事会聘任或者解聘。经国有资产监督管理机构同意，董事会成员可以兼任经理。

国有独资公司的董事长、副董事长、董事、高级管理人员，未经国有资产监督管理机构同意，不得在其他有限责任公司、股份有限公司或者其他经济组织兼职。

国有独资公司监事会成员不得少于5人，其中职工代表的比例不得低于1/3，具体比例由公司章程规定。监事会成员由国有资产监督管理机构委派；但是，监事会成员中的职工代表由公司职工代表大会选举产生。监事会主席由国有资产监督管理机构从监事会成员中指定。监事会的职权包括：检查公司财务；对董事、高级管理人员执行公司职务的行为进行监督，对违反法律、行政法规、公司章程或者股东会决议的董事、高级管理人员提出罢免的建议；当董事、高级管理人员的行为损害公司的利益时，要求董事、高级管理人员予以纠正；以及国务院规定的其他职权。

【要点提示】掌握国有独资公司与其他有限责任公司不同的法律规定。

Ⅱ.经典例题

1. [2005年单项选择题第4题] 根据《公司法》的规定，国有独资公司董事长的产生方式是（　　）。

A. 由董事会选举
B. 由监事会选举
C. 由国家授权投资的机构或部门指定
D. 由公司职工代表大会选举

【答案】C

【解析】法律规定，国有独资公司的董事长、副董事长、董事，由国有资产监督管理机构任免。

2. [单项选择题] 下列关于国有独资公司组织机构的表述中，符合《公司法》规定的是（　　）。

A. 国有独资公司不设股东会
B. 国有独资公司必须设1名董事长和1名副董事长
C. 国有独资公司董事长由董事会选举产生
D. 国有独资公司监事由董事长任命

【答案】A

【解析】《公司法》对国有独资公司组织机构的规定为：（1）国有独资公司是一人公司，不设股东会；（2）国有独资公司设董事长1人，可以设副董事长；（3）董事长由国有资产监督管理机构从董事会成员中指定；（4）国有独资公司的监事会成员由国有资产监督管理机构委派。

3. [多项选择题] 下列各项中，应由国有独资公司董事会作出决议的是（　　）。

A. 发行公司债券
B. 与另一国有独资公司合并
C. 审议批准公司的利润分配方案
D. 决定公司内部管理机构的设置

【答案】CD

【解析】国有独资公司有关合并、分立、解散、增加或减少注册资本和发行公司债券，必须由国有资产监督管理机构决定。

5.3.5 有限责任公司的股权转让

Ⅰ.考点分析

有限责任公司的股东之间可以相互转让其全

部或者部分股权。

股东向股东以外的人转让股权，应当经其他股东过半数同意。股东应就其股权转让事项书面通知其他股东征求同意，其他股东自接到书面通知之日起满 30 日未答复的，视为同意转让。其他股东半数以上不同意转让的，不同意的股东应当购买该转让的股权；不购买的，视为同意转让。

经股东同意转让的股权，在同等条件下，其他股东有优先购买权。两个以上股东主张行使优先购买权的，协商确定各自的购买比例；协商不成的，按照转让时各自的出资比例行使优先购买权。

公司章程对股权转让另有规定的，从其规定。

人民法院依照法律规定的强制执行程序转让股东的股权时，应当通知公司及全体股东，其他股东在同等条件下有优先购买权。其他股东自人民法院通知之日起满 20 日不行使优先购买权的，视为放弃优先购买权。

有下列情形之一的，对股东会该项决议投反对票的股东可以请求公司按照合理的价格收购其股权：

（1）公司连续 5 年不向股东分配利润，而公司该 5 年连续盈利，并且符合公司法规定的分配利润条件的；

（2）公司合并、分立、转让主要财产的；

（3）公司章程规定的营业期限届满或者章程规定的其他解散事由出现，股东会会议通过决议修改章程使公司存续的。

自股东会会议决议通过之日起 60 日内，股东与公司不能达成股权收购协议的，股东可以自股东会会议决议通过之日起 90 日内向人民法院提起诉讼。

【要点提示】 新《公司法》在此部分作出了一系列新规定：①股东向股东以外的人转让股权，不需经股东会讨论了，书面征求意见，但应当经其他股东过半数同意。②人民法院依照法律规定的强制执行程序转让股东的股权时，应当通知公司及全体股东，其他股东在同等条件下有优先购买权。其他股东自人民法院通知之日起满 20 日不行使优先购买权的，视为放弃优先购买权。③股东享有股权回购请求权。新增加的内容往往是考查的重点，考生应当特别注意。

Ⅱ. 经典例题

1. ［2006 年单项选择题第 6 题］根据《公司法》的规定，有限责任公司的股东转让股权后，公司无须办理的事项是（　）。

　A. 注销原股东的出资证明书

　B. 向新股东签发出资证明书

　C. 召开股东会作出修改章程中有关股东及其出资额记载的决议

　D. 申请变更工商登记

【答案】 C

【解析】《公司法》规定，有限责任公司的股东之间可以相互转让其全部或者部分股权。股东向股东以外的人转让股权，应当经其他股东过半数同意。股东应就其股权转让事项书面通知其他股东征求同意，其他股东自接到书面通知之日起满 30 日未答复的，视为同意转让。其他股东半数以上不同意转让的，不同意的股东应当购买该转让的股权；不购买的，视为同意转让。经股东同意转让的股权，在同等条件下，其他股东有优先购买权。两个以上股东主张行使优先购买权的，协商确定各自的购买比例；协商不成的，按照转让时各自的出资比例行使优先购买权。公司章程对股权转让另有规定的，从其规定。人民法院依照法律规定的强制执行程序转让股东的股权时，应当通知公司及全体股东，其他股东在同等条件下有优先购买权。其他股东自人民法院通知之日起满 20 日不行使优先购买权的，视为放弃优先购买权。股东转让股权后，公司应当注销原股东的出资证明书，向新股东签发出资证明书，并相应修改公司章程和股东名册中有关股东及其出资额的记载。对公司章程的该项修改不需再由股东会表决。

2. ［2005 年综合题第 2 题］2005 年 2 月，甲国有企业（下称甲企业）发布了拟转让其持有的乙有限责任公司的全部国有股权的产权转让公告，该公告公布的乙公司截止到 2004 年 12 月 31 日经审计的有关财务资料显示：注册资本总额 5 000 万元，其中甲企业持有 4 000 万元出资，丙公司持有 1 000 万元出资额；净资产 9 500 万元（账面净值）。丁公司是一家 A 股上市公司，有意收购甲企业转让的全部出资。从 2005 年 3 月至同年 6 月，相关各方为实施该收购事宜进行的相关工作如下：

（1）2005 年 3 月，丁公司向甲企业提出了收购乙公司出资额的有关意向：丁公司拟按每 1 元出资额 2.8 元的价格受让甲企业持有的乙公司的全部出资额；丁公司愿意向甲企业支付 500 万元定金，作为订立股权转让合同的担保。

（2）甲企业经产权交易机构委托，对意向收购方进行登记管理，在对包括丁公司在内的 5 家意向收购方进行登记后，将相关资料交付给产权交易机构进行资格审查。4 月 22 日，产权交易机构在对意向收购方进行资格审查后，发现只有丁公司 1 家符合条件，即通知甲企业与丁公司可以以协议方式转让其持有的乙公司出资额。

（3）4 月 28 日，乙公司召开股东会，讨论甲企业拟转让持有的乙公司的出资额的事宜。丙公司提出：自己愿意以每 1 元出资额 2 元的价格受让甲企业拟转让的出资额；作为乙公司的股东之一，对甲企业拟转让的出资额有优先购买权，如果甲企业不同意按照该价格转让其出资额，丙公司将会反对甲企业的本次转让行为。甲企业不同意丙公司提出的受让条件。

（4）5月8日，丁公司董事会就收购甲企业持有的乙公司出资额事宜发布了于6月12日召开临时股东大会的公告，该公告说明该次收购行为构成重大资产重组。6月12日，丁公司的5名非流通股股东全部派代表出席该次会议，合计持有65%股份；150名社会公众股股东亲自或委托代理人出席了该次会议，合计持有20%股份。出席该次会议的非流通股股东全部投了赞成票；出席该次会议的社会公众股股东或股东代表中，投赞成票的占出席本次会议社会公众股股东所持股份总额的35%，投反对票的占出席本次会议社会公众股股东所持股份总额的65%。

【要求】根据本题所述内容，分别回答下列问题：

（1）如果甲企业与丁公司签订了书面定金协议，丁公司向甲企业交付了定金后，丁公司股东大会未批准该收购事项，丁公司是否有权要求甲企业返还定金？并说明理由。

（2）甲企业受托对意向收购方进行登记管理是否符合有关规定？并说明理由。由产权交易机构对意向收购方进行资格审查是否符合有关规定？并说明理由。确定由甲企业以协议转让的方式转让所持乙公司出资额是否符合有关规定？并说明理由。

（3）丙公司提出的优先购买甲企业持有的乙公司出资额的条件是否成立？并说明理由。丙公司对甲企业转让出资额事项表示反对时，甲企业是否可以将出资额转让给丁公司？并说明理由。

（4）丁公司公告所安排的召开临时股东大会的时间是否符合规定？并说明理由。丁公司拟受让甲企业转让的出资额的事项是否获得了临时股东大会的批准？并说明理由。

【答案及解析】

（1）丁公司无权要求甲企业返还定金。根据规定，当事人约定以交付定金作为订立主合同担保的，给付定金的一方拒绝订立主合同的，无权要求返还定金。在本题中，当事人约定由丁公司向甲企业支付500万元定金，作为订立股权转让合同的担保，因此，丁公司股东大会未批准该收购事项，丁公司无权要求甲企业返还定金。

（2）①甲企业受托对意向收购方进行登记管理不符合规定。根据规定，对征集到的意向受让方由产权交易机构负责登记管理，产权交易机构不得将对意向受让方的登记管理委托转让方进行。在本题中，产权交易机构委托甲企业对意向收购方进行登记管理不符合规定。②由产权交易机构对意向收购方进行资格审查不符合规定。根据规定，产权交易机构要与转让方按照有关标准和要求对登记的意向受让方"共同"进行资格审查。在本题中，由产权交易机构"单方"对意向收购

方进行资格审查不符合规定。③确定由甲企业以协议转让的方式转让所持乙公司出资额符合规定。根据规定，经公开征集只产生一个受让方的，可以采取协议转让的方式。在本题中，由于只有丁公司1家符合条件，因此采取协议转让的方式符合规定。

（3）①丙公司提出的优先购买甲企业持有的乙公司出资额的条件不成立。根据规定，有限责任公司的股东向股东以外的人转让出资时，在同等条件下，其他股东对该出资有优先购买权。在本题中，股东丙公司的出价（2元）低于受让人丁公司的出价（2.8元），因此，丙公司提出的优先购买甲企业持有的乙公司出资额的条件不成立。②丙公司对甲企业转让出资额事项表示反对时，甲企业可以将出资额转让给丁公司。根据规定，有限责任公司的股东向股东以外的人转让出资时，不同意转让的股东应当购买该转让的出资，如果不购买该转让的出资，视为同意转让。在本题中，如果丙公司对甲企业转让出资额事项表示反对，又不能按照丁公司的同等价格购买，视为同意转让，因此，甲企业可以将出资额转让给丁公司。

（4）①丁公司公告所安排的召开临时股东大会的时间符合规定。根据规定，临时股东大会应当提前30日通知各股东。在本题中，丁公司董事会5月8日发布公告，于6月12日召开临时股东大会的时间符合规定（2006年教材已做调整，临时股东大会应当于会议召开15日前通知各股东，发行无记名股票的，提前30天）。②丁公司拟受让甲企业转让的出资额的事项未获得临时股东大会的批准。根据规定，上市公司重大资产重组，购买的资产总价较所购买资产经审计的账面净值，溢价达到或者超过20%的，须经全体股东大会表决通过，并经参加表决的社会公众股股东所持表决权的半数以上通过。在本题中，乙公司每1元出资额经审计的账面净值为1.9元（9 500÷5 000），丁公司的报价（2.8元）溢价达47.37%，因此该重大资产重组还须经参加表决的社会公众股股东所持表决权的半数以上通过，而在丁公司的临时股东大会中，投反对票的社会公众股股东高达65%。（该部分知识点在2006年教材中已删除）

3.［2003年单项选择题第4题］某有限责任公司的股东甲拟向公司股东以外的人W转让其出资。下列关于甲转让出资的表述中，符合公司法律制度规定的是（   ）。

A. 甲可以将其出资转让给W，无须经其他股东同意

B. 甲可以将其出资转让给W，但须通知其他股东

C. 甲可以将其出资转让给W，但须经其他股东的过半数同意

D. 甲可以将其出资转让给W，但须经全体股

东的 2/3 以上同意

【答案】C

【解析】《公司法》规定，有限责任公司股东可以对外转让出资，但必须经过其他股东的过半数同意。

4. ［2001 年单项选择题］1999 年 8 月，甲、乙、丙共同出资设立了 A 有限责任公司。2000 年 5 月，丙与丁达成协议，将其在 A 公司的出资全部转让给丁，甲、乙均不同意。下列解决方案中，不符合《中华人民共和国公司法》规定的是（ ）。

A. 由甲或乙购买丙的出资

B. 由甲和乙共同购买丙的出资

C. 如果甲、乙均不愿购买，丙无权将出资转让给丁

D. 如果甲、乙均不愿购买，丙有权将出资转让给丁

【答案】C

【解析】《公司法》规定，不同意转让出资的股东，应当购买该转让的出资；如果不购买，视为同意转让。所以如果甲、乙均不购买，视为同意丙对外转让。

5.4 股份有限公司的设立和组织机构

5.4.1 股份有限公司的设立条件

Ⅰ. 考点分析

1. 发起人符合法定人数。股份有限公司的发起人既可以是自然人，也可以是法人。设立股份有限公司的发起人应为 2～200 人，其中须有半数以上的发起人在中国境内有住所。

发起人的责任有：（1）在公司不能成立时，对债务和费用承担连带责任；（2）在公司不能成立时，对认股人已缴纳的股款，负返还并加算银行同期存款利息的连带责任；（3）对发起人的过失造成的公司损失承担赔偿责任。

2. 股本达到法定资本最低限额。公司注册资本为在公司登记机关登记的全体发起人认购的股本总额。股份有限公司注册资本的最低限额为人民币 500 万元。法律、行政法规对股份有限公司注册资本的最低限额有较高规定的，从其规定。公司全体发起人的首次出资额不得低于注册资本的 20％，其余部分由发起人自公司成立之日起 2 年内缴足；其中，投资公司可以在 5 年内缴足。在缴足前，不得向他人募集股份。

3. 股份发行、筹办事项符合法律规定

4. 发起人制定公司章程，采用募集方式设立的并经创立大会通过

5. 有公司名称及符合要求的组织机构

6. 有固定的生产经营场所和必要的生产经营条件

有限责任公司变更为股份有限公司时，折合的实收股本总额不得高于公司净资产额。

【要点提示】①新《公司法》对股份有限公司的设立程序上不再采取审批主义，而是采取准则主义，只要符合法律规定的条件，可以直接向登记机关申请设立登记，不再需要报行政主管机关批准。②在设立条件上，原来只能向社会公开募集股份，现在则新开了定向募集股份。

Ⅱ. 经典例题

1. ［单项选择题］根据《公司法》的规定，设立股份有限公司的，其发起人数应为（ ）。

A. 2 人以上 200 人以下

B. 2 人以上 100 人以下

C. 2 人以上

D. 2 人以上 50 人以下

【答案】A

【解析】本题考核股份有限公司的股东人数。根据新《公司法》规定，股份有限公司的发起人数为 2 人以上 200 人以下。

2. ［单项选择题］股份有限公司注册资本的最低限额为（ ）。

A. 人民币 500 万元　　B. 人民币 800 万元

C. 人民币 1 000 万元　D. 人民币 1 500 万元

【答案】A

【解析】重要的数字要准确记忆，股份有限公司注册资本的最低限额为人民币 500 万元。

5.4.2 股份有限公司的设立方式和创立大会

Ⅰ. 考点分析

股份有限公司的设立方式包括发起设立和募集设立。

以发起设立方式设立股份有限公司的，发起人应当书面认足公司章程规定其认购的股份；一次缴纳的，应即缴纳全部出资；分期缴纳的，应即缴纳首期出资。以非货币财产出资的，应当依法办理其财产权的转移手续。发起人不依照规定缴纳出资的，应当按照发起人协议承担违约责任。

以募集设立方式设立股份有限公司的，发起人认购的股份不得少于公司股份总数的 35％；但是，法律、行政法规另有规定的，从其规定。

股份有限公司召开创立大会的法律要求：（1）发起人应当自股款缴足之日起 30 日内主持召开公司创立大会。否则认股人可以按照所缴股款并加算银行同期存款利息，要求发起人返还。（2）发起人应当在创立大会召开 15 日前将会议日期通知各认股人或者予以公告。（3）创立大会应有代表股份总数过半数的发起人、认股人出席，方可举行。

股份有限公司创立大会的职权：（1）审议发起人关于公司筹办情况的报告；（2）通过公司章程；（3）选举董事会成员；（4）选举监事会成员；（5）对公司的设立费用进行审核；（6）对发起人用于抵作股款的财产的作价进行审核；（7）发生不可抗力或者经营条件发生重大变化直接影响公

司设立的，可以作出不设立公司的决议。创立大会对上述事项作出决议，必须经出席会议的认股人所持表决权过半数通过。

【要点提示】 ①重点记忆一下发起设立和募集设立的条件，特别关于出资方式不同所引起的交纳方式的不同，以及股份有限公司召开创立大会的法律要求。②发起人应当承担的责任：在公司不能成立时，对设立行为所产生的债务和费用负连带责任；在公司不能成立时，对认股人已交纳的股款，负返还股款并加算银行同期利息的连带责任；在设立过程中，由于发起人的过失使公司利益受到损害的，应对公司承担赔偿责任。

Ⅱ. 经典例题

1. [单项选择题] 以募集设立方式设立股份有限公司的，发起人认购的股份不得少于公司股份总数的（　　）。

　　A. 30%　　　　　　B. 35%

　　C. 40%　　　　　　D. 45%

【答案】B

【解析】以募集设立方式设立股份有限公司的，发起人认购的股份不得少于公司股份总数的35%；但是，法律、行政法规另有规定的，从其规定。

2. [单项选择题] 股份有限公司召开创立大会时，发起人应当自股款缴足之日起（　　）内主持召开公司创立大会。

　　A. 30 日　　　　　　B. 45 日

　　C. 60 日　　　　　　D. 90 日

【答案】A

【解析】发起人应当自股款缴足之日起 30 日内主持召开公司创立大会。

5.4.3 股份有限公司的组织机构

Ⅰ. 考点分析

1. 股东大会、董事会、监事会的性质和议事规则（见 4.3.2 公司的组织机构的表格）。

注意：（1）董事因故不能出席会议的，可以书面委托其他董事代为出席，委托书中应载明授权范围。

（2）董事会决议由出席会议的董事签名。

（3）董事会的决议违反法律、行政法规或者公司章程、股东大会决议，致使公司遭受严重损失的，参与决议的董事对公司负赔偿责任。但经证明在表决时曾表明异议并记载于会议记录的，该董事可以免除责任。

（4）公司不得直接或者通过子公司向董事、监事、高级管理人员提供借款。

（5）公司应当定期向股东披露董事、监事、高级管理人员从公司获得报酬的情况。

2. 上市公司设立独立董事，具体办法由国务院规定。

3. 上市公司董事与董事会会议决议事项所涉及的企业有关联关系的，不得对该项决议行使表决权，也不得代理其他董事行使表决权。该董事会会议由过半数的无关联关系董事出席即可举行，董事会会议所作决议须经无关联关系董事过半数通过。出席董事会的无关联关系董事人数不足 3 人的，应将该事项提交上市公司股东大会审议。

【要点提示】 ①股东大会分为年会与临时大会。股东大会每年召开一次。在六种情况下，应该在两个月内召开临时股东大会。②注意一下《公司法》对上市公司组织活动与活动原则的特别规定，主要有以下几项：一是增加了股东大会特别决议事项；二是设立独立董事和董事会秘书；三是增设关联关系董事的表决权排除制度。

Ⅱ. 经典例题

1. [单项选择题] 某股份有限公司章程确定的董事会成员为 9 人，但截止到 2006 年 9 月 30 日时，该公司董事会成员因种种变故，实际为 5 人，下列说法正确的是（　　）。

　　A. 该公司应当在 2006 年 11 月 30 日前召开临时股东大会

　　B. 该公司应当在 2006 年 10 月 30 日前召开临时股东大会

　　C. 该公司董事会人数不符合《公司法》规定

　　D. 由于该公司董事会成员没有少于《公司法》所规定的人数，因此该公司可以不召开临时股东大会

【答案】A

【解析】本题有两个考核点：一个是股份有限公司董事会人数的要求；另一个是临时股东大会召开的要求。该公司董事会人数虽然符合 5～19 人的要求，但是董事人数已不足该公司章程所定人数的 2/3，应当召开临时股东大会，但应当在该情形发生之日起 2 个月内召开，即 2006 年 11 月 30 日前。

2. [多项选择题] 某股份有限公司的董事会由 11 人组成，其中董事长 1 人，副董事长 2 人。该董事会某次会议发生的下列行为不符合《公司法》规定的有（　　）。

　　A. 因董事长李某不能出席会议，董事长指定一位副董事长孙某主持该次会议

　　B. 通过了增加公司注册资本的决议

　　C. 通过了解聘公司现任经理，由副董事长孙某兼任经理并给予年薪 20 万元的决议

　　D. 会议所有决议事项载入会议记录后，由主持会议的副董事长孙某和记录员张某签名存档

【答案】BD

【解析】本题考核股份有限公司董事会制度。（1）股份有限公司董事会由董事长召集主持，董事长因特殊原因不能主持时，由董事长指定副董事长召集主持。（2）增加公司注册资本应由股东

大会作出决议，董事会无此职权。（3）聘任或解聘公司经理，并决定其报酬事项，属于董事会的职权。而且董事是可以兼任经理的。（4）董事会会议记录应由出席会议的董事签名。

5.5　股份有限公司的股份发行和转让

5.5.1　股份有限公司的股份发行

Ⅰ．考点分析

股份的发行，实行公平、公正的原则，同种类的每一股份应当具有同等权利。同次发行的同种类股票，每股的发行条件和价格应当相同；任何单位或者个人所认购的股份，每股应当支付相同价额。

股票发行价格可以按票面金额，也可以超过票面金额，但不得低于票面金额。

公司发行的股票，可以为记名股票，也可以为无记名股票。公司向发起人、法人发行的股票，应当为记名股票，并应当记载该发起人、法人的名称或者姓名，不得另立户名或者以代表人姓名记名。

股份有限公司成立后，即向股东正式交付股票。公司成立前不得向股东交付股票。

【要点提示】①同次发行的同种类股票，每股的发行条件和价格应当相同。②股票发行价格不得低于票面金额。③掌握发行记名股票的几种情况。

Ⅱ．经典例题

1．［判断题］股份有限公司的股票发行价格可以按票面金额，也可以超过票面金额，也可以低于票面金额。　　　　　　　（　）

【答案】×

【解析】不可以低于票面金额发行股票。

2．［判断题］公司向发起人、法人发行的股票，既可以是记名股票，也可以是无记名股票。（　）

【答案】×

【解析】公司向发起人、法人发行的股票，应当为记名股票，并应当记载该发起人、法人的名称或者姓名，不得另立户名或者以代表人姓名记名。

5.5.2　股份有限公司的股份转让

Ⅰ．考点分析

1．股东转让其股份，应当在依法设立的证券交易场所进行或者按照国务院规定的其他方式进行。

2．记名股票，由股东以背书方式或者法律、行政法规规定的其他方式转让；转让后由公司将受让人的姓名或者名称及住所记载于股东名册。股东大会召开前 20 日内或者公司决定分配股利的基准日前 5 日内，不得进行股东名册的变更登记。但是，法律对上市公司股东名册变更登记另有规定的，从其规定。

3．无记名股票的转让，由股东将该股票交付给受让人后即发生转让的效力。

4．发起人持有的本公司股份，自公司成立之日起一年内不得转让。公司公开发行股份前已发行的股份，自公司股票在证券交易所上市交易之日起一年内不得转让。

5．公司董事、监事、高级管理人员应当向公司申报所持有的本公司的股份及其变动情况，在任职期间每年转让的股份不得超过其所持有本公司股份总数的 25%；所持本公司股份自公司股票上市交易之日起 1 年内不得转让。上述人员离职后半年内，不得转让其所持有的本公司股份。公司章程可以对公司董事、监事、高级管理人员转让其所持有的本公司股份作出其他限制性规定。

6．公司不得收购本公司股份。但是，有下列情形之一的除外：

（1）减少公司注册资本；

（2）与持有本公司股份的其他公司合并；

（3）将股份奖励给本公司职工；

（4）股东因对股东大会作出的公司合并、分立决议持异议，要求公司收购其股份的。

公司因前款第（1）项至第（3）项的原因收购本公司股份的，应当经股东大会决议。公司依照前款规定收购本公司股份后，属于第（1）项情形的，应当自收购之日起 10 日内注销；属于第（2）项、第（4）项情形的，应当在 6 个月内转让或者注销。公司依照第（3）项规定收购的本公司股份，不得超过本公司已发行股份总额的 5%；用于收购的资金应当从公司的税后利润中支出；所收购的股份应当在一年内转让给职工。

公司不得接受本公司的股票作为质押权的标的。

【要点提示】①股份有限公司的股份以自由转让为原则，以法律限制为例外。《公司法》修订以后，从各方面放宽了对股份转让的法律限制，股东持有的股份可以依法转让。②注意一下新《公司法》对发起人、公司董事、监事、高级管理人员转让股份问题的新规定。③注意新《公司法》对股份有限公司收购股份的规定。

Ⅱ．经典例题

1．［2007 年单项选择题第 3 题］根据《公司法》的规定，下列有关股份有限公司股份转让限制的表述中，错误的是（　）。

A．公司发起人持有的本公司股份自公司成立之日起 1 年内不得转让

B．公司高级管理人员离职后 1 年内不得转让其所持有的本公司股份

C．公司监事所持本公司股份自公司股票上市交易之日起 1 年内不得转让

D．公司董事在任职期间每年转让的股份不得超过其所持有本公司股份总数的 25%

【答案】B

【解析】本题考核股份有限公司股份转让的限制规定。根据规定，公司董事、监事、高级管理人员离职后"半年内"，不得转让其所持有的本公司股份。因此选项B的说法是错误的。

2. [2006年多项选择题第6题] 根据《公司法》的规定，股份有限公司在发生下列事项时，可以收购本公司股份的有（　　）。

A. 减少公司注册资本

B. 与持有本公司股份的其他公司合并

C. 将股份奖励给本公司职工

D. 股东因对股东大会作出的公司合并、分立决议持异议，要求公司收购其股份

【答案】ABCD

【解析】公司不得收购本公司股份。但是，有下列情形之一的除外：（1）减少公司注册资本；（2）与持有本公司股份的其他公司合并；（3）将股份奖励给本公司职工；（4）股东因对股东大会作出的公司合并、分立决议持异议，要求公司收购其股份的。

3. [多项选择题] A上市公司于2000年发起设立，并于2003年向社会公开发行股票上市交易。2006年A公司相关人员发生多起股份转让事宜，其中不符合《公司法》规定的有（　　）。

A. 持有A公司股票40万股的甲董事分3次转让了9万股

B. 持有A公司股票3万股的乙监事分5次全部转让其所持股份

C. 持有A公司股票2万股的丙经理在辞职后的次月转让了1 000股

D. 持有A公司股票1.5万股的丁副经理升任经理后的当月转让了3 000股

【答案】BC

【解析】本题考核股份有限公司股份转让的规定。（1）根据规定，公司的董事、监事、高级管理人员在任职期间每年转让的股份不得超过其所持有本公司股份总数的25%，故甲、丁转让股份是符合规定的，而乙是不符合规定的。（2）公司的董事、监事、高级管理人员离职后半年内，不得转让其所持有本公司的股份，故丙在辞职后的次月即转让其所持有本公司的股份，是不符合规定的。

4. [多项选择题] 根据《公司法》的规定，股份有限公司可以收购本公司股份奖励给本公司职工。下列有关该收购本公司股份事项的表述中，正确的有（　　）。

A. 该收购本公司股份事项，应当经股东大会决议

B. 因该事项所收购的股份，应当在2年内转让给职工

C. 用于该事项的资金，应当从公司的税后利润中支出

D. 因该事项收购的本公司股份，不得超过本公司已发行股份总额的10%

【答案】AC

【解析】根据规定，公司将股份奖励给本公司职工而收购股份的，不得超过本公司已发行股份总额的5%，因此选项D的说法是错误的；所收购的股份应当在1年内转让给职工，因此选项B的说法是错误的。

Ⅲ. 相关链接

公司债券转让的场所和方式。

5.6　公司董事、监事、高级管理人员的资格和义务

5.6.1　公司董事、监事、高级管理人员的资格和义务

Ⅰ. 考点分析

1. 有下列情形之一的，不得担任公司的董事、监事、高级管理人员：

（1）无民事行为能力或者限制民事行为能力；

（2）因贪污、贿赂、侵占财产、挪用财产或者破坏社会主义市场经济秩序，被判处刑罚，执行期满未逾五年，或者因犯罪被剥夺政治权利，执行期满未逾5年；

（3）担任破产清算的公司、企业的董事或者厂长、经理，对该公司、企业的破产负有个人责任的，自该公司、企业破产清算完结之日起未逾3年；

（4）担任因违法被吊销营业执照、责令关闭的公司、企业的法定代表人，并负有个人责任的，自该公司、企业被吊销营业执照之日起未逾3年；

（5）个人所负数额较大的债务到期未清偿。

2. 董事、高级管理人员不得有下列行为：

（1）挪用公司资金；

（2）将公司资金以其个人名义或者以其他个人名义开立账户存储；

（3）违反公司章程的规定，未经股东会、股东大会或者董事会同意，将公司资金借贷给他人或者以公司财产为他人提供担保；

（4）违反公司章程的规定或者未经股东会、股东大会同意，与本公司订立合同或者进行交易；

（5）未经股东会或者股东大会同意，利用职务便利为自己或者他人谋取属于公司的商业机会，自营或者为他人经营与所任职公司同类的业务；

（6）接受他人与公司交易的佣金归己有；

（7）擅自披露公司秘密；

（8）违反对公司忠实义务的其他行为。

董事、高级管理人员违反前款规定所得的收入应当归公司所有。

请考生注意：（1）关于将公司资金借贷给他人或者以公司财产为他人提供担保、与本企业签

订合同进行交易以及竞业禁止都是相对禁止，但有所不同：将公司资金借贷给他人或者以公司财产为他人提供担保需经章程规定、股东（大）会或者董事会同意；与本企业签订合同进行交易需经章程规定或股东（大）会同意；从事与本企业相竞争的业务需经股东（大）会同意。（2）董事、监事、经理不履行应尽职责，给公司造成损害的，应承担相应的法律责任。如 2003 年判断题第 5 题：甲公司主要经营医疗器械业务，该公司的总经理王某在任职期间擅自代理乙公司从国外进口一批医疗器械销售给丙公司，获利 2 万元。甲公司得知上述情形后，除将王某获得的 2 万元收归公司所有外，还撤销了王某的职务。甲公司的上述做法不符合公司法的有关规定。（　　）本题答案为错，公司法规定，公司董事、经理未经股东（大）会同意，不能自营或者为他人经营与本公司有竞争关系的业务，如有此行为，除将其收入归公司外，并可由公司给予处分。

【要点提示】 重点记忆一下不得担任公司的董事、监事、高级管理人员的几种情形，以及公司董事和高管的职责中的第（3）（4）（5）条。

Ⅱ．经典例题

1．[2005 年多项选择题第 3 题] 某有限责任公司的董事李某拟将其所有的一套商住两用房屋以略低于市场价格的条件卖给公司作为办公用房。关于交易的下列表述中，正确的有（　　）。

A. 该交易在获得公司监事会批准后可以进行

B. 该交易在获得公司董事会批准后可以进行

C. 该交易在获得公司股东会批准后可以进行

D. 如果公司章程中规定允许这种交易，该交易可以进行

【答案】 C D

【解析】 法律规定，除章程规定或股东会同意，公司董事、经理不得同本公司订立合同或进行交易。

2．[2002 年判断题第 6 题] 甲公司的董事擅自为乙公司经营与甲公司同类的业务，不违反公司法的规定。（　　）

【答案】 ×

【解析】《公司法》规定，未经股东（大）会同意，董事、经理不得自营或者为他人经营与其所任职公司同类的业务。

3．[单项选择题] 下列内容中，不符合《公司法》规定的有（　　）。

A. 股份有限公司可以申请公开发行股票

B. 有限责任公司的法定代表人可以是董事长、执行董事或者经理

C. 公司财务负责人可以担任有限责任公司的监事

D. 国有独资公司不设立股东会

【答案】 C

【解析】 本题考核公司董事、监事、高级管理人员的任职资格。董事、高级管理人员不得担任公司监事，财务负责人属于高级管理人员，因此不得担任公司的监事。

5.6.2 股东诉讼

Ⅰ．考点分析

1. 董事、监事、高级管理人员执行公司职务时违反法律、行政法规或者公司章程的规定，给公司造成损失的，应当承担赔偿责任。

2. 通过监事会提起诉讼。连续 180 日以上单独或者合计持有公司 1% 以上股份的股东对董事、高级管理人员给公司造成损失的行为，可以通过监事会或监事提起诉讼。

3. 通过董事会提起诉讼。连续 180 日以上单独或者合计持有公司 1% 以上股份的股东对监事给公司造成损失的行为，可以通过董事会或者执行董事提起诉讼。

4. 股东直接提起诉讼。监事会、不设监事会的有限责任公司的监事，或者董事会、执行董事收到上述规定的股东书面请求后拒绝提起诉讼，或者自收到请求之日起 30 日内未提起诉讼，或者情况紧急、不立即提起诉讼将会使公司利益受到难以弥补的损害的，上述规定的股东有权为了公司的利益以自己的名义直接向人民法院提起诉讼。

5. 连续 180 日以上单独或者合计持有公司 1% 以上股份的股东对他人给公司造成损失行为的，可以通过监事会或监事提起诉讼；通过董事会或者执行董事提起诉讼；或者直接提起诉讼。

【要点提示】 股东诉讼分为股东代表诉讼和股东直接诉讼。其中在股东代表诉讼中分为股东对董事、监事、高级管理人员提起的诉讼和对造成公司损失的公司外其他人的诉讼。

Ⅱ．经典例题

1．[判断题] 连续 180 日以上单独或者合计持有公司 2% 以上股份的股东对董事、高级管理人员给公司造成损失的行为，可以通过监事会或监事提起诉讼。（　　）

【答案】 ×

【解析】 连续 180 日以上单独或者合计持有公司 1% 以上股份的股东对董事、高级管理人员给公司造成损失的行为，可以通过监事会或监事提起诉讼。

2．[判断题] 连续 180 日以上单独或者合计持有公司 1% 以上股份的股东对他人给公司造成损失行为的，可以通过监事会或监事提起诉讼；不可以通过董事会或者执行董事提起诉讼；更不可以直接提起诉讼。（　　）

【答案】 ×

【解析】 续 180 日以上单独或者合计持有公司 1% 以上股份的股东对他人给公司造成损失行

为的，可以通过监事会或监事提起诉讼；通过董事会或者执行董事提起诉讼；或者直接提起诉讼。

5.7 公司债券

5.7.1 公司债券的发行和转让

Ⅰ. 考点分析

公司债券，是指公司依照法定程序发行、约定在一定期限还本付息的有价证券。

公司债券，可以为记名债券，也可以为无记名债券。

公司债券可以转让，转让价格由转让人与受让人约定。公司债券在证券交易所上市交易的，按照证券交易所的交易规则转让。记名公司债券，由债券持有人以背书方式或者法律、行政法规规定的其他方式转让；转让后由公司将受让人的姓名或者名称及住所记载于公司债券存根簿。无记名公司债券的转让，由债券持有人将该债券交付给受让人后即发生转让的效力。

发行可转换为股票的公司债券的，公司应当按照其转换办法向债券持有人换发股票，但债券持有人对转换股票或者不转换股票有选择权。

【要点提示】 公司债券可以分为可转换公司债券和不可转换公司债券，还可以分为记名公司债券和无记名公司债券，区别记名和无记名的法律意义在于两者转让的要求不同。

Ⅱ. 经典例题

1. ［判断题］公司记名债券和无记名债券转让方式是不同的。（   ）

【答案】 √

【解析】 记名公司债券，由债券持有人以背书方式或者法律、行政法规规定的其他方式转让；无记名公司债券的转让，由债券持有人将该债券交付给受让人后即发生转让的效力。

2. ［判断题］发行可转换为股票的公司债券的，公司应当按照其转换办法向债券持有人换发股票，但债券持有人对转换股票或者不转换股票无选择权。（   ）

【答案】 ×

【解析】 债券持有人对转换股票或者不转换股票有选择权。

5.8 公司财务会计

5.8.1 公司的财务会计

Ⅰ. 考点分析

公司应依法披露有关财务会计资料。股份有限公司的财务会计报告应在股东会议召开 20 日前备置于公司办公处所，供股东查阅；公开发行股票的股份有限公司，还应按有关规定公告其财务会计报告。有限责任公司应当按照公司章程规定的期限将财务会计报告递交各股东。

公司除法定的会计账册外，不得另立会计账册。对公司资产，不得以任何个人名义开立账户存储。

公司的财务会计报告应依法聘请会计师事务所审查验证。公司聘用、解聘承办公司审计业务的会计师事务所，依照公司章程的规定，由股东会、股东大会或者董事会决定。公司股东会、股东大会或者董事会就解聘会计师事务所进行表决时，应当允许会计师事务所陈述意见。

公司利润的分配顺序是：（1）弥补以前年度亏损（在不超过税法规定的弥补期限之内）；（2）缴纳所得税；（3）弥补不能用税前利润弥补的亏损；（4）提取法定公积金；（5）提取任意公积金；（6）向股东分配利润。有限责任公司按照出资比例分配，但全体股东约定不按照出资比例分配的除外；股份有限公司按照股东持有的股份比例分配，但股份有限公司章程规定不按持股比例分配的除外。公司持有的本公司股份不得分配利润。

法定盈余公积金按税后利润的 10% 提取，累计额为公司注册资本的 50% 以上的，可以不再提取。股份有限公司以超过股票票面金额的发行价格发行股份所得的溢价款以及国务院财政部门规定列入资本公积金的其他收入，应当列为公司资本公积金。公司的公积金用于弥补公司的亏损、扩大公司生产经营或者转为增加公司资本。但是，资本公积金不得用于弥补公司的亏损。法定公积金转为资本时，所留存的该项公积金不得少于转增前公司注册资本的 25%。

【要点提示】 ①重点掌握公司利润的分配顺序。②新《公司法》取消了关于法定公益金的规定。

Ⅱ. 经典例题

1. ［判断题］对公司资产，可以以董事长个人名义开立账户存储。（   ）

【答案】 ×

【解析】 《公司法》规定，对公司资产，不得以任何个人名义开立账户存储。

2. ［判断题］法定公积金转为资本时，所留存的该项公积金不得少于转增前公司注册资本的 15%。（   ）

【答案】 ×

【解析】 法定公积金转为资本时，所留存的该项公积金不得少于转增前公司注册资本的 25%。

5.9 公司合并、分立、增资、减资

5.9.1 公司的合并、分立，增加、减少注册资本

Ⅰ. 考点分析

合并有吸收合并和新设合并两种形式；分立有存续分立和新设分立两种形式。

合并前的债权债务由合并后的公司承继。分立前的债务，除另有约定外，由分立后的公司承担连带债务。该约定指债权人与债务人的约定，不是分立各方的内部约定。

公司可以增加和减少注册资本，但必须履行法定的程序。

请考生注意公司必须履行通知和公告程序的有关规定，并将其与破产通知公告一起比较复习。

事 项	通 知	公 告	债权人主张权利
合并	决议之日起 10 日以内发出通知	决议之日起 30 日以内公告	收到通知的债权人 30 日内，没有收到通知的债权人自公告之日起 45 日内主张权利
分立			
减少注册资本			
清算	清算组成立之日起 10 日以内发出通知	清算组成立之日起 60 日以内公告	

【要点提示】①公司的合并、分立，增加、减少注册资本都必须到有关机关办理登记手续。②注意公司必须履行通知和公告程序的有关规定，如上表所示。

Ⅱ. 经典例题

1. [2003 年单项选择题第 6 题] 根据公司法律制度的规定，公司减少注册资本时，应当依法通知债权人，并在报纸上公告。下列有关公司通知债权人及公告的表述中，正确的是（　）。

A. 公司应自作出减少注册资本决议之日起 10 日内通知债权人，并于 30 日内在报纸上公告

B. 公司应自作出减少注册资本决议之日起 15 日内通知债权人，并于 45 日内在报纸上公告

C. 公司应自作出减少注册资本决议之日起 30 日内通知债权人，并于 60 日内在报纸上公告

D. 公司应自作出减少注册资本决议之日起 10 日内通知债权人，并于 90 日内在报纸上公告

本题答案为 A。《公司法》规定，公司减少注册资本时，应自决议之日起 10 日以内发出通知，并于 30 日内在报纸上公告。

2. [2002 年单项选择题第 6 题] 某有限责任公司作出公司合并决议后，即依法向债权人发出通知书，并予以公告。根据公司法律制度的规定，该公司债权人在法定期间内有权要求公司清偿债务或者提供相应的担保。该法定期间为（　）。

A. 自接到通知书之日起 15 日内，未接到通知书的自公告之日起 30 日内

B. 自接到通知书之日起 30 日内，未接到通知书的自公告之日起 60 日内

C. 自接到通知书之日起 30 日内，未接到通知书的自公告之日起 45 日内

D. 自接到通知书之日起 60 日内，未接到通知书的自公告之日起 90 日内

本题答案为 C，《公司法》规定，公司关于合并问题发出通知和公告后，债权人主张权利的期限为自接到通知书之日起 30 日内，未接到通知书的自公告之日起 45 日内。

5.10 公司解散和清算

5.10.1 公司解散

Ⅰ. 考点分析

公司因下列原因解散：

(1) 公司章程规定的营业期限届满或者公司章程规定的其他解散事由出现；

(2) 股东会或者股东大会决议解散；

(3) 因公司合并或者分立需要解散；

(4) 依法被吊销营业执照、责令关闭或者被撤销；

(5) 公司经营管理发生严重困难，继续存续会使股东利益受到重大损失，通过其他途径不能解决的，持有公司全部股东表决权 10% 以上的股东，可以请求人民法院解散公司。

【要点提示】公司解散时，除因合并或者分立外，应当依法进行清算。有限责任公司的清算组由股东组成，股份有限公司的清算组由董事或者股东大会确定的人员组成。

Ⅱ. 经典例题

1. [单项选择题] 某有限责任公司发生经营困难，如果继续经营会使股东利益受到重大损失，并且通过其他途径不能解决的，持有公司全部股东表决权（　）以上的股东，可以请求（　）解散公司。

A. 15%　股东大会　　B. 15%　人民法院

C. 10%　股东大会　　D. 10%　人民法院

【答案】D

【解析】《公司法》规定，有限责任公司发生经营困难，如果继续经营会使股东利益受到重大损失，通过其他途径不能解决的，持有公司全部股东表决权 10% 以上的股东，可以请求人民法院解散公司。

2. [判断题] 公司解散后，有限责任公司的清算组由董事或者股东大会确定的人员组成，股份有限公司的清算组由股东组成。（　）

【答案】×

【解析】有限责任公司的清算组由股东组成，

股份有限公司的清算组由董事或者股东大会确定的人员组成。

5.11　外国公司的分支机构

5.11.1　外国公司的分支机构
I. 考点分析

外国公司在中国境内设立的分支机构不具有中国法人资格。外国公司对其分支机构在中国境内进行经营活动承担民事责任。

【要点提示】注意外国公司分支机构的设立条件和设立程序，以及外国公司分支机构的法律地位和权利义务。

II. 经典例题

［判断题］外国公司在中国境内设立的分支机构具有中国法人资格，其独立承担在中国进行经营活动所要承担的民事责任（　　）。

【答案】×

【解析】外国公司在中国境内设立的分支机构不具有中国法人资格。外国公司对其分支机构在中国境内进行经营活动承担民事责任。

5.12　违反公司法的法律责任

5.12.1　违反公司法的法律责任
I. 考点分析

违反公司法的法律责任包括公司发起人（股东）、公司、清算组、中介机构、公司登记机关的法律责任，以及其他有关法律责任。

这部分内容既是考试的重点，又是教材的难点。考生在复习这一问题时，首先要掌握各种违法行为的性质以及具体表现，在给违法行为定性时千万不要搞错。其次应当掌握各种违法行为所应承担的法律责任的种类，一般民事责任有赔偿损失等，行政责任有罚款等，构成犯罪的还要承担刑事责任。最后是尽量背出各种违法行为承担法律责任的具体内容，如罚款数额等，这些问题一旦考到，是很容易失分的。如 2002 年综合题第 4 题：某人举报甲上市公司（以下简称"甲公司"）存在以下事实：

（1）甲公司的主要发起人乙企业以经营性资产投资甲公司，并认购相应的发起人股份。在甲公司成立后，乙企业将已经作为出资应当交付给甲公司的部分机器设备折合 2 000 万元作为自己的资产使用已 3 年有余，至今尚未交付给甲公司。

（2）甲公司所属子公司伪造进出口凭证，虚报进出口经营业绩，累计虚增经营额 84 640 万元，占公司营业额的 90%，虚增利润 15 600 万元，占公司利润总额的 85%，严重损害了股东和其他人的利益。该行为的直接责任人为 A 某和 B 某（A 某为会计人员，B 某为非会计人员；两者不属于国家工作人员）。为甲公司出具年度审计报告的丙会计师事务所的注册会计师 C 某和 D 某严重不负责

任，未进行必要的审计程序，也未认真审核相关会计凭证的真伪，出具了无保留意见的审计报告，尽管属于过失，但造成了严重的后果。

（3）甲公司选任的两名独立董事不符合有关规范性文件规定的任职资格。甲公司董事会提名 E 某和 G 某作为独立董事候选人，而 E 某直接持有甲公司流通股股票 10 万股，G 某为具有 4 年从事会计专业研究和实务工作经历的专家。上述独立董事提案由出席 2 001 股东大会的股东和股东代表所持有表决权股份数 10 800 万股（占甲公司已发行股份总额 18 000 万股的 60%）的全数同意通过。

【要求】如果举报反映的情况属实，回答以下问题：

（1）根据上述要点（1）提示内容，根据《中华人民共和国公司法》的规定，乙企业的行为属于何种性质的违法行为？乙企业应当承担何种法律责任？

（2）根据上述要点（2）提示内容，根据《中华人民共和国刑法》和《中华人民共和国会计法》的规定，A 某和 B 某应当承担何种法律责任？根据《中华人民共和国注册会计师法》的规定，丙会计师事务所应当承担何种法律责任？根据《中华人民共和国注册会计师法》和《中华人民共和国刑法》的规定，C 某和 D 某应当承担何种法律责任？

（3）根据上述要点（3）提示内容，E 某和 G 某是否符合独立董事的任职资格？并分别说明理由。

【答案及解析】

（1）属于虚假出资的违法行为，应责令改正，并处以虚假出资金额 5%～10% 的罚款。构成犯罪的，对其处以 2%～10% 罚金，并对其直接负责的主管人员和其他直接责任人员处 5 年以下有期徒刑或者拘役。

（2）①A、B 的行为属于编制虚假财务报告。未构成犯罪的，由县以上人民政府财政部门予以通报，可以对单位并处 5 000 元以上 10 万元以下的罚款；对其直接负责的主管人员和其他直接责任人员，可以处 3 000 元以上 5 万元以下的罚款；对会计人员 A 某，应由县以上人民政府财政部门吊销会计从业资格证书。编制虚假财务报告构成犯罪的，对其直接负责的主管人员和其他直接责任人员，处 3 年以下有期徒刑或者拘役，并处或单处 2 万～20 万元的罚金。

②对丙会计师事务所应当由省级以上人民政府财政部门予以警告，没收违法所得，并可处违法所得 1 倍以上 5 倍以下的罚款；若情节严重的，并可由省级以上人民政府财政部门暂停其经营业务或予以撤销。另外，给委托人、其他利害关系人造成损失的，应当依法承担赔偿责任。

③C 某和 D 某应当由省级以上人民政府财政

部门予以警告；若情节严重，可由省级以上人民政府财政部门暂停其执行业务或吊销其注册会计师证书；构成犯罪的，还要处3年以下有期徒刑或者拘役，并处或者单处罚金。

（3）E某可以担任独立董事，因为法律规定，直接或间接持有上市公司已发行股份1%以上的自然人股东不能担任独立董事，甲公司已发行股份总额18 000万股，E某直接持有甲股票10万股，未达1%，所以可以担任。G某不符合独立董事条件，因为法律规定，独立董事必须具有5年以上法律、经济等工作经验。

【要点提示】 重点掌握各种违法行为的性质及具体表现，还有各种违法行为所应承担的法律责任的种类。

Ⅱ．经典例题

1．[2005年多项选择题第6题] 甲资产评估公司在乙股份有限公司的设立过程中，为该股份公司的主要发起人丙出具了虚假的证明文件，收取了15万元评估费。有关机构拟对甲资产评估公司采取的下列处罚措施中，符合法律规定的有（　　）。

A．对甲公司处以60万元的罚款

B．没收甲公司15万元的违法所得

C．责令甲公司停业

D．吊销甲公司主要负责人的执业资格证书

【答案】 A B C D

【解析】 公司法规定，承担资产评估、验资或者验证的机构提供虚假证明文件的，没收违法所得，处以违法所得1倍以上5倍以下的罚款，并可由有关主管部门依法责令该机构停业，吊销直接责任人员的资格证书。构成犯罪的，依法追究刑事责任。

2．[判断题] 某有限责任公司的法定代表人为董事长。董事长发生变动时，未按规定办理有关变更登记，公司登记机关对该公司处5万元的罚款。公司登记机关的这一处罚行为是不符合有关规定的。　　　　　　　　　　　　（　　）

【答案】 √

【解析】 《公司法》规定，作为公司法定代表人的董事长发生变动应办理变更登记，如未按规定办理有关变更登记的，公司登记机关应责令限期登记，只有在逾期不登记的情形下，公司登记机关方能处1万元以上10万元以下的罚款。

知识点测试

一、单项选择题

1．2006年1月，甲、乙、丙共同出资设立了五环有限责任公司，2006年5月，丙与丁达成协议，准备将其在公司的出资份额全部转让给丁，甲、乙均不同意。下列解决方案中，不符合公司法

规定的有（　　）。

A．由甲或乙购买丙的出资份额

B．由甲和乙共同购买丙的出资份额

C．如果甲、乙均不愿购买，则丙无权将出资份额转让给丁

D．如果甲、乙均不愿购买，则丙有权将出资份额转让给丁

2．甲公司是一家经营电器的有限责任公司，决定对外投资，于是向其法律顾问咨询相关法律规定，法律顾问的下列观点正确的是（　　）。

A．公司只能向有限责任公司和股份有限公司投资，且投资额不得超过本公司净资产的50%

B．公司可以向其他企业投资，但是投资额不得超过本公司净资产的50%

C．公司可以向其他企业投资；但是，除法律另有规定外，不得成为对所投资企业的债务承担连带责任的出资人

D．公司可以向其他企业投资，且投资额不得超过本公司净资产的50%；但是，除法律另有规定外，不得成为对所投资企业的债务承担连带责任的出资人

3．蓝天股份有限公司董事长谢某发生交通意外，无法主持董事会，则（　　）。

A．由谢某指定的副董事长主持

B．由副董事长主持

C．由谢某指定的副董事长或者其他董事主持

D．由半数以上董事共同推举一名董事主持

4．下列关于有限责任公司注册资本的说法，正确的有（　　）。

A．有限责任公司的注册资本为在公司登记机关登记的全体股东实缴的出资额

B．有限责任公司全体股东的首次出资额不得低于注册资本的20%，也不得低于法定的注册资本最低限额，其余部分由股东自公司成立之日起两年内缴足；其中，投资公司可以在5年内缴足

C．有限责任公司注册资本的最低限额为人民币5万元，一人有限责任公司的注册资本最低限额为人民币10万元

D．以生产经营为主的有限责任公司的注册资本不得少于人民币50万元

5．陈家三兄弟共同出资设立一有限责任公司，其中老大以房产出资50万元，公司成立后又吸收孙某入股。后查明，老大作为出资的房产仅值30万元，且老大现有可执行的个人财产只有10万元，下列处理方式中，符合公司法规定的有（　　）。

A．老大以现有可执行财产补足差额，不足部分由老大从公司分得的利润予以补足

B．老大以现有可执行财产补足差额，不足部分由老二、老三补足

C．老大以现有可执行财产补足差额，不足部分

由老二、老三和孙某补足

　　D. 老大无需补交差额，但应该更改公司的注册资本，且所更改的注册资本不得低于法定的最低限额

6. 某有限责任公司的法律顾问在审查公司减少注册资本的方案时，提出以下意见，其中（　　）意见不符合公司法的规定。

　　A. 公司的注册资本为人民币5万元，故减资2万元后，公司的注册资本仍不低于法定的最低注册资本额

　　B. 股东会同意本方案的决议，经2/3以上股东通过即可

　　C. 公司自作出减资决议之日起，除了在10日内通知债权人外，还应在30日内公告

　　D. 如果债权人在法定期限内要求公司清偿债务或者提供相应的担保，公司有义务予以满足

7. 以募集方式设立股份有限公司的，认股人从（　　）起不能抽回其出资。

　　A. 认购股份之后

　　B. 缴付出资之后

　　C. 公司创立大会召开之后

　　D. 公司成立之后

8. 根据公司法的规定，设立股份有限公司的，应于创立大会结束后30日内由（　　）向公司登记机关申请设立登记。

　　A. 全体股东指定的代表

　　B. 董事会

　　C. 发起人

　　D. 发起人指定的代表

9. 股份有限公司以超过股票票面金额的发行价格发行股份所得的溢价款，应当列入公司财产的（　　）。

　　A. 利润　　　　　　　B. 资本公积金

　　C. 盈余公积金　　　　D. 法定公益金

10. 甲国有企业与乙国有企业共同投资设立一家丙有限责任公司，丙公司董事会成员的人数应为（　　）。

　　A. 3～9人　　　　　B. 3～13人

　　C. 5～15人　　　　D. 5～19人

11. 根据我国《公司法》的规定，下列人员中，可以担任公司监事的是（　　）。

　　A. 公司董事　　　　B. 公司股东

　　C. 公司财务负责人　D. 公司经理

12. 根据公司法律制度的规定，股份有限公司的财务会计报告应在召开股东大会年会的一定期间以前置备于公司办公场所，供股东查阅。该一定期间为（　　）。

　　A. 10日　　　　　　B. 15日

　　C. 20日　　　　　　D. 25日

13. 某有限责任公司作出公司合并决议后，即依法向债权人发出通知书，并予以公告。根据公司法律制度的规定，该公司债权人在法定期间内有权要求公司清偿债务或者提供相应的担保。该法定期间为（　　）。

　　A. 自接到通知书之日起15日内，未接到通知书的自第一次公告之日起30日内

　　B. 自接到通知书之日起30日内，未接到通知书的自第一次公告之日起60日内

　　C. 自接到通知书之日起30日内，未接到通知书的自第一次公告之日起45日内

　　D. 自接到通知书之日起60日内，未接到通知书的自第一次公告之日起90日内

14. 某有限责任公司发生经营困难，如果继续经营会使股东利益受到重大损失，并且通过其他途径不能解决的，持有公司全部股东表决权（　　）以上的股东，可以请求人民法院解散公司。

　　A. 5%　　　　　　　B. 10%

　　C. 15%　　　　　　D. 30%

15. 根据《公司法》的规定，下列有关公司组织机构的表述中，正确的是（　　）。

　　A. 股东人数较少或者规模较小的有限责任公司可以不设监事会，也可以不设监事

　　B. 一人有限责任公司不设股东会

　　C. 国有独资公司的董事长由董事会以全体董事的过半数选举产生

　　D. 股份有限公司的董事会成员应当有公司职工代表

16. 下列关于一人有限责任公司的说法，哪项不符合新《公司法》的规定？（　　）。

　　A. 自然人和法人都可以设立一人有限责任公司

　　B. 在公司登记中注明自然人独资或法人独资

　　C. 作出增资决定时应当采用书面形式

　　D. 应当编制中期和年度财务会计报告并经会计师事务所审计

17. 下列关于有限责任公司监事会或监事的说法，错误的是（　　）。

　　A. 监事会或监事行使职权所必需的费用由公司承担

　　B. 监事会决议应当由出席会议监事的半数以上通过

　　C. 监事会每年度至少召开一次会议

　　D. 监事可以列席董事会会议

18. 下列哪项不属于有限责任公司监事会行使的职权？（　　）

　　A. 检查公司财务

　　B. 对违反法律的董事提出罢免建议

　　C. 提议召开临时股东会会议

　　D. 解聘公司财务负责人

19. 有限责任公司可以设经理，由董事会决定聘任或者解聘。经理对董事会负责，行使下列哪项

职权？（　　　）

A. 决定公司年度经营计划和投资方案

B. 决定公司内部管理机构设置

C. 制定公司的具体规章

D. 决定聘任或解聘公司副经理、财务负责人

20. 下列关于有限责任公司董事会行使的职权中，哪项是正确的。（　　　）

A. 召集股东会会议

B. 拟订公司的经营计划

C. 对发行公司债券作出决议

D. 根据董事长提名决定聘任公司财务负责人

21. 有限责任公司召开股东会会议，应当于会议召开（　　　）以前通知全体股东；但是，公司章程另有规定或者全体股东另有约定的除外。

A. 10 日　　　　　　B. 15 日

C. 20 日　　　　　　D. 30 日

22. 下列事项中，哪项不属于必须经有限责任公司股东会会议代表 2/3 以上表决权股东通过的？（　　　）

A. 修改公司章程　　　B. 增减注册资本

C. 发行公司债券　　　D. 变更公司形式

23. 下列哪项不属于股份有限公司召开临时股东大会的法定情形？（　　　）

A. 董事长认为必要时

B. 单独或合计持有公司 10% 以上股份的股东请求时

C. 公司未弥补亏损达实收资本总额 1/3 时

D. 董事人数不足公司章程规定人数的 2/3 时

24. 在下列哪种情形下，发起人、认股人不能抽回股本？（　　　）

A. 发起人未按期召开创立大会

B. 创立大会决议不设立公司

C. 未按期募足股份

D. 公司登记机关要求补充申请文件

25. 下列哪项不属于股份有限公司创立大会的职权？（　　　）

A. 选举董事会成员

B. 选举监事会成员

C. 决定公司内部管理机构的设置

D. 对公司的设立费用进行审核

26. 根据《公司法》的规定，股份有限公司和有限责任公司成立日期为（　　　）。

A. 公司经主管部门批准成立之日

B. 公司营业执照签发日期

C. 创立大会确定的公司成立之日

D. 股东足额交纳全部出资的日期

27. 下列所作的各种关于公司的分类，哪一种是以公司的信用基础为标准的分类？（　　　）

A. 总公司与分公司

B. 母公司与子公司

C. 人合公司与资合公司

D. 封闭式公司与开放式公司

28. 某有限责任公司违反法律、行政法规被依法责令关闭的，应当解散。下列关于公司清算组的说法，哪些是正确的？（　　　）

A. 由人民法院指定有关人员组成清算组，进行清算

B. 该公司应当在解散事由出现之日起 10 日内成立清算组，开始清算

C. 公司清算组人选由董事或者股东大会确定

D. 公司的清算组成员由全体股东组成

29. 金华有限公司与宏奇批发商城等 5 家发起人商定，共同投资组建一家以健身、娱乐为主营业务的股份有限公司。依《公司法》规定，若采用发起设立的方式组建该公司，这些发起人首次最低要出资多少作为注册资本？（　　　）

A. 3 万元　　　　　　B. 100 万元

C. 500 万元　　　　　D. 1 000 万元

30. 甲公司注册资金为 120 万元，主营建材，乙厂为生产瓷砖的合伙企业。甲公司为稳定货源，决定投资 30 万元入伙乙厂。对此项投资的效力，下列表述哪一项是正确的？（　　　）

A. 须经甲公司股东会全体通过方为有效

B. 须经甲公司董事会全体通过方为有效

C. 须经乙厂全体合伙人同意方为有效

D. 无效

31. 股份有限公司监事会主席的产生方式是（　　　）。

A. 股东大会选举产生

B. 董事会聘任

C. 全体监事过半数选举产生

D. 职工民主选举产生

32. 根据《公司法》，单独或合计持有股份有限公司（　　　）以上股份的股东，有权向股东大会提出临时提案。

A. 30%　　　　　　B. 50%

C. 10%　　　　　　D. 15%

33. 一般情况下，以募集方式设立股份有限公司，发起人认购的股份不得少于公司股份总数的（　　　）。

A. 35%　　　　　　B. 50%

C. 65%　　　　　　D. 70%

34. 人民法院依强制执行程序转让有限责任公司股东的股权时，其他股东应当在法院通知之日起（　　　）内行使优先购买权。

A. 10 日　　　　　　B. 15 日

C. 20 日　　　　　　D. 30 日

35. 下列有关国有独资公司的说法，错误的是（　　　）。

A. 董事及高级管理人员未经国有资产监督管理机构同意，不得在其他经济组织兼职

B. 国有独资公司不设股东会

C. 董事会成员中应当有公司职工代表

D. 监事会成员不得少于3人

二、多项选择题

1. 下列关于一人有限责任公司的说法，正确的有（　　）。
   A. 一人有限责任公司是指只有一个自然人股东的有限责任公司
   B. 一个自然人只能投资设立一个一人有限责任公司
   C. 一人有限责任公司的股东不能证明公司财产独立于股东自己财产的，应当对公司债务承担连带责任
   D. 一人有限责任公司的注册资本最低限额为人民币5万元

2. 国有独资公司，是指国家单独出资、由国务院或者地方人民政府授权本级人民政府国有资产监督管理机构履行出资人职责的有限责任公司，公司法对国有独资公司作出了一些特别规定，下列说法正确的有（　　）。
   A. 国有独资公司章程由国有资产监督管理机构制定，或者由董事会制定报国有资产监督管理机构备案
   B. 重要的国有独资公司合并、分立、解散、申请破产的，应当由国有资产监督管理机构审核后，报本级人民政府批准
   C. 国有独资公司不设股东会，由国有资产监督管理机构行使股东会职权
   D. 国有独资公司的董事长、副董事长、董事、高级管理人员不得在其他有限责任公司、股份有限公司或者其他经济组织兼职

3. 根据公司法的规定，公司不得收购本公司的股份，但是，有下列哪些情形的除外？（　　）
   A. 减少公司注册资本
   B. 与持有本公司股份的其他公司合并
   C. 将股份奖励给本公司职工
   D. 股东因对股东大会作出的公司合并、分立决议持异议，要求公司收购其股份的

4. 下列选项中，在2006年10月不得担任公司董事、监事、高级管理人员的有（　　）。
   A. 甲因贿赂罪，2000年被判4年徒刑
   B. 乙擅长经营管理，现为工商局长
   C. 丙于1999年10月到某企业任厂长，该企业因2000年9月的违法行为被工商机关吊销营业执照
   D. 丁因妻子炒股失败已借款15万元到期未清偿

5. 某有限责任公司按规定提取一笔法定公积金。该公司可以将该笔公积金用于（　　）。
   A. 弥补公司的亏损
   B. 扩大公司的生产经营
   C. 本公司职工的集体福利

D. 经股东会决议转为增加公司资本

6. 有下列（　　）情形之一的，股份有限公司的股东大会应当在2个月以内召开临时股东大会。
   A. 董事人数不足公司法规定的人数或者公司章程所规定人数的2/3
   B. 公司未弥补的亏损达股本总额1/4
   C. 单独或者合计持有公司股份10%以上的股东请求召开临时股东大会
   D. 董事会认为有必要召开临时股东大会或者监事会提议召开临时股东大会

7. 下列股份有限公司的股份转让行为中，（　　）不违反公司法的规定。
   A. 公司公开发行股份前已发行的股份，自公司股票在证券交易所上市交易之日起1年后转让
   B. 公司的一发起人因家人急需现金，在公司成立11个月时，将持有的本公司股票转让
   C. 公司一董事辞去董事职务1年以内，将其持有的股份转让
   D. 公司一经理在任职期间转让其所持有的本公司股份转让，占公司股份总数的3%

8. 下列各项中，属于有限责任公司董事会行使的职权是（　　）。
   A. 股东之间互相转让出资
   B. 聘任公司经理并决定其报酬事项
   C. 聘任公司财务部经理并决定其报酬事项
   D. 制定公司的具体规章

9. 某股份有限公司董事会由11名董事组成，下列情形中，能使董事会决议得以顺利通过的有（　　）。
   A. 6名董事出席会议，一致同意
   B. 7名董事出席会议，5名同意
   C. 6名董事出席会议，5名同意
   D. 11名董事出席会议，7名同意

10. 某股份有限公司的董事会由11人组成，其中董事长1人，副董事长2人。该董事会某次会议发生的下列行为不符合公司法规定的有（　　）。
    A. 因董事长李某不能履行职务，由副董事长孙某执行职务
    B. 通过了增加公司注册资本的决议
    C. 通过了解聘公司现任经理，由副董事长孙某兼任经理并给予年薪20万元的决议
    D. 会议所有议决事项载入会议记录后，只有主持会议的副董事长孙某和记录员张某签名存档

11. 根据《中华人民共和国公司法》的规定，有限责任公司的董事、高级管理人员不得同本公司订立合同或者进行交易，但下列哪些情形是除外的？（　　）
    A. 公司章程规定

B. 经董事会决议通过

C. 经股东会决议通过

D. 经监事会决议通过

12. 甲、乙、丙三个国有企业于 2005 年 4 月 1 日共同投资设立 A 有限责任公司，2006 年 1 月 31 日，A 公司召开股东会。根据《中华人民共和国公司法》的规定，本次股东会通过的下列决议中，不符合法律规定的是（　　）。

A. 选举和更换全部董事

B. 审议批准公司的弥补亏损方案

C. 解聘公司经理

D. 决定公司内部管理机构的设置方案

13. 根据《公司法》的规定，下列选项中，属于一人有限责任公司与其他有限责任公司不同之处的有（　　）。

A. 关于注册资本最低限额的规定

B. 关于股东出资可否分期缴付的规定

C. 关于年终财务报告是否须经会计师事务所审计的规定

D. 关于股东是否承担有限责任的规定

14. 为保护公司债权人的利益，依据《公司法》，在哪些情况下，债权人可以要求公司清偿债务或提供担保？（　　）

A. 公司分立时

B. 公司合并时

C. 公司减少注册资本时

D. 公司的发起人、股东在公司成立后，抽逃出资时

15. 北京某大型股份有限公司，成立以来连续盈利，为了进行更大规模的生产，扩大公司资本，公司经批准向社会发行了股票。该公司的下列行为中不符合《公司法》规定的是（　　）。

A. 公司将部分票面金额为 1 元的股票以每股 0.9 元的价格发行了 1 000 股

B. 公司将部分票面金额为 1 元的股票以每股 1.5 元的价格发行了 1 000 股，并将超过票面金额发行股票的所得款列入公司的资本公益金

C. 公司发行的部分股票未标明票面金额，但在票面上标明了该部分股票每股所占公司资本的比例

D. 公司向发起人发行的股票上记载了发起人的姓名

16. 以出资人的责任形式划分，公司主要包括以下哪些形式？（　　）

A. 无限公司

B. 两合公司和股份两合公司

C. 有限责任公司

D. 股份有限公司

17. 下列有关股份有限公司收购本公司的股票的表述哪些是正确的？（　　）

A. 为将股份奖励给本公司职工而收购本公司的股票，不得超过本公司已发行股份总额的 4%；用于收购的资金应当从公司的税后利润中支出；所收购的股份应当在 1 年内转让给职工

B. 为了减少公司注册资本、或者与持有本公司股份的其他公司合并以及将本公司股份奖励给本公司职工，在以上 3 种情况下，股份公司收购本公司的股票应当经股东大会决议

C. 减少公司注册资本而收购本公司的股票，应当自收购之日起 10 日内注销。

D. 股东因对股东大会作出的公司合并、分立决议持异议，要求公司收购其股份的，公司应当在 6 个月内转让或者注销

18. 下列关于股份有限公司股份转让的说法，哪些是正确的？（　　）

A. 董事所持有的本公司股份自公司股票上市交易之日起 1 年内，可以自由转让。

B. 董事所持有的本公司股份自公司股票上市交易之日起 1 年内不得转让

C. 董事在任职期间不得转让其所持有的本公司股份

D. 董事离职后半年内，不得转让其所持有的本公司股份

19. 爱爱公司是一家在上交所公开上市的股份有限公司，以经营水产品批发为其主营业务。公司在 2007 年 1 月 24 日作出了增加公司的注册资本、并拟增发新股的决议，新股发行价格为每股 8 元，请问下列哪些说法是正确的？（　　）

A. 作出增加公司注册资本的决议必须经出席股东大会的股东所持表决权的 2/3 以上通过

B. 对于确定新股的具体发行价格，公司董事会也可以作出决议

C. 公司公开发行新股必须经国务院证券监督管理机构核准

D. 公司必须公告新股招股说明书和财务会计报告，并制作认股书

20. 关于公司的机构设置，以下说法正确的有（　　）。

A. 有限责任公司设立董事会的，股东会议由董事长召集和主持

B. 股份有限公司设立监事会的，监事会的成员中必须要有职工的代表，且不得少于 1/3

C. 国有独资公司设立董事会，可以有适当职工的代表

D. 上市公司必须设立独立董事

21. 依照《公司法》的规定，以下各项哪些应受公司章程的约束？（　　）

A. 公司的副经理　　　　B. 公司的股东

C. 公司本身　　　　D. 公司的全体员工

22. 甲、乙两公司拟募集设立一股份有限公司。它们在获准向社会募股后实施的下列哪些行为是违法的？（　　）

　　A. 其认股书上记载：认股人一旦认购股份就不得撤回

　　B. 与某银行签订承销股份和代收股款协议，由该银行代售股份和代收股款

　　C. 在招股说明书上告知：公司章程由认股人在创立大会上共同制订

　　D. 在招股说明书上告知：股款募足后将在 60 日内召开创立大会

23. 金某是甲公司的小股东并担任公司董事，因其股权份额仅占 10%，在 5 人的董事会中也仅占 1 席，其意见和建议常被股东会和董事会否决。金某为此十分郁闷，遂向律师请教维权事宜。在金某讲述的下列事项中，金某可以就哪些事项以股东身份对公司提起诉讼？（　　）

　　A. 股东会决定：为确保公司的经营秘密，股东不得查阅公司会计账簿

　　B. 董事会任期届满，但董事长为了继续控制公司，拒绝召开股东会改选董事

　　C. 董事会不顾金某反对制订了甲公司与另一公司合并的方案

　　D. 股东会决定：公司监事调查公司经营情况时，若无法证明公司经营违法，其调查费用自行承担

三、判断题

1. 设立有限责任公司，应由全体发起人指定的代表或者共同委托的代理人向公司登记机关申请名称预先核准。（　　）

2. 经核准的公司名称在保留期内可以用于从事经营活动。（　　）

3. 根据《公司法》的规定，子公司与分公司的最大区别在于是否具有企业法人资格。（　　）

4. 所有的有限责任公司的董事会成员中应有适当比例的职工代表。（　　）

5. 有限责任公司股东会作出增加公司注册资本的决议时，必须经出席会议的代表 2/3 以上表决权的股东通过。（　　）

6. 有限责任公司变更为股份有限公司，其折合的股份总额必须等于公司的资产总额。（　　）

7. 股份有限公司董事会开会时，董事应亲自出席，董事因故不能出席时，可以书面委托代理人出席董事会。（　　）

8. 股份有限公司董事会决议违反法律、行政法规，致使公司遭受严重损失时，参与决议的董事对公司负赔偿责任，但经证明在表决时曾表示异议并记载于会议记录的，该董事可以免除责任。（　　）

9. 公司以法定盈余公积金转增资本时，法律规定公司所留存的该项公积金不得少于转增后注册资本的 25%。（　　）

10. 一个自然人只能投资设立一个一人有限责任公司，且该一人有限责任公司不能投资设立新的一人有限责任公司。（　　）

11. 公司法定代表人依照公司章程的规定，只能由董事长担任，并依法登记。（　　）

12. 有限责任公司变更为股份有限公司，应当符合本法规定的股份有限公司的条件。股份有限公司则不能变更为有限责任公司。（　　）

13. 在所有情况下，公司向其他企业投资或者为他人提供担保，依照公司章程的规定，都由董事会决议。（　　）

14. 公司股东可以用劳务出资。（　　）

15. 除公司章程另有规定外，股东按照认缴的出资比例分取红利；公司新增资本时，股东有权优先按照认缴的出资比例认缴出资。（　　）

16. 公司分配当年税后利润时，应当提取利润的 10% 列入公司法定公积金。公司法不再规定强制提取法定公益金。（　　）

17. 公司债券只能是记名债券。（　　）

18. 当股份有限公司不能成立时，其发起人应当对设立行为所产生的债务和费用负连带责任。（　　）

四、综合题

1. 某房地产股份公司注册资本为人民币 2 亿元。后来由于房地产市场不景气，公司年底出现了无法弥补的经营亏损，亏损总额为人民币 7 000 万元。某股东据此请求召开临时股东大会。公司决定于次年 4 月 10 日召开临时股东大会，并于 4 月 5 日在报纸上向所有的股东发出了会议通知。通知确定的会议议程包括以下事项：

（1）选举更换部分董事，选举更换董事长；

（2）选举更换全部监事；

（3）更换公司总经理；

（4）就发行公司债券作出决议；

（5）就公司与另一房地产公司合并作出决议。

在股东大会上，上述各事项均经出席大会的股东所持表决权的半数通过。

根据上述材料，回答以下问题：

（1）公司发生亏损后，在股东请求时，应否召开股东大会？为什么？

（2）公司在临时股东大会的召集、召开过程中，有无与法律规定不相符的地方？如有，请指出，并说明理由。

2. 甲、乙、丙三人共同投资设立了一有限责任公司，公司章程规定：如果股东认为有限责任公司的经营不令其满意，可以抽回其出资或将其出资转让给股东以外的其他人。公司成立后，

经营业绩一直不理想，因此乙在没有通知甲、丙的情况下准备将出资额转让给丁，甲认为不能转让，但乙坚持认为其转让出资份额给第三人是公司章程赋予股东的权利。鉴于甲提出异议，乙为了避免大家关系紧张，又提出抽回出资的要求，丙认为这一要求是受公司章程保护的，应予支持。甲认为公司章程规定的内容不好，使公司的经营很被动，马上修改了公司章程。

问：

（1）甲认为乙未通知其他股东便转让出资份额给第三人的行为是无效的看法是否正确？

（2）丙认为乙抽回出资的行为受公司章程的保护的看法是否正确？

（3）甲迅速修改公司章程的行为是否合适？

3. 甲为筹集做生意的款项，向其好友丙借款 30 万元，但因没有预想中的收益，甲一直迟迟未归还丙的借款。丙多次要求甲还钱却没有结果，遂起诉至法院。人民法院经审理判决借款关系有效，甲应归还对丙的借款，但甲一直没有履行，丙只好申请人民法院强制执行。在执行过程中，执行人员发现甲已没有多少可供执行的财产，但是甲却在此之前与同学乙各自出资 30 万元设立了一家有限责任公司，甲还是该公司的董事。该公司成立后，经营状况并不是很好，目前能够用于清偿债务的财产也就在 30 万元左右。

问：

（1）丙认为甲之所以投资 30 万元与乙设立有限责任公司，目的就是借公司有限责任制度来逃避自己应当承担的责任，因此要求揭开公司面纱，让甲抽回其在有限责任公司的出资用来偿还欠其的债务。丙的要求是否能够得到支持？

（2）丙的债权如何实现？

4. 甲公司欲作为发起人募集设立一股份有限公司，其拟定的基本构想包括以下内容：（1）为了吸引外资，开拓国际市场，7 个发起人中有 4 个住所地在境外的发起人，这为公司的国际化打下良好的基础；（2）公司的注册资本是 8 000 万元，其中 7 个发起人认购 2 500 万元，由于公司所选项目有非常好的发展前景，其余的 5 500 万元向社会公开募集；（3）由于是募集设立的股份有限公司，因此所有的出资必须是货币；（4）由于发起人认为发行工作很重要，因此决定成立专门小组，自己发行股份；（5）认股人在缴纳股款后，在任何情况下，都不可以要求发起人返还股款；（6）创立大会可以根据需要，结合市场情况由发起人决定召开的时间；（7）如果公司不能设立，发起人和缴足股款的认股人会共同承担相应的法律责任。

问：甲公司拟定的基本构想中哪些不符合法律

规定？

5. 案情：望乡电池厂是国有企业，经批准进行股份制试点。其试点方案如下：

（1）以本厂作为独家发起人，采用发起设立方式设立股份公司。

（2）采用原厂消灭、部分改组方式，即将主要生产经营性资产和非主要生产经营性资本由新成立的实业公司管理。

（3）股份公司中，预计股本总额为 5 亿元，发起人股东占总股本的 80%（含工业产权、非专利技术作价资产占总股本的 24% 部分），向社会募集股份，占总股东的 20%。

（4）如果本厂获得上述股票计划额度，并经有关审批机关评审通过可以公开发行股票，其向社会公众发行的股票票面金额将确定为 2 元人民币，股份公司发起人持有的股票票面金额将确定为 1 元人民币。根据企业设立情况和市盈率，向社会公众发行股票价格每股确定为 3.4 元人民币。

问题：

（1）望乡电池厂以工业产权、非专利技术作价出资部分是否合法？为什么？

（2）对于望乡电池厂作为独家发起人，采用发起方式设立股份公司是否合法？为什么？

（3）股份公司拟设置的股份结构中，向社会公众发行的股份额比例为 20% 是否符合法律规定的公司上市的股份结构条件，为什么？

（4）股份公司拟发行的股票因发起人和其他认购人不同而确定不同的票面金额是否合法？为什么？

（5）股份公司拟向社会公开发行股票价格每股确定为 3.4 元人民币是否合法？为什么？

6. 2006 年 2 月，上海某国有公司（以下简称甲公司）拟将其全资拥有的乙国有企业（以下简称乙企业）整体改制设立股份有限公司，首次向社会公众发行股票并上市。甲公司制订了相应的方案，该方案有关要点如下：

（1）乙企业截至 2005 年 12 月 31 日经评估确认的净资产为 4 000 万元。甲公司拟联合丙公司、公民赵四和钱五共同发起设立股份有限公司（以下简称丁公司）。丁公司的股本总额拟定为 5 000 万元（每 1 股面值为 1 元。下同），其中：甲公司拟将乙企业的全部净资产评估价认购 4 000 万股。

丙公司以现金 500 万元认购 500 万股，赵四以现金 290 万元认购 290 万股。钱五以相关专利技术作价 300 万元按照 70% 的折股比例认购 210 万股。钱五折股溢价的 90 万元计入丁公司的资本公积金。

丁公司在各个股东交付了出资后，即签发并交付了股票。

（2）丁公司的董事会拟由 7 名董事组成，其中 6 名董事候选人相关情况以及拟在丁公司任职情况如下：

张一，拟任董事，现担任甲公司董事，拟同时兼任丁公司董事长。王二，拟经股东大会选举后担任职工董事，现是甲公司职工。李三，拟任董事，现担任丙公司总经理。赵四，拟任董事，拟以发起人身份以现金认购丁公司 290 万股。1998 年 3 月起任一家企业总经理。2000 年 9 月该企业破产清算完结，赵四对该企业破产负有个人责任。钱五，拟任董事，他于 2004 年因犯非法拘禁罪被判处有期徒刑 1 年，现已刑满释放。孙六，拟任董事，孙六的父亲因经营失败对外负债 60 万元人民币，已到期但不能清偿。

发起人在制定章程时，对董事会的职权作了规定，其中有一点是经董事会的同意，可以公司财产为他人提供担保。

（3）丁公司拟申请向社会公众发行 3 000 万股，发行价每股 1 元，募集资金 3 000 万元。

【要求】根据上述内容，回答下列问题：

（1）根据本题要点（1）所述内容，拟定的丁公司发起人人数、各发起人认购股份、交付股票的时间是否符合《中华人民共和国公司法》的规定？并分别说明理由。

（2）根据本题要点（2）所述内容，分别说明张一、王二、李三、赵四、钱五、孙六是否符合拟在丁公司担任董事或相关职务的任职资格条件？公司章程对于董事会职权的规定是否合法？并分别说明理由。

（3）根据本题要点（3）所述内容，丁公司拟申请向社会公众发行股份的数额是否符合有关规定？并分别说明理由。

知识点测试答案

一、单项选择题

1.【答案】C

【解析】依据《公司法》规定，有限责任公司的股东之间可以相互转让其全部或者部分股权。股东向股东以外的人转让股权，应当经其他股东过半数同意。股东应就其股权转让事项书面通知其他股东征求同意，其他股东自接到书面通知之日起满 30 日未答复的，视为同意转让。其他股东半数以上不同意转让的，不同意的股东应当购买该转让的股权；不购买的，视为同意转让。经股东同意转让的股权，在同等条件下，其他股东有优先购买权。两个以上股东主张行使优先购买权的，协商确定各自的购买比例；协商不成的，按照转让时各自的出资比例行使优先购买权。公司章程对股权转让另有规定的，从其规定。

2.【答案】C

【解析】依据《公司法》规定，公司可以向其他企业投资；但是，除法律另有规定外，不得成为对所投资企业的债务承担连带责任的出资人。

3.【答案】B

【解析】依据《公司法》规定，董事会会议由董事长召集和主持；董事长不能履行职务或者不履行职务的，由副董事长召集和主持；副董事长不能履行职务或者不履行职务的，由半数以上董事共同推举一名董事召集和主持。

4.【答案】B

【解析】依据《公司法》规定，有限责任公司的注册资本为在公司登记机关登记的全体股东认缴的出资额。公司全体股东的首次出资额不得低于注册资本的 20%，也不得低于法定的注册资本最低限额，其余部分由股东自公司成立之日起 2 年内缴足；其中，投资公司可以在 5 年内缴足。有限责任公司注册资本的最低限额为人民币 3 万元。法律、行政法规对有限责任公司注册资本的最低限额有较高规定的，从其规定。

5.【答案】B

【解析】依据《公司法》规定，有限责任公司成立后，发现作为设立公司出资的非货币财产的实际价额显著低于公司章程所定价额的，应当由交付该出资的股东补足其差额；公司设立时的其他股东承担连带责任。

6.【答案】B

【解析】依据《公司法》规定，股东会的议事方式和表决程序，除本法有规定的外，由公司章程规定。股东会会议作出修改公司章程、增加或者减少注册资本的决议，以及公司合并、分立、解散或者变更公司形式的决议，必须经代表 2/3 以上表决权的股东通过。因此，B 项是错误的。公司需要减少注册资本时，必须编制资产负债表及财产清单。公司应当自作出减少注册资本决议之日起 10 日内通知债权人，并于 30 日内在报纸上公告。债权人自接到通知书之日起 30 日内，未接到通知书的自公告之日起 45 日内，有权要求公司清偿债务或者提供相应的担保。公司减资后的注册资本不得低于法定的最低限额。

7.【答案】B

【解析】依据《公司法》规定，发起人、认股人缴纳股款或者交付抵作股款的出资后，除未按期募足股份、发起人未按期召开创立大会或者创立大会决议不设立公司的情形外，不得抽回其股本。

8.【答案】B
【解析】设立股份有限公司的，应于创立大会结束后 30 日内由董事会向公司登记机关申请设立登记。

9.【答案】B
【解析】依据《公司法》规定，股份有限公司以超过股票票面金额的发行价格发行股份所得的溢价款以及国务院财政部门规定列入资本公积金的其他收入，应当列为公司资本公积金。

10.【答案】B
【解析】有限责任公司董事会由 3～13 人组成。因此，选项 B 是正确的。

11.【答案】B
【解析】董事、高级管理人员不得兼任监事。

12.【答案】C
【解析】股份有限公司的财务会计报告应在召开股东大会年会的 20 日以前置备于公司办公场所，供股东查阅。

13.【答案】C
【解析】作出公司合并决议后应通知债权人并公告，债权人自接到通知书之日起 30 日内，未接到通知书的债权人自第一次公告之日起 45 日内，有权要求公司清偿债务或者提供相应的担保。

14.【答案】B
【解析】根据规定，有限责任公司发生经营困难，如果继续经营会使股东利益受到重大损失，通过其他途径不能解决的，持有公司全部股东表决权 10% 以上的股东，可以请求人民法院解散公司。

15.【答案】B
【解析】依据《公司法》规定，股东人数较少或者规模较小的有限责任公司，可以设 1 名执行董事，不设董事会。执行董事可以兼任公司经理。执行董事的职权由公司章程规定。1 人有限责任公司不设股东会。国有独资公司设董事会，依照公司法的规定行使职权。董事每届任期不得超过 3 年。董事会成员中应当有公司职工代表。董事会成员由国有资产监督管理机构委派；但是，董事会成员中的职工代表由公司职工代表大会选举产生。董事会设董事长 1 人，可以设副董事长。董事长、副董事长由国有资产监督管理机构从董事会成员中指定。股份有限公司设董事会，其成员为 5～19 人。董事会成员中可以有公司职工代表。董事会中的职工代表由公司职工通过职工代表大会、职工大会或者其他形式民主选举产生。

16.【答案】D
【解析】依据《公司法》规定，公司法所称一人有限责任公司，是指只有一个自然人股东或者一个法人股东的有限责任公司。一人有限责任公司应当在公司登记中注明自然人独资或者法人独资，并在公司营业执照中载明。一人有限责任公司不设股东会。股东作出公司法所列股东会职权的决定时，应当采用书面形式，并由股东签名后置备于公司。一人有限责任公司应当在每一会计年度终了时编制财务会计报告，并经会计师事务所审计。因此，D 项的表述是错误的。

17.【答案】B
【解析】依据《公司法》规定，监事会、不设监事会的公司的监事行使职权所必需的费用，由公司承担，得出 A 对。监事会每年度至少召开一次会议，监事可以提议召开临时监事会会议。监事会的议事方式和表决程序，除公司法有规定的外，由公司章程规定。监事会决议应当经半数以上监事通过。监事会应当对所议事项的决定作成会议记录，出席会议的监事应当在会议记录上签名。可知 B 错，C 对。监事可以列席董事会会议，并对董事会决议事项提出质询或者建议。监事会、不设监事会的公司的监事发现公司经营情况异常，可以进行调查；必要时，可以聘请会计师事务所等协助其工作，费用由公司承担，所以 D 对。

18.【答案】D
【解析】监事会、不设监事会的公司的监事行使下列职权：（1）检查公司财务；（2）对董事、高级管理人员执行公司职务的行为进行监督，对违反法律、行政法规、公司章程或者股东会决议的董事、高级管理人员提出罢免的建议；（3）当董事、高级管理人员的行为损害公司的利益时，要求董事、高级管理人员予以纠正；（4）提议召开临时股东会会议，在董事会不履行本法规定的召集和主持股东会会议职责时召集和主持股东会会议；（5）向股东会会议提出提案；（6）依照公司法的规定，对董事、高级管理人员提起诉讼；（7）公司章程规定的其他职权。

19.【答案】C
【解析】有限责任公司可以设经理，由董事会决定聘任或者解聘。经理对董事会负责，行使下列职权：（1）主持公司的生产经营管理工作，组织实施董事会决议；（2）组织实施公司年度经营计划和投资方案；（3）拟订公司内部管理机构设置方案；（4）拟订公司的基本管理制度；（5）制定公司的具体章程；（6）提请聘任或者解聘公司副经理、财务负责人；（7）决定聘任或者解聘除应由董事会决定聘任或者解聘以外的负责管理人员；（8）董事会授予的其他职权。公司章程对经理职权另有规定的，从其规定。经理列席董事会会议。

20.【答案】A

【解析】董事会对股东会负责,行使下列职权:(1)召集股东会会议,并向股东会报告工作;(2)执行股东会的决议;(3)决定公司的经营计划和投资方案;(4)制订公司的年度财务预算方案、决算方案;(5)制订公司的利润分配方案和弥补亏损方案;(6)制订公司增加或者减少注册资本以及发行公司债券的方案;(7)制订公司合并、分立、解散或者变更公司形式的方案;(8)决定公司内部管理机构的设置;(9)决定聘任或者解聘公司经理及其报酬事项,并根据经理的提名决定聘任或者解聘公司副经理、财务负责人及其报酬事项;(10)制定公司的基本管理制度;(11)公司章程规定的其他职权。

21.【答案】B

【解析】召开股东会会议,应当于会议召开15日前通知全体股东;但是,公司章程另有规定或者全体股东另有约定的除外。股东会应当对所议事项的决定作成会议记录,出席会议的股东应当在会议记录上签名。

22.【答案】C

【解析】股东会会议作出修改公司章程、增加或者减少注册资本的决议,以及公司合并、分立、解散或者变更公司形式的决议,必须经代表2/3以上表决权的股东通过。

23.【答案】A

【解析】股东大会应当每年召开一次年会。有下列情形之一的,应当在2个月内召开临时股东大会:(1)董事人数不足本法规定人数或者公司章程所定人数的2/3时;(2)公司未弥补的亏损达实收股本总额1/3时;(3)单独或者合计持有公司10%以上股份的股东请求时;(4)董事会认为必要时;(5)监事会提议召开时;(6)公司章程规定的其他情形。

24.【答案】D

【解析】发起人、认股人缴纳股款或者交付抵作股款的出资后,除未按期募足股份、发起人未按期召开创立大会或者创立大会决议不设立公司的情形外,不得抽回其股本。

25.【答案】C

【解析】创立大会行使下列职权:(1)审议发起人关于公司筹办情况的报告;(2)通过公司章程;(3)选举董事会成员;(4)选举监事会成员;(5)对公司的设立费用进行审核;(6)对发起人用于抵作股款的财产的作价进行审核;(7)发生不可抗力或者经营条件发生重大变化直接影响公司设立的,可以作出不设立公司的决议。创立大会对前款所列事项作出决议,必须经出席会议的认股人所持表决权过半数通过。

26.【答案】B

【解析】依照我国《公司法》的规定,股份有限公司和有限责任公司的成立日期均为公司营业执照签发日期。

27.【答案】C

【解析】本题考查公司的分类。按照股东责任范围的不同:无限公司、两合公司、股份两合公司、股份有限公司、有限责任公司;按照是否能够自由转让股份:封闭性公司和开放性公司;按照公司之间关系的不同:总公司和分公司、母公司和子公司。子公司具有法人资格,而分公司不具有法人资格按照信用基础为标准:人合公司、资合公司和人合兼资合公司。

28.【答案】D

【解析】依据《公司法》第184条规定的是普通清算,而不是破产清算,所以一般不需要法院的介入。A的成立必须具备一定条件(逾期不成立清算组进行清算的,债权人可以申请人民法院指定有关人员组成清算组进行清算)。因此A不成立。B错误。根据第184条的明文规定,公司应当在解散事由出现之日起15日内成立清算组,开始清算,而不是10日。同时根据第184条规定,有限责任公司的清算组由股东组成,股份有限公司的清算组由董事或者股东大会确定的人员组成。本题是有限公司的清算组,应由全体股东组成。所以C错误,D正确。

29.【答案】B

【解析】依据《公司法》本题注意两点:一是股份有限公司的最低注册资本额是500万元;二是发起设立与募集设立对发起人认股数额的区别。所谓发起设立,是指由发起人认购公司应发行的全部股份,不向发起人之外的任何人募集而设立公司,其核心特征是发起人认购全部股份;所谓募集设立,是指由发起人认购公司应发行股份的一部分,其余部分向社会公开募集而设立公司。本题中的5家发起人共同组建股份有限公司,采用发起设立,自然应当认购公司的全部股份,要设立股份有限公司至少要注册资本500万元,我国新《公司法》建立了注册资本的分期缴纳制度,《公司法》规定"股份有限公司采取发起设立方式设立的,注册资本为在公司登记机关登记的全体发起人认购的股本总额。公司全体发起人的首次出资额不得低于注册资本的20%,其余部分由发起人自公司成立之日起2年内缴足;其中,投资公司可以在5年内缴足。在缴足前,不得向他人募集股份。"所以发起人首次最低出资100万元公司即可成立,B为正确答案。

30.【答案】D

【解析】公司可以向其他企业投资;但是,除法律另有规定外，不得成为对所投资企业的债务承担连带责任的出资人。

31.【答案】C

【解析】股份有限公司设监事会，其成员不得少于 3 人。监事会设主席 1 人，可以设副主席。监事会主席和副主席由全体监事过半数选举产生。

32.【答案】A

【解析】单独或者合计持有公司 3% 以上股份的股东，可以在股东大会召开 10 日前提出临时提案并书面提交董事会；董事会应当在收到提案后 2 日内通知其他股东，并将该临时提案提交股东大会审议。

33.【答案】A

【解析】以募集设立方式设立股份有限公司的，发起人认购的股份不得少于公司股份总数的 35%；但是，法律、行政法规另有规定的，从其规定。

34.【答案】C

【解析】人民法院依照法律规定的强制执行程序转让股东的股权时，应当通知公司及全体股东，其他股东在同等条件下有优先购买权。其他股东自人民法院通知之日起满 20 日不行使优先购买权的，视为放弃优先购买权。

35.【答案】D

【解析】国有独资公司的董事长、副董事长、董事、高级管理人员，未经国有资产监督管理机构同意，不得在其他有限责任公司、股份有限公司或者其他经济组织兼职，所以 A 的说法是正确的。国有独资公司不设股东会，由国有资产监督管理机构行使股东会职权，所以 B 的说法是正确的。国有独资公司设董事会，依照公司法的规定行使职权；董事每届任期不得超过 3 年；董事会成员中应当有公司职工代表，所以 C 的说法是正确的。国有独资公司监事会成员不得少于 5 人，其中职工代表的比例不得低于 1/3，具体比例由公司章程规定；监事会成员由国有资产监督管理机构委派；但是，监事会成员中的职工代表由公司职工代表大会选举产生，所以 D 的说法是错误的。

二、多项选择题

1.【答案】B C

【解析】一人有限责任公司，是指只有一个自然人股东或者一个法人股东的有限责任公司。一人有限责任公司的注册资本最低限额为人民币 10 万元。股东应当一次足额缴纳公司章程规定的出资额。一个自然人只能投资设立一个一人有限责任公司。该一人有限责任公司不能投资设立新的一人有限责任公司。一人有限责任公司的股东不能证明公司财产独立于股东自己

的财产的，应当对公司债务承担连带责任。

2.【答案】B C

【解析】国有独资公司章程由国有资产监督管理机构制定，或者由董事会制订报国有资产监督管理机构批准。国有独资公司不设股东会，由国有资产监督管理机构行使股东会职权。国有资产监督管理机构可以授权公司董事会行使股东会的部分职权，决定公司的重大事项，但公司的合并、分立、解散、增加或者减少注册资本和发行公司债券，必须由国有资产监督管理机构决定；其中，重要的国有独资公司合并、分立、解散、申请破产的，应当由国有资产监督管理机构审核后，报本级人民政府批准。国有独资公司的董事长、副董事长、董事、高级管理人员，未经国有资产监督管理机构同意，不得在其他有限责任公司、股份有限公司或者其他经济组织兼职。

3.【答案】A B C D

【解析】公司不得收购本公司股份。但是，有下列情形之一的除外：（1）减少公司注册资本；（2）与持有本公司股份的其他公司合并；（3）将股份奖励给本公司职工；（4）股东因对股东大会作出的公司合并、分立决议持异议，要求公司收购其股份的。

4.【答案】A B D

【解析】有下列情形之一的，不得担任公司的董事、监事、高级管理人员：（1）无民事行为能力或者限制民事行为能力；（2）因贪污、贿赂、侵占财产、挪用财产或者破坏社会主义市场经济秩序，被判处刑罚，执行期满未逾 5 年，或者因犯罪被剥夺政治权利，执行期满未逾 5 年；（3）担任破产清算的公司、企业的董事或者厂长、经理，对该公司、企业的破产负有个人责任的，自该公司、企业破产清算完结之日起未逾 3 年；（4）担任因违法被吊销营业执照、责令关闭的公司、企业的法定代表人，并负有个人责任的，自该公司、企业被吊销营业执照之日起未逾 3 年；（5）个人所负数额较大的债务到期未清偿。公司违反前款规定选举、委派董事、监事或者聘任高级管理人员的，该选举、委派或者聘任无效。董事、监事、高级管理人员在任职期间出现本条第一款所列情形的，公司应当解除其职务。

5.【答案】A B D

【解析】公司的公积金用于弥补公司的亏损、扩大公司生产经营或者转为增加公司资本。但是，资本公积金不得用于弥补公司的亏损。法定公积金转为资本时，所留存的该项公积金不得少于转增前公司注册资本的 20%。

6.【答案】A C D

【解析】股东大会应当每年召开一次年会。有

下列情形之一的，应当在 2 个月内召开临时股东大会：（1）董事人数不足本法规定人数或者公司章程所定人数的 2/3 时；（2）公司未弥补的亏损达实收股本总额 1/3 时；（3）单独或者合计持有公司 10% 以上股份的股东请求时；（4）董事会认为必要时；（5）监事会提议召开时；（6）公司章程规定的其他情形。

7.【答案】A C
【解析】发起人持有的本公司股份，自公司成立之日起一年内不得转让。公司公开发行股份前已发行的股份，自公司股票在证券交易所上市交易之日起一年内不得转让。公司董事、监事、高级管理人员应当向公司申报所持有的本公司的股份及其变动情况，在任职期间每年转让的股份不得超过其所持有本公司股份总数的 25%；所持本公司股份自公司股票上市交易之日起一年内不得转让。上述人员离职后半年内，不得转让其所持有的本公司股份。公司章程可以对公司董事、监事、高级管理人员转让其所持有的本公司股份作出其他限制性规定。

8.【答案】B C
【解析】有限责任公司股东之间可以互相转让出资，不必经股东会或董事会决议；选项 D 则为经理的职权。

9.【答案】A D
【解析】根据规定，董事会决议必须有过半数的董事出席方可举行；董事会的决议必须经全体董事（而非出席会议）的过半数通过。

10.【答案】B D
【解析】（1）股份有限公司因董事长不能履行职务的，由副董事长执行职务。（2）增加公司注册资本应由股东大会作出决议，董事会无此职权。（3）聘任或解聘公司经理，并决定其报酬事项，属于董事会的职权。而且董事是可以兼任经理的。（4）董事会会议记录应由出席会议的董事签名。

11.【答案】A C
【解析】依据《公司法》规定，除公司章程规定或者股东会同意外，有限责任公司的董事、高级管理人员不得同本公司订立合同或者进行交易。

12.【答案】A C D
【解析】依据《公司法》（1）两个以上的国有企业或者其他两个以上的国有投资主体投资设立的有限责任公司，其董事会成员中应当有公司职工代表，职工代表由公司职工民主选举产生，因此 A 公司股东会选举和更换全部董事不符合法律规定；（2）选项 CD 属于董事会的职权。

13.【答案】A B
【解析】一人有限责任公司的注册资本最低限额为人民币 10 万元。股东应当一次足额缴纳公司章程规定的出资额。一个自然人只能投资设立一个一人有限责任公司。该一人有限责任公司不能投资设立新的一人有限责任公司。一人有限责任公司应当在每一会计年度终了时编制财务会计报告，并经会计师事务所审计。一人有限责任公司的股东不能证明公司财产独立于股东自己的财产的，应当对公司债务承担连带责任。

14.【答案】B C
【解析】（1）公司合并，应当由合并各方签订合并协议，并编制资产负债表及财产清单。公司应当自作出合并决议之日起 10 日内通知债权人，并于 30 日内在报纸上公告。债权人自接到通知书之日起 30 日内，未接到通知书的自公告之日起 45 日内，可以要求公司清偿债务或者提供相应的担保。（2）公司分立，其财产作相应的分割。公司分立，应当编制资产负债表及财产清单。公司应当自作出分立决议之日起 10 日内通知债权人，并于 30 日内在报纸上公告。公司分立前的债务由分立后的公司承担连带责任。但是，公司在分立前与债权人就债务清偿达成的书面协议另有约定的除外。（3）公司应当自作出减少注册资本决议之日起 10 日内通知债权人，并于 30 日内在报纸上公告。债权人自接到通知书之日起 30 日内，未接到通知书的自公告之日起 45 日内，有权要求公司清偿债务或者提供相应的担保。公司减资后的注册资本不得低于法定的最低限额。

15.【答案】A B C
【解析】选项 A，股票的发行价格可以按票面金额，也可以超过票面金额即股票溢价发行，但不得低于票面金额发行股票；选项 B 股票溢价发行的，以超过票面金额发行股票所得溢价款应列入公司资本公积金；选项 C 该种股票为无面额股票，公司法规定票面金额是股票上应当记载的主要事项，我国是禁止发行无面额股票的。

16.【答案】A B C D
【解析】依据《公司法》以公司股东的责任形式划分，公司可划分为无限责任公司、两合公司、股份两合公司、有限责任公司、股份有限公司。

17.【答案】A B C D
【解析】公司不得收购本公司股份。但是，有下列情形之一的除外：（1）减少公司注册资本；（2）与持有本公司股份的其他公司合并；（3）将股份奖励给本公司职工；（4）股东因对股东大会作出的公司合并、分立决议持异议，要求公司收购其股份的。公司因前款第（1）项至第（3）项的原因收购本公司股份的，应当经股东大会决议。公司依照前款规定收购本公司股份后，属于第（1）项情形的，应当自收购之日起 10 日内注销；属于第（2）项、第（4）项情形的，应当在 6 个月内转让或者注销。公司依照第一款第（3）项规定收购的本公司股份，不得超过本公司已发行股份总额的 5%；用于收购的资金应当从公司的税后利润中支出；所收购的股份应当在一年内转让给职工。

18.【答案】B D
【解析】公司董事、监事、高级管理人员应当向公司申报所持有的本公司的股份及其变动情况，在任职期间每年转让的股份不得超过其所持有本公司股份总数的 25%；所持本公司股份自公司股票上市交易之日起一年内不得转让。上述人员离职后半年内，不得转让其所持有的本公司股份。公司章程可以对公司董事、监事、高级管理人员转让其所持有的本公司股份作出其他限制性规定。

19.【答案】A B C D
【解析】股东大会作出修改公司章程、增加或者减少注册资本的决议，以及公司合并、分立、解散或者变更公司形式的决议，必须经出席会议的股东所持表决权的 2/3 以上通过。故 A 项正确。
公司发行新股，依照公司章程的规定由股东大会或者董事会对下列事项作出决议：（1）新股种类及数额；（2）新股发行价格；（3）新股发行的起止日期；（4）向原有股东发行新股的种类及数额。故 B 项正确，董事会可以依照公司章程对新股发行价格作出决议。
公司经国务院证券监督管理机构核准公开发行新股时，必须公告新股招股说明书和财务会计报告，并制作认股书。故 C、D 项也正确。

20.【答案】B D
【解析】有限责任公司设立董事会的，股东会会议由董事会召集，董事长主持，A 错；股份有限公司设立监事会，其成员不得少于 3 人。监事会应当包括股东代表和适当比例的公司职工代表，其中职工代表的比例不得低于 1/3，具体比例由公司章程规定，B 项正确；国有独资公司设立董事会，董事会成员中应当有公司职工代表，C 错；上市公司设立独立董事，D 正确。

21.【答案】A B C
【解析】设立公司必须依法制定公司章程。公司章程对公司、股东、董事、监事、高级管理人员具有约束力。副经理属于公司高级管理人员。

22.【答案】A B C D
【解析】发起人向社会公开募集股份，应当由

依法设立的证券公司承销，签订承销协议。发起人向社会公开募集股份，应当同银行签订代收股款协议。发行股份的股款缴足后，必须经依法设立的验资机构验资并出具证明。发起人应当在 30 日内主持召开公司创立大会。创立大会由认股人组成。发行的股份超过招股说明书规定的截止期限尚未募足的，或者发行股份的股款缴足后，发起人在 30 日内未召开创立大会的，认股人可以按照所缴股款并加算银行同期存款利息，要求发起人返还。发起人、认股人缴纳股款或者交付抵作股款的出资后，除未按期募足股份、发起人未按期召开创立大会或者创立大会决议不设立公司的情形外，不得抽回其股本。招股说明书应当附有发起人制订的公司章程。发起人应当在创立大会召开 15 日前将会议日期通知各认股人或者予以公告。创立大会应有代表股份总数过半数的认股人出席，方可举行。创立大会行使下列职权：①审议发起人关于公司筹办情况的报告；②通过公司章程；③选举董事会成员；④选举监事会成员；⑤对公司的设立费用进行审核；⑥对发起人用于抵作股款的财产的作价进行审核；⑦发生不可抗力或者经营条件发生重大变化直接影响公司设立的，可以作出不设立公司的决议。创立大会对前款所列事项作出决议，必须经出席会议的认股人所持表决权过半数通过。

23.【答案】A D
【解析】《公司法》规定，公司股东会或者股东大会、董事会的决议内容违反法律、行政法规的无效。股东会或者股东大会、董事会的会议召集程序、表决方式违反法律、行政法规或者公司章程，或者决议内容违反公司章程的，股东可以自决议作出之日起 60 日内，请求人民法院撤销。
关于 A 选项，《公司法》规定，股东有权查阅、复制公司章程、股东会会议记录、董事会会议决议、监事会会议决议和财务会计报告。股东可以要求查阅公司会计账簿。A 项决议剥夺了股东查阅公司会计账簿的法定权利，故无效。因此，对于股东会或董事会决议违反法律或章程的股东可以公司为被告提起诉讼请求人民法院宣告决议无效或撤销该决议。
关于 C 选项，制订了甲公司与另一公司合并的方案符合《公司法》规定的董事会的职权，所以对此不能提起诉讼。
关于 D 项，《公司法》规定，监事可以列席董事会会议，并对董事会决议事项提出质询或者建议。监事会、不设监事会的公司的监事发现公司经营情况异常，可以进行调查；必要时，可以聘请会计师事务所等协助其工作，费用由公司承担。故 D 项的决议违法，无效，金某可以提起诉讼请求

人民法院宣告决议无效或撤销该决议。

关于 B 选项，《公司法》规定，董事会或者执行董事不能履行或者不履行召集股东会会议职责的，由监事会或者不设监事会的公司的监事召集和主持；监事会或者监事不召集和主持的，代表 1/10 以上表决权的股东可以自行召集和主持。因此，金某针对 B 选项的情况，可以自行召集和主持股东会，不能提起诉讼。

三、判断题

1. 【答案】×

【解析】设立有限责任公司，应由全体股东指定的代表或者共同委托的代理人向公司登记机关申请名称预先核准。

2. 【答案】×

【解析】根据规定，预先核准的公司名称保留期为 6 个月，经核准的公司名称在保留期内不得用于从事经营活动，不得转让。

3. 【答案】√

【解析】公司可以设立分公司和子公司。分公司不具有企业法人资格，其民事责任由公司承担。子公司具有企业法人资格，依法独立承担民事责任。

4. 【答案】×

【解析】并非所有有限责任公司董事会中都有职工代表。

5. 【答案】×

【解析】增加注册资本属于有限责任公司股东会的特别决议，但须经代表 2/3 以上表决权的股东通过才能作出决议。并无"出席会议"之规定。

6. 【答案】×

【解析】根据规定，有限责任公司变更为股份有限公司时，折合的实收股本总额不得高于公司净资产额。

7. 【答案】×

【解析】董事会会议，应由董事本人出席；董事因故不能出席，可以书面委托其他董事代为出席，委托书中应载明授权范围。即其委托的人也必须是董事。

8. 【答案】√

【解析】董事会应当对会议所议事项的决定作成会议记录，出席会议的董事应当在会议记录上签名。董事应当对董事会的决议承担责任。董事会的决议违反法律、行政法规或者公司章程、股东大会决议，致使公司遭受严重损失的，参与决议的董事对公司负赔偿责任。但经证明在表决时曾表明异议并记载于会议记录的，该董事可以免除责任。

9. 【答案】×

【解析】公司以法定盈余公积金转增资本时，

法律规定公司所留存的该项公积金不得少于转增前注册资本的 25%。

10. 【答案】√

【解析】一人有限责任公司的注册资本最低限额为人民币 10 万元。股东应当一次足额缴纳公司章程规定的出资额。一个自然人只能投资设立一个一人有限责任公司。该一人有限责任公司不能投资设立新的一人有限责任公司。

11. 【答案】×

【解析】公司法定代表人依照公司章程的规定，由董事长、执行董事或者经理担任，并依法登记。公司法定代表人变更，应当办理变更登记。

12. 【答案】×

【解析】有限责任公司变更为股份有限公司，应当符合本法规定的股份有限公司的条件。股份有限公司变更为有限责任公司，应当符合本法规定的有限责任公司的条件。有限责任公司变更为股份有限公司的，或者股份有限公司变更为有限责任公司的，公司变更前的债权、债务由变更后的公司承继。

13. 【答案】×

【解析】公司向其他企业投资或者为他人提供担保，依照公司章程的规定，由董事会或者股东会、股东大会决议；公司章程对投资或者担保的总额及单项投资或者担保的数额有限额规定的，不得超过规定的限额。公司为公司股东或者实际控制人提供担保的，必须经股东会或者股东大会决议。前款规定的股东或者受前款规定的实际控制人支配的股东，不得参加前款规定事项的表决。该项表决由出席会议的其他股东所持表决权的过半数通过。

14. 【答案】×

【解析】股东可以用货币出资，也可以用实物、知识产权、土地使用权等可以用货币估价并可以依法转让的非货币财产作价出资；但是，法律、行政法规规定不得作为出资的财产除外。股东不得以劳务、信用、自然人姓名、商誉、特许经营权或者设定担保的财产等作价出资。

15. 【答案】×

【解析】股东按照实缴的出资比例分取红利；公司新增资本时，股东有权优先按照实缴的出资比例认缴出资。但是，全体股东约定不按照出资比例分取红利或者不按照出资比例优先认缴出资的除外。

16. 【答案】√

【解析】公司分配当年税后利润时，应当提取利润的 10% 列入公司法定公积金。公司法定公积金累计额为公司注册资本的 50% 以上的，可以不再提取。公司的法定公积金不足以弥补以前年度亏损的，在依照前款规定提取法定公积金之前，应当先用当年利润弥补亏损。公司从税后利润中提取法定公积金后，经股东会或者股东大会决议，还可以从税后利润中提取任意公积金。

17.【答案】×

【解析】公司债券，可以为记名债券，也可以为无记名债券。

19.【答案】√

【解析】股份有限公司的发起人应当承担下列责任：（1）公司不能成立时，对设立行为所产生的债务和费用负连带责任；（2）公司不能成立时，对认股人已缴纳的股款，负返还股款并加算银行同期存款利息的连带责任；（3）在公司设立过程中，由于发起人的过失致使公司利益受到损害的，应当对公司承担赔偿责任。

四、综合题

1.（1）公司发生经营亏损后，在股东请求时，应当召开临时股东大会。召开的理由是，该公司的未弥补亏损 7 000 万元已超过注册资本 2 亿元的 1/3。

（2）该公司在临时股东大会的召集、召开过程中，存在以下与法律不符的地方：召开股东大会会议，应当将会议召开的时间、地点和审议的事项于会议召开 20 日前通知各股东；临时股东大会应当于会议召开 15 日前通知各股东；发行无记名股票的，应当于会议召开 30 日前公告会议召开的时间、地点和审议事项；

选举更换董事长，不属于股东大会的职权，应由董事会选举更换董事长；

股东大会不能选举、更换全部监事，因其中有公司职工选出的监事，股东大会只能选举更换由股东代表出任的监事；

更换聘任公司经理，是董事会的职权，不是股东大会的职权；

公司合并决议应经出席股东大会的股东所持表决权的 2/3，而不是半数以上通过。

2.（1）甲认为乙未通知其他股东便转让出资份额给第三人的行为是无效的看法是正确的。尽管公司章程规定："如果股东认为有限责任公司的经营不令其满意，可以抽回其出资或将其出资转让给股东以外的其他人。"但章程条款的内容不能与公司法的强制性规定相违背，如果与公司法的强制性规定冲突的话，则该章程条款无效。

根据《公司法》第 72 条规定，股东向股东以外的人转让股权，应当经其他股东过半数同意。股东应就其股权转让事项书面通知其他股东征求同意，其他股东自接到书面通知之日起满 30 日未答复的，视为同意转让。其他股东半数以上不同意转让的，不同意的股东应当购买该转让的股权；不购买的，视为同意转让。经股东

同意转让的股权，在同等条件下，其他股东有优先购买权。两个以上股东主张行使优先购买权的，协商确定各自的购买比例；协商不成的，按照转让时各自的出资比例行使优先购买权。可知公司章程规定的股东有权不经通知即可转让股权的章程条款是与法律相违背的，是无效的。因此，乙不能依据无效的章程条款来行使自己的权利。

（2）丙认为乙抽回出资的行为受公司章程的保护的看法是不正确的。尽管公司章程规定了股东可以抽回出资，尽管公司章程对公司、股东有约束力，但公司章程的条款不得违反法律、法规的强制性规定，根据《公司法》第 36 条"公司成立后，股东不得抽逃出资"的规定，公司章程允许股东抽回出资的条款是无效条款，乙不能依据无效章程条款行事。因此，丙认为乙抽回出资的行为受公司章程的保护的看法是不正确的。

（3）甲迅速修改公司章程是不合适也不合法的。《公司法》规定，股东会会议作出修改公司章程、增加或者减少注册资本的决议，以及公司合并、分立、解散或者变更公司形式的决议，必须经代表 2/3 以上表决权的股东通过。因此，甲的行为是不合法的。

3.（1）不能。依据《公司法》的规定，公司成立后，股东不得抽逃出资。因为有限责任公司一旦成立，则已成为一个独立的法人，股东的出资就是公司法人独立承担法律责任的财产基础，也是股东仅以其出资额为限对公司债务承担责任的依据。股东可以货币、实物、土地使用权、工业产权等方式出资，股东一旦履行了出资义务，其出资标的物的所有权就转移到公司，构成公司的财产，公司的财产与股东个人的财产相分离。本案中，无论甲设立公司的真正目的是什么，该有限责任公司都已成立，甲的出资行为早已完成，甲是不能任意抽回出资的，即便该公司不能或不想继续经营，那也要清算以后股东才能分配公司的剩余财产。因此，丙抽回出资偿还债务的要求是不能得到支持的。

（2）如果甲没有其他财产可供清偿，则丙可申请法院强制执行甲在该有限责任公司的股权。甲出资 30 万元与乙设立了有限责任公司，虽然该出资已属于公司的财产而不是甲的财产，但甲却因其出资行为而获得了在该有限责任公司的股权。股权是具有财产属性并可供强制执行的，如果甲没有其他财产可供清偿，则法院可强制执行其拥有的该有限责任公司的股权。如果不足清偿，也只能等甲有清偿能力后再继续执行。

4.（1）7 个发起人中有 4 个住所地在境外的发起

人不符合法律规定。《公司法》规定，设立股份有限公司，应当有 2 人以上 200 人以下为发起人，其中须有半数以上的发起人在中国境内有住所。而本题设立中的公司 7 个发起人中只有 3 个在中国境内有住所，没有超过半数或达到半数。

（2）公司的注册资本是 8 000 万元，其中 7 个发起人认购 2 500 万元不符合法律规定。因为在募集设立的情况下，发起人认购的股份不得少于公司股份总数的 35%，而本案中发起人认购 2 500 万元，没有达到 35% 的比例要求。

（3）所有的出资必须是货币是不符合法律规定的。为了保证资本的确定和充实，公司法规定，发起人除可以用货币出资，也可以用实物、工业产权、非专利技术、土地使用权等可以用货币估价并可以依法转让的非货币财产作价出资外，其他股东必须是货币出资。当然，对作为出资的实物、工业产权、非专利技术或者土地使用权，必须进行评估作价，核实财产，并折合为股份。不得高估或者低估作价。

（4）发起人决定成立专门小组，自己发行股份不符合法律规定。《公司法》规定，发起人向社会公开募集股份，应当由依法设立的证券公司承销，签订承销协议。因此发起人是不能自己发行股份的。

（5）认股人在缴纳股款后，在任何情况下，都不可以要求发起人返还股款是不符合法律规定。因为根据《公司法》规定，发行的股份超过招股说明书规定的截止期限尚未募足的，或者发行股份的股款缴足后，发起人在 30 日内未召开创立大会的，认股人可以按照所缴股款并加算银行同期存款利息，要求发起人返还。

（6）创立大会可根据需要，结合市场情况由发起人决定召开的时间是不符合法律规定的。因为《公司法》规定，发行股份的股款缴足后，必须经依法设立的验资机构验资并出具证明。发起人应当在 30 日内主持召开公司创立大会。创立大会由认股人组成。

（7）如果公司不能设立，发起人和缴足股款的认股人会共同承担相应的法律责任是不符合法律规定的。因为公司法规定，股份有限公司的发起人应当承担下列责任：①公司不能成立时，对设立行为所产生的债务和费用负连带责任；②公司不能成立时，对认股人已缴纳的股款，负返还股款并加算银行同期存款利息的连带责任；③在公司设立过程中，由于发起人的过失致使公司利益受到损害的，应当对公司承担赔偿责任。

5.（1）合法。《公司法》规定，股东可以用货币出资，也可以用实物、知识产权、土地使用权等可以用货币估价并可以依法转让的非货币作价出资；但是，法律、行政法规规定不得作为出资的财产除外。对作为出资的非货币财产应当评估作价，核实财产，不得高估或者低估作价。法律、行政法规对评估作价有规定的，从其规定。全体股东的货币出资额不得低于有限责任公司注册资本的 30%。

（2）不合法。依照法律的规定，股份有限公司的设立方式有二：发起设立或募集设立，应该说发起人可以根据情况自由选择设立方式，当然无论哪种设立方式都必须符合法律所设定的条件。同时，根据《公司法》规定，设立股份有限公司，应当由 2 人以上 200 人以下为发起人，其中须有半数以上的发起人在中国境内有住所。所以独家发起不合法。

（3）合法。根据《公司法》的有关规定，股份有限公司股票上市的条件之一是向社会公众发行的股份不得少于公司拟发行股本总额的 15%。《公司法》第 85 条规定："以募集设立方式设立股份有限公司的，发起人认购的股份不得少于公司股份总数的 35%；但是，法律、行政法规另有规定的，从其规定。"根据该条的规定，募集设立股份公司时，对于向公众发行的股份比例没有做限制，但发起人至少认购的股份比例是 35%。因而本题中发起人认购股份达到 80%，在这一点上应当是合法的。

（4）不合法。根据《公司法》规定，股份有限公司的资本划分为股份，每一股的金额相等，同次发行的股票，每股的发行条件和价格应当相同，任何单位或个人所认购的股份，每股应当支付相同的价额。

（5）合法。根据《公司法》规定，股票发行价格可以按票面金额，也可以超过票面金额，但不得低于票面金额。

6.（1）发起人数额符合《公司法》的规定。设立股份有限公司，应当有 2 人以上 200 人以下为发起人，其中须有半数以上的发起人在中国境内有住所。

拟定的发起人认购股份的折股条件不符合公司法的规定。根据《公司法》的规定，股份的发行，实行公平、公正的原则，同种类的每一股份应当具有同等权利。同次发行的同种类股票，每股的发行条件和价格应当相同；任何单位或者个人所认购的股份，每股应当支付相同价额。

交付股票的时间不符合法律规定。《公司法》规定，股份有限公司成立后，即向股东正式交付股票。公司成立前不得向股东交付股票。

（2）张一符合担任丁公司董事的任职资格。但不得事先内定丁公司董事长职务，因为根据《公司法》的规定，董事会设董事长一人，可以设副董事长。董事长和副董事长由董事会以全体董事的过半数选举产生。王二符合担任丁公司董事资格，但产生的过程不合法。根据《公司法》的规定，董事会成员中可以有公司职工代表。董事会中的职工代表由公司职工通过职工代表大会、职工大会或者其他形式民主选举产生。李二符合担任丁公司董事资格。赵四符合担任丁公司董事资格。赵四自其担任的企业破产清算完结之日起已经超过了 3 年。钱五符合担任丁公司董事资格。《公司法》规定，因贪污、贿赂、侵占财产、挪用财产或者破坏社会主义市场经济秩序，被判处刑罚，执行期满未逾 5 年，或者因犯罪被剥夺政治权利，执行期满未逾 5 年的，不得担任公司的董事。但钱五并不是上述的经济犯罪。孙六符合担任丁公司

董事资格。《公司法》规定，个人所负数额较大的债务到期未清偿的，不得担任公司的董事。本题中并不是孙六所负数额较大的债务，而是其父亲，因此，并不影响其担任公司的董事。公司章程对于董事会职权的规定是合法的。《公司法》规定，董事、高级管理人员不得违反公司章程的规定，未经股东会、股东大会或者董事会同意，将公司资金借贷给他人或者以公司财产为他人提供担保。因此，董事会有权决定对外担保。

（3）丁公司拟申请向社会公众发行股份的数额符合规定。根据《公司法》的规定，股份有限公司向社会公众发行的部分不能少于股本总额的 25%，现丁公司拟向社会公众发行的股份，占股本总额的 37.5%。

■第六章　　外商投资企业法

本章概述

一、内容提要

本章的主要内容包括外商投资企业的概念、特征、种类、权利义务，外商投资企业的出资方式、比例及期限，外国投资者并购境内企业，我国对外商投资企业的法律保护，合资企业、合作企业和外资企业的特点、设立条件和程序、组织机构和经营管理、期限、终止和清算，合资企业的注册资本与投资总额的关系、财务会计管理、出资额的转让，合作企业外商先行回收投资的规定等。

二、历年考题分析

本章前两年在考试中占的比重不大，但1997年和1998年连续考了两次综合题。这两道综合题比较典型，考核了本章的主要知识点，建议考生熟练掌握。本章考点比较突出，主要集中在外商投资企业的出资方式、比例及期限，外商投资企业的组织机构，合资企业的注册资本与投资总额的关系、出资额的转让，合作企业与合资企业的区别，以及合作企业的外商先行回收投资等。2005年本章新增了外国投资者并购境内企业的有关规定，这些内容也可以在综合题中出现。

本章最近5年平均考分6.2分。本章近5年考试的题型、分值及考点分布详见下表：

年份\项目	题型	题量	分值	考点
2007	单项选择题	2	2	中外合资经营企业的纠纷解决途径；中外合资经营企业和中外合作经营企业的区别
	多项选择题	2	2	一般有限责任公司和中外合资经营企业的区别；境外并购需要报送并购方案的情形
	判断题	1	1	收购价款的支付期限以及企业决策权的取得
2006	单项选择题	2	2	外商并购境内企业缴纳出资期限；外商并购后，注册资本与投资总额的比例
	多项选择题	3	3	外商并购中必须向有关部门报告的情形；合资企业必须经过审批的情形；限制类外商投资项目
2005	单项选择题	2	2	合资企业外方出资比例低于25%的注意事项；合作企业延长经营期限的起算日期
	多项选择题	3	3	对合资企业董事会的法律规定；外资企业解散时清算委员会的组成人员；外国投资者并购境内企业后所设外商投资企业的注册资本与投资总额的比例
	判断题	2	2	合资企业投资一方未能在规定期限内缴付出资的后果；向外国投资者出售资产的程序
2004	单项选择题	1	1	外资企业提取储备基金的比例
	多项选择题	3	3	合资企业应经中国注册会计师验证和出具证明的文件；中外合作企业必须经董事会（或者联合管理委员会）出席会议的董事（或者委员）一致通过的事项；中外合作企业经营期限的确定
	判断题	1	1	场地使用权出资的作价方式
	综合题	1	6	外商通过收购境内企业改组为中外合资企业的，缴纳收购款的期限；中外合资企业的利润分配方式；中外合资企业注册资本与投资总额的比例
2003	单项选择题	1	1	注册资本与投资总额的比例及外方的最低出资额
	多项选择题	1	1	国家限制外商投资的项目
	判断题	1	1	中外合作企业的利润分配

三、2008年教材内容变化

2007年教材按照2006年商务部的最新规定改写了外国投资者并购境内企业的内容。2008年教材本章的内容基本没有修改。

本章内容结构基本框架

知识点	第六章 外商投资企业法	学习建议
6.1	外商投资企业法概述	
6.1.1	外商投资企业的概念、特征和种类	一般了解
6.1.2	外商投资企业的投资项目	应当记住
6.1.3	外商投资企业的出资方式	必须掌握
6.1.4	外商投资企业的出资比例及期限	必须记住
6.1.5	外国投资者并购境内企业	必须掌握
6.1.6	我国对外商投资企业的保护	应当记住
6.2	中外合资经营企业	
6.2.1	对合资、合作和外资企业的中要规定	必须掌握
6.2.2	中外合资企业的投资总额	应当记住
6.2.3	中外合资企业的财务会计管理	应当记住
6.2.4	中外合资企业出资额的转让	应当记住
6.3	中外合作经营企业	
6.3.1	中外合作企业外商先行回收投资的规定	必须掌握
6.4	外资企业法	
6.4.1	外资企业的财务会计管理	应当记住

知识点精讲

6.1 外商投资企业法概述

6.1.1 外商投资企业的概念、特征和种类

Ⅰ. 考点分析

外商投资企业,是指外国投资者经中国政府批准,在中国境内投资举办的企业。

外商投资企业的基本特征为:(1)外商投资企业是外商直接投资举办的企业;(2)外商投资企业是吸引外国私人投资举办的企业;(3)外商投资企业是依照中国的法律和行政法规,经中国政府批准,在中国境内设立的企业。

外商投资企业有中外合资企业、中外合作企业、外资企业和中外合资股份有限公司四种。

【要点提示】外商投资企业是中国企业,而非外国企业。

Ⅱ. 经典例题

1. [多项选择题]根据我国有关法律和行政法规的规定,我国目前的外商投资企业的种类有( )。

A. 中外合资经营企业

B. 中外合作经营企业

C. 外资企业

D. 中外合资股份有限公司

【答案】ABCD

【解析】根据中国的外商投资企业法和相关的行政法规,中外合资经营企业、中外合作经营企业、外资企业以及中外合资股份有限公司均为外商投资企业。

2. [判断题]既然外商投资企业是外国人投资创办的,那么外商投资企业就是外国企业。

( )

【答案】×

【解析】外商投资企业是按照中国的外商投资企业法和相关的行政法规设立的,并且是在中国的工商行政部门登记成立的,所以应该是中国企业,而不是外国企业。

6.1.2 外商投资企业的投资项目

Ⅰ. 考点分析

鼓励类外商投资项目有:(1)属于农业新技术、农业综合开发和能源、交通、重要原材料工业的;(2)属于高新技术、先进适用技术,能够改进产品性能、提高企业技术经济效益或者生产国内生产能力不足的新设备、新材料的;(3)适应市场需求,能够提高产品档次、开拓新兴市场或者增加产品国际竞争能力的;(4)属于新技术、新设备,能够节约能源和原材料、综合利用资源和再生资源以及防治环境污染的;(5)能够发挥中西部地区的人力和资源优势,并符合国家产业政策的;(6)法律、行政法规规定的其他情形。

限制类外商投资项目有:(1)技术水平落后的;(2)不利于节约资源和改善生态环境的;(3)从事国家规定实行保护性开采的特定矿种勘探、开采的;(4)属于国家逐步开放的产业的;(5)法律、行政法规规定的其他情形。

禁止类外商投资项目有:(1)危害国家安全或者损害社会公众利益的;(2)对环境造成污染损害,破坏自然资源、或者损害人体健康的;(3)占用大量耕地,不利于保护、开发土地资源的;(4)危害军事设施安全和使用效能的;(5)运用我国特有工艺或者技术生产产品的;(6)法律、行政法规规定的其他情形。

不属于鼓励类、限制类和禁止类的外商投资项目,为允许类外商投资项目。

产品全部直接出口的允许类外商投资项目,视为鼓励类外商投资项目。出口销售额占其产品销售总额70%以上的限制类外商投资项目,经省、

自治区、直辖市及计划单列市人民政府或者国务院主管部门批准，可以视为允许类外商投资项目。

【要点提示】本知识点为2003年新增的，比较重要。考生特别要注意①限制类和禁止类项目的区别；②从限制类到允许类到鼓励类项目的出口额度的要求等，这些都是比较容易出考题的。

Ⅱ. 经典例题

1. [2006年多项选择题第11题]根据《指导外商投资方向规定》的规定，下列选项中，属于限制类外商投资项目的有（　　）。

A. 能源、重要原材料工业项目

B. 不利于节约资源和改善生态环境的项目

C. 从事国家规定实行保护性开采的特种矿种勘探的项目

D. 运用我国特有工艺生产产品的项目

【答案】B C

【解析】限制类外商投资项目有：（1）技术水平落后的；（2）不利于节约资源和改善生态环境的；（3）从事国家规定实行保护性开采的特定矿种勘探、开采的；（4）属于国家逐步开放的产业的；（5）法律、行政法规规定的其他情形。

2. [2003年多项选择题第9题]根据指导外商投资方向的有关规定，下列各项中，属于国家限制类外商投资项目的有（　　）。

A. 运用我国特有工艺生产产品的项目

B. 不利于节约资源的项目

C. 技术水平落后的项目

D. 不利于改善生态环境的项目

【答案】B C D

【解析】法律规定，属于国家限制类外商投资的项目有：（1）技术水平落后的；（2）不利于节约资源和改善生态环境的；（3）从事国家规定实行保护性开采的特定矿种勘探、开采的；（4）属于国家逐步开放的产业的；（5）法律、行政法规规定的其他情形。运用我国特有工艺生产产品的项目属于禁止类外商投资项目。

6.1.3　外商投资企业的出资方式

Ⅰ. 考点分析

外方投资者以现金出资时，应当以可以自由兑换的外币缴付出资，不能以人民币缴付出资。但经有关财税机关证明，外资企业的外国投资者可以以在中国境内投资分得的人民币利润缴纳出资。

外方投资者以机器设备或者其他物料出资的，应符合下列条件：（1）为合营企业生产所必不可少；（2）价格不得高于同类机器设备或其他物料当时国际市场价格。中外投资者出资的实物，必须是自己所有并且未设立任何担保物权的。不能以企业名义取得的贷款、租赁的设备或者其他财产，以及用他人财产作为自己的出资，也不得以企业或者投资他方的财产和权益为其出资提供

担保。

中方投资者可以用场地使用权作为出资。此处考生还应掌握场地使用权的作价方式。如2004年判断题第6题：中外合资经营企业，中外合作经营企业的中方投资者以场地使用权作价出资的，其作价金额可以由中外双方协商确定，也可以聘请各方同意的第三方评定。（　　）

本题答案为错，因为法律规定，中外合资经营企业、中外合作经营企业的中方投资者以场地使用权作价出资的，其作价金额应与取得同类场地使用权所应缴纳的使用费相同。

外方投资者出资的工业产权、专有技术必须符合下列条件之一：（1）能显著改进现有产品的性能、质量，提高生产效率；（2）能显著节约原材料、燃料、动力。

中外投资者出资的工业产权或专有技术，必须是自己所有并且未设立任何担保物权的工业产权和专有技术，仅通过许可证协议方式取得的技术使用权，不得用来出资。

《中外合作企业法》规定，中外合作者还可以用其他财产权利出资或作为合作条件，主要包括：国有企业的经营权、国有自然资源的使用经营权、公民或集体组织的承包经营权、公司股份或其他形式的权益等。

【要点提示】关注①外商和中方在现金出资方式上的差别；②外商以机器设备、工业产权以及专有技术出资的条件要求；③关注中方场地使用权出资作价的确认问题。

Ⅱ. 经典例题

1. [单项选择题]外国合营者的下列出资方式，符合中外合资经营企业法律制度规定的是（　　）。

A. 以人民币缴付出资

B. 以美元缴付出资

C. 以劳务作价出资

D. 以已设立担保物权的机器设备作价出资

【答案】B

【解析】外国经营者以货币出资时，只能以外币缴付出资，不能以人民币缴付出资；劳务出资是合伙企业特有的出资方式；合营各方认缴的出资，必须是合营者自己所有的现金、自己所有并且未设立任何担保物权的建筑物、厂房、机器设备或者其他物料、工业产权、专有技术。

2. [多项选择题]我国的甲公司与香港的B公司拟举办一家合资经营企业，双方就共同投资问题进行了协商。下列协商内容中，不符合中国法律规定的有（　　）。

A. 甲公司提供了已设定抵押权的厂房

B. B公司通过C公司提供的担保从香港等地银行获得的贷款出资

C. 甲公司提供劳务出资

D．B 公司以合营企业名义租赁的设备出资

【答案】A C D

【解析】我国法律规定，中外投资者用作投资的实物，必须为自己所有、且未设立任何担保物权；任何一方都不得以企业名义取得的贷款、租赁的设备或者其他财产，以及自己以外的他人财产作为自己的实物出资，也不得以企业或者投资他方的财产和权益为其出租担保。B 公司是通过 C 公司提供的担保从银行获得贷款作为出资的，而 C 公司既不是合营他方，也不是合营企业，所以这种担保是合法的。

6.1.4 外商投资企业的出资比例及期限

Ⅰ．考点分析

中外合资企业中外方的出资一般不能少于企业注册资本的 25%；凡取得法人资格的中外合作企业，外方的投资比例一般也不得低于注册资本的 25%。经过审批，外方投资者的出资比例低于 25% 的，应当在营业执照上加注。

外商投资企业应在合同、章程中明确规定出资期限。外商投资企业合同中规定一次缴付出资的，投资各方应自营业执照颁发日起 6 个月内缴清；合同中规定分期缴付出资的，投资各方第一期出资不得低于各自认缴出资额的 15%，并且应当在营业执照签发之日起 3 个月内缴清。此处请考生注意，该 15% 是分期缴纳出资方认缴的出资额的 15%，而不是企业注册资本总和的 15%。如 2001 年单项选择题第 6 题：某中外合资经营企业的注册资本为 500 万美元，其中外国合营者认缴出资额 300 万美元，中国合营者认缴出资额为 200 万美元。如果合营企业合同约定分期缴付出资，则外国合营者第一期交付的出资额应不低于（　　）万美元。

A．45　　　　　B．60

C．75　　　　　D．100

本题答案只能选 A，因为法律规定，合资企业合同中规定分期缴付出资的，投资各方第一期出资不得低于各自认缴出资额的 15%。

对通过收购国内企业资产或股权设立外商投资企业的外国投资者，应自外商投资企业营业执照颁发之日起 3 个月内支付全部购买金。对特殊情况需延长支付者，经审批机关批准后，自营业执照颁发之日起 6 个月内支付购买金总金额的 60% 以上，在 1 年内付清全部购买金，并按实际缴付的出资额的比例分配收益。通过收购国内企业资产或股权设立外商投资企业是比较新的规定，最近几年考得较多，如以下多项选择题：外国甲公司收购境内乙公司部分资产，并以该资产作为出资与境内丙公司于 2000 年 3 月 1 日成立了一家中外合资经营企业。甲公司收购乙公司部分资产的价款为 120 万美元。甲公司向乙公司支付价款的下列方式中，不符合规定的有（　　）。

A．甲公司于 2000 年 5 月 30 日向乙公司一次支付 120 万美元

B．甲公司于 2000 年 5 月 30 日向乙公司支付 60 万美元，2001 年 2 月 28 日支付 60 万美元

C．甲公司于 2001 年 2 月 28 日向乙公司一次支付 120 万美元

D．甲公司于 2000 年 8 月 30 日向乙公司支付 80 万美元，2001 年 8 月 30 日支付 40 万美元

本题答案为 BCD，因为法律规定，通过收购国内企业资产或股权设立外商投资企业的外国投资者，应自外商投资企业营业执照颁发之日起 3 个月内支付全部购买金。对特殊情况需延长支付者，经审批机关批准后，自营业执照颁发之日起 6 个月内支付购买金总金额的 60% 以上，在 1 年内付清全部购买金。

对在合资企业中控股的投资者来说，在其未缴清全部出资额之前，不能取得企业决策权，也不得将其在企业中的权益、资产以合并报表的方式纳入该投资者的财务报表。如以下单项选择题：国内企业甲由外国投资者乙收购 51% 的股权于 1999 年 10 月 8 日依法变更为中外合资经营企业丙。经审批机关批准后，乙于 2000 年 1 月 15 日支付了购买股权总金额 50% 的款项，于 2000 年 3 月 20 日支付了购买股权总金额 20% 的款项，于 2000 年 10 月 5 日支付了剩余的购买股权款项。根据中外合资经营企业法律制度的规定，乙取得丙控股权的时间是（　　）。

A．1999 年 10 月 8 日

B．2000 年 1 月 15 日

C．2000 年 3 月 20 日

D．2000 年 10 月 5 日

本题答案只能选 D，因为 2000 年 10 月 5 日为外国投资者乙缴清全部出资额之日。

中外合资经营企业的投资者均须按合同规定的比例和期限同步缴付认缴的出资额。因特殊情况不能同步缴付的，应报原审批机构批准，并按实际缴付的出资额比例分配收益。

中外合作经营企业和外资企业的出资期限比照中外合资经营企业的规定执行。

外商投资企业各方未按期缴付出资的，视同企业自动解散，批准证书失效；投资一方未按期缴付或缴清出资，守约方催告一个月后仍未缴付或缴清的，视同自动退出外商投资企业。

【要点提示】①注意外商出资的最低注册资本的严格要求；②外商投资企业要遵守的出资期限的规定；③关注缴付出资时，一方守约而另一方违约的法律后果；④对通过收购国内企业资产方式出资的，只有在控股方缴付全部购买金时，才可以取得企业决策权和相关权益。

Ⅱ．经典例题

1.［2005 年单项选择题第 5 题］根据有关规

定，中外合资经营企业的外国投资者出资比例低于注册资本 25% 的，下列表述中，正确的是（　　）。

A. 外国投资者应当自营业执照签发之日起 3 个月内一次缴清出资

B. 该企业的设立不需要经外商投资企业审批机关审批

C. 该企业不得享受合营企业的优惠待遇

D. 该企业不能取得法人资格

【答案】C

【解析】根据有关规定，中外合资经营企业的外国投资者出资比例低于注册资本 25% 的，该企业不得享受合营企业的优惠待遇。

2. ［2005 年判断题第 2 题］中外合资经营的投资一方未能在规定的期限内缴付出资的，视同合营企业自动解散，合营企业批准证书自动失效。

（　　）

【答案】×

【解析】法律规定，合营一方未按照合营合同的规定如期缴付或者缴清其出资的，即构成违约。守约方应当催告违约方在一个月内缴付或者缴清出资。逾期仍未缴付或者缴清的，视同违约方放弃在合营合同中的一切权利，自动退出合营企业。

3. ［2004 年综合题第 1 题］2003 年 5 月，甲国有企业拟利用美国乙公司的投资将其全资拥有的丙国有独资公司（下称丙公司）改组为中外合资经营企业。甲企业在与乙公司协商后，拟订的改组方案中有关要点如下：

（1）改组前的丙公司注册资本 5 000 万元人民币。甲企业拟将丙公司 60% 的股权转让给乙公司，转让价款为 450 万美元；乙公司在中外合资经营企业营业执照颁发后半年内向甲企业支付 250 万美元，余款在 2 年内付清。

（2）丙公司改组后注册资本增加至 1 200 万美元，投资总额拟为 3 300 万美元。甲企业与乙公司分别按照 40% 和 60% 的股权比例以现金向丙公司增资。注册资本与投资总额的差额，由丙公司向境外借款解决。

（3）丙公司与原有职工实行双向选择：对留用职工由改组后的丙公司与其依法重新签订劳动合同；对解除劳动合同的职工支付经济补偿金，所需资金从甲企业取得的股权转让款中优先支付。

（4）改组后，丙公司的经营期限为 20 年。经营期满后，丙公司的全部固定资产无偿归甲企业所有。在乙公司投资回收完毕之前，丙公司的收益按甲企业 20%、乙公司 80% 的比例进行分配。乙公司投资回收完毕后，甲企业与乙公司按出资比例分配收益。

【要求】根据上述内容，分别回答以下问题：

（1）乙公司向甲企业支付股权转让价款的期限是否符合规定？并说明理由。

（2）改组后的丙公司的注册资本与投资总额的安排是否符合规定？改组后的丙公司向境外借款的安排是否符合规定？并分别说明理由。

（3）改组方案中支付解除劳动合同职工经济补偿金的方式是否符合规定？并说明理由。

（4）改组后的丙公司的收益分配方式是否符合规定？并说明理由。

【答案及解析】

（1）乙公司向甲企业支付股权转让价款的期限不符合规定。法律规定，对通过收购国内企业资产或股权设立外商投资企业的外国投资者，应自外商投资企业营业执照颁发之日起 3 个月内支付全部购买金。对特殊情况需延长支付者，经审批机关批准后，自营业执照颁发之日起 6 个月内支付购买金总金额的 60% 以上，在 1 年内付清全部购买金。

（2）改组后的丙公司的注册资本与投资总额的比例符合规定。法律规定，合资企业的投资总额在 3 000 万美元以上的，注册资本至少应占投资总额的 1/3，其中投资总额在 3 600 万美元以下的，注册资本不得低于 1 200 万美元。改组后丙公司中外双方的出资比例也符合规定。法律规定合资企业中外方的出资比例一般不低于 25%。改组后的丙公司向境外借款的安排符合规定。法律规定，外商投资企业举借的中长期外债累计发生额和短期外债余额之和应当控制在审批部门批准的项目总投资和注册资本之间的差额以内。在差额范围内，外商投资企业可自行举借外债。

（3）改组方案中支付解除劳动合同职工经济补偿金的方式符合规定。法律规定，对解除劳动合同的职工支付的经济补偿金，从改组前被改组企业的净资产中抵扣，或从国有产权持有人转让国有产权的收益中优先支付。

（4）改组后的丙公司的收益分配方式不符合规定。法律规定，合资企业按照各方的出资比例分配利润和承担风险。本案拟订的外方先行收回投资的方式，适用于中外合作企业。

6.1.5　外国投资者并购境内企业

Ⅰ．考点分析

1. 外国投资者并购境内企业的概念及原则

外国投资者并购境内企业，系指外国投资者购买境内非外商投资企业股东的股权或认购境内公司增资，使该境内公司变更设立为外商投资企业（股权并购）；或者，外国投资者设立外商投资企业，并通过该企业协议购买境内企业资产且运营该资产，或，外国投资者协议购买境内企业资产，并以该资产投资设立外商投资企业运营该资产（资产并购）。

法律法规不允许外国投资者独资经营的产业，并购不得导致外国投资者持有企业的全部股权；需由中方控股或相对控股的产业，该产业的企业被并购后，仍应由中方在企业中占控股或相对控股地位；禁止外国投资者经营的产业，外国投资者不得并购从事该产业的企业。

2. 外国投资者并购境内企业的要求

境内公司、企业或自然人以其在境外合法设立或控制的公司名义并购与其有关联关系的境内的公司，应报商务部审批。当事人不得以外商投资企业境内投资或其他方式规避上述要求。

外国投资者并购境内企业并取得实际控制权，涉及重点行业、存在影响或可能影响国家经济安全因素或者导致拥有驰名商标或中华老字号的境内企业实际控制权转移的，应向商务部进行申报。当事人未予申报，但其并购行为对国家经济安全造成或可能造成重大影响的，商务部可以要求当事人终止交易或采取转让相关股权、资产或其他有效措施，以消除对国家经济安全的影响。

外国投资者股权并购的，并购后所设外商投资企业承继被并购境内公司的债权和债务。外国投资者资产并购的，出售资产的境内企业承担其原有的债权和债务。外国投资者、被并购境内企业、债权人以及其他当事人可以对并购境内企业的债权债务的处置另行达成协议，但是该协议不得损害第三人利益和社会公共利益。

并购当事人应以资产评估机构对拟转让的股权价值或拟出售资产的评估结果作为确定交易价格的依据。

并购当事人应对并购各方是否存在关联关系进行说明，如果有两方属于同一个实际控制人，则应向审批机关披露其实际控制人，并就并购目的和评估结果是否符合市场公允价值进行解释。当事人不得以信托、代持或其他方式规避上述要求。

3. 外国投资者并购境内企业的注册资本与投资总额

外国投资者协议购买境内公司股东的股权，境内公司变更设立为外商投资企业后，该外商投资企业的注册资本为原境内公司注册资本，外国投资者的出资比例为其所购买股权在原注册资本中所占比例。外国投资者认购境内有限责任公司增资的，并购后所设外商投资企业的注册资本为原境内公司注册资本与增资额之和。外国投资者与被并购境内公司原其他股东，在境内公司资产评估的基础上，确定各自在外商投资企业注册资本中的出资比例。

外国投资者在并购后所设外商投资企业注册资本中的出资比例一般不低于 25%，经批准也可以低于 25%，但应在营业执照上注明。

外国投资者股权并购的，除国家另有规定外，对并购后所设外商投资企业应按照以下比例确定投资总额的上限：（1）注册资本在 210 万美元以下的，投资总额不得超过注册资本的七分之十；（2）注册

资本在 210 万美元以上至 500 万美元的，投资总额不得超过注册资本的 2 倍；（3）注册资本在 500 万美元以上至 1 200 万美元的，投资总额不得超过注册资本的 2.5 倍；（4）注册资本在 1 200 万美元以上的，投资总额不得超过注册资本的 3 倍。

4. 外国投资者并购境内企业的出资

外国投资者并购境内企业设立外商投资企业，外国投资者应自外商投资企业营业执照颁发之日起 3 个月内向转让股权的股东，或出售资产的境内企业支付全部对价。对特殊情况经批准后，应自营业执照颁发之日起 6 个月内支付全部对价的 60% 以上，1 年内付清全部，并按实际缴付的出资比例分配收益。外国投资者资产并购的，超过对价部分的出资，合同、章程规定一次缴清出资的，投资者应自营业执照颁发之日起 6 个月内缴清，规定分期缴付出资的，第一期出资不得低于各自认缴出资额的 15%，并应自营业执照颁发之日起 3 个月内缴清。

外国投资者认购境内公司增资，有限责任公司和以发起方式设立的境内股份有限公司的股东应当在公司申请外商投资企业营业执照时缴付不低于 20% 的新增注册资本，其余部分的出资时间应符合有关法律规定。

外国投资者并购境内企业设立外商投资企业，如果外国投资者出资比例低于企业注册资本 25% 的，投资者以现金出资的，应自外商投资企业营业执照颁发之日起 3 个月内缴清；投资者以实物、工业产权等出资的，应自营业执照颁发之日起 6 个月内缴清。

外国投资者在并购后所设外商投资企业注册资本中的出资比例高于 25% 的，该企业享受外商投资企业待遇；出资比例低于 25% 的，除另有规定外，该企业不享受外商投资企业待遇。

境内公司、企业或自然人以其在境外合法设立或控制的公司名义并购与其有关联关系的境内公司，所设立的外商投资企业不享受外商投资企业待遇，但该境外公司认购境内公司增资，或者该境外公司向并购后所设企业增资，增资额占所设企业注册资本比例达到 25% 以上的除外。根据上述方式设立的外商投资企业，其实际控制人以外的外国投资者在企业注册资本中的出资比例高于 25% 的，享受外商投资企业待遇。

5. 外国投资者并购境内企业的审批与登记

外国投资者并购境内企业的审批机关为中华人民共和国商务部或省级商务主管部门；登记管理机关为中华人民共和国国家工商行政管理总局或其授权的地方工商行政管理局。外国投资者并购境内企业设立外商投资企业，除另有规定外，审批期限为 30 日。外国投资者并购境内企业资产的，投资者应自收到批准证书之日起 30 日内，向登记管理机关申请办理设立登记，领取外商投资

企业营业执照。外国投资者股权并购的，被并购境内公司应向原登记管理机关申请变更登记，领取外商投资企业营业执照。投资者自收到外商投资企业营业执照之日起 30 日内，到税务、海关、土地管理和外汇管理等有关部门办理登记手续。

6. 外国投资者以股权作为支付手段并购境内公司

外国投资者以股权作为支付手段并购境内公司，是指境外公司的股东以其持有的境外公司股权，或者境外公司以其增发的股份，作为支付手段，购买境内公司股东的股权或者境内公司增发股份的行为。上述所称的境外公司应合法设立并且其注册地具有完善的公司法律制度，且公司及其管理层最近 3 年未受到监管机构的处罚；除特殊目的公司外，境外公司应为上市公司，其上市所在地应具有完善的证券交易制度。

外国投资者以股权并购境内公司所涉及的境内外公司的股权，应符合以下条件：（1）股东合法持有并依法可以转让；（2）无所有权争议且没有设定质押及任何其他权利限制；（3）境外公司的股权应在境外公开合法证券交易市场（柜台交易市场除外）挂牌交易；（4）境外公司的股权最近 1 年交易价格稳定。上述第（3）、（4）项不适用于特殊目的公司。外国投资者以股权并购境内公司，境内公司或其股东应当聘请在中国注册登记的中介机构担任顾问。

特殊目的的公司，是指中国境内公司或自然人为实现以其实际拥有的境内公司权益在境外上市而直接或间接控制的境外公司。特殊目的公司境外上市的股票发行价总值，不得低于其所对应的经中国有关资产评估机构评估的被并购境内公司股权的价值。

特殊目的的公司的境外上市融资收入，应调回境内使用。具体可采取以下方式：（1）向境内公司提供商业贷款；（2）在境内新设外商投资企业；（3）并购境内企业。境内公司及自然人从特殊目的公司获得的利润、红利及资本变动所得外汇收入，应自获得之日起 6 个月内调回境内。利润或红利可以进入经常项目外汇账户或者结汇。资本变动外汇收入经外汇管理机关核准，可以开立资本项目专用账户保留，也可经外汇管理机关核准后结汇。

7. 反垄断审查

外国投资者并购境内企业有下列情形之一的，投资者应就所涉情形向商务部和国家工商行政管理总局报告：（1）并购一方当事人当年在中国市场营业额超过 15 亿元人民币；（2）1 年内并购国内关联行业的企业累计超过 10 个；（3）并购一方当事人在中国的市场占有率已经达到 20%；（4）并购导致并购一方当事人在中国的市场占有率达到25%。虽未达到上述所述条件，但是应有竞争关

系的境内企业、有关职能部门或者行业协会的请求，商务部或国家工商行政管理总局认为外国投资者并购涉及市场份额巨大，或者存在其他严重影响市场竞争等重要因素的，也可以要求外国投资者作出报告。上述所称并购一方当事人包括与外国投资者有关联关系的企业。商务部和国家工商行政管理总局认为可能造成过度集中，妨害正当竞争、损害消费者利益的，应自收到规定报送的全部文件之日起 90 日内，举行听证会，并依法决定批准或不批准。

境外并购有下列情形之一的，并购方应在对外公布并购方案之前或者报所在国主管机构的同时，向商务部和国家工商行政管理总局报送并购方案。商务部和国家工商行政管理总局应审查是否存在造成境内市场过度集中，妨害境内正当竞争、损害境内消费者利益的情形，并作出是否同意的决定：（1）境外并购一方当事人在我国境内拥有资产 30 亿元人民币以上；（2）境外并购一方当事人当年在中国市场上的营业额 15 亿元人民币以上；（3）境外并购一方当事人及与其有关联关系的企业在中国市场占有率已经达到 20%；（4）由于境外并购，境外并购一方当事人及与其有关联关系的企业在中国的市场占有率达到 25%；（5）由于境外并购，境外并购一方当事人直接或间接参股境内相关行业的外商投资企业将超过 15 家。

有下列情形之一的并购，并购一方当事人可以向商务部和国家工商行政管理总局申请审查豁免：（1）可以改善市场公平竞争条件的；（2）重组亏损企业并保障就业的；（3）引进先进技术和管理人才并能提高企业国际竞争力的；（4）可以改善环境的。

【要点提示】此部分内容比较新，需要特别注意：①两种并购形式的不同要求；②并购境内企业的投资总额与注册资本的关系；③并购的出资方式和期限；④反垄断审查。

Ⅱ. 经典例题

1. ［2007 年多项选择题第 5 题］根据外国投资者并购境内企业的有关规定，外国投资者在并购境内企业过程中，发生下列情形时，并购方应在对外公布并购方案之前或者报所在国主管机构的同时，向商务部和国家工商行政管理总局报送并购方案的有（　）。

A. 境外并购一方当事人在我国境内拥有资产 30 亿元人民币以上

B. 境外并购一方当事人及与其有关联关系的企业在中国市场占有率已经达到 20%

C. 由于境外并购，境外并购一方当事人及与其有关联关系的企业在中国的市场占有率达到 25%

D. 由于境外并购，境外并购一方当事人直接或间接参股境内相关行业的外商投资企业将超过

15 家

【答案】A B C D

【解析】本题考核境外并购需要报送并购方案的情形。以上四项均符合规定的标准。

2. [2007 年判断题第 4 题] 甲境内企业由乙国外投资者收购 60% 的股权，并于 2006 年 10 月 12 日依法变更为中外合资经营企业。经审批机关批准后，乙于 2007 年 1 月 5 日支付了购买股权总金额 50% 的款项，于 2007 年 3 月 30 日支付了购买股权总金额 30% 的款项，于 2007 年 9 月 10 日支付了剩余的购买股权款项。乙取得中外合资经营企业决策权的时间为 2007 年 3 月 30 日。（ ）

【答案】×

【解析】本题考核收购价款的支付期限以及企业决策权的取得。根据规定，对通过收购国内企业资产或股权设立外商投资企业的外国投资者，对特殊情况需要延长支付者，经审批机关批准后，应自营业执照颁发之日起 6 个月内支付购买总金额 60% 以上，在 1 年内付清全部购买金。控股投资者在付清全部购买金额之前，不能取得企业决策权。本题中，收购价款的支付期限符合规定，但是取得的决策权时间表述错误。

3. [2006 年单项选择题第 7 题] 某外商投资企业由外国投资者并购境内企业设立，注册资本 600 万美元，其中外国投资者以现金出资 120 万美元。下列有关该外国投资者出资期限的表述中，符合外国投资者并购境内企业有关规定的是（ ）。

A. 外国投资者应自外商投资企业营业执照颁发之日起 3 个月内缴清出资

B. 外国投资者应自外商投资企业营业执照颁发之日起 6 个月内缴清出资

C. 外国投资者应自外商投资企业营业执照颁发之日起 9 个月内缴清出资

D. 外国投资者应自外商投资企业营业执照颁发之日起 1 年内缴清出资

【答案】A

【解析】外国投资者并购境内企业设立外商投资企业，出资比例低于 25% 的，自外商投资企业营业执照颁发之日起，以现金出资的 3 个月内缴清；以实物、工业产权等出资的 6 个月内缴清。

4. [2006 年单项选择题第 8 题] 某外国投资者协议购买境内公司股东的股权，将境内公司变更为外商投资企业，该外商投资企业的注册资本为 700 万美元。根据外国投资者并购境内企业的有关规定，该外商投资企业的投资总额的上限是（ ）。

A. 1 000 万美元　　B. 1 400 万美元

C. 1 750 万美元　　D. 2 100 万美元

【答案】C

【解析】外国投资者股权并购的，对并购后所

设外商投资企业应按照以下比例确定投资总额的上限：（1）注册资本在 210 万美元以下的，投资总额不得超过注册资本的七分之十；（2）注册资本在 210 万美元以上至 500 万美元的，投资总额不得超过注册资本的 2 倍；（3）注册资本在 500 万美元以上至 1 200 万美元的，投资总额不得超过注册资本的 2.5 倍；（4）注册资本在 1 200 万美元以上的，投资总额不得超过注册资本的 3 倍。

5. [2006 年多项选择题第 7 题] 根据外国投资者并购境内企业的有关规定，外国投资者并购境内企业，发生下列情形时，应当向国家对外经济贸易主管部门和国家工商行政管理部门报告的有（ ）。

A. 1 年内并购国内关联行业的企业达到 8 个

B. 并购导致并购一方当事人在中国的市场占有率达到 25%

C. 并购一方当事人当年在中国市场营业额超过 15 亿元人民币

D. 并购一方当事人在中国市场占有率已经达到 15%

【答案】B C

【解析】外国投资者并购境内企业有下列情形之一的，投资者应就所涉情形向外经贸部和国家工商行政管理总局报告：（1）并购一方当事人当年在中国市场营业额超过 15 亿元人民币；（2）一年内并购国内关联行业的企业累计超过 10 个；（3）并购一方当事人在中国的市场占有率已经达到 20%；（4）并购导致并购一方当事人在中国的市场占有率达到 25%。虽未达到前款所述条件，但是应有竞争关系的境内企业、有关职能部门或者行业协会的请求，外经贸部或国家工商行政管理总局认为外国投资者并购涉及市场份额巨大，或者存在其他严重影响市场竞争或国计民生和国家经济安全等重要因素的，也可以要求外国投资者作出报告。

6. [2005 年多项选择题第 9 题] 根据外国投资者并购境内企业的有关规定，外国投资者采取并购方式设立外商投资企业的，并购后所设外商投资企业的注册资本与投资总额的下列约定中，符合规定的有（ ）。

A. 注册资本 150 万美元，投资总额 200 万美元

B. 注册资本 300 万美元，投资总额 620 万美元

C. 注册资本 700 万美元，投资总额 1 500 万美元

D. 注册资本 1 500 万美元，投资总额 3 900 万美元

【答案】A C D

【解析】法律规定，外国投资者采取并购方式设立外商投资企业的，并购后所设外商投资企业的

注册资本与投资总额的比例为：（1）注册资本在210万美元以下的，投资总额不得超过注册资本的七分之十；（2）注册资本在210万美元以上至500万美元的，投资总额不得超过注册资本的2倍；（3）注册资本在500万美元以上至1 200万美元的，投资总额不得超过注册资本的2.5倍；（4）注册资本在1 200万美元以上的，投资总额不得超过注册资本的3倍。

7.〔2005年判断题第3题〕向外国投资者出售资产的境内企业应该按照规定的期限和方式通知债权人并发布公告，债权人自接到通知书之日起30日内或者自公告之日起60日内，有权要求出售资产的境内企业提供相应的担保。（　）

【答案】×

【解析】向外国投资者出售资产的境内企业应该按照规定的期限和方式通知债权人并发布公告，债权人自接到通知书或者自公告之日起10日内有权要求出售资产的境内企业提供相应的担保。

Ⅲ. 相关链接

在复习过程中，考生反映有七种缴纳出资的期限比较容易与并购缴纳出资期限混淆。该七种期限为：国企兼并缴纳兼并款的期限、国有产权转让支付价款的期限、设立外商投资企业缴纳出资的期限、外商收购境内企业改组成外商投资企业（利用外资改组国有企业）缴纳收购款的期限、外国投资者并购境内企业（国有企业）改组为外商投资企业缴纳出资的期限、外国投资者并购境内企业（国有企业）改组为外商投资企业但出资不足25%的缴纳出资的期限、公司股东缴纳出资的期限。现分析归纳如下：

国有企业兼并主要是在内资企业之间；国有产权转让是指仅转让国有产权，不改组为外商投资企业的，如改组，应当适用外商收购、并购的法律规定。利用外资改组国有企业，其实就是外商收购或者并购，只是对象局限于国有企业，所以关于审批机关、职工安置、欠职工的工资、保险费等有些特别规定，缴纳出资的期限与收购和并购是一样的。具体如下：

1. 不改组为外商投资企业的国有产权转让，转让价款应当一次付清。有困难并提供担保的，合同生效之日起5个工作日内首付不得低于总价款的30%，其余款项付款期限不得超过1年。

2. 一般的外商投资企业，指外商以货币、实物、工业产权、专有技术投入作为出资的企业，可以有两种缴纳出资的期限：一种是6个月内一次缴清，另一种是3个月内缴纳不少于15%。

3. 外商收购境内企业改组，包括收购国有企业和非国有企业改组，包括收购资产改组或股权改组，作为成立外商投资企业的一种特殊形式，其出资期限是营业执照颁发之日3个月内一次缴清，或6个月内缴纳不少于60%，其余部分1年内缴清。

4. 外国投资者并购境内企业改组为外商投资企业，其实又是收购的一种特殊形式，包括并购国有企业改组和非国有企业改组，包括资产并购或股权并购。其与上一种收购改组区别在于外商的投入可能超过收购的资产或股权的对价。外商投入等于资产或股权的对价部分，按照上一种收购改组的缴纳出资期限来执行；超过资产或股权的对价部分，资产并购的，按照设立外商投资企业缴纳出资的期限来执行；外商认购境内增资，有限公司和发起设立的股份公司的股东，按照设立公司缴纳出资。

5. 外国投资者并购境内企业设立外商投资企业，出资比例低于25%的，自外商投资企业营业执照颁发之日起，以现金出资的3个月内缴清；以实物、工业产权等出资的6个月内缴清。

6. 公司股东缴纳出资期限为首次出资不少于20%，其余部分在2年内缴清，投资类的公司在5年内缴清。一人有限责任公司、募集设立的股份有限公司为实缴资本。

附：几种缴纳出资期限的比较

项　　目	出　资　期　限
企业国有产权转让	转让价款应当一次付清。有困难并提供担保的，合同生效之日起5个工作日内首付不得低于总价款的30%，其余款项付款期限不得超过1年。
设立外商投资企业	6个月内一次缴清；或者3个月内缴纳不少于15%。
利用外资改组内资（国有）企业	营业执照颁发之日3个月内一次缴清，或6个月内缴纳不少于60%，其余部分1年内缴清。
外商并购境内企业改组为外商投资企业	外商投入等于资产或股权的对价部分，按照利用外资改组国有企业的缴纳出资期限执行；资产并购的超过对价部分，按照设立外商投资企业缴纳出资的期限来执行，其中成立公司的，超过对价部分出资的最长期限为2年或5年。
外商认购境内增资，有限公司和发起设立的股份公司的股东	首付不低于20%，其余部分2年内付清，投资类公司5年内付清。

续表

项　目	出资期限
外商并购境内企业改组为外商投资企业，出资比例低于 25% 的	自外商投资企业营业执照颁发之日起，以现金出资的 3 个月内缴清；以实物、工业产权等出资的 6 个月内缴清。
公司股东缴纳出资期限	首付不低于 20%，其余部分 2 年内付清，投资类公司 5 年内付清。一人有限责任公司，募集设立的股份有限公司为实缴资本。

6.1.6　我国对外商投资企业的保护

Ⅰ．考点分析

国家对中外合资企业和外资企业不实行国有化和征收。但在特殊情况下，为了社会公共利益的需要，对该两类企业可以依照法定程序实行征收，并给予相应的补偿。

【要点提示】此部分了解就可以。

Ⅱ．经典例题

[判断题] 对于中外合资企业以及外资企业，国家基于社会公共利益的需要，可以对此两类企业依法征收，同时不需要相应的补偿。　　　（　）

【答案】×

【解析】基于公共利益需要而进行的征收，仍应该给予被征收方相应的补偿。

6.2　中外合资经营企业法

6.2.1　对合资、合作和外资企业的主要规定

Ⅰ．考点分析

	合资企业	合作企业	外资企业
法律特征	股权式	契约式	
设立条件	五种情况不予批准	鼓励两类生产型企业	鼓励两类企业，五种情况不予批准
主体特点	中方无个人，双方均无政府机关	同合资企业	无中方（外国公司分支机构不属于外资企业）
审批部门	（1）国家外经贸主管部门 （2）具备两个条件的，省级政府及国务院有关行政机关	对外贸主管部门或者国务院授权的部门和地方人民政府	对外经贸主管部门及国务院授权的省级人民政府和计划单列市、经济特区人民政府
审批期限	3 个月	45 天	90 天
出资比例	外方一般不少于 25%	法人型外方一般不少于 25%	
注册资本与投资总额关系	7/10、1/2、2/5、1/3	参照合资企业	参照合资企业
注册资本增加、减少、转让	确因需要经过批准可以减少；增、减、转让都要经过批准并办理变更登记	同合资企业	同合资企业；财产或权益对外抵押或转让，也要经过批准并登记备案
组织形式	法人型，只能是有限责任公司	可以（1）法人型，有限责任公司；（2）非法人型	主要是有限责任公司，经批准可以其他
损益分配	按出资比例分配	按合同约定分配	归投资者所有
最高权力机构	董事会	（1）法人型：董事会 （2）非法人型：联合管理委员会 （3）经双方一致同意和审批机构批准，可以委托管理	资本持有者
董事会及任期	（1）不少于 3 人 （2）各方名额参照出资比例 （3）任期 4 年	（1）不少于 3 人 （2）各方名额参照投资或者提供的合作条件 （3）任期 3 年	

续表

	合资企业	合作企业	外资企业
董事会年会及临时会议	（1）每年至少1次 （2）1/3以上董事提议召开临时会议 （3）2/3以上董事出席方能开会	同合资企业，一般决议过半数通过	
董事会决议须一致通过的事项	（1）修改章程 （2）企业终止、解散 （3）注册资本增加、减少 （4）企业合并、分立	（1）修改章程 （2）注册资本增、减 （3）资产抵押 （4）合并、分立、解散	
企业经营期限	（1）一般10～30年 （2）投资大、周期长、利润率低、技术先进、有国际竞争力的可延长到50年 （3）国务院特批可50年以上	合作双方合同中约定	外方投资者在设立申请书中讲明
企业延期条件	距期满6个月前提出（审批机关1个月内决定）	距期满180天前提出（审批机关30天内决定）；外方先行收回投资的，不得延长；若外方增加投资的，可延长	距期满180天前提出（审批机关30天内决定）
解散时的清算人员	一般在企业董事中选任，也可以聘请中国注册会计师、律师担任，必要时审批机关可以派人监督		企业法定代表人、债权人代表、主管机关代表，并聘请在中国注册的注册会计师、律师参加
解散时财产分配	按出资比例，合同协议另有约定的除外	按合同约定，外方先行收回投资的，固定资产无偿归中方	归投资者

【要点提示】此部分内容涉及很多知识点，也可以出综合题。①注意合资企业、合作企业的区别，以及与有限责任公司间的区别；②牢记董事会一致决议的事项内容；③掌握中外合资公司出现纠纷的解决方式。

Ⅱ.经典例题

1.［2007年单项选择题第5题］某中外合资经营企业的合营各方因企业经营管理事项发生纠纷。下列有关处理该纠纷的方式中，不符合中外合资经营企业法律制度规定的是（　）。

A.由董事会协商解决

B.由合营各方共同决定在中国的仲裁机构仲裁

C.由合营各方共同决定在中国以外的其他国家的仲裁机构仲裁

D.由董事会对纠纷解决方案作出决议，且该决议必须经出席董事会会议的董事2/3以上表决通过

【答案】D

【解析】本题考核中外合资经营企业的纠纷解决途径。合营各方发生纠纷，先由董事会协商解决，如董事会解决不了的，可经合营各方协商，共同决定在中国仲裁机构仲裁，或者在其他国

仲裁。

2.［2007年单项选择题第6题］下列有关中外合资经营企业与中外合作经营企业共同特点的表述中，符合外商投资企业法律制度规定的是（　）。

A.二者的中外投资者均可以是公司、企业、其他经济组织或者个人

B.二者的中外投资者均以其投资额为限对企业的债务承担有限责任

C.二者的注册资本均为在工商行政管理机关登记的中外投资各方认缴的出资额之和

D.二者均由中外投资各方共同投资、共同经营，按各自的出资比例共担风险、共负盈亏

【答案】C

【解析】本题考核中外合资经营企业和中外合作经营企业的区别。根据规定，合营企业和合作企业的"外国投资者"可以是个人，"中方投资者"必须是公司、企业或者其他组织，因此选项A的说法错误；承担责任形式上，合作企业以其投资或者提供的"合作条件"为限承担有限责任，因此选项B的说法是错误的；盈亏分配上，合作企业属于契约式企业，中外合作各方不以投资数额、股权等作为利润分配的依据，而是通过签订

合同具体确定各方的权利和义务，因此选项 D 的说法是错误的。

3. ［2007 年多项选择题第 4 题］甲公司为依公司法设立的有限责任公司，乙公司为依中外合资经营企业法设立的有限责任公司。下列有关甲、乙两公司区别的表述中，正确的有（　　）。

A. 甲公司的最高权力机构为股东会，而乙公司的最高权力机构为董事会

B. 甲公司的股东可以约定不按出资比例分配利润，而乙公司的股东必须按照出资比例分配利润

C. 甲公司成立时的股东实际缴付的出资额不得低于注册资本的 20%，而乙公司成立时的股东实际缴付的出资额没有最低限额

D. 甲公司对修改公司章程事项作出决议须经代表 2/3 以上表决权的股东通过，而乙公司对修改公司章程事项作出决议须经出席董事会会议的董事一致通过

【答案】A B C D

【解析】本题考核一般有限责任公司和中外合资经营企业的区别。以上四项的表述均符合规定。

1. ［2006 年多项选择题第 8 题］根据中外合资经营企业法律制度的规定，中外合资经营企业发生的下列事项中，须经审查批准机关批准的有（　　）。

A. 减少注册资本

B. 合营一方向他方转让部分出资额

C. 延长合营期限

D. 在国际市场上购买经营所需的重要机器设备

【答案】A B C

【解析】合资企业可以自主决定在国际市场上购买经营所需的重要机器设备。

6.2.2 中外合资企业的投资总额

Ⅰ．考点分析

合营企业的投资总额由注册资本与借款构成。

合资企业注册资本与投资总额比例关系如下：（1）投资总额在 300 万（含 300 万）美元以下的，注册资本至少应占投资总额的 7/10；（2）投资总额在 300 万美元以上至 1 000 万（含 1 000 万）美元的，注册资本至少应占投资总额的 1/2，其中投资总额在 420 万美元以下的，注册资本不得低于 210 万美元；（3）投资总额在 1 000 万美元以上至 3 000 万（含 3 000 万）美元的，注册资本至少应占投资总额的 2/5，其中投资总额在 1 250 万美元以下的，注册资本不得低于 500 万美元；（4）投资总额在 3 000 万美元以上的，注册资本至少应占投资总额的 1/3，其中投资总额在 3 600 万美元以下的，注册资本不得低于 1 200 万美元。

本知识点几乎年年都考，考生不仅要掌握合资企业注册资本与投资总额的比例，更要掌握 300

万 ~420 万美元、1 000 万 ~1 250 万美元、3 000万 ~3 600 万美元之间的特殊规定，因为几乎每次考试都是考这些特殊规定。如 2002 年判断题第 8题：中国某公司与外国某公司拟共同出资设立一中外合资经营企业。双方约定，总投资额为 400 万美元；注册资本为 220 万美元，其中，中方出资150 万美元，外方出资 70 万美元。这一约定符合中外合资经营企业法律制度的规定。（　　）

本题答案为对。本题考了两个知识点，第一是合资企业投资总额在 300 万美元以上至 1 000 万（含 1 000 万）美元的，注册资本至少应占投资总额的 1/2，其中投资总额在 420 万美元以下的，注册资本不得低于 210 万美元；第二是合资企业外方的出资一般不能低于注册资本总额的 25%。

【要点提示】牢记一些比较特殊的注册资本与投资总额的比例。

Ⅱ．经典例题

1. ［2003 年单项选择题第 7 题］国内企业甲与外国投资者乙共同投资举办中外合资经营企业丙，其中甲出资 60%，乙出资 40%；投资总额为400 万美元。根据中外合资经营企业法律制度的规定，下列有关甲乙出资额的表述中，正确的是（　　）。

A. 甲至少应出资 240 万美元，乙至少应出资160 万美元

B. 甲至少应出资 126 万美元，乙至少应出资84 万美元

C. 甲至少应出资 120 万美元，乙至少应出资80 万美元

D. 甲至少应出资 168 万美元，乙至少应出资112 万美元

【答案】B

【解析】法律规定，合资企业的投资总额为400 万美元的，注册资本不能少于 210 万美元，外方出资 40%，则为 84 万美元。

2. ［2002 年单项选择题第 7 题］某中外合资经营企业的投资总额为 1 200 万美元，根据中外合资经营企业法律制度的规定，该中外合资经营企业的注册资本不得低于（　　）万美元。

A. 500　　　　　　　　B. 480

C. 450　　　　　　　　D. 400

【答案】A

【解析】法律规定，合资企业投资总额在1 000 万美元以上至 3 000 万（含 3 000 万）美元的，注册资本至少应占投资总额的 2/5，其中投资总额在 1 250 万美元以下的，注册资本不得低于500 万美元。

3. ［2001 年判断题第 7 题］中国某公司拟与外国某公司合资设立一中外合资经营企业。双方约定：企业总投资额为 3 300 万美元，注册资本为 1 100 万美元。双方这一约定符合中国法律规

定。 （ ）

【答案】×

【解析】合资企业总投资额为 3 000 万~3 600 万美元的，注册资本不能少于 1 200 万美元。

6.2.3 中外合资企业的财务会计管理

Ⅰ．考点分析

合营企业的下列文件、报表、证件，应经中国注册会计师验证和出具证明方为有效：（1）合营各方的出资证明；（2）合营企业的年度会计报表；（3）合营企业清算的会计报表。

合营企业设总会计师，协助总经理负责企业的财务会计工作。必要时，可以设副总会计师。合营企业可以设审计师，负责审查、稽核合营企业的财务收支和会计账目，向董事会、总经理提出报告。

合营企业原则上采用人民币为记账本位币，但经合营各方商定，也可采用某一种外币为记账本位币，但应另编折合人民币的会计报表。

【要点提示】①掌握合营企业哪些文件应经中国注册会计师验证和出具证明方为有效。②外商投资的公司应编制以人民币为记账单位的报表。

Ⅱ．经典例题

1. [单项选择题]中外合资经营企业应当建立健全财务管理机构，执行国家统一的财务会计制度，根据中国有关法律和财务会计制度的规定，企业的年度会计报表应当抄报（ ）。

　A. 原审批机构

　B. 企业当地的财政机关

　C. 企业当地的税务机关

　D. 企业的主管部门

【答案】A

【解析】合营企业应当建立健全财务会计管理机构，执行国家统一的财务会计制度，根据中国有关的法律和财务会计制度的规定，制定适合本企业的财务会计制度，并报当时财政、税务机关备案。合营企业应向合营各方、当地税务机关、主管财政机关、企业主管部门报送季度和年度会计报表。年度会计报表应当抄报原审批机关。所以应当注意区分备案、报送、抄报的部门和会计资料。

2. [判断题]中外合资经营企业的年度会计报表，若由取得美国注册会计师资格的会计师审计报告，也是有效的。 （ ）

【答案】×

【解析】我国法律明文规定，只有具有中国注册会计师资格的会计师审计的年度会计报告才是具有法律效力的。

6.2.4 中外合资企业出资额的转让

Ⅰ．考点分析

合资企业出资额转让必须具备以下条件：（1）经合营各方同意；（2）经董事会会议通过，

审批机构批准；（3）合营他方有优先购买权。

合资企业出资额转让的程序：（1）申请出资额转让；（2）董事会审查决定；（3）报告审批机构批准；（4）办理变更登记手续。

【要点提示】①在转让出资额时，应具备三种条件；②出资转让须履行一定的程序。

Ⅱ．经典例题

1. [2002年多项选择题第8题]根据中外合资经营企业法律制度的规定，中外合资经营企业发生下列事项时，须经审查批准机关批准的有（ ）。

　A. 增加或者减少注册资本

　B. 聘任企业总经理

　C. 在国际市场上购买机器设备

　D. 合营一方向他方转让部分出资额

【答案】A D

【解析】BC两项合资企业可以自主决定。

2. [2001年多项选择题第5题]根据中外合资经营企业法律制度的规定，下列选项中，属于中外合资经营企业合营一方转让出资额必须符合的条件有（ ）。

　A. 通知合营各方

　B. 经合营各方同意

　C. 经董事会会议通过

　D. 经原审批机构批准

【答案】B C D

【解析】合资企业出资额转让必须具备以下条件：（1）经合营各方同意；（2）经董事会会议通过，审批机构批准；（3）合营他方有优先购买权。

6.3 中外合作经营企业法

6.3.1 中外合作企业外商先行回收投资的规定

Ⅰ．考点分析

外商先行回收投资的方式有：（1）扩大外国合作者的收益分配比例；（2）外国合作者在缴纳企业所得税前回收投资；（3）经财政税务机关和审批机关批准的其他回收投资方式。

外商先行回收投资的法定条件：（1）中外合作者在合同中约定合作期满时，企业全部固定资产无偿归中国合作者所有；（2）对于税前回收投资的，必须经财政税务机关审查批准；（3）中外合作者依照有关法律规定和合同约定，对合作企业的债务承担责任；（4）外国合作者提出先行回收投资的申请，并具体说明先行回收的总额、期限和方式，经财税机关审查同意后，报审批机关审批；（5）外国合作者应在合作企业的亏损弥补之后，才能先行回收投资。

中外合作经营企业的合作合同约定外国合作者先行回收投资，并且投资已经回收完毕的，合作企业期限届满不再延长。但是，外国合作者增加投资的，经合作各方协商同意，可以向审查批准机关申请延长合作期限。

【要点提示】 ①牢记先行回收投资的法定条件，此处容易出题；②关注先行回收的具体方式；③合作期限延长的具体规定。

Ⅱ. 经典例题

1. [单项选择题] 中外合作者在合作企业合同中约定外方先行回收投资的，合作企业期限届满时，合作企业的（　　）应无偿归中方合作者所有。

A. 全部固定资产

B. 外方投入的固定资产

C. 全部资产

D. 外方投入的全部资产

【答案】 A

【解析】 这是中外合作企业，外方先行回收投资的条件之一。

2. [判断题] 中外合作经营企业中，经财政税务机关的审查同意批准，外国合作者可以在合作企业的亏损弥补之前，先行回收投资，但是企业解散时，全部固定资产应无偿归中方合作者所有。　　　　　　　（　　）

【答案】 ×

【解析】 外国合作者只有在合作企业弥补亏损之后，才可以先行回收投资。

6.4 外资企业法

6.4.1 外资企业的财务会计管理

Ⅰ. 考点分析

外资企业应当从税后利润中提取储备基金、职工奖励和福利基金。储备基金按不低于税后利润的 10% 提取，当累计提取金额达到注册资本的 50% 时可不再提取。职工奖励和福利基金的比例由外资企业自行决定。企业以往年度的亏损未弥补前，不得分配利润。外资企业应当每月按照企业职工实发工资总额的 2% 拨交工会经费。

【要点提示】 ①注意储备基金的提取；②掌握利润分配的条件；③工会经费的拨交。

Ⅱ. 经典例题

1. [2004 年单项选择题第 6 题] 根据外商投资企业法律制度的规定，外资企业应当从税后利润中提取相应的储备基金。下列有关外资企业提取储备基金的表述中，正确的是（　　）。

A. 按不低于税后利润的 5% 提取，当累计提取金额达到注册资本的 50% 时可不再提取

B. 按不低于税后利润的 10% 提取，当累计提取金额达到注册资本的 50% 时可不再提取

C. 按不低于税后利润的 5% 提取，当累计提取金额达到投资总额的 50% 时可不再提取

D. 按不低于税后利润的 10% 提取，当累计提取金额达到投资总额的 50% 时可不再提取

【答案】 B

【解析】 法律规定，外资企业应当从税后利润中提取的储备基金的比例为不低于税后利润的 10%，当累计提取金额达到注册资本的 50% 时可不再提取。

2. [单项选择题] 外资企业的经营期限（　　）。

A. 由外国投资者在章程中确定

B. 由审批机关根据所从事的行业确定

C. 由外国投资者申报，审批机关批准

D. 由外国投资者和审批机关共同确定

【答案】 C

【解析】 外资企业经营期限的规定和合营企业经营期限的规定不同。合营企业的一般项目原则上为 10～30 年，特殊情况可以延长至 50 年，经国务院特别批准，可在 50 年以上，属于国家鼓励和允许投资项目的企业可以约定经营期限，也可以不约定经营期限。

知识点测试

一、单项选择题

1. 某中外合资经营企业的注册资本总额为 600 万美元，合营各方约定分期缴付出资。根据有关规定，合营各方缴齐全部资本的总期限为自营业执照核发之日起（　　）。

A. 1 年内　　　　　　B. 1 年半内

C. 2 年内　　　　　　D. 3 年内

2. 某中外合作经营企业合同规定：外方合作者以现金和机器设备出资，占总出资额的 60%，中方合作者以厂房和土地使用权出资，占总出资额的 40%；合作企业合作期内所得收益首先全部用于偿付外方出资，在外方出资偿付完毕后的合作期限内，合作双方各按 50% 比例分配收益；合作企业合作期限为 8 年，合作期满后，企业全部固定资产无偿归中方合作者所有。下列各项中，你认为正确的是（　　）。

A. 合作合同违反法律规定，为无效合同

B. 合作合同显失公平，应变更为在合作期限内按双方出资比例分配收益

C. 合作合同合法有效，合作企业可以登记为具有法人资格的有限责任公司

D. 合作合同合法有效，合作企业必须登记为具有合伙性质的企业

3. 根据《外资企业法》及其实施细则的规定，设立外资企业的，由（　　）向审批机关提出申请，并报送有关文件。

A. 外国投资者

B. 外国投资者通过外资企业所在地的县级或者县级以上人民政府

C. 外国投资者通过外资企业所在地的乡级或者

乡级以上人民政府

D. 外国投资者通过其所在国的驻华机构

4. 根据中外合作经营企业的有关法律规定，中外合作经营企业合同约定外国合作者在合作企业缴纳所得税前回收投资的，必须经有关机关审查批准。该审查批准机关是指（　　）。

A. 企业行业主管机关

B. 对外经济贸易管理机关

C. 财政税务机关

D. 企业登记机关

5. 中国甲公司与 B 国乙公司签订一份合资经营合同，经某市工商行政管理局核准登记与 2005 年 8 月 1 日领取营业执照，至 2006 年 3 月底，乙方已缴清全部出资，甲方未缴付，虽经乙方催缴数月仍无结果。对此（　　）。

A. 由工商行政机关限期乙方在 1 个月内缴清

B. 视同合资企业自动解散

C. 由合资企业办理注销登记手续，注销营业执照

D. 由甲方向乙方承担未缴付出资的赔偿责任

6. 中外合资经营企业的董事会每年至少要召开一次董事会会议，经（　　）以上董事提议，可以召开临时会议。

A. 1/4　　　　　　　　B. 1/2

C. 1/3　　　　　　　　D. 2/3

7. 中外合作经营企业修改公司章程，必须由（　　），方可作出决议。

A. 董事会全体董事一致同意

B. 出席董事会会议的董事一致同意

C. 2/3 的董事通过

D. 1/2 的董事通过

8. 某中外合资经营企业的投资总额为 2 000 万美元，则其注册资本的最低限额为（　　）万美元。

A. 500　　　　　　　　B. 600

C. 800　　　　　　　　D. 1 000

9. 在举办中外合资经营企业和中外合作经营企业时，中国投资者可以用场地使用权作为出资，投资者以场地使用权作价出资，其作价金额应（　　）。

A. 与取得同类场地使用权所应缴纳的费用相同

B. 由中外合营或者合作者按公平合理原则协商确定

C. 由国有资产管理部门制定

D. 由市场行情确定

10. 某外国公司甲与我国公司乙准备共同举办一家合资企业，下列各项中是甲乙双方提出的条件，不正确的是（　　）。

A. 甲公司以我国需要的先进技术作为投资

B. 乙公司以场地使用权作为投资

C. 设备由双方投入的现金购买

D. 外资比例占 15%

二、多项选择题

1. 下列关于外资企业的表述正确的有（　　）。

A. 外资企业就是外商投资企业

B. 外资企业不包括外国企业驻中国的分支机构

C. 外资企业是中国企业

D. 外资企业的资本全部来源于外国

2. 外商投资企业有下列（　　）权利。

A. 在批准的合同范围内自行制定企业的生产经营计划，但必须报上级主管部门批准

B. 可以向中国境内的金融机构借款，也可以在中国境外借款

C. 可以在境内外销售产品，但 50% 以上的产品必须在境外销售

D. 可以享有劳动用工管理权，但对职工的雇用和解雇、工资形式、工资标准、福利、劳动保险和奖惩措施等事项，应当依法通过订立合同加以规定

3. 根据有关规定，下列选项中，属于中外合资经营企业外方合营者以机器设备出资必须符合的条件有（　　）。

A. 为合营企业生产所必不可少

B. 中国不能生产

C. 能显著节约原材料、燃料、动力

D. 价格不得高于同类机器设备当时的国际市场价格

4. 根据外商投资企业的有关法律规定，下列关于中外合资经营企业（下称合营企业）与中外合作经营企业（下称合作企业）区别的正确表述有（　　）。

A. 合营企业外方投资比例不得低于注册资本的 25%，而合作企业外方投资比例没有限制

B. 合营企业按照出资比例分配收益，而合作企业按照合同约定分配收益

C. 合营企业必须是依法取得法人资格的企业，而合作企业可以不具备法人资格

D. 合营企业在经营期间外方不得先行回收投资，而合作企业在经营期间内外方在一定条件下可以先行回收投资

5. 中外合资经营企业的外方合营者未按照合同的规定如期缴付其出资，经中方合营者催告 1 个月后仍未缴付的，可能引起的法律后果有（　　）。

A. 视同外方合营者自动退出中外合资经营企业

B. 中方合营者向原审批机关申请批准解散中外合资经营企业

C. 中方合营者向原审批机关申请批准另找外方合营者

D. 外方合营者赔偿中方合营者因其未缴付出资造成的损失

6. 香港甲公司收购境内乙公司部分资产，并以该

部分资产作为出资与境内丙公司于 1998 年 3 月 1 日成立了一家中外合资经营企业。甲公司收购乙公司部分资产的价款为 120 万美元。下列选项中，不符合我国法律规定的价款支付方式是（　　）。

A. 甲公司于 1998 年 5 月 30 日向乙公司一次支付 120 万美元

B. 甲公司于 1998 年 5 月 30 日向乙公司支付 60 万美元，1999 年 2 月 28 日支付 60 万美元

C. 甲公司于 1999 年 2 月 28 日向乙公司一次支付 120 万美元

D. 甲公司于 1998 年 8 月 30 日向乙公司支付 80 万美元，1999 年 8 月 30 日支付 40 万美元

7. 甲公司是一家中外合资经营企业，注册资本为 800 万美元，合营企业合同约定合营双方分期缴纳出资，1997 年 5 月 1 日甲公司取得企业法人营业执照。下列选项中，表达正确的有（　　）。

A. 在 1997 年 5 月 1 日，甲公司实收资本可以为零

B. 在 1997 年 8 月 1 日，甲公司实收资本不得少于 120 万美元

C. 1997 年 11 月 1 日，中方合营者已缴付出资 200 万美元，若无特殊情况，外方合营者也应缴付出资 200 万美元

D. 在 2000 年 5 月 1 日，甲公司实收资本不得少于 800 万美元

8. 根据有关外资企业的法律规定，外资企业的工会代表有权列席的本企业会议有（　　）。

A. 研究有关职工奖惩、工资制度的会议

B. 研究有关企业发展规划、生产经营活动方案的会议

C. 研究有关劳动保护和保险问题的会议

D. 研究有关企业合并、解散的会议

9. 根据《中华人民共和国中外合资经营企业法》及其实施条例的规定，下列事项中，必须经合营企业出席董事会会议的全体董事一致通过的有（　　）。

A. 章程的修改

B. 注册资本的转让

C. 利润的分配

D. 与其他经济组织的合并

10. 外国投资者并购境内企业有下列（　　）情形之一的，投资者应就所涉情形向外经贸部和国家工商行政管理总局报告。

A. 并购一方当事人当年在中国市场营业额超过 15 亿元人民币

B. 一年内并购国内关联行业的企业累计超过 10 个

C. 并购一方当事人在中国的市场占有率已经达到 25%

D. 并购导致并购一方当事人在中国的市场占

有率达到 20%

11. 关于外国投资者股权并购后投资总额的上限，下列（　　）表述是正确的。

A. 注册资本在 210 万美元以下的，投资总额不得超过注册资本的七分之十

B. 注册资本在 210 万美元以上至 500 万美元的，投资总额不得超过注册资本的 2 倍

C. 注册资本在 500 万美元以上至 1 200 万美元的，投资总额不得超过注册资本的 2.5 倍

D. 注册资本在 1 200 万美元以上的，投资总额不得超过注册资本的 3 倍

三、判断题

1. 从事国家规定实行保护性开采的特定矿种勘探、开采的外商投资项目属于鼓励类外商投资项目。　　　　　　　　　　　　　（　　）

2. 运用我国特有工艺或者技术生产产品的外商投资项目属于限制类外商投资项目。（　　）

3. 合作经营企业和合资经营企业的各方非货币出资均应评估作价，其中，外方投资者的非货币出资比例不得超过企业注册资本的 25%。
　　　　　　　　　　　　　　　　　（　　）

4. 外国投资者的出资比例低于 25% 的外商投资企业，经过审批，应领取加注“外资比例低于 25%”字样的批准证书，营业执照中也应加注“外资比例低于 25%”字样。　　　　（　　）

5. 中国某公司拟与德国某公司合资设立一中外合资经营企业。双方可以约定以下条款：企业总投资额为 400 万美元；注册资本为 220 万美元，其中，中方出资 150 万美元，德方出资 70 万美元，各方自企业营业执照签发之日起 6 个月内一次缴清。中德双方这一约定符合法律规定。

6. 中外合资经营企业增加注册资本，应当经合营各方协商一致，董事会会议通过后，向原登记管理机关办理注册资本的变更登记手续即可。
　　　　　　　　　　　　　　　　　（　　）

7. 中外合资经营企业的投资总额在 300 万美元以下的，注册资本至少应有 150 万美元。（　　）

8. 某中外合资经营企业的中国合营者将其在合营企业中的出资额全部转让给另一中国公司的行为，在征得外国合营者同意，并经合营企业董事会会议通过的情况下，即发生法律效力。
　　　　　　　　　　　　　　　　　（　　）

9. 中外合作经营企业的合作合同约定外国合作者先行回收投资，并且投资已经回收完毕的，合作企业期限届满不再延长。但是，外国合作者增加投资的，经合作各方协商同意，可以向审查批准机关申请延长合作期限。（　　）

10. 设立外资企业必须有利于中国国民经济的发展，并且是产品出口的或者是技术先进的。
　　　　　　　　　　　　　　　　　（　　）

11. 外资企业以外币编报会计报表的，应当同时编报外币折合为人民币的会计报表。（　）

12. 外资企业的年度会计报表和清算会计报表，应当聘请中国的注册会计师进行验证并出具报告。（　）

13. 外国投资者协议购买境内非外商投资企业的股东的股权或认购境内公司增资，使该境内公司变更设立为外商投资企业，称为资产并购。（　）

14. 外国投资者股权并购的，并购后所设外商投资企业继承被并购境内公司的债权和债务。外国投资者资产并购的，出售资产的境内企业承担其原有的债权和债务。（　）

四、综合题

1. 1998 年 3 月 1 日，某会计师事务所受一家中外合资经营企业（下称合资企业）的委托，对该企业 1997 年度的财务状况进行审计，并为其出具《审计报告》。该会计师事务所指派的注册会计师进驻合资企业之后，了解到以下情况。

（1）合资企业系由香港的甲公司与内地的乙公司共同出资并于 1996 年 9 月 30 日正式注册成立的公司。合资双方签订的合资合同规定：①合资企业注册资本为 200 万美元，其中：甲公司出资 110 万美元，占注册资本的 55%；乙公司出资 90 万美元，占注册资本的 45%。②甲公司以收购乙公司所属一家全资子公司（下称"丙企业"）的资产折合 60 万美元，另以机器设备折合 30 万美元和货币资金 20 万美元出资；乙公司以建筑物和土地使用权折合 80 万美元和货币资金 10 万美元出资。③合资各方认缴的出资分两期进行，即自合资企业成立之日起 3 个月内，合资各方必须将除货币资金之外的其他出资投入合资企业；其余的货币资金则应于 1997 年 9 月 30 日之前缴付完毕。④合资各方按出资比例进行收益分配。⑤合资企业的董事会由 5 名董事组成，其中：甲公司委派 3 名，乙公司委派 2 名。合资企业的董事长由甲公司委派，副董事长由乙公司委派；甲公司与乙公司在签订合资合同的同时，亦签订了一份收购协议，该协议规定：甲公司收购乙公司所属丙企业的资产，并将该资产作为其出资投入合资企业；收购价款总额为 60 万美元，甲公司自合资企业正式注册之日起 3 个月内，向乙公司支付 36 万美元，其余 24 万美元在 1 年内付清。该协议规定的付款方式已经过有关审批机关的批准。

（2）合资企业成立之后，合资各方按照合资合同的规定，履行了第一期出资义务。在履行第二期出资义务时，甲公司则由乙公司作担保向银行贷款 20 万美元缴付了出资；乙公司则由其母公司作担保向银行贷款 10 万美元缴付了出资。甲公司依照与乙公司签订的收购协议于 1996 年 12 月 28 日向乙公司支付 36 万美元，其余收购价款尚未支付。

（3）在合资企业经营期间，按照合资合同规定的组织机构进行管理，甲公司在合资企业中行使决策权。截至 1997 年 12 月 31 日止，合资企业税后可分配利润为人民币 360 万元。

（4）1998 年 2 月，甲公司受东南亚金融危机之影响，经营发生困难，遂向乙公司提出将其在合资企业所持股份转让给美国的丁公司，乙公司已表示同意。

【要求】根据以上事实，请分别回答以下问题：

（1）合资各方两期缴付出资的行为是否符合有关规定？为什么？

（2）甲公司与乙公司签订的收购协议规定的支付收购价款的方式是否符合规定？为什么？

（3）甲公司现时可否在合资企业中行使决策权？为什么？

（4）如果对截至 1997 年 12 月 31 日合资企业税后可分配利益进行分配，并不考虑加权平均因素，甲公司和乙公司各应分配多少万元？（保留小数点后 1 位数）

（5）如果甲公司将在合资企业所持股份转让给丁公司，应履行何种法律手续？

2. 某西方跨国公司（以下简称"西方公司"）拟向中国内地的有关领域进行投资，并拟定了一份投资计划。该计划在论及投资方式时，主张采用灵活多样的形式进行投资，其有关计划要点如下：

（1）在中国上海寻求一位中国合营者，共同投资举办一家生产电话交换系统设备的中外合资经营企业（以下简称"合营企业"）。合营企业投资总额拟定为 3 000 万美元，注册资本为 1 200 万美元。西方公司在合营企业中占 60% 的股权，并依据合营项目的进展情况分期缴纳出资，且第一期出资不低于 105 万美元。合营企业采用有限责任公司的组织形式，拟建立股东会、董事会、监事会的组织机构；股东会为合营企业的最高权力机构、董事会为合营企业的执行机构、监事会为合营企业的监督机构。

（2）在中国北京寻求一位中国合作者，共同成立一家生产净水设备的中外合作经营企业（以下简称"合作企业"）。合作期限为 8 年。合作企业注册资本总额拟定为 250 万美元，西方公司出资额占注册资本总额的 70%，中方合作者出资额占注册资本总额的 30%。西方公司除以机器设备、工业产权折合 125 万美元出资外，还由合作企业作担保向中国的外资金融机构贷款 50 万美元作为其出资；中方合作者可用场地使用权、房屋及辅助设施出资 75 万美元。西方公司可与中方合作者在合作企业合同中规定：西方公司在合作企业正式投产之后的头五年分别先行回收投资，每年先行回收投资的支出部分可计入合作企业当年的成本；合作企业的税后利润以各占 50% 的方式分配；在合作期限届满时，合作企业的全部固定资产归中国合作者所有，但中国合作者应按其残余价值的 30% 给予西方公司适当的补偿。

【要求】根据上述各点，请分别回答以下两个问题：

（1）西方公司拟在中国上海与中方合营者共同举办的合营企业的投资总额与注册资本的比例、西方公司的第一期出资的数额、拟建立的组织机构是否符合有关规定？并说明理由。

（2）西方公司拟在中国北京与中方合作者共同举办的合作企业的出资方式、利润分配比例、约定先行回收投资的办法以及合作期限届满后的全部固定资产的处理方式是否符合有关规定？并说明理由。

3. 1996 年 5 月，某省某乡镇企业东方物贸有限公司与一外国公司休斯敦汽车公司签订了合资经营华胜汽车配件有限公司（以下简称合资企业）的合同。同年 9 月，省审批机构批准了该合同，合资企业注册登记后开始营业。

东方公司与休斯敦公司曾在合同中约定，合资企业的注册资本为 300 万元人民币，双方各出资 50%，必须在公司成立后 3 个月内一次缴清。到期东方公司缴清了 150 万元出资，但休斯敦公司只缴了 30 万元。第二年 2 月初，东方公司催告休斯敦公司，必须在 1 个月内缴清出资，否则将视其为放弃在合资企业的一切权利，自动退出合营企业。休斯敦公司接到催告后，立即致函东方公司，表示其在境外经营的企业失利，无力继续缴纳出资，但也不愿退出合资企业，希望改变双方的出资比例，将其尚未缴纳的份额转让给东方公司。东方公司回函称其无意追加投资，要求休斯敦公司还是按缴清出资。这样，休斯敦公司在 2 月底又缴纳了 45 万元，并要求将其余出资的期限再延长 1 年，东方公司不同意。

1997 年 3 月，休斯敦公司提出退出合资企业，将自己在合资企业已经缴纳的出资全部（占合资企业注册资本的 25%）作价 90 万元，转让给东方公司或者第三者。此时东方公司有意受让休斯敦公司的股权，但认为要价太高，几次协商不通，转让没有成功。后经人介绍，休斯敦公司与广东某开发公司（以下简称开发公司）达成以原投资额（即 75 万元）为价转让股权的协议，并上报了有关审批机构。东方公司得知此事后，认为休斯敦公司无权以低价向第三者转让出资，即与休斯敦公司和开发公司

交涉，要求解除它们之间的转让协议，由自己以同样条件承让休斯敦公司的股权。三方遂发生争议。

【要求】根据上述内容分别回答下列问题：

（1）本案双方有没有违约？对该违约行为应当怎样处理？

（2）休斯敦公司 1997 年 2 月初要求由东方公司缴纳休斯敦公司无力缴纳的出资，是否可取？为什么？

（3）休斯敦公司 1997 年 2 月底提出的将其出资的期限再延长一年的要求是否可取？为什么？

（4）休斯敦公司与开发公司的转让协议是否有效？为什么？

4. 2007 年 11 月，甲国有企业拟利用德国乙公司的投资将其全资拥有的丙国有独资公司（下称丙公司）改组为中外合资经营企业。甲企业在与乙公司协商后，拟订的有关改组方案中有关要点如下：

（1）改组前的丙公司注册资本 5 000 万元人民币。甲企业拟将丙公司 60% 的股权转让给乙公司，转让价款为 450 万美元；乙公司在中外合资经营企业营业执照颁发后半年内向甲企业支付 280 万美元，余款在 1 年内付清。

（2）丙公司改组后注册资本增加至 1 270 万美元，投资总额拟为 3 800 万美元。

（3）改组后，丙公司的经营期限为 20 年。经营期满，企业全部固定资产无偿归中方所有，外方在经营期限内先行回收投资。

（4）在乙公司支付购买金达到控股比例时，由乙公司取得丙公司的决策权，并将其在丙公司中的权益、资产以合并报表的方式纳入乙公司的财务报表。

【要求】根据上述内容及有关规定，分别回答以下问题：

（1）乙公司向甲企业支付股权转让价款的期限是否符合规定？并说明理由。

（2）改组后的丙公司的注册资本与投资总额的比例是否符合规定？并说明理由。

（3）改组后，外方先行回收投资的约定是否符合规定？并说明理由。

（4）在乙公司支付购买金达到控股比例之前时，能否取得丙公司的决策权，并将其在丙公司中的权益、资产以合并报表的方式纳入乙公司的财务报表？并说明理由。

5. 2007 年 4 月 1 日，美国的甲公司和境内的乙公司达成股权转让协议，乙公司将自己 60% 的股权转让给甲公司，并依法变更为中外合资经营企业丙公司（以下简称丙公司）。甲、乙公司签订的合营合同、章程、协议的部分内容如下：

（1）乙公司的债权债务由丙公司继承。

（2）甲公司收购乙公司 60% 股权的价款为

1 200万美元。甲公司应当自丙公司营业执照发
之日起3个月内支付600万美元，其余价款在2
年内付清。

（3）丙公司成立后，注册资本由原来的2 000
万美元增加至3 000万美元，增资部分双方分
期缴付，甲公司应当自丙公司营业执照颁发之
日起3个月内缴付第一期出资80万美元。

（4）丙公司的投资总额拟定为10 000万美元。

（5）丙公司采用有限责任公司的组织形式，拟
建立股东会、董事会、监事会的组织机构，股
东会为合营企业的最高权力机构、董事会为合
营企业的执行机构、监事会为合营企业的监督
机构。其中，董事会由5名董事组成，其中：
甲公司委派3名，乙公司委派2名。合营企业
的董事长由甲公司委派，副董事长由乙公司
委派。

（6）公司的主营业务为彩扩、洗相。

根据行业主管部门测算：甲公司在中国彩扩、
洗相行业的市场占有率已经达到21%，本次并
购完成后，甲公司在中国的市场占有率将达
到30%。

【要求】根据《外国投资者并购境内企业暂行
规定》和外商投资企业法律制度规定，分别回
答以下问题：

（1）根据本题要点（1）所提示的内容，指出
乙公司的债权债务由丙公司继承是否符合规定？
并说明理由。

（2）根据本题要点（2）所提示的内容，指出
甲公司股权并购价款的支付期限是否符合规定？
说明理由。

（3）根据本题要点（3）所提示的内容，指出
甲公司缴付第一期出资的数额是否符合规定？
说明理由。

（4）根据本题要点（4）所提示的内容，指出
丙公司的投资总额是否符合规定？并说明理由。

（5）根据本题要点（5）所提示的内容，指出
丙公司的组织机构是否符合规定？并说明理由。

（6）根据本题要点（6）所提示的内容，指出
丙公司在合营合同中是否应约定合营期限，并
说明理由。

（7）根据甲公司的市场占有率数据，甲公司在
并购中应履行何种义务。

知识点测试答案

一、单项选择题

1. 【答案】D

【解析】法律规定，外商投资企业注册资本在
300万美元以上、1 000万美元以下（含1 000
万美元）的，应自营业执照核发之日起3年内

将资本全部缴齐。

2. 【答案】C

【解析】法律规定，合作企业可以现金、实物、
厂房出资，中方可以用土地使用权出资；外方
可以先行回收投资，但解散时全部固定资产无
偿归中方所有；企业组织形式可以是法人型的
或非法人型的，法人型的采用有限责任公司的
形式。

3. 【答案】B

【解析】法律规定，设立外资企业的，由外国
投资者通过外资企业所在地的县级或者县级以
上人民政府向审批机关提出申请，并报送有关
文件。

4. 【答案】C

【解析】法律规定，中外合作经营企业合同约
定外国合作者在合作企业缴纳所得税前回收投
资的，必须经财政税务机关审查批准。

5. 【答案】D

【解析】如果投资一方未按合同规定如期缴付
或者缴清其出资，即构成违约。按照有关规定，
守约方应当催告违约方在1个月内缴付或者缴
清。违约方经催告后，逾期仍未缴付或者缴清
的，视同违约方放弃合同中的一切，自动退
出外商投资企业。守约方应当在逾期一个月内，
向原审批机关申请批准解散外商投资企业或者
申请批准另找外商投资者承担违约方在合同中
的权利和义务。否则，审批机关有权吊销批准
证书，工商行政管理机关有权吊销其营业执照。
所以答案应选D。

6. 【答案】C

【解析】董事会每年至少召开一次董事会会议，
经1/3以上董事提议，可以召开临时会议。董
事会会议应有2/3以上董事出席。

7. 【答案】B

【解析】因为合作企业的董事会会议由2/3以
上的董事出席方可举行，一般决议须经全体董
事过半数通过。但是对合作企业章程的修改、
注册资本的增减、资产抵押以及合作企业的合
并、分立、解散等事项，应由出席董事会会议
的董事一致通过。

8. 【答案】C

【解析】投资总额在1 000万美元以上至3 000
万美元的，注册资本至少应该占投资总额的
2/5，所以本题中，2 000×2/5=800（万美
元）。

9. 【答案】A

【解析】据法律规定，中方投资者以场地使用
权作价出资的，其作价金额应与取得同类场地
使用权所应缴纳的使用费相同。

10. 【答案】D

【解析】外方投资者的出资比例一般不得低于

企业注册资本的25%。

二、多项选择题

1. 【答案】B C D
【解析】外资企业是指外国的公司、企业和其他经济组织或者个人，依照中国的法律和行政法规，经中国政府批准，设在中国境内的，全部资本由外国投资者投资的企业。因为其依照中国法律、设在中国境内，所以是中国企业。外国企业驻中国的分支机构是外国法人的分支机构，适用《公司法》，不适用《外资企业法》。

2. 【答案】B D
【解析】外商投资企业可以自行制定企业的生产经营计划，不必报上级主管部门批准；外商投资企业可以在境内外采购原材料、燃料和物资，没有在境内采购的比例要求；外商投资企业可以在境内外销售产品，也没有在境外销售的比例要求。

3. 【答案】A D
【解析】但种为出方合营者出技术出资的条件，不是实物出资的条件。

4. 【答案】B C D
【解析】中外合作企业分为法人型和非法人型两种，凡取得法人资格的中外合作企业，外方的投资比例也不得低于注册资本的25%。

5. 【答案】A B C D
【解析】法律规定，中外合资经营企业的一方合营者未按照合同的规定如期缴付其出资，经对方合营者催告1个月后仍未缴付的，视同违约方自动退出合营企业。守约方可以向原审批机关申请批准解散合营企业，也可以向原审批机关申请批准另找外方合营者，还可以要求违约方向自己赔偿因其未缴付出资造成的损失。

6. 【答案】B C D
【解析】法律规定，通过收购国内企业资产或股权设立外商投资企业的外国投资者，应自外商投资企业营业执照颁发之日起3个月内支付全部购买金。对特殊情况需延长支付者，经审批机关批准后，自营业执照颁发之日起6个月内支付购买金总金额的60%以上，在1年内付清全部购买金。

7. 【答案】A B D
【解析】外商投资企业的出资是认缴资本，所以在设立时实收资本可以为零。合同中规定分期缴付出资的，投资各方第一期出资不得低于各自认缴出资额的15%，并且应当在营业执照签发之日起3个月内缴清。注册资本在300万美元以上1000万美元以下（含1000万美元）的，应自营业执照核发之日起3年内将资本全部缴齐。

8. 【答案】A C
【解析】法律规定，外资企业的工会代表有权列席本企业研究有关职工奖惩、工资制度、劳动保护和保险问题的会议。

9. 【答案】A B D
【解析】法律规定，必须经中外营业企业出席董事会会议的全体董事一致通过的事项有：（1）修改章程；（2）企业终止、解散；（3）注册资本增加、减少；（4）企业合并、分立。

10. 【答案】A B
【解析】法律规定，外国投资者并购境内企业有下列情形之一的，投资者应就所涉情形向外经贸部和国家工商行政管理总局报告：（1）并购一方当事人当年在中国市场营业额超过15亿元人民币；（2）一年内并购国内关联行业的企业累计超过10个；（3）并购一方当事人在中国的市场占有率已经达到20%；（4）并购导致并购一方当事人在中国的市场占有率达到25%。

11. 【答案】A B C D
【解析】外国投资者股权并购的，对并购后所设外商投资企业应按照以下比例确定投资总额的上限：（1）注册资本在210万美元以下的，投资总额不得超过注册资本的七分之十；（2）注册资本在210万美元以上至500万美元的，投资总额不得超过注册资本的2倍；（3）注册资本在500万美元以上至1200万美元的，投资总额不得超过注册资本的2.5倍；（4）注册资本在1200万美元以上的，投资总额不得超过注册资本的3倍。

三、判断题

1. 【答案】×
【解析】从事国家规定实行保护性开采的特定矿种勘探、开采的外商投资项目属于限制类外商投资项目。

2. 【答案】×
【解析】运用我国特有工艺或者技术生产产品的外商投资项目属于禁止类外商投资项目。

3. 【答案】×
【解析】法律对外商投资企业中非货币出资未作比例规定，只规定工业产权、专有技术出资不能超过注册资本总额的20%；对中外双方的出资比例规定为外方不少于注册资本的25%。

4. 【答案】√
【解析】法律规定，外国投资者的出资比例低于25%的外商投资企业，经过审批，应领取加注"外资比例低于25%"字样的批准证书，营业执照中也应加注"外资比例低于25%"字样。

5. 【答案】√

【解析】法律规定，合资企业的投资总额为300万～420万美元之间的，注册资本不能少于210万美元。合资企业外方的出资比例一般不能低于25%。合资企业可以在合同中规定自营业执照签发之日起6个月内一次缴清出资。

6.【答案】×

【解析】中外合资经营企业增加注册资本的决议经董事会会议通过后，还要经原审批机构批准，然后再办理变更登记手续。

7.【答案】×

【解析】法律规定中外合资经营企业的投资总额在300万美元以下的，注册资本至少应有7/10，并未要求有150万美元。

8.【答案】×

【解析】合资企业的一方经营者对外转让出资，必须经审批机构批准。

9.【答案】√

【解析】法律规定，合作企业经营期限届满，外方已经先行收回投资的，不得延长经营期限，除非外方又追加投资的。

10.【答案】×

【解析】1986年通过的《外资企业法》曾经规定，设立外资企业必须有利于中国国民经济的发展，并且是产品出口的或者是技术先进的。但2000年10月31日的修改案规定，设立外资企业必须有利于中国国民经济的发展，国家鼓励举办产品出口的或者是技术先进的外资企业。

11.【答案】√

【解析】法律规定，外资企业以外币编报会计报表的，应当同时编报外币折合为人民币的会计报表。

12.【答案】√

【解析】法律规定，外资企业的年度会计报表和清算会计报表，应当聘请中国的注册会计师进行验证并出具报告。

13.【答案】×

【解析】外国投资者协议购买境内非外商投资企业的股东的股权或认购境内公司增资，使该境内公司变更设立为外商投资企业，称为股权并购。

14.【答案】√

【解析】法律规定，外国投资者股权并购的，并购后所设外商投资企业继承被并购境内公司的债权和债务。外国投资者资产并购的，出售资产的境内企业承担其原有的债权和债务。

四、综合题

1.（1）合资各方第一期缴付出资的行为符合有关规定。因为，根据有关规定，外商投资企业的投资者分期出资的，投资各方第一期出资不得少于各自认缴出资额的15%，并且应当在营业执照签发之日起3个月缴清；合资各方第一期缴付的出资额均超过各自认缴出资额的15%，并符合缴付期限的规定。在第二期缴付出资时，甲公司的缴付行为不符合规定，乙公司符合规定。根据有关规定：合资各方不得以他方的财产权益为其出资作担保，甲公司以乙公司的财产权益为其出资作为担保违反了该规定。

（2）甲公司与乙公司签订的收购协议中规定的支付收购价格的方式符合规定。因为，依照有关规定，外方投资者以收购国内企业资产用于出资的，应自外资企业营业执照颁发之日起3个月内支付全部购买金，但对特殊情况需延长支付者，经审批机关批准后，应自营业执照颁发之日起6个月内支付购买总金额的60%以上，并在1年内付清全部购买金。

（3）甲公司现时不应在合资企业中行使决策权。因为，尽管合资合同规定甲公司出资比例占注册资本的55%，并且甲公司委派了3名董事并由其委派的董事担任董事长，但是，依照有关规定，投资各方应按实际缴付的投资额行使决策权，控股投资者以收购国内企业资产投资的，在其付清全部购买金额之前，不能取得企业决策权。甲公司和乙公司在第一期出资认缴完毕之后，甲公司实际缴付出资仅为30万美元，至1997年12月28日，加上甲公司支付的收购资产的购买金，也仅为66万美元，而乙公司实际缴付80万美元。在第一期出资认缴完毕后，甲公司即使加上不符规定缴付的出资，也仅为86万美元，而乙公司则实际缴付90万美元。故甲公司不应取得合资企业的决策权。

（4）如果对截至1997年12月31日的合资企业税后可分配利益进行分配，并不考虑加权平均因素，甲公司应分配人民币152.3万元，乙公司应分配人民币207.7万元（或甲公司应分配人民币175.9万元，乙公司应分配人民币184.1万元，亦算正确）。

（5）甲公司将在合资企业所持股份转让给丁公司，应办理以下法律手续：①提出出资转让申请；②经合营他方同意，并经董事会一致同意通过；③报经原审批机构批准；④办理变更登记手续。

2.（1）西方公司拟在中国上海与中方合营者共同举办的合营企业的投资总额与注册资本的比例符合国家有关规定。因为，根据有关规定，投资总额在1 000万美元以上至3 000万（含3 000万）美元的，注册资本至少应占投资总额的2/5，该合营企业的注册资本达到其投资总额的2/5；西方公司的第一期出资的数额不符合有关规定，因为，根据有关规定，合营各方第一期出资不得低于各自认缴出资额的15%，按西方公司认缴的出资额计算，其第一期出资应不低于 108 万美元；拟设立的合营企业的组织形式不符合有关规定，因为，根据有关规定，合营企业的组织机构应为董事会和经营管理机构，并且董事会是合营企业的最高权力机构，合营企业无须设立股东会和监事会。

（2）西方公司拟在中国北京与中方合作者共同举办的合作企业的出资方式有不符合规定之处，因为，根据有关规定，合作企业的任何一方都不得由合作企业为其出资作担保，西方公司由合作企业担保向中国的外资金融机构贷款 50 万美元作为其出资，违反了有关规定；合作各方有关利润分配比例的约定符合有关规定，因为，依照有关规定，合作企业的合作各方可以自行约定利润分配比例；西方公司拟约定每年先行回收投资的支出部分计入合作企业当年成本不符有关规定，因为，根据有关规定，外国合作者只有在合作企业的亏损弥补之后，才能先行回收投资，这表明，合作企业只能以其利润用于先行回收投资，因此，先行回收投资不能计入合作企业的成本；西方公司拟约定合作期限届满时的全部固定资产的处理方式不符合有关规定，因为，根据有关规定，凡是外方合作者在合作期内先行回收投资的，应约定在合作期限届满时，合作企业的全部固定资产无偿归中国合作者所有，因此，西方公司拟约定在合作期限届满时中国合作者应按固定资产残余价值的 30% 给予其补偿，不符合有关规定。

3.（1）至年底，东方公司缴清了全部出资，休斯敦公司只缴了一部分，因此休斯敦公司违约了。对于休斯敦公司的违约行为，东方公司已经催告其在 1 个月内缴清出资，这是符合法律规定的。如果休斯敦公司逾期仍未缴清出资，视同其放弃在合资企业的一切权利，自动退出合营企业。东方公司应当在逾期 1 个月内向原审批机关申请批准解散合资企业或申请批准另找外国投资者承担休斯敦公司在合资合同中的权利和义务。东方公司还可以要求休斯敦公司赔偿因未缴清出资所造成的经济损失。如果东方公司未按照规定向原审批机关申请批准解散合资企业或申请批准另找外国投资者，审批机关有权吊销该合资企业的批准证书。批准证书吊销后，该合资企业应当向工商行政管理机关办理注销登记手续，缴销营业执照；不办理注销登记手续和缴销营业执照的，由工商行政管理机关吊销营业执照，并予以公告。

（2）不可取的。因为外国合营者的投资比例不得低于合营企业注册资本的 25%，如果东方公司受让了休斯敦公司的份额，就改变了双方的出资比例，外方在合资企业的出资只有 10% 了。

（3）不可取。本案为注册资本在 50 万美元以下的合资企业，应当自营业执照核发之日起 1 年

内缴齐全部出资。

（4）无效。合资企业是一种按份共有的关系，一方转让出资时，其他共有人在同等条件下有优先受让的权利。休斯敦公司以 90 万美元出让股权时，征求过东方公司的意见，东方公司方不愿意受让。以后休斯敦公司以 75 万美元出让股权，东方公司享有优先受让权。休斯敦公司不能以比向东方公司更优惠的条件向第三者转让股权。

4.（1）乙公司向甲企业支付股权转让价款的期限符合规定。根据规定，通过收购国内企业资产或股权设立合营企业的外国投资者，应自合营企业营业执照颁发之日起 3 个月内支付全部购买金。对特殊情况需要延期支付者，经审批机关批准后，应自营业执照颁发之日起 6 个月支付购买总金额的 60% 以上，在 1 年内付清全部购买金，并按实际缴付的出资额的比例分配收益。本题乙公司在中外合资经营企业营业执照颁发后半年内向甲企业支付 280 万美元，高于购买总金额的 60%（450 万美元 × 60% = 270 万美元），且约定余款在 1 年内付清也是符合规定的。

（2）改组后的丙公司的注册资本与投资总额的比例符合规定的。根据规定，合营企业的投资总额在 3 000 万美元以上的，其注册资本至少应占投资总额的 1/3，其中投资总额在 3 600 万美元以下的，注册资本不得低于 1 200 万美元。本题丙公司改组后的投资总额拟为 3 800 万美元，其 1/3 为 1 266.67 万美元，因此注册资本为 1 270 万美元，是符合规定的。

（3）改组后，外方先行回收投资的约定是不符合规定的。根据规定，只有中外合作经营企业才允许先行回收投资，本题该组后的丙企业是属于中外合资经营企业，因此不允许先行回收投资。

（4）在乙公司支付购买金达到控股比例之前时，不能取得丙公司的决策权，并且不能将其在丙公司中的权益、资产以合并报表的方式纳入乙公司的财务报表。根据规定，控股投资者在付清全部购买金之前，不能取得企业的决策权，不得将其在企业中的权益、资产以合并报表的方式纳入该投资者的财务报表。

5.（1）乙公司的债权债务由丙公司继承符合规定。根据规定，外国投资者股权并购的，由并购后的外商投资企业继承被并购境内公司的债权债务。

（2）甲公司股权并购价款的支付期限不符合规定。外国投资者并购境内企业设立外商投资企业，外国投资者应当自外商投资企业营业执照颁发之日起 3 个月内支付全部价款。对特殊情况需要延长者，经审批机关批准后，应当自外

商投资企业营业执照颁发之日起 6 个月内支付全部价款的 60% 以上，1 年内付清全部价款，并按实际缴付的出资比例分配收益。

（3）甲公司缴付第一期出资的数额不符合规定。根据规定，外国投资者股权并购，并购后所设外商投资企业增资的，分期缴付出资时，投资者第一期出资不得低于各自认缴出资额的 15%，并应当自外商投资企业营业执照颁发之日起 3 个月内缴清。在本题中，甲公司第一期出资额应不低于 90 万美元（1 000 × 60% × 15%）。

（4）丙公司的投资总额不符合规定。根据规定，注册资本在 1 200 万美元以上的，投资总额不得超过注册资本的 3 倍。

（5）丙公司的组织机构不符合有关规定。根据规定，合营企业的组织机构应为董事会和经营管理机构，并且董事会是合营企业的最高权力机构，合营企业无须设立股东会和监事会。

（6）丙公司在合营合同中应当约定合营期限。根据规定，服务性行业（包括彩扩、洗相）应当在合营合同中约定经营期限。

（7）甲公司应当就该情形向商务部和国家工商行政管理总局报告。由于甲公司已经满足了下述两个条件：并购一方当事人在中国的市场占有率已经达到 20%；并购导致并购一方当事人在中国的市场占有率达到 25%。

■第七章 企业破产法

本章概述

一、内容提要

与其他法律制度相比较，破产法是集实体与程序内容合一的综合性法律，其贯彻实施与民法、民事诉讼法、企业法、公司法、合同法、劳动法等相关法律制度的建立和健全具有密切联系，因此本章的内容涵盖面较广，有一定的难度。本章内容主要包括破产与破产法的概念和特征、破产法的适用范围，破产原因、破产申请和受理、债权申报与确认，债务人财产、破产费用与共益债权，管理人制度，债权人会议的组成、召集与职权、债权人委员会，重整申请和重整期间、重整计划的制订与批准、执行、监督与终止，和解程序、和解协议的效力，破产财产的变价和分配、破产程序的终结等。其中破产财产、破产债权、与破产有关的几种权利，以及破产财产的处置与分配、破产程序，是历年必考的知识点。

考生在学习时，应以破产进行程序为主线，注意相关知识点的识记。由于破产债权和破产财产的认定涉及《合同法》和《担保法》的内容，因此建议大家先学习这两部分内容，并注意相关知识点的理解和综合应用。

二、历年考题分析

本章最近 5 年平均考分 9.6 分。本章近 5 年考试的题型、分值及考点分布详见下表：

年份\项目	题型	题量	分值	考 点
2007	单项选择题	1	1	债权人会议中债权人委员会的设立
	多项选择题	1	1	享有担保权的债权人的表决权
	判 断 题	1	1	重整计划的监督
	综 合 题	1	11	破产程序中的撤销权行使条件；向他人提供物权担保的余债的求偿问题；合同解除产生的损害赔偿请求权申报债权的限额；破产审理后，债务人的债务人取得他人对债务人的债权的抵销；新旧破产法对职工工资等清偿的不同规定
2006	单项选择题	2	2	撤回破产申请的时间；破产立案的效力
	多项选择题	2	2	破产程序中当事人可以提起上诉的裁定；不属于破产财产的情况
	判 断 题	2	2	破产程序中的取回权；债权人会议的产生
2005	单项选择题	1	1	属于破产债权的情况
	判 断 题	2	2	破产财产的特殊情况；破产企业内他人财产的处理办法
	综 合 题			破产财产的范围
2004	单项选择题	2	2	撤回破产申请的期限；对破产企业尚未履行的合同的处理
	多项选择题	2	2	不属于破产财产的范围；构成别除权的情况
	判 断 题	2	2	债权人会议通过和解整顿协议的决议方式；破产企业股东的破产债权不能与其欠缴的破产企业注册资金相抵销
2003	多项选择题	1	1	破产债权
	判 断 题	1	1	联营企业的债权人对该债务人享有的债权的处理
	综 合 题	1	15	人民法院受理企业破产案件的效力、破产财产和破产债权、破产企业为他人作担保的处理、破产财产的分配

三、2008 年教材内容变化

2007 年教材本章完全按照新破产法撰写，是全新的内容。2008 年教材本章的内容基本没有修改。

本章内容结构基本框架

知识点	第七章 企业破产法	学习建议
7.1	破产与破产法的概念和特征	
7.1.1	破产法概述	一般了解
7.2	破产申请与受理	
7.2.1	破产原因	应当记住
7.2.2	破产申请的提出	应当记住
7.2.3	破产申请的受理	必须掌握
7.2.4	债权申报	必须掌握
7.2.5	债权确认	必须掌握
7.3	债务人财产与管理人	
7.3.1	债务人财产	必须掌握
7.3.2	破产费用和共益债务	必须掌握
7.3.3	管理人制度	应当记住
7.4	债权人会议	
7.4.1	债权人会议的组成	应当记住
7.4.2	债权人会议的召集与职权	应当记住
7.4.3	债权人委员会	应当记住
7.5	重整程序	
7.5.1	重整申请和重整期间	应当记住
7.5.2	重整计划的制订与批准	应当记住
7.5.3	重整计划的执行、监督与终止	应当记住
7.6	和解制度	
7.6.1	和解的程序	应当记住
7.6.2	和解协议的效力	应当记住
7.7	破产清算程序	
7.7.1	破产财产的变价和分配	必须掌握
7.7.2	破产程序的终结	一般了解

知识点精讲

7.1 破产与破产法的概念和特征

7.1.1 破产法概述
Ⅰ.考点分析
1. 破产制度与民事执行制度的区别

	民事执行程序	破产制度
前提	债务人具有清偿能力	债务人无法清偿到期债务
履行方法和目的	自动对个别债权人清偿	强制对全体债权人公平清偿
债务人的民事主体资格	不丧失	丧失
执行对象	财产、行为等	财产

2. 破产法的适用范围

(1) 主体适用范围：所有的企业法人。

(2) 适用的地域范围：对债务人在中华人民共和国领域外的财产发生效力。对外国法院作出的发生法律效力的破产案件的判决、裁定，涉及债务人在我国领域内的财产，申请或者请求人民法院承认和执行的，人民法院依照我国缔结或者参加的国际条约，或者按照互惠原则进行审查，认为不违反我国法律的基本原则，不损害国家主权、安全和社会公共利益，不损害我国领域内债权人的合法权益的，裁定承认和执行。

(3) 适用时间：2007年6月1日起实施。

【要点提示】①破产程序遵循全体债权人公平清偿的原则；②新破产法从2007年6月1日起实施；③注意新破产法的适用范围。

Ⅱ.经典例题

1. [单项选择题] 根据破产法律制度的规定，下列各项中，对企业破产案件实施管辖权的法院是（ ）。

A. 债务人所在地法院

B. 债权人所在地法院

C. 企业破产财产所在地法院

D. 债权人和债务人协议选择的法院

【答案】A

【解析】企业破产案件由债务人所在地人民法院管辖。

2. [判断题] 债务人不能清偿到期债务，债权人可以向人民法院提出重整、和解或者破产清算申请。 （ ）

【答案】×

【解析】债务人有"重整、和解或者破产清算"三个选项；债权人有"重整或者破产清算"两个选项。

7.2 破产申请与受理

7.2.1 破产原因
考点分析

破产原因即破产界限。

我国破产界限的实质标准是不能清偿到期债务，其要点包括：（1）债务人不能清偿到期债务，并且资产不足以清偿全部债务，适用于债务人提出破产申请且易于判断的案件；（2）债务人不能清偿到期债务，并且明显缺乏清偿能力，适用于债权人提出破产申请或债务人提出破产申请但不易判断的案件。

【要点提示】掌握新破产法关于破产原因的两种情况。

7.2.2 破产申请的提出
Ⅰ.考点分析

破产申请可以由债权人提出，也可以由债务人提出。债务人发生破产原因，可以向人民法院提出重整、和解或者破产清算申请。债务人不能清偿到期债务，债权人可以向人民法院提出对债务人进行重整或者破产清算的申请。

企业法人已解散但未清算或者未清算完毕，资产不足以清偿债务的，依法负有清算责任的人应当向人民法院申请破产清算。

商业银行、证券公司、保险公司等金融机构有破产原因的，国务院金融监督管理机构可以向人民法院提出对该金融机构进行重整或者破产清算的申请。国务院金融监督管理机构依法对出现重大经营风险的金融机构采取接管、托管等措施的，可以向人民法院申请中止以该金融机构为被告或者被执行人的民事诉讼程序或者执行程序。

破产案件由债务人所在地法院管辖。

债务人提出破产申请的，应当向人民法院提交职工安置预案。职工安置预案实际上应由地方政府制定。

【要点提示】 ①破产申请可以由债务人、债权人或者清算组提出；②金融机构破产具有特殊性，可以由国务院金融监督管理机构申请；③注意职工安置预案的制定主体。

Ⅱ.经典例题

1.［判断题］只有债务人不能清偿到期债务并且其资产不足以清偿全部债务时，法院才可以受理破产申请。　　　　　　（　）

【答案】 ×

【解析】 若债权人提出破产申请时，只要债务人不能清偿到期债务，且缺乏明显的清偿能力，法院就可受理破产申请。

2.［判断题］债务人提出破产申请时，应当向人民法院提交由地方政府制定的职工安置预案。　　　　　　　（　）

【答案】 √

【解析】 根据破产法规定，职工预案的制定者是地方政府，提交预案的主体是提出破产申请的债务人。

Ⅲ.相关链接

破产程序中几种申请的提出。

1.破产申请可以由债务人、债权人或者清算人提出。

2.重整申请可以由债权人在破产受理前提出；由债务人在破产受理前或破产受理后提出；由出资 1/10 注册资本的出资人在破产受理后提出。

3.和解申请由债务人提出。

7.2.3　破产申请的受理

Ⅰ.考点分析

1.破产申请受理的期限

债权人提出破产申请的，人民法院应当自收到申请之日起 5 日内通知债务人。债务人对申请有异议的，应当自收到人民法院通知之日起 7 日内向人民法院提出。人民法院应当自异议期满之日起

10 日内裁定是否受理。除上述情形外，人民法院应当自收到破产申请之日起 15 日内裁定是否受理。有特殊情况需要延长受理期限的，经上一级人民法院批准，可以延长 15 日。

人民法院受理破产申请的，应当自裁定作出之日起 5 日内送达申请人。债权人提出申请的，人民法院应当自裁定作出之日起 5 日内送达债务人。债务人应当自裁定送达之日起 15 日内，向人民法院提交财产状况说明、债务清册、债权清册、有关财务会计报告以及职工工资的支付和社会保险费用的缴纳情况。

人民法院裁定不受理破产申请的，应当自裁定作出之日起 5 日内送达申请人并说明理由，申请人对不受理的裁定不服的，可以自裁定送达之日起 10 日内向上一级人民法院提起上诉。

人民法院受理破产申请后至破产宣告前，经审查发现债务人未发生破产原因的，可以裁定驳回申请。申请人对裁定不服的，可以自裁定送达之日起 10 日内向上一级人民法院提起上诉。

人民法院裁定受理破产申请的，应当同时指定管理人。人民法院应当自裁定受理破产申请之日起 25 日内通知已知债权人，并予以公告。

2.破产申请受理的效力

自人民法院受理破产申请的裁定送达债务人之日起至破产程序终结之日，债务人的有关人员应当承担法律规定的相关义务。

人民法院受理破产申请后，债务人对个别债权人的债务清偿无效。但债务人以自有财产向债权人提供物权担保的，其在担保物价值内向债权人所做的债务清偿不受限制。

人民法院受理破产申请后，债务人的债务人或财产持有人应当向管理人清偿债务或交付财产。

人民法院受理破产申请后，管理人对破产申请受理前成立而债务人和对方当事人均未履行完毕的合同，有权决定解除或继续履行，并通知对方当事人。管理人决定解除或继续履行合同，应当以保障债权人利益最大化为原则。管理人自破产申请受理之日起 2 个月内未通知对方当事人，或者自收到对方当事人催告之日起 30 日内未答复的，视为解除合同。管理人决定继续履行合同的，对方当事人应当履行；但是，对方当事人有权要求管理人提供担保。管理人不提供担保的，视为解除合同。

人民法院受理破产申请后，有关债务人财产的保全措施应当解除，执行程序应当中止。但物权担保债权人对担保物的执行原则上不中止，除非当事人申请的是重整程序。

人民法院受理破产申请后，已经开始而尚未终结的有关债务人的民事诉讼或者仲裁应当中止；在管理人接管债务人的财产后，该诉讼或者仲裁继续进行。

人民法院受理破产申请后，有关债务人的民事诉讼，只能向受理破产申请的人民法院提起。

【要点提示】 ①对于人民法院驳回申请的，申请人可以向上级人民法院提出上诉；②人民法院受理破产申请后，债务人的清偿有物权担保的债权行为有效；③为保障债权人利益最大化，管理人有权决定解除合同或者继续履行；④对债务人的民事诉讼，只能向受理破产申请的人民法院提出。

II．经典例题

1．[多项选择题] 对于人民法院在破产程序中作出的各项裁定，当事人不能上诉的有（　　）。

A．驳回破产申请的裁定

B．宣告破产的裁定

C．对破产财产分配方案的裁定

D．终结破产程序的裁定

【答案】 BCD

【解析】 在整个破产程序中，当事人可以提出上诉的裁定仅限于"不予受理"和"驳回破产申请"。只要破产程序开始后，当事人对人民法院的其他裁定不服，均不能提出上诉。

2．[判断题] 人民法院受理破产申请后，已经开始而尚未终结的有关债务人的民事诉讼或者仲裁应当终止。（　　）

【答案】 ×

【解析】 人民法院受理破产申请后，已经开始而尚未终结的有关债务人的民事诉讼或者仲裁应当中止；在管理人接管债务人的财产后，该诉讼或者仲裁继续进行。

7.2.4　债权申报

I．考点分析

1．债权申报的期限

人民法院受理破产申请后，应当确定债权人申报债权的期限。债权申报期限自人民法院发布受理破产申请公告之日起计算，最短不得少于30日，最长不得超过3个月。

在人民法院确定的债权申报期限内，债权人未申报债权的，可以在破产财产最后分配前补充申报；但是，此前已进行的分配，不再对其补充分配。为审查和确认补充申报债权的费用，由补充申报人承担。

2．债权申报的特殊情况

债务人所欠职工的工资和医疗、伤残补助、抚恤费用，所欠的应当划入职工个人账户的基本养老保险、基本医疗保险费用，以及法律、行政法规规定应当支付给职工的补偿金，不必申报，由管理人调查后列出清单并予以公示。职工对清单记载有异议的，可以要求管理人更正；管理人不予更正的，职工可以向人民法院提起诉讼。

债权人申报债权时，应当书面说明债权的数额和有无财产担保，并提交有关证据。申报的债权是连带债权的，应当说明。连带债权人可以由其中一人代表全体连带债权人申报债权，也可以共同申报债权。

债务人的保证人或者其他连带债务人已经代替债务人清偿债务的，以其对债务人的求偿权申报债权。债务人的保证人或者其他连带债务人尚未代替债务人清偿债务的，以其对债务人的将来求偿权申报债权。但是，债权人已经向管理人申报全部债权的除外。连带债务人数人被裁定适用《企业破产法》规定的程序的，其债权人有权就全部债权分别在各破产案件申报债权。

未到期的债权，在破产申请受理时视为到期。附利息的债权自破产申请受理时起停止计息。附条件、附期限的债权和诉讼、仲裁未决的债权，债权人可以申报。

管理人或者债务人依照《企业破产法》规定解除合同的，对方当事人以因合同解除所产生的损害赔偿请求权申报债权。可申报的债权以实际损失为限，违约金不作为破产债权。

债务人是委托合同的委托人，被裁定适用《企业破产法》规定的程序，受托人不知该事实，继续处理委托事务的，受托人可以由此产生的请求权申报债权。

债务人是票据的出票人，被裁定适合《企业破产法》规定的程序，该票据的付款人继续付款或者承兑的，付款人以由此产生的请求权申报债权。

【要点提示】 ①破产债权的申报期限在30日到3个月之间；②职工债权是免申报的债权；③因解除合同所产生的债权，以实际损失为限，违约金不能作为破产债权；④未到期的债权，在破产申请受理时视为到期。

II．经典例题

1．[2002年多项选择题第12题] 甲企业向乙银行借款，丙企业为担保人。人民法院受理丙企业破产申请后，乙银行申报了债权。根据企业破产法律制度的规定，下列表述正确的有（　　）。

A．丙企业的担保义务从申请破产之日起终止

B．乙银行以丙企业承担的担保债额为破产债权

C．乙银行在参加破产分配后可就其未受清偿的债权向甲企业要求清偿

D．丙企业可要求甲企业补偿其向乙银行已清偿的担保债额，用于破产分配

【答案】 BCD

【解析】 法律规定，连带债务人数人被裁定适用《企业破产法》规定的程序的，其债权人有权就全部债权分别在各破产案件申报债权。丙与甲是连带债务关系，所以乙银行可以申报债权。债务人在破产程序中承担保证义务后，债权人未得

清偿部分可再向主债务人追究。破产企业承担保证义务后可向被保证人追偿。追偿所得分配给全体债权人。

2. [多项选择题] 根据破产法的规定，人民法院受理债务人的破产申请后，下列各项中，债权人可以申报债权的是（　　）。

A. 附条件、附期限的债权

B. 诉讼、仲裁未决的债权

C. 未到期的债权

D. 债务人所欠的职工工资

【答案】A B C

【解析】债务人所欠职工的工资和医疗、伤残补助、抚恤费用、所欠的应当划入职工个人账户的基本养老保险、基本医疗保险费用，以及法律、行政法规规定的应当支付给职工的补偿金，不必申报，由管理人调查后列出清单并予以公示。

Ⅲ．相关链接

1. 破产中保证担保问题的处理：

		债务人作为被保证人的	债务人为他人作保证的
已履行保证义务的		保证人以承担的保证金额申报债权	向被保证人追偿回后并入破产财产
未履行保证义务的	（他人的）债权人不申报债权	保证人可以参加破产程序预先追偿	债务人的保证义务终止，债权人向主债务人追究民事责任
	（他人的）债权人申报债权	保证人不能作为破产企业的债权人参加破产受偿；破产程序终结后，债权人未得清偿部分由保证人偿还	债务人承担保证义务；债权人未得清偿部分可再向主债务人追究。债务人承担保证义务后可向被保证人追偿，追偿所得分配给全体债权人

2. 债务人企业未履行完毕的合同如何处理：由管理人根据债权人利益最大化原则决定合同是否继续履行；解除合同的实际损失属于破产债权；继续履行的费用属于共益债务。

7.2.5　债权确认

Ⅰ．考点分析

管理人收到债权申报材料后，应当登记造册，对申报的债权进行审查，并编制债权表。债权表和债权申报材料由管理人保存，供利害关系人查阅。

管理人编制的债权表，应当提交第一次债权人会议核查。债务人、债权人对债权表记载的债权无异议的，由人民法院裁定确认。债务人、债权人对债权表记载的债权有异议的，可以向受理破产申请的人民法院提起诉讼。

【要点提示】①管理人必须将申报的债权全部编入债权表；②由第一次债权人会议核查该债权表；③对有异议的债权，由人民法院裁定该异议是否成立，而非债权人会议。

Ⅱ．经典例题

1. [单项选择题] 债务人、债权人对债权表记载的债权有异议的，可以向（　　）提起予以解决。

A. 债权人委员会

B. 受理破产申请的人民法院

C. 管理人会议

D. 债权人会议主席

【答案】B

【解析】债务人、债权人对债权表记载的债权有异议的，可以向受理破产申请的人民法院提起诉讼。

2. [判断题] 在破产程序中，管理人编制债权表时，对于有异议的债权可以不必登记造册。

（　　）

【答案】×

【解析】对于所有的债权，管理人都必须将其全部编入债权人申报表。

7.3　债务人财产与管理人

7.3.1　债务人财产

Ⅰ．考点分析

债务人财产，是指破产申请受理时属于债务人的全部财产，以及破产申请受理后至破产程序终结前债务人取得的财产。

债务人财产涉及下列几种情况：

	适用范围	处理办法
撤销权	法院受理破产申请前 1 年内有权请求撤销的行为	（1）无偿转让财产的。（2）以明显不合理的价格进行交易的。（3）对没有财产担保的债务提供财产担保的。（4）对未到期的债务提前清偿的。（5）放弃债权的
	法院受理破产申请前 6 个月内有权请求撤销的行为	债务人有不能清偿到期债务，并且资产不足以清偿全部债务或者明显缺乏清偿能力，仍对个别债权人进行清偿的；但个别清偿使债务人财产受益的除外

续表

	适用范围	处理办法
无效行为	涉及债务人财产的下列行为	（1）为逃避债务而隐匿、转移财产的。（2）虚构债务或者承认不真实的债务的
债务人财产收回		（1）人民法院受理破产申请后，债务人的出资人尚未完全履行出资义务的，管理人应当要求该出资人缴纳所认缴的出资，而不受出资期限的限制。 （2）债务人的董事、监事和高级管理人员利用职权从企业获取的非正常收入和侵占企业财产，管理人应当追回。 （3）人民法院受理破产申请后，管理人可以通过清偿债务或者提供为债权人接受的担保，取回质物、留置物
取回权　一般	原物存在	取回原物；原物不存在的享有破产债权，但可构成代位权的除外
取回权　特别	在途标的物	出卖人已将买卖标的物向作为买受人的债务人发运，债务人尚未收到且未付清全部价款的，出卖人可以取回在运途中的标的物。但是，管理人可以支付全部价款，请求出卖人交付标的物
抵销权	债权人在破产申请受理前对债务人负有债务	可以抵销。有下列情形之一的，不得抵销：（1）债务人的债务人在破产申请受理后取得他人对债务人的债权的。（2）债权人已知债务人有不能清偿到期债务或者破产申请的事实，对债务人负担债务的；但是，债权人因为法律规定或者有破产申请1年前所发生的原因而负担债务的除外。（3）债务人的债务人已知债务人有不能清偿到期债务或者破产申请的事实，对债务人取得债权的；但是，债务人的债务人因为法律规定或者有破产申请1年前所发生的原因而取得债权的除外

【要点提示】①破产撤销权只能由管理人行使；②区分无效行为和可撤销行为的适用条件；③一般取回权的行使通常只限于取回原物；④债务人的债务人在破产申请受理后取得他人对债务人的债权的，不得抵销。

Ⅱ.经典例题

1.[2007年综合题第4题] 2007年7月30日，人民法院受理了甲公司的破产申请，并同时指定了管理人。管理人接管甲公司后，在清理其债权债务过程中，有如下事项：

（1）2006年4月，甲公司向乙公司采购原材料而欠乙公司80万元货款未付。2007年3月，甲乙双方签订一份还款协议，该协议约定：甲公司于2007年9月10日前偿还所欠乙公司货款及利息共计87万元，并以甲公司所属一间厂房作抵押。还款协议签订后，双方办理了抵押登记。乙公司在债权申报期内就上述债项申报了债权。

（2）2006年6月，丙公司向A银行借款120万元，借款期限为1年。甲公司以所属部分设备为丙公司提供抵押担保，并办理了抵押登记。借款到期后，丙公司未能偿还A银行贷款本息。经甲公司、丙公司和A银行协商，甲公司用于抵押的设备被依法变现，所得价款全部用于偿还A银行，但尚有20万元借款本息未能得到清偿。

（3）2006年7月，甲公司与丁公司签订了一份广告代理合同，该合同约定：丁公司代理发布甲公司产品广告；期限2年；一方违约，应当向另一方承担违约金20万元。至甲公司破产申请被受理时，双方均各自履行了部分合同义务。

（4）2006年8月，甲公司向李某购买一项专利，尚欠李某19万元专利转让费未付。李某之子小李创办的戊公司曾于2006年11月向甲公司采购一批电子产品，尚欠甲公司货款21万元未付。人民法院受理甲公司破产申请后，李某与戊公司协商一致，戊公司在向李某支付19万元后，取得李某对甲公司的19万元债权。戊公司向管理人主张以19万元债权抵销其所欠甲公司相应债务。

（5）甲公司共欠本公司职工工资和应当划入职工个人账户的基本养老保险、基本医疗保险费用37.9万元，其中，在2006年8月27日新的《企业破产法》公布之前，所欠本公司职工工资和应当划入职工个人账户的基本养老保险、基本医疗保险费用为20万元。甲公司的全部财产在清偿破产费用和共益债务后，仅剩余价值1 500万元的厂房及土地使用权，但该厂房及土地使用权已于2006年6月被甲公司抵押给A银行，用于担保一笔2 000万元的借款。

【要求】根据上述内容，分别回答下列问题：

（1）管理人是否有权请求人民法院对甲公司将厂房抵押给乙公司的行为予以撤销？并说明理由。

（2）A银行能否将尚未得到清偿的20万元欠款向管理人申报普通债权，由甲公司继续偿还？并说明理由。

（3）如果管理人决定解除甲公司与丁公司之间的广告代理合同，并由此给丁公司造成实际损失5万元，则丁公司可以向管理人申报的债权额应为多少？并说明理由。

（4）戊公司向管理人提出以19万元债权抵销其所欠甲公司相应债务的主张是否成立？并说明

理由。

（5）甲公司所欠本公司职工工资和应当划入职工个人账户的基本养老保险、基本医疗保险费用共计 37.9 万元应当如何受偿？

【答案及解析】

（1）管理人有权请求人民法院予以撤销。根据规定，人民法院受理破产申请前 1 年内，债务人对没有财产担保的债务提供财产担保的，管理人有权请求人民法院予以撤销。本题中，甲在人民法院受理破产申请前 1 年内对之前的没有担保的乙的货款设定了担保，因此这是可以撤销的。

（2）A 银行不能将尚未得到清偿的 20 万元欠款向管理人申报普通债权。根据规定，如破产人仅作为担保人为他人债务提供物权担保，担保债权人的债权虽然在破产程序中可以构成别除权，但因破产人不是主债务人，在担保物价款不足以清偿担保债额时，余债不得作为破产债权向破产人要求清偿，只能向原主债务人求偿。本题中甲仅仅为丙提供了抵押担保，因此对于抵押物不能够清偿的部分，A 银行只能够要求丙清偿，不能够向甲申报债权。

（3）丁公司可以向管理人申报的债权额为 5 万元。根据规定，管理人依照《企业破产法》规定解除合同的，对方当事人以因合同解除所产生的损害赔偿请求权申报债权。可申报的债权以实际损失为限，违约金不作为破产债权。本题中管理人解除甲丁之间的合同给丁造成的损失是 5 万元，因此丁只能够以 5 万元去申报债权。

（4）戊公司的主张不成立。根据规定，债务人的债务人在破产申请受理后取得他人对债务人的债权的，不得抵销。本题中戊公司是在破产申请受理后取得李某对甲的债权的，因此戊公司不能够主张债务抵销。

（5）甲公司所欠本公司职工工资和应当划入职工个人账户的基本养老保险、基本医疗保险费用，只有在《企业破产法》公布之日前的 20 万元可以得到清偿。

2.［2005 年判断题第 5 题］破产企业内属于他人的财产，在法院受理破产案件后、被宣告破产前毁损、灭失的，财产权利人以其直接损失额申报债权，作为破产债权人受偿。（　）

【答案】√

【解析】法律规定，破产企业内属于他人的财产，在法院受理破产案件后、被宣告破产前毁损、灭失的，财产权利人以其直接损失额申报债权，作为破产债权人受偿。

3.［2004 年判断题第 8 题］企业破产宣告后，破产企业的股东享有的破产债权可以与其欠缴的破产企业的注册资本金相抵销。（　）

【答案】×

【解析】法律规定，企业破产宣告后，破产企业的股东享有的破产债权不能与其欠缴的破产企业的注册资本金相抵销。

4.［判断题］人民法院受理破产申请后，应当确定债权人申报债权的期限。债权申报期限为人民法院发布受理破产申请公告之日起 3 个月。（　）

【答案】×

【解析】人民法院受理破产申请后，应当确定债权人申报债权的期限。债权申报期限自人民法院发布受理破产申请公告之日起计算，最短不得少于 30 日，最长不得超过 3 个月。

III．相关链接

破产程序中买卖关系的归纳：

债务人身份	情 形	归 属
债务人作为卖方	没有交付标的物但已收对价	标的物属于破产财产（房产除外），已付对价人享有破产债权
	已经交付标的物但未收对价	标的物不属于破产财产，收回对价列入破产财产
	已收标的物但未付对价	标的物属于破产财产，相对人享有破产债权（保留所有权的除外）
债务人作为买方	未收标的物但已付对价	收回标的物或对价列入破产财产
	标的物已在途中未付对价	出卖人可以取回标的物；但管理人可以支付全部价款请求交付标的物

7.3.2　破产费用和共益债务

I．考点分析

破产费用是指人民法院受理破产申请后，为破产程序的顺利进行及对债务人财产的管理、变价、分配过程中，必须支付的且用债务人财产优先支付的费用。人民法院受理破产申请后发生的下列费用为破产费用：（1）破产案件的诉讼费用。（2）管理、变价和分配债务人财产的费用。（3）管理人执行职务的费用、报酬和聘用工作人员的费用。

共益债务是指人民法院受理破产申请后，管理人为全体债权人的共同利益，管理债务人财产时所负担或产生的债务，以及因债务人财产而产生的，以债务人财产优先支付的债务。人民法院受理破产申请后发生的下列债务，为共益债务：（1）因管理人或者债务人请求对方当事人履行双方均未履行完毕的合同所产生的债务。（2）债务人财产受无因管理所产生的债务。（3）因债务人不当得利所产生的债务。（4）为债务人继续营业而应支付的劳动报酬和社会保险费用以及由此产生的其他债务。（5）管理人或者相关人员执行职务致人损害所产生的债务。(6) 债务人财产致人损害所产生的债务。

破产费用和共益债务由债务人财产随时清偿。债务人财产不足以清偿所有破产费用和共益债务的先行清偿破产费用。债务人财产不足以清偿所有破产费用或者共益债务的,按照比例清偿。债务人财产不足以清偿破产费用的,管理人应当提请人民法院终结破产程序。人民法院应当自收到请求之日起 15 日内裁定终结破产程序,并予以公告。

【要点提示】①破产费用和共益债务的定义和内容;②破产费用与共益债务的清偿顺序;③破产财产不足以清偿破产费用的,可申请法院终结破产程序。

Ⅱ. 经典例题

1. [多项选择题] 根据《企业破产法》的规定,下列各项中,属于共益债务的有( )。

A. 破产财产的诉讼费用

B. 管理人的报酬

C. 为债务人继续营业而支付的劳动报酬和社会保险费用

D. 管理人执行职务致人损害所产生的债务

【答案】A B

【解析】根据破产法,C、D 两项属于破产费用。

2. [判断题] 债务人财产不足以清偿所有破产费用和共益债务的,按照比例清偿。( )

【答案】×

【解析】共益债务的清偿区分下面两种情况:债务人财产不足以清偿所有破产费用和共益债务的,先清偿破产费用;债务人财产不足以清偿所有破产费用或者共益债务的,按照比例清偿。

7.3.3 管理人制度

Ⅰ. 考点分析

管理人是人民法院依法受理破产申请的同时指定的全面接管破产企业并负责破产财产的保管、清理、估价、处理和分配,总管破产事务的人。

管理人由人民法院指定。债权人会议认为管理人不能依法、公正执行职务或者有其他不能胜任职务情形的,可以申请人民法院予以更换。指定管理人和确定管理人报酬的办法,由最高人民法院规定。管理人没有正当理由不得辞去职务。管理人辞去职务应当经人民法院许可。

管理人依法执行职务,向人民法院报告工作,并接受债权人会议和债权人委员会的监督。管理人应当列席债权人会议,向债权人会议报告职务执行情况,并回答询问。

管理人可以由有关部门、机构的人员组成的清算组或者依法设立的律师事务所、会计师事务所、破产清算事务所等社会中介机构担任。人民法院根据债务人的实际情况,可以在征询有关社会中介机构的意见后,指定该机构具备相关专业知识并取得执业资格的人员担任管理人。有下列情形之一的,不得担任管理人:(1) 因故意犯罪受过刑事处罚;(2) 曾被吊销相关专业执业证书;(3) 与本案有利害关系;(4) 人民法院认为不宜担任管理人的其他情形。

管理人履行下列职责:(1) 接管债务人的财产、印章和账簿、文书等资料;(2) 调查债务人财产状况,制作财产状况报告;(3) 决定债务人的内部管理事务;(4) 决定债务人的日常开支和其他必要开支;(5) 在第一次债权人会议召开之前,决定继续或者停止债务人的营业;(6) 管理和处分债务人的财产;(7) 代表债务人参加诉讼、仲裁或者其他法律程序;(8) 提议召开债权人会议;(9) 人民法院认为管理人应当履行的其他职责。

在第一次债权人会议召开之前,管理人决定继续或者停止债务人的营业,或者实施法律规定的行为的,应当经人民法院许可。

管理人的报酬由人民法院确定。债权人会议对管理人的报酬有异议的,有权向人民法院提出。

【要点提示】①新破产法的管理人制度相当于旧法中的清算组制度;②管理人由人民法院指定;③掌握不能担任管理人的四种法定情形;④管理人须履行的职能。

Ⅱ. 经典例题

1. [单项选择题] 根据企业破产法律制度的规定,人民法院受理破产案件后,管理人由( )指定。

A. 人民法院　　　B. 债权人会议

C. 债权人委员会　D. 职工代表大会

【答案】A

【解析】管理人由人民法院指定,并接受债权人会议和债权人委员会的监督。

2. [单项选择题] 根据破产法的规定,人民法院受理破产申请后,债务人占有的不属于债务人的财产,该财产所有人可以通过( )取回。

A. 人民法院　　　B. 债权人会议

C. 债权人委员会　D. 管理人

【答案】D

【解析】人民法院受理破产申请后,债务人占有的不属于债务人的财产,该财产所有人可以通过管理人取回。

3. [判断题] 人民法院受理破产申请后,债务人的出资人尚未全部履行出资义务的,管理人应当要求该出资人缴纳所认缴的出资,而不受出资期限的限制。( )

【答案】√

【解析】人民法院受理破产申请后,债务人的出资人尚未全部履行出资义务的,管理人应当要求该出资人缴纳所认缴的出资,而不受出资期限的限制。

7.4 债权人会议

7.4.1 债权人会议的组成

Ⅰ.考点分析

债权人会议是由所有依法申报债权的债权人组成，以保障债权人共同利益为目的，为实现债权人的破产程序参与权，讨论决定有关破产事宜，表达债权人意志，协调债权人行为的破产议事机构。债权人会议不是独立的民事主体，只是具有自治性质的机构；债权人会议不是常设机构，而是临时机构；债权人会议仅为决议机构，无执行功能。

依法申报债权的债权人为债权人会议的成员，有权参加债权人会议，享有表决权。债权尚未确定的债权人，除人民法院能够为其行使表决权而临时确定债权额的外，不得行使表决权；对债务人的特定财产享有担保权的债权人，未放弃优先受偿权利的，其对通过和解协议和破产财产的分配方案的事项不享有表决权。

债权人会议应当有债务人的职工和工会的代表参加，对有关事项发表意见，但他们没有表决权。

债权人会议设主席 1 人，由人民法院从有表决权的债权人中指定，通常是无优先权的债权人。债权人会议主席主持债权人会议。

【要点提示】 ①债权人会议主席不是表决产生的，而是由人民法院指定；②若享有担保物权的债权人放弃优先受偿权，则其享有相应的表决权；③债权人会议仅为决议机关，其无执行功能；④参加债权人会议的职工和工会代表没有表决权。

Ⅱ.经典例题

1. ［2006 年判断题第 6 题］在破产程序中，债权人会议主席从有表决权的债权人中选举产生。

（　　）

【答案】 ×

【解析】 债权人会议主席由人民法院在有表决权的债权人中指定。必要时，人民法院可以指定多名债权人会议主席，成立债权人会议主席委员会。

2. ［多项选择题］根据《破产法》的规定，下列各项中，应当由人民法院裁定的事项有（　　）。

A. 债务人、债权人对债权表记载的债权有异议的

B. 债务人财产的管理方案和破产财产的变价方案，经债权人会议未表决通过的

C. 债权人委员会成员

D. 管理人因正当理由辞去职务

【答案】 A B

【解析】 C、D 两项的内容，属于应经人民法院许可的情形。

7.4.2 债权人会议的召集与职权

Ⅰ.考点分析

第一次债权人会议由人民法院召集，自债权申报期限届满之日起 15 日内召开。以后的债权人会议，在人民法院认为必要时，或者管理人、债权人委员会，占债权总额 1/4 以上的债权人向债权人会议主席提议时召开。召开债权人会议，管理人应当提前 15 日通知已知的债权人。

债权人会议行使下列职权：（1）核查债权。（2）申请人民法院更换管理人，审查管理人的费用和报酬。（3）监督管理人。（4）选任和更换债权人委员会成员。（5）决定继续或者停止债务人的营业。（6）通过重整计划。（7）通过和解协议。（8）通过债务人财产的管理方案。（9）通过破产财产的变价方案。（10）通过破产财产的分配方案。（11）人民法院认为应当由债权人会议行使的其他职权。债权人会议应当对所议事项的决议作成会议记录。

债权人会议的决议，由出席会议的有表决权的债权人过半数通过，并且其所代表的债权额占无财产担保债权总额的 1/2 以上。但法律另有规定的除外。债权人会议的决议，对全体债权人均有法律约束力。债权人认为债权人会议的决议违反法律规定，损害其利益的，可以自债权人会议作出决议之日起 15 日内，请求人民法院裁定撤销该决议，责令债权人会议依法重新作出决议。

债权人会议通过债务人财产的管理方案以及破产财产的变价方案等事项，经债权人会议表决未通过的，由人民法院裁定。债权人对人民法院作出的裁定不服的，可以自裁定宣布之日或者收到通知之日起 15 日内向该人民法院申请复议。

债权人会议通过破产财产的分配方案事项时，经债权人会议二次表决仍未通过的，由人民法院裁定。债权额占无财产担保债权总额 1/2 以上的债权人对人民法院作出的裁定不服的，可以自裁定宣布之日或者收到通知之日起 15 日内向该人民法院申请复议。

【要点提示】 ①债权人委员会享有会议召集权，而非债权人会议主席享有此权利；②债权人会议无权确认债权；③债权人会议表决陷入僵局时，由人民法院作出最终裁决；④债权人会议的决议对全体债权人均有法律约束力。

Ⅱ.经典例题

1. ［多项选择题］下列各项中，应当召开债权人会议的情形有（　　）。

A. 管理人提议召开

B. 占债权总额 1/3 的债权人提议召开

C. 人民法院认为必要时

D. 债权人委员会提议召开

【答案】 A B C D

【解析】 第一次债权人会议由人民法院召集，

以后的债权人会议，在人民法院认为必要时，或者管理人、债权人委员会、占债权总额1/4以上的债权人向债权人会议主席提议时召开。

2. [判断题] 在破产程序中，债权人会议主席从有表决权的债权人中选举产生。 （ ）

【答案】×

【解析】债权人会议主席由人民法院从有表决权的债权人中"指定"。

Ⅲ. 相关链接

债权人会议的表决：

1. 一般决议——所有申报的债权人都有表决权；由出席会议的有表决权的债权人过半数通过，并且其所代表的债权额占无财产担保债权总额的半数以上。

2. 重整方案——所有申报的债权人都有表决权；分组进行表决；出席会议的同一表决组的债权人过半数通过，并且其所代表的债权额占该组债权总额的2/3以上。

3. 和解方案——未放弃优先受偿权的债权人没有表决权；出席会议的有表决权的债权人过半数通过，并且其所代表的债权额占无财产担保债权总额的2/3以上。

4. 破产财产分配方案——未放弃优先受偿权的债权人没有表决权；出席会议的有表决权的债权人过半数通过，并且其所代表的债权额占无财产担保债权总额的半数以上；两次表决未通过的由人民法院裁定。

7.4.3 债权人委员会

Ⅰ. 考点分析

债权人会议可以决定设立债权人委员会。债权人委员会由债权人会议选任的债权人代表和1名债务人的职工代表或者工会代表组成。债权人委员会成员不得超过9人。

债权人委员会行使下列职权：（1）监督债务人财产的管理和处分。（2）监督破产财产分配。（3）提议召开债权人会议。（4）债权人会议委托的其他职权。

管理人实施的下列行为，应当及时向债权人委员会报告：（1）涉及土地、房屋等不动产权益的转让；（2）探矿权、采矿权、知识产权等财产权的转让；（3）全部库存或者营业的转让；（4）借款；（5）设定财产担保；（6）债权和有价证券的转让；（7）履行债务人和对方当事人均未履行完毕的合同；（8）放弃权利；（9）担保物的取回；（10）对债权人利益有重大影响的其他财产处分行为。

【要点提示】①债权人委员会成员不得超过9人；②债权人委员会成员由债权人会议选任产生；③注意管理人与债权人委员会的职责区分。

Ⅱ. 经典例题

1. [2007年单项选择题第8题] 根据企业破产法的规定，下列关于债权人委员会的表述中，正确的是（ ）。

A. 在债权人会议中应当设置债权人委员会

B. 债权人委员会的成员人数最多不得超过7人

C. 债权人委员会中的债权人代表由人民法院指定

D. 债权人委员会中应当有1名债务人企业的职工代表或者工会代表

【答案】D

【解析】本题考核债权人委员会的相关规定。根据规定，在债权人会议中"可以"设置债权人委员会，因此选项A的说法是错误的；债权人委员会的成员人数最多不超过9人，因此选项B的说法是错误的；债权人委员会中的债权人代表由债权人会议选任、罢免。

2. [多项选择题] 根据企业破产制度的规定，下列各项中，属于债权人委员会职权的有（ ）。

A. 调整管理人的报酬

B. 审查管理人的费用

C. 监督管理人

D. 通过破产财产的分配方案

【答案】BCD

【解析】管理人的报酬由人民法院确定，债权人会议对管理人的报酬有异议的，有权向人民法院提出，由人民法院决定是否调整。债权人会议无权直接调整管理人的报酬。

7.5 重整程序

7.5.1 重整申请和重整期间

Ⅰ. 考点分析

重整是指对可能或已经发生破产原因但又有挽救希望的法人企业，通过对各方利害关系人的利益协调，借助法律强制进行营业重组与债务清理，以避免破产、获得更生的制度。

债务人尚未进入破产程序时，债务人或者债权人可以直接向人民法院申请对债务人进行重整。债权人申请对债务人进行破产清算的，在人民法院受理破产申请后、宣告债务人破产前，债务人或者出资额占债务人注册资本1/10以上的出资人，可以向人民法院申请重整。国务院金融监督管理机构可以向人民法院提出对金融机构进行重整的申请。

自人民法院裁定债务人重整之日起至重整程序终止，为重整期间。重整期间不包括重整计划执行期间。

在重整期间，经债务人申请，人民法院批准，债务人可以在管理人的监督下自行管理财产和营业事务。

在重整期间，对债务人的特定财产享有的担保权暂停行使。但是，担保物有损坏或者价值明显减少的可能，足以危害担保权人权利的，担保权人可以向人民法院请求恢复行使担保权。债务人或者管理人为继续营业而借款的，可以为该借款设定担保。债务人在重整期间为重整进行而发生的费用，原则上属于共益债务。

债务人合法占有的他人财产，该财产的权利人在重整期间要求取回的，应当符合事先约定的条件。在重整期间，债务人的出资人不得请求投资收益分配；债务人的董事、监事、高级管理人不得向第三人转让其持有的债务人的股权，但经人民法院同意的除外。

在重整期间，有下列情形之一的，经管理人或者利害关系人请求，人民法院应当裁定终止重整程序，并宣告债务人破产：（1）债务人的经营状况和财产状况继续恶化，缺乏挽救的可能性；（2）债务人有欺诈、恶意减少债务人财产或者其他显著不利于债权人的行为；（3）由于债务人的行为致使管理人无法执行职务。

【要点提示】①重整申请在债务人有发生破产原因的可能时即可提出；②重整程序中，物权担保债权人的优先受偿权受到限制；③为重整而发生的费用原则上属于共益债务，④重整即正常程序的三种情况。

II．经典例题

1．[单项选择题] 债权人申请对债务人进行破产清算的，在人民法院受理破产申请后、宣告债务人破产前，债务人或者占注册资本一定比例的债务人的出资人，可以向人民法院申请重整。该一定比例为（　　）。

A. 注册资本的1/2　　B. 注册资本的1/3

C. 注册资本的1/5　　D. 注册资本的1/10

【答案】D

【解析】重整制度是新破产法的新规定，《破产法》规定，债务人或者出资额占债务人注册资本1/10以上的出资人，可以向人民法院申请重整。

2．[判断题] 在重整期间，债务人或者管理人为继续经营而借款的，可以为该借款设定担保。

（　　）

【答案】√

7.5.2　重整计划的制订与批准

I．考点分析

债务人自行管理财产和营业事务的，由债务人制作重整计划草案。管理人负责管理财产和营业事务的，由管理人制作重整计划草案。债务人或者管理人应当自人民法院裁定债务人重整之日起6个月内，同时向人民法院和债权人会议提交重整计划草案；未按期提出重整计划草案的，人民法院应当裁定终止重整程序，并宣告债务人破产。期限届满，经债务人或者管理人请求，有正当理由的，人民法院可以裁定延期3个月。

债权人参加讨论重整计划草案的债权人会议，依照下列债权分类，分组对重整计划草案进行表

决：（1）对债务人的特定财产享有担保权的债权；（2）债务人所欠职工的工资和医疗、伤残补助、抚恤费用，所欠的应当划入职工个人账户的基本养老保险、基本医疗保险费用，以及法律、行政法规规定应当支付给职工的补偿金；（3）债务人所欠税款·（4）普通债权。人民法院在必要时可以决定在普通债权组中设小额债权组对重整计划草案进行表决。

人民法院应当自收到重整计划草案之日起30日内召开债权人会议，对重整计划草案进行表决。出席会议的同一表决组的债权人过半数同意重整计划草案，并且其所代表的债权额占该组债权总额的2/3以上的，即为该组通过重整计划草案。

债务人的出资人代表可以列席讨论重整计划草案的债权人会议。重整计划草案涉及出资人权益调整事项的，应当设出资人组，对该事项进行表决。

各表决组均通过重整计划草案时，重整计划即为通过。自重整计划通过之日起10日内，债务人或者管理人应当向人民法院提出批准重整计划的申请。人民法院经审查认为符合规定的，应当自收到申请之日起30日内裁定批准，终止重整程序，并予以公告。

部分表决组未通过重整计划草案的，债务人或者管理人可以同未通过重整计划草案的表决组协商。该表决组可以在协商后再表决一次。未通过重整计划草案的表决组拒绝再次表决或者再次表决仍未通过重整计划草案，但重整计划草案符合法律规定的条件的，债务人或者管理人可以申请人民法院批准重整计划草案。人民法院经审查认为重整计划草案符合规定的，应当自收到申请之日起30日内裁定批准，终止重整程序，并予以公告。

重整计划草案未获得通过且未依照法律的规定获得批准，或者已通过的重整计划未获得批准的，人民法院应当裁定终止重整程序，并宣告债务人破产。

【要点提示】①由债权人分组表决重整计划草案；②在符合条件时，人民法院可以强制批准重整计划草案；③由债务人或者管理人制订重整计划草案。

II．经典例题

1．[2007年多项选择题第7题] 根据企业破产法的规定，债权人会议表决的下列事项中，对债务人的特定财产享有担保权且未放弃优先受偿权利的债权人享有表决权的有（　　）。

A. 通过重整计划

B. 通过和解协议

C. 通过破产财产的分配方案

D. 通过破产财产的变价方案

【答案】A D

【解析】本题考核债权人的表决权。根据规定，对债务人的特定财产享有担保权的债权人，未放弃优先受偿权利的，对于通过和解协议草案和通过破产财产的分配方案的决议不享有表决权，因此选项 B 和 C 不正确。

2. ［单项选择题］根据企业破产法律制度的规定，债务人或者管理人应当自人民法院裁定债务人重整之日起（　　）内，同时向人民法院和债权人会议提交重整计划草案。

A. 1 个月　　　　　　B. 3 个月
C. 6 个月　　　　　　D. 2 年

【答案】C

【解析】债务人或者管理人应当自人民法院裁定债务人重整之日起 6 个月内，同时向人民法院和债权人会议提交重整计划草案。

7.5.3　重整计划的执行、监督与终止

Ⅰ. 考点分析

重整计划由债务人负责执行。人民法院裁定批准重整计划后，已接管财产和营业事务的管理人应当向债务人移交财产和营业事务。

自人民法院裁定批准重整计划之日起，在重整计划规定的监督期内，由管理人监督重整计划的执行。

人民法院裁定批准的重整计划，对债务人和全体债权人均有约束力，包括对债务人特定财产享有担保权的债权人。债权人对债务人的保证人和其他连带债务人所享有的权利，不受重整计划的影响。债权人未依照规定申报债权的，在重整计划执行期间不得行使权利；在重整计划执行完毕后，可以按照重整计划规定的同类债权的清偿条件行使权利。

债务人不能执行或者不执行重整计划的，人民法院经管理人或者利害关系人请求，应当裁定终止重整计划的执行，并宣告债务人破产。人民法院裁定终止重整计划执行的，债权人在重整计划中作出的债权调整的承诺失去效力，但为重整计划的执行提供的担保继续有效。债权人因执行重整计划所受的清偿仍然有效，债权未受清偿的部分作为破产债权。在重整计划执行中已经接受清偿的债权人，只有在其他同顺位债权人同自己所受的清偿达到同一比例时，才能继续接受分配。

按照重整计划减免的债务，自重整计划执行完毕时起，债务人不再承担清偿责任。

【要点提示】①无论重组计划草案由谁制订，重组计划均由债务人负责执行；②监督重整计划执行的主体是管理人，而非人民法院；③人民法院裁定终止重整计划的，债权人因执行重整计划所受的清偿仍然有效，但只有在其他同顺位债权人同其所受的清偿达到同一比例时，才能继续接受分配；④重整计划执行完毕时起，债务人不再承担已减免的清偿责任。

Ⅱ. 经典例题

1. ［2007 年判断题第 5 题］企业进入重整程序后，在重整计划规定的监督期内，负责监督重整计划执行的主体是人民法院。（　　）

【答案】×

【解析】本题考核重整计划的监督。根据规定，在重整计划规定的监督期内，由"管理人"监督重整计划的执行。

2. ［多项选择题］下列各项中，人民法院应当裁定终止重整程序，并宣告债务人破产的情形有（　　）。

A. 破产企业的重整计划草案未获得债权人会议的通过

B. 破产企业的重整计划未获得债权人会议的通过且未依照破产法的规定获得人民法院的批准

C. 破产企业的重整计划草案已获得债权人会议的通过但未获得人民法院的批准

D. 破产企业的重整计划草案未获得债权人会议的通过但是通过了人民法院的批准

【答案】B C

【解析】重整计划草案未获得通过且未依照法律的规定获得批准，或者通过的重整计划未获人民法院的批准的，人民法院应当裁定终止重整程序，并宣告债务人破产。

7.6　和解制度

7.6.1　和解的程序

Ⅰ. 考点分析

和解是指具备破产原因的债务人，为了避免破产清算，而与债权人会议达成协商解决债务的协议的制度。

债务人可以依照《企业破产法》的规定，直接向人民法院申请和解；也可以在人民法院受理破产申请后、宣告债务人破产前，向人民法院申请和解。债务人申请和解，应当提出和解协议草案。

人民法院经审查认为和解申请符合规定的，应当裁定和解，予以公告，并召集债权人会议讨论和解协议草案。对债务人的特定财产享有担保权的权利人，自人民法院裁定和解之日起可以行使权利。

债权人会议通过和解协议的决议，由出席会议的有表决权的债权人过半数同意，并且其所代表的债权额占无财产担保债权总额的 2/3 以上。对债务人的特定财产享有担保权的债权人，对此事项没有表决权。

债权人会议通过和解协议的，由人民法院裁定认可，终止和解程序，并予以公告。和解协议草案经债权人会议表决未获得通过，或者已经债权人会议通过的和解协议未获得人民法院认可的，人民法院应当裁定终止和解程序，并宣告债务人

破产。

【要点提示】①和解申请只能由债务人一方提出；②享有担保物权的债权人，对和解协议无表决权；③掌握人民法院裁定终止和解协议的两种情况。

Ⅱ．经典例题

1．［单项选择题］债权人会议应当以表决的方式确定是否通过和解协议。债权人会议通过和解协议的法定条件是（　　）。

A．出席会议的有表决权的债权人过半数通过，并且其所代表的债权额占无财产担保债权总额的 2/3 以上

B．出席会议的有表决权的债权人过半数通过，并且其所代表的债权额占全部债权总额的 2/3 以上

C．全体有表决权的债权人过半数通过，并且其所代表的债权额占无财产担保债权总额的 2/3 以上

D．全体有表决权的债权人过半数通过，并且其所代表的债权额占全部债权总额的 2/3 以上

【答案】A

【解析】债权人会议的一般表决，由出席会议的有表决权的债权人过半数通过，并且其所代表的债权额，必须占无财产担保债权总额的半数以上；债权人会议通过和解协议的决议，由出席会议的有表决权的债权人过半数通过，并且其所代表的债权额，必须占无财产担保债权总额的 2/3 以上。

2．［多项选择题］债务人甲企业破产，乙企业对甲企业的机器设备享有抵押权，乙企业未放弃优先受偿权利。根据法律规定，在债权人会议上，乙企业可以行使表决权的事项有（　　）。

A．通过和解协议

B．决定继续或者停止债务人的营业

C．通过债务人财产的管理方案

D．通过破产财产的分配方案

【答案】BC

【解析】对债务人的特定财产享有担保权的债权人，未放弃优先受偿权的，对通过"和解协议和破产财产的分配方案"的事项不享有表决权。

7.6.2　和解协议的效力

Ⅰ．考点分析

经人民法院裁定认可的和解协议，对债务人和全体和解债权人均有约束力。和解债权人是指人民法院受理破产申请时对债务人享有无财产担保债权的人。和解债权人未依照规定申报债权的，在和解协议执行期间不得行使权利；在和解协议执行完毕后，可以按照和解协议规定的清偿条件行使权利。和解债权人对债务人的保证人和其他连带债务人所享有的权利，不受和解协议的影响。

债务人应当按照和解协议规定的条件清偿债务。

因债务人的欺诈或者其他违法行为而成立的和解协议，人民法院应当裁定无效，并宣告债务人破产。有前款规定情形的，和解债权人因执行和解协议所受的清偿，在其他债权人所受清偿同等比例的范围内，不予返还。

债务人不能执行或者不执行和解协议的，人民法院经和解债权人请求，应当裁定终止和解协议的执行，并宣告债务人破产。人民法院裁定终止和解协议执行的，和解债权人在和解协议中作出的债权调整的承诺失去效力，但为和解协议的执行提供的担保继续有效。和解债权人因执行和解协议所受的清偿仍然有效，和解债权未受清偿的部分作为破产债权。上述债权人，只有在其他债权人同自己所受的清偿达到同一比例时，才能继续接受分配。

人民法院受理破产申请后，债务人与全体债权人就债权债务的处理自行达成协议的，可以请求人民法院裁定认可，并终结破产程序。

按照和解协议减免的债务，自和解协议执行完毕时起，债务人不再承担清偿责任。

【要点提示】①和解债权人仅指无财产担保债权人；②区分终止和解协议和裁定和解协议无效的适用情况；③掌握和解协议与重整协议的区别。

Ⅱ．经典例题

1．［2004 年判断题第 7 题］破产法上的和解协议必须经债务人和所有债权人意思表示一致才能成立。（　　）

【答案】×

【解析】法律规定，债权人会议的决议，由出席会议的有表决权的债权人过半数通过，并且其所代表的债权额，必须占无财产担保债权总额的半数以上，但是通过和解协议草案的决议，必须占无财产担保债权总额的 2/3 以上。法律并未规定要全体债权人意思表示一致。

2．［2001 年单项选择题第 8 题］根据《中华人民共和国企业破产法（试行）》的有关规定，债权人会议通过和解整顿协议草案的决议应当由（　　）。

A．出席会议的有表决权的债权人过半数通过，并且其所代表的债权额占无财产担保债权总额的 2/3 以上

B．出席会议的有表决权的债权人过半数通过，并且其所代表的债权额占全部债权总额的 2/3 以上

C．全体有表决权的债权人过半数通过，并且其所代表的债权额占无财产担保债权总额的 2/3 以上

D．全体有表决权的债权人过半数通过，并且其所代表的债权额占全部债权总额的 2/3 以上

【答案】A

【解析】法律规定，债权人会议通过和解整顿协议草案的决议应当由出席会议的有表决权的债

权人过半数通过，并且其所代表的债权额占无财产担保债权总额的 2/3 以上。

7.7　破产清算程序

7.7.1　破产财产的变价和分配

Ⅰ. 考点分析

人民法院依法宣告债务人破产的，应当自裁定作出之日起 5 日内送达债务人和管理人，自裁定作出之日起 10 日内通知已知债权人，并予以公告。债务人被宣告破产后，债务人称为破产人，债务人财产称为破产财产，人民法院受理破产申请时对债务人享有的债权称为破产债权。

破产宣告前，有下列情形之一的，人民法院应当裁定终结破产程序，并予以公告：（1）第三人为债务人提供足额担保或者为债务人清偿全部到期债务的。（2）债务人已清偿全部到期债务的。

管理人应当及时拟订破产财产变价方案，提交债权人会议讨论通过。管理人应当按照债权人会议通过的或者人民法院依法裁定的破产财产变价方案，适时变价出售破产财产。变价出售破产财产应当通过拍卖方式进行。但债权人会议另有决议的除外。破产企业可以全部或者部分变价出售。企业变价出售时，可以将其中的无形资产和其他财产单独变价出售。

对破产人的特定财产享有担保权的权利人，对该特定财产享有优先受偿的权利；行使优先受偿权利未能完全受偿的，未受偿的债权作为普通债权；放弃优先受偿权利的，其债权作为普通债权。

破产财产在优先清偿破产费用和共益债务后，依照下列顺序清偿：（1）破产人所欠职工的工资和医疗、伤残补助、抚恤费用，所欠的应当划入职工个人账户的基本养老保险、基本医疗保险费用，以及法律、行政法规规定应当支付给职工的补偿金。（2）破产人欠缴的除前项规定以外的社会保险费用和破产人所欠税款。（3）普通破产债权。破产财产不足以清偿同一顺序的清偿要求的，按照比例分配。破产企业的董事、监事和高级管理人员的工资按照该企业职工的平均工资计算。上述破产法颁布前发生的第一项费用作为第一顺序清偿后不足以清偿的部分，以设立过担保权的特定财产优先于对该特定财产享有担保权的权利人受偿。

管理人应当及时拟订破产财产分配方案，提交债权人会议讨论。

债权人会议通过破产财产分配方案后，由管理人将该方案提请人民法院裁定认可。破产财产分配方案经人民法院裁定认可后，由管理人执行。管理人按照破产财产分配方案实施多次分配的，应当公告本次分配的财产额和债权额。管理人实施最后分配的，应当在公告中指明。

债权人未受领的破产财产分配额，管理人应当提存，债权人自最后分配公告之日起满 2 个月仍不领取的，视为放弃受领分配的权利，管理人或者人民法院应当将提存的分配额分配给其他债权人。

对于附生效条件或者解除条件的债权，管理人应当将其分配额提存。管理人依照规定提存的分配额，在最后分配公告日，生效条件不成就或者解除条件成就的，应当分配给其他债权人；在最后分配公告日，生效条件成就或者解除条件未成就的，应当交付给债权人。

破产财产分配时，对于诉讼或者仲裁未决的债权，管理人应当将其分配额提存。自破产程序终结之日起满 2 年仍不能受领分配的，人民法院应当将提存的分配额分配给其他债权人。

【要点提示】①管理人拟订破产财产变价方案后，由债权人会议表决；②变价出售破产财产应当通过拍卖方式进行；③别除权之债权属于破产债权，担保物属于破产财产；④破产财产须优先清偿破产费用和共益债务；⑤破产企业的董事、监事和高级管理人员的工资按照该企业职工的平均工资计算。

Ⅱ. 经典例题

1. [多项选择题] 根据《破产法》的规定，下列事项中，适用有关提存规定的有（　　）。

A. 对于附生效条件的债权，在最后分配公告日生效条件未成就的，管理人应当将其分配额提存

B. 债权人未受领的破产财产分配额，管理人应当将其提存

C. 破产财产分配时，对于诉讼或者仲裁未决的债权，管理人应当将其分配额提存

D. 破产人的保证人因享有对破产人的将来求偿权而应分配的债权，管理人应当将其提存

【答案】B C

【解析】对于附生效条件的债权，在最后分配公告日生效条件未成就的，管理人应当将其分配额分配给其他债权人。破产财产分配时，对于诉讼或者仲裁未决的债权，管理人应当将其分配额提存。

2. [判断题] 破产人的保证人，在破产程序终结后，对债权人依照破产清算程序未受清偿的债权，不再承担清偿责任。（　　）

【答案】×

【解析】破产人的保证人，在破产程序终结后，对债权人依照破产清算程序未受清偿的债权，依法继续承担清偿责任。

7.7.2　破产程序的终结

Ⅰ. 考点分析

破产程序终结的方式为：（1）因和解、重整程序顺利完成而终结；（2）因债务人财产不足以清偿破产费用而终结；（3）因破产财产分配完毕

而终结破产程序。破产人无财产可供分配的，管理人应当请求人民法院裁定终结破产程序。

人民法院应当自收到管理人终结破产程序的请求之日起 15 日内作出是否终结破产程序的裁定。裁定终结的，应当予以公告。管理人应当自破产程序终结之日起 10 日内，持人民法院终结破产程序的裁定，向破产人的原登记机关办理注销登记。

管理人于办理注销登记完毕的次日终止执行职务。但是，存在诉讼或者仲裁未决情况的除外。

破产程序终结后，债权人通过破产分配未能得到清偿的债权不再予以清偿，破产企业未偿清余债的责任依法免除。但是，自破产程序依法终结之日起 2 年内，有下列情形之一的，债权人可以请求人民法院按照破产财产分配方案进行追加分配：(1) 发现有依照法律规定应当追回的财产的。(2) 发现破产人有应当供分配的其他财产。有上述规定情形，但财产数量不足以支付分配费用的，不再进行追加分配，由人民法院将其上缴国库。

破产人的保证人和其他连带债务人，在破产程序终结后，对债权人依照破产清算程序未受清偿的债权，依法继续承担清偿责任。

【考点提示】 ①管理人应于办理破产人注销登记完毕的次日终止执行职务；②自终结之日起 2 年内，如有法定情形可以追加破产财产的分配；③掌握破产终结的三种方式。

II. 经典例题

1. [单项选择题] 破产程序终结后，债权人通过破产分配未得到清偿的债权不再予以清偿，破产企业未清偿余债的责任依法免除。但是，自破产程序终结之日起一定期限内，发现有依法规定应当追回的财产的，债权人可以请求人民法院按照财产分配方案进行追加分配，该期限是（　）。

A. 2 个月　　　　B. 6 个月
C. 1 年　　　　　D. 2 年

【答案】D

【解析】自破产程序终结之日起 2 年内，有下列情形之一的，债权人可以请求人民法院按照破产分配方案进行追加分配：发现有依照法律规定应当追加的财产的；发现破产人有应当供分配的其他财产的。

2. [多项选择题] 根据《破产法》的规定，下列各项中，人民法院应当裁定终结破产程序的有（　）。

A. 在重整期间，债务人有恶意减少债务人财产的行为的

B. 第三人为债务人清偿全部到期债务的

C. 人民法院受理破产申请后，债务人与全体债权人就债权债务的处理自行达成协议，经人民法院认可的

D. 破产人无财产可供分配的

【答案】BCD

【解析】A 选项发生时，经管理人或者利害关系人请求，人民法院应当裁定终止重整程序，并宣告债务人破产。

知识点测试

一、单项选择题

1. 日新集团是月新集团的子公司，目前不能清偿到期债务，并且资产不足以清偿全部债务。甲是日新最大的债权人，乙、丙也是日新的债权人。请问，对日新集团的破产案件有管辖权的人民法院是（　）。

A. 日新集团住所地
B. 月新集团住所地
C. 甲住所地
D. 甲、乙、丙住所均可

2. 债权人提出破产申请的，人民法院应当自收到申请之日起 5 日内送达申请人。债务人对申请有异议的，可以自收到人民法院通知之日起（　）内向人民法院提出。

A. 5 日　　　　　B. 7 日
C. 10 日　　　　　D. 15 日

3. 人民法院受理破产申请后，已经开始而尚未终结的有关债务人的民事诉讼或者仲裁应当中止；在（　）之后，该诉讼或者仲裁继续进行。

A. 破产程序终结后
B. 第一次债权人会议召开后
C. 法院视破产进度决定
D. 管理人接管债务人的财产

4. 新林有限责任公司成立于 2006 年，根据法律规定，该公司股东应在 2008 年前缴纳所认缴的出资额。后因经营不善，于 2007 年年初向法院提出破产申请。法院受理了破产申请并指定了管理人处理债务人的财产。请问，该公司股东应该在何时缴纳其认缴的出资？（　）

A. 2007 年　　　　B. 2008 年
C. 2009 年　　　　D. 由管理人报告法院裁定

5. 在人民法院受理破产申请前一段期限，债务人有不能清偿到期债务，并且资产不足以清偿全部债务或者明显缺乏清偿能力，仍对个别债权人进行清偿的，管理人有权请求法院撤销该行为。该期限为（　）。

A. 2 年　　　　　B. 1 年
C. 6 个月　　　　D. 3 个月

6. 债务人财产不足以清偿破产费用的，管理人应当（　）。

A. 提请人民法院终结破产程序
B. 提请人民法院终止破产程序
C. 提请人民法院进行重整

D. 提请人民法院进行和解

7. 根据破产法律制度的规定，债权人会议是（   ）。
   A. 民事权利主体
   B. 破产执行机关
   C. 全体债权人的自治性组织
   D. 法人

8. 根据破产法律制度的规定，第一次债权人会议由（   ）召集。
   A. 管理人
   B. 最大债权人
   C. 部分债权人
   D. 人民法院

9. 根据破产法律制度的规定，第一次债权人会议应当在一定期限内召开，这个期限是（   ）。
   A. 债权申报期限届满之日起 7 日内
   B. 债权申报期限届满之日起 15 日内
   C. 由人民法院决定
   D. 由管理人决定

10. 根据破产法律制度的规定，债权人会议通过以下何种决议时，经债权人会议表决未通过的，应由人民法院裁定？（   ）
    A. 通过重整计划
    B. 通过和解协议
    C. 通过债务人财产的管理方案
    D. 通过破产财产的分配方案

11. 根据破产法律制度的规定，重整期间起始于（   ）。
    A. 法院裁定受理破产申请之日
    B. 法院宣告债务人破产之日
    C. 法院裁定债务人重整之日
    D. 债务人申请重整之日

12. 下列关于重整计划的说法，错误的是（   ）。
    A. 债务人或者管理人应当自人民法院裁定债务人重整之日起六个月内，同时向人民法院和债权人会议提交重整计划草案
    B. 重整计划草案由债务人或管理人负责制作
    C. 人民法院应当自收到重整计划草案之日起30 日内召开债权人会议，对重整计划草案进行表决
    D. 重整计划由管理人负责执行

13. 根据破产法有关规定，债权人会议通过重整计划草案的决议应当（   ）。
    A. 出席会议的同一表决组的债权人过半数同意重整计划草案，并且其所代表的债权额占该组债权总额的 3/4 以上的
    B. 出席会议的同一表决组的债权人过半数同意重整计划草案，并且其所代表的债权额占该组债权总额的 2/3 以上的
    C. 出席会议的全体债权人过半数同意重整计划草案，并且其所代表的债权额占全体债

权总额的 2/3 以上的
    D. 出席会议的全体债权人过半数同意重整计划草案，并且其所代表的债权额占全体债权总额的 3/4 以上的

14. 根据破产法律的规定，和解协议草案如果经过债权人会议表决未获得通过，则（   ）。
    A. 进行第二次表决
    B. 由债务人重新制作和解协议草案
    C. 法院裁定中止和解程序
    D. 法院裁定终止和解程序

15. 因债务人的欺诈或其他违法行为而成立的和解协议，其效力为（   ）。
    A. 有效
    B. 若得到全体债权人追认，则有效
    C. 无效
    D. 若未损害债权人利益，则有效

16. 人民法院依法宣告债务人破产的，应当自裁定作出之日起（   ）日内，送达债务人和管理人；自裁定作出之日起（   ）日内通知已知债权人，并予以公告。
    A. 5 7   B. 5 10
    C. 7 10   D. 7 15

17. 根据破产法有关规定，破产财产分配方案的表决在债权人会议的决议通过应当（   ）。
    A. 出席会议的有表决权的债权人过半数通过，并且其所代表的债权额占无财产担保债权总额的 1/2 以上
    B. 出席会议的有表决权的债权人过半数通过，并且其所代表的债权额占无财产担保债权总额的 2/3 以上
    C. 全体有表决权的债权人过半数通过，并且其所代表的债权额占无财产担保债权总额的 1/2 以上
    D. 全体有表决权的债权人过半数通过，并且其所代表的债权额占无财产担保债权总额的 2/3 以上

18. 根据破产法律制度的有关规定，对于附条件生效或解除条件的债权，应如何处理？（   ）
    A. 直接将分配额交给债权人
    B. 该债权不作为破产债权处理
    C. 由管理人将其分配额提存
    D. 由人民法院将其分配额提存

19. 债权人未受领的破产财产分配额，管理人应当提存。债权人自最后分配公告之日起满一定期限，仍不领取的，视为放弃受领分配的权利。该期限为（   ）。
    A. 1 个月   B. 2 个月
    C. 3 个月   D. 半年

20. 甲企业被宣告破产后，管理人决定解除甲企业与乙公司签订的尚未履行的合同。该合同约定，甲企业不履行合同时应向乙公司按合同金

额的 25% 支付违约金。下列对该违约金的处理方式，正确的是（ ）。
A. 作为破产费用从破产财产中优先拨付
B. 作为共益费用从破产财产中优先拨付
C. 作为普通债权
D. 不予清偿

21. 根据破产法律制度的规定，企业破产界限的实质标准是（ ）。
A. 债务人经营管理不善导致企业严重亏损
B. 债务人资产不足以清偿全部债务
C. 债务人不能清偿到期债务
D. 债务人停止支付到期债务

22. 根据破产法律制度的规定，管理人的报酬由（ ）决定。
A. 人民法院   B. 债权人会议
C. 清算组   D. 债权人会议主席

23. 根据破产法律的相关规定，对债权人申报的债权进行审查的机构或人员是（ ）。
A. 人民法院   B. 债权人会议
C. 管理人   D. 债权人会议主席

24. 甲煤矿拥有乙钢厂普通债权 10 万元，现乙钢厂被宣告破产，管理人查明甲煤矿在破产申请受理前尚欠乙钢厂 20 万元运费未付。甲煤矿要求抵销债务。债权人会议各方为甲煤矿的债权发生争执。下列哪一观点是正确的？（ ）
A. 甲煤矿可以抵销 20 万元债务，并于抵销后拥有 10 万元破产债权
B. 甲煤矿可以抵销 20 万元债务，并于抵销后拥有 20 万元破产债权
C. 甲煤矿必须偿还 20 万元债务，并拥有 40 万元破产债权
D. 甲煤矿在抵销后无须偿还债务，也不拥有破产债权

25. 甲企业因经营不善破产，乙企业拟行使取回权取回临时出租给甲企业的机器设备。乙企业行使取回权的下列方式中，符合企业破产法律制度规定的是（ ）。
A. 自行取回
B. 通过甲企业的法定代表人取回
C. 通过管理人取回
D. 通过人民法院取回

二、多项选择题

1. 债务人不能清偿到期债务，并且资产不足以清偿全部债务或者明显缺乏清偿能力的，可以向人民法院提出（ ）。
A. 破产清算   B. 和解
C. 重整   D. 拍卖

2. 根据破产法律制度的规定，人民法院裁定受理破产申请的，债务人应当向法院提交的文件有（ ）。

A. 财产状况说明
B. 财务会计报告
C. 职工工资支付情况
D. 社会保险费用缴纳情况

3. 根据破产法律制度的规定，法院已受理甲企业的破产申请，由此发生的效力，以下说法正确的有（ ）。
A. 甲对债权人之一乙的债务清偿无效
B. 甲在异地的房产的财产保全措施不需要解除
C. 甲与丙签订的劳务合同，丙和甲的合同义务均未履行完毕，此时管理人有权决定解除该合同
D. 有关甲的执行程序应当中止

4. 根据破产法律制度的规定，以下哪些机构可以担任破产管理人？（ ）
A. 律师事务所
B. 会计师事务所
C. 有关部门、机构的人员组成的清算组
D. 破产清算事务所

5. 根据破产法律制度的规定，在第一次债权人会议召开之前，管理人作出以下哪些决定时，应当经人民法院许可？（ ）
A. 借款
B. 放弃权利
C. 履行债务人和对方当事人均未履行完毕的合同
D. 债权和有价证券的转让

6. 人民法院受理甲企业的破产申请后，对下列哪些财产，管理人有权追回？（ ）
A. 甲企业董事长借给朋友长期使用企业的轿车
B. 在破产被受理前 3 个月，甲企业将一台价值 5 万的设备赠送给乙企业
C. 在人民法院受理破产申请前 7 个月，甲企业已无力偿还已到期的债务，但提前清偿了拖欠丙企业的货款 10 万元
D. 甲企业是上市公司，其董事李某利用内幕交易获利 20 万元

7. 根据破产法律制度的规定，下列各项中，属于破产费用的有（ ）。
A. 破产案件的诉讼费用
B. 管理债务人财产的费用
C. 管理人执行职务的费用
D. 管理人及聘用工作人员的报酬

8. 人民法院于 2007 年 6 月受理了甲企业的破产案件。根据破产法律制度的规定，以下各选项中，属于共益债务的有（ ）。
A. 同年 7 月，破产管理人在执行职务的过程中，致人损害产生的债务
B. 同年 5 月，甲厂房失火，导致隔壁家具店的高档木材全部灭损，由此产生的债务
C. 同年 12 月，破产管理人应获得的报酬

D. 同年 12 月，甲仍在继续营业，其员工应获得的劳动报酬

9. 下列关于破产费用和共益债务的清偿，说法错误的有（　　）。
   A. 破产费用和共益债务由债务人财产随时清偿
   B. 债务人财产不足以清偿所有破产费用或者共益债务的，按照比例清偿
   C. 债务人财产不足以清偿所有破产费用和共益债务的，先清偿共益债务
   D. 债务人财产不足以清偿破产费用的，管理人应当提请人民法院终结破产程序。人民法院应当自收到请求之日起 10 日内裁定终结破产程序，并予以公告

10. 人民法院于 2007 年 11 月 1 日依法受理了京和企业的破产申请。根据破产法律制度的规定，需要进行债权申报的有（　　）。
    A. 上佳公司与该企业签订的买卖合同因企业被宣告破产而终止，上佳公司要求赔偿由此造成的损失 6 万元
    B. 该企业的职工王某 2007 年 3 月因工伤入院，企业至今仍未支付其医疗费用及伤残补助 2 万元
    C. 该企业于 2006 年 4 月向沪宁集团借款 300 万元，沪宁集团要求其支付从 2007 年 1 月至 12 月的借款利息
    D. 该企业于 2007 年 1 月向一新企业购入一批生产用材料价值 10 万元，因企业被人民法院宣告破产，一新要求提前支付货款

11. 根据破产法律制度的规定，债权人会议是债权人行使破产参与权的场所，下列各项中，对债权人会议的职权描述正确的是（　　）。
    A. 核查债权
    B. 更换管理人
    C. 通过重整计划和和解协议
    D. 决定继续或者停止债务人的营业

12. 根据破产法律制度的规定，除第一次债权人会议由人民法院召集，以后的债权人会议可以由（　　）向债权人会议主席提议召开。
    A. 人民法院
    B. 管理人
    C. 债权人委员会
    D. 占债权总额 1/5 以上的债权人

13. 根据破产法律制度的规定，债权人会议中享有表决权的是（　　）。
    A. 债务人的职工
    B. 工会代表
    C. 债权人会议主席
    D. 放弃优先受偿权的债权人

14. 根据破产法律制度的规定，管理人在实施下列哪些行为时，应当及时向债权人委员会报告？（　　）

A. 破产企业厂房设备的转让
B. 专利技术的转让
C. 借款
D. 担保物的取回

15. 根据破产法律制度的规定，可以提出重整申请的有（　　）。
    A. 债务人
    B. 债权人
    C. 出资额占债务人注册资本 1/10 以上的出资人
    D. 管理人

16. 甲企业目前正处于重整期间，下列哪些行为是不符合法律规定的？（　　）
    A. 甲企业高层擅自将重整期间的投资收益用作派发股利
    B. 甲企业的董事私下将其持有的该企业股份低价转让给乙企业
    C. 对甲企业的特定财产享有的担保权暂停行使
    D. 甲企业为继续生产向丙企业借款 20 万元，为这笔货款设立了担保

17. 按照破产法律制度的规定，下列哪些情形，人民法院应当裁定终止重整程序，并宣告债务人破产？（　　）
    A. 债务人的经营状况和财产状况继续恶化，缺乏挽救的可能性
    B. 债务人有欺诈、恶意减少债务人财产或者其他显著不利于债权人的行为
    C. 由于债务人的行为致使管理人无法执行职务
    D. 债务人或者管理人未按期提出重整计划草案的

18. 根据破产法律制度的规定，下列各项中，属于破产财产的有（　　）。
    A. 宣告破产后破产企业拥有所有权的财产
    B. 企业破产前对公司投资形成的股权
    C. 破产企业在破产宣告后取得的银行存款利息
    D. 破产企业在破产程序终结后取得的财产

19. 根据破产法律制度的规定，下列哪些情况下，法院裁定破产程序终结（　　）。
    A. 破产人无财产可供分配的
    B. 债务人的财产不足以清偿破产费用的
    C. 法院受理破产申请后，债务人与全体债权人就债权债务的处理自行达成协议
    D. 破产财产分配完毕

20. 下列哪些属于破产费用，可从破产财产中优先拨付？（　　）
    A. 破产案件的诉讼费用
    B. 债权人为讨债所花的差旅费、住宿费
    C. 管理人执行职务的费用

D. 管理人执行职务的报酬

21. 根据破产法律制度规定，下列各项中，属于破产债权的有（　　）。
   A. 人民法院受理破产案件后债务人未支付应付款项的滞纳金
   B. 破产财产分配开始后向清算组申报的债权
   C. 债务人在破产申请前因违约给他人造成财产损失而产生的赔偿金
   D. 债务人在破产申请前发行债券形成的债权

三、判断题

1. 债务人不能清偿到期债务，债权人可以向人民法院提出对债务人进行和解或者破产清算的申请。（　　）

2. 破产申请可以以书面或口头的形式向对破产案件有管辖权的人民法院提出。（　　）

3. 人民法院裁定受理破产申请的，可以根据破产企业的实际情况，决定是否指定管理人。（　　）

4. 破产管理人由法院指定或者债权人会议选举产生。（　　）

5. 在第一次债权人会议召开之前，管理人决定继续或者停止债务人的营业，应当经人民法院许可。（　　）

6. 根据规定，债权人在破产申请受理前对债务人负有债务，可以行使抵销权，但该债务必须是已届清偿期的。（　　）

7. 在人民法院确定的债权申报期限内，债权人未申报债权的，视为放弃债权，不再参与分配破产财产。（　　）

8. 管理人受到债权申报材料后编制债权表。债权表应当提交第一次债权人会议核查。如果债务人、债权人对债权表记载的债权无异议，则该份债权表被确认。（　　）

9. 债权人会议通过破产财产的分配方案时，经债权人会议一次表决未通过的，由人民法院裁定。（　　）

10. 如果债权人认为债权人会议的决议违反法律规定，损害其利益的，必须联合债权额占无财产担保债权总额 1/2 以上的债权人请求人民法院作出裁定撤销该决议。（　　）

11. 债权人会议可以决定设立债权人委员会，并且债权人委员会成员应当经人民法院书面决定认可。（　　）

12. 管理人在实施不动产转让或知识产权转让的行为时，应当获得债权人委员会的同意。没有设立债权人委员会的，该行为是否可行由人民法院决定。（　　）

13. 在重整期间，由于债务人的行为致使管理人无法执行职务，经管理人申请，人民法院应当裁定终止重整程序。（　　）

14. 人民法院经审查认为重整计划草案符合法律规定的，应当自收到申请之日起 30 日内裁定批准，中止重整程序，并予以公告。（　　）

15. 根据破产法律制度的规定，债务人可以直接向人民法院申请和解；也可以在人民法院受理破产申请后、宣告债务人破产前，向人民法院申请和解。（　　）

16. 和解协议执行期间，和解债权人仍然可以行使对债务人的保证人和其他连带债务人所享有的权利。（　　）

17. 根据企业破产和解制度的相关规定，和解协议减免的债务，自和解协议生效时起，债务人不再承担清偿责任。（　　）

18. 破产宣告前，如果债务人已清偿到期债务，则人民法院应当裁定终结破产程序，并予以公告。（　　）

19. 管理人执行职务的费用、报酬的受偿优先于因管理人的职务行为致他人损害所产生的债务的受偿。（　　）

20. 新破产法体现了保护企业职工利益的精神。（　　）

21. 债权人可以委托代理人出席债权人会议，但不可以行使表决权。（　　）

22. 破产企业的董事、监事和高级管理人员的工资按照其在该企业工作期间的平均工资计算。（　　）

23. 债权人会议通过破产财产分配方案后，必须由管理人将该方案提请人民法院裁定认可后，方能执行。（　　）

24. 对于附生效条件或者解除条件的债权，管理人应当将其分配额提存。在最后分配公告日决定债权人是否能获得分配额。（　　）

25. 企业破产程序终结后，由管理人向破产人的原登记机关办理注销登记。（　　）

26. 破产程序终结后，破产人的保证人和连带债务人不再承担清偿责任。（　　）

27. 经人民法院裁定批准的重整计划，对债务人有约束力，但不是对全体债权人都有约束力。（　　）

四、综合题

1. 上海嘉丰有限责任公司（以下简称嘉丰公司）因经营不善严重亏损，不能清偿到期债务，公司注册地为上海杨浦区。其债权人上海天蓝集团（以下简称天蓝集团）于 2007 年 10 月 12 日向该集团注册地的上海虹口区人民法院以书面形式提出破产申请。人民法院当天收到申请，并于 10 月 20 日通知嘉丰。嘉丰对此申请无异议，人民法院于 11 月 1 日作出受理破产的裁定。次日，通知天蓝集团并予以公告。同时，人民法院指定上海市大华会计师事务所（以下简称大华会计师事务所）作为管理人。大华会计师事务所在接管了嘉丰公司后立刻作出决定停止了债务人的营业并着手调查该企业的财产状况。经过一段时间的调查，掌握了以下情况：

（1）嘉丰公司的债权人之一塞北计算机公司因追索 100 万元贷款而在 1 个月前起诉该公司，此案正在审理中；

（2）嘉丰公司欠上海某银行的贷款 500 万元，还款日期为 2008 年 3 月，贷款时以价值 300 万元的设备作抵押；

（3）嘉丰公司曾为甲企业向某交通银行一笔 100 万元的贷款作为保证人，现甲企业对该笔贷款未予偿还；

（4）嘉丰公司与年华集团签订的买卖合同尚未履行完毕。

问：（1）根据破产法有关规定，本案中有哪些地方的做法是错误的？

（2）如果本案是嘉丰公司向人民法院提出破产申请，除了准备破产申请书和相关证据，还需要向法院提交哪些材料？

（3）嘉丰公司与塞北公司尚未审结的追索货款之诉应该如何处理？

（4）上海某银行应如何向嘉丰追索 500 万元的贷款？

（5）大华会计师事务所应如何处理嘉丰公司与年华集团未履行完毕的买卖合同？

2. 上海美霞百货公司位于上海市闸北区，是在上海市工商局登记注册的有限责任公司，其母公司是在北京市工商局登记注册的。2007 年 8 月，上海美霞百货公司被法院宣告破产。管理人对该公司的财产进行了清理，查清了公司的资产及负债情况，具体如下：（1）百货公司的总资产有 900 万元：其中两处房产，均价值 100 万元，其中一处于 2004 年被公司在向工商银行借款 200 万元时用作抵押。百货公司有四辆汽车是从母公司借来的，变现值总计 300 万元。有 100 万元的未到期债权和总值 100 万元的知识产权。（2）百货公司的负债有：税款 100 万元，职工工资和劳动保险费 200 万元，对其他债权人负债有：自然人甲的债权 50 万元，工商银行拥有 250 万元（包括截止到破产受理日的利息）未到期债权。（3）百货公司在破产中的破产费用为 50 万元，共益费用为 50 万元。

另外，管理人查清以下情况：在法院受理此案后 7 日内，甲通过任美霞百货公司董事的表兄取走公司价值 20 万元的商品抵债。美霞百货公司曾在法院对其破产立案的前 2 个月，给该厂的董事长购买一辆商务用车价值 50 万元，目前该车被董事长的兄弟借去使用。管理人根据以上情况制定了破产财产分配方案草案，经债权人会议表决通过，由人民法院确认后执行。

2008 年 4 月 1 日，管理人提请闸北区人民法院终结破产程序。人民法院于 4 月 29 日作出终结破产程序的裁定。管理人收到裁定后于 5 月 28 日向北京市工商局办理注销登记。

问：（1）百货公司的破产财产总值多少？

（2）百货公司的破产财产该如何分配？

（3）本案中破产程序的终结在操作中有哪些地方不符合法律规定？

3. 甲有色金属厂是某市产业部下属的国有企业。假设 2008 年 3 月 18 日，甲企业由于经营管理不善，长期不能清偿到期债务，被债权人申请破产。3 月 24 日人民法院受理了此案，并通知了甲有色金属厂。法院于 2008 年 10 月 21 日裁定宣告该有色金属厂破产。管理人及时拟订了破产财产分配方案后交由债权人会议讨论，已知债权人会议共有债权人 10 人，债权总额为 1 000 万元，其中全部有财产担保的债权人为 A、B 二人，其代表的债权额为 300 万元。破产分配方案经债权人会议依法通过后，直接交给管理人执行。

2008 年 11 月 30 日，破产程序依法终结。但在 2009 年 8 月，人民法院在审理其他案件时发现，该厂曾在 2008 年 1 月时放弃对某机器厂的 120 万元债权，同时，有人举报 2007 年 2 月 20 日，该市产业部将甲有色金属厂所有的一台价值 80 万元的金属切割机无偿调拨给另一企业使用。

问题：

（1）A、B 二人在债权人会议的此次表决中是否享有表决权？并说明理由。

（2）此次债权人会议中破产财产分配方案的决议如何通过？并说明理由。

（3）破产财产分配方案执行的程序是否符合规定？并说明理由。

（4）该厂放弃的 120 万元债权，债权人是否可以请求人民法院按照破产财产分配方案进行追加分配？并说明理由。

（5）对某市产业部无偿调拨价值 80 万元的金属切割机，债权人是否可以请求人民法院按照破产财产分配方案进行追加分配？并说明理由。

4. A 公司因长期拖欠到期债务无力偿还，被债权人申请破产。

A 公司目前的基本情况如下：A 公司登记注册地与公司主要办事机构所在地均为甲市，生产基地则在乙市；A 公司的债权人之一 B 建材公司因经济纠纷于两个月以前起诉 A 公司；A 公司欠建设银行贷款 1 000 万元，其中的 800 万元贷款是用 A 公司的土地使用权作为抵押；A 公司曾为 C 公司向工商银行一笔 500 万元的贷款作连带责任保证人，现 C 公司借款已到期，C 公司对该笔贷款并未偿还。

A 公司在被债权人申请破产后，向人民法院申请和解，并提出和解协议。该和解协议在债权人会议讨论时，出席会议的有表决权的债权人有 2/3 表示同意，并且表示同意的债权人所代表的债权额占无财产担保债权总额的 3/4。但是，人民法院经审理，裁定对该和解协议不予认可，宣告 A 公司破产。

问题：根据企业破产法律制度的相关规定，结合以上情况回答下列问题：

（1）A 公司破产的案件应由哪个法院管辖？说明理由。

（2）A 公司与 B 建材公司之间未审结的经济纠纷应该如何处理？说明理由。

（3）工商银行能否参加破产程序，申报债权？说明理由。

（4）A 公司是否可以在人民法院受理破产后申请和解？说明理由。债权人会议是否通过了和解协议？说明理由。人民法院是否可以裁定终止和解程序？说明理由。

（5）建设银行的 1 000 万元贷款应该如何处理？说明理由。

知识点测试答案

一、单项选择题

1. 【答案】A
【解析】日新集团具有法人资格，是破产案件的债务人。企业破产案件由债务人住所地人民法院管辖。

2. 【答案】B
【解析】债权人提出破产申请的，人民法院应当自收到申请之日起 5 日内送达申请人。债务人对申请有异议的，可以自收到人民法院通知之日起 7 日内向人民法院提出。

3. 【答案】D
【解析】人民法院受理破产申请后，已经开始而尚未终结的有关债务人的民事诉讼或者仲裁应当中止；在管理人接管债务人的财产后，该诉讼或者仲裁继续进行。

4. 【答案】A
【解析】人民法院受理破产申请后，债务人的出资人尚未完全履行出资义务的，管理人应当要求该出资人缴纳所认缴的出资，而不受出资期限的限制。

5. 【答案】C
【解析】在人民法院受理破产申请前 6 个月，债务人有不能清偿到期债务，并且资产不足以清偿全部债务或者明显缺乏清偿能力，仍对个别债权人进行清偿的，管理人有权请求法院撤销该行为。

6. 【答案】A
【解析】债务人财产不足以清偿破产费用的，管理人应当提请人民法院终结破产程序。

7. 【答案】C
【解析】债权人会议是破产程序中全体债权人的自治性组织，是债权人行使破产参与权场所。

8. 【答案】D
【解析】第一次债权人会议由人民法院召集。

9. 【答案】B
【解析】第一次债权人会议由人民法院召集，自债权申报期限届满之日起 15 日内召开。

10. 【答案】C
【解析】债权人会议通过债务人财产的管理方案和破产财产的变价方案时，经债权人会议表决未通过的，由人民法院裁定。

11. 【答案】C
【解析】自人民法院裁定债务人重整之日起至重整程序终止，为重整期间。

12. 【答案】D
【解析】由债务人自行管理财产和营业事务的，由债务人制作重整计划草案；管理人负责管理财产和营业事务的，由管理人制作重整计划草案。重整计划由债务人负责执行。

13. 【答案】B
【解析】出席会议的同一表决组的债权人过半数同意重整计划草案，并且其所代表的债权额占该组债权总额的 2/3 以上的，即为该组通过重整计划草案。

14. 【答案】D
【解析】和解协议草案经债权人会议表决未获得通过，或者已经债权人会议通过的和解协议未获得人民法院认可的，人民法院应当裁定终止和解程序，并宣告债务人破产。

15. 【答案】C
【解析】因债务人的欺诈或者其他违法行为而成立的和解协议，人民法院应当裁定无效，并宣告债务人破产。

16. 【答案】B
【解析】人民法院依照本法规定宣告债务人破产的，应当自裁定作出之日起五日内送达债务人和管理人，自裁定作出之日起 10 日内通知已知债权人，并予以公告。

17. 【答案】A
【解析】债权人会议的决议，由出席会议的有表决权的债权人过半数通过，并且其所代表的债权额占无财产担保债权总额的 1/2 以上。

18. 【答案】C
【解析】对于附生效条件或者解除条件的债权，管理人应当将其分配额提存。

19. 【答案】B
【解析】债权人未受领的破产财产分配额，管理人应当提存。债权人自最后分配公告之日起满2个月仍不领取的，视为放弃受领分配的权利。

20.【答案】C
【解析】人民法院受理破产申请后，管理人或者债务人决定解除未履行完毕合同的，对方当事人因解除合同所产生的损失作为普通债权申报。

21.【答案】C
【解析】企业破产界限的实质标准是企业法人不能清偿到期债务。

22.【答案】A
【解析】管理人的报酬由人民法院确定。

23.【答案】C
【解析】管理人收到债权申报材料后，应当登记造册，对申报的债权进行审查，并编制债权表。编制完成的债权表，应当提交第一次债权人会议核查。债务人、债权人对债权表记载的债权无异议的，由人民法院裁定确认。

24.【答案】B
【解析】根据破产法规定，债权人在破产申请受理前对债务人负有债务的，可以向管理人主张抵销。

25.【答案】C
【解析】人民法院受理破产申请后，债务人占有的不属于债务人的财产，该财产的权利人可以通过管理人取回。

二、多项选择题

1.【答案】A B C
【解析】根据新破产法，债务人有企业破产法第二条规定的情形，可以向人民法院提出重整、和解或者破产清算申请。企业破产法第二条规定，企业法人不能清偿到期债务，并且资产不足以清偿全部债务或者明显缺乏清偿能力的，依照本法规定清理债务。

2.【答案】A B C D
【解析】债权人提出申请的，人民法院应当自裁定作出之日起5日内送达债务人。债务人应当自裁定送达之日起15日内，向人民法院提交财产状况说明、债务清册、债权清册、有关财务会计报告以及职工工资的支付和社会保险费用的缴纳情况。

3.【答案】A C D
【解析】人民法院受理破产申请后，债务人对个别债权人的债务清偿无效。人民法院受理破产申请后，有关债务人财产的保全措施应当解除，执行程序应当中止。人民法院受理破产申请后，管理人对破产申请受理前成立而债务人和对方当事人均未履行完毕的合同有权决定解除或者继续履行，并通知对方当事人。

4.【答案】A B C D
【解析】管理人可以由有关部门、机构的人员组成的清算组或者依法设立的律师事务所、会计师事务所、破产清算事务所等社会中介机构担任。

5.【答案】A B C D
【解析】在第一次债权人会议召开之前，管理人决定继续或者停止债务人的营业或者有企业破产法第69条规定行为之一的，应当经人民法院许可。企业破产法第69条规定，管理人实施下列行为，应当及时报告债权人委员会：涉及土地、房屋等不动产权益的转让；探矿权、采矿权、知识产权等财产权的转让；全部库存或者营业的转让；借款；设定财产担保；债权和有价证券的转让；履行债务人和对方当事人均未履行完毕的合同；放弃权利；担保物的取回等；未设立债权人委员会的，管理人实施前款规定的行为应当及时报告人民法院。

6.【答案】A B D
【解析】人民法院受理破产申请前一年内，债务人无偿转让财产，管理人有权请求人民法院予以撤销；人民法院受理破产申请前6个月内，债务人企业法人不能清偿到期债务，并且资产不足以清偿全部债务或者明显缺乏清偿能力的，仍对个别债权人进行清偿的，管理人有权请求人民法院予以撤销。债务人的董事、监事和高级管理人员利用职权从企业获取的非正常收入和侵占的企业财产，管理人应当追回。

7.【答案】A B C D
【解析】人民法院受理破产申请后发生的下列费用，为破产费用：（1）破产案件的诉讼费用；（2）管理、变价和分配债务人财产的费用；（3）管理人执行职务的费用、报酬和聘用工作人员的费用。

8.【答案】A D
【解析】人民法院受理破产申请后发生共益债务包括为债务人继续营业而应支付的劳动报酬和社会保险费用以及由此产生的其他债务；管理人或者相关人员执行职务致人损害所产生的债务；债务人财产致人损害所产生的债务。因此，A、D应选。共益债务发生于法院受理破产案件之后，B不选。共益债务是管理人为全体债权人的共同利益，管理债务人财产时所负担或产生的债务，管理人获得的报酬属于破产费用，C不选。

9.【答案】C D
【解析】债务人财产不足以清偿所有破产费用或者共益债务的，按照比例清偿。债务人财产不足以清偿所有破产费用和共益债务的，先行清偿破产费用。债务人财产不足以清偿破产费用的，管理人应当提请人民法院终结破产程序。

人民法院应当自收到请求之日起 15 日内裁定终结破产程序，并予以公告。

10.【答案】A D

【解析】附利息的债权自破产申请受理时起停止计息，选项 C 利息应计算到 11 月 1 日止。债务人所欠职工的工资和医疗、伤残补助、抚恤费用，所欠的应当划入职工个人账户的基本养老保险、基本医疗保险费用，以及法律、行政法规规定应当支付给职工的补偿金，不必申报。管理人或者债务人依照本法规定解除合同的，对方当事人以因合同解除所产生的损害赔偿请求权申报债权。

11.【答案】A C D

【解析】债权人会议行使下列职权：（1）核查债权；（2）申请人民法院更换管理人，审查管理人的费用和报酬；（3）监督管理人；（4）选任和更换债权人委员会成员；（5）决定继续或者停止债务人的营业；（6）通过重整计划；（7）通过和解协议；（8）通过债务人财产的管理方案；（9）通过破产财产的变价方案；（10）通过破产财产的分配方案；（11）人民法院认为应当由债权人会议行使的其他职权。

12.【答案】A B C

【解析】以后的债权人会议，在人民法院认为必要时，或者管理人、债权人委员会、占债权总额 1/4 以上的债权人向债权人会议主席提议时召开。

13.【答案】C D

【解析】根据破产法律制度，债权人会议应当有债务人的职工和工会的代表参加，但并无表决权。债权人会议主席由法院从有表决权的债权人中指定。

14.【答案】A B C D

【解析】管理人实施下列行为，应当及时报告债权人委员会：（1）涉及土地、房屋等不动产权益的转让；（2）探矿权、采矿权、知识产权等财产权的转让；（3）全部库存或者营业的转让；（4）借款；（5）设定财产担保；（6）债权和有价证券的转让；（7）履行债务人和对方当事人均未履行完毕的合同；（8）放弃权利；（9）担保物的取回；（10）对债权人利益有重大影响的其他财产处分行为。

15.【答案】A B C

【解析】债务人或者债权人可以依照本法规定，直接向人民法院申请对债务人进行重整。债权人申请对债务人进行破产清算的，在人民法院受理破产申请后、宣告债务人破产前，债务人或者出资额占债务人注册资本 1/10 以上的出资人，可以向人民法院申请重整。

16.【答案】A B

【解析】在重整期间，对债务人的特定财产享

有的担保权暂停行使。在重整期间，债务人或者管理人为继续营业而借款的，可以为该借款设定担保。在重整期间，债务人的出资人不得请求投资收益分配。在重整期间，债务人的董事、监事、高级管理人员不得向第三人转让其持有的债务人的股权。但是，经人民法院同意的除外。

17.【答案】A B C D

【解析】在重整期间，有下列情形之一的，经管理人或者利害关系人请求，人民法院应当裁定终止重整程序，并宣告债务人破产：（1）债务人的经营状况和财产状况继续恶化，缺乏挽救的可能性；（2）债务人有欺诈、恶意减少债务人财产或者其他显著不利于债权人的行为；（3）由于债务人的行为致使管理人无法执行职务。债务人或者管理人未按期提出重整计划草案的，人民法院应当裁定终止重整程序，并宣告债务人破产。

18.【答案】A B C

【解析】破产申请受理时属于债务人的全部财产，以及破产申请受理后至破产程序终结前债务人取得的财产，为债务人财产。债务人被宣告破产后，债务人称为破产人，债务人财产称为破产财产，人民法院受理破产申请时对债务人享有的债权称为破产债权。

19.【答案】A B C D

【解析】下列情况终结破产程序：（1）破产人无财产可供分配的；（2）债务人的财产不足以清偿破产费用的；（3）法院受理破产申请后，债务人与全体债权人就债权债务的处理自行达成协议；（4）破产财产分配完毕。

20.【答案】A C D

【解析】人民法院受理破产申请后发生的下列费用，为破产费用：（1）破产案件的诉讼费用；（2）管理、变价和分配债务人财产的费用；（3）管理人执行职务的费用、报酬和聘用工作人员的费用。

21.【答案】C D

【解析】根据《企业破产法》的规定，债务人被宣告破产后，债务人称为破产人，债务人财产称为破产财产，人民法院受理破产申请时对债务人享有的债权称为破产债权。

三、判断题

1.【答案】×

【解析】债务人不能清偿到期债务，债权人可以向人民法院提出对债务人进行重整或者破产清算的申请。

2.【答案】×

【解析】破产申请应当以书面形式向对破产案件有管辖权的人民法院提出。

3.【答案】×
【解析】人民法院裁定受理破产申请的，应当同时指定管理人。

4.【答案】×
【解析】管理人由人民法院指定。

5.【答案】√
【解析】在第一次债权人会议召开之前，管理人决定继续或者停止债务人的营业或者有企业破产法规定行为的，应当经人民法院许可。

6.【答案】×
【解析】抵销权的适用条件有二：（1）在破产宣告前互负债务；（2）不需要已届清偿期。

7.【答案】×
【解析】在人民法院确定的债权申报期限内，债权人未申报债权的，可以在破产财产最后分配前补充申报；但是，此前已进行的分配，不再对其补充分配。

8.【答案】×
【解析】债务人、债权人对债权表记载的债权无异议的，由人民法院裁定确认。

9.【答案】×
【解析】债权人会议通过破产财产的分配方案时，经债权人会议两次表决仍未通过的，由人民法院裁定。

10.【答案】×
【解析】债权人认为债权人会议的决议违反法律规定，损害其利益的，可以自债权人会议作出决议之日起15日内，请求人民法院裁定撤销该决议，责令债权人会议依法重新作出决议。

11.【答案】√
【解析】债权人会议可以决定设立债权人委员会。债权人委员会成员应当经人民法院书面决定认可。

12.【答案】×
【解析】管理人实施不动产转让或知识产权转让的行为时，应经债权人同意，在第一次债权人会议召开以前，应当经人民法院许可。

13.【答案】√
【解析】在重整期间，由于债务人的行为致使管理人无法执行职务，经管理人或者利害关系人请求，人民法院应当裁定终止重整程序，并宣告债务人破产。

14.【答案】×
【解析】人民法院经审查认为重整计划草案符合法律规定的，应当自收到申请之日起30日内裁定批准，终止重整程序，并予以公告。

15.【答案】√
【解析】债务人可以依照法律规定，直接向人民法院申请和解；也可以在人民法院受理破产申请后、宣告债务人破产前，向人民法院申请和解。

16.【答案】√
【解析】和解债权人对债务人的保证人和其他连带债务人所享有的权利，不受和解协议的影响。

17.【答案】×
【解析】按照和解协议减免的债务，自和解协议执行完毕时起，债务人不再承担清偿责任。

18.【答案】√
【解析】破产宣告前，有下列情形之一的，人民法院应当裁定终结破产程序，并予以公告：（1）第三人为债务人提供足额担保或者为债务人清偿全部到期债务的；（2）债务人已清偿全部到期债务的。

19.【答案】√
【解析】破产费用的受偿优先于共益费用的受偿。管理人执行职务的费用、报酬属于破产费用，因管理人的职务行为致他人损害所产生的债务属于共益费用。

20.【答案】√
【解析】根据破产法相关规定，破产财产在优先清偿破产费用和共益债务后，首先清偿的是：破产人所欠职工的工资和医疗、伤残补助、抚恤费用，所欠的应当划入职工个人账户的基本养老保险、基本医疗保险费用，以及法律、行政法规规定应当支付给职工的补偿金。

21.【答案】×
【解析】债权人可以委托代理人出席债权人会议，并行使表决权。

22.【答案】×
【解析】破产企业的董事、监事和高级管理人员的工资按照该企业职工的平均工资计算。

23.【答案】√
【解析】债权人会议通过破产财产分配方案后，由管理人将该方案提请人民法院裁定认可。破产财产分配方案经人民法院裁定认可后，由管理人执行。

24.【答案】√
【解析】管理人依照规定提存的分配额，在最后分配公告日，生效条件未成就或者解除条件成就的，应当分配给其他债权人；在最后分配公告日，生效条件成就或者解除条件未成就的，应当交付给债权人。

25.【答案】√
【解析】管理人应当自破产程序终结之日起10日内，持人民法院终结破产程序的裁定，向破产人的原登记机关办理注销登记。

26.【答案】×
【解析】破产人的保证人和其他连带债务人，在破产程序终结后，对债权人依照破产清算程序未受清偿的债权，依法继续承担清偿责任。

27.【答案】×

【解析】经人民法院裁定批准的重整计划，对债务人和全体债权人均有约束力。

四、综合题

1. （1）本案错误的地方有：

①破产案件由债务人住所地人民法院管辖。天蓝集团应向杨浦区人民法院提出申请。

②债权人提出破产申请的，人民法院应当自收到申请之日起 5 日内通知债务人。虹口区法院应该在 10 月 17 日前通知债务人嘉丰公司。

③法院应当自收到破产申请之日起 15 日内裁定是否受理。本案中法院应在 10 月 27 日前作出是否受理的裁定。

④在第一次债权人会议召开之前，管理人决定继续或者停止债务人的营业应当经人民法院许可。大华会计师事务所停止债务人的营业的决定应得到法院许可。

（2）债务人提出申请的，还应当向人民法院提交财产状况说明、债务清册、债权清册、有关财务会计报告、职工安置预案以及职工工资的支付和社会保险费用的缴纳情况。

（3）该未诉讼应中止，待管理人接管债务人的财产后继续。塞北公司可以申报破产债权，从破产财产中受偿。根据法律规定，人民法院受理破产申请后，已经开始而尚未终结的有关债务人的民事诉讼或者仲裁应当中止；在管理人接管债务人的财产后，该诉讼或者仲裁继续进行。诉讼、仲裁未决的债权，债权人可以申报。

（4）上海某银行可以将 500 万元作为破产债权向法院申报。如果上海某银行不放弃 300 万元的抵押担保，则对用于抵押的价值 300 万元的设备享有优先受偿权，剩余 200 万元是普通债权。若上海某银行放弃 300 万元的担保，则 500 万元均为普通债权，参与破产财产分配。根据法律规定，对破产人的特定财产享有担保权的权利人，对该特定财产享有优先受偿的权利。享有该权利的债权人行使优先受偿权利未能完全受偿的，其未受偿的债权作为普通债权；放弃优先受偿权利的，其债权作为普通债权。

（5）大华有权决定解除或继续履行合同，但必须通知年华集团。根据破产法规定，人民法院受理破产申请后，管理人对破产申请受理前成立而债务人和对方当事人均未履行完毕的合同有权决定解除或者继续履行，并通知对方当事人。

2. （1）属于破产财产的有：900－100（已抵押房产）－300（借用的汽车）＋20（追回商品）＋50（追回汽车）＝570（万元）

（2）570－50（破产费用）－50（共益债务）－200（职工工资和劳动保险费）－100（税款）＝170（万元）（用于普通债权人按比例分配）；

170 万元／（50 万元甲的债权＋150 万元工行未设担保的债权）＝普通债权可得到的清偿比例

（3）不符合法律规定的有：

①人民法院应当自收到管理人终结破产程序的请求之日起 15 日内作出是否终结破产程序的裁定，闸北法院应该于 2000 年 4 月 16 日前作出裁定并应当予以公告。

②管理人应当自破产程序终结之日起 10 日内，持人民法院终结破产程序的裁定，向破产人的原登记机关办理注销登记。美霞百货公司虽然是子公司，但是办理注销登记的机关还是上海市工商局。

3. （1）A、B 二人在债权人会议的此次表决中不享有表决权。根据规定，对债务人的特定财产享有担保权的债权人，未放弃优先受偿权利的，其对通过和解协议和破产财产的分配方案的事项不享有表决权。由于 A、B 二人的债权均有破产企业财产作担保，因此其对本次债权人会议关于破产财产分配方案的决议不享有表决权。

（2）A 和 B 不享有表决权，那么通过此次破产财产分配方案的决议，应该经过 5 人以上（过半数）通过，并且其代表的债权额在 350 万元以上（1/2 以上）。根据规定，债权人会议的决议，由出席会议的有表决权的债权人过半数通过，并且其所代表的债权额占无财产担保债权总额的 1/2 以上。

（3）破产财产分配方案执行的程序不符合规定。根据规定，债权人会议通过破产财产分配方案后，由管理人将该方案提请人民法院裁定认可。因此，该破产企业的破产分配方案经债权人会议依法通过后，直接交给管理人执行的做法是不符合规定的。

（4）该厂放弃的 120 万元债权，债权人可以请求人民法院按照破产财产分配方案进行追加分配。根据《破产法》规定，自破产程序按照法律规定方式终结之日起 2 年内，发现人民法院受理破产申请前 1 年内债务人放弃债权的，债权人可以请求人民法院按照破产财产分配方案进行追加分配。

（5）对该市产业部无偿调拨价值 80 万元的金属切割机，债权人不能请求人民法院按照破产财产分配方案进行追加分配。根据《破产法》规定，自破产程序按照法律规定方式终结之日起 2 年内，发现人民法院受理破产申请前 1 年内债务人无偿转让财产的，债权人可以请求人民法院按照破产财产分配方案进行追加分配。这里虽然是在破产终结之日起 2 年内发现的，但该行为是在破产申请受理前 1 年前发生的，因此是不能追回的。

4. （1）A 公司破产的案件应由甲市人民法院管辖。根据《企业破产法》规定，破产案件由债务人住所地人民法院管辖。法人的住所地是指法人的主要营业地或者主要办事机构所在地。

（2）A公司与B建材公司之间未审结的经济纠纷应当中止。根据《企业破产法》规定，人民法院受理破产申请后，已经开始而尚未终结的有关债务人的民事诉讼或者仲裁应当中止；在管理人接管债务人的财产后，该诉讼或者仲裁继续进行。

（3）工商银行可以参加破产程序。根据《企业破产法》规定，连带债务人数人被裁定适用本法规定的程序的，其债权人有权就全部债权分别在各破产案件中申报债权。可知，工商银行可以参加破产程序，申报债权。因破产案件中债务人A公司作为连带责任保证人，属于连带债务人，因此，债权人工商银行可以选择是否将其债权作为破产债权。

（4）①A公司可以在人民法院受理破产后申请和解。根据《企业破产法》规定，债务人可以直接向人民法院申请和解，也可以在人民法院受理破产申请后、宣告债务人破产前，向人民法院申请和解。

②债权人会议通过了和解协议。根据《企业破产法》规定，债权人会议通过和解协议的决议，由出席会议的有表决权的债权人过半数同意，并且其所代表的债权额占无财产担保债权总额的2/3以上。

③人民法院可以裁定终止和解程序。根据《企业破产法》的规定，和解协议草案经债权人会议表决未获得通过，或者已经债权人会议通过的和解协议未获得人民法院认可的，人民法院应当裁定终止和解程序，并宣告债务人破产。

（5）根据《破产法》规定，对破产人的特定财产享有担保权的权利人，对该特定财产享有优先受偿的权利。可知，建设银行的1 000万元贷款，其中800万元从抵押的财产中优先受偿，其余的200万元作为普通债权，同其他债权人一起按比例受偿。

■第八章　　　证　券　法

本章概述

一、内容提要

本章是教材中非常重要的章节，又是较难掌握的章节。说其重要，是因为本章在近年的考试中占的比重较大，1999 年考了 25 分，2000 年考了 22 分，2001 年考了 15 分，2002 年考了 16 分，2003 年考了 15 分，2004 年考了 14 分，2005 年考了 12 分，2006 年考了 19 分，2007 年考了 15 分；题型除单选、多选和判断题外，最近八年都有综合题。说其较难掌握，是因为本章的重点之一是各种证券发行及上市的条件，而证券的种类很多，每种证券发行与上市又有很多条件，这些条件还涉及很多数字，很难区别和准确背出。去年教材的第八章是按照新证券法编写的，删除了

证监会的一系列规定，难度较往年有所降低；但今年教材又增加了证监会的一些重要规定，内容非常具体，难度又有所增加。

本章内容包括证券以及证券法的概念，证券活动以及证券管理原则，证券发行的一般规定，股票的发行，公司债券的发行，证券的发行程序，证券投资基金的发行，证券交易的一般规则，证券上市，禁止的交易行为，上市公司收购，上市公司信息披露，证券交易所，证券中介机构，证券监督管理机构和证券业协会，违反证券法的法律责任。其中证券发行与上市、上市公司收购、上市公司信息披露以及证券中介机构等为本章学习重点。

二、历年考题分析

本章最近 5 年平均考分 15 分。本章近 5 年考试的题型、分值及考点分布详见下表：

年份　项目	题 型	题量	分值	考 点
2007	多项选择题	3	3	首次公开发行股票并上市的条件；公开发行可转换公司债券的条件；上市公司收购中一致行动人的界定。
	判 断 题	1	1	内幕交易行为的界定
	综 合 题	0.86	11	公司增发股票的条件
2006	单项选择题	2	2	证券公司注册资本的最低限额；证券投资基金的法律规定
	多项选择题	1	1	股票上市的条件
	判 断 题	1	1	公开发行证券的情形
	综 合 题	1	15	公司债券发行的条件和程序
2005	单项选择题	3	3	开放式基金申购、赎回的法律规定；上市公司申请股票恢复上市的程序；上市公司编制并公告季度报告的时间
	多项选择题	1	1	终止上市公司股票上市的情形
	判 断 题	2	2	发行可转换公司债券的条件；强制要约收购的情况
	综 合 题	1	6	年报的披露范围；上市公司临时报告披露的内容
2004	单项选择题	2	2	股票暂停上市后恢复上市的条件；要约收购未挂牌交易股票的收购价格的确定
	多项选择题	2	2	发行可转换公司债券的障碍；股票限制转让的情形
	判 断 题	1	1	上市公司收购行为的构成
	综 合 题	1	9	首次发行新股的条件和保荐人制度
2003	单项选择题	1	1	为上市公司发行新股出具审计报告的注册会计师不得买卖该上市公司的股票的期间
	多项选择题	2	2	申请上市的基金必须符合的条件；内幕信息的认定
	判 断 题	2	2	上市公司首次发行股票的条件；上市公司发行股票所募资金未经股东大会认可，不得改变用途
	综 合 题	1	10	增发新股的条件

三、2008 年教材内容变化

2007 年教材新增了证监会关于首次发行股票并上市、上市公司增发新股（发行新股、配股）、上市公司发行可转换债券的规定，修改了上市公司收购等内容，2008 年教材新增了上市公司信息披露一节，请考生特别注意。

本章内容结构基本框架

知识点	第八章 证券法	学习建议
8.1	证券法概述	
8.1.1	证券活动和证券管理的原则	一般了解
8.2	证券的发行	
8.2.1	证券公开发行的界定	应当掌握
8.2.2	首次公开发行股票并上市的条件	必须掌握
8.2.3	首次公开发行股票的程序和信息披露	必须掌握
8.2.4	上市公司增发股票的条件	
8.2.5	上市公司增发股票的程序	应当熟悉
8.2.6	公开发行可转换债券的条件	
8.2.7	关于可转换债券的其他规定	
8.2.8	证券投资基金的发行	必须掌握
8.3	证券的交易	
8.3.1	证券交易的一般规则	必须掌握
8.3.2	股票上市	必须掌握
8.3.3	债券上市	必须掌握
8.3.4	证券投资基金上市	必须掌握
8.3.5	禁止的交易行为	必须掌握
8.4	上市公司收购	
8.4.1	上市公司收购概述	必须掌握
8.4.2	上市公司收购中的权益披露	
8.4.3	要约收购	必须掌握
8.4.4	协议收购	必须掌握
8.4.5	上市公司收购中的豁免申请	
8.4.6	上市公司收购中的财务顾问	
8.4.7	上市公司收购后事项的处理	必须掌握
8.5	上市公司信息披露	
8.5.1	上市公司信息披露	必须掌握
8.6	证券中介机构	
8.6.1	证券公司	
8.6.2	证券登记结算机构和证券服务机构	一般了解
8.7	证券监督管理机构和证券业协会	
8.7.1	证券交易所、证券监督管理机构和证券业协会的职责区别	一般了解
8.8	违反证券法行为的法律责任	
8.8.1	违反证券法的法律责任	一般了解

知识点精讲

8.1 证券法概述

8.1.1 证券活动和证券管理的原则

Ⅰ．考点分析

本知识点着重注意原来规定证券业与其他金融业分业经营管理，现规定"国家另有规定的除外"，为混业经营留下了一定的法律空间，也为银行资金间接进入证券市场准备了条件。

8.2 证券的发行

8.2.1 证券公开发行的界定

Ⅰ．考点分析

有下列情形之一的，为公开发行：

（1）向不特定对象发行证券；

（2）向累计超过 200 人的特定对象发行证券；

（3）法律、行政法规规定的其他发行行为。

【要点提示】①向累计超过 200 人的特定对象发行债券也属于公开发行；②公开发行证券须经国务院证券监督管理机构或者国务院授权的部门核准；③非公开发行，不得采用广告、公开劝诱和变相公开方式。

Ⅱ．经典例题

1．［2006 年判断题第 7 题］股份有限公司依法向 100 人的特定对象发行证券属于公开发行证券。　　　　　　　　　　（　）

【答案】×

【解析】有下列情形之一的，为公开发行：（1）向不特定对象发行证券的；（2）向特定对象发行证券累计超过 200 人的；（3）法律、行政法规规定的其他发行行为。非公开发行证券，不得采用广告、公开劝诱和变相公开方式。

2．［单项选择题］股份有限公司向超过（　　）人以上的特定对象发行证券，也属于公开发行证券。

A. 100　　　　　　　　B. 200

C. 1 000　　　　　　　D. 2 000

【答案】B

【解析】根据证券法规定，有下列情形之一的，为公开发行：向不特定对象发行证券；向累计超过 200 人的特定对象发行证券；法律、行政法规规定的其他发行行为。

8.2.2 首次公开发行股票并上市的条件

Ⅰ．考点分析

公司首次公开发行股票应当符合《公司法》第 77 条的规定外，还应当符合如下条件：

1．发行人应当是依法设立且合法存续一定期限的股份有限公司。发行人合法存续的期限条件符合下列情形之一即可：（1）该股份有限公司应自成立后，持续经营时间在 3 年以上；（2）有限责任公司按原账面净资产值折股整体变更为股份有限公司的，持续经营时间可以从有限责任公司成立之日起计算，并达 3 年以上（经国务院批准，有限责任公司在依法变更为股份有限公司时，可以采取募集设立方式公开发行股票）；（3）经国务院批准，可以不受上述时间的限制。

2. 发行人已合法并真实取得注册资本项下载明的资产。

3. ……

4. 发行人最近 3 年内主营业务和董事、高级管理人员没有发生重大变化，实际控制人没有发生变更。

5. 发行人的股权清晰，控股股东和受控股股东、实际控制人支配的股东持有的发行人股份不存在重大权属纠纷。

6. 发行人的资产完整，人员、财务、机构和业务独立。（1）生产型企业应当具备与生产经营有关的生产系统、辅助生产系统和配套设施；非生产型企业应当具备与经营有关的业务体系及相关资产。（2）发行人的总经理、副总经理、财务负责人和董事会秘书等高级管理人员不得在控股股东、实际控制人及其控制的其他企业中担任除董事、监事以外的其他职务，不得在控股股东、实际控制人及其控制的其他企业领薪；发行人的财务人员不得在控股股东、实际控制人及其控制的其他企业中兼职。（3）发行人不得与控股股东、实际控制人及其控制的其他企业共用银行账户。（4）发行人与控股股东、实际控制人及其控制的其他企业间不得有机构混同的情形。（5）发行人与控股股东、实际控制人及其控制的其他企业间不得有同业竞争或者显失公平的关联交易。

7. 发行人具备健全且运行良好的组织机构。（1）发行人已经依法建立健全了股东大会、董事会、监事会、独立董事、董事会秘书制度。（2）……（3）发行人的董事、监事和高级管理人员不得有：被证监会采取证券市场禁入措施尚在禁入期的；最近 36 个月内受到证监会行政处罚，或者最近 12 个月内受到证券交易所公开谴责；因涉嫌犯罪被司法机关立案侦查或者涉嫌违法违规被证监会立案调查，尚未有明确结论意见。（4）发行人的内部控制制度健全且被有效执行。（5）发行人不存在为控股股东、实际控制人及其控制的其他企业进行违规担保的情形。（6）发行人不得有资金被控股股东、实际控制人及其控制的其他企业以借款、代偿债务、代垫款项或者其他方式占用的情形。

8. 发行人具有持续盈利能力，不得有下列影响持续盈利能力的情形：（1）发行人的经营模式、产品或服务的品种结构已经或者将发生重大变化，并对发行人的持续盈利能力构成重大不利影响；

（2）发行人的行业地位或发行人所处行业的经营环境已经或者将发生重大变化，并对发行人的持续盈利能力构成重大不利影响；（3）发行人最近 1 个会计年度的营业收入或净利润对关联方或者存在重大不确定性的客户存在重大依赖；（4）发行人最近 1 个会计年度的净利润主要来自合并财务报表范围以外的投资收益；（5）发行人在用的商标、专利、专有技术以及特许经营权等重要资产或技术的取得或者使用存在重大不利变化的风险；（6）……

9. 发行人的财务状况良好。（1）财务管理规范。发行人的内部控制在所有重大方面应是有效的，并由注册会计师出具了无保留结论的内部控制鉴证报告。（2）财务指标良好。第一，最近 3 个会计年度净利润均为正数且累计超过人民币 3 000 万元，净利润以扣除非经常性损益前后较低者为计算依据。第二，最近 3 个会计年度经营活动产生的现金流量净额累计超过人民币 5 000 万元；或者最近 3 个会计年度营业收入累计超过人民币 3 亿元。第三，发行前股本总额不少于人民币 3 000 万元。第四，最近一期期末无形资产（扣除土地使用权、水面养殖权和采矿权等后）占净资产的比例不高于 20%；第五，最近一期期末不存在未弥补亏损。（3）发行人的经营成果对税收优惠不存在严重依赖。（4）发行人不存在重大偿债风险，不存在影响持续经营的担保、诉讼以及仲裁等重大或有事项。（5）发行人披露的财务资料不得存在以下情形：第一，故意遗漏或虚构交易、事项或者其他重要信息；第二，滥用会计政策或者会计估计；第三，操纵、伪造或篡改编制财务报表所依据的会计记录或者相关凭证。

10. 发行人募集资金用途符合规定。（1）募集资金原则上应当用于主营业务。除金融类企业外，募集资金使用项目不得为持有交易性金融资产和可供出售的金融资产、借予他人、委托理财等财务性投资，不得直接或者间接投资于以买卖有价证券为主要业务的公司。（2）……（3）……（4）募集资金投资项目实施后，不会产生同业竞争或者对发行人的独立性产生不利影响。（5）发行人应当建立募集资金专项存储制度，募集资金应当存放于董事会决定的专项账户。

11. 发行人不存在法定的违法行为。发行人存在下列情形之一的，构成首次发行股票并上市的法定障碍：（1）最近 36 个月内未经法定机关核准，擅自公开或者变相公开发行过证券；或者有关违法行为虽然发生在 36 个月前，但目前仍处于持续状态；（2）最近 36 个月内违反工商、税收、土地、环保、海关以及其他法律、行政法规，受到行政处罚，且情节严重；（3）最近 36 个月内曾向证监会提出发行申请，但报送的发行申请文件有虚假记载、误导性陈述或重大遗漏；或者不符合发行条件以欺骗手段骗取发行核准；或者以不正当手段干扰证监会及其发行审核委员会审核工作；或者伪造、变造发行人或其董事、监事、高级管理人员的签字、盖章；（4）本次报送的发行申请文件有虚假记载、误导性陈述或者重大遗漏；（5）涉嫌犯罪被司法机关立案侦查，尚未有明确结论意见；（6）严重损害投资者合法权益和社会公共利益的其他情形。

【要点提示】①发行人已合法并真实地取得注册资本项下载明的资产；②最近3年内，实际控制人没有发生变更；③发行人财务状况良好，并由注册会计师出具了无保留意见的审计报告；④最近3个会计年度净利润均为正值且累计超过人民币3 000万元；⑤最近一期期末不存在未弥补的亏损；⑥掌握构成首次公开发行的6个法定障碍；⑦发行人具有持续盈利能力。

Ⅱ．经典例题

1.［多项选择题］股份有限公司首次公开发行股票并上市的，下列各项中，构成本次发行法定障碍的是（　　）。

A. 最近36个月内违反环保方面的法律法规，受到行政处罚，且情节严重的

B. 本次报送的发行申请文件有虚假记载、误导性陈述或者重大遗漏

C. 涉嫌犯罪被司法机关立案侦查，尚未有明确结论意见

D. 最近36个月内曾向中国证监会提出发行申请，但报送的发行申请文件有虚假记载、误导性陈述或者重大遗漏

【答案】A B C D

【解析】根据法律规定，A、B、C、D四种情况均构成首次发行股票并上市的法定障碍。

2.［多项选择题］股份有限公司（除金融类企业外）首次公开发行股票并上市的，募集资金使用项目不得为（　　）。

A. 持有交易性金融资产和可供出售的金融资产

B. 借予他人

C. 委托理财

D. 直接或者间接投资于以买卖有价证券为主要业务的公司

【答案】A B C D

【解析】募集资金原则上应当用于主营业务。除金融类企业外，募集资金使用项目不得为持有交易性金融资产和可供出售的金融资产、借予他人、委托理财等财务性投资，不得直接或者间接投资于以买卖有价证券为主要业务的公司。

Ⅲ．相关链接

公司法中股份有限公司的股份发行。

8.2.3　首次公开发行股票的程序和信息披露

Ⅰ．考点分析

发行人应当按照证监会的有关规定向证监会

申报。

股票发行申请经核准后，发行人应自核准之日起6个月内发行股票；超过6个月未发行的，核准文件失效。股票发行申请未获核准的，自不予核准决定之日起6个月后，发行人可再次提出股票发行申请。

证监会或者国务院授权的部门对已作出的核准证券发行的决定，发现不符合法定条件或者法定程序，尚未发行证券的，应当予以撤销，停止发行。已经发行尚未上市的，撤销发行核准决定，发行人应当按照发行价并加算银行同期存款利息返还证券持有人；保荐人应当与发行人承担连带责任，但是能够证明自己没有过错的除外；发行人的控股股东、实际控制人有过错的，应当与发行人承担连带责任。

发行的股票一般由证券公司承销。向不特定对象公开发行的证券票面总值超过人民币5 000万元的，应当由承销团承销。证券的代销、包销期限最长不得超过90日。证券公司不得为本公司预留所代销的证券和预先购入并留存所包销的证券。股票发行采用代销方式，代销期限届满，向投资者出售的股票数量未达到拟公开发行股票数量70%的，为发行失败。发行人应当按照发行价并加算银行同期存款利息返还股票认购人。

招股说明书中引用的财务报表在其最近一期截止日后6个月内有效。特别情况下发行人可申请适当延长，但至多不超过1个月。财务报表应当以年度末、半年度末或者季度末为截止日。招股说明书的有效期为6个月，自证监会核准发行申请前招股说明书最后一次签署之日起计算。

发行人向证监会报送的发行申请文件有虚假记载、误导性陈述或者重大遗漏的，发行人不符合发行条件以欺骗手段骗取发行核准的，发行人以不正当手段干扰证监会及其发行审核委员会审核工作的，发行人或其董事、监事、高级管理人员的签字、盖章系伪造或者变造的，除依照《证券法》的有关规定处罚外，证监会将采取终止审核并在36个月内不受理发行人的股票发行申请的监管措施。

证券服务机构未勤勉尽责，所制作、出具的文件有虚假记载、误导性陈述或者重大遗漏的，除依照《证券法》及其他相关法律、行政法规和规章的规定处罚外，证监会将采取12个月内不接受相关机构出具的证券发行专项文件，36个月内不接受相关签字人员出具的证券发行专项文件的监管措施。

发行人披露盈利预测的，利润实现数如未达到盈利预测的80%，除因不可抗力外，其法定代表人、盈利预测审核报告签字注册会计师应当在股东大会及证监会指定报刊上公开作出解释并道歉；证监会可以对法定代表人处以警告。利润实

现数未达到盈利预测的 50% 的，除因不可抗力外，证监会在 36 个月内不受理该公司的公开发行证券申请。

【要点提示】①股票发行申请经核准后，发行人超过 6 个月未发行的，核准文件失效；②发行面值总额超过 5 000 万元的，应当由承销团承销；③代销期满后，发行数量未达 70% 的为发行失败；④股票发行采取溢价发行；⑤主承销商要与证券发行人签订承销合同，与参与承销证券公司签订承销团协议；⑥主要通过招股说明书披露信息；⑦招股说明书不具有据以发行股票的法律效力，仅以披露信息为目的。

II. 经典例题

1. ［2007 年多项选择题第 8 题］某股份有限公司拟公开发行股票并上市。根据证券法律制度的有关规定，下列各项中，符合公司首次公开发行股票并上市的条件的有（   ）。

A. 公司发行股票前股本总额为人民币 6 000 万元

B. 公司上一年度严重违反环境保护管理法规受到罚款的行政处罚

C. 公司最近 3 个会计年度净利润均为正数且累计为人民币 4 000 万元

D. 公司最近 1 个会计年度的净利润主要来自合并财务报表范围以外的投资收益

【答案】A C

【解析】本题考核首次公开发行股票并上市的条件。根据规定，发行人首次公开发行股票并上市的，发行前股本总额不少于人民币 3 000 万元，因此选项 A 是正确的；最近 36 个月内，发行人没有违反工商、税收、土地、环保、海关以及其他法律、行政法规受到行政处罚且情节严重的情况，因此选项 B 不选；最近 3 个会计年度净利润均为正数且累计超过人民币 3 000 万元，因此选项 C 是正确的；发行人不存在最近 1 个会计年度的净利润主要来自合并财务报表以外的投资收益的情况，因此选项 D 不选。

2. ［单项选择题］股票发行采用代销方式，代销期限届满，向投资者出售的股票数量未达到拟公开发行股票数量（   ）的，为发行失败。

A. 50%   B. 60%

C. 70%   D. 80%

【答案】C

【解析】股票发行采用代销方式，代销期限届满，向投资者出售的股票数量未达到拟公开发行股票数量 70% 的，为发行失败；发行人应当按照发行价加算银行同期存款利息返还股票认购人。

8.2.4 上市公司增发股票的条件

I. 考点分析

1. 上市公司增发股票的一般条件：

（1）组织机构健全，运行良好。上市公司现任董事、监事和高级管理人员不存在违法行为，且最近 36 个月内未受到过证监会的行政处罚、最近 12 个月内未受到过证券交易所的公开谴责；上市公司与控股股东或实际控制人的人员、资产、财务分开，机构、业务独立，能够自主经营管理；最近 12 个月内不存在违规对外提供担保的行为。

（2）盈利能力应具有可持续性。上市公司最近 3 个会计年度连续盈利。扣除非经常性损益后的净利润与扣除前的净利润相比，以低者作为计算依据；业务和盈利来源相对稳定，不存在严重依赖于控股股东、实际控制人的情形；现有主营业务或投资方向能够可持续发展，经营模式和投资计划稳健，主要产品或服务的市场前景良好，行业经营环境和市场需求不存在现实或可预见的重大不利变化；高级管理人员和核心技术人员稳定，最近 12 个月内未发生重大不利变化；公司重要资产、核心技术或其他重大权益的取得合法，能够持续使用，不存在现实或可预见的重大不利变化；不存在可能严重影响公司持续经营的担保、诉讼、仲裁或其他重大事项；最近 24 个月内曾公开发行证券的，不存在发行当年营业利润比上年下降 50% 以上的情形。

（3）财务状况良好。上市公司最近 3 年及一期财务报表未被注册会计师出具保留意见、否定意见或无法表示意见的审计报告；被注册会计师出具带强调事项段的无保留意见审计报告的，所涉及的事项对发行人无重大不利影响或者在发行前重大不利影响已经消除；资产质量良好。不良资产不足以对公司财务状况造成重大不利影响；经营成果真实，现金流量正常。营业收入和成本费用的确认严格遵循国家有关企业会计准则的规定，最近 3 年资产减值准备计提充分合理，不存在操纵经营业绩的情形；最近 3 年以现金或股票方式累计分配的利润不少于最近 3 年实现的年均可分配利润的 20%。

（4）财务会计文件无虚假记载。上市公司不存在违法且情节严重，受到证监会等机构的行政处罚，或者受到刑事处罚的行为。

（5）募集资金的数额和使用符合规定。上市公司募集资金数额不超过项目需要量；除金融类企业外，本次募集资金使用项目不得为持有交易性金融资产和可供出售的金融资产、借予他人、委托理财等财务性投资，不得直接或间接投资于以买卖有价证券为主要业务的公司。投资项目实施后，不会与控股股东或实际控制人产生同业竞争或影响公司生产经营的独立性；建立募集资金专项存储制度，募集资金必须存放于公司董事会决定的专项账户。

（6）上市公司不存在下列行为：①本次发行申请文件有虚假记载、误导性陈述或重大遗漏；②擅自改变前次公开发行证券募集资金的用途而未作纠正；③上市公司最近 12 个月内受到过证券交易所的公开谴责；④上市公司及其控股股东或实际控制人最近 12 个月内存在未履行向投资者作出的公开承诺的行为；⑤上市公司或其现任董事、高级管理人员因涉嫌犯罪被司法机关立案侦查或涉嫌违法违规被证监会立案调查；⑥严重损害投资者的合法权益和社会公共利益的其他情形。

2. 上市公司向原股东配售股份（以下简称配股）的条件：

配股除了应当符合前述一般条件之外，还应当符合以下条件：（1）拟配售股份数量不超过本次配售股份前股本总额的 30%；（2）控股股东应当在股东大会召开前公开承诺认配股份的数量；（3）采用证券法规定的代销方式发行。控股股东不履行认配股份的承诺，或者代销期限届满，原股东认购股票的数量未达到拟配售数量 70% 的，发行人应当按照发行价并加算银行同期存款利息返还已经认购的股东。

3. 上市公司向不特定对象公开募集股份（以下简称增发）的条件：

增发除了符合前述一般条件之外，还应当符合下列条件：（1）最近 3 个会计年度加权平均净资产收益率平均不低于 6%。扣除非经常性损益后的净利润与扣除前的净利润相比，以低者作为加权平均净资产收益率的计算依据；（2）除金融类企业外，最近一期期末不存在持有金额较大的交易性金融资产和可供出售的金融资产、借予他人款项、委托理财等财务性投资的情形；（3）发行价格应不低于公告招股意向书前 20 个交易日公司股票均价或前一个交易日的均价。

4. 上市公司非公开发行股票，应当符合下列规定：（1）发行价格不低于定价基准日前 20 个交易日公司股票均价的 90%；（2）本次发行的股份自发行结束之日起，12 个月内不得转让；控股股东、实际控制人及其控制的企业认购的股份，36 个月内不得转让；（3）……（4）……

上市公司存在下列情形之一的，不得非公开发行股票：（1）本次发行申请文件有虚假记载、误导性陈述或重大遗漏；（2）上市公司的权益被控股股东或实际控制人严重损害且尚未消除；（3）上市公司及其附属公司违规对外提供担保且尚未解除；（4）现任董事、高级管理人员最近 36 个月内受到过证监会的行政处罚，或者最近 12 个月内受到过证券交易所公开谴责；（5）上市公司或其现任董事、高级管理人员因涉嫌犯罪正被司法机关立案侦查或涉嫌违法违规正被证监会立案调查；（6）最近一年及一期财务报表被注册会计师出具保留意见、否定意见或无法表示意见的审计报告。保留意见、否定意见或无法表示意见所涉及事项的重大影响已经消除或者本次发行涉及重大重组的除外；（7）严重损害投资者合法权益和社会公共利益的其他情形。

【要点提示】①掌握上市公司增发股票的 6 个一般条件；②区分配股和增发的条件；③配股实际发行数量不足拟发行的 70% 时，为发行失败；④上市公司募集资金数量不应超过项目需求量，这一点与首次公开发行条件有区别；⑤非公开增发股票的，发行对象不应超过 10 名；⑥注意非公开发行与首次公开发行法定障碍的区别。

Ⅱ. 经典例题

1. ［2007 年综合题第 2 题］A 公司于 2003 年 6 月在上海证券交易所上市。2007 年 4 月，A 公司聘请 B 证券公司作为向不特定对象公开募集股份（以下简称"增发"）的保荐人。B 证券公司就本次增发编制的发行文件有关要点如下：

（1）A 公司近 3 年的有关财务数据如下：A 公司于 2004 年度以资本公积转增股本，每 10 股转增 2 股，转增资本公积 7 200 万元；2005 年度每 10 股分配利润 0.5 元（含税），共分配利润 1 900 万元；2006 年度以利润送红股，每 10 股送 1 股，共分配利润 5 184 万元（含税）。

（2）A 公司于 2005 年 10 月为股东 C 公司违规提供担保而被有关监管部门责令改正；2006 年 1 月，在经过 A 公司董事会全体董事同意并作出决定后，A 公司为信誉良好和业务往来密切的 D 公司向银行一次借款 1 亿元提供了担保。

（3）A 公司于 2004 年 6 月将所属 5 000 万元委托 E 证券公司进行理财，直到 2006 年 11 月，E 证券公司才将该委托理财资金全额返还 A 公司，A 公司亏损财务费 80 万元。

（4）本次增发的发行价格拟按公告招股意向书前 20 个交易日公司股票均价的 90% 确定。

【要求】根据上述内容，分别回答下列问题：

（1）A 公司的盈利能力和已分配利润的情况是否符合增发的条件？并分别说明理由。

（2）A 公司的净资产收益率是否符合增发的条件？并说明理由。

（3）A 公司为 C 公司违规提供担保的事项是否构成本次增发的障碍？并说明理由。A 公司为 D 公司提供担保的审批程序是否符合规定？并说明理由。

（4）A 公司的委托理财事项是否构成本次增发的障碍？并说明理由。

（5）A 公司本次增发的发行价格的确定方式是否符合有关规定？并说明理由。

【答案及解析】

（1）①A 公司的盈利能力符合增发的条件。根据规定，上市公司增发股票时，最近 3 个会计年度应连续盈利，扣除非经常性损益后的净利润与扣除前的净利润相比，以低者作为计算依据。在本题中，A 公司最近 3 个会计年度连续盈利。②A 公司的已分配利润的情况符合增发的条件。根据规定，上市公司增发股票时，最近 3 年以现金或股票方式累计分配的利润不少于最近 3 年实现的年均可分配利润的 20%。在本题中，A 公司最近 3 年以现金或股票方式累计分配的利润占最近 3 年实现的年均可分配利润的比例超过了 20%。

（2）A 公司的净资产收益率不符合增发的条件。根据规定，上市公司增发股票时，最近 3 个会计年度加权平均净资产收益率平均不低于 6%，扣除非经常性损益后的净利润与扣除前的净利润相比，以低者作为加权平均净资产收益率的计算依据。在本题中，A 公司最近 3 个会计年度的净资产收益率分别为 5.40%、5.40% 和 6.15%，平均为 5.67%，低于 6% 的法定要求。

（3）①A 公司为 C 公司违规提供担保的事项不构成本次增发的障碍。根据规定，上市公司增发新股时，最近 12 个月内不存在违规对外提供担保的行为。在本题中，A 公司为 C 公司违规提供担保的事项距本次申请增发的时间已经超过了 12 个月。②A 公司为 D 公司提供担保的审批程序不符合规定。根据规定，上市公司单笔担保额超过最近一期经审计净资产 10% 的担保，必须经股东大会作出决议。在本题中，A 公司为 D 公司 1 亿元的银行贷款提供的担保，超过了其最近一期经审计净资产（83 088 万元）的 10%，应当由股东大会作出决议，而 A 公司仅由董事会作出决议不符合规定。

（4）A 公司的委托理财事项不构成本次增发的障碍。根据规定，上市公司增发新股时，除金融类企业外，最近一期期末不存在持有金额较大的交易性金融资产和可供出售的金融资产、借予他人款项、委托理财等财务性投资的情形。在本题中，由于 E 证券公司在 2006 年 11 月将委托理财资金全额返还 A 公司，A 公司最近一期期末不存在委托理财等财务性投资的情形。

（5）A 公司本次增发的发行价格的确定方式不符合有关规定。根据规定，发行价格应不低于公告招股意向书前 20 个交易日公司股票均价或前一个交易日的均价。在本题中，A 公司本次增发的发行价格拟按公告招股意向书前 20 个交易日公司股票均价的 90% 确定不符合规定。本题点睛：本题考察的是证券法最烦琐的内容。

2. ［单项选择题］根据证券法律制度的规定，上市公司增发新股的，最近 3 年以现金或者股票方式累计分配的利润不少于最近 3 年实现的平均可分配利润的（　　）。

A. 20%　　　　　　B. 50%

C. 70%　　　　　　D. 80%

【答案】A

【解析】上市公司增发新股，最近 3 年以现金或者股票方式累计分配的利润不少于最近 3 年实现的平均可分配利润的 20%。

3. ［多项选择题］根据证券法律制度的规定，

下列各项中，上市公司不得增发新股的有（　　）。

A. 最近 3 年及最近一期的财务报表被注册会计师出具了保留意见的审计报告

B. 最近 3 年及最近一期的财务报表被注册会计师出具了否定意见的审计报告

C. 最近 3 年及最近一期的财务报表被注册会计师出具了无法表示意见的审计报告

D. 最近 3 年及最近一期的财务报表被注册会计师出具带强调事项段的无保留意见审计报告的，所涉及的事项对发行人无重大不利影响或者在发行前重大不利影响已经消除

【答案】A B C

【解析】上市公司增发新股的，最近 3 年及最近一期的财务报表未被注册会计师出具保留意见、否定意见或无法表示意见的审计报告；被注册会计师出具带强调事项段的无保留意见审计报告的，所涉及的事项对发行人无重大不利影响或者在发行前重大不利影响已经消除。

8.2.5 上市公司增发股票的程序

Ⅰ. 考点分析

股东大会就发行事项作出决议，必须经出席会议的股东所持表决权的 2/3 以上通过。向本公司特定的股东及其关联人发行的，股东大会就发行方案进行表决时，关联股东应当回避。上市公司就增发股票事项召开股东大会，应当提供网络或者其他方式为股东参加股东大会提供便利。

自证监会核准发行之日起，上市公司应在 6 个月内发行股票；超过 6 个月未发行的，核准文件失效，须重新经证监会核准后方可发行。证券发行申请未获核准的上市公司，自证监会作出不予核准的决定之日起 6 个月后，可再次提出证券发行申请。

上市公司发行股票，应当由证券公司承销；非公开发行股票，发行对象均属于原前十名股东的，可以由上市公司自行销售。

【要点提示】①先由董事会作出决议，然后提请股东大会批准；②保荐人应编制报送相关的发行申请文件；③证监会核准发行后，应在 6 个月内发行股票，否则核准发行文件失效。

Ⅱ. 经典例题

1. ［单项选择题］根据证券法律制度规定，上市公司增发新股的，该上市公司在最近（　　）内不存在违规对外提供担保的行为。

A. 6 个月　　　　　B. 12 个月

C. 24 个月　　　　　D. 36 个月

【答案】B

【解析】上市公司增发新股的，该上市公司在最近 12 个月内不存在违规对外提供担保的行为。

2. ［单项选择题］上市公司向特定对象非公开发行股票的，发行价格不低于定价基准日前 20 个交易日公司股票均价的（　　）。

A. 70%	B. 80%

C. 90%	D. 100%

【答案】C

【解析】上市公司向特定对象非公开发行股票的，发行价格不低于定价基准日前 20 个交易日公司股票均价的 90%。

3. ［单项选择题］根据证券法律制度的规定，上市公司最近 24 个月内曾公开发行证券，如果发行当年营业利润比上年下降（　　）以上的，不得再次发行新股。

A. 20%	B. 50%

C. 70%	D. 80%

【答案】B

【解析】上市公司最近 24 个月内曾公开发行证券，不存在发行当年营业利润比上年下降 50% 以上的，可以增发新股。

8.2.6 公开发行可转换债券的条件

I．考点分析

上市公司发行可转换债券，除了应当符合增发股票的一般条件之外，还应当符合以下条件：

（1）最近 3 个会计年度加权平均净资产收益率平均不低于 6%。扣除非经常性损益后的净利润与扣除前的净利润相比，以低者作为加权平均净资产收益率的计算依据；

（2）本次发行后累计公司债券余额不超过最近一期末净资产额的 40%；

（3）最近 3 个会计年度实现的年均可分配利润不少于公司债券一年的利息。

发行分离交易的可转换公司债券，除符合公开增发股票的一般条件外，还应当符合下列条件：

（1）公司最近一期末经审计的净资产不低于人民币 15 亿元；

（2）最近 3 个会计年度实现的年均可分配利润不少于公司债券一年的利息；

（3）最近 3 个会计年度经营活动产生的现金流量净额平均不少于公司债券一年的利息，但最近 3 个会计年度加权平均净资产收益率平均不低于 6%（扣除非经常性损益后的净利润与扣除前的净利润相比，以低者作为加权平均净资产收益率的计算依据）除外；

（4）本次发行后累计公司债券余额不超过最近一期末净资产额的 40%，预计所附认股权全部行权后募集的资金总量不超过拟发行公司债券金额。

【要点提示】 ①注意累计发行债券总额不应超过净资产的 40%，而非总资产的 40%；②注意可转换债券的发行与增发、首次公开发行的不同条件要求；③注意分离交易的可转换公司债券和一般的可转换公司债券发行条件的区别。

II．经典例题

1. ［单项选择题］根据证券法律制度的规定，

可转换公司债券的期限为（　　）。

A. 最短为 1 年，最长为 5 年

B. 最短为 1 年，最长为 6 年

C. 最短为 3 年，最长为 5 年

D. 最短为 1 年，最长为 6 年

【答案】B

【解析】可转换公司债券的期限最短为 1 年，最长为 6 年。

2. ［多项选择题］根据有关规定，上市公司发行分离交易的可转换公司债券，除符合公开增发股票的一般条件外，下列各项中，符合发行条件的是（　　）。

A. 公司最近一期末经审计的净资产不低于人民币 15 亿元

B. 最近 3 个会计年度实现的年均可分配利润不少于公司债券一年的利息

C. 最近 3 个会计年度加权平均净资产收益率平均不低于 6%

D. 最近 3 个会计年度经营活动产生的现金流量净额平均不少于公司债券一年的利息

【答案】A B C D

【解析】注意区分可转换公司债券与分离交易的可转换公司债券发行条件的异同。

8.2.7 关于可转换债券的其他规定

I．考点分析

可转换公司债券的期限最短为 1 年，最长为 6 年。可转换公司债券每张面值 100 元。可转换公司债券的利率由发行公司与主承销商协商确定，但必须符合国家的有关规定。

公开发行可转换公司债券的公司有下列事项之一的，应当召开债券持有人会议：（1）拟变更募集说明书的约定；（2）发行人不能按期支付本息；（3）发行人减资、合并、分立、解散或者申请破产；（4）保证人或者担保物发生重大变化；（5）其他影响债券持有人重大权益的事项。

公开发行可转换公司债券，应当提供担保，但最近一期末经审计的净资产不低于人民币 15 亿元的公司除外。提供担保的，应当为全额担保，担保范围包括债券的本金及利息、违约金、损害赔偿金和实现债权的费用。以保证方式提供担保的，应当为连带责任担保，且保证人最近一期经审计的净资产额应不低于其累计对外担保的金额。证券公司或上市公司不得作为发行可转债的担保人，但上市商业银行除外。设定抵押或质押的，抵押或质押财产的估值应不低于担保金额。

可转换公司债券自发行结束之日起 6 个月后方可转换为公司股票。转股价格应不低于募集说明书公告日前 20 个交易日该公司股票交易均价和前一交易日的均价。上市公司应当在可转换公司债券期满后 5 个工作日内办理完毕偿还债券余额本息的事项。

募集说明书约定转股价格向下修正条款的，应当同时约定：（1）转股价格修正方案须提交公司股东大会表决，且须经出席会议的股东所持表决权的 2/3 以上同意。股东大会进行表决时，持有公司可转换债券的股东应当回避；（2）修正后的转股价格不低于前项规定的股东大会召开日前 20 个交易日该公司股票交易均价和前一交易日的均价。

【要点提示】 ①净资产超过 15 亿元人民币的可以不提供担保；②上市商业银行可以作为保证人提供担保；③自可转债发行结束之日起 6 个月后方可转换为公司股票；④掌握应当召开债券持有人会议的五种情形；⑤掌握募集说明书约定转股价格向下修正条款时的相关内容。

Ⅱ. 经典例题

1. ［2007 年多项选择题第 9 题］根据证券法律制度的规定，下列各项中，属于上市公司公开发行可转换公司债券应当具备的条件的有（ ）。

A. 本次发行后累计公司债券余额不超过最近一期末资产总额的 40%

B. 最近 3 个会计年度加权平均净资产收益率平均不低于 6%

C. 最近 3 个会计年度实现的年均可分配利润不少于公司债券 1 年的利息

D. 最近 3 年以现金或股票方式累计分配的利润不少于最近 3 年实现的年均可分配利润的 30%

【答案】 B C

【解析】 本题考核公开发行可转换公司债券的条件。根据规定，发行可转换公司债券的，本次发行后累计公司债券余额不超过最近一期末"净资产额"的 40%，因此选项 A 错误；最近 3 年以现金或股票方式累计分配的利润不少于最近 3 年实现的年均可分配利润的"20%"，因此选项 D 错误。

2. ［2006 年综合题第 2 题］甲公司是由自然人乙和自然人丙于 2002 年 8 月共同投资设立的有限责任公司。2006 年 4 月，甲公司经过必要的内部批准程序，决定公开发行公司债券，并向国务院授权的部门报送有关文件，报送文件中涉及有关公开发行公司债券并上市的方案要点如下：

（1）截止到 2005 年 12 月 31 日，甲公司经过审计后的财务会计资料显示：注册资本为 5 000 万元，资产总额为 26 000 万元，负债总额为 8 000 万元；在负债总额中，没有既往发行债券的记录；2003 年度至 2005 年度的可分配利润分别为 1 200 万元、1 600 万元和 2 000 万元。

（2）甲公司拟发行公司债券 8 000 万元，募集资金中的 1 000 万元用于修建职工文体活动中心，其余部分用于生产经营；公司债券年利率为 4%，期限为 3 年。

（3）公司债券拟由丁承销商包销。根据甲公司与丁承销商签订的公司债券包销意向书，公司债券的承销期限为 120 天，丁承销商在所包销的公司债券中，可以预先购入并留存公司债券 2 000 万元，其余部分向公众发行。

【要求】 根据上述内容，分别回答下列问题：

（1）甲公司是否具备发行公司债券的主体资格？

（2）甲公司的净资产和可分配利润是否符合公司债券发行的条件？并分别说明理由。

（3）甲公司发行的公司债券数额和募集资金用途是否符合有关规定？并分别说明理由。如果公司债券发行后上市交易，公司债券的期限是否符合规定？并说明理由。

（4）甲公司拟发行的公司债券由丁承销商包销是否符合规定？并说明理由。公司债券的承销期限和包销方式是否符合规定？并分别说明理由。

【答案及解析】

（1）甲公司具备发行公司债券的主体资格。根据公司法，所有公司均可以发行债券。

（2）甲公司的净资产符合发行债券的条件。根据证券法，有限责任公司的净资产不低于 6 000 万元。本题中甲公司的净资产为 26 000 - 8 000 = 18 000（万元），故符合法律规定。

甲公司的可分配利润符合法律规定。根据证券法，公司发行债券，其最近 3 年的可分配利润足以支付公司债券 1 年的利息。本题中，甲公司最近 3 年的可分配利润（1 200 + 1 600 + 2 000）÷3 = 1 600，大于债券的利息 8 000 × 4% = 320，故符合法律的规定。

（3）公司发行债券的数额不符合法律规定。根据证券法，公司发行债券累计余额不得超过净资产的 40%，本题中，甲公司发行 8 000 万元的债券，8 000/18 000 = 44.4%，超过了法律规定的限额。

甲公司募集资金的用途不符合法律规定。根据证券法，公开发行公司债券募集的资金，必须用于核准的用途，不得用于弥补亏损和非生产性支出。本题中，甲公司所募集的债券中，有 1 000 万元用于修建职工文体活动中心，属于非生产性支出，故不符合法律的规定。

甲公司的债券期限符合法律规定。根据证券法，公司债券上市，其债券的期限应当为 1 年以上，本题中甲公司的债券的期限为 3 年。

（4）甲公司拟发行的债券由丁承销商包销不符合法律规定。根据证券法，向不特定对象公开发行的证券票面总值超过人民币 5 000 万元的，应当由承销团承销。而本题只有丁一家承销商进行承销。

公司债券的承销期限不符合法律规定。根据证券法，证券代销、包销的期限最长不得超过 90 天，而本题中，丁承销商的包销期限为 120 天。

丁公司包销的方式不符合法律规定。根据证券法，证券公司不得为本公司预先购入并留存所包销的证券。

（注：根据2007年教材的体系，本题的主要知识点在公司法这一章）

8.2.8 证券投资基金的发行

Ⅰ．考点分析

证券投资基金是一种利益共享、风险共担的集合证券投资方式，即通过发行基金单位，集中投资者的资金，由基金托管人托管，由基金管理人管理和运用资金，从事股票、债券等金融工具投资的方式。

证券投资基金的特征为：（1）投资基金的单位面值、管理费用和购买费用一般都较低，在我国，每份基金单位面值为人民币1元；（2）实行专家管理；（3）实行组合投资。

开放式基金是指基金份额总额不固定，基金份额可以在基金合同约定的时间和场所申购或者赎回的一种基金。封闭式基金是指经核准的基金份额总额在基金合同期限内固定不变，基金份额可以在依法设立的证券交易场所交易，但基金份额持有人不得申请赎回的一种基金。

设立基金管理公司，应当具备下列条件，并经国务院证券监督管理机构批准：（1）有符合《证券投资基金法》和《公司法》规定的章程；（2）注册资本不低于1亿元人民币，且必须为实缴货币资本；（3）主要股东具有从事证券经营、证券投资咨询、信托资产管理或者其他金融资产管理的较好的经营业绩和良好的社会信誉，最近3年没有违法记录，注册资本不低于3亿元人民币；（4）取得基金从业资格的人员达到法定人数；（5）有符合要求的营业场所、安全防范设施和与基金管理业务有关的其他设施；（6）有完善的内部稽核监控制度和风险控制制度；（7）法律、行政法规规定的和国务院证券监督管理机构规定的其他条件。

国务院证券监督管理机构应当自受理基金募集申请之日起6个月内依照法律、行政法规及国务院证券监督管理机构的规定和审慎监管原则进行审查，作出核准或者不予核准的决定，并通知申请人；不予核准的，应当说明理由。基金管理人应当自收到核准文件之日起6个月内进行基金募集。超过6个月开始募集，原核准的事项未发生实质性变化的，应当报国务院证券监督管理机构备案；发生实质性变化的，应当向国务院证券监督管理机构重新提交申请。

基金募集不得超过国务院证券监督管理机构核准的基金募集期限。基金募集期限自基金份额发售之日起计算。基金募集期限届满，封闭式基金募集的基金份额总额达到核准规模的80%以上，开放式基金募集的基金份额总额超过核准的最低募集份额总额，并且基金份额持有人人数符合国务院证券监督管理机构规定的，基金管理人应当自募集期限届满之日起10日内聘请法定验资机构验资，自收到验资报告之日起10日内，向国务院证券监督管理机构提交验资报告，办理基金备案手续，并予以公告。

【要点提示】 ①基金单位面值为人民币1元；②开放式基金可以在合同约定的场所和时间申购或者赎回；③封闭基金不得赎回，但是可以在证券交易所交易；④基金管理公司采取实缴货币资本方式设立；⑤上市基金合同期限届满，将终止上市而非暂停上市。

Ⅱ．经典例题

1．[2006年单项选择题第12题] 根据《证券投资基金法》的规定，下列有关证券投资基金发行和交易的表述中，正确的是（ ）。

A．封闭式基金的基金份额可以在证券交易所交易，但基金份额持有人不得申请赎回

B．开放式基金可以在销售机构的营业场所销售及赎回，也可以上市交易

C．申请上市基金的基金持有人不得少于500人

D．基金上市后发生基金合同期限届满的情形将暂停上市

【答案】 A

【解析】 封闭式基金是指经核准的基金份额总额在基金合同期限内固定不变，基金份额可以在依法设立的证券交易场所交易，但基金份额持有人不得申请赎回的一种基金。基金申请上市的条件之一是持有人不少于1000人。基金合同期限届满的不是暂停上市，而是终止上市。

2．[单项选择题] 根据有关的规定，下列选项中，不属于申请上市的封闭式基金必须符合的条件有（ ）。

A．基金的最低募集数不少于2亿元

B．基金管理人持有的基金份额不少于2 000万元

C．基金存续期不少于5年

D．基金管理人为经国务院证券监督管理机构批准设立的基金管理公司

【答案】 B

【解析】 本题考查封闭式基金设立的条件和设立的程序要求。相关法律法规没有对基金管理人持有的基金份额作出规定。所以B项是错误的。

8.3 证券的交易

8.3.1 证券交易的一般规则

Ⅰ．考点分析

1．证券交易的标的与主体必须合法，不能违反法律关于限制转让的规定。

（1）发起人持有的本公司股份，自公司成立

之日起 1 年内不得转让；公司董事、监事、高级管理人员在任职期间每年转让其持有的本公司股份总数不得超过规定比例。

（2）证券交易所、证券公司和证券登记结算机构的从业人员、证券监督管理机构的工作人员以及法律、行政法规禁止参与股票交易的其他人员，在任期或者法定限期内，不得直接或者以化名、借他人名义持有、买卖股票，也不得收受他人赠送的股票。任何人在成为前款所列人员时，其原已持有的股票必须依法转让。

（3）为上市公司出具审计报告、资产评估报告或者法律意见书等文件的证券服务机构和人员，自接受上市公司委托之日起至上述文件公开后 5 日内，不得买卖该种股票。为股票发行出具审计报告、资产评估报告或者法律意见书等文件的证券服务机构和人员，在该股票承销期内和期满后 6 个月内，不得买卖该种股票。

（4）上市公司董事、监事、高级管理人员、持有上市公司股份 5% 以上的股东，将其持有的该公司的股票在买入后 6 个月内卖出，或者在卖出后 6 个月内又买入，由此所得收益归该公司所有，公司董事会应当收回其所得收益。但是，证券公司因包销购入剩余股票而持有 5% 以上股份的，卖出该股票不受 6 个月时间限制。公司董事会不按此规定执行的，股东有权要求董事会在 30 日内执行。公司董事会未在上述期限内执行的，股东有权为了公司的利益以自己的名义直接向人民法院提起诉讼。公司董事不执行规定的，负有责任的董事依法承担连带责任。

2. 在合法的证券交易场所交易

3. 以合法方式交易。证券在证券交易所上市交易，应当采用公开的集中交易方式或者国务院证券监督管理机构批准的其他方式。新《证券法》还取消了证券公司不得从事向客户融资或融券的证券交易活动的规定。

4. 规范证券交易服务

考生在复习本知识点时要注意，在教材关于证券交易部分，还列举了一系列禁止交易的行为，其中禁止内幕交易的规定也类似本知识点的内容。考题举例 2004 年多项选择题第 11 题：下列股票交易行为中，属于国家有关证券法律、法规禁止的有（　　）。

A. 甲上市公司的董事乙，在任职期间，买卖丙上市公司的股票，甲上市公司、董事乙与丙上市公司无任何关联关系

B. W 证券公司的从业人员 Y，在任职期间，买卖 Z 上市公司的股票，W 证券公司、从业人员 Y 与 Z 上市公司无任何关联关系

C. 某上市公司的收购人，在收购行为完成后的第 4 个月，转让其所收购股票的 1/3

D. 为 M 股份有限公司首次发行股票出具审计

报告的 N 会计师事务所的 H 注册会计师，在该公司股票承销期满后的第 11 个月，买卖该公司的股票

本题答案为 BC。A 项不选，因为乙买卖的不是自己任职的或与其任职的公司有关联的公司的股票。D 项不选，因为 H 注册会计师买卖股票的时间已经超过了法律规定的禁止买卖期限。

此外，考生在复习时必须注意，不仅应准确掌握禁止买卖的期限为多久，而且要掌握从何时开始计算。如 2003 年单项选择题第 8 题，根据证券法律制度的规定，为上市公司发行新股出具审计报告的注册会计师在法定期间内，不得买卖该上市公司的股票。该法定期间为（　　）。

A. 自接受上市公司委托之日起至审计报告公开后 5 日内

B. 上市公司股票承销期内和期满后 6 个月内

C. 自接受上市公司委托之日起至上市公司股票承销期满后 6 个月内

D. 自接受上市公司委托之日起至出具审计报告后 6 个月内

本题答案为 D。法律规定，为股票发行出具审计报告、资产评估报告和法律意见书等文件的机构和人员，在该股票承销期内和承销期满后 6 个月内，不得买卖该种股票。

【要点提示】 ① 在限制期内，发起人、董事、监事和高级管理人员的股票转让有严格的限制；② 牢记证券服务机构转让股权的相关规定。

Ⅱ. 经典例题

1. ［2001 年单项选择题第 10 题］根据《中华人民共和国证券法》的规定，为股票发行出具审计报告的注册会计师在一定期限内不得购买该公司的股票。该期限为（　　）。

A. 该股票的承销期内和期满后 1 年内

B. 该股票的承销期内和期满后 6 个月内

C. 出具审计报告后 6 个月内

D. 出具审计报告后 1 年内

【答案】 B

【解析】 我国法律规定，为股票发行出具审计报告、资产评估报告或者法律意见书等文件的专业机构和人员，在该股票承销期内和期满后 6 个月内，不得买卖该种股票。

2. ［单项选择题］上市公司向特定对象非公开发行股票的，控股股东、实际控制人及其控制的企业认购的股份，（　　）内不得转让。

A. 6 个月　　　　　　　B. 12 个月

C. 24 个月　　　　　　D. 36 个月

【答案】 D

【解析】 上市公司非公开发行股票的，本次发行的股份自发行结束之日起，12 个月内不得转让；控股股东、实际控制人及其控制的企业认购的股份，36 个月内不得转让。

8.3.2 股票上市

Ⅰ.考点分析

1. 股份有限公司申请股票上市，应当符合下列条件：

（1）股票经国务院证券监督管理机构核准已公开发行；

（2）公司股本总额不少于人民币3 000万元；

（3）公开发行的股份达到公司股份总数的25%以上；公司股本总额超过人民币4亿元的，公开发行股份的比例为10%以上；

（4）公司最近3年无重大违法行为，财务会计报告无虚假记载。

证券交易所可以规定高于上述规定的上市条件，并报国务院证券监督管理机构批准。

2. 上市公司有下列情形之一的，由证券交易所决定暂停其股票上市交易：

（1）公司股本总额、股权分布等发生变化不再具备上市条件；

（2）公司不按照规定公开其财务状况，或者对财务会计报告作虚假记载，可能误导投资者；

（3）公司有重大违法行为；

（4）公司最近3年连续亏损；

（5）证券交易所上市规则规定的其他情形。

3. 上市公司有下列情形之一的，由证券交易所决定终止其股票上市交易：

（1）公司股本总额、股权分布等发生变化不再具备上市条件，在证券交易所规定的期限内仍不能达到上市条件；

（2）公司不按照规定公开其财务状况，或者对财务会计报告作虚假记载，且拒绝纠正；

（3）公司最近3年连续亏损，在其后一个年度内未能恢复盈利；

（4）公司解散或者被宣告破产；

（5）证券交易所上市规则规定的其他情形。

股票终止上市的公司可以依照有关规定与中国证券业协会批准的证券公司签订协议，委托证券公司办理股份转让。

【要点提示】 ①掌握股票上市应具备的条件；②对证券交易所做出的是否上市的决定不服的，可以向证券交易所设立的复核机构申请复核；③区分暂停交易和终止交易的适用条件。

Ⅱ.经典例题

1.［2006年多项选择题第12题］根据《证券法》的规定，下列选项中，属于股份有限公司申请股票上市应当符合的条件有（　　）。

A. 公司股本总额不少于人民币5 000万元

B. 公司股本总额超过人民币2亿元的，公开发行股份的比例为10%以上

C. 公司最近3年无重大违法行为，财务会计报告无虚假记载

D. 股票经国务院证券监督管理机构核准已公开发行

【答案】 C D

【解析】 股份有限公司申请股票上市，应当符合下列条件：（1）股票经国务院证券监督管理机构核准已公开发行；（2）公司股本总额不少于人民币3 000万元；（3）公开发行的股份达到公司股份总数的25%以上；公司股本总额超过人民币4亿元的，公开发行股份的比例为10%以上；（4）公司最近3年无重大违法行为，财务会计报告无虚假记载。

2.［2005年多项选择题第11题］根据有关规定，上市公司发生下列事项时，有关部门可以决定终止其股票上市的有（　　）。

A. 最近3年连续亏损，在限定期限内未能扭亏为盈

B. 收购人通过收购行为，持有上市公司的股份数额达到该公司发行股份总数的70%

C. 有重大违法行为，经查实后果严重

D. 财务会计报告存在重大会计差错

【答案】 A C

【解析】 收购人通过收购行为，持有上市公司的股份数额达到该公司发行股份总数75%的，该股票终止上市；财务会计报告存在重大会计差错并不是法定终止上市情形。

3.［2002年多项选择题第13题］根据有关规定，下列选项中，属于国务院证券监督管理机构可以决定暂停上市公司股票上市的情形有（　　）。

A. 持有公司股票面值达1 000元以上的股东人数由1万人减至5 000人

B. 公司不按照规定公开其财务状况

C. 公司最近2年连续亏损

D. 公司编制虚假的财务会计报告

【答案】 B D

【解析】 本题公司的股本总额、股权分布情况虽然发生变化，但仍符合持有1 000元以上股票面值的股东人数不少于1 000人的上市条件，故不必暂停其股票上市。此外，法律规定最近3年连续亏损的，暂停股票上市，故C项也不选。

4.［2001年多项选择题第8题］根据《中华人民共和国公司法》及有关规定，上市公司发生的下列事项中，国务院证券监督管理机构可以决定暂停公司股票上市的有（　　）。

A. 公司的股票被收购人收购达到该公司股本总额的70%

B. 公司最近3年连续亏损

C. 公司对财务会计报告作虚假记载

D. 公司发生重大诉讼

【答案】 B C

【解析】 股票上市暂时停止的原因：公司的股本总额、股权分布等发生变化，不再具备上市条件；公司不按规定公开其财务状况，或者对财务

会计报告虚假记载的；公司有重大违法行为；公司最近 3 年连续亏损。

8.3.3 债券上市

Ⅰ．考点分析

1. 公司申请公司债券上市交易，应当符合下列条件：

(1) 公司债券的期限为 1 年以上；

(2) 公司债券实际发行额不少于人民币 5 000 万元；

(3) 公司申请债券上市时仍符合法定的公司债券发行条件。

2. 公司债券上市交易后，公司有下列情形之一的，由证券交易所决定暂停其公司债券上市交易：

(1) 公司有重大违法行为；

(2) 公司情况发生重大变化不符合公司债券上市条件；

(3) 公司债券所募集资金不按照核准的用途使用；

(4) 未按照公司债券募集办法履行义务；

(5) 公司最近 2 年连续亏损。

公司有上述第 (1) 项、第 (4) 项所列情形之一经查实后果严重的，或者有第 (2) 项、第 (3) 项、第 (5) 项所列情形之一，在限期内未能消除的，由证券交易所决定终止其公司债券上市交易。公司解散或者被宣告破产的，由证券交易所终止其公司债券上市交易。

【要点提示】 ①区分证券上市和股票上市的不同要求；②牢记暂停、终止上市适用于股票、债券上市的法定情形间的区别；③公开发行的债权的期限一般为 1 年以上。

Ⅱ．经典例题

1. ［多项选择题］上市公司发行的公司债券上市交易后，下列情形中，证券交易所可以决定暂停公司证券上市交易的有（　）。

A. 公司有重大违法行为

B. 公司最近 2 年连续亏损

C. 公司债券所募集资金不按照审批机关批准的用途使用

D. 上市公司当年亏损导致净资产降至人民币 4 000 万元

【答案】 A B C

【解析】 股份有限公司的净资产低于 3 000 万元时，其债券应当暂停上市；有限责任公司的净资产低于 6 000 万元时，其公司债券应当暂停上市。

2. ［判断题］股票、公司债券的暂停上市、恢复上市或者终止上市的事务，由国务院证券监督管理机构核准。（　）

【答案】 ×

【解析】 证券交易所有权依照法律、行政法规，以及国务院证券监督管理机构的规定，办理股票、公司债券的暂停上市、恢复上市或者终止上市的事务。

8.3.4 证券投资基金上市

Ⅰ．考点分析

1. 申请上市的基金必须符合下列条件：

(1) 基金的募集符合《证券投资基金法》的规定；

(2) 基金合同期限为 5 年以上；

(3) 基金募集金额不低于 2 亿元人民币；

(4) 基金持有人不少于 1 000 人；

(5) 基金份额上市交易规则规定的其他条件。

2. 基金上市期间，出现下列情形之一的，将暂时停止上市：

(1) 发生重大变更而不符合上市条件；

(2) 违反国家法律、法规，国务院证券监督管理机构决定暂停上市；

(3) 严重违反投资基金上市规则；

(4) 国务院证券监督管理机构和证券交易所认为须暂停上市的其他情形。

3. 基金上市期间，有下列情形之一的，将终止上市：

(1) 不再具备《证券投资基金法》规定的上市交易条件；

(2) 基金合同期限届满；

(3) 基金份额持有人大会决定提前终止上市交易；

(4) 基金合同约定的或者基金份额上市交易规则规定的终止上市交易的其他情形。

4. 开放式基金在销售机构的营业场所销售及赎回，不上市交易。开放式基金单位的认购、申购和赎回，可以由基金管理人直接办理，也可以由基金管理人委托经国务院证券监督管理机构认定的其他机构代为办理。基金管理人应当在每个工作日办理基金申购、赎回业务；基金合同另有约定的，按照其约定办理。投资人申购基金时，必须全额交付申购款项。款项一经交付申购申请即为有效。基金管理人应当于收到基金投资人申购、赎回申请之日起 3 个工作日内，对该交易的有效性进行确认。除不可抗力等特殊情况外，基金管理人不得拒绝接受基金投资人的赎回申请。

【要点提示】 ①封闭式基金可以上市交易，开放式基金不上市交易；②掌握证券投资基金暂停上市和终止上市的情形；③上市的基金的合同期间应为 5 年以上；④上市基金的持有人不少于 1 000 人；⑤开放基金的投资人申购时，须全额缴付申购款。

Ⅱ．经典例题

1. ［2005 年单项选择题第 8 题］根据证券投资基金法律制度的规定，下列有关开放基金申购、赎回的表述中，正确的是（　）。

A. 办理基金单位申购、赎回业务的人限于基金管理人

B. 除基金合同另有约定外，基金管理人应当在每个工作日办理基金申购、赎回业务

C. 投资人申购基金时，经基金管理人同意，可以在申购期满前交纳部分申购款项，在申购期满后30日内再交余款

D. 基金管理人应当在收到基金投资人申购、赎回申请的当日对该交易的有效性进行确认

【答案】B

【解析】办理基金单位申购、赎回业务的人可以是基金管理人，也可以是其委托的其他机构；投资人申购基金时，必须全额交付申购款项；基金管理人应当在收到基金投资人申购、赎回申请之日起3个工作日内对该交易的有效性进行确认。

2. [2003年多项选择题第11题] 据证券投资基金管理的有关规定，下列各项中，属于申请上市的基金必须符合的条件有（ ）。

A. 基金存续期不少于5年

B. 基金最低募集数额不少于1亿元人民币

C. 基金持有人不少于1 000人

D. 基金管理人、基金托管人有健全的组织机构和管理制度，财务状况良好，经营行为规范

【答案】ACD

【解析】基金申请上市的条件包括：（1）基金经国务院证券监督管理机构批准设立并公开发行；（2）基金最低募集数不少于2亿元人民币；（3）基金存续期不少于5年；（4）基金持有人不少于1 000人；（5）基金管理人为经批准设立的基金管理公司；（6）基金托管人为经批准的、具有开展基金托管业务资格的商业银行；（7）基金的投资方向和比例符合有关规定及基金契约的要求；（8）基金管理人、基金托管人有健全的组织机构和管理制度，财务状况良好，经营行为规范；（9）其他条件。基金申请上市的条件在2004年进行了修改。

3. [2002年多项选择题第14题] 根据证券投资基金管理的规定，下列选项中，属于申请上市的基金必须符合的条件有（ ）。

A. 基金最低募集数不少于人民币1.5亿元

B. 基金存续期不少于5年

C. 基金持有人不少于1 000人

D. 基金的托管人为经国务院证券监督管理机构批准设立的基金管理公司

【答案】BC

【解析】法律规定，基金最低募集数不少于2亿元人民币，基金托管人为经国务院证券监督管理机构和中国人民银行批准、具有开展基金托管业务资格的商业银行，所以AD项不选。基金申请上市的条件在2004年进行了修改。

4. [2001年多项选择题第9题] 根据有关规定，下列选项中，属于申请上市的封闭式基金必须符合的条件有（ ）。

A. 基金的最低募集数不少于2亿元

B. 基金管理人持有的基金份额不少于2 000万元

C. 基金存续期不少于5年

D. 基金管理人为经国务院证券监督管理机构批准设立的基金管理公司

【答案】ACD

【解析】申请上市的封闭式基金必须符合的条件有：基金经国务院证券监督管理机关批准设立并公开发行；基金最低募集数不少于2亿元人民币；基金存续期不少于5年；基金持有人不少于1 000人，基金管理人为经国务院证券监督管理机构批准设立的基金管理公司；基金托管人为经国务院证券监督管理机构和中国人民银行批准、具有开展基金托管业务资格的商业银行；基金的投资方向和投资比例符合有关规定及基金契约的要求；基金管理人、基金托管人有健全的组织机构和管理制度，财务状况良好，经营行为规范；其他条件。基金申请上市的条件在2004年进行了修改。

8.3.5 禁止的交易行为

Ⅰ. 考点分析

1. 内幕交易行为

（1）内幕交易是指证券交易内幕信息的知情人员利用内幕信息进行证券交易的行为。

（2）证券交易内幕信息的知情人包括：

①发行人的董事、监事、高级管理人员；

②持有公司5%以上股份的股东及其董事、监事、高级管理人员，公司的实际控制人及其董事、监事、高级管理人员，因收购该公司而持有5%以上股份的股东除外；

③发行人控股的公司及其董事、监事、高级管理人员；

④由于所任公司职务可以获取公司有关内幕信息的人员；

⑤证券监督管理机构工作人员以及由于法定职责对证券的发行、交易进行管理的其他人员；

⑥保荐人、承销的证券公司、证券交易所、证券登记结算机构、证券服务机构有关人员；

⑦国务院证券监督管理机构规定的其他人。

（3）下列信息皆属内幕信息：

①《证券法》所列应报送临时报告的重大事件；

②公司分配股利或者增资的计划；

③公司股权结构的重大变化；

④公司债务担保的重大变更；

⑤公司营业用主要资产的抵押、出售或者报废一次超过该资产的30%；

⑥公司的董事、监事、高级管理人员的行为可能依法承担重大损害赔偿责任；

⑦上市公司收购的有关方案；

⑧国务院证券监督管理机构认定的对证券交易价格有显著影响的其他重要信息。

此处请考生注意，内幕人员自己没有买卖股票，将内幕信息告诉他人，他人买卖股票的，也属于内幕交易行为。如 2002 年判断题第 10 题：某上市公司董事会秘书甲将公司收购计划告知同学乙，乙据此买卖该公司股票并获利 5 万元。该行为属于内幕交易行为。（　　）本判断的答案是对。甲属于内幕人员，虽然自己没有买卖、也没有建议同学买卖股票，但其将内幕信息告知同学，同学依此做出买卖证券的决断，也是属于内幕交易行为。

2. 操纵市场行为

（1）操纵市场是指单位或个人以获取利益或者减少损失为目的，利用其资金、信息等优势或者滥用职权影响证券市场价格，制造证券市场假象，诱导或者致使投资者在不了解事实真相的情况下作出买卖证券的决定，扰乱证券市场秩序的行为。

（2）操纵市场的行为有：

①单独或者通过合谋，集中资金优势、持股优势或者利用信息优势联合或者连续买卖，操纵证券交易价格或者证券交易量；

②与他人串通，以事先约定的时间、价格和方式相互进行证券交易，影响证券交易价格或者证券交易量；

③在自己实际控制的账户之间进行证券交易，影响证券交易价格或者证券交易量；

④以其他手段操纵证券市场。

3. 制造虚假信息行为

制造虚假信息包括编造、传播虚假信息和进行虚假陈述或信息误导两种情况。

4. 欺诈客户行为

（1）欺诈客户是指证券公司及其从业人员在证券交易中违背客户的真实意愿，侵害客户利益的行为。

（2）欺诈客户的行为有：①违背客户的委托为其买卖证券；②不在规定时间内向客户提供交易的书面确认文件；③挪用客户所委托买卖的证券或者客户账户上的资金；④未经客户的委托，擅自为客户买卖证券，或者假借客户的名义买卖证券；⑤为牟取佣金收入，诱使客户进行不必要的证券买卖；⑥利用传播媒介或者通过其他方式提供、传播虚假或者误导投资者的信息；⑦其他违背客户真实意思表示，损害客户利益的行为。

此处请考生注意操纵市场与欺诈客户的区别。如 2001 年判断题第 10 题：甲、乙、丙、丁合谋，集中资金优势、持股优势联合买卖或者连续买卖证券，影响证券交易价格，从中牟取利益的行为是欺诈客户的行为。（　　）本题答案为错，上述

行为是操纵市场的行为。

5. 其他禁止交易的行为。包括禁止法人非法利用他人账户从事证券交易；禁止法人出借自己或者他人的证券账户。禁止任何人挪用公款买卖证券。国有企业和国有资产控股的企业买卖上市交易的股票，必须遵守国家有关规定。

【要点提示】①掌握内部交易中内幕人员的 7 种划分；②牢记内幕消息的内容；③将内幕信息泄露给他人，接受内幕信息者以此买卖证券的行为也属内幕交易行为；④注意操纵市场行为、制造虚假信息行为以及欺诈客户行为间的界限，掌握三者的行为主体和表现形式。

Ⅱ. 经典例题

1. [2007 年判断题第 6 题] 内幕信息知情人员自己未买卖证券，也未建议他人买卖证券，但将内幕信息泄露给他人，他人依此买卖证券的，也属内幕交易行为。（　　）

【答案】√

【解析】本题考核内幕交易行为的界定。以上表述是正确的。

2. [2003 年多项选择题第 12 题] 根据证券法律制度的规定，下列信息中，属于内幕信息的有（　　）。

A. 公司董事的行为可能依法承担重大损害赔偿责任

B. 公司营业用主要资产的抵押、出售或者报废一次超过该资产的 20%

C. 公司生产经营的外部条件发生重大变化

D. 公司董事长发生变动

【答案】A C D

【解析】内幕信息包括下列各项：（1）可能对上市公司股票交易价格产生较大影响、而投资者尚未得知的重大事件（包括公司生产经营的外部条件发生重大变化、公司董事长发生变动）；（2）公司分配股利或者增资的计划；（3）公司股权结构的重大变化；（4）公司债务担保的重大变更；（5）公司营业用主要资产的抵押、出售或者报废一次超过该资产的 30%；（6）公司的董事、监事、经理、副经理或者其他高级管理人员的行为可能依法承担重大损害赔偿责任；（7）上市公司收购的有关方案；（8）国务院证券监督管理机构认定的对证券交易价格有显著影响的其他重要信息。

8.4　上市公司收购

8.4.1　上市公司收购概述

Ⅰ. 考点分析

投资者可以采取要约收购、协议收购、间接收购及其他合法方式收购上市公司。收购意味控制，这里所指的实际控制是指：（1）投资者为上市公司持股 50% 以上的控股股东；（2）投资者可以实际支

配上市公司股份表决权超过30%；（3）投资者通过实际支配上市公司股份表决权能够决定公司董事会半数以上成员选任；（4）投资者依其可实际支配的上市公司股份表决权足以对公司股东大会的决议产生重大影响；（5）中国证监会认定的其他情形。

收购人包括投资者及与其一致行动的他人。如无相反证据，投资者有下列情形之一的为一致行动人：（1）投资者之间有股权控制关系；（2）投资者受同一主体控制；（3）投资者的董事、监事或者高级管理人员中的主要成员，同时在另一个投资者担任董事、监事或者高级管理人员；（4）投资者参股另一投资者，可以对参股公司的重大决策产生重大影响；（5）银行以外的其他法人、其他组织和自然人为投资者取得相关股份提供融资安排；（6）投资者之间存在合伙、合作、联营等其他经济利益关系；（7）持有投资者30%以上股份的自然人，与投资者持有同一上市公司股份；（8）在投资者任职的董事、监事及高级管理人员，与投资者持有同一上市公司股份；（9）持有投资者30%以上股份的自然人和在投资者任职的董事、监事及高级管理人员，其父母、配偶、子女及其配偶、配偶的父母、兄弟姐妹及其配偶、配偶的兄弟姐妹及其配偶等亲属，与投资者持有同一上市公司股份；（10）在上市公司任职的董事、监事、高级管理人员及其前项所述亲属同时持有本公司股份的，或者与其自己或者其前项所述亲属直接或者间接控制的企业同时持有本公司股份；（11）上市公司董事、监事、高级管理人员和员工与其所控制或者委托的法人或者其他组织持有本公司股份；（12）投资者之间具有其他关联关系。一致行动人应当合并计算其所持有的股份。投资者计算其所持有的股份，应当包括登记在其名下的股份，也包括登记在其一致行动人名下的股份。

有下列情形之一的，不得收购上市公司：（1）收购人负有数额较大债务，到期未清偿，且处于持续状态；（2）收购人最近3年有重大违法行为或者涉嫌有重大违法行为；（3）收购人最近3年有严重的证券市场失信行为；（4）收购人为自然人，存在《公司法》第147条规定的不得担任公司的董事、监事、高级管理人员情形的；（5）法律、行政法规规定以及中国证监会认定的不得收购上市公司的其他情形。

【要点提示】 ①掌握收购中实际控制的五种情形；②收购方式有要约收购、协议收购、间接收购和其他合法方式收购；③特别关注一致行动人所包含的12种情形；④对被收购公司的控股股东或者实际控制人不得滥用股东权利的限制。

Ⅱ．经典例题

1．［2007年多项选择题第10题］甲公司拟收购乙上市公司。根据证券法律制度的规定，下列投资者中，如无相反证据，属于甲公司一致行动人的有（　　）。

A．由甲公司的监事担任董事的丙公司

B．持有乙公司1%股份且为甲公司董事之弟的张某

C．持有甲公司20%股份且持有乙公司3%股份的王某

D．在甲公司中担任董事会秘书且持有乙公司2%股份的李某

【答案】 ABD

【解析】 本题考核上市公司收购中一致行动人的界定。根据规定，持有投资者"30%以上"股份的自然人，与投资者持有同一上市公司股份的，构成一致行动人，因此选项C是不构成一致行动人的。

2．［多项选择题］如果没有相反证据，下列情形中，被投资者视为一致行动人的有（　　）。

A．投资者之间有股权控制关系

B．投资者之间存在合伙、合作、联营等经济利益关系

C．持有投资者25%股份的自然人，与投资者持有同一上市公司股份

D．与投资者任职的董事、监事及高级管理人员，与投资者持有同一上市公司股份

【答案】 ABD

【解析】 选项C，法律规定是持有投资者30%以上股份的自然人，与投资者持有同一上市公司股份。

8.4.2 上市公司收购中的权益披露

Ⅰ．考点分析

投资者在一个上市公司中拥有的权益，包括登记在其名下的股份和虽未登记在其名下但该投资者可以实际支配表决权的股份。投资者及其一致行动人在一个上市公司中拥有的权益应当合并计算。

通过证券交易所的证券交易，投资者及其一致行动人拥有权益的股份达到一个上市公司已发行股份的5%时，应当在该事实发生之日起3日内编制权益变动报告书，向中国证监会、证券交易所提交书面报告，抄报该上市公司所在地的中国证监会派出机构，通知该上市公司，并予公告；在上述期限内，不得再行买卖该上市公司的股票。投资者及其一致行动人拥有权益的股份达到一个上市公司已发行股份的5%后，通过证券交易所的证券交易，其拥有权益的股份占该上市公司已发行股份的比例每增加或者减少5%，应当依照前述规定进行报告和公告。在报告期限内和作出报告、公告后2日内，不得再行买卖该上市公司的股票。

通过协议转让方式，投资者及其一致行动人在一个上市公司中拥有权益的股份拟达到或者超过一个上市公司已发行股份的5%时，应当在该事

实发生之日起3日内编制权益变动报告书，向中国证监会、证券交易所提交书面报告，通知该上市公司，并予公告。投资者及其一致行动人拥有权益的股份已达到一个上市公司已发行股份的5%后，其拥有权益的股份占该上市公司已发行股份的比例每增加或者减少达到或者超过5%的，应当依照前述规定履行报告、公告义务。

投资者及其一致行动人不是上市公司的第一大股东或者实际控制人，其拥有权益的股份达到或者超过该公司已发行股份的5%但未达到20%的，应当编制简式权益变动报告书。投资者及其一致行动人为上市公司第一大股东或者实际控制人，其拥有权益的股份达到或者超过一个上市公司已发行股份的5%，但未达到20%的，投资者及其一致行动人拥有权益的股份达到或者超过一个上市公司已发行股份的20%但未超过30%的，应当编制详式权益变动报告书。

已披露权益变动报告书的投资者及其一致行动人在披露之日起6个月内，因拥有权益的股份变动需要再次报告、公告权益变动报告书的，可以仅就与前次报告书不同的部分作出报告、公告。

【要点提示】 ①投资者及其一致行动人在一个上市公司中拥有的权益应当合并计算；②权益变动达到规定时，应编制权益变动报告书，向中国证监会、证交所提交书面报告，并且须通知该上市公司，予以公告；③持股比例达到5%以上时，需注意对于内幕交易的限制。

Ⅱ．经典例题

1．[2002年多项选择题第15题] 根据证券法律制度的规定，投资者通过证券交易所的证券交易持有一个上市公司已发行股份的5%时，应当在该事实发生之日起3日内履行一定的法定义务。下列选项中，属于该法定义务的有（　　）。

A．向国务院证券监督管理机构作出书面报告

B．向证券交易所作出书面报告

C．向证券登记结算机构作出书面报告

D．通知上市公司持股情况并予以公告

【答案】A B D

【解析】 法律规定，投资者通过证券交易所的证券交易持有一个上市公司已发行股份的5%时，应当在该事实发生之日起3日内向国务院证券监督管理机构和证券交易所作出书面报告，通知该上市公司并予以公告。

2．[多项选择题] 投资者通过证券交易所的证券交易持有了一个上市公司已发行股份的5%时，应当在该事实发生之日起3日内履行一定的法定义务。下列选项中，属于该法定义务的有（　　）。

A．向国务院证券监督管理机构作出书面报告

B．向证券交易所作出书面报告

C．向证券登记结算机构作出书面报告

D．通知上市公司持股情况并予以公告

【答案】A B D

【解析】 法律规定，持股大户不需向证券登记结算机构作出书面报告。

8.4.3　要约收购

Ⅰ．考点分析

通过证券交易所的证券交易，收购人持有一个上市公司的股份达到该公司已发行股份的30%时，继续增持股份的，应当采取要约方式进行，发出全面要约或者部分要约。

以要约方式收购一个上市公司股份的，其预定收购的股份比例均不得低于该上市公司已发行股份的5%。收购人为终止上市公司的上市地位而发出全面要约的，或者向中国证监会提出申请但未取得豁免而发出全面要约的，应当以现金支付收购价款；以依法可以转让的证券支付收购价款的，应当同时提供现金方式供被收购公司股东选择。

收购人向中国证监会报送要约收购报告书后，在公告要约收购报告书之前自行取消收购计划的，自公告之日起12个月内，不得再次对同一上市公司进行收购。

收购人按照收购管理办法规定进行要约收购的，对同一种类股票的要约价格，不得低于要约收购提示性公告日前6个月内收购人取得该种股票所支付的最高价格。要约价格低于提示性公告日前30个交易日该种股票的每日加权平均价格的算术平均值的，收购人聘请的财务顾问应当就该种股票前6个月的交易情况进行分析。

收购人以现金支付收购价款的，应当将不少于收购价款20%的履约保证金存入指定的银行；收购人以在证券交易所上市的债券支付收购价款的，该债券的可上市交易时间应当不少于1个月；收购人以未在证券交易所上市交易的证券支付收购价款的，必须同时提供现金方式供被收购公司的股东选择。

收购要约约定的收购期限不得少于30日，并不得超过60日；但是出现竞争要约的除外。在收购要约约定的承诺期限内，收购人不得撤销其收购要约。采取要约收购方式的，收购人作出公告后至收购期限届满前，不得卖出被收购公司的股票，也不得采取要约规定以外的形式和超出要约的条件买入被收购公司的股票。收购要约期限届满前15日内，收购人不得变更收购要约；但是出现竞争要约的除外。

出现竞争要约时，发出初始要约的收购人变更收购要约距初始要约收购期限届满不足15日的，应当延长收购期限，延长后的要约期应当不少于15日，不得超过最后一个竞争要约的期满日，并按规定比例追加履约保证金。发出竞争要约的收购人最迟不得晚于初始要约收购期限届满前15日发出要约收购的提示性公告。

在要约收购期限届满3个交易日前，预受股东可以撤回预受要约。在要约收购期限届满前3个交易日内，预受股东不得撤回其对要约的接受。在要约收购期限内，收购人应当每日在证券交易所网站上公告已预受收购要约的股份数量。

收购期限届满，发出部分要约的收购人应当按照收购要约约定的条件购买被收购公司股东预受的股份，预受要约股份的数量超过预定收购数量时，收购人应当按照同等比例收购预受要约的股份；以终止被收购公司上市地位为目的的，收购人应当按照收购要约约定的条件购买被收购公司股东预受的全部股份；未取得中国证监会豁免而发出全面要约的收购人应当购买被收购公司股东预受的全部股份。收购期限届满，被收购公司股权分布不符合上市条件，该上市公司的股票由证券交易所依法终止上市交易。在收购行为完成前，其余仍持有被收购公司股票的股东，有权在收购报告书规定的合理期限内向收购人以收购要约的同等条件出售其股票，收购人应当收购。

收购期限届满后15日内，收购人应当向中国证监会报送关于收购情况的书面报告，抄送证券交易所，通知被收购公司。除要约方式外，投资者不得在证券交易所外公开求购上市公司的股份。

【要点提示】①理解要约收购的含义和使用条件；②要约收购的预定收购的股份比例均不得低于该上市公司已发行股份的5%；③在要约收购期间，被收购公司董事不得辞职；④收购人持有股份达到30%时，应当以要约收购方式向该公司的所有股东发出收购其所持有的全部或"部分"股份的要约。

Ⅱ.经典例题

1.[2005年判断题第11题]在上市公司收购中，无论是通过协议收购方式，还是通过要约收购方式，收购人持有、控制一个上市公司的股份达到该公司已发行股份的30%时，除获得豁免外，均应当以要约收购方式向该公司的所有股东发出收购其所持有的全部股份的要约。（　　）

【答案】×

【解析】按照2005年教材，本题答案应该为对。但新证券法规定，在上市公司收购中，无论是通过协议收购方式，还是通过要约收购方式，收购人持有、控制一个上市公司的股份达到该公司已发行股份的30%时，均应当以要约收购方式向该公司的所有股东发出收购其所持有的全部或"部分"股份的要约。

2.[2002年单项选择题第14题]收购人以要约收购方式收购上市公司，在依照规定报送有关收购报告书并公告收购要约后，即可在收购要约的期限内实施收购。根据证券法律制度的规定，该收购要约的期限为（　　）。

A.不得少于15日，并不得超过30日

B.不得少于15日，并不得超过60日

C.不得少于30日，并不得超过60日

D.不得少于30日，并不得超过90日

【答案】C

【解析】法律规定，采用要约方式收购上市公司的，收购要约期限不得少于30日，并不得超过60日。

8.4.4 协议收购

Ⅰ.考点分析

采取协议收购方式的，收购人收购或者通过协议、其他安排与他人共同收购一个上市公司已发行的股份达到30%时，继续进行收购的，应当向该上市公司所有股东发出收购上市公司全部或者部分股份的要约。但是，经国务院证券监督管理机构免除发出要约的除外。

【要点提示】①当股权比例达到30%时，如要进行协议收购，须经国务院证券监督管理机构的批准。

Ⅱ.经典例题

1.[单项选择题]以协议方式进行上市公司收购的，相关当事人可以临时委托相应机构保管拟转让的股票，并将用于支付的现金存放于有关机构指定的银行账户。该有关机构为（　　）。

A.证券登记结算机构

B.证券交易所

C.证券公司

D.中国人民银行和中国证监会

【答案】A

【解析】以协议方式进行上市公司收购的，相关当事人应将用于支付的现金存放于证券登记结算机构指定的银行账户。

2.[判断题]投资者及其一致行动人持有被收购公司股份达到30%，未取得中国证监会豁免的，拟以要约以外的方式继续增持股份的，应当发出全面要约。（　　）

【答案】√

【解析】采取协议收购方式的，收购人收购或者通过协议、其他安排与他人共同收购一个上市公司已发行的股份达到30%时，继续进行收购的，应当向该上市公司所有股东发出收购上市公司全部或者部分股份的要约。

8.4.5 上市公司收购中的豁免申请

Ⅰ.考点分析

当出现规定的特殊情形时，投资者及其一致行动人可以向中国证监会申请豁免；未取得豁免的，应当在收到通知之日起30日内将其或者其控制的股东所持有的被收购公司股份减持到30%或者30%以下；拟以要约以外的方式继续增持股份的，应当发出全面要约。

可申请的豁免事项为：

1.免于以要约收购方式增持股份的事项包括：

（1）收购人与出让人能够证明本次转让未导致上市公司的实际控制人发生变化；（2）上市公司面临严重财务困难，收购人提出的挽救公司的重组方案取得该公司股东大会批准，且收购人承诺 3 年内不转让其在该公司中所拥有的权益；（3）经上市公司股东大会非关联股东批准，收购人取得上市公司向其发行的新股，导致其在该公司拥有权益的股份超过该公司已发行股份的 30%，收购人承诺 3 年内不转让其拥有权益的股份，且公司股东大会同意收购人免于发出要约；（4）……

2. 存在主体资格、股份种类限制或者法律、行政法规、中国证监会规定的特殊情形的事项包括：（1）经政府或者国有资产管理部门批准进行国有资产无偿划转、变更、合并，导致投资者在一个上市公司中拥有权益的股份占该公司已发行股份的比例超过 30%；（2）在一个上市公司中拥有权益的股份达到或者超过该公司已发行股份的 30% 的，自上述事实发生之日起一年后，每 12 个月内增加其在该公司中拥有权益的股份不超过该公司已发行股份的 2%；（3）在一个上市公司中拥有权益的股份达到或者超过该公司已发行股份的 50% 的，继续增加其在该公司拥有的权益不影响该公司的上市地位；（4）因上市公司按照股东大会批准的确定价格向特定股东回购股份而减少股本，导致当事人在该公司中拥有权益的股份超过该公司已发行股份的 30%；（5）证券公司、银行等金融机构在其经营范围内依法从事承销、贷款等业务导致其持有一个上市公司已发行股份超过 30%，没有实际控制该公司的行为或者意图，并且提出在合理期限内向非关联方转让相关股份的解决方案；（6）因继承导致在一个上市公司中拥有权益的股份超过该公司已发行股份的 30%；（7）……

【要点提示】 ①掌握免于以要约收购方式增持股份的 4 种法定事项；②以及存在主体资格和股份种类限制或其他特殊情形时，可以豁免的 7 种事项。

II. 经典例题

1. ［多项选择题］根据有关的规定，下列各项中，关于收购人收购上市公司，可申请豁免的事项，符合规定的有（　　）。

A. 收购人与出让人能够证明本次转让未导致上市公司的实际控制人发生变化

B. 上市公司面临严重财务困难，收购人提出的挽救公司的重组方案取得该公司股东大会批准

C. 在一个上市公司中拥有权益的股份达到或者超过该公司已发行股份的 50% 的，继续增加其在该公司拥有的权益不影响该公司的上市地位

D. 购入取得上市公司向其发行的新股，导致其在该公司拥有权益的股份超过该公司已发行股份的 30%，收购人承诺 3 年内不转让其拥有权益的股份

【答案】 A C

【解析】 上市公司面临严重财务困难，收购人提出的挽救公司的重组方案取得该公司股东大会批准，且收购人承诺 3 年内不转让其在该公司中所拥有的权益，故 B 项表述不完整；经上市公司股东大会非关联股东批准，收购人取得上市公司向其发行的新股，导致其在该公司拥有权益的股份超过该公司已发行股份的 30%，收购人承诺 3 年内不转让其拥有权益的股份，且公司股东大会同意收购人免于发出要约，因此，D 项表述也不完整。

2. ［判断题］因继承导致在一个上市公司中拥有权益的股份超过该公司已发行股份的 30%，不属于证券法规定的豁免申请事项。（　　）

【答案】 ×

【解析】 可申请的豁免事项之一就是因继承导致在一个上市公司中拥有权益的股份超过该公司已发行股份的 30%。

8.4.6　上市公司收购中的财务顾问

I. 考点分析

收购人进行上市公司的收购，应当聘请在中国注册的具有从事财务顾问业务资格的专业机构担任财务顾问。

上市公司董事会或者独立董事聘请的独立财务顾问，不得同时担任收购人的财务顾问或者与收购人的财务顾问存在关联关系。

财务顾问在收购过程中和持续督导期间，应当关注被收购公司是否存在为收购人及其关联方提供担保或者借款等损害上市公司利益的情形，发现有违法或者不当行为的，应当及时向中国证监会、派出机构和证券交易所报告。自收购人公告上市公司收购报告书至收购完成后 12 个月内，财务顾问应当通过日常沟通、定期回访等方式，关注上市公司的经营情况，结合被收购公司定期报告和临时公告的披露事宜，对收购人及被收购公司履行持续督导职责。

在持续督导期间，财务顾问应当结合上市公司披露的季度报告、半年度报告和年度报告出具持续督导意见，并在前述定期报告披露后的 15 日内向派出机构报告。

【要点提示】 ①了解财务顾问的职责，特别是督导职责；②了解财务顾问报告和独立财务顾问报告的内容。

II. 经典例题

1. ［判断题］在上市公司收购过程中，财务顾问应当自公告上市公司收购报告书至收购完成后，通过日常沟通、定期回访等方式，关注上市公司的经营情况，结合被收购公司定期报告和临时报告披露的事宜，对收购人及被收购公司履行持续监督职责。（　　）

【答案】 ×

【解析】财务顾问应当自收购人公告上市公司收购报告书至收购完成后12个月内，对收购人及被收购公司依法进行督导。

2. ［判断题］在持续督导期间，财务顾问应当结合上市公司披露的季度报告、半年度报告和年度报告出具持续督导意见，并在前述定期报告披露之后的15日内向派出机构报告。（　　）

【答案】×

【解析】财务顾问应当在前述定期报告披露之后30日内向派出机关报告。

8.4.7 上市公司收购后事项的处理

Ⅰ. 考点分析

收购期限届满，被收购公司股权分布不符合上市条件的，该上市公司的股票应当由证券交易所依法终止上市交易；其余仍持有被收购公司股票的股东，有权向收购人以收购要约的同等条件出售其股票，收购人应当收购。收购行为完成后，被收购公司不再具备股份有限公司条件的，应当依法变更企业形式。

在上市公司收购中，收购人持有的被收购的上市公司的股票，在收购行为完成后的12个月内不得转让。

收购行为完成后，收购人应当在15日内将收购情况报告国务院证券监督管理机构和证券交易所，并予公告。

【要点提示】①收购期限届满，不符合上市条件的应该依法终止上市交易；②12个月内，收购人不得转让被收购公司股票。

Ⅱ. 经典例题

1. ［判断题］在上市公司收购中，收购人持有的被收购的上市公司的股票，在收购行为完成后的36个月内不得转让。（　　）

【答案】×

【解析】上市公司收购中，在收购完成之后的12个月内收购人不可以转让被收购公司的股票。

2. ［判断题］上市公司收购完成后，收购人只需在15日内将收购情况报告证券交易所即可。（　　）

【答案】×

【解析】收购行为完成后，收购人应当在15日内将收购情况报告国务院证券监督管理机构和证券交易所，并予公告。

8.5 上市公司信息披露

8.5.1 上市公司信息披露

Ⅰ. 考点分析

1. 招股说明书

在股票发行申请文件受理后、发行审核委员会审核前，发行人应当将招股说明书（申报稿）在中国证监会的网站预先披露（不能包含价格信息），并声明"尚未核准"。

招股说明书中引用的财务报表在其最近一期截止日后6个月内有效（可延长1个月），财务报表应当以年度末、半年度末或者季度末为截止日。招股说明书有效期为6个月，自中国证监会核准发行申请前招股说明书最后一次签署之日起计算。

发行人及其全体董事、监事和高级管理人员应当在招股说明书上签署书面确认意见。招股说明书应当加盖发行人公章。保荐人及其保荐代表人应当对招股说明书进行核查并签字、盖章。

2. 定期报告——包括年度报告、中期报告和季度报告

种类	内容	编制期限
年度报告	（1）公司基本情况；（2）主要会计数据和财务指标；（3）公司股票、债券发行及变动情况，报告期末股票、债券总额、股东总数，公司前10大股东持股情况；（4）持股5%以上股东、控股股东及实际控制人情况；（5）董事、监事、高级管理人员的任职情况、持股变动情况、年度报酬情况；（6）董事会报告；（7）管理层讨论与分析；（8）报告期内重大事件及对公司的影响；（9）财务会计报告和审计报告全文；（10）中国证监会规定的其他事项	每个会计年度结束之日起4个月内
中期报告	（1）公司基本情况；（2）主要会计数据和财务指标；（3）公司股票、债券发行及变动情况、股东总数，公司前10大股东持股情况，控股股东及实际控制人发生变化的情况；（4）管理层讨论与分析；（5）报告期内重大诉讼、仲裁等重大事件及对公司的影响；（6）财务会计报告；（7）中国证监会规定的其他事项	每个会计年度的上半年结束之日起2个月内
季度报告	（1）公司基本情况；（2）主要会计数据和财务指标；（3）中国证监会规定的其他事项	每个会计年度第3个月、第9个月结束后的1个月内编制完成并披露；第一季度季度报告的披露时间不得早于上一年度年度报告的披露时间

定期报告编制程序：高级管理人员编制草案，提请董事会审议；董事会秘书送达董事审阅；董事长召集和主持董事会会议审议定期报告；监事会审核董事会编制的定期报告；董事会秘书组织定期报告的披露工作。

上市公司预计经营业绩发生亏损或者发生大幅变动的，应当及时进行业绩预告。定期报告披露前出现业绩泄露，或者出现业绩传闻且公司证券及其衍生品种交易出现异常波动的，上市公司应当及时披露本报告期相关财务数据。

3．临时报告

下列情况为应当报送临时报告的重大事件：

（1）公司的经营方针和经营范围的重大变化；

（2）公司的重大投资行为和重大的购置财产的决定；

（3）公司订立重要合同，可能对公司的资产、负债、权益和经营成果产生重要影响；

（4）公司发生重大债务和未能清偿到期重大债务的违约情况；

（5）公司发生重大亏损或者重大损失；

（6）公司生产经营的外部条件发生重大变化；

（7）公司的董事、1/3 以上监事或者经理发生变动；

（8）持有公司 5% 以上股份的股东或者实际控制人，其持有股份或者控制公司的情况发生较大变化；

（9）公司减资、合并、分立、解散及申请破产的决定；

（10）涉及公司的重大诉讼，股东大会、董事会决议被依法撤销或者宣告无效；

（11）公司涉嫌犯罪被司法机关立案调查，公司董事、监事、高级管理人员涉嫌犯罪被司法机关采取强制措施；

（12）国务院证券监督管理机构规定的其他事项。

编制临时报告期限的起算点：（1）董事会或者监事会就重大事件形成决议时；（2）有关各方就重大事件签署意向书或者协议时；（3）董事、监事或者高级管理人员知悉重大事件发生并报告时。

编制临时报告期限：自起算日起或者触及披露时点的两个交易日内。

注意：在披露期限内出现下列情形之一的，上市公司应及时披露相关事项的现状、可能影响事件进展的风险因素：（1）该重大事件难以保密；（2）该重大事件已经泄露或者市场出现传闻；（3）公司证券及其衍生品种出现异常交易情况。

已披露的重大事件出现可能对上市公司证券及其衍生品种交易价格产生较大影响的进展或者变化的，应当及时披露进展或者变化情况、可能产生的影响。

4．上市公司的股东、实际控制人在信息披露中的义务

上市公司的股东、实际控制人发生以下事件时，应主动告知上市公司董事会，并配合上市公司履行信息披露义务：（1）持有公司 5% 以上股份的股东或者实际控制人，其持有股份或者控制公司的情况发生较大变化的；（2）法院裁决禁止控股股东转让其所持股份，任何一个股东所持公司 5% 以上股份被质押、冻结、司法拍卖、托管、设定信托或者被依法限制表决权的；（3）拟对上市公司进行重大资产或者业务重组的；（4）中国证监会规定的其他情形。

5．公司信息披露中的监督管理和法律责任

公司信息披露的规则原则采用过错责任制。

中国证券监督管理委员会可采取的监管措施：（1）责令改正；（2）监管谈话；（3）出具警示函；（4）将其违法违规、不履行公开承诺等情况记入诚信档案并公布；（5）认定为不适当人选；（6）依法可以采取的其他监管措施。

【要点提示】 上市公司信息披露内容主要包括：招股说明书、上市公告书、募集说明书、定期报告、临时报告；其中重点掌握招股说明书、定期报告和临时报告的相关内容。

Ⅱ．经典例题

1．［单项选择题］根据上市公司信息披露制度的有关规定，上市公司必须编制并公告季度报告。报告编制并公告的时间应当是（　　）。

A．会计年度前 3 个月、6 个月、9 个月结束后的 30 日内

B．会计年度前 3 个月、6 个月、9 个月结束后的 60 日内

C．会计年度前 3 个月、9 个月结束后的 30 日内

D．会计年度前 3 个月、9 个月结束后的 60 日内

【答案】 C

【解析】 季度报告应当在每个会计年度第 3 个月、第 9 个月结束后的 1 个月内编制完成并披露。

2．［多项选择题］根据证券法律制度的规定，下列各项中，上市公司应当在年度报告中予以披露的有（　　）。

A．公司财务会计报告和审计报告全文

B．董事、监事、高级管理人员的任职情况及其持股变动情况

C．持有公司股份最多的前 10 名股东持股情况

D．公司实际控制人的情况

【答案】 A B C D

【解析】 年度报告应当披露的内容包括：（1）公司基本情况；（2）主要会计数据和财务指标；

（3）公司股票、债券发行及变动情况，报告期末股票、债券总额、股东总数，公司前 10 大股东持股情况；（4）持股 5% 以上股东、控股股东及实际控制人情况；（5）董事、监事、高级管理人员的任职情况、持股变动情况、年度报酬情况；（6）董事会报告；（7）管理层讨论与分析；（8）报告期内重大事件及对公司的影响；（9）财务会计报告和审计报告全文；（10）中国证监会规定的其他事项。

3. ［多项选择题］根据证券法律制度的规定，某上市公司发生的下列事项中，董事会应当立即向中国证监会和证券交易所提交临时报告，并予以公告的有（　　）。

A. 上市公司的董事发生变动

B. 40% 的监事发生变动

C. 股东大会决议被依法撤销

D. 股东大会作出减少注册资本的决定

【答案】ABCD

【解析】公司的董事、1/3 以上监事或者经理发生变动，属于重大事件；股东大会决议被依法撤销、股东大会作出减少注册资本的决定也属于应当提交临时报告的重大事件。

8.6　证券中介机构

8.6.1　证券公司

Ⅰ. 考点分析

1. 证券公司的设立

设立证券公司，应当具备下列条件：（1）有符合法律、行政法规规定的公司章程；（2）主要股东具有持续盈利能力，信誉良好，最近 3 年无重大违法违规记录，净资产不低于人民币 2 亿元；（3）有符合《证券法》规定的注册资本；（4）董事、监事、高级管理人员具备任职资格，从业人员具有证券从业资格；（5）有完善的风险管理与内部控制制度；（6）有合格的经营场所和业务设施；（7）法律、行政法规规定的和国务院证券监督管理机构规定的其他条件。

证券公司必须在其名称中标明证券有限责任公司或者证券股份有限公司字样。

证券公司可以经营下列部分或者全部业务：（1）证券经纪；（2）证券投资咨询；（3）与证券交易、证券投资活动有关的财务顾问；（4）证券承销与保荐；（5）证券自营；（6）证券资产管理；（7）其他证券业务。

证券公司经营上述第（1）项至第（3）项业务的，注册资本最低限额为人民币 5 000 万元；经营第（4）项至第（7）项业务之一的，注册资本最低限额为人民币 1 亿元；经营第（4）项至第（7）项业务中两项以上的，注册资本最低限额为人民币 5 亿元。证券公司的注册资本应当是实缴资本。

2. 证券公司的经营管理

（1）证券公司不得为其股东或者股东的关联人提供融资或者担保。

（2）证券公司的高级管理人员应符合法定的任职资格。有《公司法》第 147 条规定的情形或者下列情形之一的，不得担任证券公司的董事、监事、高级管理人员：①因违法行为或者违纪行为被解除职务的证券交易所、证券登记结算机构的负责人或者证券公司的董事、监事、高级管理人员，自被解除职务之日起未逾 5 年；②因违法行为或者违纪行为被撤销资格的律师、注册会计师或者投资咨询机构、财务顾问机构、资信评级机构、资产评估机构、验证机构的专业人员，自被撤销资格之日起未逾 5 年。

因违法行为或者违纪行为被开除的证券交易所、证券登记结算机构、证券服务机构、证券公司的从业人员和被开除的国家机关工作人员，不得招聘为证券公司的从业人员。

国家机关工作人员和法律，行政法规规定的禁止在公司中兼职的其他人员，不得在证券公司中兼任职务。

（3）缴纳证券投资者保护基金、提取交易风险准备金。

（4）证券公司必须将其证券经纪业务、证券承销业务、证券自营业务和证券资产管理业务分开办理，不得混合操作。

（5）证券公司的自营业务必须以自己的名义进行，不得假借他人名义或者以个人名义进行，必须使用自有资金和依法筹集的资金。证券公司不得将其自营账户借给他人使用。

证券公司破产或者清算时，客户的交易结算资金和证券不属于其破产财产或者清算财产。非因客户本身的债务或者法律规定的其他情形，不得查封、冻结、扣划或者强制执行客户的交易结算资金和证券。

证券公司办理经纪业务，不得接受客户的全权委托而决定证券买卖、选择证券种类，决定买卖数量或者买卖价格。证券公司不得以任何方式对客户证券买卖的收益或者赔偿证券买卖的损失作出承诺。

证券公司及其从业人员不得未经过其依法设立的营业场所私下接受客户委托买卖证券。证券公司的从业人员在证券交易活动中，执行所属的证券公司的指令或者利用职务违反交易规则的，由所属的证券公司承担全部责任。

证券公司应当妥善保存客户资料与经营资料，资料的保存期限不得少于 20 年。

（6）证券公司的净资本或者其他风险控制指标不符合规定的，国务院证券监督管理机构应当责令其限期改正；逾期未改正，或者其行为严重危及该证券公司的稳健运行、损害客户合法权益的，监督管理机构可以区别情形，对其采取下列措施：①限制业务活动，责令暂停部分业务，停止批准新业务；②停止批准增设、收购营业性分支机构；③限制分配红利，限制向董事、监事、高级管理人员支付报酬、提供福利；④限制转让财产或者在财产上设定其他权利；⑤责令更换董事、监事、高级管理人员或者限制其权利；⑥责令控股股东转让股权或者限制有关股东行使股东权利；⑦撤销有关业务许可。

证券公司整改后，应当向国务院证券监督管理机构提交报告。国务院证券监督管理机构经验收，符合有关风险控制指标的，应当自验收完毕之日起 3 日内解除对其采取的上述有关措施。

在证券公司被责令停业整顿、被依法指定托管、接管或者清算期间，或者出现重大风险时，经国务院证券监督管理机构批准，可以对该证券公司直接负责的董事、监事、高级管理人员和其他直接责任人员采取以下措施：①通知出境管理机关依法阻止其出境；②申请司法机关禁止其转移、转让或者以其他方式处分财产，或者在财产上设定其他权利。

【要点提示】①证券公司的注册资本实行实缴制；②掌握不同的业务范围所要求的不同的最低注册资本限额；③被开除的国家机关工作人员，不得招聘为证券公司从业人员；④证券公司自营业务必须使用自有资金和依法筹集的资金；⑤客户的交易结算资金和证券不属于破产财产；⑥客户资料和经营资料的最低保存期限是 20 年。

Ⅱ.经典例题

1.［2006 年单项选择题第 11 题］根据《证券法》的规定，证券公司同时经营证券自营和证券资产管理业务的，其注册资本最低限额为（　　）。

　A. 人民币 5 000 万元　　B. 人民币 1 亿元

　C. 人民币 5 亿元　　　　D. 人民币 10 亿元

【答案】C

【解析】经国务院证券监督管理机构批准，证券公司可以经营下列部分或者全部业务：(1) 证券经纪；(2) 证券投资咨询；(3) 与证券交易、证券投资活动有关的财务顾问；(4) 证券承销与保荐；(5) 证券自营；(6) 证券资产管理；(7) 其他证券业务。证券公司经营上述第 (1) 项至第 (3) 项业务的，注册资本最低限额为人民币 5 000 万元；经营第 (4) 项至第 (7) 项业务之一的，注册资本最低限额为人民币 1 亿元；经营第 (4) 项至第 (7) 项业务中两项以上的，注册资本最低限额为

人民币 5 亿元。

2.［多项选择题］证券公司在证券经营活动中，不得从事的行为在下列各项中有（　　）。

　A. 为客户融资融券

　B. 接受客户的全权委托

　C. 在依法设立的证券营业场所之外接受委托

　D. 将自营账户借给他人使用

【答案】B C D

【解析】证券公司为客户买卖证券提供融资融券服务，应当按照国务院的规定并经国务院证券监督管理机构批准。

8.6.2 证券登记结算机构和证券服务机构

Ⅰ.考点分析

1. 设立证券登记结算机构，应当具备下列条件：

　(1) 自有资金不少于人民币 2 亿元；

　(2) 具有证券登记、存管和结算服务所必需的场所和设施；

　(3) 主要管理人员和从业人员必须具有证券从业资格；

　(4) 国务院证券监督管理机构规定的其他条件。

2. 投资咨询机构、财务顾问机构、资信评级机构从事证券服务业务的人员，必须具备证券专业知识和从事证券业务或者证券服务业务 2 年以上经验。

【要点提示】①证券登记结算机构是不以营利为目的的企业法人；②掌握证券服务机构从业人员的资格限制。

Ⅱ.经典例题

1.［判断题］所谓证券市场禁入，是指在一定期限内直至终身不得从事证券业务或者不得担任上市公司董事、监事、高级管理人员的制度。（　　）

【答案】√

2.［判断题］投资咨询机构及其从业人员从事证券服务业务的，可以买卖本资讯机构提供服务的上市公司股票。（　　）

【答案】×

【解析】投资咨询机构及其从业人员从事证券业务的，不得买卖本咨询机构提供服务的上市公司股票。

8.7　证券监督管理机构和证券业协会

8.7.1　证券交易所、证券监督管理机构和证券业协会的职责区别

Ⅰ.考点分析

证券交易所的职责	证监会的职责	证券业协会的职责
(1) 制定上市规则、交易规则、会员管理规则和其他有关规则	(1) 依法制定有关证券市场监督管理的规章、规则，并依法行使审批或者核准权	(1) 协助证券监督管理机构教育和组织会员执行法律、行政法规

续表

证券交易所的职责	证监会的职责	证券业协会的职责
（2）办理证券的上市、暂停上市、恢复上市或终止上市事务	（2）依法对证券的发行、上市、交易、登记、存管、结算，进行监督管理	（2）依法维护会员的合法权益，向证券监督管理机构反映会员的建议和要求
（3）公布证券交易即时行情	（3）依法对证券发行人、上市公司、证券交易所、证券公司、证券登记结算机构、证券投资基金管理公司、证券服务机构的证券业务活动，进行监督管理	（3）收集整理信息，为会员提供服务
（4）采取技术性停牌的措施和决定临时停市	（4）依法制定从事证券业务人员的资格标准和行为准则，并监督实施	（4）制定会员应遵守的规则，组织会员单位从业人员的业务培训，开展会员间的业务交流
（5）对异常的交易情况提出报告，监督信息披露	（5）依法监督检查证券发行、上市和交易的信息公开情况	（5）调解会员之间、会员与客户之间发生的纠纷
（6）筹集、管理风险基金	（6）依法对证券业协会的活动进行指导和监督	（6）组织会员就证券业的发展、运作及有关内容进行研究
（7）可以自行支配的各项费用收入，应当首先用于保证其证券交易场所和设施的正常运行并逐步改善	（7）依法对违反证券市场监督管理法律、行政法规的行为进行查处	（7）监督、检查会员行为，对违反法律、行政法规或者协会章程的，按规定给予纪律处分
	（8）法律、行政法规规定的其他职责	（8）国务院证券监督管理机构赋予的其他职责

【要点提示】掌握证交所、证监会以及证券业协会的职责区分。

II. 经典例题

1. ［多项选择题］根据《证券法》的规定，下列各项中，属于证券交易所的职责的有（　　）。

A. 核准证券上市交易

B. 公布证券交易即时行情

C. 决定临时停市

D. 办理证券的上市、暂停上市、恢复上市或者终止上市事务。

【答案】BCD

【解析】核准证券上市交易是中国证监会的职责。

2. ［判断题］国务院证券监督管理机构依法履行职责，进行监督检查或者调查，其监督检查、调查的人员不得少于3人，并且应当出示合法证件和监督检查、调查通知书。　　（　　）

【答案】×

【解析】其监督检查、调查人员应当不得少于2人。

8.8 违反证券法行为的法律责任

8.8.1 违反证券法的法律责任

I. 考点分析

1.《证券法》规定应当承担法律责任的证券违法行为主要有46种。

2.《证券法》规定承担法律责任的形式主要有

责令停止；责令改正；责令依法处理；责令关闭；退还资金；依法赔偿；取缔；撤销证券任职或从业资格；暂停或撤销相关业务许可；暂停或撤销自营业务许可；撤销证券业务许可；吊销公司营业执照；警告；罚款；依治安处罚条例处罚；没收；行政处分；刑事处分，等等。其中罚款有的是在一定标准内按一定比例罚款，最高达20%；有的按一定标准的倍数罚款，最高达5倍；有的按金额罚款，最高达人民币60万元；有的则是按其非法买卖的证券等值以下罚款，等等。

3. 违反《证券法》的规定，应承担民事赔偿责任和缴纳罚款、罚金的，其财产不足以同时支付时，先承担民事赔偿责任。对证券发行、交易违法行为没收的违法所得和罚款，全部上缴国库。

4. 当事人对证券监督管理机构或国务院授权的部门的处罚决定不服的，可以依法申请行政复议，或者依法直接向法院起诉。

【要点提示】①掌握违反《证券法》的主要责任形式；②民事赔偿优先于罚款、罚金的缴纳；③不服行政决定的，可以进行行政复议也可以直接向法院起诉。

II. 经典例题

1. ［判断题］违反《证券法》的规定，应承担民事赔偿责任和缴纳罚款、罚金的，其财产不足以同时支付时，先承担罚款、罚金等行政赔偿责任。　　（　　）

【答案】×

【解析】违反《证券法》的规定，应承担民事赔偿责任和缴纳罚款、罚金的，其财产不足以同时支付时，先承担民事赔偿责任。

2.［判断题］对证券监督管理机构的处罚不服的，可以直接向法院起诉。　　（　　）

【答案】√

【解析】当事人对证券监督管理机构的处罚决定不服的，可以依法申请行政复议，以可以依法直接向法院起诉。

知识点测试

一、单项选择题

1. 甲股份有限公司申请公开发行股票，并与乙证券公司签订了代销协议。代销期限届满，向投资者出售的股票数量未达到甲公司拟公开发行股票数量（　　）的，为发行失败。
   A. 20%　　　　　　　　B. 40%
   C. 60%　　　　　　　　D. 70%

2. 上市公司有下列（　　）项情况的，不符合首次发行股票的条件。
   A. 股份有限公司应自成立后，持续经营时间在 3 年以上
   B. 发行人最近 3 年内主营业务没有发生变更
   C. 发行人的总经理在控股股东中担任董事
   D. 发行人与控股股东经营同样的业务

3. 公开发行股票的面值总额超过人民币（　　）的，应当由承销团承销。
   A. 1 000 万元　　　　　B. 3 000 万元
   C. 5 000 万元　　　　　D. 6 000 万元

4. 某股份有限公司的股本总额为 4 亿元，其申请股票上市时，向社会公开发行的股份应当为（　　）以上。
   A. 10%　　　　　　　　B. 15%
   C. 25%　　　　　　　　D. 35%

5. 下列关于上市收购的说法不正确的是（　　）。
   A. 投资者可以采取要约收购、协议收购及其他合法方式收购上市公司
   B. 通过证券交易所的证券交易，投资者通过协议、其他安排与他人共同持有一个上市公司已发行的股份达到 5% 时，应当在该事实发生之日起 3 日内，向国务院证券监督管理机构、证券交易所作出书面报告，通知该上市公司，并予公告
   C. 通过证券交易所的证券交易，投资者持有或者通过协议、其他安排与他人共同持有一个上市公司已发行的股份达到 30% 时，继续进行收购的，应当依法向该上市公司所有股东发出收购上市公司全部股份的要约
   D. 收购要约约定的收购期限不得少于 30 日，并不得超过 60 日

6. 下列各项中不属于内幕信息的有（　　）。
   A. 公司的高级管理人员可能依法承担重大损害赔偿责任
   B. 公司股权结构的重大变化
   C. 上市公司收购的有关方案
   D. 公司营业用主要资产的抵押、出售或者报废一次超过该资产的 20%

7. 以协议方式收购上市公司时，达成协议后，收购人必须在（　　）内将该收购协议向国务院证券监督管理机构及证券交易所作出书面报告，并予公告。
   A. 3 日　　　　　　　　B. 5 日
   C. 10 日　　　　　　　D. 15 日

8. 因突发性事件而影响证券交易正常进行时，证券交易所可以采取下列哪一措施？（　　）
   A. 政策性停牌　　　　　B. 技术性停牌
   C. 临时停市　　　　　　D. 休市

9. 下列关于证券公司的说法哪个是正确的？（　　）
   A. 设立证券公司，净资产不低于人民币 5 亿元
   B. 证券公司经营证券承销与保荐业务的，注册资本最低限额为人民币 1 亿元
   C. 证券公司经营证券自营、证券资产管理两项业务的，注册资本最低限额为人民币 3 亿元
   D. 证券公司在境外设立、收购或者参股证券经营机构，无须经国务院证券监督管理机构批准

10. 证券公司应当妥善保存客户开户资料、委托记录、交易记录和与内部管理、业务经营有关的各项资料，保存期限不得少于（　　）。
    A. 5 年　　　　　　　　B. 10 年
    C. 15 年　　　　　　　D. 20 年

11. 证券投资基金发生下列（　　）情形时，应终止上市。
    A. 某基金的最低募集数为 8 亿元人民币
    B. 基金份额持有人大会决定提前终止上市交易
    C. 某基金确定并被批准的存续期为 10 年
    D. 某基金的持有人有 8 000 人

12. 某证券公司的注册资本为人民币 5 000 万元，下列各项中，该证券公司不能从事的业务是（　　）。
    A. 证券经纪
    B. 证券投资咨询
    C. 证券承销和保荐
    D. 与证券交易、证券投资活动有关的财务顾问

13. 根据《中华人民共和国证券法》的规定，证券交易所的临时停市应由（　　）。
    A. 证券交易所决定，并及时报告国务院

B. 国务院证券监督管理机构决定，证券交易所执行

C. 国务院决定，证券交易所决定

D. 证券交易所决定，并及时报告国务院证券监督管理委员会

14. 根据有关规定，上市公司增发股票，应具备良好的财务状况。其中最近3年以现金或股票方式累计分配的利润不少于最近3年实现的年均可分配利润的（　　）。

A. 10%　　　　B. 20%

C. 30%　　　　D. 50%

15. 要约收购期满，收购人应当按照收购要约规定的条件购买被收购公司股东预受的全部股份；预受要约股份数量超过预定收购数量时，下列各项中，收购人正确处理的是（　　）。

A. 全部收购

B. 全部拒绝收购，已经收购的退还原股东

C. 按照同等比例收购全部预受股份

D. 对超过预受收购的部分拒绝收购

16. 招股说明书有效期为（　　），自中国证监会核准发行申请前招股说明书最后一次签署之日起计算。

A. 3个月　　　　B. 6个月

C. 9个月　　　　D. 12个月

二、多项选择题

1. 发行人申请初次公开发行股票时应符合的条件有（　　）。

A. 发行人认购的股本数额不少于公司拟发行股本总额的35%，并不少于人民币3 000万元

B. 公司股本总额不少于人民币5 000万元

C. 公司预期利润率可达同期银行存款利率

D. 发起人在最近3年内没有重大违法行为

2. 设立证券投资基金的条件为（　　）。

A. 注册资本不低于2亿元人民币，且必须为实缴货币资本

B. 主要股东最近3年没有违法记录

C. 主要股东注册资本不低于3亿元人民币

D. 有完善的内部稽核监控制度和风险控制制度

3. 基金申请上市的条件为（　　）。

A. 基金合同期限为5年以上

B. 基金金额不低于2亿元人民币

C. 基金持有人不少于1 000人

D. 每个基金持有人持有的基金数额不少于1 000元

4. 上市公司有下列（　　）项情况的，不符合增发股票的一般条件。

A. 上市公司现任董事在最近第26个月时受到过证监会的行政处罚

B. 上市公司在最近第20个月时违规对外提供担保

C. 上市公司1年前曾公开发行证券，发行当年营业利润比上年下降30%

D. 最近3年以现金或股票方式累计分配的利润为最近3年实现的年均可分配利润的15%

5. 下列（　　）项论述符合法律法规关于可转换债券的规定。

A. 上市公司发行可转换债券的条件之一是最近3个会计年度加权平均净资产收益率平均不低于6%

B. 发行分离交易可转换公司债券的条件之一是公司最近一期末经审计的净资产不低于人民币10亿元

C. 可转换公司债券的期限最短为1年，最长为6年

D. 为公开发行可转换公司债券提供的担保应当为全额担保，连带责任担保

6. 某股份有限公司申请发行股票，下列关于该公司的哪些做法是符合《证券法》的规定？（　　）

A. 该公司向国务院证券监督管理机构报送的股票发行申请文件，必须真实、准确、完整

B. 股票发行申请经核准，该公司应当依法，在股票公开发行前，公告公开发行募集文件，并将该文件置备于指定场所供公众查阅

C. 发行股票的信息依法公开前，该公司的任何知情人不得公开或者泄露该信息

D. 该公司不得在公告公开发行募集文件前发行股票

7. 《证券法》规定，发生可能对上市公司股票交易价格产生较大影响的重大事件，投资者尚未得知时，上市公司应当立即将有关该重大事件的情况向国务院证券监督管理机构和证券交易所报送临时报告，并予公告。下列哪些事件为重大事件？（　　）

A. 公司的经营范围发生了重大变化

B. 公司发生重大亏损或者重大损失

C. 公司的董事发生变动

D. 公司董事、监事、高级管理人员涉嫌犯罪被司法机关采取强制措施

8. 根据有关规定，上市公司发生的下列事件中，应当立即公告的有（　　）。

A. 公司总经理发生变动

B. 公司20%的监事发生变动

C. 公司遭受超过净资产10%以上的重大损失

D. 法院依法撤销董事会决议

9. 中国证券监督管理委员会的职责包括以下（　　）项。

A. 办理股票、公司债券的暂停上市、恢复上市或者终止上市的事务

B. 对证券的发行、交易、登记、托管和结算进行监管

C. 制定证券从业人员的资格标准和行为准则，并监督实施

D. 制定会员规则，组织会员单位的业务培训和交流

10. 《证券法》规定了哪些机构或人员，应对公司依法必须作出的公告，在公告前不得泄露其内容？（　　）

A. 证券监督管理机构　　B. 证券交易所

C. 承销的证券公司　　　D. 保荐人

11. 下列哪些机构或人员是证券交易内幕信息的知情人？（　　）

A. 某上市公司的总经理

B. 持有某上市公司 10% 股份的股东

C. 证券交易所

D. 保荐人

12. 下列（　　）应当在招股说明书上签署书面确认意见。

A. 发行人　　　　　　　B. 发行人的高管

C. 承销人　　　　　　　D. 承销人的高管

三、判断题

1. 按照投资者是中国公民还是境外人士，可以将股份分为内资股和外资股。（　　）

2. 为股票发行出具审计报告，资产评估或者法律意见书等文件的专业机构和人员，在该股票承销期内不得买卖该种股票，但承销满后可以。（　　）

3. 蔡某为某股份有限公司的保荐员，2005 年该公司就某项重要投资召开股东大会讨论表决，会后蔡某拾得该次股东大会决议一份。在该公司的重要投资信息公开前，蔡某不得买卖该公司的证券，或者泄露该信息，但可以建议自己的近亲属买卖该证券。（　　）

4. 要约收购期满，收购人应当按照收购要约规定的条件购买被收购公司股东预受的全部股份；预受要约股份的数量超过预定收购数量时，收购人应当按照股东预受的时间顺序收购预受要约的股份。（　　）

5. 发行人申请公开发行可转换为股票的公司债券，依法采取承销方式的，应当聘请具有保荐资格的机构担任保荐人。（　　）

6. 证券公司办理经纪业务，可以接受客户的全权委托而决定证券买卖，选择证券种类、决定买卖数量或买卖价格。（　　）

7. 公司对公开发行股票所募集资金，必须按照招股说明书所列资金用途使用。在任何情况下都不得改变招股说明书所列资金用途。（　　）

8. 上市公司向原股东配售股份时，拟配售股份数量不超过本次配售股份前股本总额的 30%。（　　）

9. 上市公司向不特定对象公开募集股份的，最近 3 个会计年度加权平均净资产收益率平均不低于 5%。（　　）

10. 上市公司非公开发行股票时，发行价格不能低于定价基准日前 20 个交易日公司股票均价的 90%。（　　）

11. 上市公司定期报告披露前出现业绩泄露，或者出现业绩传闻且公司证券及其衍生品种交易出现异常波动的，上市公司应当及时披露本报告期相关财务数据。（　　）

四、综合题

1. 甲企业是某地大型国有企业。某年，该企业拟以购买方式兼并另一家国有企业乙，在兼并程序完成之后，乙企业的法人资格将取消。甲企业在拟订的方案中提出：经初步评估，乙企业的净资产额为人民币 500 万元，甲企业拟出资 600 万元购买。因应付收购价款数额较大，除在兼并程序终结日支付 280 万元外，其余收购价款将于兼并程序终结日后分 5 年付清。有关部门指出了其方案不符要求之处，经改正，兼并工作顺利完成。

次年，甲企业又打算联合其他 4 家国有企业，拟发起设立的方式改制成股份有限公司丙，其草拟的改制方案要点如下：

（1）5 家企业拟以主要生产经营性资产及相关债权债务投入丙公司。股份公司成立之后，发起人认购 30% 的股份，其余部分向社会募集新股。

（2）以 2005 年 12 月 31 日为基准日，5 家企业进入公司的总资产为人民币 48 000 万元，净资产为人民币 14 000 万元。

（3）发起人自股款缴足之日起 50 日内主持召开公司创立大会。创立大会有代表股份总数半数以上的发起人、认股人出席，方可举行。

（4）公司筹委会必须聘请本地的资产评估事务所担任此次改制的资产评估机构。

（5）公司筹委会拟聘请某综合类证券公司作为本次股票发行的唯一承销商并采用包销方式进行。

问：（1）甲企业兼并乙企业的方案有何不符要求之处？为什么？

（2）根据法律规定，对甲企业草拟的改制方案进行评析，并阐述法律依据。

2. 证监会在对 A 上市公司进行例行检查中，发现以下事实：

（1）A 公司于 2001 年 5 月 6 日由 B 企业、C 企业等 6 家企业作为发起人共同以发起设立方式成立，成立时的股本总额为 8 200 万股（每股面值为人民币 1 元，下同）。2004 年 8 月 9 日，A 公司获准首次发行 5 000 万股社会公众股，并于同年 10 月 10 日在证券交易所上市。此次发

行完毕后，A 公司的股本总额达到 13 200 万股。

（2）2006 年 1 月 5 日，B 企业将所持 A 公司股份 680 万股转让给了宏达公司，从而使宏达公司持有 A 公司的股份达到 800 万股。直到同年 11 月 15 日，宏达公司仍未向 A 公司报告。

（3）2006 年 1 月 6 日，A 公司董事会召开会议，通过了发行公司债券的方案和于同年 12 月 25 日召开临时股东大会审议发行公司债券方案的决定。在如期举行的临时股东大会上，除审议通过了发行公司债券的决议外，还根据控股股东 C 企业的提议，临时增加了一项增选一名公司董事的议案，并经出席会议的股东所持表决权的半数以上通过。

（4）为 A 公司出具年度审计报告的注册会计师陈某，在 2005 年 3 月 10 日公司年度报告公布后，于同年 3 月 20 日购买了 A 公司 2 万股股票，并于同年 4 月 8 日抛售，获利 3 万余元；E 证券公司的证券从业人员李某认为 A 公司的股票具有上涨潜力，于同年 3 月 15 日购买了 A 公司股票 1 万股。

（5）2006 年 5 月，为扩大生产规模，A 公司打算于 2006 年 7 月增发新股筹集资金。在董事会草拟的方案中有以下几点：①该次发行面值为 6 000 万元人民币的新股，全部向社会募集；②委托 F 证券有限公司独家代销，代销期为 98 天；③为了保证发行工作的顺利进行，准备向证券管理机构、证券交易所的有关人员送 2 000 股；④该增发新股方案将由股东大会以一般决议方式通过。

【要求】根据上述事实及有关法律规定，回答下列问题：

（1）A 公司首次发行上市后，其股本结构中社会公众股所占股本总额比例是否符合法律规定？并说明理由。

（2）B 企业转让 A 公司股份的行为以及宏达公司未向 A 公司报告所持股份情况的行为是否符合法律规定？并说明理由。

（3）A 公司临时股东大会通过发行公司债券的决议和增选一名公司董事的决议是否符合法律规定？并说明理由。

（4）陈某和李某买卖股票的行为是否符合法律规定。

（5）A 公司的增发新股方案是否符合法律规定？并说明理由。

3. 假若证监会于 2008 年 9 月受理了春林上市公司（属于非金融类企业）申请向不特定对象公开募集股份（增发）的申报材料，该申报材料披露了以下相关信息：

（1）春林公司 2005 年、2006 年和 2007 年按照扣除非经常性损益前的净利润计算的加权平均净资产收益率分别为 5.9%、5.3% 和 8.9%，按照扣除非经常性损益后的净利润计算的加权平均净资产收益率分别为 6.1%、6.2% 和 8.7%。

（2）截至 2008 年 7 月 31 日，春林公司借给春秋公司 2 600 万元的现金尚未归还。

（3）发行价格拟定为公告招股意向书前一个交易日均价的 92%。

（4）春林公司 2007 年度的财务报表被注册会计师出具了带强调事项段的无保留意见的审计报告，但所涉及的事项对春林公司无重大不利影响。

（5）春林公司最近 3 年以现金、股票方式累计分配的利润为最近 3 年年均可分配利润的 18%。

（6）2008 年 3 月，春林公司现任董事甲在任期期间因违规抛售所持春林公司股票被深圳证券交易所公开谴责。2006 年 3 月，春林公司现任董事会秘书乙因违规行为受到中国证监会的行政处罚。

（7）2008 年 7 月，春林公司因一项标的额为 100 万元的买卖合同纠纷作为原告向人民法院提起诉讼，该诉讼截至增发材料提交时，仍在进行中。

（8）春林公司董事会于 2008 年 7 月 19 日召开会议，出席本次董事会的董事一致通过增发提案，并于 7 月 20 日发出公告，通知于 2008 年 8 月 22 日召开临时股东大会专项通过该提案。在如期举行的临时股东大会上，出席该次会议的股东所代表的股权数为 60 000 万股，赞成票为 42 000 万股。此外，根据控股股东的提议，该次股东大会临时增加了一个增选公司独立董事的议案，以 96% 的赞成票通过。

【要求】

（1）据本题要点（1）所提示的内容，春林公司最近 3 个会计年度的加权平均净资产收益率是否符合中国证监会规定的增发条件？并说明理由。

（2）根据本题要点（2）所提示的内容，春林公司借钱给春秋公司的事项是否对本次增发的批准构成实质性障碍？并说明理由。

（3）根据本题要点（3）所提示的内容，春林公司增发股票的发行价格是否符合中国证监会的有关规定？并说明理由。

（4）根据本题要点（4）所提示的内容，春林公司 2006 年度财务报表出现的问题是否对本次增发的批准构成实质性障碍？并说明理由。

（5）根据本题要点（5）所提示的内容，春林公司最近 3 年的利润分配情况是否符合中国证监会规定的增发条件？并说明理由。

（6）根据本题要点（6）所提示的内容，董事甲、董事会秘书乙的行为是否对本次增发的批准构成实质性障碍？并说明理由。

（7）根据本题要点（7）所提示的内容，正在进行的诉讼事项是否对本次增发的批准构成实质性障碍？

（8）根据本题要点（8）所提示的内容，本次股东大会通过的增发股票和增选独立董事两项决议是否符合有关规定？并说明理由。

4. 甲上市公司（以下简称"甲公司"）为 A、B、C 三位发起人采用募集设立方式成立的公司，C 股东为甲公司的控股股东，2007 年 2 月，甲上市公司拟增资发行股票。

（1）截至 2007 年 12 月 31 日，公司经审计的有关财务情况及审计情况如下：

①股本总额 12 000 万元，其中 A 股东持股 10%，B 股东持股 15%，C 股东持股 20%，剩余为向社会公开发行的股份。

②加权平均净资产额为 15 000 万元；另外，公司最近两年加权平均净资产情况如下：

单位：万元

年　份	加权平均净资产
2005	10 000
2006	12 000

③公司当年实现净利润 3 000 万元，扣除非经常损益前的利润为 2 500 万元，当年可供分配利润为 1 800 万元；另外，公司最近两年的盈利情况如下：

单位：万元

年　份	2005	2006
扣除非经常损益前的净利润	2 000	1 800
扣除非经常损益后的净利润	1 300	2 500
可供分配利润	1 200	1 600

④公司当年以现金方式向股东分配利润 150 万元，2004 年和 2005 年累计分配的利润为 200 万元。

⑤当年注册会计师对甲公司出具的审计报告类型为无保留意见。据查，2005 年出具的审计报告类型也为无保留意见，2006 年注册会计师出具了带强调事项段的无保留意见审计报告，其所涉及的事项对发行人存在重大不利的影响，但该事项所涉及的重大不利影响在 2007 年下旬时消除。

（2）公司董事会拟订的发行方案部分要点如下：

①拟发行股份 8 000 万元，其中 3 800 万元向原有股东配售，另外 4 200 万元向社会不特定对象公开募集。

②本次募集资金的 5 000 万元用于购建新型生产流水线和厂房，3 000 万元用于持有交易性金融资产。

董事会进行表决时，对以上事项进行了调整。

（3）董事会的发行方案提请公司股东大会批准，召开的股东大会中，出席股东大会的股东所代表的表决权股份总数为 9 000 万元，其中同意本次增发的股东所持有表决权股份总数为 6 300 万元。

【要求】根据证券法律制度的相关规定，结合以上情况回答下列问题：

（1）甲公司最近 3 年加权平均净资产收益率是否符合公开募集股份的条件？并说明理由。

（2）甲公司最近 3 年累计分配的利润额是否符合增发股票的条件？并说明理由。

（3）2006 年注册会计师为甲公司出具的带强调事项段的无保留意见审计报告是否会影响到本次增发股票？

（4）董事会拟订的发行方案中有哪些地方不符合规定？请指明并说明理由。

（5）从股东大会的表决情况来看，是否可以通过本次增发股票的决议？并说明理由。

知识点测试答案

一、单项选择题

1. 【答案】D
【解析】股票发行采用代销方式，代销期限届满，向投资者出售的股票数量未达到拟公开发行股票数量 70% 的，为发行失败。发行人应当按照发行价并加算银行同期存款利息返还股票认购人。

2. 【答案】D
【解析】法律规定，上市公司首次发行股票的条件之一是发行人与控股股东、实际控制人及其控制的其他企业间不得有同业竞争或者显失公平的关联交易。

3. 【答案】C
【解析】1 000 万元、3 000 万元、5 000 万元、6 000 万元等数字是《公司法》、《证券法》中经常出现的数字，特别容易混淆，希望考生准确背出。

4. 【答案】C
【解析】《公司法》规定，股份有限公司申请股票上市时，社会公众股不能少于 25%；股本总额超过 4 亿元的，社会公众股不能少于 15%。本题股本总额正好为 4 亿元，所以应选择 C 项。企业法和证券法中有许多数字的界限，如本题的 4 亿元，考生在复习时不仅要背出该数字，而且必须背出低于、高于该数还是超过、不到该数。一般来说，高于或低于该数是包括该数的；而超过、不到该数则不包括该数。

5. 【答案】C
【解析】通过证券交易所的证券交易，投资者持有或者通过协议、其他安排与他人共同持有一个上市公司已发行的股份达到30%时，继续进行收购的，应当依法向该上市公司所有股东发出收购上市公司全部或者部分股份的要约。收购上市公司部分股份的收购要约应当约定，被收购公司股东承诺出售的股份数额超过预定收购的股份数额的，收购人按比例进行收购。

6. 【答案】D

【解析】公司营业用主要资产的抵押、出售或者报废一次超过该资产的20%的，不属于内幕信息；如超过30%就属于内幕信息。

7. 【答案】A

【解析】采取协议收购方式的，收购人可以依照法律、行政法规的规定同被收购公司的股东以协议方式进行股份转让。以协议方式收购上市公司时，达成协议后，收购人必须在3日内将该收购协议向国务院证券监督管理机构及证券交易所作出书面报告，并予公告。在公告前不得履行收购协议。

8. 【答案】B

【解析】因突发性事件而影响证券交易的正常进行时，证券交易所可以采取技术性停牌的措施；因不可抗力的突发性事件或为维护证券交易的正常秩序，证券交易所可以决定临时停市。

9. 【答案】B

【解析】设立证券公司，净资产不低于人民币2亿元；证券公司经营证券自营、证券资产管理两项业务的，注册资本最低限额为人民币5亿元；证券公司在境外设立、收购或者参股证券经营机构，必须经国务院证券监督管理机构批准。

10. 【答案】D

【解析】证券公司应当妥善保存客户开户资料、委托记录、交易记录和与内部管理、业务经营有关的各项资料，任何人不得隐匿、伪造、篡改或者毁损。上述资料的保存期限不得少于20年。

11. 【答案】B

【解析】A、C、D三个选项都符合证券投资基金发行和交易的条件。

12. 【答案】C

【解析】证券公司业务范围不同，其注册资本的要求也不同。本题中A、B、D三个选项所涉及的业务，无论注册资本高低都可经营。但是，C项要求证券公司的最低注册资本是1亿元。

13. 【答案】D

【解析】临时停市的决定权，是《证券法》规定的，证券交易所的职权之一就是决定临时停市，但事后应该向国务院证券监督管理机构报告。

14. 【答案】B

【解析】最近3年现金或股票方式累计分配的利润不少于最近3年实现的年均分配利润的20%。

15. 【答案】C

【解析】要约收购期满，收购人应当按照收购要约规定的条件购买被收购公司股东预受的全部股份；预受要约股份数量超过预定收购数量时，收购人应当按照同等比例收购全部预受股份。

16. 【答案】B

【解析】法律规定，招股说明书有效期为6个月，自中国证监会核准发行申请前招股说明书最后一次签署之日起计算。

二、多项选择题

1. 【答案】A D

【解析】B项为股票上市的条件；C项为增资扩股发行股票的条件。

2. 【答案】B C D

【解析】法律规定，设立证券投资基金的条件包括：（1）注册资本不低于1亿元人民币，且必须为实缴货币资本；（2）主要股东具有从事证券经营、证券投资咨询、信托资产管理或者其他金融资本管理的较好的经营业绩和良好的社会信誉，最近3年没有违法记录，注册资本不低于3亿元人民币；（3）有完善的内部稽核监控制度和风险控制制度。

3. 【答案】A B C

【解析】法律规定，基金上市的条件为：（1）基金的募集符合证券投资基金法的规定；（2）基金合同期限为5年以上；（3）基金金额不低于2亿元人民币；（4）基金持有人不少于1 000人；（5）基金份额上市交易规则规定的其他条件。

4. 【答案】A D

【解析】法律规定，上市公司增发股票的一般条件包括：上市公司现任董事、监事和高级管理人员不存在违法行为，且最近36个月内未受到过证监会的行政处罚；最近12个月内不存在违规对外提供担保的行为；最近24个月内曾公开发行证券的，不存在发行当年营业利润比上年下降50%以上的情形；最近3年以现金或股票方式累计分配的利润不少于最近3年实现的年均可分配利润的20%。

5. 【答案】A C D

【解析】法律规定，发行分离交易可转换公司债券的条件之一是公司最近一期末经审计的净资产不低于人民币15亿元。

6. 【答案】A B C D

【解析】发行人向国务院证券监督管理机构或者国务院授权的部门报送的证券发行申请文

件，必须真实、准确、完整。证券发行申请经核准，发行人应当依照法律、行政法规的规定，在证券公开发行前，公告公开发行募集文件，并将该文件置备于指定场所供公众查阅。发行证券的信息依法公开前，任何知情人不得公开或者泄露该信息。发行人不得在公告公开发行募集文件前发行证券。

7.【答案】A B C D

【解析】发生可能对上市公司股票交易价格产生较大影响的重大事件，投资者尚未得知时，上市公司应当立即将有关该重大事件的情况向国务院证券监督管理机构和证券交易所报送临时报告，并予公告，说明事件的起因、目前的状态和可能产生的法律后果。下列情况为前款所称重大事件：（1）公司的经营方针和经营范围的重大变化；（2）公司的重大投资行为和重大的购置财产的决定；（3）公司订立重要合同，可能对公司的资产、负债、权益和经营成果产生重要影响；（4）公司发生重大债务和未能清偿到期重大债务的违约情况；（5）公司发生重大亏损或者重大损失；（6）公司生产经营的外部条件发生的重大变化；（7）公司的董事、1/3以上监事或者经理发生变动；（8）持有公司5%以上股份的股东或者实际控制人，其持有股份或者控制公司的情况发生较大变化；（9）公司减资、合并、分立、解散及申请破产的决定；（10）涉及公司的重大诉讼，股东大会、董事会决议被依法撤销或者宣告无效；（11）公司涉嫌犯罪被司法机关立案调查，公司董事、监事、高级管理人员涉嫌犯罪被司法机关采取强制措施；（12）国务院证券监督管理机构规定的其他事项。

8.【答案】A C D

【解析】公司1/3以上的监事发生变动也要立即公告，本题B项是20%的监事，未达1/3，故不要选。

9.【答案】B C

【解析】A项为证券交易所的职责，D项为证券业协会的职责。

10.【答案】A B C D

【解析】国务院证券监督管理机构对上市公司年度报告、中期报告、临时报告以及公告的情况进行监督，对上市公司分派或者配售新股的情况进行监督，对上市公司控股股东和信息披露义务人的行为进行监督。证券监督管理机构、证券交易所、保荐人、承销的证券公司及有关人员，对公司依照法律、行政法规规定必须作出的公告，在公告前不得泄露其内容。

11.【答案】A B C D

【解析】证券交易内幕信息的知情人包括：（1）发行人的董事、监事、高级管理人员；

（2）持有公司5%以上股份的股东及其董事、监事、高级管理人员，公司的实际控制人及其董事、监事、高级管理人员；（3）发行人控股的公司及其董事、监事、高级管理人员；（4）由于所任公司职务可以获取公司有关内幕信息的人员；（5）证券监督管理机构工作人员以及由于法定职责对证券的发行、交易进行管理的其他人员；（6）保荐人、承销的证券公司、证券交易所、证券登记结算机构、证券服务机构的有关人员；（7）国务院证券监督管理机构规定的其他人。

12.【答案】A B

【解析】法律规定，发行人及其全体董事、监事和高级管理人员应当在招股说明书上签署书面确认意见。

上市公司的股东、实际控制人发生以下事件时，应主动告知上市公司董事会，并配合上市公司履行信息披露义务：（1）持有公司5%以上股份的股东或者实际控制人，其持有股份或者控制公司的情况发生较大变化的；（2）法院裁决禁止控股股东转让其所持股份，任何一个股东所持公司5%以上股份被质押、冻结、司法拍卖、托管、设定信托或者被依法限制表决权的；（3）拟对上市公司进行重大资产或者业务重组的。

三、判断题

1.【答案】×

【解析】内资股和外资股的划分标准为投资者以人民币认购和买卖还是以外币认购和买卖，不是以投资者的国籍来划分的。

2.【答案】×

【解析】为股票发行出具审计报告，资产评估或者法律意见书等文件的专业机构和人员，在该股票承销期内不得买卖该种股票，承销期满后6个月内也不可以买卖该种股票。

3.【答案】×

【解析】证券交易内幕信息的知情人和非法获取内幕信息的人，在内幕信息公开前，不得买卖该公司的证券，或者泄露该信息，或者建议他人买卖该证券。

4.【答案】×

【解析】法律规定，预受要约股份的数量超过预定收购数量时，收购人应当按照同等比例收购预受要约的股份，不是按照股东预受的时间顺序。

5.【答案】√

【解析】发行人申请公开发行股票、可转换为股票的公司债券，依法采取承销方式的，或者公开发行法律、行政法规规定实行保荐制度的其他证券的，应当聘请具有保荐资格的机构担任保荐人。保荐人应当遵守业务规则和行业规范，诚实守信，勤勉尽责，对发行人的申请文件和信息披露资料进行审慎核查，督导发行人规范运作。保荐人的资格及其管理办法由国务院证券监督管理机构规定。

6. 【答案】×

【解析】证券公司在证券经营业务中，不得接受客户的全权委托。

7. 【答案】×

【解析】公司对公开发行股票所募集资金，必须按照招股说明书所列资金用途使用。改变招股说明书所列资金用途，必须经股东大会作出决议。

8. 【答案】√

【解析】法律规定，上市公司向原股东配售股份时，拟配售股份数量不超过本次配售股份前股本总额的30%。

9. 【答案】×

【解析】法律规定，上市公司向不特定对象公开募集股份的，最近3个会计年度加权平均净资产收益率平均不低于6%。

10. 【答案】√

【解析】法律规定，上市公司非公开发行股票时，发行价格不能低于定价基准日前20个交易日公司股票均价的90%。

11. 【答案】√

【解析】法律规定，上市公司定期报告披露前出现业绩泄露，或者出现业绩传闻且公司证券及其衍生品种交易出现异常波动的，上市公司应当及时披露本报告期相关财务数据。

四、综合题

1. (1) 甲企业兼并乙企业的方案中收购价款支付期限不符合规定。根据规定，公司作为收购方应在兼并程序终结日一次付清收购价款；一次付清确有困难的，可以分期付款，但付款期限不得超过3年，而且在兼并程序终结日支付的价款不得低于被兼并企业产权转让成交价款的50%。而方案的收购价款分5年付清，超过了3年；且在兼并程序终结日支付的价款低于被兼并企业产权转让成交价款的50%，是不符合规定的。

(2) 甲企业草拟的改制方案有下列不当之处：

①作为募集设立的股份有限公司，发起人必须认购不少于35%的股份，其余部分才能向社会公众募集。

②股份有限公司的最低注册资本限额为500万元，改组方案的净资产为人民币14 000万元，符合法律规定。

③发起人应当自股款缴足之日起30日内主持召开公司创立大会。否则认股人可以按照所缴股款并加算银行同期存款利息，要求发起人返还。创立大会应有代表股份总数过半数（不是半数以上）的发起人、认股人出席，方可举行。

④公司筹委会必须聘请本地资产评估事务所担任改制的资产评估机构不符合规定。因为法律规定，资产评估事务所承担评估业务不受地区限制。

⑤公司筹委会拟聘请某综合类证券公司作为本次股票发行的唯一承销商是不符合法律规定的。根据规定，向社会公开发行的证券票面总值超过人民币5 000万元的，应组织承销团承销。而该公司向社会公开发行的证券票面总值超过了人民币5 000万元，不能由一家证券公司独家承销，应组织承销团承销。

2. (1) A公司首次发行上市后，其股本结构中社会公众股所占股本总额比例符合法律规定。因为A公司股本结构中社会公众股为5 000万股，占股本总额比例达到了公司法规定的25%以上。

(2) B企业转让A公司股份的行为符合法律规定。公司法规定，股份有限公司的发起人持有的本公司的股份，自公司成立之日起1年内不得转让。B企业持有A公司股份的时间已超过了1年，故转让A公司股份符合法律规定。宏达公司未向A公司报告所持股份情况的行为不符合法律规定，因为证券法规定，持有一个股份有限公司已发行股份5%的股东，应当在其持股数额达到该比例之日起3日内向该公司报告，宏达公司持有A公司发行股份达6.06%（800÷13 200×100%），应当在3日内向A公司报告。

(3) A公司临时股东大会通过发行公司债券决议符合法律规定。公司法规定，对发行公司债券作出决议属于股东大会的职权。A公司临时股东大会通过增选一名公司董事的决议不符合法律规定，因为公司法规定，临时股东大会不得对通知中未列明的事项作出决议。

(4) 陈某买卖A公司股票的行为符合法律规定。证券法规定，为上市公司出具审计报告的人员，自接受上市公司委托之日起到上述文件公开后5日内，不得买卖该种股票。陈某是在审计报告公布5日后买卖A公司股票的，故符合法律规定。李某买卖A公司股票的行为不符合法律规定，因为证券法规定，证券公司的从业人员在任期或者法定期间内，不得持有、买卖股票。李某为E公司从业人员，故买卖A公司股票的行为不符合法律规定。

(5) A公司的增发新股方案有以下法律问题：

①委托F证券有限公司独家代销是错误的。证券法规定，向社会公开发行的证券票面总额超过人民币5 000万元的，应当由承销团承销。

②承销期为 98 天是错误的。证券法规定，证券的代销包销期最长不得超过 90 天。

③准备向证券管理机构、证券交易所的有关人员送 2 000 股的做法是错误的。《证券法》规定，证券交易所、证券管理机构的工作人员，在任期或法定期限内不得直接或化名、借他人名义持有、买卖股票，也不能收受他人赠送的股票。

3.（1）公司最近 3 个会计年度的加权平均净资产收益率符合增发条件。根据规定，上市公司增发股票的，最近 3 个会计年度加权平均净资产收益率平均不低于 6%，扣除非经常性损益后的净利润与扣除前净利润相比，以低者作为加权平均净资产收益率的计算依据。在本题中，春林公司 2005 年、2006 年和 2007 年的加权平均净资产收益率分别为 5.9%、5.3%、8.7%，最近 3 个会计年度平均为 6.2%，符合中国证监会规定的增发条件。

（2）对本次增发的批准构成实质性障碍。根据规定，除金融类企业外，上市公司最近一期期末存在借予他人款项的情形，不能增发股票。

（3）发行价格不符合规定。根据规定，上市公司增发股票的，发行价格应不低于公告招股意向书前 20 个交易日公司股票均价或前一个交易日的均价。

（4）对本次增发的批准不构成实质性障碍。根据规定，上市公司最近 3 年及最近一期财务报表被注册会计师出具了带强调事项段的无保留意见的审计报告，但所涉及的事项对发行人无重大不利影响或者在发行前重大不利影响已经消除的，可以增发股票。

（5）最近 3 年的利润分配情况不符合增发条件。根据规定，上市公司增发新股的，最近 3 年以现金或股票方式累计分配的利润不少于最近 3 年实现的年均可分配利润的 20%。在本题中，春林公司最近 3 年以现金、股票方式累计分配的利润仅为最近 3 年年均可分配利润的 18%。

（6）①董事甲的行为对本次增发的批准构成实质性障碍。根据规定，上市公司现任董事、监事和高级管理人员最近 12 个月内受到过证券交易所公开谴责的，不得增发新股。②董事会秘书乙的行为对本次增发的批准构成实质性障碍。根据规定，上市公司现任董事、监事和高级管理人员最近 36 个月内受到过中国证监会行政处罚的，不得增发新股。

（7）诉讼事项不构成实质性障碍。

（8）①股东大会通过的增发股票决议符合规定。根据规定，上市公司股东大会对增发股票事项作出决议，必须经出席会议的股东所持表决权的 2/3 以上通过。在本题中，出席股东大会的股东所代表的股权数为 60 000 万股，赞成票为 42 000 万股，超过了 2/3 的法定条件。②股东大会通过的增选独立董事决议不符合规定。根据规定，股东大会不得对通知中未列明的事项作出决议。

4.（1）甲公司最近 3 年加权平均净资产收益率符合公开募集股份的条件。根据规定，上市公司向不特定对象公开募集股份的，最近 3 个会计年度加权平均净资产收益率平均不低于 6%。扣除非经常性损益后的净利润与扣除前的净利润相比，以低者作为加权平均净资产收益率的计算依据。在本题中，最近 3 年加权平均净资产收益率为：$(1\ 300/10\ 000 + 1\ 800/12\ 000 + 2\ 500/15\ 000)/3 \times 100\% = 14.89\%$，因此是符合规定的。

（2）甲公司最近 3 年累计分配的利润额符合规定。根据规定，上市公司增发股票的，最近 3 年以现金或股票方式累计分配的利润不少于最近 3 年实现的年均可分配利润的 20%。在本题中，最近 3 年累计分配的利润为：$150 + 200 = 350$（万元），最近 3 年实现的年均可分配利润的 20% 为：$(1\ 800 + 1\ 200 + 1\ 600)/3 \times 20\% = 306.67$（万元）。由于最近 3 年以现金或股票方式累计分配的利润不少于最近 3 年实现的年均可分配利润的 20%，因此是符合规定的。

（3）2006 年注册会计师给甲公司出具的带强调事项段的无保留意见审计报告不会影响到本次增发股票。根据规定，被注册会计师出具带强调事项段的无保留意见审计报告的，所涉及的事项对发行人无重大不利影响或者在发行前重大不利影响已经消除的，还是符合增发股票的条件的。在本题中该事项所涉及的重大不利影响在 2007 年下旬时消除，因此是符合规定的。

（4）①董事会拟定的配售股份的比例不符合规定。根据规定，配股发行新股的，拟配售股份数量不超过本次配售股份前股本总额的 30%。在本题中，向原有股东配售的股份比例为 3 800 万元，超过了股本总额 12 000 万元的 30%（3 600 万元），因此是不符合规定的。②本次募集的资金用于持有交易性金融资产的决定不符合规定。根据规定，除金融类企业外，本次募集资金使用项目不得为持有交易性金融资产和可供出售的金融资产。

（5）股东大会的表决可以通过本次增发股票的决议。根据规定，股东大会就发行事项作出决议，必须经出席会议的股东所持表决权的 2/3 以上通过。在本题中，同意本次增发的股东所持有表决权股份总数为 6 300 万元，超过了出席会议股东所持表决权的 2/3（6 000 万元），因此是符合规定的。

■第九章　　　合同法（总则）

本章概述

一、内容提要

本章的主要内容包括合同的概念与特征，合同法的概念、特征、基本原则，合同的分类，合同的内容、形式、订立程序、缔约过失责任，合同的生效，合同代理，无效合同、可撤销或可变更合同及其法律后果，合同的履行原则、履行抗辩权，代位权与撤销权，合同担保概述、形式，合同的变更、转让、终止，违约责任概述以及承担违约责任的方式。

合同法是经济法的重要组成部分，是考试的重点。《合同法》与《担保法》是两个独立的部门法，但我国的《担保法》只能适用于合同的担保，故教材将《担保法》的内容放在合同法中，合同法的综合题也总是穿插有担保的内容。《物权法》对担保物权作了比较完整的规定，2008 年教材新增了物权法章，因此本章的担保部分已经不包括抵押、质押和留置这三种担保形式。

二、历年考题分析

本章在历年考卷中占的比重都较大，2001 年考了 15 分，2002 年考了 14 分，2003 年考了 7 分，2004 年考了 7 分（2003 年、2004 年合同法分则的考试比重增加），2005 年考了 18 分，2006 年考了 12 分，2007 年考了 10 分。

在近几年的考试中，综合题都考核到本章的内容，而且往往和其他章节结合在一起考。考生可以从以下几方面的结合来考虑本章的综合题：合同法与物权法的结合（设立了保证和担保物权的合同）；合同法与代理、诉讼时效、争议解决办法的结合；合同法与公司法的结合（合同主体合并、分立）；合同法与破产法的结合（破产时未履行合同的处理）；合同法总则与分则的结合；合同法与支付结算办法、账户管理办法、票据法的结合等。

本章近 5 年考试的题型、分值及考点分布详见下表：

项目 年份	题型	题量	分值	考点
2007	单项选择题	1	1	以要约方式订立合同的成立时间
	判断题	1	1	担保合同无效的法律责任
	综合题	0.5	6	合同的履行地；合同的解除
2006	单项选择题	1	1	定金和违约金并处时的处理办法
	判断题	1	1	对格式条款的处理办法
	综合题	0.8	10	不安抗辩权；合同履行地点约定不明确的处理办法；买卖合同的风险承担；保证方式、保证期间、保证责任
2005	判断题	2	2	保证方式的确定；合同权利转让程序
	综合题	0.9	13	定金的法律后果；合同解除的理由；保证合同的效力；无效保证合同的后果；上市公司对外担保限额；上市公司对外担保条件
2004	单项选择题	1	1	被撤销合同的法律效力
	多项选择题	1	1	对于专属于债务人自身的债权不得提起代位诉讼
	判断题	2	2	无效合同的情形；向第三人履行的合同，义务人违约时，应当向权利人承担违约责任
2003	单项选择题	2	2	担保合同被确认无效时，债务人、担保人、债权人的民事责任；要约
	多项选择题	1	1	债权人的撤销权
	判断题	1	1	采用数据电文形式订立合同，要约或者承诺到达的时间
	综合题	0.2	3	第三人履行的合同违约的处理

三、2008 年教材内容变化

2008 年教材新增了物权法这一章，原来本章合同的担保中关于抵押、质押和留置的内容已经移到了物权法部分。

本章内容结构基本框架

知识点	第九章 合同法（总则）	学习建议
9.1	合同法概述	
9.1.1	合同法概述	一般了解
9.2	合同的订立	
9.2.1	合同的内容与形式	必须掌握
9.2.2	要约	必须掌握
9.2.3	承诺	必须掌握
9.2.4	合同成立与缔约过失责任	应当记住
9.3	合同的效力	
9.3.1	合同生效	必须掌握
9.3.2	效力待定的合同	必须掌握
9.3.3	无效合同和可变更、可撤销的合同	必须掌握
9.4	合同的履行	
9.4.1	合同的履行原则	应当记住
9.4.2	合同的履行抗辩权	必须掌握
9.4.3	代位权与撤销权	必须掌握
9.5	合同的担保	
9.5.1	合同担保概述	应当记住
9.5.2	保证	必须掌握
9.5.3	定金	必须掌握
9.6	合同的变更、转让和终止	
9.6.1	合同的变更和转让	应当记住
9.6.2	合同的终止	应当记住
9.7	违约责任	
9.7.1	违约责任	必须掌握

知识点精讲

9.1 合同法概述

9.1.1 合同法概述
Ⅰ. 考点分析

合同是平等主体的自然人、法人、其他组织之间设立、变更、终止民事权利义务关系的协议。婚姻、收养、监护等有关身份关系的协议，适用其他法律的规定，不适用合同法。

合同的分类中注意掌握：（1）15 种有名合同为：买卖合同，供用电、水、气、热力合同，赠与合同，借款合同，租赁合同，融资租赁合同，承揽合同，建设工程合同，运输合同，技术合同，保管合同，仓储合同，委托合同，行纪合同和居间合同。（2）实践合同是指除当事人意思表示一致以外，须以实际交付标的物才能生效的合同，如质押合同、定金合同、保管合同等。（3）要式合同是指必须采用特殊法定形式才能成立的合同，不要式合同是指法律没有特别规定，当事人也没有特别约定需采用特殊形式的合同。（4）主合同的成立与效力直接影响从合同的成立与效力。

【要点提示】 掌握合同的概念、15 种有名合同、实践合同和要式合同的含义。

Ⅱ. 经典例题

1. ［判断题］婚姻、收养、监护等平等主体之间关系的协议，也适用合同法。（　）
【答案】 ×
【解析】 合同法只适用于平等主体之间的财产关系；婚姻、收养、监护等有关身份关系的协议不适用合同法。

2. ［判断题］主合同的成立与效力不影响从合同的成立与效力。（　）
【答案】 ×
【解析】 主合同的成立与效力直接影响从合同的成立与效力。

9.2 合同的订立

9.2.1 合同的内容与形式
Ⅰ. 考点分析

合同的内容由当事人约定，一般情况下合同应包括 8 种条款。

涉外合同争议的当事人可以自己选择适用的法律，但不能违反专属原则；当事人没有选择的，适用与合同有最密切联系的国家的法律；中外合资企业合同、中外合作企业合同和中外合作勘探开发自然资源的合同只能适用我国法律。

格式条款合同具有法律效力。提供格式条款方负有说明义务；格式条款具有无效或免责条款无效的情形，或者提供格式条款方免除其责任、加重对方责任、排除对方主要权利的，该条款无效；对格式条款的理解发生争议的，按照通常理解予以解释；对格式条款有两种以上解释的，应当作出不利于提供格式条款一方的解释；格式条款和非格式条款不一致的，应当采用非格式条款。

合同形式包括口头形式、书面形式和其他形式，该其他形式即第一章讲到的作为与不作为方式。

【要点提示】 ①一般情况下合同应包括 8 种条款。②涉外合同在不违反专属原则的情况下可以选择适用的法律，没有选择的，适用最密切联系原则。③提供格式条款方负有说明义务。④格式条款无效情形（注意：显失公平的无效）。⑤对格式条款的争议和两种以上解释的处理。

Ⅱ．经典例题

1. [2006 年判断题第 8 题] 对合同格式条款的理解发生争议的，应当按照通常理解予以解释。对格式条款有两种以上解释的，应当作出不利于提供格式条款一方的解释。　　　　（　）

【答案】√

【解析】格式条款合同具有法律效力。提供格式条款方负有说明义务；对格式条款的理解发生争议的，按照通常理解予以解释；对格式条款有两种以上解释的，应当作出不利于提供格式条款一方的解释；格式条款和非格式条款不一致的，应当采用非格式条款。

2. [多项选择题] 以下哪些是合同订立的形式？（　）

A. 要约　　　　　　　　B. 承诺

C. 书面　　　　　　　　D. 行为

【答案】C D

【解析】要约和承诺是合同订立的方式。

Ⅲ．相关链接

法律行为的形式要件。

9.2.2　要约

Ⅰ．考点分析

合同订立的程序包括要约和承诺两个阶段。

要约的条件包括：（1）内容具体确定；（2）表明经受要约人承诺，要约人即受该意思表示的约束。要约到达受要约人时生效。

考生应注意以要约的条件来衡量要约与要约邀请的区别。要约邀请不属于订立合同的行为，对行为人不具有约束力。寄送的价目表、拍卖公告、招标公告、招股说明书、商业广告等为要约邀请。但商业广告的内容符合要约规定的，视为要约。悬赏广告、对商品房买卖合同的订立和价格确定有重大影响的售楼广告和宣传都视为要约。要约与要约邀请的区别是考试中的难点，请考生注意辨别。如 2003 年单项选择题第 10 题：甲公司 7 月 1 日通过报纸发布广告，称其有某型号的电脑出售，每台售价 8 000 元，随到随购，数量不限，广告有效期至 7 月 30 日。乙公司委托工某携带金额 16 万元的支票于 7 月 28 日到甲公司购买电脑，但甲公司称广告所述电脑已全部售完。乙公司为此受到一定的经济损失。根据合同法律制度的规定，下列表述正确的是（　）。

A. 甲公司的广告构成要约，乙公司的行为构成承诺，甲公司不承担违约责任

B. 甲公司的广告构成要约，乙公司的行为构成承诺，甲公司应当承担违约责任

C. 甲公司的广告不构成要约，乙公司的行为不构成承诺，甲公司不承担民事责任

D. 甲公司的广告构成要约，乙公司的行为不构成承诺，甲公司不承担民事责任

本题答案为 B。《合同法》规定，一般情况下

商业广告不是要约，但商业广告符合要约条件的，则构成要约。甲公司的广告内容具体明确，又有有效期限，符合要约条件，构成要约。乙公司根据"随到随购"的要约内容，在规定的期限内携支票购买的行为构成承诺，所以合同成立。甲公司不能提供电脑的行为构成违约，给乙公司造成损失的应承担民事责任。

要约可以撤回和撤销。但有下列情形的要约不得撤销：（1）要约人确定了承诺期限；（2）要约人以其他形式表示要约不可撤销；（3）受约人有理由认为要约不可撤销，并已经为履行合同作了准备工作。

有下列情形之一的，要约失效：（1）拒绝要约的通知到达要约人；（2）要约人依法撤销要约；（3）要约已过有效期限；（4）受要约人对要约的内容作出实质性变更。

【要点提示】①要约包含两个要件，明确的内容和承诺后愿受约束的意思表示。②要约不可撤销的情形有三种。③要约到达即生效，要约失效的情形有四种。

Ⅱ．经典例题

1. [2007 年单项选择题第 9 题] 2007 年 4 月 30 日，甲以手机短信形式向乙发出购买一台笔记本电脑的要约，乙于当日回短信同意要约。但由于"五一"期间短信系统繁忙，甲于 5 月 3 日才收到乙的短信，并因个人原因于 5 月 8 日才阅读乙的短信，后于 9 日回复乙"短信收到"。甲、乙之间买卖合同的成立时间是（　　）。

A. 2007 年 4 月 30 日　　　B. 2007 年 5 月 3 日

C. 2007 年 5 月 8 日　　　D. 2007 年 5 月 9 日

【答案】B

【解析】本题考核以要约方式订立合同的成立时间。根据规定，承诺生效时合同成立，承诺自通知到达要约人时生效，采取数据电文形式订立合同，该数据电文进入该特定系统的时间，视为承诺到达时间。本题中，甲于 5 月 3 日收到乙的承诺短信，此时合同成立。

2. [2003 年判断题第 10 题] 采用数据电文形式订立合同，收件人未指定特定系统的，该数据电文进入收件人的任何系统的首次时间，视为要约或者承诺到达时间。　　　　　　（　）

【答案】√

【解析】《合同法》规定，采用数据电文形式订立合同，收件人未指定特定系统的，该数据电文进入收件人的任何系统的首次时间，视为要约或者承诺到达时间。

3. [2001 年多项选择题第 11 题] 根据《中华人民共和国合同法》的规定，下列要约中，不得撤销的有（　　）。

A. 要约人确定了承诺期限的要约

B. 要约人明示不可撤销的要约

C. 已经到达受要约人但受约人尚未承诺的要约

D. 受要约人有理由认为不可撤销，且已为履约做了准备的要约

【答案】A B D

【解析】要约可以撤回和撤销。但有下列情形的要约不得撤销：（1）要约人确定了承诺期限或以其他形式表明要约不可撤销；（2）受约人有理由认为要约不可撤销，并已经为履行合同作了准备工作。

9.2.3 承诺

I. 考点分析

承诺的有效要件是：（1）承诺必须由受要约人向要约人作出；（2）承诺应当以通知的方式作出。通常对沉默或不作为不能视为承诺，除非有法律规定或双方约定的；（3）承诺必须在有效期内到达对方；（4）承诺不能对要约的内容作实质性变更。

承诺可以撤回，但不能撤销，因为承诺生效时合同即成立。

受约人在承诺期限内发出承诺，通常情况下能够及时到达要约人，因特殊原因超过承诺期限到达，除要约人及时通知受约人因超过期限不承认该承诺外，该承诺有效。受约人超过承诺期限发出承诺的，为迟延承诺，除要约人及时通知受约人该承诺有效外，该承诺视为新要约。

考生在复习要约和承诺时，要注意对以下几个期限的比较和识记：（1）要约、承诺都是到达生效（注意数据电文到达时间的确定）。（2）撤回要约的通知应当在要约到达受要约人之前或与要约同时到达受要约人。（3）撤销要约的通知应当在受要约人发出承诺通知之前到达受要约人。（4）承诺的有效期从信件载明的日期或电报交发之日开始计算；信件未载明日期的，自投寄该信件的邮戳日期开始计算。（5）撤回承诺的通知应当先于承诺到达要约人或与承诺同时到达要约人。

【要点提示】①承诺有效要件有 4 点。②注意要约、承诺生效和撤销的期限须进行比较并记忆。

II. 经典例题

1. [单项选择题] 甲向乙发出要约，乙于 3 月 8 日发出承诺信函，3 月 10 日承诺信函寄至甲，但甲的法定代表人当日去赈灾，3 月 11 日才知悉该函内容，遂于 3 月 12 日致函告知乙收到承诺，该承诺的生效时间是（　　）。

A. 3 月 8 日　　　　　　B. 3 月 10 日

C. 3 月 11 日　　　　　　D. 3 月 12 日

【答案】B

【解析】承诺通知到达要约人时生效。

2. [单项选择题] 陈某以信件发出要约，信件未载明承诺开始日期，仅规定承诺期限为 10 天。5 月 8 日，陈某将信件投入信箱；邮局将信件加盖 5 月 9 日邮戳发出，5 月 11 日，信件送达受要约人李某的办公室；李某因外出，直至 5 月 15 日才知悉信件内容。根据《合同法》的规定，该承诺期限的起算日为（　　）。

A. 5 月 18 日　　　　　　B. 5 月 9 日

C. 5 月 11 日　　　　　　D. 5 月 15 日

【答案】B

【解析】根据规定，要约以信件或者电报作出的，承诺期限自信件载明的日期或者电报交发之日开始计算。信件未载明日期的，自投寄该信件的邮戳日期开始计算。本题中，由于信件的落款中未载明日期，那么应该按照"邮戳"日期作为承诺的开始时间。

9.2.4 合同成立与缔约过失责任

I. 考点分析

1. 合同成立的几种情况

（1）一般情况下，承诺生效时合同成立。

（2）当事人约定采用书面形式的，双方签字盖章时合同成立。

（3）采用信件、数据电文等形式订立合同的，当事人可以在作出承诺前要求签订确认书。因此，合同在签订确认书时成立。

（2）、（3）情况下如果当事人未采用书面形式或采用书面形式但尚未签字盖章时，一方履行了合同的主要义务，另一方又接受的，合同也成立。如以下综合题：1999 年 10 月 15 日，A 公司与 B 公司签订了一份加工承揽合同。该合同约定：由 B 公司为 A 公司制作铝合金门窗 1 万件，原材料由 A 公司提供，加工承揽报酬总额为 150 万元，违约金为报酬总额的 10%；A 公司应在 1999 年 11 月 5 日前向 B 公司交付 60% 的原材料，B 公司应在 2000 年 3 月 1 日前完成 6 000 件门窗的加工制作并交货；A 公司应在 2000 年 3 月 5 日前交付其余 40% 的原材料，B 公司应在 2000 年 5 月 20 日前完成其余门窗的加工制作并交货。A 公司应在收到 B 公司交付门窗后 3 日内付清相应款项。

为确保 A 公司履行付款义务，B 公司要求其提供担保，适值 D 公司委托 A 公司购买办公用房，D 公司为此向 A 公司提供了盖有 D 公司公章及法定代表人签字的空白委托书和 D 公司的合同专用章。A 公司遂利用上述空白委托书和合同专用章，将 D 公司列为该项加工承揽合同的连带保证人，与 B 公司签订了保证合同。

1999 年 11 月 1 日，A 公司向 B 公司交付 60% 的原材料，B 公司按约加工制作门窗。2000 年 2 月 28 日，B 公司将制作完成的 6 000 件门窗交付 A 公司，A 公司按报酬总额的 60% 予以结算。

2000 年 3 月 1 日，B 公司发生重组，加工型材的生产部门分立为 C 公司。3 月 5 日，A 公司既未按加工承揽合同的约定向 B 公司交付 40% 的原材料，也未向 C 公司交付。3 月 15 日，C 公司要求 A

公司继续履行其与B公司签订的加工承揽合同，A公司表示无法继续履行并要求解除合同。C公司遂在数日后向人民法院提起诉讼，要求判令A公司支付违约金并继续履行加工承揽合同，同时要求D公司承担连带责任。

经查明：A公司与B公司签订的加工承揽合同仅有B公司及其法定代表人的签章，而无A公司的签章。

【要求】

（1）A公司与B公司签订的加工承揽合同是否成立？为什么？

（2）C公司可否向A公司主张加工承揽合同的权利？为什么？

（3）C公司要求判令A公司支付违约金并继续履行加工承揽合同的主张能否获得支持？并说明理由。

（4）D公司应否承担保证责任？并说明理由。

【答案及解析】

（1）A公司与B公司签订的加工承揽合同成立，因为该合同虽然没有A公司的签章，但A公司已经实际履行合同了，B公司也接受的，所以合同成立。

（2）C公司可以向A公司主张加工承揽合同的权利，因为C公司是从B公司分立出来的，公司分立前的权利义务由分立后的企业分别享受和分别承担。《合同法》也规定，当事人订立合同后分立的，除债权人和债务人另有约定外，由分立的法人或者其他组织对合同的权利义务享有连带债权，承担连带责任。

（3）首先，C公司要求判令A公司支付违约金的主张能获得支持。违约金为约定的承担违约责任方式，当事人在合同中约定了违约金，A公司又确实违约了，所以C公司能够要求A公司承担违约金。其次，C公司要求判令A公司继续履行加工承揽合同的主张不能获得支持。根据《合同法》的规定，在加工承揽合同中，定作人可以随时解除承揽合同，但给对方造成损失的要赔偿。A公司作为定作人，可以解除合同，但如给C公司造成损失了，C公司可以要求赔偿。

（4）D公司应当承担保证责任，因为这一担保合同虽然是A公司虚构出来的，但对B公司来说，根据A出示的委托书和盖有D公司章的合同，其完全有理由相信该保证是真实的，这就符合表见代理的情况，B公司是善意第三人，故有权要求D公司承担保证责任。D公司承担保证责任后，可以向A公司追偿。

2. 缔约过失责任的有关问题

缔约过失责任是指当事人在订立合同过程中因故意或过失，致使合同未成立、未生效、被撤销或者无效，而给他人造成损失，而应承担的损害赔偿责任。

缔约过失责任与违约责任的区别：

	缔约过失责任	违约责任
发生时间	合同订立过程中	合同生效以后
适用范围	合同未成立、未生效、被撤销、无效	生效合同
客观表现	违反诚实信用原则（4种）	不履行合同或不适当履行合同
后果	已造成损失	不一定造成损失

【要点提示】①合同采用书面形式的，双方签字盖章时合同成立。未签字盖章但实际履行、对方又接受的，合同也成立。采用信件、数据电文等形式订立合同的，可以在作出承诺前要求签订确认书。②注意区分缔约过失责任和违约责任。

Ⅱ. 经典例题

1. ［单项选择题］甲、乙两公司拟签订一份买卖合同书，甲公司签字盖章后尚未将书面合同邮寄给乙公司时，即接到乙公司按照合同约定发来的货物，甲公司经清点后将该批货物入库。次日将签字盖章后的书面合同发给乙公司。乙公司收到后，即在合同上签字盖章。根据《合同法》的规定，该买卖合同的成立时间是（　　）。

A. 甲公司签字盖章时

B. 乙公司签字盖章时

C. 甲公司接受乙公司发来的货物时

D. 甲公司将签字盖章后的合同发给乙公司时

【答案】 C

【解析】 根据规定，当事人采用合同书形式订立合同的，自双方当事人签字或者盖章时合同成立，在签字或者盖章之前，当事人一方已经履行主要义务并且对方接受的，该合同成立。

2. ［多项选择题］当事人在订立合同过程中有（　　）行为，给对方造成损失的，应当承担赔偿损失的责任。

A. 假借订立合同，恶意进行磋商

B. 故意隐瞒与订立合同有关的重要事实或者提供虚假情况

C. 有其他违背诚实信用原则的行为

D. 在订立合同过程中知悉对方的商业秘密，泄露或不正当地使用这些商业秘密

【答案】 A B C D

【解析】 上述行为属于缔约过失行为，应当承担缔约过失责任。

9.3 合同的效力

9.3.1 合同生效

Ⅰ. 考点分析

合同生效的时间分为以下四种情况：（1）依法成立的合同，自成立时合同生效。（2）法律、法规规定应当办理批准、登记手续才生效的合同，

办理批准、登记手续后合同生效；法律、法规规定应当办理登记手续，但未规定登记后生效的，未办理登记手续不影响合同效力，但合同标的所有权及其他物权不能转移。此处请考生注意，2004 年教材新增了关于商品房买卖合同的司法解释的规定，特别强调商品房买卖合同的当事人以商品房预售合同未办理登记手续为由，请求确认合同无效的，不予支持；约定以登记为生效条件的，从约定，但一方已经履行合同的主要义务，另一方又接受的除外。（3）附生效条件的合同，条件成就时合同生效；附解除条件的合同，条件成就时合同失效。（4）附生效期限的合同，期限届至时合同生效；附终止期限的合同，期限届满时合同失效。

考生在具体辨别附条件或附期限的合同时，应当了解：（1）附期限的合同，期限届满合同一定生效或不生效。如某房产公司向银行贷款，银行表示贷款合同可以现在签订，但现在不生效。如果明年 8 月房产公司造好房子并借给银行的，合同生效，否则即不生效。这是附条件的合同，不是附期限的合同，虽然明年 8 月一定会来到，但合同是否生效还是要看房子有没有造好并是否借给银行。（2）附期限的合同，该期限必须是一定会来到的。如甲和乙签订房屋租赁合同，约定等甲出国回来，合同即失效。这也是一个附条件的合同，因为甲出国是否会回来是个未知数。如果约定等甲去世合同即失效，这就是附期限的合同了，因为甲肯定会去世的。

【要点提示】 合同生效有 4 种情形：成立生效、登记生效、期限届至生效（或失效）、条件成就生效（或失效）。

Ⅱ. 经典例题

1. ［判断题］当事人订立合同，应当具有完全民事权利能力和民事行为能力。（ ）

【答案】 ×

【解析】 当事人订立合同，不要求具有完全民事权利能力和民事行为能力，只要求具有相应的民事权利能力和民事行为能力。

2. ［判断题］企业法定代表人超越权限订立的合同，在相对人不知其越权的情况下合同成立有效。（ ）

【答案】 √

【解析】 法律规定，企业法定代表人超越权限订立的合同，在相对人不知其越权的情况下合同成立有效。

9.3.2 效力待定的合同

Ⅰ. 考点分析

1. 限制民事行为能力人订立的合同，经法定代理人追认后有效。但纯粹获利的合同，或者与其年龄、智力、精神健康状况相适应而订立的合同，不必追认即有效。相对人可以催告法定代理人在 1 个月内追认。法定代理人未作表示的，视为拒绝追认。合同被追认前，善意相对人有撤销的权利。

2. 无权代理、超越代理权或者代理权终止后以被代理人的名义签订的合同，未经被代理人追认，对被代理人不发生效力，由行为人承担责任。相对人可以催告被代理人在 1 个月内追认。被代理人未作表示的，视为拒绝追认。合同被追认前，善意相对人有撤销的权利。

3. 无处分权的人处分他人的财产，经权利人追认或者无处分权的人订立合同后取得处分权的，该合同有效。

【要点提示】 合同效力待定有 3 种情况：限制民事行为人订立；无权、越权或代理权终止后以被代理人的名义签订；无权处分他人财产。

Ⅱ. 经典例题

1. ［多项选择题］根据《合同法》的规定，下列合同中，属于效力待定合同的有（ ）。

A. 甲、乙恶意串通订立的损害第三人丙利益的合同

B. 某公司法定代表人超越权限与善意第三人丁订立的买卖合同

C. 代理人甲超越代理权限与第三人丙订立的买卖合同

D. 限制民事行为能力人甲与他人订立的买卖合同

【答案】 C D

【解析】 选项 A 属于无效合同；选项 B 属于表见代表行为，该合同是有效的。

2. ［多项选择题］根据《合同法》的规定，下列合同中，属于效力待定合同的有（ ）。

A. 甲、乙恶意串通订立的损害第三人丙利益的合同

B. 某公司法定代表人超越权限与善意第三人丁订立的买卖合同

C. 代理人甲超越代理权限与第三人丙订立的买卖合同

D. 限制民事行为能力人甲与他人订立的买卖合同

【答案】 C D

【解析】 效力待定合同有三种：限制民事行为能力人订立的合同，无权代理、超越代理权或者代理权终止后以被代理人的名义签订的合同，无处分权的人处分他人的财产。

Ⅲ. 相关链接

民事行为的代理和票据代理。

9.3.3 无效合同和可变更、可撤销的合同

Ⅰ. 考点分析

经常有考生将无效合同与可撤销合同混淆，故作一比较归纳：

1. 无效合同与可撤销合同的共同点：（1）都

可以部分有效部分无效；（2）认定机构都是法院或仲裁机构；（3）都不影响合同中独立存在的争议解决方法条款的效力。

2. 无效合同与可撤销合同的区别：

（1）绝对无效与相对无效的区别。无效合同自订立时即无效。可撤销合同在撤销前是有效的，一旦撤销，则自合同订立时起无效。考题举例2004年单项选择题第11题：甲与乙订立合同后，乙以甲有欺诈行为为由向人民法院提出撤销合同申请，人民法院依法撤销了该合同。下列有关被撤销合同的法律效力的表述中，正确的是（　　）。

A. 自合同订立时无效
B. 自乙提出撤销请求时起无效
C. 自人民法院受理撤销请求时起无效
D. 自合同被人民法院撤销后无效

本题答案为A。

（2）构成情形不同。构成无效合同的情形有5种，还要注意司法解释的两点规定，构成可变更、可撤销合同的情形有重大误解、显失公平、欺诈胁迫、乘人之危。特别要注意的是，一般因欺诈胁迫而签订的合同是可变更、可撤销的，因欺诈、胁迫而订立且损害国家利益的合同是无效的。如2004年判断题第11题：甲以欺诈手段订立合同，损害国家利益。该合同应属于无效合同。而不是可撤销合同。（　　）本题答案为对。还需注意的是，当事人超越经营范围订立合同，法院不因此认定合同无效，但违反国家限制经营、特许经营、禁止经营规定的除外。

（3）处理方法不同。都是返还财产、折价补偿、赔偿损失；恶意串通损害国家、集体、第三人利益的无效合同，还需将取得的财产收归国家、集体或第三人。

此外考生还要注意：（1）一方以欺诈、胁迫手段或乘人之危，使对方在违背真实意思的情况下订立的，但未损害国家利益的合同，只有受损害方有权提出撤销。（2）行使合同撤销权的期限为1年，自当事人知道或者应当知道撤销事由发生之日起计算，且这1年为不变期间。

【要点提示】①合同可以部分无效。②5种情形无效（另加司法解释上两点规定），4种情况可

变更可撤销。③无效合同自始无效，可变更可撤销，撤销之后自始无效。

Ⅱ. 经典例题

1. ［2004年单项选择题第11题］甲与乙订立合同后，乙以甲有欺诈行为为由向人民法院提出撤销合同申请，人民法院依法撤销了该合同。下列有关被撤销合同的法律效力的表述中，正确的是（　　）。

A. 自合同订立时无效
B. 自乙提出撤销请求时起无效
C. 自人民法院受理撤销请求时起无效
D. 自合同被人民法院撤销后无效

【答案】A

【解析】法律规定，可撤销合同一旦被撤销的，从合同订立时起无效。

2. ［2001年判断题第11题］对可撤销合同，具有撤销权的当事人如果自合同签订之日起1年内没有行使撤销权，撤销权消灭。（　　）

【答案】×

【解析】应当为具有撤销权的当事人如果自知道或者应当知道撤销事由发生之日起1年内没有行使撤销权，撤销权消灭。

9.4　合同的履行

9.4.1　合同的履行原则

Ⅰ. 考点分析

1. 当事人应当正确、适当、全面地完成合同约定的各项义务。

2. 合同生效以后，当事人就质量、价款或报酬、履行地点等内容没有约定或约定不明的，可以协议补充；不能达成补充协议的，按合同有关条款或交易惯例确定；按有关条款或交易惯例仍不能确定的，按法定规则（第6条）履行。在掌握法定规则时，考生应注意：（1）一般的买卖合同，履行地点不明确，在卖方（接受货币一方）所在地履行。（2）履行费用负担不明确的，各方承担自己履行义务所发生的费用。（3）如遇到具体的合同案例既没有约定履行地点，又没有约定费用负担方的，应先确定履行地点，然后才能确定每一方的义务及费用承担。

3. 合同订立后，价格变动时按以下规则处理：

	执行国家定价的		执行市场价的
	遇价格上涨时	遇价格下跌时	遇价格调整时
按时履行的	按交付时价格计价		协商不成，按合同约定价格执行
逾期交货的	按原价格执行	按新价格执行	
逾期提货的	按新价格执行	按原价格执行	
逾期付款的			

关于本知识点考生应掌握：（1）现在大多数　合同的价款都是执行市场价的，所以做到具体的

案例时，先要看清是执行国家定价的还是市场价的合同，不要一看到涨价跌价就考虑保护守约方惩罚违约方。（2）执行国家定价或政府指导价的合同，因违约遇价格上涨下跌时，贯彻的是保护守约方、惩罚违约方的原则。

4. 当事人约定由债务人向第三人履行合同的，债务人违约时，向债权人承担违约责任；当事人约定由第三人向债权人履行合同的，第三人违约时，由债务人向债权人承担违约责任。在学习本知识点时，考生应注意融资租赁合同这种特殊情况。融资租赁合同是由两个涉及第三人的合同组成的。出租人和承租人之间的是一个由第三人履行的合同；出租人和出卖人之间的是一个向第三人履行的合同。但《合同法》规定，出租人、出卖人和承租人可以约定，出卖人不履行合同义务的，由承租人行使索赔的权利，出租人予以协助。

5. 合同订立后，其主体合并的，合并前的债权债务由合并后的企业享受和承担；其主体分立的，分立前的债权债务由分立后的主体享受连带债权承担连带债务。

【要点提示】 ①合同约定不明的可以协议补充，按合同有关条款或交易惯例、依法定规则。②合同订立后发生价格变动，按"谁违约对谁不利"这一原则核算价格。③合同中涉及第三人条款不影响双方责任的承担。（注意融资租赁合同的特殊规定）④合同的责任不会随主体合并分立而消灭。

Ⅱ. 经典例题

1. [2004 年判断题第 10 题] 合同约定由债务人甲向第三人乙履行交货义务，甲在所交货物的质量不符合合同约定时，应当向乙承担违约责任。

（　　）

【答案】 ×

【解析】 向第三人履行的合同，债务人不履行或者瑕疵履行合同义务时，应向合同债权人承担违约责任，不是向第三人承担违约责任。

2. [2001 年判断题第 12 题] 当事人约定由债务人向第三人履行债务的，债务人未向第三人履行债务，应当向第三人承担违约责任。　（　　）

【答案】 ×

【解析】 当事人约定由债务人向第三人履行债务的，债务人未向第三人履行债务，应当向债权人承担违约责任。

9.4.2　合同的履行抗辩权

Ⅰ. 考点分析

《合同法》规定了当事人在履行合同过程中享有的三种抗辩权：

1. 同时履行抗辩权。当事人互负债务，没有先后履行顺序，应当同时履行。一方在对方履行之前有权拒绝其履行要求；一方在对方履行债务不符合约定时，有权拒绝其相应的履行要求。一

旦对方履行债务符合约定了，抗辩方应当恢复履行合同义务。

2. 后履行抗辩权。当事人互负债务，有先后履行顺序。先履行一方未履行时，后履行一方有权拒绝其履行要求；先履行一方履行债务不符合约定的，后履行一方有权拒绝其相应的履行要求。一旦先履行义务方履行债务符合约定了，抗辩方应当恢复履行合同义务。如 2002 年单项选择题第 11 题：甲公司与乙公司订立的买卖合同约定：甲公司向乙公司购买西服价款总值为 9 万元，甲公司于 8 月 1 日前向乙公司预先支付货款 6 万元，余款于 10 月 15 日在乙公司交付西服后 2 日内一次付清。甲公司以资金周转困难为由未按合同约定预先支付货款 6 万元。10 月 15 日，甲公司要求乙公司交付西服。根据合同法律制度的规定，乙公司可以行使的权利是（　　）。

A. 同时履行抗辩权　　B. 后履行抗辩权

C. 不安抗辩权　　　　D. 撤销权

【答案】 B

【解析】 本合同约定甲公司先付预付款，所以乙公司是后履行义务方，在先履行义务方不履行合同义务时，其可以行使后履行抗辩权。

3. 不安抗辩权。有先后履行顺序的双务合同中，先履行一方当事人有确切证据证明对方有以下情形之一的，在对方未能履行合同或提供担保时，可以中止履行合同：（1）经营状况严重恶化；（2）转移财产、抽逃资金，以逃避债务；（3）丧失商业信誉；（4）有丧失或可能丧失履行债务能力的其他情形。

先履行方行使不安抗辩权时，应当及时通知对方。对方提供适当担保的，合同应当继续履行；对方在合理期限内未恢复履约能力并未提供适当担保的，中止方可以解除合同。关于此知识点，考生可以结合因预期违约而解除合同的法律规定一起复习。

【要点提示】 三种抗辩的名称及适用方式需区分清楚。

Ⅱ. 经典例题

1. [单项选择题] 甲、乙双方订立买卖合同，甲为出卖人，乙为买受人，约定收货后 10 日内付款。甲在交货前有确切证据证明乙经营状况严重恶化。根据《中华人民共和国合同法》的规定，甲可采取的措施是（　　）。

A. 行使同时履行抗辩权

B. 行使后履行抗辩权

C. 行使不安抗辩权

D. 行使撤销权

【答案】 C

【解析】 有先后履行顺序的双务合同中，先履行一方当事人有确切证据证明对方有以下情形之一的，在对方未能履行合同或提供担保时，可以

中止履行合同：（1）经营状况严重恶化；（2）转移财产、抽逃资金，以逃避债务；（3）丧失商业信誉；（4）有丧失或可能丧失履行债务能力的其他情形。

2. [多项选择题] 在有先后履行顺序的合同中，当事人可能会行使下列抗辩权（　　）。

A. 同时履行抗辩权　　B. 后履行抗辩权

C. 不安抗辩权　　　　D. 代位抗辩权

【答案】B C

【解析】同时履行抗辩权不适用于有先后履行顺序的合同；合同法没有规定"代位抗辩权"这种抗辩权。

9.4.3　代位权与撤销权

Ⅰ. 考点分析

代位权与撤销权是合同保全的两种措施。

1. 代位权

代位权是指合同债权人怠于行使对第三人享有的到期债权而危及债权人的债权时，债权人为保全债权，可以自己的名义代位行使债务人对第三人的权利的权利。

行使代位权的条件为：（1）债权人对债务人的债权合法；（2）债务人怠于行使其到期债权，对债权人造成损害。此处请考生注意，怠于行使到期债权指债务人不履行其对债权人的到期债务，又不以诉讼方式或者仲裁方式向其债务人主张其享有的以金钱为标的的债权；（3）债务人的债权已到期；（4）债务人的债权不是专属于债务人自身的债权。

债权人行使代位权应通过诉讼程序进行。代位权行使的范围以债权为限。债权人行使债权的必要费用由债务人负担。债权人在代位权之诉中胜诉的，诉讼费由次债务人承担。

2. 撤销权

撤销权是指合同债权人对于合同债务人所为的危害债权行为，请求法院予以撤销的权利。

撤销权成立要件因无偿行为和有偿行为而不同。在无偿行为的情况下，债权人可以行使撤销权；在有偿行为的情况下，受让人是恶意的，债权人可以行使撤销权，如果受让人是善意的，则债权人不能行使撤销权。

撤销权由债权人以诉讼方式行使，且以债权人的债权为限。债权人行使撤销权的费用，由债务人负担。行使撤销权的期限为债权人知道或者应当知道撤销事由之日起1年以内；债权人在撤销事由发生之日起5年内没有行使撤销权的，该撤销权消灭。

【要点提示】①代位权行使的条件：债务人怠于行使合法到期的非专属债权。②撤销权：无偿可撤，有偿恶意可撤善意不可撤。③代位权撤销权均通过法院行使，以债权人享有的债权为限。④注意代位权诉讼费的承担者和行使撤销权的

期限。

Ⅱ. 经典例题

1. [2004年多项选择题第12题] 债权人甲认为债务人乙怠于行使其债权给自己造成损害，欲提起代位诉讼。下列各项债权中，不得提起代位诉讼的有（　　）。

A. 安置费给付请求权

B. 劳动报酬请求权

C. 人身伤害赔偿请求权

D. 因继承关系产生的给付请求权

【答案】A B C D

【解析】法律规定，对于专属于债务人自身的债权不得提起代位诉讼。本题ABCD项都属于债务人自身的债权。

2. [2003年多项选择题第14题] 根据合同法律制度的规定，债务人的下列行为中，债权人认为对自己造成损害的，可以请求人民法院予以撤销的有（　　）。

A. 放弃到期债权

B. 无偿转让财产

C. 拍卖优良资产

D. 以明显不合理的低价转让财产，且受让人知道该情形

【答案】A B D

【解析】撤销权是指合同债权人对于合同债务人所为的危害债权行为，请求法院予以撤销的权利。撤销权成立要件因无偿行为和有偿行为而不同。在无偿行为的情况下，债权人可以行使撤销权；在有偿行为的情况下，受让人是恶意的，债权人可以行使撤销权，如果受让人是善意的，则债权人不能行使撤销权。

9.5　合同的担保

9.5.1　合同担保概述

Ⅰ. 考点分析

担保的方式除常见的五种以外，还有反担保。留置和定金不能作为反担保方式，在债务人亲自向原担保人提供反担保的情况下，保证也不能作为反担保方式。

下列担保合同无效：（1）国家机关、以公益为目的的事业单位、社会团体提供的担保；（2）董事、高级管理人员违反公司章程规定，未经股东（大）会、董事会同意，以公司财产为他人提供的担保；（3）以禁止流通或不可转让的财产设定的担保。

下列对外担保无效：（1）未经批准登记的对外担保；（2）未经批准登记，为境外机构向境内债权人提供担保；（3）为外商投资企业注册资本或外方投资部分的对外债务提供担保；（4）无权经营外汇担保业务的金融机构、无外汇收入的非金融企业法人提供的外汇担保；（5）主合同变更

或债权人将对外担保合同项下的权利转让，未经担保人同意和主管部门批准，担保人不再承担担保责任。但法律法规另有规定的除外。（此处请注意与一般担保关系中主合同债权转让未经保证人同意之处理办法的区别）

上市公司对外担保必须经董事会审议，下列情形须经股东大会审批：（1）上市公司及其控股子公司的对外担保总额，超过最近一期经审计净资产50% 以后提供的任何担保；（2）为资产负债率超过70% 的担保对象提供的担保；（3）单笔担保额超过最近一期经审计净资产 10% 的担保；（4）对股东、实际控制人及其关联方提供的担保。股东大会在审议为股东、实际控制人及其关联方提供的担保议案时，该股东或受该实际控制人支配的股东，不得参与该项表决，该项表决由出席股东大会的其他股东所持表决权的半数以上通过。应由董事会审批的对外担保，必须经出席董事会的 2/3 以上董事审议同意并作出决议。上市公司控股子公司的对外担保，比照上述规定执行。

无效担保合同的责任：（1）主合同有效而担保合同无效的，债权人无过错的，担保人与债务人对主合同的债权人承担连带的赔偿责任，债权人、担保人有过错的，担保人承担债务人不能偿还部分债务的 1/2 以下的责任。（2）主合同无效而导致担保合同无效的，担保人无过错的，不承担民事责任；担保人有过错的，承担债务人不能偿还部分债务的 1/3 以下的责任。（3）担保人因无效担保合同向债权人承担赔偿责任后，可以向债务人追偿，或者要求有过错的反担保人承担赔偿责任。本知识点内容比较复杂，考生做题目时要仔细辨别担保合同无效的原因，从而回答法律责任由谁承担。如 2003 年单项选择题第 9 题：根据担保法律制度的规定，担保合同被确认无效时，债务人、担保人、债权人有过错的，应当根据其过错各自承担相应的民事责任。下列有关承担民事责任的表述中，正确的是（　　）。

A. 主合同有效而担保合同无效，债权人无过错的，债务人对主合同债权人的经济损失承担赔偿责任，担保人则不承担赔偿责任

B. 主合同有效而担保合同无效，债权人、担保人有过错的，担保人承担民事责任的部分，不应超过债务人不能清偿部分的 1/3

C. 主合同无效而导致担保合同无效，担保人无过错则不承担民事责任

D. 主合同无效而导致担保合同无效，担保人有过错的，应承担的民事责任不超过债务人不能清偿部分的 1/2

根据上述法律规定，本题答案只能选 C。

【要点提示】①注意担保合同无效的 3 种情况、对外担保无效的 5 种情况。②上市公司担保审批的 4 种情形。③主合同无效担保有效，债权人无过错，担保人连带责任；债权人过错，担保人承担 1/2 以下责任。④主合同担保合同都无效，担保人有过错承担 1/3 责任，无过错无责任。⑤担保人可向债务人追偿。

Ⅱ. 经典例题

1.［2007 年判断题第 7 题］主合同有效而担保合同无效，债权人无过错的，担保人与债务人对主合同债权人的经济损失，应当承担连带赔偿责任。　　　　　　（　　）

【答案】√

【解析】本题考核担保合同无效的法律责任。以上的表述是正确的。

2.［多项选择题］合同的担保有（　　）等形式。

A. 保证　　　　　　　　B. 抵押

C. 质押　　　　　　　　D. 订金

【答案】A B C

【解析】订金不是法定的合同担保形式；定金才是合同的担保的形式之一。

Ⅲ. 相关链接

几种担保形式的比较：

	特　征	比　较
保证	以第三人的信用作担保	
抵押	以债务人或第三人的财产作担保	与质押区别在不改变对担保物的占有
质押	以债务人或第三人的动产或权利作担保	与抵押区别在改变对担保物的占有；与留置区别在质物与债权不一定属于同一个法律关系
留置	以债务人的动产作担保	与质押区别在留置物与债权属于同一个法律关系
定金	以债务人的钱作担保	

9.5.2　保证

Ⅰ. 考点分析

1. 保证合同是第三人与债权人之间的合同，必须采用书面形式。

2. 保证人中的特殊情况：（1）经国务院批准，为使用外国政府或者国际经济组织贷款进行转贷担保时，国家机关可以成为保证人；（2）从事经营活动的事业单位、社会团体可以作为保证人；（3）企业法人的职能部门不能作为保证人；（4）企业法人的分支机构有法人书面授权的，可以在授权

范围内提供保证；（5）不具备完全代偿能力的保证人订立保证合同后，不能以自己没有代偿能力为由要求免除保证责任。

3. 保证的方式分为一般保证和连带责任保证。保证人的保证方式为有约定的按约定，没有约定的承担连带责任。当事人在保证合同中约定在债务人不能履行债务时才由保证人承担保证责任的，为一般保证方式。

在一般保证的情形下，如果主合同纠纷未经审判或仲裁，并就债务人财产依法强制执行仍不能履行债务前，保证人对债权人可以拒绝承担保证责任。但有三种情况的，保证人不能行使先诉抗辩权。一般保证人在主债权履行期限届满后，向债权人提供了债务人可供执行的财产的情况，债权人放弃或怠于行使权利导致该财产不能被执行的，保证人可请求法院在该财产实际价值范围内免除保证责任。

在连带责任保证的情形下，只要债务人在主合同规定的债务履行期届满没有履行债务的，债权人既可以要求债务人履行债务，也可以要求保证人在其保证范围内承担保证责任。

两个以上保证人保证担保同一债权时，与债权人约定保证份额的按照约定，没有约定保证份额的为连带（此处请注意连带责任保证与连带共同保证的区别）。

4. 保证责任

（1）保证担保的范围包括主债权及利息、违约金、损害赔偿金和实现债权的费用。保证合同另有约定的按照约定。

（2）保证期间，债权人依法将债权出让的，除另有约定外，保证人应在原保证范围内承担保证责任；债务人将债务出让的，应取得保证人书面同意，否则保证人不再承担保证责任。

（3）保证期间，债权人与债务人未经保证人书面同意对主合同内容作了变动，如果减轻债务人债务的，保证人仍应对变更后的合同承担保证责任；如果加重债务人债务的，保证人对加重的部分不承担保证责任。债权人与债务人未经保证人书面同意对主合同履行期限作了变动的，保证期间为原合同约定的或者法律规定的期间。主合同当事人协议以新贷还旧贷的，除保证人知道或者应当知道者外，保证人不承担民事责任；但新贷与旧贷系同一保证人的除外。

（4）经常有考生问保证期间和保证诉讼时效的关系，现解释如下：

①保证期间是指债权人超过一定的期限不主张自己的权利，保证人即免去保证责任的法律规定。在一般保证关系中，债权人在保证期间不向债务人提起诉讼或仲裁的，保证人免除保证责任；在连带保证关系中，债权人在保证期间不要求保证人履行保证义务的，保证人也免除保证责任。

保证责任消灭后，债权人书面通知保证人履行清偿责任，保证人在催款通知上签字的，法院不得认定保证人继续承担保证责任。但催款通知书内容符合担保合同成立条件并经保证人签字，能够认定成立新的保证合同的，法院应当认定保证人按照新保证合同承担保证责任。

②保证期间是由当事人约定的；当事人没有约定的，保证期间为主债务履行期届满之日起6个月；保证合同约定的保证期间早于或者等于主债务履行期限的，视为没有约定，保证期间也是主债务履行期届满之日起6个月；保证合同约定保证人承担保证责任直至主债务本息还清时为止等类似内容的，视为约定不明，保证期间为主债务履行期届满之日起2年。

最高额保证合同对保证期间没有约定或者约定不明的，如最高额保证合同约定有保证人清偿债务期限的，保证期间为清偿期限届满之日起6个月。没有约定债务清偿期限的，保证期间自最高额保证终止之日或自债权人收到保证人终止保证合同的书面通知到达之日起6个月。

③保证期间没有中止、中断和延长。

④保证诉讼时效是指债权人超过一定的期限没有向保证人主张权利，即丧失对保证人的胜诉权。

⑤在一般保证关系中，债权人在保证期间届满前对债务人提起诉讼或者仲裁的，从判决或者裁决生效之日起，开始计算保证合同的诉讼时效；在连带保证关系中，债权人在保证期间届满前要求保证人承担保证责任的，从债权人要求保证人承担保证责任之日起，开始计算保证合同的诉讼时效。由此可见，保证诉讼时效是一种特殊的时效规定，一般诉讼时效都是从当事人知道或者应当知道自己的权利受到侵害时开始，保证诉讼时效开始计算是附条件的，这一条件就是债权人在保证期间主张了权利。

⑥保证的诉讼时效为2年，保证诉讼时效有中止和中断。在一般保证中，主债务诉讼时效中断，保证债务诉讼时效中断；在连带责任保证中，主债务诉讼时效中断，保证债务诉讼时效不中断。在一般保证和连带责任保证中，主债务诉讼时效中止的，保证债务的诉讼时效同时中止。

举例：甲是主债权人、乙是主债务人、丙是保证人。A. 在一般保证关系中，1998年12月（在保证期间内），甲向法院起诉，法院判决乙还债，自该判决生效之日起，甲对丙的诉讼时效也开始了。由于乙一直未执行法院判决，1999年4月，甲申请法院强制执行，因此主债务诉讼时效中断，甲对丙的诉讼时效也中断。待法院执行完毕，乙无法清偿的部分应当由丙偿还，甲对丙的诉讼时效也重新开始计算，如果甲在两年内没有要求丙承担保证义务，保证债务的诉讼时效即超过了。B. 在连带保证关系中，1998 年 12 月（在保证期间内），甲要求丙承担保证义务，甲对丙的诉讼时效开始了。1999 年 4 月，甲又向法院起诉，要求乙还债，因此主债务的诉讼时效中断，但甲对丙的诉讼时效并不中断。自 1998 年 12 月甲对丙主张权利后，他一直不再找丙催债的话，到 2000 年 12 月，甲对丙的诉讼时效就超过了。C. 在任何一种保证关系中，在诉讼时效的最后 6 个月期间，甲因精神原因无法行使权利，在其治好以前或找到代理人以前，甲对乙和丙的诉讼时效都中止。

（5）保证人的抗辩权与保证责任的认定：①保证人享有债务人的抗辩权；债务人放弃抗辩权的，保证人仍然享有。②保证人对已经超过诉讼时效期间的债务承担保证责任或者提供保证的，不得又以超过诉讼时效为由提出抗辩。

（6）物的担保和保证并存时：①根据当事人的约定确定承担责任的顺序。②没有约定或约定不明的，先就债务人的物的担保求偿。③没有约定或约定不明，又没有债务人的物的担保的，第三人物保和保证担保同一顺序清偿；如果其中一人承担了担保责任，则只能向债务人追偿，不能向另一个担保人追偿。

（7）保证人不承担责任的情形：①主合同当事人双方串通，骗取保证人提供保证的。②合同债权人采取欺诈、胁迫等手段，使保证人在违背真实意思的情况下提供保证的。③主合同债务人采取欺诈、胁迫等手段，使保证人在违背真实意思的情况下提供保证的，债权人知道或者应当知道欺诈、胁迫事实的，保证人不承担民事责任。④债务人与保证人共同欺骗债权人，订立主合同和保证合同的，债权人可以请求法院予以撤销，保证人与债务人就因此造成的损失承担连带赔偿责任。

（8）保证人的追偿权

①保证人承担保证责任后，有权向债务人追偿；其行使追偿权的诉讼时效自保证人向债权人承担保证责任之日开始计算。保证人自行履行保证责任时，其实际清偿额大于主债权范围的，保证人只能在主债权范围内对债务人行使追偿权。

②保证期间，法院受理债务人破产案件的，债权人既可申报债权，也可向保证人主张权利。债权人不申报债权的，应当通知保证人，保证人可以预先追偿。债权人知道或者应当知道债务人破产，既不申报债权，也不通知保证人，导致保证人无法行使预先追偿权的，保证人在该债权在破产程序中可能受偿的范围内免除保证责任。债权人要求保证人对其在破产程序中未受清偿部分承担保证责任的，应当在破产程序终结后 6 个月内提出。

【要点提示】①保证人的特别规定。②保证责任（相关的特殊规定须全面理解），重点注意：债

权出让、未经保证人书面同意对主合同内容作了变动后保证责任的变化；保证期间和保证诉讼时效的关系；保证人的抗辩权；物的保证并存时的责任认定；不承担保证责任的情形等几个方面。

Ⅱ．经典例题

1. ［2006 年综合题第 3 题］2006 年 3 月 20 日，上海的甲公司与北京的乙公司签订了一份买卖合同，约定：甲公司向乙公司购买 1 000 吨化工原料，总价款为 200 万元；乙公司在合同签订后 1 个月内交货，甲公司在验货后 7 日内付款。双方没有明确约定履行地点。

合同签订后，甲公司以其办公用房作抵押向丙银行借款 200 万元，并办理了抵押登记手续。由于办公用房的价值仅为 100 万元，甲公司又请求丁公司为该笔借款提供了保证担保。丙银行与丁公司的保证合同没有约定保证方式及保证范围，但约定保证人承担保证责任的期限至借款本息还清时为止。

4 月 10 日，乙公司准备通过铁路运输部门发货时，甲公司的竞争对手告知乙公司，甲公司经营状况不佳，将要破产。乙公司随即暂停了货物发运，并电告甲公司暂停发货的原因，要求甲公司提供担保。甲公司告知乙公司：本公司经营正常，货款已经备齐，乙公司应尽快履行合同，否则将追究违约责任。但乙公司坚持要求甲公司提供担保。甲公司急需这批货物，只好按照乙公司的要求，提供了银行保函。5 月 25 日，乙公司收到银行保函，当日向铁路运输部门支付了运费并发货。货物在运输途中，遇泥石流灾害全部灭失。

借款合同到期后，甲公司没有偿还丙银行的借款本息。

【要求】根据上述内容，分别回答下列问题：

（1）乙公司暂停发货是否有法律依据？并说明理由。

（2）在买卖合同履行地点约定不明确的情况下，应当如何交付标的物？

（3）货物灭失的损失应当由谁承担？并说明理由。

（4）铁路运输部门是否应当依据运输合同承担违约责任？乙公司可否要求铁路运输部门返还运费？并分别说明理由。

（5）丁公司应当承担连带保证责任还是一般保证责任？并说明理由。

（6）丁公司的保证期间为多长？并说明理由。

（7）丙银行可否直接要求丁公司承担 200 万元的保证责任？并说明理由。

【答案及解析】

（1）乙公司暂停发货没有法律依据。乙公司的行为并不构成不安抗辩权，根据法律规定，合同当事人行使不安抗辩权的前提是有证据证明对方当事人不能或可能不能履行合同义务，而本题中乙公司

仅仅是听信了甲公司竞争对手的片面之词。

（2）在买卖合同履行地点约定不明确的情况下，合同双方当事人可以达成补充协议，不能达成补充协议的，按照合同的有关条款或者交易习惯确定。依照上述履行原则仍不能确定的，其履行义务的地点为履行义务一方所在地。

（3）货物灭失的损失由甲公司承担。根据合同法，在买卖合同中，当事人没有约定交付地点或者约定不明确，标的物需要运输的，出卖人将标的物交付给第一承运人以后，其毁损、灭失的责任由买受人承担。

（4）铁路运输部门不承担违约责任。根据合同法，当货物损毁、灭失是因不可抗力、货物本身的自然性质或者合理损耗以及托运人发货人的过错造成的，不承担赔偿责任，本题中的泥石流灾害属于不可抗力。

乙公司可以请求返还运费。根据合同法，货物在运输过程中因不可抗力灭失的，未收取运费的，承运人不得要求支付运费。已收取运费的，托运人可要求返还。

（5）丁公司应当承担连带保证责任。根据合同法，当事人对保证方式没有约定或者约定不明确的，按照连带保证责任承担保证责任。

（6）丁公司的保证期间为主债务履行期届满之日起2年内。根据合同法，保证合同约定保证人承担保证责任直至主债务本息还清时为止等类似内容时，视为约定不明，保证期间为主债务履行期届满之日起2年。

（7）丙银行不可直接要求丁公司承担200万元的保证责任。根据法律规定，同一债权上既有抵押又有保证的，先执行债务人的物的担保；债权人放弃债务人的物的担保的，保证人在债权人放弃的范围内免除保证责任。

2.［2005年判断题第6题］当事人对保证方式没有约定或者约定不明确的，按照连带责任保证承担保证责任。　　　　　（　　）

【答案】√

【解析】法律规定，当事人对保证方式没有约定或者约定不明确的，按照连带责任保证承担保证责任。

3.［2005年综合题第3题］2000年10月，甲融资租赁公司（下称甲公司）与乙公司订立一份融资租赁合同。该合同约定：甲公司按乙公司要求，从国外购进一套花岗岩生产线设备租赁给乙公司使用；租赁期限10年，从设备交付时起算；年租金400万元（每季支付100万元），从设备交付时起算；租期届满后，租赁设备归乙公司所有。为了保证乙公司履行融资租赁合同规定的义务，丙公司所属的丁分公司在征得丙公司的口头同意后，与甲公司订立了保证合同，约定在乙公司不履行融资租赁合同规定的义务时，由丁分公司承

担保证证责任。

2001年12月，甲公司依约将采购的设备交付给乙公司使用；乙公司依约开始向甲公司支付租金。

2003年3月，甲公司获悉：乙公司在融资租赁合同洽谈期间所提交的会计报表严重不实；隐瞒了逾期未还银行巨额贷款的事实；伪造了大量客户订单。甲公司随即与乙公司协商，并达成了进一步加强担保责任的协议，即：乙公司将其所有的一栋厂房作抵押，作为其履行融资租赁合同项下义务的担保。为此，甲公司与乙公司订立了书面抵押合同，乙公司将用于抵押的厂房的所有权证书交甲公司收存。

2004年7月，乙公司停止向甲公司支付租金。经甲公司多次催告，乙公司一直未支付租金。甲公司调查的情况显示：乙公司实际已处于资不抵债的境地。

【要求】根据本题所述内容，分别回答下列问题：

（1）甲公司在乙公司停止支付租金后，可否以乙公司存在欺诈行为为由撤销融资租赁合同？并说明理由。

（2）甲公司是否可以解除融资租赁合同？并说明理由。

（3）丁分公司是否应当向甲公司承担保证责任？并说明理由。丙公司是否应当向甲公司承担民事责任？并说明理由。

（4）如果乙公司破产，乙公司用于抵押的厂房是否属于破产财产？并说明理由。

（5）如果乙公司破产，乙公司向甲公司租赁的设备是否属于破产财产？并说明理由。

【答案及解析】

（1）甲公司在乙公司停止支付租金后，不能以乙公司存在欺诈行为为由撤销融资租赁合同。根据规定，具有撤销权的当事人自知道之日起1年内没有行使撤销权的，撤销权消灭。在本题中，乙公司以欺诈手段订立的融资租赁合同，由于不损害国家利益，属可撤销合同。甲公司在2003年3月知道乙公司的欺诈事实，2004年7月，乙公司停止向甲公司支付租金后，甲公司不能以乙公司存在欺诈行为为由撤销融资租赁合同。

（2）甲公司可以解除融资租赁合同。根据规定，当事人一方延迟履行主要债务，经催告后在合理期限内仍未履行的，对方当事人可以解除合同。在本题中，乙公司停止向甲公司支付租金，经甲公司多次催告，乙公司一直未支付租金，因此，甲公司可以解除融资租赁合同。

（3）①丁分公司不应当向甲公司承担保证责任。根据规定，企业法人的分支机构有法人书面授权的，可以在授权范围内提供保证。在本题中，丁分公司未取得丙公司的书面授权（只是口头同

意），丁分公司与甲公司订立的保证合同无效，因此，丁分公司不应当向甲公司承担保证责任。②丙公司应当向甲公司承担民事责任。根据规定，企业法人的分支机构未经法人书面授权，导致保证合同无效，债权人和企业法人有过错的，应当根据其过错承担各自应当承担的民事责任，债权人无过错的，由企业法人承担民事责任。

（4）如果乙公司破产，乙公司用于抵押的厂房属于破产财产。根据规定，当事人以厂房设定抵押时，应当办理抵押物登记，抵押合同自登记之日起生效。在本题中，乙公司以厂房向甲公司设定抵押时，未办理抵押物登记，抵押合同未生效。因此，如果乙公司破产，乙公司用于抵押的厂房仍属于破产财产。

（5）如果乙公司破产，乙公司向甲公司租赁的设备不属于破产财产。根据规定，在融资租赁合同中，出租人享有租赁物的所有权，承租人破产的，租赁物不属于破产财产。在本题中，由于承租人乙公司未向甲公司支付全部的租金，因此，如果乙公司破产，乙公司向甲公司租赁的设备不属于破产财产。

4. ［2002 年判断题第 11 题］在保证合同保证期间，债权人与债务人未经保证人同意对主合同价款进行了变更。如果这种变更减轻了债务人的债务，则保证人仍应对变更后的合同承担保证责任；如果这种变更加重了债务人的债务，则保证人对加重的部分不承担保证责任。　　　　（　　）

【答案】√

【解析】《担保法司法解释》规定，在保证合同保证期间，债权人与债务人未经保证人同意对主合同价款进行了变更。如果这种变更减轻了债务人的债务，则保证人仍应对变更后的合同承担保证责任；如果这种变更加重了债务人的债务，则保证人对加重的部分不承担保证责任。

Ⅲ．相关链接

法院受理破产案件后保证关系的处理；票据保证。

9.5.3　定金

Ⅰ．考点分析

1. 定金包括立约定金、成约定金、解约定金和违约定金，他们各有不同的法律后果。

2. 定金应以书面形式约定，定金合同从实际交付定金之日起生效。

3. 定金的效力表现为：①定金一旦交付，定金所有权转移；②给付定金的一方不履行约定的债务的，无权要求对方返还定金；接受定金的一方不履行约定的债务时，应双倍返还定金。部分不履行的，按照比例适用定金罚则；③当事人一方延迟履行或有其他违约行为时，不能当然适用定金罚则；只有致使合同目的不能实现时，才可以适用定金罚则。但法律另有规定或当事人另有约定的除外；④当事人约定的定金数额不能超过主合同标的额的 20%，否则超过部分无效。⑤因不可抗力、意外事件导致合同不能履行的，不适用定金罚则。因第三人过错导致合同不能履行的，受定金处罚的一方可以向第三人追偿。

4. 定金和违约金只能选择适用一项。

【要点提示】①只有致使合同目的不能实现时，才可以适用定金罚则。②定金数额不能超过主合同标的额的 20%，超过部分无效。

Ⅱ．经典例题

1. ［单项选择题］甲、乙两公司于 9 月 10 日签订一份加工合同，合同约定乙公司于 12 月 10 日前完成为甲公司加工一批专用机器配件的任务。为保证合同的履行，他们同时签订了一份定金担保合同。9 月 12 日甲公司将机器配件的毛坯交给乙公司，9 月 15 日甲公司将定金汇给乙公司。定金合同的生效日期为（　　）。

A. 9 月 10 日　　　　　　B. 9 月 12 日

C. 9 月 15 日　　　　　　D. 12 月 10 日

【答案】C

【解析】定金合同是实践合同，于定金交付之日生效。

2. ［判断题］当事人约定的定金数额不能超过主合同标的额的 20%，否则订金无效。（　　）

【答案】×

【解析】当事人约定的定金数额不能超过主合同标的额的 20%，否则超过部分无效。

9.6　合同的变更、转让和终止

9.6.1　合同的变更和转让

Ⅰ．考点分析

1. 合同主体的变更，称为合同的转让。故合同的变更仅指合同内容的变更。

2. 当事人协商一致可以变更合同；但规定应当办理批准、登记手续的从规定。合同的变更原则上只对变更后未履行的部分发生效力，对已履行的部分无溯及力。

3. 合同的转让

①合同权利转让不须取得合同债务人同意，但应通知债务人，否则该转让对债务人无效。合同义务转让应取得债权人同意，否则转让无效。合同权利义务概括转让也需经对方同意。

②下列情形的债权禁止转让：根据合同性质不得转让的；按照当事人约定不得转让的；依照法律规定不得转让的。

③合同债权转让的，受让人取得与债权有关的从权利，但该从权利专属于债权人自身的除外。

④债务人接到债权转让通知后，债务人对让与人的抗辩权转为对受让人行使；债务人对让与人享有债权，并先于转让债权到期或同时到期的，债务人可以向受让人主张抵销。

⑤合同义务转让后，原债务人对债权人的抗辩，转为由新债务人行使。新债务人应当承担与主债务有关的从债务，但该从债务专属于原债务人自身的除外。

【要点提示】①合同权利转让不需取得合同债务人同意，但应通知债务人，否则该转让对债务人无效；合同义务转让应取得债权人同意，否则转让无效。②掌握债权禁止转让的情形。

Ⅱ. 经典例题

1. [2005年判断题第7题] 买卖合同的出卖人将收取价款的权利转让给第三人，无须得到买受人的同意，但是应当通知买受人。（ ）

【答案】√

【解析】法律规定，合同权利转让不需取得合同债务人同意，但应通知债务人。

2. [单项选择题] 合同义务转让后，原债务人对债权人的抗辩，转为由（ ）行使。

A. 新债务人　　B. 原债务人
C. 双方约定　　D. 第三人

【答案】A

【解析】法律规定，合同义务转让后，原债务人对债权人的抗辩，转为由新债务人行使。

9.6.2 合同的终止

Ⅰ. 考点分析

1. 合同终止的原因为：（1）债务已按照约定履行；（2）合同解除；（3）债务相互抵销（4）债务人依法将标的物提存；（5）债权人免除债务；（6）债权债务同归于一人；（7）法律规定或当事人约定终止的其他情形。

2. 合同的解除

合同解除分为合意解除和法定解除两种。合意解除是指根据当事人事先约定或事后协商一致而解除合同。法定解除是指根据法律的规定而解除合同。

法定解除合同的情形有：（1）因不可抗力致使不能实现合同目的；（2）在履行期限届满之前，当事人一方明确表示或者以自己的行为表明不履行主要债务；（3）当事人一方迟延履行主要债务，经催告后在合理期限内仍未履行；（4）当事人一方迟延履行主要债务或有其他违约行为致使不能实现合同目的；（5）法律规定的其他情形。

当事人解除合同，如果法律、法规要求办理批准，登记手续的，当事人应当办理有关手续，否则不发生解除的效力。

合同解除后，当事人可以要求恢复原状，采取其他补救措施，并有权要求赔偿损失。

合同的权利义务终止，不影响合同中结算和清理条款的效力。

3. 债务抵销

抵销分为法定抵销和约定抵销。法定抵销是指当事人互负到期债务，该债务的标的物种类、品质相同，当事人任何一方可以将自己的债务与对方的债务抵销，除非法律规定或按照合同的性质不能抵销的。约定抵销就是当事人就互负的，标的物种类、品质不相同的债务协商一致抵销。

4. 标的物提存

有下列情形之一，债务人难以履行债务的，可以将标的物提存：（1）债权人无正当理由拒绝受领；（2）债权人下落不明；（3）债权人死亡未确定继承人或丧失民事行为能力未确定监护人；（4）法律规定的其他情形。标的物不适宜提存或提存费用过高的，可将其变卖后提存卖得款。

标的物提存后，毁损、灭失的风险由债权人承担，孳息归债权人所有，管理费用由债权人承担。标的物不适于提存或提存费用过高的，债务人可以拍卖或变卖标的物，提存价款。债权人可以随时领取提存物；债权人自提存之日起5年内不行使该权利的，该权利消灭，提存物扣除提存费用后归国家所有。

5. 债的混同

债权债务同归于一人，简称债的混同；混同也是合同权利义务终止的原因之一，但涉及第三人利益的合同除外。

【要点提示】①法定解除的5种情形。②标的提存的四种情况。（标的物不适宜提存或提存费用过高的，可将其变卖后提存。）提存的法律后果。

Ⅱ. 经典例题

1. [2007年综合题第3题] 2007年1月10日，甲公司与乙公司签订一份买卖合同。合同约定：甲公司向乙公司购买CAT320B型挖掘机5台，每台40万元，共计200万元；合同签订之日起5个工作日内甲公司向乙公司付款100万元，余款自挖掘机交付之后每月5日前支付10万元，10个月付清；甲公司任何一个月未按期付款，乙公司享有解除合同的权利；货款付清之前，乙公司保留该5台挖掘机的所有权。乙公司在收到100万元货款后3日内交付挖掘机。甲公司依约支付100万元货款，乙公司在约定时间内向甲公司交付挖掘机时，因合同未约定履行地点及履行费用负担，双方发生争议。在争议未决的情况下，乙公司委托运输公司将挖掘机送到甲公司，为此支付运费1万元。在乙公司保留挖掘机所有权期间发生以下事实：

（1）甲公司发现一台挖掘机有重大质量问题，无法使用；

（2）一台挖掘机因被突发洪水浸泡受损，送丙修理厂修理，因未支付修理费而被丙修理厂扣留；

（3）甲公司将一台挖掘机出租给丁公司，租期3个月，获得租金10万元；

（4）甲公司连续3个月没有支付货款。

【要求】根据上述内容，分别回答下列问题：

（1）如何确定该买卖合同的履行地点？并说

明理由。

(2) 甲公司可否因 1 台挖掘机的质量问题而解除 5 台挖掘机的买卖合同？并说明理由。

(3) 在乙公司保留所有权的情况下，挖掘机因洪水所受损失应当由谁承担？并说明理由。

(4) 如丙修理厂不知保留所有权的事实，丙修理厂能否对挖掘机行使留置权？并说明理由。

(5) 在甲公司连续 3 个月没有付款的情况下，乙公司能否要求解除合同？并说明理由。

(6) 在甲公司连续 3 个月没有付款的情况下，乙公司享有什么权利？并说明理由。

(7) 甲公司与丁公司之间的租赁合同是否有效？甲公司是否有权收取租金？并说明理由。

【答案及解析】

(1) 应该在乙所在地履行。根据法律规定，合同生效后，当事人就质量、价款或者报酬、履行地点等内容没有约定或者约定不明确的，可以协议补充；不能达成补充协议的，按照合同有关条款或者交易习惯确定。依照以上的规定仍不能确定的，对于履行地点需要按照如下原则进行确定：履行地点不明确，给付货币的，在接受货币一方所在地履行；交付不动产的，在不动产所在地履行；其他标的，在履行义务一方所在地履行。本题中甲是收取货物、交付货款的一方，乙是收取货款、交付货物的一方，所以应该在乙所在地履行。

(2) 甲不可以因此而解除合同。根据规定，标的物为数物，其中一物不符合约定的，买受人可以就该物解除，但该物与他物分离使标的物的价值显受损害的，当事人可以就数物解除合同。本题中仅仅有一台挖掘机存在质量问题，而且这不影响其他挖掘机的质量，因此甲不可以解除整个的合同。

(3) 应该由甲承担损失。根据法律规定，标的物毁损、灭失的风险，在标的物交付之前由出卖人承担，交付之后由买受人承担，但法律另有规定或者当事人另有约定的除外。本题中约定的所有权保留条款对风险的移转没有影响，挖掘机已经交付给甲了，所以应该由甲承担损失。

(4) 丙修理厂可以行使留置权。根据规定，债权人留置的动产，应当与债权属于同一法律关系，但企业之间留置的除外。本题中留置的挖掘机与修理是同一法律关系，所以丙修理厂可以留置挖掘机。

(5) 乙公司可以解除合同。根据法律规定，当事人可以约定一方解除合同的条件。解除合同的条件成就时，解除权人可以解除合同。本题中甲乙约定甲公司任何一个月未按期付款，乙公司享有解除合同的权利，而甲公司连续 3 个月没有支付货款，这符合了约定的条件，因此乙可以解除合同。

(6) 乙可以要求甲支付全部的价款或者解除合同。根据法律规定，分期付款的买受人未支付到期价款的金额达到全部价款的 1/5 的，出卖人可以要求买受人支付全部价款或者解除合同。本题中没有支付的金额是 30 万元，为全部分期付款金额的 30%，所以乙可以要求甲支付全部的价款或者解除合同。

(7) 租赁合同有效，甲有权收取租金。根据法律规定，附条件的法律行为，条件成就时，该法律行为的效力发生。本题中，"货款付清"是 5 台挖掘机"所有权"转移的条件，由于条件尚未成就，5 台挖掘机的所有权虽然未转移，但是根据《物权法》的规定，物权包括所有权、用益物权和担保物权，甲此时虽然不享有所有权，但还享有用益物权中的占有、使用和收益的权利，出租财产属于收益的权利，因此，甲有权出租该挖掘机并有权收取租金。

2. [多项选择题] 下列各项中，属于合同权利义务终止的情形有（ ）。

A. 债务已按约定履行

B. 合同的权利义务已一并转让

C. 合同双方当事人的债务相互抵销

D. 合同债权债务同归一人

【答案】ACD

【解析】合同终止的原因为：(1) 债务已按照约定履行；(2) 合同解除；(3) 债务相互抵销；(4) 债务人依法将标的物提存；(5) 债权人免除债务；(6) 债权债务同归于一个。

3. [多项选择题] 我国《合同法》规定，合同由于下列原因可以终止：（ ）。

A. 合同约定的债务履行完毕

B. 债权债务同归于一人

C. 债务相互抵销

D. 债权人免除债务

【答案】ABCD

【解析】本题考核点为合同终止的原因。《合同法》第 91 条规定，有下列情形之一的，合同的权利义务可以终止：(1) 债务已经按照约定履行；(2) 合同解除；(3) 债务相互抵销；(4) 债务人依法将标的物提存；(5) 债权人免除债务；(6) 债权债务同归于一人；(7) 法律规定或者当事人约定终止的其他情形。

Ⅲ. 相关链接

几种合同情况的溯及力的比较：

	有无溯及力
无效、可撤销合同	有溯及力，故自订立时起无效
合同变更	没有溯及力，变更前按老合同履行，变更后按新合同履行；当事人另有约定的除外
合同解除	可以有溯及力，当事人可以要求恢复原状，采取其他补救措施，并有权要求赔偿损失

9.7　违约责任

9.7.1　违约责任

Ⅰ．考点分析

1. 违约责任以合同的有效存在为前提。违约责任的归责原则为严格责任原则，即违约责任的构成不以过错为要件，仅以违约行为为构成要件。但承担特殊违约责任，其构成要件由《合同法》另行规定。

2. 违约责任的种类包括：预期违约、届期违约、违约责任与侵权责任竞和等。如2001年单项选择题第11题：甲公司从乙农场购入10头种牛，乙农场违约，将部分带有传染病的种牛交付给甲公司，致使甲公司所饲养的其他奶牛大量患病造成财产损失。对此，甲公司要求乙农场承担责任的方式是（　　）。

A．只能要求乙农场承担违约责任

B．只能要求乙农场承担侵权责任

C．要求乙农场既承担违约责任又承担侵权责任

D．在违约责任或侵权责任中选择其一要求乙农场承担

本题答案只能选D，《合同法》规定，因当事人一方的违约行为，侵害对方的人身、财产权益的，受损害方有权选择依照合同法要求其承担违约责任或者依照其他法律要求其承担侵权责任。

3. 承担违约责任的方式主要有：（1）继续履行合同；（2）补救措施；（3）赔偿损失；（4）支付违约金。

考生在复习此问题时要特别注意定金、违约金和赔偿金的关系。当事人约定有定金和违约金的，守约方只能选择一种制裁方式。如选择定金制裁，定金应当双倍返还或不能收回；当单倍定金不足以弥补损失时，应用赔偿金补足。如选择违约金制裁，单倍定金还是要返还的；当违约金低于或过分高于损失时，可以比照损失作相应的调整；违约金调整后，赔偿金就不再承担。《关于审理商品房买卖合同纠纷适用法律问题的司法解释》规定，当事人以违约金约定过高要求减少的，应当以违约金超过造成的损失30%为标准适当减少。

此外，考生还应注意，承担赔偿损失责任的条件是违约造成损失。赔偿损失的范围包括违约方在订立合同时应当预见的、如果合同履行可能带来的经济利益。违约行为发生后，守约方没有采取适当措施以使损失扩大的，不得就扩大的损失要求赔偿。经营者对消费者提供的商品或服务有欺诈行为的，"退一罚一"。

4. 当事人因不可抗力而违约，可以免责。

不可抗力免责的条件为：（1）不可抗力发生在合同履行期限内；（2）不可抗力影响合同履行；（3）违约方及时通知对方；（4）违约方在合理期限内提供证明。

根据不可抗力的影响，不可抗力免责可分为全部免责和部分免责；部分免责又可分为免部分不履行合同的责任和免延期履行合同的责任。

【要点提示】①承担违约责任的方式主要有：继续履行、补救措施、赔偿损失、支付违约金。注意定金、违约金、赔偿金并存的处理办法。②不可抗力免责的条件和具体情形。

Ⅱ．经典例题

1. ［2006年单项选择题第13题］甲乙订立买卖合同约定：甲向乙交付200吨铜材，货款为200万元；乙向甲支付定金20万元；如任何一方不履行合同应支付违约金30万元。甲因将铜材卖给丙而无法向乙交货。在乙向法院起诉时，既能最大限度保护自己的利益，又能获得法院支持的诉讼请求是（　　）。

A．请求甲双倍返还定金40万元

B．请求甲支付违约金30万元

C．请求甲支付违约金30万元，同时请求甲双倍返还定金40万元

D．请求甲支付违约金30万元，同时请求返还定金20万元

【答案】D

【解析】当事人约定有定金和违约金的，守约方只能选择一种制裁方式。如选择定金制裁，定金应当双倍返还或不能收回；当单倍定金不足以弥补损失时，应用赔偿金补足。如选择违约金制裁，单倍定金还是要返还；当违约金低于或过分高于损失时，可以比照损失作相应的调整；违约金调整后，赔偿金就不再承担。

2. ［2001年多项选择题第10题］根据《中华人民共和国合同法》的规定，当事人履行合同义务，质量不符合约定而对违约责任又没有明确约定的，受损害方根据标的的性质以及损失的大小，可以合理要求对方承担的补救措施有（　　）。

A．修理　　　　　　　　B．减少价款

C．退货　　　　　　　　D．更换

【答案】ABCD

【解析】见教材第276～277页。

3. ［2001年综合题第2题］1999年10月15日，A公司与B公司签订了一份加工承揽合同。该合同约定：由B公司为A公司制作铝合金门窗1万件，原材料由A公司提供，加工承揽报酬总额为150万元，违约金为报酬总额的10%；A公司应在1999年11月5日前向B公司交付60%的原材料，B公司应在2000年3月1日前完成6 000件门窗的加工制作并交货；A公司应在2000年3月5日前交付其余40%的原材料，B公司应在2000年5月20日前完成其余门窗的加工制作并交货。A公司应在收到B公司交付门窗后3日内付清相应

款项。

为确保 A 公司履行付款义务，B 公司要求其提供担保，适值 D 公司委托 A 公司购买办公用房，D 公司为此向 A 公司提供了盖有 D 公司公章及法定代表人签字的空白委托书和 D 公司的合同专用章。A 公司遂利用上述空白委托书和合同专用章，将 D 公司列为该项加工承揽合同的连带保证人，与 B 公司签订了保证合同。

1999 年 11 月 1 日，A 公司向 B 公司交付 60% 的原材料，B 公司按约加工制作门窗。2000 年 2 月 28 日，B 公司将制作完成的 6 000 件门窗交付 A 公司，A 公司按报酬总额的 60% 予以结算。

2000 年 3 月 1 日，B 公司发生重组，加工型材的生产部门分立为 C 公司。3 月 5 日，A 公司既未按加工承揽合同的约定向 B 公司交付 40% 的原材料，也未向 C 公司交付。3 月 15 日，C 公司要求 A 公司继续履行其与 B 公司签订的加工承揽合同，A 公司表示无法继续履行并要求解除合同。C 公司遂在数日后向人民法院提起诉讼，要求判令 A 公司支付违约金并继续履行加工承揽合同，同时要求 D 公司承担连带责任。

经查明：A 公司与 B 公司签订的加工承揽合同仅有 B 公司及其法定代表人的签章，而无 A 公司的签章。

【要求】

（1）A 公司与 B 公司签订的加工承揽合同是否成立？为什么？

（2）C 公司可否向 A 公司主张加工承揽合同的权利？为什么？

（3）C 公司要求判令 A 公司支付违约金并继续履行加工承揽合同的主张能否获得支持？并说明理由。

（4）D 公司应否承担保证责任？并说明理由。

【答案及解析】

（1）A 公司与 B 公司签订的加工承揽合同成立，因为该合同虽然没有 A 公司的签章，但 A 公司已经实际履行合同了，B 公司也接受的，所以合同成立。

（2）C 公司可以向 A 公司主张加工承揽合同的权利，因为 C 公司是从 B 公司分立出来的，公司分立前的权利义务由分立后的企业分别享受和分别承担。《合同法》也规定，当事人订立合同后分立的，除债权人和债务人另有约定外，由分立的法人或者其他组织对合同的权利义务享有连带债权，承担连带责任。

（3）首先，C 公司要求判令 A 公司支付违约金的主张能获得支持。违约金为约定的承担违约责任方式，当事人在合同中约定了违约金，A 公司又确实违约了，所以 C 公司能够要求 A 公司承担违约金。其次，C 公司要求判令 A 公司继续履行加工承揽合同的主张不能获得支持。根据《合同

法》的规定，在加工承揽合同中，定作人可以随时解除承揽合同。A 公司作为定作人，可以解除合同。

（4）D 公司应当承担保证责任，因为这一担保合同虽然是 A 公司虚构出来的，但对 B 公司来说，根据 A 出示的委托书和盖有 D 公司章的合同，其完全有理由相信该保证是真实的，这就符合表见代理的情况，B 公司是善意第三人，故有权要求 D 公司承担保证责任。D 公司承担保证责任后，可以向 A 公司追偿。

知识点测试

一、单项选择题

1. 甲公司有一项基建工程于 5 月 20 日对外公开招标，乙公司于 6 月 10 日投标，双方于 6 月 26 日定标，工程于 8 月 10 日开工。该项经济合同签订时，要约发生时间为（   ）。

A. 5 月 20 日   B. 6 月 10 日

C. 6 月 26 日   D. 8 月 10 日

2. 美达家具厂得知 Z 机关所建办公楼要购置一批办公桌椅，便于 1997 年 2 月 1 日致函 Z 机关以每套 1 000 元的优惠价格出售办公桌椅。Z 机关考虑到美达家具厂生产的家具质量可靠，便于 2 月 2 日回函订购 300 套桌椅，提出每套价格 800 元，同时要求 3 个月内将桌椅送至 Z 机关，验货后七日内电汇付款。美达家具厂收到函件后，于 2 月 4 日又发函 Z 机关，同意 Z 机关提出的订货数量、交货时间及方式、付款时间及方式，但同时提出其每套桌椅售价 1 000 元已属优惠价格，考虑 Z 机关所订桌椅数较多，可以按每套桌椅 900 元出售。Z 机关 2 月 6 日发函表示同意。2 月 7 日，美达家具厂电话告知 Z 机关收到 2 月 6 日函件。该合同的要约为（   ）。

A. 2 月 1 日美达家具厂发出的函件

B. 2 月 2 日 Z 机关发出的函件

C. 2 月 4 日美达家具厂发出的函件

D. 2 月 6 日 Z 机关发出的函件

3. 1999 年 11 月 5 日，我国甲公司向美国乙公司发出电报，称："欲求购铜版纸 50 吨，每吨单价 250 美元；如能提供则于下月 30 日前运抵上海港。发运时间以贵方收到我公司确认书为准。"次日，乙回电称："同意贵方条件。"乙并于 11 月 8 日将货物发出。根据我国法律规定（   ）。

A. 合同尚未成立，甲有权拒绝收货

B. 合同已经成立，甲应当收货

C. 甲如果拒不收货，乙有权要求其承担违约责任

D. 乙自行承担责任

4. 乙农资公司向甲化肥厂购买尿素（属国家定价产品），合同约定每吨 2 300 元，交货日期为某年 2 月 28 日前。在当年 3 月 1 日，国家将尿素价格调整为每吨 2 500 元。甲于 3 月 3 日交货。乙应当按每吨（ ）付款。
   A. 2 300 元
   B. 2 500 元
   C. 2 300 元和 2 500 元中间价
   D. 再协商定价

5. 甲乙双方订立买卖合同，约定收货后一周内付款。甲方在交货前发现乙方经营状况严重恶化，根据《中华人民共和国合同法》的规定，甲方（ ）。
   A. 可行使同时履行抗辩权
   B. 可行使后履行抗辩权
   C. 可行使不安抗辩权
   D. 可解除合同

6. 下列机构或个人中，（ ）不能作为保证人。
   A. 国家机关
   B. 事业单位
   C. 企业法人的分支机构
   D. 不具有代为偿债能力的公民

7. 甲、乙两公司于 9 月 10 日签订一份加工合同，合同约定乙公司于 12 月 10 日前完成为甲公司加工一批专用机器配件的任务。为保证合同的履行，他们同时签订了一份定金担保合同。9 月 12 日甲公司将机器配件的毛坯交给乙公司，9 月 15 日甲公司将定金汇给乙公司。定金合同的生效日期为（ ）。
   A. 9 月 10 日   B. 9 月 12 日
   C. 9 月 15 日   D. 12 月 10 日

8. 某上市公司有下列担保行为，其中（ ）项是违法的。
   A. 为甲公司提供担保，并要求对方提供反担保
   B. 为非法人单位乙中心提供担保
   C. 为资产负债达 65% 的丙公司提供担保
   D. 该上市公司有董事 9 人，为丁公司提供担保时，有 6 名董事签署同意意见

9. 甲向银行贷款，由乙和丙为其提供连带的保证，但保证合同没有约定保证期间。乙和丙还约定每人为甲承担 50% 的保证责任。2004 年 3 月 1 日，甲的还债期限届满。2004 年 6 月 1 日，银行要求乙承担保证责任，清偿甲的全部债务。直至 2004 年 9 月底，银行都没有要求丙承担保证责任。下列（ ）论述是合法的。
   A. 银行应当先向甲讨债，在甲无法清偿的情况下，才由保证人承担保证责任
   B. 乙只需承担 50% 的保证责任，还有 50% 由丙负责清偿
   C. 乙承担了保证责任后，可以向甲追偿全部，也可以向丙追偿 50%

D. 乙承担了保证责任后，可以向甲追偿全部，但不能向丙追偿，因为保证人在保证期间没有要求丙承担保证责任

10. 甲、乙两公司签订了一份买卖合同，甲方为卖方，乙方为买方，丙公司为乙方的一般保证人，但合同没有约定保证期间。合同约定的履行期限届满时，甲按时交货，乙方以资金周转有困难等为理由一直拒绝支付货款。甲方多次向乙方催要货款，未果，遂于付款期限届满 7 个月时向法院提起诉讼，要求乙方支付货款，并发函要求丙方承担保证责任。丙方在催款通知上签了字，但拒绝承担保证责任。（ ）
   A. 丙方可以不承担保证责任，因为一般保证人享有先诉抗辩权
   B. 丙方应当承担保证责任，因为甲方在保证期间内已经要求债务人清偿债务
   C. 丙方可以不承担保证责任，因为保证期间已经超过
   D. 丙方应当承担保证责任，因为保证期间虽然已经超过，但其在甲方的催款通知上签字的行为又构成了新的保证合同

二、多项选择题

1. 下列（ ）关系不适用《合同法》调整。
   A. 买卖关系   B. 婚姻关系
   C. 租赁关系   D. 监护关系

2. 下列（ ）合同适用我国法律。
   A. 内资企业之间的合同
   B. 内资企业与外商投资企业之间的合同
   C. 外商投资企业之间的合同
   D. 中外合资企业合同

3. 当事人在订立合同过程中有（ ）行为，给对方造成损失的，应当承担赔偿损失的责任。
   A. 假借订立合同，恶意进行磋商
   B. 故意隐瞒与订立合同有关的重要事实或者提供虚假情况
   C. 有其他违背诚实信用原则的行为
   D. 在订立合同过程中知悉对方的商业秘密，泄漏或不正当地使用这些商业秘密

4. 根据《中华人民共和国合同法》的规定，下列合同中，属于无效合同的有（ ）。
   A. 一方以欺诈手段使对方在违背真实意思情况下订立的合同
   B. 损害社会公共利益的合同
   C. 以合法形式掩盖非法目的的合同
   D. 显失公平的合同

5. 买卖合同执行国家定价，买方逾期提货的（ ）。
   A. 价格上涨时，按新价格计算价款
   B. 价格上涨时，按原价格计算价款
   C. 价格下降时，按新价格计算价款

D. 价格下降时，按原价格计算价款

6. 根据《合同法》的规定，债权人分立、合并或者变更住所没有通知债务人，致使履行债务发生困难的，债务人可以采取下列哪些措施（　　）。
   A. 解除合同　　　　　B. 将标的物提存
   C. 终止履行债务　　　D. 中止履行债务

7. 赵某向钱某借款 30 万元，用价值 15 万元的汽车作抵押，同时又请孙某和李某对未抵押部分债务共同承担连带担保责任。偿债期到后，赵某无力偿还。钱某获汽车拍卖价款 10 万元后，找孙某追偿其余债务。孙某承担责任并行使权利的方式有（　　）。
   A. 先代偿 20 万元，然后请求赵某偿付 20 万元
   B. 先代偿 20 万元，然后请求李某承担 10 万元，再请求赵某偿还 10 万元
   C. 先代偿 15 万元，然后请求赵某偿付 15 万元
   D. 先代偿 15 万元，然后请求李某承担 7.5 万元，再请求赵某偿还 7.5 万元

8. 承担违约责任的条件为（　　）。
   A. 当事人不履行有效合同
   B. 当事人不完全履行有效合同
   C. 当事人违约是故意的或过失的
   D. 违约造成了损失

9. 甲、乙签订的买卖合同约定了定金和违约金条款。甲违约，造成乙经济损失。下列选项中，乙可选择追究甲违约责任的方式有（　　）。
   A. 要求单独适用定金条款
   B. 要求单独适用违约金条款
   C. 要求同时适用定金和违约金条款
   D. 要求同时适用定金、违约金条款，并另行赔偿损失

10. 根据《担保法》的规定，债务人或者第三人可以将下列（　　）财产用于抵押，作为债权的担保。
    A. 农村承包经营户依法承包并经发包方同意抵押的荒地
    B. 依法被监管的财产
    C. 股份有限公司依转让方式获得的土地使用权
    D. 乡镇企业所有的房屋

11. 国有股东授权代表单位持有的国有股质押，下列（　　）项论述是合法的。
    A. 可以为本单位提供质押
    B. 可以为全资子公司提供质押
    C. 不能为控股子公司提供质押
    D. 用于质押的国有股数量不得超过其持有的该上市公司国有股总额的 30%

12. 合同权利义务终止的情形包括（　　）。
    A. 合同已按约定条件得到履行
    B. 债务相互抵销

C. 债权人依法免除债务
D. 双方协商解除合同

13. 根据我国法律规定，下列（　　）合同有效。
    A. 16 岁的甲与他人签订的购买一辆价值 100元的自行车的合同
    B. 乙已经下岗，但持有盖了单位公章的空白合同书，并以此与丙单位签订的买卖合同
    C. 丁擅自代理戊与他人签订的销售戊的汽车的合同
    D. 己是某公司董事长，其超越股东会授权与银行签订的贷款合同

14. 关于上市公司为他人提供担保的问题，下列（　　）论述是合法的。
    A. 上市公司不得为控股股东提供担保
    B. 上市公司对外担保总额不得超过最近一个会计年度合并会计报表净资产的 50%
    C. 上市公司对外担保应当取得董事会全体成员 2/3 以上签署同意
    D. 上市公司对外担保必须要求对方提供反担保

三、判断题

1. 当合同当事人对格式条款的理解发生争议时，应当按照通常理解予以解释；对格式条款有两种以上解释的，应当作出有利于提供格式条款一方的解释。（　　）

2. 要约可以撤回和撤销，承诺只能撤回，不能撤销。（　　）

3. 撤销要约的通知应当在受要约人发出承诺通知之前发出。（　　）

4. 承诺只要是在有效期内发出的，即是有效的。（　　）

5. 法律法规规定或当事人约定采用书面形式的合同，一定要采用书面形式合同才成立。（　　）

6. 凡法律、法规规定应当办理登记手续的，未办理登记手续时，合同不生效。（　　）

7. 当事人超越经营范围订立的合同，是无效合同。（　　）

8. 合同约定的价款或报酬不明确，又无法达成补充协议，也无法按照合同有关条款或交易惯例确定的，按合同履行时订立地的市场价格履行执行。（　　）

9. 债权人甲与债务人乙约定由乙向丙履行债务，乙未履行，则乙应向丙承担违约责任。（　　）

10. 因债务人怠于行使其到期债权，对债权人造成损害的，债权人可以请求代为行使债权。（　　）

11. 合同债权人行使撤销权的期限为知道或者应当知道撤销事由之日起 1 年以内；债权人在撤销事由发生之日起 5 年内没有行使撤销权的，该撤销权消灭。（　　）

12. 债权人不能拒绝债务人提前履行合同的要求。
　　　　　　　　　　　　　　　　　　（　）

13. 为外商投资企业注册资本、外商投资企业中的外方投资部分的对外债务提供担保的，担保无效。　　　　　　　　　　　　　　　　　（　）

14. 企业法人分支机构未经授权或超越授权范围提供担保的，该部分担保无效，企业法人和分支机构都不必承担任何责任。　　　　　　（　）

15. 甲、乙两公司签订购货合同，丙、乙又签订担保合同，丙作为乙的保证人，后乙未经丙同意，私自将主债权转让给丁，则丙对该转让的债权不再承担保证责任。　　　　　（　）

16. 定金只能用于制裁不履行合同，不能适用于迟延履行合同或其他违约行为。　　　　（　）

17. 甲公司和乙公司签订一份货物买卖合同，之后甲公司由于经营状况不佳，多次公开表示将不履行合同义务，此时乙公司可以在履行期限届满之前要求甲公司承担违约责任。（　）

18. 债权人下落不明债务人难以履行债务的，可将合同标的物提存。标的物提存后，毁损、灭失的风险由债权人承担。　　　　　（　）

19. 债务人转让合同义务的，应当经债权人同意；债权人转让权利的，应当经债务人同意。
　　　　　　　　　　　　　　　　　　（　）

20. 商品房买卖双方签订的预订协议，具备法律规定的商品房买卖合同的主要内容，但尚未办理合同登记手续的，该买卖合同不成立。（　）

四、综合题

1. 甲企业（本题下称"甲"）向乙企业（本题下称"乙"）发出传真订货，该传真列明了货物的种类、数量、质量、供货时间、交货方式等，并要求乙在 10 日内报价。乙接受甲发出传真列明的条件并按期报价，亦要求甲在 10 日内回复；甲按期复电同意其价格，并要求签订书面合同。乙在未签订书面合同的情况下按甲提出的条件发货，甲收货后未提出异议，亦未付货款。后因市场发生变化，该货物价格下降。甲遂向乙提出，由于双方未签订书面合同，买卖关系不能成立，故乙应尽快取回货物。乙不同意甲的意见，要求其偿付货款。随后，乙发现甲放弃其对关联企业的到期债权，并向其关联企业无偿转让财产，可能使自己的货款无法得到清偿，遂向人民法院提起诉讼。

【要求】

（1）试述甲传真订货、乙报价、甲回复报价行为的法律性质。

（2）买卖合同是否成立？并说明理由。

（3）对甲放弃到期债权、无偿转让财产的行为，乙可向人民法院提出何种权利请求，以保护其利益不受侵害？对乙行使该权利的期限，法律有何规定？

2. 1999 年 1 月 25 日，甲乡镇企业委托乙企业为其生产一批通用机械配件，标的总额为 10 万元。双方约定 4 月 1 日交货，验货合格后 10 日内甲企业支付货款。2 月 1 日，乙企业有确切证据得知甲企业经营状况严重恶化，已丧失履行债务能力，遂停止为其生产配件，并与甲企业交涉，要求其在一个月内提供担保，否则无法继续履行合同。3 月 25 日，乙企业在甲企业仍未恢复履行债务能力且未提供合同担保的情况下，通知与其解除合同。

3 月 28 日，甲企业以自有工具车一辆作抵押（评估价 4 万元），另由乡财政所作保证，乙企业遂继续生产甲企业需要的配件。乙企业交货后，甲企业仅归还 5 万元货款，其余货款及逾期付款的利息均无法偿付。为此，乙企业向法院提起诉讼，要求乡财政所承担连带清偿责任。

问：

（1）乙企业单方中止履行合同并要求甲企业提供担保的行为是否合法？为什么？

（2）乙企业单方解除合同的行为是否合法？为什么？

（3）乡财政所是否应承担连带责任？为什么？

（4）法院对此案应做如何处理？

（5）如果保证人不是乡财政所，而是 B 公司，但保证方式没有约定，该案应当如何处理？如果保证期间没有约定，又该如何处理？如果乙企业放弃对甲的工具车的抵押权，又该如何处理？

3. 攀宏信息工程有限公司（以下简称"攀宏公司"）拟向飞达技术开发有限公司（以下简称"飞达公司"）购买一套计算机系统，双方于 1996 年 3 月 1 日签订了一份购销合同。该合同约定：全套计算机系统价格为人民币 240 万元；飞达公司须于 1996 年 9 月 1 日之前交货并安装调试完毕；攀宏公司在飞达公司交货并安装调试完毕之后的 30 日内一次向其支付全部货款；任何一方违约即依照国家有关规定支付违约金。该合同在当事人双方签字盖章之后，即于同日经过了公证机关公证。为了保证攀宏公司按时付款，飞达公司与攀宏公司于 1996 年 3 月 3 日签订了一份抵押合同，即由攀宏公司将其拥有的一幢价值为人民币 500 万元的写字楼作抵押，以担保履行付款义务。该抵押合同于 1996 年 3 月 15 日依照有关规定进行了抵押登记。在飞达公司正式交货之前，攀宏公司认为该计算机系统价格过高，即电传要求飞达公司减少部分价款。飞达公司考虑到与攀宏公司的长期合作关系，即同意按原定价格的 10% 减价，即总价款减为人民币 216 万元，并正式回电作了答复，攀宏公司对此予以确认。飞达公司按期交货并安装调试完毕，在其安装调试期间，计算机的市场价格大跌，攀宏公司在付款期届满前再次要求飞达公司降低价格，飞达公司拒不同意。为此，攀宏公司在付款期届满之后拒不付款，双方发生争议。飞达公司多次与攀宏公司协商无效，遂起诉至人民法院。请求事项为：（1）判令攀宏公司立即偿还欠款人民币 240 万元及按国家有关规定支付违约金人民币 15 万元；（2）如果攀宏公司不能满足前项请求，即拍卖攀宏公司用于抵押的写字楼，以抵偿欠款及违约金。

人民法院在查证上述事实的基础上，还查明：攀宏公司为向银行贷款人民币 250 万元而将同一幢写字楼用于抵押以作为偿还贷款及利息的担保，并于 1996 年 3 月 8 日办理了有关抵押登记手续；该幢写字楼经评估实际变现价值为人民币 360 万元。

根据本例提供的事实，请回答以下三个问题：

（1）飞达公司请求攀宏公司偿还欠款人民币 240 万元是否有合法依据？请说明理由。

（2）如果以攀宏公司用于抵押的写字楼先后在其上设定的担保债权，飞达公司是否可以从中获得补偿？为什么？

（3）如果攀宏公司和飞达公司不能通过调解方式解决本案，人民法院应如何处理？

4. 甲公司是远近闻名的电视机生产基地。2001 年 5 月，甲公司和乙贸易公司订立了一份电视机买卖合同，双方约定，当年 8 月乙贸易公司向甲公司购买某品牌电视机 500 台。为了保证该合同顺利履行，甲公司要求乙公司提供担保。乙贸易公司找丁服装公司作保证人，甲公司与丁公司签订了担保合同。

2001 年 6 月，乙贸易公司在征得甲公司同意后，又与丙百货公司（全民所有制企业）达成协议，将其与甲公司的买卖合同转让给丙百货公司。随后，乙公司又将该转让事实电话通知了保证人丁服装公司，希望丁公司继续为丙公司担保。丁服装公司当即表示同意。至 8 月，丙百货公司按约提走了 5 000 台电视机，但迟迟未支付货款。甲公司多次向其追要，丙公司均以价格条款不明确、质量不合格、我公司未与甲公司签订合同等为由拒绝支付。于是甲公司又要求保证人丁服装公司承担付款义务。丁服装公司称其不知道乙公司已将买卖合同转让给丙百货公司，所以拒绝承担保证责任。甲公司追款未果，遂于 2001 年 11 月将乙贸易公司、丙百货公司及丁服装公司一同起诉至法院。在法院审理过程中，买卖双方依然对电视机的价格不能形成一致意见。同时，乙贸易公司和丙百货公司均证明丁服装公司同意为转让后的买卖合同担保。法院审理查明：该批电视机的质量符合标准。

2001 年 12 月，在上述案件尚未结案时，丙百货公司因经营不善严重亏损，无法清偿到期债务，经上级主管部门同意向法院申请宣告破产。法院在审理该破产案件时，发现丙公司的另一债权人戊公司与其发生纠纷的 100 万元债务已经法院作出判决，正在执行中；丙公司欠当地工商银行贷款 600 万元，以其价值 500 万元的仓库作抵押；丙公司曾为乙公司向当地建设银行一笔 300 万元的贷款作为保证人，现乙公司对该笔贷款未予偿还。

问：（1）上述买卖合同电视机的价格不明确，应如何解决？

（2）乙贸易公司与丙百货公司达成的转让买卖合同的协议是否有效？为什么？

（3）保证人丁服装公司是否应承担向甲公司付款的责任？为什么？

（4）甲公司将乙贸易公司、丙百货公司及丁服装公司均列为被告起诉至法院是否正确？为什么？

（5）丙百货公司申请破产时，应向法院提交哪些材料？

（6）甲公司与该丙百货公司之间尚未审结的追索货款之诉应如何处理？

（7）戊公司申请法院正在执行的债务应如何处理？

（8）工商银行的 600 万元贷款应如何处理？

（9）建设银行能否参加破产程序、申报破产债权？

5. 甲公司向乙宾馆发出一封电报称：现有一批电器，其中电视机 80 台，每台售价 3 400 元；电冰箱 100 台，每台售价 2 800 元，总销售优惠价 52 万元。如有意购买，请告知。

乙宾馆接到该电报后，遂向甲公司回复称：只欲购买甲公司 50 台电视机，每台电视机付款 3 200 元；60 台电冰箱，每台电冰箱付款 2 500 元，共计支付总货款 31 万元，货到付款。

甲公司接到乙宾馆的电报后，决定接受乙宾馆的要求。甲乙签订了买卖合同，约定交货地点为乙宾馆，如双方发生纠纷，选择 A 仲裁机构仲裁解决。

甲公司同时与丙运输公司签订了合同，约定由丙公司将货物运至乙宾馆。丙公司在运输货物途中遭遇洪水，致使部分货物毁损。丙公司将剩余的未遭损失的货物运至乙宾馆，乙宾馆要求甲公司将货物补齐后一并付款。

甲公司迅速补齐了货物，但乙宾馆以资金周转困难为由，表示不能立即支付货款，甲公司同意乙宾馆推迟 1 个月付款。1 个月后经甲公司催告，乙宾馆仍未付款。于是，甲公司通知乙宾馆解除合同，乙宾馆不同意解除合同。甲公司拟向法院起诉，要求解除合同，并要求乙宾馆赔偿损失。

【要求】根据上述情况及合同、仲裁法律制度的有关规定，回答下列问题：

（1）甲公司向乙宾馆发出的电报是要约还是要约邀请？

（2）乙宾馆的回复是承诺还是新的要约？为什么？

（3）丙公司是否应对运货途中的货物损毁承担赔偿责任？为什么？

（4）甲公司能否解除与乙宾馆的买卖合同？为什么？

（5）甲公司能否向法院起诉？为什么？

知识点测试答案

一、单项选择题

1.【答案】B
【解析】招标公告不是要约。

2.【答案】C
【解析】2月1日美达家具厂发出的函件是要约邀请；2月2日Z机关发出的函件是要约，但因被家具厂修改而失效；2月4日美达家具厂发出的函件是新的要约，是本合同成立的要约；2月6日Z机关发出的函件是承诺。

3.【答案】A
【解析】中方在对方承诺前就要求签订确认书的，合同在确认书签订时成立。

4.【答案】A
【解析】题目告诉我们该合同的标的物是国家定价的，甲逾期交货了，从保护守约方、惩罚违约方的原则出发，应按原价履行。

5.【答案】C
【解析】法律规定，有先后履行顺序的双务合同中，先履行一方当事人有确切证据证明对方有以下情形之一的，在对方未能履行合同或提供担保时，可以中止履行合同：（1）经营状况严重恶化；（2）转移财产、抽逃资金，以逃避债务；（3）丧失商业信誉；（4）有丧失或可能丧失履行债务能力的其他情形。

6.【答案】D
【解析】《担保法》规定，保证人必须是具备代为清偿债务能力的法人、其他经济组织或者个人，故D项为标准答案。国家机关在经国务院批准为使用外国政府或者国际经济组织贷款进行转贷时可以作为保证人；从事经营活动的事业单位、社会团体可以作为保证人；企业法人的分支机构有法人书面授权的，可以在授权范围内提供保证。所以ABC项都不对。

7.【答案】C
【解析】定金合同是实践合同，于定金交付之

日生效。

8.【答案】B
【解析】法律规定，（1）上市公司不得为本公司持股50%以下的其他关联方、任何非法人单位或个人提供担保。（2）上市公司对外担保应当取得董事会全体成员2/3以上签署同意。（3）上市公司不得直接或间接为资产负债超过70%的被担保人提供担保。

9.【答案】C
【解析】乙和丙为甲提供的是连带的保证，所以没有先诉抗辩权。乙和丙之间关于每人承担50%保证责任的约定，不能对抗债权人。法律规定，保证人承担了保证责任后，可以向债务人追偿全部，也可以向其他保证人追偿其应当承担尚未承担的部分；其他保证人不能因为债权人在保证期间没有向他们主张债权而免责。

10.【答案】C
【解析】法律规定，保证合同的保证期间有约定的按照约定，没有约定的为6个月。一般保证合同的债权人必须在保证期间提起诉讼或申请仲裁，否则保证人可以免责。法律还规定，保证责任消灭后，债权人书面通知保证人履行清偿责任，保证人在催款通知上签字的，法院不得认定保证人继续承担保证责任的。

二、多项选择题

1.【答案】BD
【解析】《合同法》不调整带有身份关系的社会关系。

2.【答案】ABCD
【解析】外商投资企业是按照中国法律，在中国境内注册成立的企业，是中国企业，故外商投资企业与中国企业之间的合同是国内合同，理应适用我国法律。中外合资企业合同和中外合作勘探开发自然资源的合同，是由中方和外方共同签订的，属于涉外合同。但我国《合同法》规定，中外合资企业合同、中外合作企业合同和中外合作勘探开发自然资源的合同，也适用我国法律。

3.【答案】ABCD
【解析】法律规定，应当承担缔约过失责任的行为有：（1）假借订立合同，恶意进行磋商；（2）故意隐瞒与订立合同有关的重要事实或者提供虚假情况；（3）在订立合同过程中知悉对方的商业秘密，泄露或不正当地使用这些商业秘密；（4）有其他违背诚实信用原则的行为。

4.【答案】BC
【解析】A、D项是可以撤销的合同，不是无效合同。无效和可以撤销合同的区别，是考试中比较容易错的地方。

5.【答案】AD

【解析】从保护守约方、惩罚违约方的原则出发，本题是买方违约，要让其多付点钱，所以是 A、D 项。

6.【答案】B D

【解析】《合同法》的规定，债权人分立、合并或者变更住所没有通知债务人，致使履行债务发生困难的，债务人可以将标的物提存或中止履行债务。

7.【答案】C D

【解析】因为孙某和李某是对未抵押部分债务共同承担连带担保责任，所以他们就 15 万元债务承担保证责任，A、B 项肯定是错的。孙某承担 15 万元的保证责任后，可以向赵某追偿，也可以要求李某承担其应当承担的部分。当保证人为两个以上时，他们对债权人的责任是有约定的按约定，没有约定的连带；他们之间的责任是有约定的按约定，没有约定的平均。

8.【答案】A B

【解析】违约责任的归责原则为严格责任原则，即违约责任的构成不以过错为要件，所以 C 项不对；承担一般的违约责任，不以造成损失为前提，只有承担赔偿损失的责任才以违约造成损失为前提，所以 D 项也不对。

9.【答案】A B

【解析】定金和违约金制裁的方式两者只能选择一项。

10.【答案】A C D

【解析】法律规定，依法被监管的财产不能作为抵押物。

11.【答案】A B

【解析】可以为控股子公司提供质押；用于质押的国有股数量不得超过其持有的该上市公司国有股总额的 50%。

12.【答案】A B C D

【解析】法律规定，合同终止的原因为：（1）债务已按照约定履行；（2）合同解除；（3）债务相互抵销；（4）债务人依法将标的物提存；（5）债权人免除债务；（6）债权债务同归于一人；（7）法律规定或当事人约定终止的其他情形。

13.【答案】A B D

【解析】法律规定，（1）限制民事行为能力人订立的与其年龄、智力、精神健康状况相适应的合同，不必追认即有效。（2）无权代理、超越代理权或者代理权终止后以被代理人的名义签订的合同，相对人有理由相信代理人有代理权的，该代理行为有效。（3）无处分权的人处分他人的财产，经权利人追认或者无处分权的人订立合同后取得处分权的，该合同才有效。（4）法定或者其他组织的法定代表人、负责人超越权限订立的合同，除相对人知道或者应当知道其超越权限的以外，该代理行为有效，合同成立有效。

14.【答案】A B C D

【解析】法律规定，（1）上市公司不得为控股股东提供担保。（2）上市公司对外担保总额不得超过最近一个会计年度合并会计报表净资产的 50%。（3）上市公司对外担保应当取得董事会全体成员 2/3 以上签署同意。（4）上市公司对外担保必须要求对方提供反担保。

三、判断题

1.【答案】×

【解析】因为格式条款是由提供格式条款一方起草的，可能对接受格式条款一方不公平，所以对格式条款有两种以上解释的，应当作出不利于提供格式条款一方的解释。

2.【答案】√

【解析】撤回是对未生效的行为作出的，撤销是对已生效的行为作出的。承诺生效，合同即成立，所以不能撤销。

3.【答案】×

【解析】撤销要约的通知应当在受要约人发出承诺通知之前到达受约人，不是在此前发出。

4.【答案】×

【解析】一般情况下，承诺在有效期内到达对方才生效。特殊情况下，受约人在承诺期限内发出承诺，通常情况下能够及时到达要约人，因特殊原因超过承诺期限到达的，除要约人及时通知受约人因超过期限不承认该承诺外，该承诺有效。

5.【答案】×

【解析】法律法规规定或当事人约定采用书面形式的合同，当事人未采用书面形式、或采用书面形式但尚未签字盖章时，一方履行了合同的主要义务，另一方又接受的，合同也成立。

6.【答案】×

【解析】最高人民法院《合同法解释》规定，法律、法规规定应当办理批准、登记手续才生效的合同，未办理批准、登记手续时合同不生效；法律、法规规定应当办理登记手续，但未规定登记后生效的，未办理登记手续不影响合同效力，但合同标的所有权及其他物权不能转移。

7.【答案】×

【解析】最高人民法院在《合同法解释》中指出，当事人超越经营范围订立的合同，不因此认定为无效；但违反国家限制经营、特许经营以及禁止经营规定的除外。因此一般超越经营范围的合同，不是无效合同；除非违反国家有关规定的。

8.【答案】×

【解析】合同约定的价款或报酬不明确，又无法达成补充协议，也无法按照合同有关条款或交易惯例确定的，按订立合同时履行地的市场价格履行执行。

9.【答案】×
【解析】这是合同当事人约定由债务人向第三人履行的合同，当债务人不履行合同时，向债权人承担违约责任，因此本题的乙应向甲承担违约责任。

10.【答案】√
【解析】法律规定，因债务人怠于行使其到期债权，对债权人造成损害的，债权人可以请求代为行使债权。

11.【答案】√
【解析】法律规定，合同债权人行使撤销权的期限为知道或者应当知道撤销事由之日起1年以内；债权人在撤销事由发生之日起5年内没有行使撤销权的，该撤销权消灭。

12.【答案】×
【解析】债权人可以拒绝债务人提前履行合同的要求，除非提前履行不损害债权人利益的。

13.【答案】√
【解析】法律规定，为外商投资企业注册资本、外商投资企业中的外方投资部分的对外债务提供担保的，担保无效。

14.【答案】×
【解析】这种担保确实无效，不必承担担保责任；但因此造成债权人损失的，企业法人要承担民事责任。具体地说，企业法人和债权人有过错的，各自承担应当承担的责任；债权人没有过错的，由企业法人承担民事责任。

15.【答案】×
【解析】债权转让，不必经保证人同意，保证人在原保证范围内仍然承担保证责任。债务转让则一定要经保证人书面同意。

16.【答案】×
【解析】因当事人一方延迟履行或者其他违约行为，致使合同目的不能实现，也可以适用定金罚则。

17.【答案】√
【解析】这是预期违约，乙方可以在合同履行期限未届满前即追究甲方的违约责任。

18.【答案】√
【解析】法律规定，债权人下落不明债务人难以履行债务的，可将合同标的物提存。标的物提存后，毁损、灭失的风险由债权人承担。

19.【答案】×
【解析】债务人转让合同义务的，应当经债权人同意；债权人转让权利的，不必经债务人同意，只要通知债务人即可。

20.【答案】×
【解析】司法解释规定，商品房买卖双方签订的认购、订购、预订等协议，具备法律规定的商品房买卖合同的主要内容，且出卖人已经按照约定收受房款的，该协议应认定为商品房买卖合同成立。当事人以商品房预售合同未办理登记手续请求确认无效的，法律不予支持。

四、综合题

1.（1）甲传真订货行为的性质属于要约邀请。因该传真欠缺价格条款，邀请乙报价，故不具有要约性质。

乙报价行为的性质属于要约。根据《合同法》的规定，要约要具备两个条件，第一，内容具体确定；第二，表明经受要约人承诺，要约人即受该意思表示约束。本例中，乙的报价因同意甲方传真中的其他条件，并通过报价使合同条款内容具体确定，约定回复日期则表明其将受报价的约束，已具备要约的全部要件。

甲回复报价行为的性质属于承诺。因其内容与要约一致，且于承诺期内作出。

（2）买卖合同依法成立。根据《合同法》的规定，当事人约定采用书面形式订立合同，当事人未采用书面形式但一方已经履行主要义务，对方接受的，该合同成立。本例中，虽双方未按约定签订书面合同，但乙已实际履行合同义务，甲亦接受，未及时提出异议，故合同成立。

（3）乙可向人民法院提出行使撤销权的请求，撤销甲的放弃到期债权、无偿转让财产的行为，以维护其权益。对撤销权的时效，《合同法》规定，撤销权应自债权人知道或者应当知道撤销事由之日起1年内行使，自债务人的行为发生之日起5年内未行使撤销权的，该权利消灭。

2.（1）乙企业单方中止履行合同并要求甲企业提供担保的行为合法。根据我国《合同法》的规定，应当先履行债务的当事人，有确切证据证明对方有丧失或者可能丧失履行债务能力的情形，可以中止履行合同。

（2）乙企业单方解除合同的行为合法。根据我国《合同法》的规定，中止履行后，对方在合理期限内没有恢复履行能力并且未提供适当担保的，中止履行的一方可以解除合同。但如对方提供适当担保的，则中止履行应当继续履行合同。因此本案乙方在甲方提供担保后，又继续履行合同了。

（3）乡财政所应承担相应的民事责任。虽然乡财政所是国家机关，不能作为保证人；但其做保证人了，这就是有过错；债权人和债务人都应当知道乡财政所不具备保证人资格，因此它们也是有过错的；所以各自承担相应的民事责任。

（4）法院对此案应作如下处理：拍卖或变卖企业抵押的工具车，以拍卖、变卖款偿付乙企业货款及利息；不足清偿部分，甲企业与乡财政所一起承担。

（5）①若保证人不是乡财政所，而是 B 公司，B 公司应当承担连带保证责任。因为《担保法》规定，保证方式没有约定的，保证人和债务人对债权人承担连带责任。乙企业在拍卖或变卖工具车（抵押物）偿付部分货款后，不足部分可以直接要求 B 公司承担清偿责任。②如果保证期间也没有约定，那么保证期间为主债务履行期届满之日起 6 个月。如果乙企业在此期间内未要求 B 公司承担保证责任的，B 公司免除保证责任。③如果乙企业放弃对甲的工具车的抵押权，也无权要求 B 公司承担全部保证责任，B 公司只就工具车作价款以外的债务承担保证责任。因为我国《担保法》规定：同一债权既有保证又有物的担保的，物的担保优先于保证，即保证人只对物的担保以外的债权承担保证责任；债权人放弃物的担保的，保证人在债权人放弃权利的范围内免除保证责任，除非保证人愿意和物的担保人共同负连带责任。

3.（1）飞达公司请求攀宏公司偿还欠款人民币 240 万元没有合法依据。因为，在攀宏公司第一次提出减价要求时，飞达公司已经正式回电作了减价答复，攀宏公司对此予以确认，虽然此一合同的变更行为未向公证机关备案，但现行合同法并未规定公证过的合同修改时一定要公证，故该减价行为生效；攀宏公司第二次提出减价要求，飞达公司未予同意，即不得减价，因为，计算机的价格不属国家定价范围，应按合同规定的价格执行。故飞达公司请求攀宏公司偿还欠款人民币 240 万元没有合法依据，攀宏公司只需偿还欠款人民币 216 万元。

（2）依照《担保法》的有关规定，同一财产向两个以上债权人抵押，抵押合同已登记生效的，应按照抵押物登记的先后顺序清偿，在攀宏公司与飞达公司签订的抵押合同登记之前，攀宏公司已与银行签订了抵押合同，并进行了登记，故应先将该写字楼的变现价值偿还银行贷款及利息，在偿还该贷款及利息之后的剩余部分才可用来补偿飞达公司的债权。如果尚无剩余部分，飞达公司则不能从抵押物的变现价值中受偿。

（3）判令攀宏公司偿还飞达公司人民币 216 万元及违约金；用于抵押的写字楼的变现价值在先偿还银行贷款本息之后的剩余部分用于抵偿飞达公司的债权，不足部分由攀宏公司另行偿还。

4.（1）该买卖合同的价格不明确，并不影响合同的履行。《合同法》规定，合同生效后，当事人就质量、价款或者报酬、履行地点等内容没有约定或者约定不明确的，可以协议补充；不能达成补充协议的，按照合同有关条款或者交易习惯确定。依照上述履行原则仍不能确定的，价款或者报酬不明确的，按照订立合同时履行地的市场价格履行；履行地点不明确的给付货币的，在接受货币一方所在地履行。本案中既然双方对电视机的价格没有明确约定，现又不能达成补充协议，应当按照订立合同时履行地的市场价格确定。而该合同的履行地点合同中也未明确规定，依法应在接受货币一方的所在地，即甲公司的所在地为履行地点，因此该批电视机的价格应当按照合同订立时，即 2001 年 5 月甲公司所在地的市场价格确定。

（2）乙贸易公司与丙百货公司达成的转让协议有效。《合同法》规定，债务人将合同的义务全部或者部分转移给第三人的，应当经债权人同意。本案中，乙公司向丙公司转移买卖合同时，事先征得了合同另一方当事人甲公司的同意。该转让行为符合法律规定，所以有效。

（3）保证人丁服装公司不承担保证责任。根据《担保法》的规定，保证期间，债权人许可债务人转让债务的，应当取得保证人书面同意，保证人对未经其同意转让的债务部分，不再承担保证责任。本案中，合同当事人乙贸易公司向丙百货公司转让合同全部债务虽然经过债权人甲公司同意，但未经保证人丁服装公司的书面同意，所以，保证人丁公司对转让后的合同不再承担保证责任。

（4）甲公司将乙贸易公司、丙百货公司、丁服装公司列为被告，不完全正确。因为乙公司已将合同内容全部转让给了丙百货公司，并且转让行为合法有效，说明乙公司已不是合同的当事人，没有履行该合同的义务，合同义务应当由受让人丙百货公司承担。所以甲公司不应将乙贸易公司列为被告，可以将丙百货公司列为被告。保证人丁服装公司因为未书面同意为丙百货公司承担保证责任，说明丁公司不是丙公司的保证人，没有义务代替丙百货公司向甲公司支付贷款，所以丁服装公司也不是本案的被告。

（5）丙百货公司提出破产申请时，应当向法院提供的证据材料有：①企业亏损情况的说明；②有关会计报表；③企业财产状况明细表和有形财产的处所；④债权清册和债务清册；⑤破产企业上级主管部门同意申请破产的意见。

（6）甲公司与丙百货公司之间尚未审结的追索货款之诉应终结诉讼，由债权人甲公司在债权申报的法定期限内，向受理破产案件的法院申报债权。因为这是破产企业为单一债务人的诉讼案件。

（7）戊公司申请法院正在执行的债务应中止执行，由债权人戊公司将法院生效判决中的债权作为破产债权，在债权申报的法定期限内，向受理破产案件的法院申报。

（8）工商银行的 600 万元贷款，其中 500 万元为有财产担保的债权，可从抵押财产中优先受偿；剩余 100 万元可作为普通债权，与其他破产债权一样，依破产程序公平受偿。

（9）建设银行能参加破产程序、申报破产债权。因为破产法规定，破产案件中债务人作为保证人的，债权人享有是否将其债权作为破产债权的选择权。

5.（1）是要约。

（2）是新的要约。乙宾馆对原要约的内容做出了实质性的变更。

（3）不应承担损害赔偿责任。根据《合同法》的规定，承运人对运输过程中货物的毁损、灭失承担损害赔偿责任，但承运人证明货物的损毁、灭失是因不可抗力、货物本身的自然性质或者合理损耗以及托运人、收货人的过错造成的，不承担损害赔偿责任。

（4）能够解除与乙宾馆的买卖合同。根据《合同法》的规定，当事人一方迟延发行主要债务，经催告后在合理发内仍未履行的，当事人可以解除合同。

（5）不能向法院起诉。当事人双方达成仲裁协议的，当发生协议约定的争议时，任何一方只能将争议提交仲裁，而不能向法院起诉。

第十章 合同法（分则）

本 章 概 述

一、内容提要

本章是合同法分则部分，分 12 节介绍了合同法规定的 15 种有名合同。教材介绍了各种合同的概念、特征以及当事人的权利和义务。学习时，要求能充分理解和运用合同法总则的有关理论，理解掌握各种有名合同的具体规定，尤其是关于各种合同当事人权利义务的规定。

二、历年考题分析

本章最近 5 年平均考分 6 分。本章除可出单项选择题、多项选择题、判断题外，还可结合其他部门法考核综合题，如曾经考过与合同法总则的结合、与专利法的结合等。此外，一般来说，每年考试的四个案例中总有一个合同案例，该案例总是以一个具体的有名合同为载体，综合考核第八、九章的内容。2001 年考了承揽合同与第八章的结合，2002 年考了借款合同与第八章的结合，2003 年考了技术合同与第八章的结合，2004 年考了建设工程合同与第八章的结合，2005 年考了融资租赁合同与第八章的结合，2006 年考了买卖合同、运输合同与第八章的结合，2007 年考了买卖合同、租赁合同与第八章的结合，希望考生注意这一考试特点。

本章近 5 年考试的题型、分值及考点分布详见下表：

年份	题型	题量	分值	考点
2007	判断题	1	1	承揽合同的解除
	综合题	0.3	4	买卖合同的风险转移；租赁合同的效力
2006	综合题	0.1	2	运输合同遇不可抗力时运费的处理
2005	单项选择题	2	2	借款合同计算利息的方法；租赁与买卖的关系
	多项选择题	2	2	买卖合同标的物所有权转移时间；技术合同无效的情形
	判断题	1	1	建设工程合同垫资利息的处理
	综合题	0.4	4	融资租赁合同撤销的条件；融资租赁合同标的物的所有权
2004	综合题	0.6	6	建设工程合同承包人的优先受偿权
2003	单项选择题	1	1	租赁物在租赁期间发生所有权变动时租赁合同的效力
	多项选择题	1	1	借款人未按约定的借款用途使用借款的，贷款人可采取的措施
	判断题	1	1	孳息的所有权的归属
	综合题	0.4	5	技术合作开发合同之发明人、专利申请人的确定

三、2008 年教材内容变化

2008 年教材本章的内容基本没有修改，但框架作了稍微修改。

本章内容结构基本框架

知识点	第十章 合同法（分则）	学习建议
10.1	转移财产权利的合同	
10.1.1	买卖合同	必须掌握
10.1.2	赠与合同	一般了解
10.1.3	借款合同	必须掌握
10.1.4	租赁合同	必须掌握
10.1.5	融资租赁合同	必须掌握

续表

知识点	第十章 合同法（分则）	学习建议
10.2	交付工作成果的合同	
10.2.1	承揽合同	必须掌握
10.2.2	建设工程合同概述	必须掌握
10.2.3	建设工程合同当事人双方权利义务	必须掌握
10.2.4	运输合同	应当记住
10.2.5	技术合同概述	应当记住
10.2.6	技术开发合同	应当记住
10.2.7	技术转让合同	应当记住
10.2.8	技术咨询合同和技术服务合同	应当记住
10.2.9	保管合同和仓储合同	应当记住
10.2.10	委托合同、行纪合同和居间合同	应当记住

知识点精讲

10.1　转移财产权利的合同

10.1.1　买卖合同

Ⅰ．考点分析

1. 出卖人应当按照合同约定的期限交付标的物。标的物在合同订立之前已为买受人占有的，合同生效时间为交付时间。请考生注意，此话不能理解为交付时间为合同生效时间。如：甲8月5日将自行车借给乙使用，10月5日，双方协商一致由乙买下这辆自行车。买卖自行车合同生效之日为交付之日。从8月5日到10月5日之间，虽然自行车在乙处，但这只是占有，不是交付，也不发生所有权转移的情况。

出卖人应当按照合同约定的地点交付标的物。如依有关规定不能确定交付地点的，应分别适用下列规定：（1）标的物需要运输的，出卖人将标的物交付第一承运人以运交买受人；（2）标的物不需要运输的，如订立合同时双方知道标的物所在地点的，该地点为交付地；（3）如不知道的，则出卖人订立合同时的营业地为交付地。

标的物交付前产生的孳息归出卖人所有，交付后产生的孳息归买受人所有。

2. 出卖人就交付的标的物负有保证第三人不向买受人主张权利的义务，但买受人订立合同时就知道或者应该知道第三人对标的物享有权利的，或者法律另有规定的除外。买受人有确切证据证明第三人可能就标的物主张权利的，可以中止支付相应的价款，但出卖人提供担保的除外。

标的物的所有权自交付时起转移，法律另有规定或者当事人另有约定的除外，如当事人可以签订所有权保留合同。

3. 标的物的风险（指不可归责于双方当事人的标的物毁损、灭失），在标的物交付之前由出卖人承担，交付之后由买受人承担。但因买受人违约未能交付标的物的，应由买受人承担风险。出卖人出卖在途标的物的，除当事人另有约定的以外，风险自合同成立时起由买受人承担。因标的物质量不符合质量要求致使不能实现合同目的的，买受人拒绝接受标的物或解除合同的，标的物毁损、灭失的风险由出卖人承担。标的物毁损、灭失的风险由买受人承担的，不影响因出卖人履行债务不符合约定，买受人要求其承担违约责任的权利。

4. 买受人收到标的物时应当在约定的检验期内检验，并在检验期内将标的物不符情形通知出卖人。买受人怠于通知的，视为符合约定。

没有约定检验期的，应当及时检验，并将不符合约定的情况在合理期间内通知出卖人。如在

合理期间或自标的物收到后2年内未通知出卖人的，视为符合约定。但下列两种情况除外：①标的物有质量保证期的；②出卖人知道或应当知道标的物不符合约定的。

5. 分期付款的买卖合同，买受人未支付到期价款的金额达到全部价款的1/5的，出卖人可以要求其支付到期与未到期的全部价款或解除合同。

6. 凭样品买卖的合同，当事人应当封存样品，并可以对样品质量予以说明。交付的标的物应当与样品及其说明的质量相同。如买受人不知样品有隐蔽瑕疵的，即便交付的标的物与样品相同，该标的物仍应符合同种物的通常标准。

7. 试用买卖的合同，对试用期间依约定或法定仍不能确定的，由出卖人确定。试用期届满，买受人有下列情形之一的，视为购买：（1）未表示是否购买的；（2）已无保留地支付全部或部分价款；（3）将标的物出租、出售等。

【要点提示】 考生须注意以下几点：①合同生效期间不等于交付期间。②交付地点不明，按第一承运人所在地——标的物所在地——出卖人订立合同时的营业地确定交付地点。③标的物的所有权、风险及收取孳息的权利自交付起转移。（注意所有权保留、风险承担的特殊情况）④标的物视为符合约定的两种情况。⑤分期付款合同可解除的情况。⑥凭样品买卖中，买受人不知样品有隐蔽瑕疵的，交付的标的物与样品相同，该标的物仍应符合同种物的通常标准。⑦试用买卖的合同中视为购买的情形。

Ⅱ．经典例题

1. ［2005年多项选择题第12题］乙向甲购买10台新型计算机，双方订立了合同。下列关于该合同项下计算机所有权转移的表述中，正确的有（　　）。

A. 如果双方没有特别约定，计算机的所有权自买卖合同生效时起转移

B. 如果双方没有特别约定，计算机的所有权自甲方交付时起转移

C. 如果双方没有特别约定，计算机的所有权自乙方付清全部款项时起转移

D. 如果双方约定，甲方先行交付计算机，在乙方付清全部款项之前，其所有权仍属于甲方，该约定有效

【答案】 ＢＤ

【解析】 法律规定，一般情况下，买卖合同标的物的所有权自交付之日起转移。如当事人签订所有权保留合同的，该标的物的所有权自款项付清之日起转移。

2. ［2003年判断题第11题］在买卖合同中，标的物在交付之前产生的孳息归出卖人所有，交付之后产生的孳息归买受人所有。（　　）

【答案】 √

【解析】《合同法》规定，标的物在交付之前产生的孳息归出卖人所有，交付之后产生的孳息归买受人所有。

10.1.2 赠与合同

I. 考点分析

1. 赠与合同是单务、无偿、诺成合同。赠与附义务的，受赠人应当按照约定履行义务。赠与的财产有瑕疵的，赠与人不承担责任。附义务的赠与，赠与的财产有瑕疵的，赠与人在附义务的限度内承担与出卖人相同的责任。赠与合同成立后，赠与人的经济状况显著恶化，严重影响其生产经营或者家庭生活的，可以不再履行赠与义务。

2. 赠与的撤销分为任意撤销和法定撤销两种情况。

(1) 任意撤销是指赠与人在赠与财产的权利转移之前可以撤销赠与。但具有救灾、扶贫等社会公益、道德义务性质的赠与合同或者经过公证的赠与合同，不得撤销。

(2) 法定撤销是指受赠人有下列三种法定情形之一的，无论何种情况，赠与均可撤销。①严重侵害赠与人或赠与人的近亲属；②对赠与人有扶养义务而不履行；③不履行赠与合同约定的义务。

赠与人行使撤销权的，应自知道或应知道撤销原因之日起的1年内行使；赠与人的继承人或法定代理人行使撤销权的，应自知道或应知道撤销原因之日起的6个月内行使。

在法定撤销情形下，撤销权人撤销赠与的，可以向受赠人要求返还赠与的财产。

【要点提示】注意：①赠与合同特征及附义务赠与与赠与产品有瑕疵的特殊规定。②不履行赠与义务的情况。③赠与撤销的两种情形，注意法定撤销的三种情况。④行使撤销权的期限及效果。

II. 经典例题

1. [多项选择题] 甲公司与某希望小学乙签订赠与合同，决定捐赠给该小学价值2万元的钢琴两台，后甲公司的法定代表人更换，不愿履行赠与合同。下列（　　）说法是错误的。

A. 赠与合同属于单务法律行为，故甲公司可以反悔，且不承担违约责任

B. 甲公司尚未交付设备，故可撤销赠与

C. 乙小学有权要求甲交付钢琴

D. 若甲公司以书面形式通知乙小学不予赠与，则甲公司不再承担责任

【答案】A B D

【解析】赠与人在赠与财产的权利转移之前可以撤销赠与。具有救灾、扶贫等社会公益、道德义务性质的赠与合同或者经过公证的赠与合同，不适用前款规定。

2. [判断题] 赠与人在赠与财产的权利转移之前可以任意撤销赠与。

（　　）

【答案】×

【解析】法律规定赠与人在赠与财产的权利转移之前可以撤销赠与。但具有救灾、扶贫等社会公益、道德义务性质的赠与合同或者经过公证的赠与合同，不得撤销。

10.1.3 借款合同

I. 考点分析

1. 金融机构贷款的借款合同是诺成性的；自然人之间的借款合同是实践性的，自贷款人提供借款时生效。借款合同应采用书面形式，但自然人之间借款另有约定的除外。

2. 当事人双方权利义务

(1) 贷款人未按约定的日期、数额提供借款，造成借款人损失的，应当赔偿损失。

(2) 贷款人有对借款的使用情况进行检查、监督的权利；借款人应按约定向贷款人定期提供有关财务会计报表等资料。如借款人未按约定的借款用途使用借款的，贷款人可以停止发放借款、提前收回借款或解除合同。

(3) 贷款人有不得预先在本金中扣除利息的义务，如果预先扣除的，应当按照实际借款数额返还借款并计算利息。

(4) 借款人有按合同约定或国家规定的利率，并按约定的期限支付利息的义务。对支付利息的期限没有约定或者约定不明确，依照合同法有关规定仍不能确定，借款期间不满1年的，应当在返还借款时一并支付；借款期间1年以上的，应当在每届满1年时支付，剩余期间不满1年的，应当在返还借款时一并支付。

(5) 借款人有按约定的期限返还借款的义务；借款人提前返还的，应当按照实际借款的期间计算利息；借款人未按时返还的，应当按照合同约定或国家规定支付逾期利息。

(6) 自然人之间的借款合同对支付利息没有约定或约定不明的，视为不支付利息。自然人之间的借款合同约定支付利息的，借款的利率不得超过银行同期贷款利率的4倍，否则超过部分无效。

【要点提示】①两种借款合同的区别。②合同双方权利义务，注意合同约定不明时的还款时间和利息支付。

II. 经典例题

1. [2005年单项选择题第11题] 根据合同法的规定，借款人提前偿还贷款的，除当事人另有约定外，计算利息的方法是（　　）。

A. 按照借款合同约定的期间计算

B. 按照借款合同约定的期间计算，实际借款期间小于1年的，按1年计算

C. 按照实际借款的期间计算

D. 按照实际借款的期间计算，但是借款人应当承担相应的违约责任

【答案】C

【解析】法律规定，借款人提前偿还贷款的，除当事人另有约定外，按照实际借款的期间计算利息。

2. [2003年多项选择题第13题] 甲公司向乙银行借款 1 000 万元，甲公司未按约定的借款用途使用借款。根据合同法律制度的规定，乙银行可以采取的措施有（　　）。

A. 停止发放借款

B. 提前收回借款

C. 解除借款合同

D. 按已确定的借款利息双倍收取罚息

【答案】ABC

【解析】《合同法》规定，借款人未按约定的借款用途使用借款的，贷款人可以停止发放借款、提前收回借款或解除合同。

3. [2002年综合题第2题] 2000 年 3 月 5 日，A 房地产开发公司（以下简称"A公司"）与 B 银行签订借款合同。该借款合同约定：借款总额为 2 亿元；借款期限为 2 年 6 个月；借款利率为年利率 5.8%，2 年 6 个月应付利息在发放借款之日预先一次性从借款本金中扣除；借款期满时一次性全额归还所借款项；借款用途为用于 S 房地产项目（以下简称 S 项目）开发建设；A 公司应当按季向 B 银行提供有关财务会计报表和借款资金使用情况；任何一方违约，违约方应当向守约方按借款总额支付 1% 的违约金。

在 A 公司与 B 银行签订上述借款合同的同时，B 银行与 A 公司和 C 公司分别签订了抵押合同和保证合同。B 银行与 A 公司签订的抵押合同约定：A 公司以正在建造的 S 项目作为抵押，如果 A 公司不能按时偿还借款或不能承担违约责任，B 银行有权用抵押的 S 项目变现受偿。B 银行与 C 公司签订的保证合同约定：如果 A 公司不能按时偿还借款或不能承担违约责任，而用 A 公司抵押的 S 项目变现受偿后仍不足以补偿 B 银行遭受的损失时，C 公司保证承担相应的补偿责任。

B 银行依照约定于 2000 年 3 月 6 日向 A 公司发放借款，并从发放的借款本金中扣除了 2 年 6 个月的借款利息。2001 年 4 月 5 日，B 银行从 A 公司提供的相关财务会计资料中发现 A 公司将借款资金挪作他用，遂要求 A 公司予以纠正，A 公司以借款资金应当由自己自行支配为由未予纠正。同年 5 月，B 银行通知 A 公司，要求 A 公司提前偿还借款，A 公司以借款尚未到期为由拒绝偿还借款。同年 8 月，B 银行向人民法院提起诉讼，要求解除借款合同，并要求 A 公司提前偿还借款，将用于抵押的 S 项目变现受偿，同时要求 C 公司承担保证责任。

经查：A 公司实际投入 S 项目的资金为 3 800 万元，挪用资金 15 000 万元；S 项目经评估后的可变现价值为 3 500 万元；S 项目建设取得了一切合法的批准手续，但在抵押时未办理抵押登记；C 公司是 A 公司控股的子公司，C 公司与 B 银行签订保证合同时未获除 A 公司之外的其他股东认可，并隐瞒了与 A 公司的关联关系。

【要求】根据上述事实，回答下列问题：

（1）借款合同约定借款利息预先从借款本金中扣除是否符合有关规定？如何处理？

（2）根据上述提示内容，A 公司应当如何向 B 银行支付利息？

（3）B 银行与 A 公司签订的抵押合同是否有效？并说明理由。

（4）B 银行与 C 公司签订的保证合同是否有效？并说明理由。

（5）B 银行可否要求解除借款合同？并说明理由。

（6）B 银行可否要求 C 公司承担民事责任？为什么？

【答案及解析】

（1）不符合规定。因为《合同法》规定，借款的利息不能预先在本金中扣除。利息预先扣除的，应当按照实际借款数额返还借款并计算利息。

（2）A 公司应当按照扣除利息后的实际借款数额支付利息，即 20 000 × (1 − 5.8% × 2.5) × 5.8% × 2.5 = 2 479.5（万元）。

（3）B 银行与 A 公司签订的抵押合同无效。因为根据担保法的规定，以建筑物为抵押标的的抵押合同，必须依法登记才生效。

（4）B 银行与 C 公司签订的保证合同有效。虽然 C 公司是 A 公司的控股子公司，但子公司具有独立法人资格，可以成为保证合同的主体。至于"C 公司与 B 银行签订保证合同时未获除 A 公司之外的其他股东认可，并隐瞒了与 A 公司的关联关系"，并不影响保证合同的效力。

（5）B 银行可以要求解除借款合同。因为《合同法》规定，借款人未按照约定的借款用途使用借款的，贷款人可以停止发放借款、提前收回借款或者解除合同。

（6）C 公司与 B 银行签订的保证合同是一般保证的保证合同，因此，在 A 公司不能偿还借款和承担违约责任，并且 A 公司抵押的 S 项目变现受偿后仍不足以补偿 B 银行遭受的损失的情况下，B 银行可以要求 C 公司承担保证责任。

10.1.4　租赁合同

Ⅰ. 考点分析

1. 租赁合同是诺成合同。租赁合同最长期限不得超过 20 年。超过 20 年的，超过部分无效。租赁期满也可续订合同，但续订的租赁期仍不得超过 20 年。租赁期 6 个月以上的，合同应采用书面形式；未采用书面形式的，视为不定期合同。不定期合同的双方当事人可以随时解除合同，但出租人解除合同应当在合理期限之前通知承租人。

2. 当事人双方权利义务

(1) 出租人应当履行租赁物的维修义务，但当事人另有约定的除外。承租人在租赁物需要维修时可以要求出租人在合理期限内维修。出租人未履行维修义务的，承租人可以自行维修，维修费用由出租人负担。因维修租赁物影响承租人使用的，应当相应减少租金或者延长租期。

(2) 租赁期内经出租人同意，承租人可将租赁物转租给第三人。转租的，原租赁合同继续有效，第三人对租赁物造成损失的，承租人应当赔偿损失。

(3) 在租赁期间因占有、使用租赁物获得的收益，归承租人所有，但当事人另有约定的除外。

(4) 承租人应当按照约定的期限支付租金。未约定租金支付期又不能达成补充协议的，租期不满1年的，期满时支付；租期1年以上的，应在每满1年时支付。承租人无正当理由未支付或者迟延支付租金的，出租人可以要求承租人在合理期限内支付。承租人逾期不支付的，出租人可以解除合同。

(5) 因第三人主张权利，致使承租人不能对租赁物使用、收益的，承租人可以要求减少租金或者不支付租金。第三人主张权利的，承租人应当及时通知出租人。

(6) 租赁物在租赁期间发生所有权变动的，不影响租赁合同的效力，即"买卖不破租赁"。出租人应在出卖前的合理期限内通知承租人，同等条件下承租人享有优先购买权。

3. 租赁合同的解除与延期

因不可归责于承租人的事由，致使租赁物部分或者全部毁损、灭失的，承租人可以要求减少租金或者不支付租金；因租赁物部分或者全部毁损、灭失，致使不能实现合同目的的，承租人可以解除合同。

租赁物危及承租人的安全或者健康的，即使承租人订立合同时明知该租赁物质量不合格，承租人仍然可以随时解除合同。

房屋租赁期间承租人死亡的，与其生前共同居住的人可以按原租赁合同租赁该房屋。

【要点提示】 考生须注意以下几点：①最长租期不可超过20年，超过部分无效。②租赁6个月以上须书面格式。③出租人应当履行租赁物的维修义务。④"买卖不破租赁"。⑤同等条件下承租人享有优先购买权。⑥租赁合同的解除与延期的几种情形。

Ⅱ. 经典例题

1. [2005年单项选择题第12题] 甲与乙订立租赁合同，将自己所有的一栋房屋租赁给乙使用。租赁期间，甲在征得乙同意后，将房屋卖给丙，并转移了所有权。下列有关该租赁合同效力的表

述中，正确的是（　　）。

A. 租赁合同在乙和丙之间继续有效

B. 租赁合同自动解除

C. 租赁合同自动解除，但是甲应当对乙承担违约责任

D. 租赁合同自动解除，但是丙应当另行与乙订立租赁合同

【答案】 A

【解析】 法律规定，租赁物在租赁期间发生所有权变动的，不影响租赁合同的效力，即"买卖不破租赁"。

2. [2003年单项选择题第11题] 甲公司将所属设备租赁给乙公司使用。租赁期间，甲公司将用于出租的设备卖给丙公司。根据合同法律制度的规定，下列表述正确的是（　　）。

A. 甲公司在租赁期间不能出卖出租设备

B. 买卖合同有效，原租赁合同继续有效

C. 买卖合同有效，原租赁合同自买卖合同生效之日起终止

D. 买卖合同有效，原租赁合同须丙公司同意后方继续有效

【答案】 D

【解析】 《合同法》规定，租赁物在租赁期间发生所有权变动的，不影响租赁合同的效力。

10.1.5 融资租赁合同

Ⅰ. 考点分析

1. 融资租赁合同是出租人根据承租人对出卖人、租赁物的选择，向出卖人购买租赁物，提供给承租人使用，承租人支付租金的合同。

2. 融资租赁合同的特征是：(1) 典型的融资租赁关系涉及三方当事人，即出租人、承租人、出卖人，包括融资租赁合同和买卖合同两个合同。租赁关系是以买卖关系存在为前提的，买卖关系是租赁关系实现的保证。但出租人、出卖人、承租人可以约定，出卖人不履行买卖合同义务的，由承租人直接向出卖人行使索赔的权利。(2) 融资为内容。融资租赁以融资为形式，以融资为内容。(3) 在融资租赁合同中，承租人解除合同的权利应受到一定限制。在合同的有效期内，无正当、充分的理由不得解除合同。(4) 租赁期间，出租人享有租赁物的所有权；承租人破产的，租赁物不属于破产财产。

3. 当事人双方权利义务

(1) 租赁物不符合约定或者不符合使用目的的，出租人不承担责任，但承租人依赖出租人的技能确定租赁物或者出租人干预选择租赁物的除外。

(2) 承租人占有租赁物期间，租赁物造成第三人的人身伤害或者财产损害的，出租人不承担责任。

(3) 承租人应当履行占有租赁物期间的维修

义务。

（4）承租人经催告在合理期限内仍不支付租金的，出租人可以要求支付全部租金，也可以解除合同收回租赁物。

（5）在融资租赁合同中，出租人和承租人对租赁期间届满租赁物的归属没有约定或者约定不明确，依照《合同法》有关规定仍不能确定的，租赁物的所有权归出租人。

（6）当事人约定租赁期满租赁物归承租人所有，承租人已经支付大部分租金，但无力支付剩余租金因此被解除合同收回租赁物的，租赁物价值超过欠付租金的，可以要求部分返还租金。

【要点提示】①融资租赁合同的概念及特征。②当事人双方权利义务（与一般租赁的区别）。

Ⅱ．经典例题

1.［单项选择题］甲乙双方达成一份协议，其要点为：甲方按照乙方指定的型号和技术要求购进一套设备；甲方将设备交付乙方租赁使用，设备所有权属于甲方；乙方按期交纳租金；租赁期满，设备归乙方所有。按照我国合同法，此协议属于哪一种合同？（　　）

A. 融资租赁合同　　　B. 财产租赁合同
C. 买卖合同　　　　　D. 租买合同

【答案】 A

【解析】融资租赁合同是出租人根据承租人对出卖人、租赁物的选择，向出卖人购买租赁物，提供给承租人使用，承租人支付租金的合同。

2.［判断题］在融资租赁合同关系中，承租人占有租赁物期间，租赁物造成第三人的人身伤害或者财产损失的，出租人承担责任。（　　）

【答案】 ×

【解析】在融资租赁合同关系中，承租人占有租赁物期间，租赁物造成第三人的人身伤害或者财产损害的，出租人不承担责任。

10.2 交付工作成果的合同

10.2.1 承揽合同

Ⅰ．考点分析

1. 承揽合同是指承揽人按定作人的要求完成工作，交付工作成果，定作人给付报酬的合同。

2. 当事人双方权利义务

（1）承揽人将其承揽的主要工作交由第三人完成的，应当就该第三人完成的工作成果向定作人负责；未经定作人同意的，定作人可以解除合同。承揽人可以将其承揽的辅助工作交由第三人完成，并就该第三人完成的工作成果向定作人负责。

（2）承揽人不得擅自更换定作人提供的材料，不得更换不需要修理的零部件。

（3）定作人应当按照约定的期限支付报酬。对支付报酬的期限没有约定或者约定不明确的，

双方应当协议补充，不能达成补充协议的，应当按照合同的有关条款或者交易习惯确定；仍不能确定的，定作人应当在承揽人交付工作成果时支付；工作成果部分交付的，定作人应当相应支付。

（4）定作人未向承揽人支付报酬或者材料费等价款的，承揽人对完成的工作成果享有留置权。

（5）定作人可以随时解除承揽合同，但定作人因此造成承揽人损失的，应当赔偿损失。

【要点提示】注意承揽人不得擅自更换材料和部件，承揽人享有留置权。

Ⅱ．经典例题

1.［2007年判断题第8题］定作人可以随时解除承揽合同，造成承揽人损失的，应当赔偿损失。（　　）

【答案】 √

【解析】本题考核承揽合同的解除。以上的表述是正确的。

2.［单项选择题］承揽人在履行承揽合同中的下列行为，哪一项构成违约？（　　）

A. 承揽人发现定作人提供的图纸不合理，立即停止工作并通知定作人，因等待答复，未能如期完成工作

B. 承揽人发现定作人提供的材料不合格，遂自行更换为自己确认合格的材料

C. 承揽人未征得定作人同意，将其承揽的辅助工作交由第三人完成

D. 因定作人未按期支付报酬，承揽人拒绝交付工作成果

【答案】 B

【解析】承揽人可以将其承揽的辅助工作交由第三人完成。承揽人将其承揽的辅助工作交由第三人完成的，应当就该第三人完成的工作成果向定作人负责。定作人提供材料的，定作人应当按照约定提供材料。承揽人对定作人提供的材料，应当及时检验，发现不符合约定时，应当及时通知定作人更换、补齐或者采取其他补救措施。承揽人不得擅自更换定作人提供的材料，不得更换不需要修理的零部件。承揽人发现定作人提供的图纸或者技术要求不合理的，应当及时通知定作人。因定作人怠于答复等原因造成承揽人损失的，应当赔偿损失。定作人未向承揽人支付报酬或者材料费等价款的，承揽人对完成的工作成果享有留置权，但当事人另有约定的除外。

10.2.2 建设工程合同概述

Ⅰ．考点分析

1. 当事人就同一建设合同另行订立的建设工程施工合同与经过备案的中标合同实质性内容不一致的，应当以备案的中标合同作为结算工程价款的根据。

2. 建设工程合同的无效。

建设工程施工合同具有下列情形之一的，认定无效：（1）承包人未取得建筑施工企业资质或者超越资质等级的；（2）没有资质的实际施工人借用有资质的建筑施工企业名义的；（3）建设工程必须进行招标而未招标或者中标无效的。

承包人超越资质等级许可的业务范围签订建设工程施工合同，在建设工程竣工前取得相应资质等级，不按无效合同处理。

建设工程施工合同无效，但建设工程经竣工验收合格的，承包人可以请求参照合同约定支付工程价款。合同无效且建设工程经竣工验收不合格的，修复后的建设工程经竣工验收合格，发包人可以请求承包人承担修复费用；修复后的建设工程经竣工验收不合格，承包人无权请求支付工程价款。

3. 建设工程合同的分包

经发包人同意，总承包人可以将自己承包的部分工作交由第三人完成。第三人就其完成的工作成果与总承包人向发包人承担连带责任。总承包人不得将其承包的建设工程全部转包给第三人或者将其承包的全部建设工程肢解后以分包的名义分别转包给第三人。禁止分包人将其承包的工程再分包。建设工程主体结构的施工必须由总承包人自行完成。

4. 承包人垫资

当事人对垫资和垫资利息有约定，承包人可以请求按照约定返还垫资及利息；但是约定的利息计算标准高于同期贷款利率的部分除外。当事人对垫资没有约定的，按照工程欠款处理。当事人对垫资利息没有约定，承包人无权请求支付利息（工程欠款没有约定利息的，按照同期贷款利率计息）。

【要点提示】 ①阴阳合同的处理办法。②合同无效的三种情况及合同无效已经竣工的三种情况（合格、不合格、修复后不合格）。③合同分包中的责任划分。④禁止全部分包或者再分包。⑤承包人垫资的利息核算规则。

Ⅱ. 经典例题

1. ［2005 年判断题第 12 题］建设工程合同的承包人为建设工程垫资的，如果当事人之间垫资利息没有约定，承包人有权请求发包人按照中国人民银行发布的同期同类贷款利率支付利息。（　）

【答案】 ×

【解析】 法律规定，当事人对垫资利息没有约定的，承包人无权请求支付利息。

2. ［判断题］总承包人可以将其承包的建设工程全部转包给第三人。（　）

【答案】 ×

【解析】 总承包人不得将其承包的建设工程全部转包给第三人或者将其承包的全部建设工程肢解后以分包的名义分别转包给第三人。

10.2.3　建设工程合同当事人双方权利义务

Ⅰ. 考点分析

1. 发包人和承包人的合同解除权

发包人请求解除合同的条件	（1）承包人明确表示或者以行为表明不履行合同主要义务的。（2）承包人在合同约定的期限内没有完工，且在发包人催告的合理期限内仍未完工的。（3）承包人已经完成的建设工程质量不合格，并拒绝修复的。（4）承包人将承包的建设工程非法转包、违法分包的。
承包人请求解除合同的条件	（1）发包人未按约定支付工程价款的。（2）发包人提供的主要建筑材料、建筑构配件和设备不符合强制性标准的。（3）发包人不履行合同约定的协助义务的。
合同解除的效力	（1）已经完成的建设工程质量合格的，发包人应当按照约定支付相应的工程价款。（2）已经完成的建设工程质量不合格的：修复后的建设工程经竣工验收合格，发包人可以请求承包人承担修复费用。修复后的建设工程经竣工验收不合格，承包人无权请求支付工程价款。（3）因一方违约导致合同解除的，违约方应当赔偿对方的损失。

2. 建设工程合同的竣工日期

建设工程经竣工验收合格的，以竣工验收合格之日为竣工日期。承包人已经提交竣工验收报告，发包人拖延验收的，以承包人提交验收报告之日为竣工日期。建设工程未经竣工验收，发包人擅自使用的，以转移占有建设工程之日为竣工日期。

3. 工程价款的结算

当事人约定按照固定价结算工程价款，一方当事人不得请求对建设工程造价进行鉴定。因设计变更导致建设工程的工程量或者质量标准发生变化，当事人对该部分工程价款不能协商一致的，可以参照签订合同时当地建设部门发布的计价方法或者计价标准结算工程价款。合同有效但建设工程经竣工验收不合格的：修复后的建设工程经竣工验收合格，发包人可以请求承包人承担修复费用。修复后的建设工程经竣工验收不合格，承包人无权请求支付工程价款。

发包人未按照约定支付工程价款的，承包人可以催告发包人在合理期限内支付价款。发包人逾期不支付的，承包人可以与发包人协议将工程折价，也可以申请人民法院将该工程依法拍卖，建筑工程的价款享有优先受偿权。承包人的优先受偿权优于抵押权和其他债权，但不能对抗已经缴付全部或大部分房款的消费者。

建筑工程的价款包括承包人为建筑工程应当支付的工作人员报酬、材料款等实际支出的费用，不包括承包人因发包人违约造成的损失。优先受偿权的行使期限为 6 个月，自建设工程竣工之日起（或者建设工程合同约定的竣工之日起）计算。

当事人对欠付工程款的利息计付标准有约定的按照约定处理；没有约定的，按照同期贷款利率计息。利息从应付工程价款之日起计付。当事人对应付之日没有约定或者约定不明确的：建设工程已经实际交付的，为交付之日；建设工程没有交付的，为提交竣工结算文件之日；建设工程未交付、工程价款也未结算的，为当事人起诉之日。

【要点提示】①哪方违约违规，另一方即获得解除合同的权利。②解除合同的后果，按无效合同的情况处理。③竣工合格日期按：验收合格日——提交验收报告日——转移占有日，这一顺序计算。④拍卖工程拍卖款按：已付全部或大部分房款的消费者——建筑工程价款——抵押权——无抵押债权，顺序清偿。承包人要求优先受偿权的期限为 6 个月，自建设工程竣工之日起算。⑤工程贷款利息有约定从约定，无约定按同期贷款利率。⑥利息计算日按：交付日——提交竣工结算文件日——当事人起诉日，顺序计算。

Ⅱ. 经典例题

1. ［2004 年综合题第 2 题］2002 年 1 月，A 房地产开发公司（下称 A 公司）就一商品楼开发项目与 B 建筑公司（下称 B 公司）签订建筑工程承包合同。该合同约定：由 B 公司作为总承包商承建该商品楼开发项目，A 公司按工程进度付款；建筑工期为 2 年。2002 年 7 月，A 公司与 C 银行签订借款合同，该合同约定：A 公司向 C 银行借款 5 000 万元，借款期限 1 年；同时约定将在建的商品楼作为借款的抵押担保，A 公司与 C 银行共同办理了抵押登记手续。

由于 A 公司资金不足，不能按期向 B 公司支付工程款项，该建筑工程自 2003 年 6 月起停工。A 公司欠付 B 公司材料款 800 万元、人工费 400 万元；A 公司依合同应承担违约金 200 万元。B 公司多次催要未果。

B 公司为追索欠款和违约金，于 2003 年 8 月诉至法院，申请保全在建商品楼，并根据合同法的有关规定要求拍卖受偿。C 银行因 A 公司逾期未还借款也于 2003 年 8 月向法院提起诉讼，并对 A 公司的在建商品楼主张抵押权。

【要求】根据上述内容，回答下列问题：

（1）A 公司以在建商品楼作为借款的抵押担保是否有效？并说明理由。

（2）请说明 B 公司要求以在建商品楼拍卖所得受偿的法律依据的内容。

（3）在 B 公司与 C 银行均要求对在建商品楼行使受偿权利的情况下，谁的受偿权利更为优先？并说明理由。

（4）B 公司追索的材料款、人工费、违约金中，哪些属于享有优先权的范围？

【答案及解析】

（1）A 公司以在建商品楼作为借款的抵押担保有效。法律允许以在建建筑物设立抵押权，但要办理抵押登记手续才生效。本案当事人办理了登记手续，所以抵押有效。

（2）B 公司要求以在建商品楼拍卖所得受偿的法律依据为法律规定，发包人未按约定支付价款的，承包人可以要求法院将工程拍卖优先受偿。

（3）在 B 公司与 C 银行均要求对在建商品楼行使受偿权利的情况下，B 公司的受偿权利更为优先，因为法律规定，承包人的优先受偿权优于抵押权。

（4）B 公司追索的材料款、人工费、违约金中，材料款、人工费属于享有优先权的范围。

2. ［判断题］当事人就同一建设工程另行订立的建设工程施工合同与经过备案的中标合同实质性内容不一致的，应当以另行订立的建设工程合同作为结算工程价款的根据。　　（　）

【答案】×

【解析】当事人就同一建设工程另行订立的建设工程施工合同与经过备案的中标合同实质性内容不一致的，应当以"备案的中标合同"作为结算工程价款的根据。

Ⅲ. 相关链接

合同担保中的建筑物抵押。

10. 2. 4　运输合同

Ⅰ. 考点分析

1. 货运合同

（1）在承运人将货物交付收货人之前，托运人可以要求承运人中止运输、返还货物、变更到达地或者将货物交给其他收货人，但应当赔偿承运人因此受到的损失。

（2）收货人在约定的期限或者合理期限内对货物的数量、毁损等未提出异议的，视为承运人已经按照运输单证的记载交付货物的初步证据，但以后收货人有证据证明货物的毁损、灭失发生在运输过程中，仍可以向承运人索赔。

（3）承运人对运输过程中货物的毁损、灭失承担损害赔偿责任，但承运人证明货物的毁损、灭失是因不可抗力、货物本身的自然性质或者合理损耗以及托运人、收货人的过错造成的，不承担损害赔偿责任。货物在运输过程中因不可抗力灭失，未收取运费的，承运人不得要求收取运费；已收取运费的，托运人可以要求返还。

（4）货物毁损、灭失的赔偿额，当事人没有约定或者约定不明确，根据《合同法》的有关规定仍不能确定的，按照交付时货物到达地的市场价格计算。

（5）两个以上承运人以同一运输方式联运的，与托运人订立合同的承运人应对全程运输承担责任。损失发生在某一运输区段的，与托运人订立合同的承运人和该区段的承运人承担连带责任。

（6）收货人不明或者收货人无正当理由拒绝受领货物的，承运人可以提存货物。

2. 多式联运合同

（1）多式联运经营人收到托运人交付的货物时，应当签发联运单据；根据托运人的要求，该单据可以是可以转让的或不可转让的。

（2）因托运人的过错造成联运经营人损失的，即使多式联运单据已经转让，托运人仍应承担损害赔偿责任。

（3）货物的毁损、灭失发生于多式联运的某一运输区段的，多式联运经营人的赔偿责任和责任限额，适用调整该区段运输方式的有关法律规定。货物毁损、灭失发生的运输区段不能确定的，依照本章规定承担损害赔偿责任。

【要点提示】①货物交付收货人之前，托运人可以要求承运人中止运输、返还货物、变更到达地或者将货物交给其他收货人，但应赔偿损失。②除非不可抗力，否则运输期间货物的毁损、灭失由承运人负担，赔偿有约定从约定，无约定从市价。③两个以上承运人，与托运人订立合同的承运人和损失发生区段的承运人承担连带责任。④注意多式联运合同归责的特殊规定。

Ⅱ. 经典例题

1. ［综合题］甲公司专营 A 地至 B 地的旅客运输业务。2006 年 11 月 1 日，由于正值客运淡季，甲公司将一使用空调车的班次取消，购买了该班次车票的旅客被合并至没有空调的普通客车中。该批旅客认为甲公司的做法不合理，要求退还部分票款，但甲公司以近期多雨雾、路不好走，两种票价金额相差不大为由，不同意退还相差部分的票款。

当车行至某段山路时，司机因故采取了急刹车措施。乘客乙被甩到车内地板上摔伤。乘客乙经医院诊断鉴定为腰椎压缩性骨折，要求甲公司承担医药费及其他相关损失。

【要求】根据上述事实及《合同法》的规定，回答下列问题：

（1）甲公司不退还部分旅客票款的行为是否符合法律规定？简要说明理由。

（2）甲公司应否对乘客乙受伤承担损害赔偿责任？简要说明理由。

【答案及解析】

（1）甲公司不退还票款的行为不符合法律规

定。根据规定，承运人应当按照客票载明的时间和班次运输旅客。承运人擅自变更运输工具而降低服务标准的，应当根据旅客的要求退票或减收票款。本题中，甲公司擅自将空调车变更为普通车，降低了服务标准，因此，应该根据旅客的要求退票或减收票款。

（2）甲公司应对乘客乙受伤承担损害赔偿责任。根据规定，承运人应当对运输过程中旅客的伤亡承担损害赔偿责任，但伤亡是旅客自身健康原因造成的或者承运人证明伤亡是旅客故意、重大过失造成的除外。本题中，乘客乙的受伤是因为司机急刹车，并非自身健康或者故意、重大过失造成的，因此，甲公司应对其受伤承担损害赔偿责任。

2. ［多项选择题］甲乙签订水果购销合同，约定由甲方送货，甲与丙签订运输合同，如期发运价值 10 万元的水果一车。丙送货途中，因洪水冲垮公路，被迫绕道，迟延到达，导致水果有轻微的腐烂现象。乙方以逾期交货和货物不符合合同约定为由拒收货物且拒付货款。丙多次与乙交涉无果，发现水果腐烂迅速扩大，当即决定以 6 万元价格将水果就地处理。下列选项（　　）是正确的。

A. 水果价值减少的损失应由甲方承担

B. 水果价值减少的损失应由丙承担

C. 丙为就地处理水果的费用应向乙要求偿付

D. 丙为就地处理水果的费用应向甲方要求偿付

【答案】A D

【解析】标的物毁损、灭失的风险，在标的物交付之前由出卖人承担，交付之后由买受人承担，但法律另有规定或者当事人另有约定的除外。购销合同的双方当事人在合同中对交货地点有约定的，以约定的交货地点为合同履行地；没有约定的，依交货方式确定合同履行地；采用送货方式的，以货物送达地为合同履行地；采用自提方式的，以提货地为合同履行地；代办托运或按木材、煤炭送货办法送货的，以货物发运地为合同履行地。因标的物质量不符合质量要求，致使不能实现合同目的的，买受人可以拒绝接受标的物或者解除合同。买受人拒绝接受标的物或者解除合同的，标的物毁损、灭失的风险由出卖人承担。本案出卖人应承担风险。承运人对运输过程中货物的毁损、灭失承担损害赔偿责任，但承运人证明货物的毁损、灭失是因不可抗力、货物本身的自然性质或者合理损耗以及托运人、收货人的过错造成的，不承担损害赔偿责任。

10.2.5　技术合同概述

Ⅰ. 考点分析

1. 技术合同的无效与可撤销

妨碍技术进步的无效技术合同	（1）限制当事人一方在合同标的技术基础上进行新的研究开发或者限制其使用所改进的技术，或者双方交换改进技术的条件不对等； （2）限制当事人一方从其他来源获得与技术提供方类似技术或者与其竞争的技术； （3）阻碍当事人一方根据市场需求，按照合理方式充分实施合同标的技术； （4）要求技术接受方接受并非实施技术必不可少的附带条件； （5）不合理地限制技术接受方购买原材料、零部件、产品或者设备等的渠道或者来源； （6）禁止技术接受方对合同标的技术知识产权的有效性提出异议或者对提出异议附加条件。 生产产品或者提供服务依法应当经过但未经过有关部门审批或者取得行政许可的，不影响当事人订立的相关技术合同的效力。当事人对办理审批或者行政许可义务没有约定的，由实施技术的一方负责办理。
可以撤销的技术合同	（1）当事人一方采取欺诈手段，就其现有技术成果作为研究开发标的与他人订立委托开发合同收取研究开发费用的； （2）当事人就同一研究开发课题先后与两个或者两个以上的委托人分别订立委托开发合同重复收取研究开发费用的。
合同无效的处理	（1）技术合同无效或者被撤销后，技术开发合同研究开发人、技术转让合同让与人、技术咨询合同和技术服务合同的受托人已经履行或者部分履行了约定的义务，并且造成合同无效或者被撤销的过错在对方，对其已履行部分应当收取的研究开发经费、技术使用费、提供咨询服务的报酬，可以认定为因对方原因导致合同无效或者被撤销给其造成的损失。 （2）技术合同无效或者被撤销后，因履行合同所完成新的技术成果或者在他人技术成果基础上完成后续改进技术成果的权利归属和利益分享，当事人不能重新协议确定的，由完成技术成果的一方享有。 （3）侵害他人技术秘密的技术合同被确认无效后，除法律、行政法规另有规定的以外，善意取得该技术秘密的一方当事人可以在其取得时的范围内继续使用该技术秘密，但应当向权利人支付合理的使用费并承担保密义务。 （4）当事人双方恶意串通或者一方知道或者应当知道另一方侵权仍与其订立或者履行合同的，属于共同侵权，人民法院应当判令侵权人承担连带赔偿责任和保密义务，因此取得技术秘密的当事人不得继续使用该技术秘密。

2. 技术合同的内容

（1）技术合同的价款支付方式由当事人约定，可以采取一次总算、一次总付或者一次总算、分期支付，也可以采取提成支付或者提成支付附加预付入门费的方式。

（2）当事人对技术合同的价款、报酬和使用费，当事人没有约定或者约定不明确的，可以按照以下原则处理：对于技术开发合同和技术转让合同，根据有关技术成果的研究开发成本、先进性、实施转化和应用的程度，当事人享有的权益和承担的责任，以及技术成果的经济效益等合理确定；对于技术咨询合同和技术服务合同，根据有关咨询服务工作的技术含量、质量和数量，以及已经产生和预期产生的经济效益等合理确定。技术合同价款、报酬、使用费中包含非技术性款项的，应当分项计算。

（3）不具有民事主体资格的科研组织（课题组、工作室）订立的技术合同，经法人授权或者认可的，视为法人订立的合同，由法人承担责任；未经法人授权或者认可的，由该科研组织成员共同承担责任；但法人因该合同受益的，应当在受益范围内承担相应责任。

（4）技术合同的一方当事人延迟履行主要义务，经催告后在30日内仍未履行，对方当事人有权主张解除合同。当事人在催告通知中附有履行期限且该期限超过30日的，在该履行期限届满后方可有权提出解除合同的主张。

（5）当事人以技术成果向企业出资但未明确约定权属的，接受出资的企业可以主张该技术成果归其享有；但是该技术成果的价值与该技术成果所占出资比例明显不合理，损害出资人利益的除外。

（6）当事人对技术成果的权属约定比例的，视为共同所有。当事人对技术成果的使用权约定的比例，可以视为当事人对实施该项技术成果所获收益的分配比例。

3. 职务技术成果

（1）职务技术成果的界定：履行法人的岗位职责或者承担法人交付的技术开发任务完成的技术成果；离职后1年内继续从事与其原岗位职责或者原单位交付的技术开发任务有关的技术开发工作而完成的技术成果；主要利用法人的物质技术条件（这些物质技术条件对形成该技术成果具有实质性的影响）完成的技术成果。

（2）职务技术成果的权利归属：职务技术成果的使用权、转让权属于法人或者其他组织的，法人或者其他组织可以就该项职务技术成果订立技术合同。法人或者其他组织应当从使用和转让该项职务技术成果所取得的收益中提取一定比例，对完成该项职务技术成果的个人给予奖励或者报酬。法人或者其他组织订立技术合同转让职务技术成果时，职务技术成果的完成人享有以同等条件优先受让的权利。

【要点提示】①妨碍技术进步的无效技术合同特点：违反公平原则，将不合理的条件强加给另一方。②可以撤销的技术合同（两类）：一方欺诈，同一课题向多人订立合同。③合同无效或被撤销的效果：过错方赔偿；技术成果权利归完成方；善意方可继续使用盗用的技术秘密，但必须付费并保密。（恶意串通则属共同侵权）。④技术合同的内容须注意：主体的认定、价款的支付及确定、成果的权属、可撤销的情况。⑤职务技术成果：界定——单位委托或离职一年内，利用单位资源。权属——转让权归法人，但须给予完成人奖励；完成人有同等条件优先受让权。

Ⅱ.经典例题

1.［2005年多项选择题第13题］根据有关规定，技术合同有下列情形时，导致技术合同无效的有（ ）。

A. 技术提供方限制技术接受方从其他来源获得与技术提供方类似技术的

B. 法人内部从事技术开发的课题组未经法人授权或者认可，与他人订立技术合同的

C. 技术提供方生产产品应当取得行政许可而未取得的

D. 技术提供方限制技术接受方在合同标的技术基础上进行新的研究开发的

【答案】A D

【解析】法律规定，妨碍技术进步的技术合同无效，包括：技术提供方限制技术接受方从其他来源获得与技术提供方类似技术的合同，技术提供方限制技术接受方在合同标的技术基础上进行新的研究开发的合同。法人内部从事技术开发的课题组未经法人授权或者认可，与他人订立技术合同的，视为法人订立的合同，由法人承担责任。技术接受方生产产品应当取得行政许可而未取得的，不影响当事人订立的相关技术合同的效力。

2.［2002年多项选择题第16题］根据合同法律制度的规定，技术合同价款、报酬或者使用费的支付方式由当事人约定。当事人约定的下列支付方式中，符合规定的有（ ）。

A. 一次总算、一次总付

B. 一次总算、分期支付

C. 提成支付

D. 提成支付附加预付入门费

【答案】A B C D

【解析】《合同法》规定，技术合同的价款、报酬或者使用费的支付方式由当事人约定，可以一次总算、一次总付或一次总算、分期支付；也可以提成支付或提成支付附加预付入门费。

10.2.6 技术开发合同

Ⅰ.考点分析

1. 一方当事人仅提供资金、设备、材料等物质条件或者承担辅助协作事项，另一方当事人进行研究开发工作的，则应属于委托开发合同。

2. 技术开发合同签订后，因作为合同标的的技术已经由他人公开，致使技术开发合同的履行没有意义的，当事人可以解除合同。

3. 在技术开发合同履行过程中，因出现无法克服的技术困难，致使研究开发失败或者部分失败的，该风险责任由当事人约定。没有约定或者约定不明确，风险责任由当事人合理分担。

4. 技术成果的权利归属

委托开发	（1）委托开发完成的发明创造，申请专利的权利属于研究开发人。 （2）研究开发人取得专利权的，委托人可以免费实施该专利。 （3）研究开发人转让专利申请权的，委托人在同等条件下有优先权。
合作开发	合作开发完成的发明创造，申请专利的权利属于合作开发的当事人共有。 （1）当事人一方不同意申请专利的，另一方不得申请专利。 （2）当事人一方放弃申请专利的，另一方可以申请专利。 （3）当事人一方转让其共有的专利申请权的，其他各方享有以同等条件优先受让的权利。
委托或合作开发完成的技术秘密	（1）技术秘密成果的使用权、转让权以及利益的分配办法，由当事人约定。 （2）当事人没有约定或者约定不明确，按照《合同法》的规定仍不能确定的，当事人均有使用和转让的权利，包括当事人均有不经对方同意而自己使用或者以"普通使用许可"的方式许可他人使用技术秘密，并独占由此所获利益的权利。

【要点提示】①委托开发成果权属：专利权归研究开发人，委托人可以免费实施，转让时委托人在同等条件下有优先权。②合作开发成果权属：申请专利一方不同意，另一方不得申请，一方放弃，另一方可以申请；转让时其他各方有优先受让权。③委托或合作开发完成的技术秘密权属：有约定从约定，无约定依法人不能确定，全体都可使用与任意转让。

Ⅱ.经典例题

1.［多项选择题］甲、乙共同完成一项发明，就该项发明的专利申请权所作的下列判断中，哪些是正确的？（ ）

A. 如果甲不同意申请专利，乙可以自行申请

B. 如果甲放弃其专利申请权，乙可以单独申请，但取得专利后，甲有免费使用的权利

C. 如果甲准备转让其专利申请权，应签订书面合同

D. 如果甲准备转让其专利申请权，乙在同等条件下有优先受让的权利

【答案】B C D

【解析】技术转让合同包括专利权转让、专利申请权转让、技术秘密转让、专利实施许可合同。技术转让合同应当采用书面形式。合作开发完成的发明创造，除当事人另有约定的以外，申请专利的权利属于合作开发的当事人共有。当事人一方转让其共有的专利申请权的，其他各方享有以同等条件优先受让的权利。合作开发的当事人一方声明放弃其共有的专利申请权的，可以由另一方单独申请或者由其他各方共同申请。申请人取得专利权的，放弃专利申请权的一方可以免费实施该专利。合作开发的当事人一方不同意申请专利的，另一方或者其他各方不得申请专利。

2. ［判断题］委托开发完成的发明创造，申请专利的权利属于委托人。　　　　（　　）

【答案】×

【解析】委托开发完成的发明创造，申请专利的权利属于研究开发人。

10.2.7　技术转让合同

Ⅰ. 考点分析

1. 技术转让合同概述

（1）技术转让合同的标的仅限于现有特定的专利、专利申请、技术秘密，不包括尚未研究开发的技术成果以及不涉及专利、专利申请、技术秘密的知识、技术、经验和信息。

（2）技术转让合同包括专利权转让、专利申请权转让、技术秘密转让、专利实施许可合同。

（3）当事人以技术入股方式订立联营合同，但技术入股人不参与联营体的经营管理，并且以保底条款形式约定由联营体或者联营他方支付其技术价款或者使用费的，视为技术转让合同。

（4）专利申请权转让合同的当事人在办理专利申请权转让登记之前，可以以专利申请被驳回为由请求解除合同；但在办理专利申请权转让登记之后，则不得因此请求解除合同，当事人另有约定的除外。

（5）专利申请因专利申请权转让合同成立时即存在尚未公开的同样发明创造的在先专利申请被驳回，当事人可以请求予以变更或者撤销。

（6）订立专利权转让合同或者专利申请权转让合同之前，让与人自己已经实施发明创造的，在合同生效后，受让人可以要求让与人停止实施，但当事人另有约定的除外。

（7）让与人与受让人订立的专利权转让合同、专利申请权转让合同，不影响合同成立前让与人与他人订立的相关专利实施许可合同或者技术秘密转让合同的效力。

2. 当事人双方权利义务

（1）专利实施许可合同包括独占实施许可、排他实施许可和普通实施许可三种，当事人对专利实施许可方式没有约定或者约定不明确的，认定为普通实施许可。专利实施许可合同约定受让人可以再许可他人实施专利的，认定该再许可属于普通实施许可，但当事人另有约定的除外。

（2）专利实施许可合同的受让人不得许可约定之外的第三人实施该专利，并按照约定支付使用费。排他实施许可合同的让与人不具有独立实施其专利的条件，以一个普通许可的方式许可他人实施专利的，可以认定为让与人自己实施专利，但当事人另有约定的除外。

（3）当事人之间就正在申请专利的技术成果订立的许可使用合同，在专利申请公开之前，适用技术秘密转让合同的规定；发明专利申请公开以后、授权之前，参照适用专利实施许可合同的规定；授权之后，原合同即为专利实施许可合同。

【要点提示】注意：①不参与经营管理的技术入股，并以保底条款形式约定支付其技术价款或者使用费的，视为技术转让合同。②存在尚未公开的在先专利，当事人可以请求予以变更或者撤销专利权转让合同或者专利申请权转让合同。③专利实施许可方式没约定或约定不明的，认定为普通实施许可。④专利实施许可合同约定受让人可以再许可他人实施专利的，认定该再许可属于普通实施许可。⑤排他实施许可合同的让与人不具有独立实施其专利的条件，以一个普通许可的方式许可他人实施专利的，可以认定为让与人自己实施专利。

Ⅱ. 经典例题

1. ［综合题］A空调生产厂与B科研所签订了一份技术合同，在合同中约定：B科研所将研制成功的空调制冷技术提供给A空调厂，A空调厂先支付价款20万元，其余的价款在空调上市后的获利中提取20%，从获利年度起5年后不再提取，5年后该技术归A空调厂所有。B科研所为空调厂使用该项技术提供必要的人员指导。A空调厂利用B科研所的技术后，制出的空调因为质量上乘，所以销路挺好，当年就获利。第二年，另一地的C空调厂看到后，找到B科研所，也想利用该技术。于是双方签订了一个同样的技术服务合同，合同有效期3年，到期双方合同终止，B科研所收回该项技术。不料，这项合同被A空调厂得知，于是向B科研所交涉，要求解除与C空调厂的合同，因为该项技术已归其所有。B科研所说，该项技术4年后才归A空调厂所有；在此之前其有权与他人订立合同，况且合同在3年后就终止了。A空调厂交涉没有结果，就不再交纳提成费。B科研所遂以A空调厂为被告提起诉讼要求被告停止使用赔偿损失。

问：A空调厂与B科研所签订的合同是技术服务合同吗？为什么？

【答案及解析】B科研所与A空调厂签订的合同不是技术服务合同，而是技术转让合同。

本案中 B 科研所与 A 空调厂订立的合同从表面上看是技术服务合同，实际上是技术转让合同，而且是包含了服务内容的附期限的专利权转让合同。技术服务合同是当事人一方以技术知识为另一方解决特定技术问题所订立的合同；本案的合同内容不符合这一定义。B 科研所提供技术，A 空调厂支付价款利用该项技术，实际上符合专利权转让合同的定义，即专利权人作为让与人将其专利的所有权转移交受让人，受让人支付约定的价款所订立的合同。技术服务只是技术转让后的延伸，故是技术转让合同。但从合同的内容看，A 空调厂对于该项专利技术的所有权在 5 年后才能获得，这样在这 5 年内合同又类似于专利实施许可合同。在本质上，双方的合同可以说是一个附期限的专利技术转让合同。在这 5 年的期限届满之前，B 科研所保留技术的所有权，A 空调厂只有使用权。既然如此，A 空调厂就无权禁止 B 科研所再与他人订立技术合同，因为双方合同中并没有约定在这 5 年内 A 空调厂享有独占的或排他的使用权。B 科研所与 C 空调公司订立的专利技术实施许可合同，并损有侵犯 A 空调厂的权益，因为此时 A 空调厂并未享有技术的所有权，况且 B 科研所与 C 空调公司的合同并未超过 5 年的期限。若超过 5 年的期限，那么 5 年之后合同就侵犯了 A 空调厂的权益，因为 A 空调厂已获得了专利的所有权。

2. [多项选择题] 技术转让合同包括（　　）。

A. 专利申请权和专利转让合同

B. 非专利技术转让合同

C. 专利实施许可合同

D. 技术秘密转让合同

【答案】A C D

【解析】《合同法》第 342 条规定，技术转让合同包括专利权转让、专利申请权转让、技术秘密转让、专利实施许可合同。所以，A、C、D 正确。

10.2.8 技术咨询合同和技术服务合同

Ⅰ. 考点分析

1. 在技术咨询合同、技术服务合同中，受托人利用委托人提供的技术资料和工作条件完成的新的技术成果，属于受托人。委托人利用受托人的工作成果完成的新的技术成果，属于委托人。

2. 技术咨询合同的委托人按照受托人符合约定要求的咨询报告和意见作出决策所造成的损失，由委托人承担；但当事人另有约定的除外。

3. 当事人对技术咨询合同的受托人进行调查研究、分析论证所需费用的负担没有约定或者约定不明确的，由受托人承担。

【要点提示】①成果的权属：利用资料和条件的，权力属于受托人。利用工作成果的，权力属于委托人。②研究费用有约定从约定，无约定受

托人承担。

Ⅱ. 经典例题

1. [判断题] 技术咨询合同的委托人按照受托人符合约定要求的咨询报告和意见作出决策所造成的损失，由受托人承担。（　　）

【答案】×

【解析】技术咨询合同的委托人按照受托人符合约定要求的咨询报告和意见作出决策所造成的损失，由委托人承担。

2. [判断题] 当事人对技术咨询合同的受托人进行调查研究、分析论证所需费用的负担没有约定或者约定不明确的，由受托人承担。（　　）

【答案】√

【解析】本题描述符合规定。

10.2.9 保管合同和仓储合同

Ⅰ. 考点分析

1. 为帮助考生理解，归纳一下保管合同和仓储合同的特征。保管合同的特征包括：（1）标的是保管行为；（2）原则上为实践合同；（3）原则上为无偿的，可以合同约定有偿；（4）必须转移保管物的占有。仓储合同的特征包括：（1）保管人必须具有仓储设备，并是从事仓管业务的人；（2）是有偿合同；（3）为诺成合同；（4）仓储对象为动产；（5）仓单在仓储合同中具有重要作用。

2. 保管物毁损的责任

（1）有偿保管的，保管人承担损害赔偿责任，不可抗力的除外。

（2）无偿保管，保管人证明自己没有重大过失的，不承担损害赔偿责任。

【要点提示】有偿保管须负责（不可抗力除外），无偿保管不负责（无重大过失）。

Ⅱ. 经典例题

[单项选择题] 贾某因装修房屋，把一批古书交朋友王某代为保管，王某将古书置于床下。一日，王某楼上住户家水管被冻裂，水流至王某家，致贾某的古书严重受损。对此，下列说法（　　）是正确的。

A. 王某具有过失，应负全部赔偿责任

B. 王某具有过失，应给予适当赔偿

C. 此事对王某而言属不可抗力，王某不应赔偿

D. 王某系无偿保管且无重大过失，不应赔偿

【答案】D

【解析】因保管不善导致保管物毁损灭失的，保管人应负损害赔偿责任，但无偿保管人负重大过失责任，有偿保管人负一般过失责任。即有偿保管的，保管人承担损害赔偿责任，不可抗力的除外。无偿保管，保管人证明自己没有重大过失的，不承担损害赔偿责任。

10.2.10 委托合同、行纪合同和居间合同

Ⅰ. 考点分析

1. 委托合同、行纪合同和居间合同的概念与

关系。委托合同是委托人和受托人约定，由受托人处理委托人事务的合同。委托关系存在，是办理委托事项的前提；代理、行纪、居间都是基于委托关系而产生的；委托只涉及委托人和受托人之间的关系，代理涉及与第三人的关系。行纪合同是行纪人以自己的名义为委托人从事贸易活动，委托人支付报酬的合同。

2. 委托合同关系中，受托人以自己的名义，在委托人的授权范围内与第三人订立的合同：

（1）第三人在订立合同时知道受托人与委托人之间的代理关系的，该合同直接约束委托人和第三人。

（2）第三人在订立合同时不知道受托人与委托人之间的代理关系的，受托人因第三人的原因对委托人不履行义务，受托人应向委托人披露第三人，委托人因此可以行使受托人对第三人的权利。

3. 委托合同的损失赔偿：

（1）有偿的委托合同，因受托人的过错给委托人造成损失的，委托人可以要求赔偿损失。

（2）无偿的委托合同，因受托人的故意或重大过失给委托人造成损失的，委托人可以要求赔偿损失。

4. 委托人或者受托人可以随时解除委托合同，因解除合同给对方造成损失的，除不可归责于该当事人的事由以外，应当赔偿损失。

5. 行纪与委托合同的区别：

	行纪合同	委托合同
适用范围	限于购销、寄售等贸易活动	不限
以谁名义进行活动	行纪人	委托人或受托人
是否有偿	有偿	有偿或无偿
费用承担	行纪人（约定除外）	委托人

6. 居间合同是居间人向委托人报告订立合同的机会或提供订立合同的媒介服务，委托人支付报酬的合同。居间行为分为两种：一是受托报告订立合同的机会；二是除报告订立合同的机会外，还向委托人提供订立合同的媒介服务。

【要点提示】①三个合同的关系。②委托合同效力：原则上直接约束委托人和第三人。③委托合同的损失赔偿：有偿过错赔，无偿故意重大过失赔。④行纪与委托相比的区别：一定有偿、主体特定、范围特定、费用由行纪人承担。

Ⅱ. 经典例题

1. ［单项选择题］华利公司欲购买一批仪器，委托刘某提供媒介服务。华利公司和有关当事人对刘某提供媒介服务的费用承担问题没有约定，后又不能协商确定。在此情况下，对刘某提供媒介服务的费用应按下列哪个选项确定？（　　）

A. 华利公司应当向刘某预付提供媒介服务的费用

B. 在刘某促成合同成立时，华利公司应当承担其提供媒介服务的费用

C. 在刘某未促成合同成立时，应当由刘某自己承担提供媒介服务的费用

D. 在刘某促成合同成立时，应当由刘某自己承担提供媒介服务的费用

【答案】D

【解析】居间合同是居间人向委托人报告订立合同的机会或者提供订立合同的媒介服务，委托人支付报酬的合同。居间人促成合同成立的，委托人应当按照约定支付报酬。对居间人的报酬没有约定或者约定不明确，依照《合同法》的规定仍不能确定的，根据居间人的劳务合理确定。因居间人提供订立合同的媒介服务而促成合同成立的，由该合同的当事人平均负担居间人的报酬。居间人促成合同成立的，居间活动的费用，由居间人负担。居间人未促成合同成立的，不得要求支付报酬，但可以要求委托人支付从事居间活动支出的必要费用。

2. ［判断题］委托人应当预付处理委托事务的费用。受托人为处理委托事务垫付必要费用的，委托人应当偿还该费用，但不必偿还利息。

（　　）

【答案】×

【解析】委托人应当预付处理委托事务的费用。受托人为处理委托事务垫付必要费用的，委托人应当偿还该费用及其利息。

Ⅲ. 相关链接

几种合同解除的比较	
借款合同	借款人如未按照约定的借款用途使用借款的，贷款人可以停止发放借款、提前收回贷款或者解除合同
融资租赁合同	承租人无正当、充分的理由不得解除合同
承揽合同	定作人可以"随时解除"承揽合同，但定作人因此造成承揽人损失的，应当赔偿损失
客运合同	旅客可以自行决定解除合同
委托合同	委托合同的委托人或者受托人可以随时解除委托合同，因解除合同给对方造成损失的，除不可归责于该当事人的事由以外，应当赔偿损失

知识点测试

一、单项选择题

1. 根据《中华人民共和国合同法》的规定，在买卖合同中，除法律另有规定或当事人另有约定

外，标的物的所有权转移时间为（　　）。

A. 买卖合同成立时

B. 买卖合同生效时

C. 标的物交付时

D. 买方付清标的物价款时

2. 某商店与某运输公司签订了一份运输合同，由运输公司将一批瓷器从唐山运往北京，商店派一名押运员同行，途中停车吃饭，司机与押运员两人喝了一瓶酒，饭后继续上路，由于饮酒与劳累，司机要求押运员代其开车，押运员亦没有推辞，在一转弯处，由于车速较快，不慎翻车，车上的瓷器全部毁损，对于该瓷器毁损应由（　　）承担责任。

A. 商店　　　　　　　B. 商店运输公司

C. 司机与押运员　　　D. 运输公司

3. 甲公司与乙建设银行签订了一份借款合同，甲公司借贷 100 万元，利息为 12%，贷款期限为 5 年。甲公司使用借款 1 年后，欲提前归还此项贷款。按照法律规定，下列表述正确的是（　　）。

A. 甲公司不能提前还款

B. 甲公司须与乙建设银行协商，经乙建设银行同意后方可还款

C. 甲公司可以提前还款，并按 12% 支付 5 年全部银行利息

D. 甲公司可以提前还款，并可要求银行减息

4. 根据《合同法》的规定，租赁期限在（　　）个月以上的，应当采用书面形式。

A. 6　　　B. 12　　　C. 3　　　D. 9

5. 甲公司与乙建设银行签订了一份借款合同，甲公司借贷 100 万元，利息为 12%，贷款期限为 5 年。甲公司使用借款 1 年后，欲提前归还此项贷款。按照法律规定，下列表述正确的是（　　）。

A. 甲公司不能提前还款

B. 甲公司须与乙建设银行协商，经乙建设银行同意后方可还款

C. 甲公司可以提前还款，并按 12% 支付 5 年全部银行利息

D. 甲公司可以提前还款，并可要求银行减息

6. 根据《中华人民共和国合同法》的规定，除法律另有规定或当事人另有约定外，买卖合同标的物的所有权转移时间为（　　）。

A. 合同成立时

B. 合同生效时

C. 标的物交付时

D. 买方付清标的物价款时

7. 甲乙双方达成一份协议，其要点为：甲方按照乙方指定的型号和技术要求购进一套设备；甲方将设备交付乙方租赁使用，设备所有权属于甲方；乙方按期交纳租金；租赁期满，设备归乙方所有。按照我国合同法，此协议属于哪一种合同？（　　）

A. 融资租赁合同　　　B. 财产租赁合同

C. 买卖合同　　　　　D. 租买合同

8. 承揽人在履行承揽合同中的下列行为，哪一项构成违约？（　　）

A. 承揽人发现定作人提供的图纸不合理，立即停止工作并通知定作人，因等待答复，未能如期完成工作

B. 承揽人发现定作人提供的材料不合格，遂自行更换为自己确认合格的材料

C. 承揽人未征得定作人同意，将其承揽的辅助工作交由第三人完成

D. 因定作人未按期支付报酬，承揽人拒绝交付工作成果

9. 王某为做生意向其朋友张某借款 10 000 元，当时未约定利息。王某还款时，张某索要利息，王某以没有约定为由拒绝。根据《合同法》的规定，下列关于王某是否支付利息的表述中，正确的是（　　）

A. 王某不必支付利息

B. 王某应按当地民间习惯支付利息

C. 王某应按同期银行贷款利率支付利息

D. 王某应在不超过同期银行贷款利率 3 倍的范围内支付利息

二、多项选择题

1. 下列关于买卖合同的说法正确的有（　　）。

A. 买卖合同的出卖人转移标的物的所有权属于买受人，买受人支付价款

B. 买卖合同最基本的法律特征是有偿转移标的物所有权

C. 买卖合同是双务有偿的有名合同

D. 买卖合同一般为诺成合同、非要式合同

2. 以下情况除当事人另有约定外，风险转移为买受人承担的有（　　）。

A. 因买受人违约致使未能按期交付标的物的，自违反约定之日起风险转移

B. 出卖人交由承运人运输的在途标的物，自合同成立时起风险转移

C. 出卖人依约将标的物置于交付地点，但买受人违约未收取的，自违反约定之日起风险转移

D. 出卖人交付标的物时依约未交付有关单证和资料的，自标的物交付日起风险转移

3. 下列关于买卖合同解除的效力说法正确的是（　　）。

A. 因标的物的主物不符合约定而解除合同的，解除合同的效力及于从物

B. 因标的物的从物不符合约定而解除合同的，买受人仅可解除与从物有关的合同部分

C. 标的物为数物的，其中一物不符的，只能就

该物解除

D. 出卖人分批交付标的物，其中一批不符合约定的，买受人只能就该批标的物解除

4. 试用期届满，买受人有下列情形之一的，视为购买（ ）。

A. 未表示是否购买的

B. 已无保留地支付部分价款

C. 将标的物出租、出售

D. 已支付全部价款

5. 借款人甲企业向银行借款 10 万元用于购买设备，分两期发放。第一期贷款发放后，贷款银行发现其将该笔借款用于买卖股票，则贷款银行可以（ ）。

A. 停止发放借款 B. 提前收回借款

C. 加收罚息 D. 解除合同

6. 甲某将自己的私房一间出租给其同事乙某居住，双方签订租赁协议，约定租期两年，月租金 400 元。其他事项未约定。在租赁期间，当事人以下行为合法的有（ ）。

A. 如双方在合同订立后对租金支付期未达成补充协议，乙某可在租赁期满时支付租金

B. 租赁期内经甲某同意，乙某将住房转租给丙某，并每月收取 500 元租金归自己所有

C. 甲某将该私房作价 10 万元出售，则在租赁期间乙某可继续租赁使用该房

D. 如甲某在出卖前将私房出售情况通知乙某，则乙某有权以优惠价 8 万元购买该房

7. 在下列（ ）情形下，租赁合同的出租人有权解除合同。

A. 承租人未按约定的方法或租赁物的性质使用租赁物

B. 承租人未经同意对租赁物进行改善或增设他物

C. 承租人未经同意转租租赁物

D. 承租人无正当理由不支付租金，且在出租人要求的合理期限内仍不支付租金

8. 定作人的主要义务是：（ ）

A. 按约定提供材料、图纸或技术要求

B. 协作义务

C. 验收工作成果

D. 按约定的期限支付报酬

9. 货运合同托运人的主要义务有：（ ）

A. 向承运人准确表明收货人及货物的有关资料

B. 按照约定的方式包装货物

C. 作出危险物的标志和标签

D. 货物运到指定地点后，及时通知收货人收货

10. 下列（ ）项建设工程施工合同为无效合同。

A. 承包人未取得建筑施工企业资质的

B. 承包人超越资质等级的

C. 没有资质的实际施工人借用有资质的建筑施工企业名义的

D. 建设工程必须进行招标而未招标或者中标无效的

三、判断题

1. 买卖合同标的物不需要运输的，如依有关规定不能确定标的物交付地点，且订立合同时双方不知道标的物所在地点，则买受人订立合同时的营业地为交付地。（ ）

2. 标的物的所有权自交付时起转移，标的物毁损、灭失的风险也一定自交付时起转移。（ ）

3. 买卖合同没有约定检验期的，如在合理期间或自标的物收到后 2 年内未将不符合约定的情况通知出卖人的，一律视为符合约定。（ ）

4. 个体户陈某与某汽车销售公司签订了购买一辆轿车的分期付款买卖合同。约定总价款为 15 万元，陈某取车时先支付了 5 万元，余款分 5 次支付，每 6 个月支付一次，每次支付 2 万元。第一、二次陈某都能依约支付，第三、四次因其资金周转困难各付了 1 万元。销售公司可以以陈某未按期支付价款为由，要求解除合同。（ ）

5. 供用电合同的履行地点，如当事人没约定或约定不明确的，以用电人所在地为履行地点。（ ）

6. 用电人未按国家有关规定和当事人的约定安全用电，造成供电人损失的，应当承担损害赔偿责任。（ ）

7. 赠与合同成立后，赠与人的经济状况显著恶化，严重影响其生产经营和家庭生活的，可以撤销赠与。（ ）

8. 除赠与的法定撤销之外，赠与人在赠与财产的权利转移之前均可以撤销赠与。（ ）

9. 张某向王某借款 1 万元用于购房，由于彼此是好朋友，便没有立书面字据，则双方之间的借款合同自王某提供借款时生效。（ ）

10. 借款人有按合同约定或国家规定的利率，并按约定的期限支付利息的义务。自然人之间的借款合同对支付利息没有约定或约定不明的，视为按同期借款利率计算利息。（ ）

11. 租赁期内经出租人同意，承租人将租赁物转租给第三人。因第三人对租赁物造成损失的，承租人应当赔偿损失。（ ）

12. 典型的融资租赁关系包括融资租赁合同和买卖合同两个合同。租赁关系是以买卖关系存在为前提的，买卖关系是租赁关系实现的保证。（ ）

13. 在融资租赁合同中，承租人解除合同的权利受到一定限制，在合同有效期内，承租人无正当、充分的理由不得解除合同。（ ）

14. 融资租赁合同的出租人应当保证租赁物由承租

人占有和使用。但承租人占有租赁物期间，租赁物造成第三人人身或财产损害的，出租人不承担责任。　　　　　　　　　　（　　）

15. 在融资租赁合同中，租赁期间承租人除了按约定交付租金外，还要妥善保管、使用租赁物，并负有对租赁物进行维修的义务。（　　）

16. 承揽人应以自己的设备、技术和劳力，完成主要工作，但当事人另有约定的除外。未经定作人同意将主要工作交由第三人，定作人可以解除合同。　　　　　　　　（　　）

17. 建设工程在合理使用期限内造成人身和财产损害，如因承包人原因造成的，承包人应承担赔偿责任。　　　　　　　　　　（　　）

18. 委托开发完成的发明创造，除当事人另有约定的，申请专利的权利属于委托人；委托人可以免费实施该专利。合作开发完成的发明创造，除当事人另有约定的，申请专利的权利属于合作开发的研究开发人。　　　　（　　）

19. 技术咨询合同的委托人按受托人符合约定要求的咨询报告和意见作出决策所造成的损失，除当事人另有约定外，由受托人承担。（　　）

20. 仓储合同是保管人储存存货人交付的仓储物，存货人支付仓储费用合同。经催告存货人在合理期限内不提取的仓储物的，保管人可以提存仓储物。　　　　　　　　　（　　）

21. 行纪合同是行纪人以自己的名义为委托人从事贸易活动，委托人支付报酬的合同。所以，行纪人不得再以自己作为买受人或出卖人。　　　　　　　　　　　　　（　　）

22. 与委托人指定的价格相比，经纪人高卖或低买的，可依约增加报酬。未约定或约定不明，又协议不成的，该利益属于经纪人。　　（　　）

23. 建设工程施工合同无效，但建设工程经竣工验收合格，承包人可以请求参照合同约定支付工程价款。　　　　　　　　　（　　）

24. 技术合同无效或者被撤销后，因履行合同所完成新的技术成果或者在他人技术成果基础上完成后续改进技术成果的权利归属和利益分享，当事人不能重新协议确定的，由完成技术成果的一方享有。　　　　　　　　（　　）

25. 侵害他人技术秘密的技术合同被确认无效后，除法律、行政法规另有规定的以外，善意取得该技术秘密的一方当事人可以在其取得时的范围内继续使用该技术秘密，但应当向权利人支付合理的使用费并承担保密义务。（　　）

四、综合题

1. 某甲与某乙签订一份租赁合同，约定某乙租赁使用某甲的临街铺面房 2 间，月租金 80 元，租赁期为 12 年。6 年以后，双方协议将月租金提高为 100 元，同时约定租赁期再延长 10 年。

问：双方约定的租赁期是否有效？为什么？

2. 王某委托某甲贸易公司以 1 万元的价格将自己使用 8 年的夏利轿车一辆卖出。约定如售出给甲报酬 3 000 元。双方订立了合同。之后，甲与张某订立了买卖合同，以 1 万元的价格将该轿车卖出，期间甲花去各种费用 1 000 元，甲在将 1 万元交给王某时，扣除了 4 000 元。王某不同意，双方发生争议。

问：甲方 1 000 元费用应由谁负担？为什么？

3. 甲、乙签订了一份买卖合同，合同约定：甲将一批木板卖给乙，乙于收到货物后一定期限内付款。为了保证合同履行，经乙与甲、丙协商同意，甲又与丙签订了一份质押合同。质押合同约定，丙以其可转让商标专用权出质为乙担保（已向有关部门办理了出质登记），当乙不能履行合同义务时，由丙承担质押担保责任。

合同生效后，甲依约将木板运送至乙所在地，乙认为木板质量不合标准，要求退货。由于甲、乙签订的买卖合同中没有明确规定标的物的质量要求，丙居，甲与乙协商，建议乙改变该批木板的用途，同时向乙承诺适当降低木板的售价。乙同意甲的建议，但要求再延期 1 个月付款，甲同意了乙的要求。

在此期间，甲因资金周转困难，遂要求丙履行担保责任，丙以乙的付款期限未到为由拒绝履行。于是，甲将合同权利转让给丁，同时通知了乙、丙。

乙、丁通过协商达成协议，乙给丁开出并承兑了一张商业承兑汇票。汇票到期后，丁持该汇票向银行要求付款，因乙在该银行账户中的资金不足，银行不予支付。

【要求】根据上述事实及有关法律规定，回答下列问题：

（1）商标专用权能不能作为质押权的标的？如果可以，该质押于何时生效？

（2）甲、乙签订的买卖合同中对标的物的质量要求在没有约定的情况下，应如何确定标的物质量的履行规则？

（3）甲要求丙履行担保责任有没有法律依据？为什么？

（4）甲将合同权利转让给丁，未经乙、丙书面同意，只是通知了乙、丙，该转让是否生效？丙要不要继续承担担保责任？

（5）银行拒绝付款有没有法律依据？为什么？乙应承担何种法律责任？

4. 2006 年 12 月，A 公司与 B 公司订立一份买卖合同，A 公司为卖方，B 公司为买方。合同的标的额为 100 万元。如果说 A 公司向 B 公司发货后，A 公司正在进行分立，而合同约定的付款期限已到，则 B 公司可采取什么方式履行付款义务，终止该合同关系？合同订立后，A公司能否借其分立的事由单方提出解除合同？

5. 2006年6月15日，上海某电器公司业务员谢某未经授权私自代表电器公司与贸易公司签订了向贸易公司供应电视机1 000台的购销合同，每台售价0.2万元，在电器公司所在地交货。交货后10天内付款。5月22日贸易公司向电器公司发出确认合同通知，电器公司6月27日予以答复，同意履行合同。为了及时生产产品，电器公司又向电子元件公司赊购原材料110万元，合同约定以电器公司持有电子元件公司的股票价值160万元作为质押权标的。

6月28日在电器公司的要求下，A、B两家公司同意为电器公司对贸易公司债权承担一般保证责任。

贸易公司为了保证及时运回货物，又与运输公司签订了委托运输公司运送电视机的运输合同。合同规定总运费40万元，7月3日贸易公司向运输公司开出面值8万元的银行汇票支付定金。剩余运费待货物运到后付款。

电子元件公司向电器公司供应材料前，电子元件公司供应部长在火车上听其他乘客议论说电器公司目前财务状况困难，有些债务到期无力偿还。电子元件公司遂告知电器公司：（1）用股票质押不合法；（2）决定中止与电器公司的合同。电器公司提出以汇票作为质押，要求继续履行合同。电子元件公司不同意，决定解除合同。

电器公司按期将1 000台电视机交付贸易公司，并由贸易公司请人将电视机装入运输公司派来的货车。在运输途中，由于电器公司派来的押运人员责任，导致部分产品被损毁。此时，贸易公司认为：（1）损毁的货物共50万元，由电器公司和运输公司各承担50%的损失。电器公司不同意，贸易公司拒付货款，电器公司要求A、B两公司代为偿还，A、B均予拒绝；（2）运输公司承担的损失从运费中扣除，运输公司也不同意，并且不准贸易公司卸货。

【要求】 根据以上资料，分析回答下列问题：

（1）谢某未经授权私自代表电器公司与贸易公司签订的合同是否有效？为什么？

（2）电子元件公司能不能接受电器公司的股票质押？为什么？

（3）贸易公司与运输公司之间的定金合同是否生效？为什么？

（4）电器公司是否应承担货物损毁的责任？为什么？

（5）A、B两公司拒绝代为偿还货款有没有法律依据？为什么？

（6）运输公司不准卸货属于行使什么权利？为什么？

知识点测试答案

一、单项选择题

1. 【答案】C

【解析】法律规定，在买卖合同中，除法律另有规定或当事人另有约定外，标的物的所有权转移时间为标的物交付时。

2. 【答案】D

【解析】运输合同是托运人和承运人之间的合同，运输公司是承运人，其未完成合同约定的义务，还给托运人造成了损失，当然应当承担责任。至于该事件的直接责任人——司机与押运员，则在运输公司承担违约责任后，由他们承担民事责任。

3. 【答案】D

【解析】《合同法》规定，借款人提前偿还借款的，除当事人另有约定的以外，应当按照实际借款的期间计算利息。

4. 【答案】A

【解析】《合同法》规定，租赁合同的租赁期限在6个月以上的，应当采用书面形式。

5. 【答案】D

【解析】《合同法》规定，借款人提前偿还借款的，除当事人另有约定的以外，应当按照实际借款的期间计算利息。

6. 【答案】C

【解析】买卖合同标的物的所有权转移时间为标的物交付时。

7. 【答案】A

【解析】融资租赁合同是出租人根据承租人对出卖人、租赁物的选择，向出卖人购买租赁物，提供给承租人使用，承租人支付租金的合同。

8. 【答案】B

【解析】承揽人可以将其承揽的辅助工作交由第三人完成。承揽人将其承揽的辅助工作交由第三人完成的，应当就该第三人完成的工作成果向定作人负责。定作人提供材料的，定作人应当按照约定提供材料。承揽人对定作人提供的材料，应当及时检验，发现不符合约定时，应当及时通知定作人更换、补齐或者采取其他补救措施。承揽人不得擅自更换定作人提供的材料，不得更换不需要修理的零部件。承揽人发现定作人提供的图纸或者技术要求不合理的，应当及时通知定作人。因定作人怠于答复等原因造成承揽人损失的，应当赔偿损失。定作人未向承揽人支付报酬或者材料费等价款的，承揽人对完成的工作成果享有留置权，但当事人另有约定的除外。

9. 【答案】A

【解析】法律规定，自然人之间的借款合同没有约定利息的，视为不支付利息。

二、多项选择题

1. 【答案】A B C D
   【解析】根据我国法律规定，可见：买卖合同的出卖人转移标的物的所有权于买受人，买受人支付价款；买卖合同最基本的法律特征是有偿转移标的物所有权；买卖合同是双务有偿的有名合同；买卖合同一般为诺成合同、非要式合同。

2. 【答案】A B C D
   【解析】法律规定，因买受人违约致使未能按期交付标的物的，自违反约定之日起风险转移为买受人承担。出卖人交由承运人运输的在途标的物，自合同成立时起风险转移为买受人承担。出卖人依约将标的物置于交付地点，但买受人违约未收取的，自违反约定之日起风险转移为买受人承担。出卖人交付标的物时依约未交付有关单证和资料的，自标的物交付日起风险转移。

3. 【答案】A D
   【解析】标的物为数物的，其中一物不符的，可就该物解除；但如该物与他物分离使标的物的价值显受损害的，可就数物解除。出卖人分批交付标的物，其中一批不符合约定，致使该批标的物不能实现合同目的的，买受人可以就该批标的物解除。

4. 【答案】A B C D
   【解析】法律规定，试用期届满，买受人有下列情形之一的，视为购买：（1）未表示是否购买的；（2）已无保留地支付全部或部分价款的；（3）将标的物出租、出售。

5. 【答案】A B D
   【解析】法律规定，借款人未按照借款合同约定的借款用途使用借款的，贷款人可以采取的法律措施有：（1）停止发放借款；（2）提前收回借款；（3）解除合同。

6. 【答案】B C
   【解析】未约定租金支付期又不能达成补充协议的，租期一年以上的，应在每满一年时支付；在租赁期间因占有、使用租赁物获得的收益，归承租人所有，但当事人另有约定的除外；租赁物在租赁期间发生所有权变动的，不影响租赁合同的效力，出租人应在出卖前的合理期限内通知承租人，同等条件下承租人享有优先购买权。

7. 【答案】A C D
   【解析】承租人未经同意对租赁物进行改善或增设他物的，出租人不能解除合同，只能要求承租人恢复原状或赔偿损失。

8. 【答案】A B C D
   【解析】法律规定，定作人的主要义务是：（1）按约定提供材料、图纸或技术要求；（2）协作义务；（3）验收工作成果；（4）按约定的期限支付报酬。

9. 【答案】A B C
   【解析】货物运到指定地点后，及时通知收货人收货是承运人的义务。

10. 【答案】A B C D
    【解析】法律规定，建设工程施工合同具有下列情形之一的，认定无效：（1）承包人未取得建筑施工企业资质或者超越资质等级的；（2）没有资质的实际施工人借用有资质的建筑施工企业名义的；（3）建设工程必须进行招标而未招标或者中标无效的。

三、判断题

1. 【答案】×
   【解析】交付地应为出卖人订立合同时的营业地。

2. 【答案】×
   【解析】标的物的所有权转移与风险的承担可能发生不一致，所有权转移与否不是确定风险转移的标准。

3. 【答案】×
   【解析】标的物有质量保证期的；出卖人知道或应当知道标的物不符合约定的，不受 2 年期限约束。

4. 【答案】×
   【解析】按合同法规定，分期付款买卖合同中，买受人未支付的到期价款数额达到全部价款的 1/5 的，出卖人可以要求买受人支付全部价款或解除合同。本案中，陈某未支付的到期价款只有 2 万元，没有达到全部价款的 1/5。故不得解除合同。

5. 【答案】×
   【解析】如当事人没约定或约定不明确的，以供电设施的产权分界处为履行地点。

6. 【答案】√
   【解析】法律规定，用电人未按国家有关规定和当事人的约定安全用电，造成供电人损失的，应当承担损害赔偿责任。

7. 【答案】×
   【解析】赠与合同成立后，赠与人的经济状况显著恶化，严重影响其生产经营和家庭生活的，可以不再履行赠与义务，但对已经履行的赠与财产不得要求返还。

8. 【答案】×
   【解析】赠与人在赠与财产的权利转移之前可以撤销赠与。但具有救灾、扶贫等社会公益、道德义务性质的赠与合同或者经过公证的赠与合同，不得撤销。

9.【答案】√

【解析】自然人之间的借款合同是实践性的，自贷款人提供借款时生效。借款合同应采用书面形式，但自然人之间借款另有约定的除外。

10.【答案】×

【解析】自然人之间的借款合同对支付利息没有约定或约定不明的，视为不支付利息。

11.【答案】√

【解析】法律规定，租赁期内经出租人同意，承租人将租赁物转租给第三人。因第三人对租赁物造成损失的，承租人应当赔偿损失。

12.【答案】√

【解析】典型的融资租赁关系包括融资租赁合同和买卖合同两个合同。租赁关系是以买卖关系存在为前提的，买卖关系是租赁关系实现的保证。

13.【答案】√

【解析】在融资租赁合同中，承租人解除合同的权利受到一定限制，在合同有效期内，承租人无正当、充分的理由不得解除合同。

14.【答案】√

【解析】法律规定，融资租赁合同的出租人应当保证租赁物由承租人占有和使用。但承租人占有租赁物期间，租赁物造成第三人人身或财产损害的，出租人不承担责任。

15.【答案】√

【解析】法律规定，在融资租赁合同中，租赁期间承租人除了按约定交付租金外，还要妥善保管、使用租赁物，并负有对租赁物进行维修的义务。

16.【答案】√

【解析】法律规定，承揽人应以自己的设备、技术和劳力，完成主要工作，但当事人另有约定的除外。未经定作人同意将主要工作交由第三人，定作人可以解除合同。

17.【答案】√

【解析】法律规定，建设工程在合理使用期限内造成人身和财产损害，如因承包人原因造成的，承包人应承担赔偿责任。

18.【答案】×

【解析】委托开发完成的发明创造，除当事人另有约定的，申请专利的权利属于研究开发人；委托人可以免费实施该专利。合作开发完成的发明创造，除当事人另有约定的，申请专利的权利属于合作开发的当事人共有。

19.【答案】×

【解析】技术咨询合同的委托人按受托人符合约定要求的咨询报告和意见作出决策所造成的损失，除当事人另有约定外，由委托人承担。

20.【答案】√

【解析】法律规定，仓储合同是保管人储存存货人交付的仓储物，存货人支付仓储费用合同。经催告存货人在合理期限内不提取的仓储物的，保管人可以提存仓储物。

21.【答案】×

【解析】按市场价交易的商品，除委托人有相反意思表示外，行纪人可以自己作为买受人或出卖人。

22.【答案】×

【解析】与委托人指定的价格相比，经纪人高卖或低买的，可依约增加报酬。未约定或约定不明，又协议不成的，该利益属于委托人。

23.【答案】√

【解析】法律规定，建设工程施工合同无效，但建设工程经竣工验收合格，承包人可以请求参照合同约定支付工程价款。

24.【答案】√

【解析】法律规定，技术合同无效或者被撤销后，因履行合同所完成新的技术成果或者在他人技术成果基础上完成后续改进技术成果的权利归属和利益分享，当事人不能重新协议确定的，由完成技术成果的一方享有。

25.【答案】√

【解析】法律规定，侵害他人技术秘密的技术合同被确认无效后，除法律、行政法规另有规定的以外，善意取得该技术秘密的一方当事人可以在其取得时的范围内继续使用该技术秘密，但应当向权利人支付合理的使用费并承担保密义务。

四、综合题

1. 本案当事人在原合同租赁期内协议提高租金、延长租赁期限，属于变更合同，而不是续订合同。所谓续订，是指租赁期满当事人另行订立一份租赁合同，或以其他方式明确表示在原合同内容不变的情况下，延长合同的履行期。本案合同变更后的租赁期为22年，因此依《合同法》规定，租赁期超过20年的，超过部分无效。

2. 甲在进行贸易活动中所花的费用1 000元应当由自己承担。因为王某与甲贸易公司之间的协议是行纪合同，甲是行纪人，王某是委托人。甲公司与张某之间的合同是买卖合同，甲公司是以自己的名义与张某进行贸易活动。由于甲与王某之间的行纪合同是有偿的合同（委托人王某支付甲3 000元报酬），所以甲在进行贸易活动中所花的费用1 000元，除当事人另有约定外，应由行纪人自己负担。

3. (1) 商标专用权可以作为质押权的标的；该质押合同自登记之日起生效。

(2) 甲、乙签订的买卖合同对标的物的质量要求在没有约定的情况下，双方可以协议补充；不能达成补充协议的，按照合同有关条款或交易习惯确定；如仍不能确定，则按照国家标准、行业标准履行；没有国家标准、行业标准的，按照通常标准或者符合合同目的的特定标准履行。

（3）甲在此时要求丙履行担保责任没有法律依据；因为合同已经修改，合同的履行期限尚未届满，乙的违约行为尚未发生。

（4）甲将合同权利转让给丁，未经乙、丙书面同意，只是通知了乙、丙，该转让生效；因为法律规定，合同权利转让不需经过债务人和保证人同意，只要通知债务人即可。本案中丙应当继续承担担保责任；因为法律规定，合同权利转让的，保证人应当在原担保范围内承担保证责任。

（5）银行拒绝付款有法律依据；因为法律规定，商业承兑汇票的承兑人在银行账上的钱不足的，银行可以抗辩。乙应承担罚款的法律责任；因为法律规定，商业承兑汇票到期，付款人不能支付票款的，按票面金额处以5%，但不低于1 000元的罚款。

4. 如果A公司分立，则B公司可采取提存的方式履行付款义务，终止合同。如果A公司的经理发生变动，A公司不得借故解除合同。《合同法》规定，合同生效后，当事人不得因姓名、名称的变更或者法定代表人、负责人、承办人的变动而不履行合同义务。

5.（1）谢某未经授权私自代表电器公司与贸易公司签订的合同有效，因为其行为虽为无权代理，但已经过电器公司追认。

（2）电子元件公司不能接受电器公司的股票质押，因为法律规定，上市公司不能接受本公司的股票为质押权的标的。

（3）贸易公司与运输公司之间的定金合同已经生效，因为法律规定，定金合同自定金交付之日起生效。

（4）电器公司不应承担货物损毁的责任。合同法规定，在买卖合同中，标的物损毁的风险，在标的物交付后，由买受人承担。电器公司已经按合同规定在本公司交付了标的物，故损失由贸易公司承担。

（5）A、B两公司拒绝代为偿还货款有法律依据，因为他们在合同中约定承担一般保证责任，享有先诉抗辩权。

（6）运输公司不准卸货属于行使留置权。根据规定，债务人不履行债务的，债权人有权留置该财产，以该财产折价或变卖的价款优先受偿。

■第十一章 外汇管理法律制度

本章概述

一、内容提要

本章的主要内容包括外汇的概念、外汇管理概述、《外汇管理条例》的适用范围，对境内机构的外汇管理、个人的外汇管理，资本项目外汇收支管理、外债管理、对依法终止的外商投资企业的外汇管理，金融机构经营外汇业务管理、金融机构经营外汇业务的监督管理，人民币汇率管理、外汇市场管理以及违反外汇管理的法律责任等。

本章专业性较强，所以较难掌握。但本章的考点也比较集中，主要在于：经常项目外汇收入的种类，其中哪些应当结汇，哪些可以保留；经常项目外汇支出的种类和支付办法；资本项目外汇收入和支出的种类以及管理办法。考生还需注意逃汇、套汇和扰乱金融秩序行为之区别。

二、历年考题分析

本章在历年试卷中占的比重不大，最近5年平均考分2.4分，题目类型都是单选、多选和判断题。

本章近5年考试的题型、分值及考点分布详见下表：

年份＼项目	题型	题量	分值	考点
2007	多项选择题	1	1	资本项目外汇收入
2006	单项选择题	1	1	企业外汇账户保留现汇限额
	多项选择题	1	1	经常项目外汇收入的种类
2005	单项选择题	1	1	私自买卖外汇、变相买卖外汇或者倒买倒卖外汇的罚款金额
	多项选择题	1	1	境内机构资本项目外汇支出的范围
2004	单项选择题	1	1	境内企业对外担保余额限额
	多项选择题	1	1	属于经常性外汇收入的项目
	判断题	1	1	境内机构开立经常项目外汇账户的规定
	综合题	1	2	中外合资企业外汇借款的限额
2003	单项选择题	1	1	举借外债担保的数额
	多项选择题	1	1	经常性外汇收入的认定

三、2008年教材内容变化

2007年教材本章调整了境内机构经常项目保留外汇限额、服务贸易售付汇凭证、服务贸易售付汇审核权限等内容，个人外汇管理部分完全是按照2007年开始实施的新的规定写的。2008年教材本章的内容基本没有修改。

本章内容结构基本框架

知识点	第十一章 外汇管理法律制度	学习建议
11.1	外汇及外汇管理概述	
11.1.1	外汇管理概述	一般了解
11.1.2	我国《外汇管理条例》的适用范围	一般了解
11.2	经常项目外汇管理	

续表

知识点	第十一章 外汇管理法律制度	学习建议
11.2.1	对境内机构经常项目的外汇收入管理	应当记住
11.2.2	对境内机构经常项目的用汇管理	应当记住
11.2.3	对经常项目个人外汇的管理	应当记住
11.2.4	个人外汇账户及外币现钞管理	应当记住
11.3	资本项目外汇管理	
11.3.1	对资本项目的外汇管理	应当记住
11.3.2	外债管理	应当记住
11.3.3	对依法终止的外商投资企业的外汇管理	应当记住
11.4	金融机构的外汇业务管理	
11.4.1	对金融机构的外汇业务管理	一般了解
11.5	人民币汇率管理和外汇市场管理	
11.5.1	人民币汇率管理和外汇市场管理	一般了解
11.6	违反外汇管理规定的法律责任	
11.6.1	违反外汇管理规定的法律责任	应当记住

知识点精讲

11.1　外汇及外汇管理概述

11.1.1　外汇管理概述（一般了解）

Ⅰ. 考点分析

1. 外汇是指可以用作国际清偿的支付手段和资产。我国的外汇包括外国货币、外汇支付凭证、外币有价证券、特别提款权、欧洲货币单位以及其他外汇资产。特别提款权又称"纸黄金"，是基金组织分配给会员国的一种使用资金的权利，其定值和"一篮子"货币挂钩，市值不是固定的。特别提款权不能直接用于贸易或非贸易的支付，使用时必须先换成其他货币。（最后两句话为 2006 年新增）

2. 外汇管理又称外汇管制，是指一个国家为保持本国的国际收支平衡，对外汇的买卖、借贷、转让、收支、国际清偿、外汇汇率和外汇市场实行一定的限制措施的管理制度。

3. 1997 年修订的《外汇管理条例》明确规定，国家对经常性国际支付和转移不予限制，在中华人民共和国境内，禁止外币流通，并不得以外币计价结算。

4. 我国实行国际收支统计申报制度。凡有国际收支活动的单位和个人，必须进行国际收支申报。

【要点提示】一般了解。①外汇的种类，特别是特别提款权；②外汇管理的基本概念；③1997年国家对经常性国际支付和转移不予限制及不能以外币计价结算进行修改；④我国实行的国际收支统计申报制度。

Ⅱ. 经典例题

1. ［多项选择题］我国的外汇包括（　　）。

A. 外国货币　　　　B. 外汇支付凭证
C. 外币有价证券　　D. 特别提款权

【答案】A B C D

【解析】我国的外汇包括外国货币、外汇支付凭证、外币有价证券、特别提款权、欧洲货币单位以及其他外汇资产。

2. ［判断题］我国实行国际收支统计申报制度。凡有国际收支活动的单位和个人，不必进行国际收支申报。　　　　（　　）

【答案】×

【解析】凡有国际收支活动的单位和个人，必须进行国际收支申报。

11.1.2　我国《外汇管理条例》的适用范围

Ⅰ. 考点分析

境内机构、个人、驻华机构、来华人员的外汇收支或者经营活动，都属《外汇管理条例》的调整范围。但保税区、边境贸易和边民互市的外汇管理由国家外汇管理局根据《外汇管理条例》的原则另行制定。

【要点提示】此部分可做一般了解。对《外汇管理条例》的适用范围有比较清晰的认识，如境内机构，个人等，但是保税区、边境贸易和边民互市的外汇管理不在此调整范围之内。

Ⅱ. 经典例题

1. ［多项选择题］我国《外汇管理条例》的适用范围是（　　）。

A. 境内机构外汇收支或者经营活动
B. 个人外汇收支或者经营活动
C. 驻华机构外汇收支或者经营活动
D. 来华人员外汇收支或者经营活动

【答案】A B C D

【解析】境内机构、个人、驻华机构、来华人员的外汇收支或者经营活动，都属《外汇管理条例》的调整范围。

2. ［判断题］保税区、边境贸易和边民互市的外汇管理由国家外汇管理局根据《外汇管理条例》调整。　　　　（　　）

【答案】×

【解析】保税区、边境贸易和边民互市的外汇管理由国家外汇管理局根据《外汇管理条例》的原则另行制定。

11.2　经常项目外汇管理

11.2.1　对境内机构经常项目的外汇收入管理

Ⅰ. 考点分析

外　汇　管　理									
经常项目外汇管理						资本项目外汇管理		金融机构外汇业务管理	汇率管理	外汇市场管理
境内机构					个人	外汇收入	用汇管理			
外汇收入	用汇管理									
	经营性			非经营性						
（1）调回境内；（2）卖给银行或存入账户。	直接	先付后核	先核后付	预算内	预算外	（1）调回境内；（2）存入账户或卖给银行。				
	十二项	四项	五项	九项	七项					

1. 经常项目是指国际收支中经常发生的交易项目。经常项目外汇收支包括贸易收支、劳务收支和单方面转移等。经常项目外汇收支的种类有很多，考生应注意辨别。考题举例 2003 年多项选择题第 15 题：根据外汇管理的有关规定，下列各项中，属于经常性外汇收入的有（　　）。

A. 保险机构受理外汇保险所得的外汇

B. 境外汇入的投标保证金

C. 海关收取的外汇保证金

D. 出租房地产收入的外汇

根据下列表格，本题答案为 ABCD。

2. 我国对经常项目下的外汇收入实行银行结汇制。境内机构的经常项目外汇收入必须汇回国内，并按照国家关于结汇、售汇及付汇管理的规定卖给外汇指定银行，或者经批准在外汇指定银行开立外汇账户。

经常项目外汇收入	
项　　目	外汇管理
（1）出口或先支后收转口货物及其他交易行为收入的外汇；	结汇
（2）境外贷款项下国际招标中标收入的外汇；	
（3）海关监管下境内经营免税商品收入的外汇；	
（4）交通运输及港口、邮电、旅游、广告、咨询、展览、寄售、维修等行业及各类代理业务提供商品或服务收入的外汇；	
（5）行政、司法机关收入的各项外汇规费、罚没款等；	
（6）土地使用权、著作权、商标权、专利权、非专利技术、商誉等无形资产转让收入的外汇；	
（7）出租房地产及其他资产收入的外汇；	
（8）境外投资企业汇回的外汇利润、对外经援下收回的外汇和境外资产的外汇收入；	
（9）对外索赔收入的外汇、退回的外汇保证金等；	
（10）保险机构受理外汇保险所得外汇收入；	
（11）取得《经营外汇业务许可证》的金融机构经营外汇业务的收入；	
（12）经营境外承包工程、向境外提供劳务、技术合作及其他服务业务的公司，在上述业务项目进行过程中收到的业务往来外汇；	开立外汇账户，并按规定结汇
（13）经批准经营代理进口业务的外（工）贸公司，从事外轮代理、船务代理、国际货运代理、船舶燃料代理、商标代理、专利代理、版权代理、广告代理、船检代理业务的机构代收待付的外汇；	
（14）境内机构暂收待付或暂收待付项下的外汇；	
（15）从事国际海洋运输业务的远洋运输公司、从事国际货运的外运公司和租船公司在境内外经营业务所收入的外汇；	

续表

经常项目外汇收入	
项　　目	外汇管理
（16）捐赠协议规定用于境外支付的捐赠外汇；	保留
（17）外国驻华使领馆、国际组织及其他境外法人驻华机构的外汇；	
（18）居民个人及来华人员个人的外汇；	
（19）国外捐赠、资助及援助的外汇。	结汇

3. 外商投资企业经常项目下的外汇收入可以在核定范围内保留，超过限额部分卖给外汇指定银行或通过外汇调剂中心卖出。

4. 2002 年 9 月，国家对经常项目外汇账户的政策进行进一步调整。一是进一步放宽了中资企业的开户标准，统一中外资企业开户条件。二是将现行的经常项目外汇结算账户和外汇专用账户合并为经常项目外汇账户。三是对经常项目外汇账户统一实行限额管理。

5. 境内机构经常项目保留外汇的限额按上年度经常项目外汇收入的 80% 与经常项目外汇支出的 50% 之和确定。上年度没有经常项目外汇收入，其开立经常项目外汇账户的初始限额为不超过等值 50 万美元。境内机构开立的捐赠、援助、国际邮政汇兑及国际承包工程等暂收待付项下的经常项目外汇账户，限额可按外汇收入的 100% 核定。对于有实际经营需要的进出口及生产型企业，经各分局核准，可按其外汇收入的 100% 核定经常项目外汇账户限额。

6. 企业开立、变更和关闭经常项目外汇账户，由银行按外汇管理要求和商业惯例办理，并向外汇管理局备案。境内机构原则上只能开立一个经常项目外汇账户。在同一银行开立相同性质、不同币种的经常项目外汇账户无需另行由外汇局核准。境内机构经常项目外汇收入，在外汇局核定的经常项目外汇账户限额以内的，可以结汇，也可以存入其经常项目外汇账户；超出外汇局核定的经常项目外汇账户限额的外汇收入必须结汇。境内机构经常项目外汇账户余额超出核定限额后，开户金融机构应当及时通知境内机构办理结汇手续。境内机构经常项目外汇账户余额超出核定限额后，超限额部分外汇资金仍可在外汇账户内存放 90 日。对于超过 90 日仍未结汇或对外支付的，开户金融机构须在 90 日期满之后 5 个工作日内为境内机构办理超限额部分外汇资金结汇手续，并通知该境内机构。

7. 境内机构原则上不得将经常项目外汇账户中的外汇资金转作定期存款，确需转作定期存款的境内机构须凭申请书、《外汇账户使用证》或《登记证》、原账户开立核准件、对账单向开户所在地外汇局申请。

【要点提示】此部分在 2006 年有新增内容，如境内机构经常项目外汇账户保留现汇的比例有所调整，应引起注意。①外汇管理的内容；②经常项目的外汇收入的项目；③外商投资企业经常项目下的外汇收入可以在核定范围内保留，超过限额部分卖给外汇指定银行或通过外汇调剂中心卖出；④对经常项目外汇账户的政策有调整；⑤境内机构经常项目保留外汇的限额的确定方法；⑥企业开立、变更和关闭经常项目外汇账户的规定；⑦在原则上经常项目外汇账户中的外汇资金不能转作定期存款，但有例外。

Ⅱ．经典例题

1. ［2006 年单项选择题第 14 题］某公司享有进出口经营权，该公司 2005 年经常项目外汇收入为 4 000 万美元，经常项目外汇支出为 3 000 万美元。根据有关规定，该公司 2006 年经常项目外汇账户保留现汇的最高限额为（ ）。

A. 1 200 万美元　　　　B. 2 000 万美元

C. 3 000 万美元　　　　D. 3 200 万美元

【答案】B

【解析】境内机构上年度经常项目外汇支出占经常项目外汇收入的比例在 80% 以下的，其经常项目外汇账户保留现汇的比例，为其上年度经常项目外汇收入的 50%。（本题是按照 2006 年的教材回答的，2007 年教材已经改为：境内机构经常项目保留外汇的限额按上年度经常项目外汇收入的 80% 与经常项目外汇支出的 50% 之和确定）

2. ［2006 年多项选择题第 13 题］根据外汇管理法律制度的有关规定，下列各项中，属于经常项目外汇收入的有（ ）。

A. 对外索赔收入的外汇

B. 商标权转让收入的外汇

C. 境外投资企业汇回的外汇利润

D. 境内机构发行外币债券的收入

【答案】A B C

【解析】经常项目外汇收入包括：（1）出口或先支后收转口货物及其他交易行为收入的外汇；（2）境外贷款项下国际招标中标收入的外汇；（3）海关监管下境内经营免税商品收入的外汇；（4）交通运输及港口、邮电、旅游、广告、咨询、展览、寄售、维修等行业及各类代理业务提供商品或服务收入的外汇；（5）行政、司法机关收入的各项外汇规费、罚没款等；（6）土地使用权、著作权、商标权、专利权、非专利技术、商誉等无形资产转让收入的外汇；（7）出租房地产及其他资产收入的外汇；（8）境外投资企业汇回的外汇利润、对外经援项下收回的外汇和境外

资产的外汇收入；（9）对外索赔收入的外汇、退回的外汇保证金等；（10）保险机构受理外汇保险所得外汇收入；（11）取得《经营外汇业务许可证》的金融机构经营外汇业务的收入；（12）经营境外承包工程、向境外提供劳务、技术合作及其他服务业务的公司，在上述业务项目进行过程中收到的业务往来外汇；（13）经批准经营代理进口业务的外（工）贸公司，从事外轮代理、船务代理、国际货运代理、船舶燃料代理、商标代理、专利代理、版权代理、广告代理、船检代理业务的机构代收待付的外汇；（14）境内机构暂收待付或暂收待付项下的外汇；（15）从事国际海洋运输业务的远洋运输公司、从事国际货运的外运公司和租船公司在境内外经营业务所收入的外汇；（16）捐赠协议规定用于境外支付的捐赠外汇；（17）外国驻华使领馆、国际组织及其他境外法人驻华机构的外汇；（18）居民个人及来华人员个人的外汇；（19）国外捐赠、资助及援助的外汇。

3. ［2004 年多项选择题第 13 题］根据外汇管理的有关规定，下列各项中，属于经常项目外汇收入的有（ ）。

A. 境外法人作为投资汇入的收入

B. 境外投资企业汇回的外汇利润

C. 行政、司法机关收入的各项外汇罚没款

D. 对外索赔收入的外汇

【答案】B C D

【解析】法律规定，境外法人作为投资汇入的收入属于资本项目的外汇收入；境外投资企业汇回的外汇利润、行政、司法机关收入的各项外汇规费、罚没款、对外索赔收入的外汇属于经常项目的外汇收入。

4. ［2004 年判断题第 12 题］境内机构原则上只能开立一个经常项目外汇账户，在同一银行开立相同性质、不同币种的经常项目外汇账户的，需另行提出申请，由外汇管理部门核准。（ ）

【答案】×

【解析】境内机构原则上只能开立一个经常项目外汇账户。在同一银行开立相同性质、不同币种的经常项目外汇账户无需另行由外汇局核准。

11.2.2　对境内机构经常项目的用汇管理

Ⅰ．考点分析

1. 经常项目外汇支出包括 27 类，详见教材。

2. 境内机构的经常项目用汇，可按国家关于结汇、售汇及付汇管理的规定，持有效凭证和商业单据向外汇指定银行购汇支付。

3. 境内机构的经营性对外支付用汇分直接支付或兑付（12 种）、先支付或兑付后核查（4 种）、经审核后才予支付或兑付（5 种）三种情况：

直接支付或兑付项目	先支付或兑付后核查项目	审核后才予支付或兑付项目
（1）用跟单信用证/保函方式结算的贸易进口；	（1）免税品公司按照规定范围经营免税商品的进口支付；	（1）进口项下超过合同总金额的15%并超过等值10万美元的预付货款；
（2）用跟单托收方式结算的贸易进口；	（2）民航、海运、铁道部门（机构）支付境外国际联运费、设备维修费、站场港口使用费、燃料供应费、保险费、非融资性租赁及其他服务费用；	（2）出口项下超过合同总金额的2%的暗佣（暗扣）和5%的明佣（明扣）并超过等值1万美元佣金的；
（3）用汇款方式结算的贸易进口；	（3）民航、海运、铁道部门（机构）支付国际营运人员伙食、津贴补助；	（3）转口贸易项下先支后收的对外支付；
（4）进口项下不超过合同总金额的15%或者虽超过15%但未超过等值10万美元的预付货款；	（4）邮电部门支付国际邮政、电信业务费用。	（4）偿还外债利息；
（5）进口项下的运输费、保险费；		（5）超过等值1万美元的现钞提取。
（6）出口项下不超过合同总金额2%的暗佣（暗扣）和5%的明佣（明扣）或者虽超过上述比例但未超过等值1万美元的佣金；		
（7）进口项下的尾款；		
（8）进出口项下的资料费、技术费、信息费等从属费用；		
（9）从保税区购买商品以及购买国外入境展览展品的用汇；		
（10）专利权、著作权、商标、计算机软件等无形资产的进口；		
（11）出口项下对外退赔外汇；		
（12）境外承包工程所需的投标保证金。		

国家外汇管理局2006年4月发出通知，对服务贸易售付汇凭证进行了简化，对服务贸易售付汇审核权限进行了调整：一是对境外机构支付等值5万美元以下（含5万美元），对境外个人支付等值5 000美元以下（含5 000美元）服务贸易项下费用的，境内机构和个人凭合同（协议）或发票（支付通知书）办理购付汇手续；超过上述限额的，按原规定办理；二是境内机构和个人通过互联网等电子商务方式进行服务贸易项下对外支付的，可凭网络下载的相关合同（协议）、支付通知书，加盖印章或签字后，办理购付汇手续；三是对法规未明确规定审核凭证的服务贸易项下的售付汇，等值10万美元以下（含10万美元）的由银行审核，等值10万美元以上的由所在地外汇局审核；四是国际海运企业（包括国际船舶运输、无船承运、船舶代理、货运代理企业）支付国际海运项下运费及相关费用，可直接到银行购汇；货主根据业务需要，可直接向境外运输企业支付国际海运项下运费及相关费用。

4. 境内机构非经营性对外支付用汇管理分两种情况：属于预算内的机关，事业单位和社会团体非贸易非经营性用汇实行人民币预算限额控制购汇，主要包括9种情况（详见教材）。预算外的境内机构非经营性用汇，须持有效凭证从其外汇账户中支付或者到外汇指定银行兑付，主要包括7种情况（详见教材）。

5. 境内机构的出口收汇和进口付汇，应当按照国家关于出口收汇核销管理和进口付汇核销管理的规定办理核销手续。国家外汇管理局规定：凡是出口货物的，在每笔货物出口申报时要进行登记，收汇后再逐笔按号核销；在进口货物，以外汇向境外支付货款等费用时，也要逐笔按号核销。

【要点提示】要了解。①经常项目外汇支出种类；②境内机构的经常项目用汇的方式；③境内机构的经营性对外支付用汇分直接支付或兑付（12种）、先支付或兑付后核查（4种）、经审核后才予支付或兑付（5种）三种情况；④境内机构非经营性对外支付用汇管理的两种情况。

Ⅱ. 经典例题

1. ［2000年多项选择题第15题］根据外汇管理的有关规定，下列选项中，属于经常项目外汇支出的有：（ ）。

A. 咨询公司对外提供所取得的外汇

B. 进口计算机软件所需的外汇

C. 中国居民到外国旅游观光所需的外汇

D. 对外担保履行用汇

【答案】A B C

【解析】D 属于资本项目的外汇支出。

2. [单项选择题] 根据《外汇管理条例》规定，在国际收支中经常项目外汇收支不包括（ ）。

A. 贸易收支   B. 劳务收支

C. 单方面转移   D. 证券投资

【答案】D

【解析】考核经常项目外汇收支的范围。前三项都是。

11.2.3 对经常项目个人外汇的管理

Ⅰ．考点分析

国家对个人的外汇管理按照交易主体的不同，分为对境内个人的外汇管理和对境外个人的外汇管理；按照交易性质的不同，分为经常项目和资本项目个人外汇业务管理。经常项目下的个人外汇业务按照可兑换原则管理，从 2007 年起，国家对个人结汇和境内个人购汇实行年度总额管理，年度总额分别为每人每年等值 5 万美元。

1. 经常项目个人外汇管理

（1）……

（2）……

（3）境外个人经常项目项下非经营性结汇超过年度总额的，分不同情况凭本人有效身份证件及有关证明材料在银行办理；属于房租类、生活消费类、就医、学习等支出，结汇单笔等值 5 万美元以上的，应将结汇所得人民币资金直接划转至交易对方的境内人民币账户。

（4）境外个人经常项目合法人民币收入购汇及未用完的人民币兑回，按以下规定办理：在境内取得的经常项目合法人民币收入，凭本人有效身份证件和有交易额的相关证明材料（含税务凭证）办理购汇。原兑换未用完的人民币兑回外汇，凭本人有效身份证件和原兑换水单办理，原兑换水单的兑回有效期为自兑换日起 24 个月；对于当日累计兑换不超过等值 500 美元（含）以及离境前在境内关场所当日累计不超过等值 1 000 美元（含）的兑换，可凭本人有效身份证件办理。

（5）境内个人外汇汇出境外用于经常项目支出，按以下规定办理：外汇储蓄账户内外汇汇出境外当日累计等值 5 万美元以下（含）的，凭本人有效身份证件在银行办理；超过上述金额的，凭经常项目项下有交易额的真实性凭证办理。手持外币现钞汇出当日累计等值 1 万美元以下（含）的，凭本人有效身份证件在银行办理；超过上述金额的，凭经常项目项下有交易额的真实性凭证、经海关签章的《中华人民共和国海关进境旅客行李物品申报单》或本人原存款银行外币现钞提取单据办理。

（6）境外个人经常项目外汇汇出境外，按以下规定在银行办理：外汇储蓄账户内外汇汇出，凭本人有效身份证件办理；手持外币现钞汇出，当日累计等值 1 万美元以下（含 1 万美元）的，凭本人有效身份证件办理；超过上述金额的，还应提供经海关签章的《中华人民共和国海关进境旅客行李物品申报单》或本人原存款银行外币现钞提取单据办理。

【要点提示】2006 年对此有重大调整，其中对境内居民个人经常项目下因私购汇指导性定价作了调整，应适当了解。①经常项目个人外汇依不同性质有不同分类；②境外个人经常项目项下非经营性结汇超额的办法；③境外个人经常项目合法人民币收入购汇及未用完的人民币兑回的办法；④境内个人外汇汇出境外用于经常项目支出的办法；⑤境外个人经常项目外汇汇出境外的办法。

Ⅱ．经典例题

1. [判断题] 国家对个人结汇和境内个人购汇实行年度总额管理，年度总额分别为每人每年等值 1 万美元。（ ）

【答案】×

【解析】根据规定，国家对个人结汇和境内个人购汇实行年度总额管理，年度总额分别为每人每年等值 5 万美元。

2. [判断题] 个人年度总额内购汇、结汇，不可以委托其直系亲属代为办理。（ ）

【答案】×

【解析】可以委托直系亲属办理。

11.2.4 个人外汇账户及外币现钞管理

Ⅰ．考点分析

个人提取外币现钞当日累计等值 1 万美元以下（含）的，可以在银行直接办理；超过上述金额的，凭本人有效身份证件、提钞用途证明等材料向银行所在地外汇局事前报备。

个人向外汇储蓄账户存入外币现钞，当日累计等值 5 000 美元以下（含）的，可以在银行直接办理；超过上述金额的，凭本人有效身份证件、经海关签章的《中华人民共和国海关进境旅客行李物品申报单》或本人原存款银行外币现钞提取单据在银行办理。

【要点提示】做一般了解。①个人外汇账户的不同分类；②个人外汇储蓄账户资金境内划转办理；③个人提取外币和向外汇储蓄账户存入外币的手续。

Ⅱ．经典例题

1. [判断题] 外汇储蓄账户的收支范围包括非经营性外汇收付和本人与其直系亲属资金同一主体类别的外汇储蓄账户之间的资金划转。（ ）

【答案】√

【解析】根据规定，外汇储蓄账户的收支范围包括非经营性外汇收付和本人与其直系亲属资金同一主体类别的外汇储蓄账户之间的资金划转。

2.［判断题］个人向外汇储蓄账户存入外币现钞，当日累计等值4 000美元以下（含）的，可以在银行直接办理；超过上述金额的，凭本人身份证件、经海关签章的《中华人民共和国海关进境旅客行李物品申报单》或本人原存款银行外币现钞提取单据在银行办理。　　（　）

【答案】×

【解析】当日累计值应为5 000美元以下（含）。

11.3　资本项目外汇管理

11.3.1　对资本项目的外汇管理

Ⅰ.考点分析

1. 资本项目是指国际收支中因资本输出和输入而产生的资产与负债的增减项目，包括直接投资、各类贷款、证券投资等。

2. 资本项目外汇收入管理

（1）资本项目的外汇收入包括5类（详见教材）；资本项目的外汇支出包括9类（详见教材）。资本项目外汇收支与经常项目外汇收支极易混淆，而且常在考试中出题，希望考生注意辨别。如2002年多项选择题第17题：根据外汇管理法律制度的规定，下列选项，属于境内机构资本项目外汇支出的（　）。

A. 外商投资企业依法清算后的资金汇出

B. 外商投资企业外方所得利润在境内再投资

C. 外商投资企业经营期间的利润汇出

D. 外商投资企业外籍员工的工资汇出

本题答案只能选AB，因为CD两项属于经常项目外汇支出。

（2）境内机构的资本项目外汇收入，除国务院另有规定外，应当调回国内，按照国家有关规定在外汇指定银行开立外汇账户；卖给外汇指定银行的，须经外汇管理机关批准。除出口押汇外的国内外汇贷款和中资企业借入的国际商业贷款不能结汇。

3. 境内机构向境外投资，在向审批主管部门申请前，须由外汇管理机关审查其外汇资金来源。根据《境外投资外汇管理办法》的规定，境外投资项目用汇金额在100万美元以下的，由外汇管理局省级分局批准；100万美元以上或者累计超过100万美元的，应由外汇管理局省级分局报国家外汇管理局审批。境外上市外资股公司回购本公司境外上市流通股股份涉及购、付汇及境外开户审批的，若购、付汇金额低于2 500万美元，由所在地分局审批；若购、付汇金额高于2 500万美元（含2 500万美元），应由所在分局报总局审批（2006年新增）。

【要点提示】重点掌握。①资本项目的概念和形式，尤其要与经常项目做区分；②资本项目外汇收入内容；③境内机构向境外投资的审批；④资金汇出。

Ⅱ.经典例题

1.［2007年多项选择题第13题］根据外汇管理的有关规定，下列各项中，属于资本项目外汇收入的有（　）。

A. 境内机构境外借款

B. 境内机构发行外币债券取得的收入

C. 境内机构出租房地产取得的外汇收入

D. 境内机构转让土地使用权取得的外汇收入

【答案】A B

【解析】选项C和D属于经常项目外汇收入的范围。

2.［2005年多项选择题第14题］根据国家外汇管理的有关规定，下列选项中，属于境内机构资本项目外汇支出的有（　）。

A. 向境外企业贷款用汇

B. 外商投资外方用分得的利润在境内再投资

C. 对外担保履约用汇

D. 偿还外债利息用汇

【答案】A B C

【解析】偿还外债利息用汇属于经常项目外汇支出。

3.［2002年多项选择题第17题］根据外汇管理法律制度的规定，下列选项中，属于境内机构资本项目外汇支出的（　）。

A. 外商投资企业依法清算后的资金汇出

B. 外商投资企业外方所得利润在境内再投资

C. 外商投资企业经营期间的利润汇出

D. 外商投资企业外籍员工的工资汇出

【答案】A B

【解析】CD两项属于经常项目外汇支出。

4.［2001年单项选择题第12题］某境内投资者以外汇资金向境外投资1 000万美元。根据外汇管理的有关规定，该投资者应向所在地外汇管理机构缴存的汇回利润保证金为（　）万美元。

A. 10　　B. 25　　C. 30　　D. 50

【答案】D

【解析】外汇管理法规规定，境内投资者以外汇资金向境外投资的，应向所在地外汇管理机构缴存所投资金5%的资金，作为汇回利润保证金。

5.［2001年多项选择题第12题］根据外汇管理的有关规定，下列选项中，属于境内机构资本项目外汇支出的有（　）。

A. 偿还外债利息

B. 对外担保履约用汇

C. 外商投资企业依法清算后的资金汇出

D. 外商投资企业外方所得利润在境内再投资

【答案】B C D

【解析】A项属于经常项目外汇支出，偿还外债本金为资本项目外汇支出。

6. [2001年判断题第13题] 境内某公司向境外某金融机构借款500万美元，该项借款属于资本项目的外汇收入。　　　　　　（　）

【答案】√

【解析】资本项目的外汇收入包括：(1) 境外法人或自然人作为投资汇入的收入；(2) 境内机构境外借款；(3) 境内机构发行外币债券、股票取得的收入；(4) 境内机构向境外出售房地产及其他资产的收入；(5) 经国家外汇管理局批准的其他资本项目下外汇收入。

11.3.2　外债管理

Ⅰ. 考点分析

1. 外债是指境内机构对非居民承担的以外币表示的债务。"境内机构"是指在中国境内依法设立的常设机构，包括但不限于政府机关、金融境内机构、企业、事业单位和社会团体。"非居民"是指中国境外的机构、自然人及其在中国境内依法设立的非常设机构。

2. 对外担保管理。

"对外担保"是指境内机构根据《中华人民共和国担保法》，以保证、抵押或质押方式向非居民提供的担保。

境内机构不得为非经营性质的境外机构提供担保。未经国务院批准，任何政府机关、社会团体、事业单位不得举借外债或对外担保。境内机构对外签订借款合同或担保合同后，应当依据有关规定到外汇管理部门办理登记手续。国际商业贷款借款合同或担保合同须经登记后方能生效。

金融机构对外担保余额、境内外汇担保余额及外汇外债余额之和不得超过其自有资金的20倍；企业对外担保余额不得超过其净资产的50%，并不得超过其上年外汇收入。

3. 举借外债管理。

(1) 国际金融组织贷款和外国政府贷款由国家统一对外举借。

(2) 对境内机构的外债管理：①国家对国有商业银行举借中长期国际商业贷款实行余额管理。②境内中资企业等机构举借中长期国际商业贷款，须经国家发展与改革委员会批准。国家对境内中资机构举借短期国际商业贷款实行余额管理。③外商投资企业举借的中长期外债累计发生额和短期外债余额之和应当控制在审批部门批准的项目总投资和注册资本之间的差额以内。在差额范围内，外商投资企业可自行举借外债。超出差额的，须经原审批部门重新核定项目总投资。

4. 外债资金使用管理：(1) 国际金融组织贷款和外国政府贷款等中长期国外优惠贷款重点用于基础性和公益性建设项目，并向中西部地区倾斜。(2) 中长期国际商业贷款重点用于引进先进技术和设备，以及产业结构和外债结构调整。

(3) 境内企业所借中长期外债资金，应当严格按照批准的用途合理使用，不得挪作他用。确需变更用途的，应当按照原程序报批。(4) 境内企业所借短期外债资金主要用作流动资金，不得用于固定资产投资等中长期用途。

【要点揭示】①外债的概念和种类；②对外担保管理的规定，如境内机构不得为非经营性质的境外机构提供担保等；③举借外债管理包括国际金融组织贷款和外国政府贷款以及境内机构的外债管理，这些由国家统一对外举措；④对于外资资金的管理；⑤外债资金使用；⑥外债偿还和风险管理；⑦外债监管。

Ⅱ. 经典例题

1. [2004年单项选择题第12题] 根据境内机构对外担保管理的规定，境内企业对外担保余额不得超过一定的限额，该限额是（　　）。

A. 不得超过企业净资产的50%，并不得超过其上年度外汇收入总额

B. 不得超过企业净资产的70%，并不得超过其上年度外汇收入总额

C. 不得超过企业净资产的50%，并不得超过其前两个年度外汇收入总和

D. 不得超过企业净资产的70%，并不得超过其前两个年度外汇收入总和

【答案】A

【解析】法律规定，境内企业对外担保余额不得超过其净资产的50%，并不得超过其上年外汇收入。

2. [2003年单项选择题第12题] 甲企业拟为乙企业举借外债提供担保，已知甲企业现有净资产为30亿元人民币，上年外汇收入为5亿元人民币等值外汇。根据有关规定，甲企业可提供担保的数额最多为（　　）亿元人民币。

A. 30　　　B. 15　　　C. 5　　　D. 2.5

【答案】C

【解析】法律规定，企业对外担保余额不得超过其净资产的50%，并不得超过其上年外汇收入。

3. [2002年单项选择题第15题] 某公司2001年账面净资产额为人民币1亿元，该公司2000年外汇收入折合人民币4 800万元。根据外汇管理法律制度的规定，该公司2001年对外担保余额最多为人民币（　　）万元。

A. 2 500　　　　　　B. 3 000

C. 4 800　　　　　　D. 5 000

【答案】C

【解析】有关法律规定，企业的对外担保余额不得超过其净资产的50%，并且不得超过其上年外汇收入。

11.3.3　对依法终止的外商投资企业的外汇管理

Ⅰ. 考点分析

依法终止的外商投资企业应当依法进行清理

并照章纳税。清理纳税后的剩余财产属于外方投资者所有的人民币，可以向外汇指定银行购汇汇出或携带出境；属于中方投资者所有的外汇，应全部卖给外汇指定银行。

【要点提示】 对依法终止的外商投资企业的外汇管理，包括清理纳税后的剩余财产等。

Ⅱ. 经典例题

1. 〔判断题〕外商投资企业经营期满或因其他原因无法继续经营而依法终止，依法终止的外商投资企业应当依法进行清理并照章纳税。

（ ）

【答案】 √

【解析】 此为对外商投资企业终止的管理。

2. 〔判断题〕清理纳税后的剩余财产属于外方投资者所有的人民币，可以向外汇指定银行购汇汇出或携带出境。 （ ）

【答案】 √

【解析】 清理纳税后的剩余财产属于外方投资者所有的人民币，可以向外汇指定银行购汇汇出或携带出境。属于中方投资者所有的外汇，应全部卖给外汇指定银行。

11.4 金融机构的外汇业务管理

11.4.1 对金融机构的外汇业务管理

Ⅰ. 考点分析

1. 金融机构经营外汇业务必须持有经营外汇业务许可证。经营外汇业务的银行应符合四个条件：（1）具有法定外汇现汇实收资本金或营运资金；（2）具有与其申报的外汇业务相应数量和相当素质的外汇业务人员；（3）具有适合开展外汇业务的场所和设备；（4）国家外汇管理局要求的其他条件。

2. 经营外汇业务的金融机构应按规定为客户开立账户，办理有关外汇业务。

3. 金融机构经营外汇业务，应按规定交存外汇存款准备金，遵守外汇资产负债比例管理的规定，并建立呆账准备金。

4. 外汇指定银行办理结汇业务所需的人民币资金，应当使用自有资金。自有资金包括银行的资本金，银行吸收的客户存款，银行通过同业拆借拆入的资金和其他自有资金。

5. 金融机构经营外汇业务，应接受外汇管理机关的检查、监督。经营外汇业务的金融机构应当向外汇管理机关报送外汇资产负债表、损益表以及其他财务会计报表和资料。

【要点提示】 ①经营外汇业务的银行应符合的四个条件；②经营外汇业务的金融机构应按规定为客户开立账户，办理有关外汇业务；③金融机构经营外汇业务，应按规定交存外汇存款准备金，遵守外汇资产负债比例管理的规定，并建立呆账准备金；④外汇指定银行办理结汇业务所需的人民币资金，应当使用自有资金；⑤监督管理：金融机构经营外汇业务应接受外汇管理机关的检查、监督。经营外汇业务的金融机构应当向外汇管理机关报送外汇资产负债表、损益表以及其他财务会计报表和资料。

Ⅱ. 经典例题

1. 〔2000年判断题第15题〕金融机构对外担保余额、境内外担保余额及外汇外债之和不得超过其自有资金的20倍。 （ ）

【答案】 √

【解析】 根据《银行外汇业务管理规定》和《非银行金融机构外汇业务规定》，金融机构的净外汇资产与负债比例为，金融机构对外担保余额、境内外担保余额及外汇外债之和不得超过其自有资金的20倍。

2. 〔判断题〕金融机构经营外汇业务，应接受外汇管理机关的检查、监督国家外汇管理机关对银行和非银行金融机构每3年至少进行一次全面检查，对银行的分支行每两年至少进行一次全面检查。国家外汇管理机关还可根据需要随时对银行和非银行金融机构外汇业务进行重点检查。

（ ）

【答案】 √

【解析】 此为金融机构经营外汇业务要接受的监督。

11.5 人民币汇率管理和外汇市场管理

11.5.1 人民币汇率管理和外汇市场管理

Ⅰ. 考点分析

1. 从1994年1月1日起，人民币汇率实行以市场供求为基础、单一的、有管理的浮动汇率制度。自2005年7月21日起，我国实行以市场供求为基础的，参考"一篮子"货币进行调节，有管理的浮动汇率制度。中国人民银行于每个工作日闭市后公布当日银行间外汇市场美元等交易货币对人民币汇率的收盘价，作为下一个工作日该货币对人民币交易的中间价。每日银行间外汇市场美元对人民币的交易价仍在人民银行公布的美元中间价上下3‰的幅度内浮动，非美元对人民币的交易价在人民银行公布的该货币交易中间价上下一定幅度内浮动。（2006年新增）

2. 外汇市场交易的币种和形式由国务院外汇管理部门规定和调整。目前允许交易的币种有人民币对美元、港元、日元和欧元等；交易的形式包括即期交易和远期交易。对银行间的外汇市场只允许进行即期交易；对银行与客户之间则允许进行远期外汇交易。

【要点提示】 在2006年有重大调整，予以一定关注。①我国汇率制度的转变，尤其是每日银行间外汇市场美元对人民币的交易价仍在人民银行公布的美元中间价上下3‰的幅度内浮动，非美元对人民币的交易价在人民银行公布的该货币交易中间价上下一定幅度内浮动；②外汇市场交易的币种和形式由国务院外汇管理部门规定和调整。

Ⅱ．经典例题

1．［多项选择题］我国人民币汇率制度的特征是（　　）。

A．市场汇率

D．官定汇率

C．单一汇率

D．有管理的浮动汇率

【答案】ACD

【解析】人民币汇率实行以市场供求为基础、单一的、有管理的浮动汇率制度。

2．［判断题］银行间的外汇市场只允许进行即期交易，即只能进行现汇买卖。

【答案】√

【解析】银行间的外汇市场只允许进行即期交易，即只能进行现汇买卖。实际上是银行间调节资金余缺的外汇交易。

11.6 违反外汇管理规定的法律责任

11.6.1 违反外汇管理规定的法律责任

Ⅰ．考点分析

这部分内容重点记忆逃汇、套汇、扰乱金融等违反外汇管理规定的行为种类以及相应的处罚方式。

【要点提示】此部分是考试的重点。熟悉逃汇、套汇、扰乱金融等违反外汇管理规定的行为及其处罚方式。

Ⅱ．经典例题

1．［2005 年单项选择题第 13 题］根据有关规定，私自买卖外汇、变相买卖外汇或者倒买倒卖外汇的，外汇管理机关可以给予人民币罚款处罚。该罚款的金额范围是（　　）。

A．违法所得 1 倍以上 5 倍以下

B．10 万元以上 50 万元以下

C．违法外汇金额 30% 以上 3 倍以下

D．违法外汇金额 20% 以上 5 倍以下

【答案】C

【解析】法律规定，私自买卖外汇、变相买卖外汇或者倒买倒卖外汇的，外汇管理机关可以给予人民币罚款处罚。该罚款的金额范围是违法外汇金额 30% 以上 3 倍以下。

2．［2002 年判断题第 12 题］以外币在中国境内计价结算的行为属于套汇行为。（　　）

【答案】×

【解析】以外币在中国境内计价结算的行为属于扰乱金融行为。

知识点测试

一、单项选择题

1．根据《国际收支统计申报办法》规定，凡是中国居民与非中国居民之间发生的一切经济交易都应当向国家外汇管理机关进行申报。这里讲的中国居民包括（　　）。

A．在我国境内的香港留学生

B．在我国境内的台湾就医人员

C．在我国境内居留 1 年以上的美国人

D．英国驻华使馆英籍工作人员及其家属

2．国家外汇管理局规定，对境外机构支付等值（　　）美元以下，对境外个人支付等值（　　）美元以下服务贸易项下费用的，境内机构和个人凭合同（协议）或发票（支付通知书）办理购付汇手续。

A．5 万　5 000
B．10 万　1 万
C．3 万　3 000
D．1 万　1 000

3．某公司共取得外汇收入 210 万美元。其中，通过转让非专利技术取得 50 万美元，通过出租房屋设备取得 60 万美元，承包境外工程收到的业务往来外汇收入 100 万美元。根据《中华人民共和国外汇管理条例》及其有关规定，该公司可以向国家外汇管理局及其分支局申请，在经营外汇业务的银行开立外汇账户，并按规定办理结汇的为（　　）万美元。

A．110
B．100
C．60
D．50

4．境外上市外资股公司回购本公司境外上市流通股股份涉及购、付汇及境外开户审批的，若购、付汇金额低于（　　）万美元，由所在地分局审批；若购、付汇金额高于（　　）万美元（含），应由所在分局报总局审批。

A．1 000
B．1 500
C．2 000
D．2 500

5．某公司需对外付用汇 16 万美元，其中进口项下的运输费 5 万美元，进口项下的资料费 1 万美元，偿还外债利息 10 万美元。根据《中华人民共和国外汇管理条例》及其有关规定，该公司可从其外汇账户中直接支付的外汇为（　　）万美元。

A．6　　B．11　　C．15　　D．16

6．下列各项中，关于资本项目外汇收入管理的叙述错误的是（　　）。

A．境内机构的资本项目收入，除国务院另有规定外，应当调回国内，不得擅自存放在境外

B．境内机构的资本项目外汇收入，因特殊原因需要将其资本项目外汇收入暂时存放国外的，须报国家外汇管理部门批准

C．境内机构的资本项目外汇收入，应当在经营外汇业务的银行开立外汇账户

D．境内机构资本项目下的外汇收入，卖给外汇指定银行的，可以不受限制

7．某国有企业需偿还到期的外债利息，应（　　）。

A. 持有效凭证直接从其外汇账户中支付

B. 持有效凭证先从其外汇账户中支付，事后由国家外汇管理部门核查

C. 先由国家外汇管理部门审核，后从其外汇账户中支付

D. 先由其上级主管部门审核，后从其外汇账户中支付

8. 根据《外汇管理条例》的规定，下列各项中，哪一种属于资本项目的外汇收入：（　　）。

A. 出租房地产及其他资产收入的外汇

B. 境内机构向境外商业银行借款收入的外汇

C. 转让土地使用权收取的外汇

D. 境外投资企业汇回的外汇利润

9. 根据有关规定，区域性银行在申请经营外汇业务时，其实收外汇现汇资本须达到（　　）美元或其他等值货币。

A. 750 万　　　　　　B. 1 500 万

C. 2 000 万　　　　　D. 5 000 万

10. 根据国家外汇业务管理有关规定，经营外汇业务金融机构的外汇流动资产不得低于外汇流动负债的（　　）。

A. 30%　　B. 40%　　C. 50%　　D. 60%

11. 自 2005 年 7 月 21 日起，我国实行以市场供求为基础的，参考"一篮子"货币进行调节，有管理的浮动汇率制度。每日银行间外汇市场美元对人民币的交易价在人民银行公布的美元中间价上下（　　）的幅度内浮动，非美元对人民币的交易价在人民银行公布的该货币交易中间价上下一定幅度内浮动。

A. 千分之五　　　　　B. 千分之三

C. 千分之一　　　　　D. 万分之五

12. 某企业在接待一外国考察小组时，以人民币支付该考察小组在中国境内的所有费用，同时向其收取等值的外汇，该行为属于（　　）。

A. 合法行为　　　　　B. 逃汇行为

C. 套汇行为　　　　　D. 扰乱金融行为

13. 根据国家有关外汇管理法规的规定，境内机构或者个人从事套汇行为，应予以强制收兑，并另按套汇金额处以（　　）的罚款。

A. 30% 以上 5 倍以下

B. 30% 以上 3 倍以下

C. 1 倍以上 5 倍以下

D. 3 倍以上 5 倍以下

二、多项选择题

1. 我国（　　）的外汇收支或经营活动都属于我国《外汇管理条例》的适用范围。

A. 边境贸易　　　　　B. 个人

C. 驻华机构　　　　　D. 来华人员

2. 根据外汇管理的有关法律规定，下列选项中，属于经常项目外汇收支的有（　　）。

A. 咨询公司对外提供服务所取得的外汇

B. 进口计算机软件所需的外汇

C. 中国居民到外国旅行观光所需外汇

D. 对外担保履约用汇

3. 在经营外汇业务的银行开立外汇账户的有（　　）。

A. 海关收取的外汇保证金

B. 出租房产收入

C. 境外投资企业汇回的外汇利润

D. 铁路部门办理境外保价运输业务收取的外汇收入

4. 根据《结汇、售汇及付汇管理规定》的规定，下列各项中，应当办理结汇的项目包括（　　）。

A. 行政、司法机关收取的外汇罚没款

B. 对外索赔收入的外汇

C. 外国驻华使领馆的外汇

D. 境内机构按捐赠协议规定获得并用于境外支付的捐赠外汇

5. 境内机构的下列对外支付用汇，由国家外汇管理局审核后，从其外汇账户中支付或到外汇指定银行兑付（　　）。

A. 进口项下超过合同总金额的 15% 并超过等值 10 万美元的预付货款

B. 出口项下超过合同总金额的 2% 的暗扣和 5% 的明扣或超过等值 1 万美元的佣金的

C. 出口项下对外退赔外汇

D. 转口贸易项下先支后收的对外支付

6. 对经常项目个人外汇的管理，下列说法正确的有（　　）。

A. 国家对个人结汇和境内个人购汇实行年度总管理，年度总额分别为每人每年等值 5 万美元

B. 境外个人经常项目项下属于房租类、生活消费类、就医、学习等支出，结汇单笔等值 3 万美元以上的，应将结汇所得人民币资金直接划转至交易对方的境内人民币账户

C. 个人外汇储蓄账户内外汇汇出境外当日累计等值 5 万美元以下（含）的，凭本人有效身份证件在银行办理

D. 境外个人经常项目外汇汇出境外，手持外币现钞汇出，当日累计等值 2 万美元以下的，凭本人有效身份证件办理

7. 根据国家《结汇、售汇及付汇管理规定》，境内机构资本项下的外汇应当在经营外汇业务的银行开立外汇账户，境内机构的下列（　　）项的外汇，未经外汇管理局批准不得结汇。

A. 中资企业借入的国际商业贷款

B. 境外借款及发行外币债券、股票取得的外汇

C. 出口押汇的国内外汇贷款

D. 境外法人或自然人作为投资汇入的外汇

8. 根据《中华人民共和国外汇管理条例》的规定，下列选项中，属于境内机构资本项目外汇支出的有（　　）。
   A. 对外担保履约用汇
   B. 偿还外债本金
   C. 外商投资企业外方所得利润在境内再投资
   D. 进口计算机软件和专利权用汇

9. 根据《外债管理暂行办法》的规定，下列对境内机构外债管理的论述，（　　）项是正确的。
   A. 国家对国有商业银行举借中长期国际商业贷款实行余额管理
   B. 境内中资企业等机构举借中长期国际商业贷款，须经国家发展计划委员会批准
   C. 国家对境内中资机构举借短期国际商业贷款实行余额管理
   D. 外商投资企业举借的中长期外债累计发生额和短期外债余额之和应当控制在审批部门批准的项目总投资和注册资本之间的差额以内。超出差额的，须经原审批部门重新核定项目总投资

10. 根据有关规定，下列选项中，属于扰乱金融行为的有（　　）。
    A. 违反规定，将外币有价证券携带出境
    B. 以人民币支付应当用外汇支付的货款
    C. 私自买卖外汇
    D. 以外币在境内计价结算

11. 个人外汇账户及外币现钞管理，下列（　　）项是正确的。
    A. 个人提取外币现钞当日累计等值 1 万美元以下（含）的，可以在银行直接办理
    B. 个人向外汇储蓄账户存入外币现钞，当日累计等值 5 000 美元以下（含）的，可以在银行直接办理
    C. 个人提取外币现钞当日累计等值 2 万美元以下（含）的，可以在银行直接办理
    D. 个人向外汇储蓄账户存入外币现钞，当日累计等值 10 000 美元以下（含）的，可以在银行直接办理

三、判断题

1. 甲为某一境内机构，与一外国公司签订货物进口合同总金额为 100 万美元，约定预付货款为合同总金额的 12%，上述交易用汇办法应采用先支付或兑付后核查。（　　）
2. 境内机构的对外担保履约用汇属于经常项目外汇支出。（　　）
3. 金融机构对外担保余额、境内外汇担保余额及外汇外债余额之和不得超过其自有资金的 20 倍。（　　）
4. 中外合资经营企业终止时，经过清理纳税后的剩余财产，属于中方投资者所有的外汇，可由

该中方投资者自留使用。（　　）

5. 为防止外汇金融风险，外汇经营金融机构的自有外汇资金占外汇风险资产总的比例，银行不得低于 8%，非银行金融机构不得低于 10%。（　　）

6. 银行与客户之间不能进行远期外汇交易。（　　）

7. 对逃汇行为的罚款数额为逃汇金额的 30% 以上 3 倍以下。（　　）

8. 国际商业贷款借款合同或担保合同须经登记后方能生效。（　　）

9. 某居民个人将境外汇入的 9 000 美金稿费一次性兑换成人民币，银行可以直接为其办理。（　　）

10. 境内机构原则上只能开立一个经常项目外汇账户，经外汇管理局核准，也可以在同一银行开立相同性质，不同币种的经常项目外汇账户。（　　）

知识点测试答案

一、单项选择题

1. 【答案】C
   【解析】法律规定，中国个人居民是指中国公民和在中华人民共和国境内居住满 1 年的外国人。

2. 【答案】A
   【解析】国家外汇管理局规定，对境外机构支付等值 5 万美元以下，对境外个人支付等值 5 000 美元以下服务贸易项下费用的，境内机构和个人凭合同（协议）或发票（支付通知书）办理购付汇手续。

3. 【答案】B
   【解析】法律规定，通过转让非专利技术和出租房屋设备取得外汇应当直接卖给外汇银行，承包境外工程收到的业务往来外汇可以在经营外汇业务的银行开立外汇账户，并按规定办理结汇。

4. 【答案】D
   【解析】境外上市外资股公司回购本公司境外上市流通股股份涉及购、付汇及境外开户审批的，若购、付汇金额低于 2 500 万美元，由所在地分局审批；若购、付汇金额高于 2 500 万美元（含 2 500 万美元），应由所在分局报总局审批。

5. 【答案】A
   【解析】偿还外债利息的 10 万元不能直接支付，属于审核后才予支付或兑付。

6. 【答案】D
   【解析】境内机构资本项目下的外汇收入，卖

给外汇指定银行的，并非不受限制，而是要经外汇管理机关批准。

7. 【答案】C

【解析】法律规定，企业需偿还到期的外债利息，应先由国家外汇管理部门审核，后从其外汇账户中支付。

8. 【答案】B

【解析】法律规定，出租房地产及其他资产收入的外汇、境内机构向境外商业银行借款收入的外汇以及境外投资企业汇回的外汇利润都属于经常项目的外汇收入。

9. 【答案】C

【解析】法律规定，区域性银行在申请经营外汇业务时，其实收外汇现汇资本须达到 2 000 万美元或其他等值货币。

10. 【答案】D

【解析】根据国家外汇业务管理有关规定，经营外汇业务金融机构的外汇流动资产不得低于外汇流动负债的 60%。

11. 【答案】B

【解析】自 2005 年 7 月 21 日起，我国实行以市场供求为基础的，参考"一篮子"货币进行调节，有管理的浮动汇率制度。每日银行间外汇市场美元对人民币的交易价在人民银行公布的美元中间价上下 3‰的幅度内浮动，非美元对人民币的交易价在人民银行公布的该货币交易中间价上下一定幅度内浮动。

12. 【答案】C

【解析】法律规定，以人民币支付应当以外汇支付的支出属于套汇行为。

13. 【答案】B

【解析】国家有关外汇管理法规的规定，境内机构或者个人从事套汇行为，应予以强制收兑，并另按套汇金额处以 30%以上 3 倍以下的罚款。

二、多项选择题

1. 【答案】B C D

【解析】法律规定，境内机构、个人、驻华机构、来华人员的外汇收支或者经营活动，都属《外汇管理条例》的调整范围。但保税区、边境贸易和边民互市的外汇管理由国家外汇管理局根据《外汇管理条例》的原则另行制定。

2. 【答案】A B C

【解析】D 项属于资本项目外汇支出下列外汇收入中，可以向国家外汇管理局申请。

3. 【答案】A D

【解析】出租房产的外汇收入和境外投资企业汇回的外汇利润应当直接卖给外汇银行。

4. 【答案】A B

【解析】法律规定，外国驻华使领馆的外汇和

境内机构按捐赠协议规定获得并用于境外支付的捐赠外汇不必结汇，可以保留。

5. 【答案】A B D

【解析】出口项下对外退赔外汇属于应当直接支付或兑付的。

6. 【答案】A C

【解析】法律规定，境外个人经常项目项下属于房租类、生活消费类、就医、学习等支出，结汇单笔等值 5 万美元以上的，应将结汇所得人民币资金直接划转至交易对方的境内人民币账户；境外个人经常项目外汇汇出境外，手持外币现钞汇出，当日累计等值 1 万美元以下的，凭本人有效身份证件办理。

7. 【答案】B D

【解析】法律规定，境外借款及发行外币债券、股票取得的外汇以及境外法人或自然人作为投资汇入的外汇，未经外汇管理局批准不得结汇。

8. 【答案】A B C

【解析】D 项属于经常项目外汇支出。

9. 【答案】A B C D

【解析】法律规定，国家对国有商业银行举借中长期国际商业贷款、境内中资机构举借短期国际商业贷款实行余额管理；境内中资企业等机构举借中长期国际商业贷款，须经国家发展计划委员会批准；外商投资企业举借的中长期外债累计发生额和短期外债余额之和应当控制在审批部门批准的项目总投资和注册资本之间的差额以内。超出差额的，须经原审批部门重新核定项目总投资。

10. 【答案】C D

【解析】A 项属于逃汇行为，B 项属于套汇行为。

11. 【答案】A B

【解析】法律规定，个人提取外币现钞当日累计等值 1 万美元以下（含）的，可以在银行直接办理；个人向外汇储蓄账户存入外币现钞，当日累计等值 5 000 美元以下（含）的，可以在银行直接办理。

三、判断题

1. 【答案】×

【解析】进口项下不超过合同总金额 15%的预付货款应当直接支付或兑付。

2. 【答案】×

【解析】境内机构的对外担保履约用汇属于资本项目外汇支出。

3. 【答案】√

【解析】法律规定，金融机构对外担保余额、境内外汇担保余额及外汇外债余额之和不得超过其自有资金的 20 倍。

4. 【答案】×

【解析】中外合资经营企业终止时，经过清理纳税后的剩余财产，属于中方投资者所有的外汇应全部卖给外汇指定银行。

5. 【答案】√

【解析】法律规定，为防止外汇金融风险，外汇经营金融机构的自有外汇资金占外汇风险资产总的比例，银行不得低于 8%，非银行金融机构不得低于 10%。

6. 【答案】×

【解析】银行与客户之间可以进行远期外汇交易，银行间的外汇市场只允许进行即期交易，不能进行远期交易。

7. 【答案】×

【解析】本题考查的是对逃汇行为的处罚。有逃汇行为的，由外汇管理机关责令限期调回外汇，强制收兑，并处逃汇金额 30% 以上 5 倍以下的罚款；构成犯罪的，依法追究刑事责任。

8. 【答案】√

【解析】考查举借外债和对外担保管理。

9. 【答案】√

【解析】考查居民个人的外汇管理。属于个人所有的外汇，可以自行持有，也可以存入银行或者卖给外汇指定银行。

10. 【答案】×

【解析】考查经常项目外汇收入。在同一银行开立相同性质、不同币种的经常项目外汇账户无需另行由外汇局核准。

第十二章 支付结算法律制度

本章概述

一、内容提要

本章的主要内容包括支付结算的概念、特征、原则、主要法律依据，汇兑、托收承付、委托收款、银行卡、电子支付的适用范围及结算程序，结算纪律与结算责任，银行账户管理的基本原则，银行账户的设置与开户条件，银行账户的管理以及违反银行账户管理的处罚。

本章的难点在于各种结算办法的适用范围、条件以及操作程序。

二、历年考题分析

本章在历年试卷中占的比重不大，最近5年平均考分4分，题目类型一般都是单项选择题、多项选择题和判断题。

本章近5年考试的题型、分值及考点分布详见下表：

年份	题型	题量	分值	考点
2007	单项选择题	2	2	电子支付的数额；在商业汇兑汇票中的处罚
	多项选择题	1	1	当事人签发委托收款凭证时必须记载的事项；资本项目外汇收入
	判断题	1	1	发卡银行应当向持卡人提供对账服务的规定
2006	单项选择题	1	1	可以办理现金支取的账户种类
	判断题	1	1	托收承付的适用范围
2005	单项选择题	1	1	托收承付的适用范围
	多项选择题	2	2	可以支取现金的专用存款账户；个人银行结算账户管理
2004	单项选择题	1	1	信用卡的透支额度
	多项选择题	2	2	托收承付的付款人可以拒绝付款的理由；开立时应当报送中国人民银行当地分支行核准的人民币银行结算账户
	判断题	1	1	人民币银行结算账户的用途
	综合题		3	违反《账户管理规定》的法律责任
2003	单项选择题			委托收款的付款
	综合题	1	3	银行承兑汇票到期，承兑申请人未能足额缴存票款的法律责任

三、2008年教材内容变化

2007年教材本章新增了电子支付这一部分，修改了人民币银行结算账户管理办法的内容。2008年教材本章的内容基本没有修改。

本章内容结构基本框架

知识点	第十二章 支付结算法律制度	学习建议
12.1	支付结算概述	
12.1.1	支付结算概述	一般了解
12.2	票据结算之外的结算方式	
12.2.1	汇兑	应当记住
12.2.2	托收承付	应当记住
12.2.3	委托收款	应当记住
12.2.4	银行卡	应当记住
12.2.5	电子支付	应当记住
12.3	结算纪律和结算责任	

续表

知识点	第十二章 支付结算法律制度	学习建议
12.3.1	结算纪律和结算责任	应当记住
12.4	人民币银行结算账户管理制度	
12.4.1	银行结算账户管理制度概述	应当记住
12.4.2	银行结算账户的开立	应当记住
12.4.3	银行结算账户的使用	应当记住
12.4.4	银行结算账户的变更与撤销	一般了解
12.4.5	违反银行账户结算管理制度的处罚	一般了解

知识点精讲

12.1 支付结算概述

12.1.1 支付结算概述

Ⅰ. 考点分析

1. 支付结算是单位、个人在社会经济活动中使用票据、银行卡和汇兑、托收承付、委托收款等结算方式进行货币给付及其资金清算的行为。

2. 支付结算有以下法律特征：（1）支付结算必须通过中国人民银行批准的金融机构进行；（2）支付结算是一种要式行为；（3）支付结算的发生取决于委托人的意志；（4）支付结算实行统一管理和分级管理相结合的管理体制；（5）支付结算必须依法进行。票据和结算凭证是办理支付结算的工具，作为要式行为来说，中国人民银行对其格式及填写均有统一规定。考生在复习本知识点时，要掌握票据和结算凭证填写的具体要求，这一内容会在考试中出现，如 2001 年多项选择题第 13 题：根据有关规定，单位在填写票据时，下列选项中，应当遵守的有（　　）。

A. 金额以中文大写和阿拉伯数字同时记载并一致

B. 收款人名称必须清楚并不得更改

C. 签章应为单位的财务专用章或者公章加其法定代表人或其授权的代理人的签名或者盖章

D. 标明签发票据的原因

本题答案为 A、B、C。单位在填写票据时，应遵守以下规定：票据和结算凭证的金额须以中文大写和阿拉伯数字同时记载，两者必须一致；票据和结算凭证的金额、出票或签发日期、收款人名称不得更改；单位、银行在票据上的签章和单位在结算凭证上的签章，为该单位、银行的盖章加其法定代表人或其授权的代理人的签名或盖章等规定。

3. 支付结算有以下基本原则：（1）恪守信用，履约付款；（2）谁的钱进谁的账，由谁支配；（3）银行不垫款。上述三项原则分别针对付款人、收款人和银行三个主体，并构成一个有机整体。

【要点提示】 一般了解：①支付结算的概念；②支付结算的特征；③支付结算的原则；④支付结算的法律依据。

Ⅱ. 经典例题

1. ［多项选择题］支付结算有以下法律特征：（　　）。

A. 支付结算必须通过中国人民银行批准的金融机构进行

B. 支付结算是一种要式行为

C. 支付结算的发生取决于委托人的意志

D. 支付结算实行统一管理和分级管理相结合的管理体制

【答案】 A B C D

【解析】 支付结算有以下法律特征：（1）支付结算必须通过中国人民银行批准的金融机构进行；（2）支付结算是一种要式行为；（3）支付结算的发生取决于委托人的意志；（4）支付结算实行统一管理和分级管理相结合的管理体制；（5）支付

结算必须依法进行。

2. ［判断题］支付结算有以下基本原则：（1）恪守信用，履约付款；（2）谁的钱进谁的账，由谁支配；（3）银行不垫款。上述三项原则分别针对付款人、收款人和银行三个主体，并构成一个有机整体。（　　）

【答案】 √

【解析】 支付结算有恪守信用，履约付款；谁的钱进谁的账，由谁支配；银行不垫款三项原则分别针对付款人、收款人和银行三个主体，并构成一个有机整体。

Ⅲ. 相关链接

银行不垫款原则和银行承兑汇票中银行的绝对付款责任之运用。

12. 2　票据结算之外的结算方式

12. 2. 1　汇兑

Ⅰ. 考点分析

1. 汇兑是指汇款人委托银行将其款项支付给收款人的结算方式。汇兑分为信汇与电汇两种方式。

2. 汇兑的办理程序

（1）汇款人签发汇兑凭证。汇款人签发汇兑凭证时，必须记载下列事项：①表明"信汇"或"电汇"的字样；②无条件支付的委托；③确定的金额；④收款人名称；⑤汇款人名称；⑥汇入地点、汇入行名称；⑦汇出地点、汇出行名称；⑧委托日期；⑨汇款人签章。凡汇兑凭证上欠缺上列记载事项之一的，银行不予受理。

（2）汇出银行受理汇兑凭证，并进行认真审查。汇出银行审查无误后，应及时向汇入银行办理汇款，并向汇款人签发汇款回单。

（3）汇入银行接收汇出银行的汇兑凭证之后，应审查汇兑凭证上联行专用章与联行报单印章是否一致，无误后，根据收款人的不同情况进行审查并办理付款手续。

3. 汇兑的撤销和退汇

（1）汇兑的撤销。这是指汇款人对汇出银行尚未汇出的款项，向汇出银行申请撤销的行为。在申请撤销时，汇款人应出具正式函件或本人身份证件及原信、电汇回单。转汇银行不得受理汇款人或汇出银行对汇款的撤销。

（2）汇兑的退汇。这是指汇款人对汇出银行已经汇出的款项申请退回汇款的行为。对在汇入银行开立存款账户的收款人，由汇款人与收款人自行联系退汇。对在汇入银行未开立存款账户的收款人，汇款人应出具正式函件或本人身份证件以及原信、电汇回单，由汇出银行通知汇入银行，经汇入银行核实汇款确未支付，并将款项退回汇出银行，方可办理退汇。转汇银行不得受理汇款人或汇出银行对汇款的退汇。

汇入银行对于收款人拒绝接受的汇款，应即办理退汇。汇入银行对于向收款人发出取款通知，经过 2 个月无法交付的汇款，应主动办理退汇。

请考生注意转账支付与转汇的区别：前者是原收款人将款项转入新收款人的账户用于支付；后者是原收款人将款项转到其他银行仍由自己收款。

【要点提示】 ①汇兑的概念；②汇兑的办理程序；③汇兑的撤销和退汇。

Ⅱ. 经典例题

1. ［2002 年判断题第 13 题］汇兑的汇入银行对于向收款人发出取款通知，经过 1 个月无法交付的汇款，应主动办理退汇。（ ）

【答案】 ×

【解析】 法律规定，汇兑的汇入银行对于向收款人发出取款通知，经过 2 个月无法交付的汇款，应主动办理退汇。

2. ［判断题］对在汇入银行未开立存款账户的收款人，汇款人应出具正式函件或本人身份证件以及原信、电汇回单，由汇出银行通知汇入银行，经汇入银行核实汇款确未支付，并将款项退回汇出银行，方可办理退汇。（ ）

【答案】 √

【解析】 根据规定，对在汇入银行未开立存款账户的收款人，汇款人应出具正式函件或本人身份证件以及原信、电汇回单，由汇出银行通知汇入银行，经汇入银行核实汇款确未支付，并将款项退回汇出银行，方可办理退汇。

12.2.2 托收承付

Ⅰ. 考点分析

1. 托收承付亦称异地托收承付，是指根据购销合同由收款人发货后委托银行向异地付款人收取款项，由付款人向银行承认付款的结算方式。

托收承付结算每笔的金额起点为 1 万元，新华书店系统每笔的金额起点为 1 千元。

2. 托收承付的适用范围：（1）收款单位与付款单位必须是国有企业、供销合作社以及经营管理较好，并经开户银行审查同意的城乡集体所有制工业企业；（2）结算款项必须是商品交易以及因商品交易而产生的劳务供应的款项。代销、寄销、赊销商品的款项，不得办理托收承付结算。

3. 托收承付的适用条件：（1）收付双方签有符合《合同法》规定的购销合同，并在合同上订明使用该种结算方式；（2）收款人办理托收，必须具有商品确已发运的证件或其他有关证件；（3）双方必须重合同、守信用。如果收款人对同一付款人发货累计 3 次收不回货款的，或者付款人累计 3 次提出无理拒付的，银行应暂停办理托收。

4. 当事人签发托收承付凭证时，必须记载的事项有：（1）表明"托收承付"的字样；（2）确定的金额；（3）付款人名称及账号；（4）收款人名称及账号；（5）付款人开户银行名称；（6）收款人开户银行名称；（7）托收附寄单证张数或册数；（8）合同名称、号码；（9）委托日期；（10）收款人签章。托收承付凭证上欠缺记载上述事项之一的，银行不予受理。

5. 托收与承付。托收即收款人根据购销合同发货后委托银行向付款人收取款项的行为。承付即由付款人向银行承认付款的行为。托收与承付的具体办理手续参看教材相关内容，注意验单付款和验货付款的承付期。

6. 托收承付逾期付款的处理：（1）逾期付款赔偿金为每天万分之五；（2）赔偿金实行定期扣付，每月计算一次，于次月 3 日内单独划给收款人；（3）付款人开户银行必须及时扣划逾期未付款项和赔偿金；（4）对三次拖欠货款的付款人，停止办理托收；（5）付款人开户银行对逾期未付的托收凭证，负责进行扣款的期限为 3 个月。

7. 托收承付遇以下情况的，可以拒绝付款：（1）没有签订购销合同，或合同未订明以托收承付方式结算；（2）未经双方事先达成协议，收款人提前交货或因逾期交货，付款人不需要该项货物；（3）未按合同约定的到货地址发货；（4）代销、寄销、赊销商品的；（5）验单付款，发现所列货物与合同规定不符；（6）验货付款，发现货物与合同约定或发货清单不符；（7）货款已经支付或计算有错误。此处请考生注意外贸部门托收进口商品的款项不能拒付的问题。

【要点提示】 此部分是考试的重点出题点。①托收承付的概念；②托收承付的适用范围；③托收承付的适用条件；④托收承付凭证的格式，即当事人签发托收承付凭证时所必须记载的事项；⑤托收与承兑的区别；⑥托收承付逾期付款的处理；⑦托收承付可以拒绝付款的情况。

Ⅱ. 经典例题

1. ［2006 年判断题第 9 题］个体工商户和个人不能通过托收承付结算方式进行结算。（ ）

【答案】 √

【解析】 托收承付的适用范围为：（1）收款单位与付款单位必须是国有企业、供销合作社以及经营管理较好，并经开户银行审查同意的城乡集体所有制工业企业；（2）结算款项必须是商品交易以及因商品交易而产生的劳务供应的款项。代销、寄销、赊销商品的款项，不得办理托收承付结算。

2. ［2005 年单项选择题第 14 题］下列（ ）项适用托收承付的结算方式。

A. 供销社与国有企业之间的商品交易款项

B. 供销社为国有企业代销商品应支付的款项

C. 集体所有制企业向国有企业提供劳务应收取的款项

D. 集体所有制企业向国有企业赊销商品应收取的款项

【答案】A

【解析】法律规定，适用托收承付结算方式的收款单位与付款单位必须是国有企业、供销合作社以及经营管理较好，并经开户银行审查同意的城乡集体所有制工业企业；结算的款项必须是商品交易以及因商品交易而产生的劳务供应的款项。代销、寄销、赊销商品的款项，不得办理托收承付结算。

3. [2004 年多项选择题第 15 题] 根据支付结算的有关规定，托收承付的付款人，有正当理由的，可以向银行提出全部或部分拒绝付款。下列选项中，托收承付的付款人可以拒绝付款的款项有（　）。

A. 代销商品发生的款项

B. 购销合同中未订明以托收承付结算方式结算的款项

C. 货物已经依照合同规定发运到指定地址，付款人尚未提取货物的款项

D. 因逾期交货，付款人不需要该项货物的款项

【答案】ABD

【解析】法律规定，托收承付遇以下情况的，可以拒绝付款：（1）没有签订购销合同，或合同未订明以托收承付方式结算；（2）未经双方事先达成协议，收款人提前交货或因逾期交货，付款人不需要该项货物；（3）未按合同约定的到货地址发货；（4）代销、寄销、赊销商品的；（5）验单付款，发现所列货物与合同规定不符；（6）验货付款，发现货物与合同约定或发货清单不符；（7）货款已经支付或计算有错误。

4. [2001 年多项选择题第 14 题] 2000 年 5 月，甲公司在办理托收承付结算时，遭到银行拒绝，在与银行交涉时，银行业务员张先生陈述的下列理由中，正确的有（　）。

A. 合同中没有订明使用异地托收承付结算方式

B. 签发托收承付凭证时未注明托收附寄单证的张数

C. 收款人对同一付款人发货托收已累计 3 次未收回货款

D. 本笔托收承付的金额只有 9 万元

【答案】ABC

【解析】托收承付双方必须签有符合《合同法》的购销合同，并在合同上订明使用托收承付结算方式。托收承付凭证必须注明托收附寄单证的张数。收付双方必须重合同、守信用，收款人对同一付款人发货托收累计 3 次收不回货款的，收

款人开户银行应暂停收款人向该付款人办理托收；付款人累计 3 次提出无理拒付的，付款人开户银行应暂停其向外办理托收。托收承付结算每笔的金额起点为 1 万元，新华书店系统每笔的金额起点为 1 000 元。

12.2.3　委托收款

Ⅰ. 考点分析

1. 委托收款是收款人委托银行向付款人收取款项的结算方式，分邮寄和电报划回两种。

2. 委托收款凭证必须记载的事项有：（1）表明"委托收款"字样；（2）确定的金额；（3）付款人名称；（4）收款人名称；（5）委托收款凭据名称及附寄单证张数；（6）委托日期；（7）收款人签章。欠缺上述记载的，银行不予受理。

3. 委托收款中的付款时间与以往规定不同，改变了原来统一 3 天的付款期，应注意掌握：以银行为付款人的，银行应在当日付款；以单位为付款人的，银行应及时通知付款人，付款人应于接到通知的当日书面通知银行付款，如果付款人未在接到通知日的次日起 3 日内通知银行付款，视同付款人同意付款，由银行在第 4 日上午开始营业时划款给付款人。考生还应掌握银行在办理划款时，发现付款人存款账户不足的处理办法。如 2003 年单项选择题第 13 题：甲公司委托乙银行向丙企业收取款项，丙企业开户银行在债务证明到期日办理划款时，发现丙企业存款账户不足支付的，可以采取的行为是（　）。

A. 直接向甲公司出具拒绝支付证明

B. 应通过乙银行向甲公司发出未付款通知书

C. 先按委托收款凭证及债务证明标明的金额向甲公司付款，然后向丙企业追索

D. 应通知丙企业存足相应款项，如果丙企业在规定的时间内未存足款项的，再向乙银行出具拒绝支付证明

本题答案只能选 B，法律规定，银行在办理划款时，发现付款人存款账户不足支付的，应通过被委托银行向收款人发出未付款通知书。

4. 在委托收款方式中，付款人可办理拒绝付款，但应在接到通知的次日起 3 日内出具拒绝证明。

【要点提示】①委托收款的概念；②委托收款凭证的格式，即委托收款凭证必须记载的事项；③委托收款中付款时间改变了原来统一 3 天的付款期；④委托收款的方式；⑤付款人拒绝付款。

Ⅱ. 经典例题

[2000 年多项选择题第 16 题] 根据《支付结算办法》的规定，当事人签发委托收款凭证时，下列选项中，属于必须记载的事项有（　）。

A. 确定的金额和付款人名称

B. 委托收款凭据名称及附寄单证张数

C. 收款人名称和收款人签章

D. 收款日期

【答案】A B C

【解析】当事人签发委托收款证明时，必须记载以下事项：（1）表明"委托收款"字样；（2）确定的金额；（3）付款人名称；（4）收款人名称；（5）委托收款凭据名称及附寄单证张数；（6）委托日期；（7）收款人签章。欠缺上述记载的，银行不予受理。

12.2.4 银行卡

Ⅰ.考点分析

1. 银行卡是指由商业银行向社会发行的，具有消费信用、转账结算、存取现金等全部或部分功能的信用支付工具。银行卡的种类包括信用卡和借记卡等。

2. 银行卡的发行主体为经中国人民银行批准的商业银行（包括外资银行、合资银行）。申请发行银行卡的商业银行必须具备法定条件。

3. 银行卡的计息和收费标准（详见教材，此处请考生特别注意《中国银联入网机构银行卡跨行交易收益分配办法》的规定，这是2004年修改的内容）。

4. 银行卡的风险管理，尤其是信用卡的风险控制指标。此知识点内容较多，也较难掌握，但会在考试中出现。如2004年单项选择题第13题：根据银行卡业务管理办法的规定，信用卡持卡人的透支发生额不能超过一定的限度。下列有关信用卡透支额的表述中，正确的是（ ）。

A. 单位卡的同一账户月透支余额不得超过发卡银行对其综合授信额度的5%

B. 单位卡的同一持卡人单笔透支发生额不得超过4万元（含等值外币）

C. 个人卡的同一账户月透支余额不得超过6万元（含等值外币）

D. 个人卡的同一持卡人单笔透支发生额不得超过2万元（含等值外币）

本题答案为D。《银行卡业务管理办法》规定：同一持卡人单笔透支发生额个人卡不得超过2万元（含等值外币）、单位卡不得超过5万元（含等值外币）；同一账户月透支余额个人卡不得超过5万元（含等值外币），单位卡不得超过发卡银行对该单位综合授信额度的3%。无综合授信额度可参照的单位，其月透支余额不得超过10万元（含等值外币）。

【要点提示】注意2004年把pos跨行交易商户结算手续费作为新增考点。①银行卡的概念和种类；②银行卡的发行主体；③银行卡的计息和收费标准；④银行卡的风险管理，尤其是信用卡的风险控制标准。

Ⅱ.经典例题

1. [2007年判断题第9题] 银行卡发卡银行应当向持卡人提供对账服务，按月提供对账单。即使自上一月份结单后，持卡人账户没有进行任何交易，也没有任何未偿还余额，发卡银行仍须向持卡人提供账户结单。（ ）

【答案】×

【解析】本题考核发卡银行应当向持卡人提供对账服务的规定。根据规定，自上一份月结单后，没有进行任何交易，账户没有任何交易，账户没有任何未偿还余额的，发卡银行"可以不向"持卡人提供账户结单。

2. [2002年单项选择题第16题] 王某使用银行卡支付宾馆住宿费1万元。根据银行卡业务管理规定，银行办理该银行卡收单业务收取的结算手续费应不得低于（ ）元。

A. 20   B. 50   C. 100   D. 200

【答案】D

【解析】法律规定，商业银行办理银行卡收单业务，应当按标准收取结算手续费，其中宾馆业不得低于交易金额的2%。

3. [2002年判断题第14题] 甲发现用银行卡在乙商场购买的一台电视机存在质量问题，遂要求乙商场退货。乙商场在办理退货手续时以现金方式退还给甲支付的价款，并将退货单送交收单银行。乙商场的行为不符合银行卡业务管理的规定。（ ）

【答案】×

【解析】法律规定，持卡人要求退货的，特约单位应当使用退货单办理压（刷）卡，不能退还现金。

12.2.5 电子支付

Ⅰ.考点分析

电子支付可以分为网上支付、电话支付、移动支付、销售点终端交易、自动柜员机交易和其他电子支付等类型。

电子支付应当符合以下基本要求：（1）……（2）电子支付的当事人之间应当签订书面合同或协议。（3）客户办理电子支付业务应当在银行开立银行结算账户（以下简称账户）。（4）电子支付指令与纸质支付凭证可以相互转换，二者具有同等效力。

客户提出终止电子支付协议或银行停止为客户办理电子支付业务的，银行应当按会计档案的管理要求妥善保存客户的申请资料，保存期限至电子支付业务终止后5年。

电子支付指令确认的日志文件等记录，保存至交易后5年。

电子支付的限制金额：（1）银行通过互联网为个人客户办理电子支付业务，除采用数字证书、电子签名等安全认证方式外，单笔金额不应超过1 000元人民币，每日累计金额不应超过5 000元人民币；（2）银行为客户办理电子支付业务，单位客户从其银行结算账户支付给个人银行结算账户的款项，其单笔金额不得超过 5 万元人民币，但银行与客户通过协议约定，能够事先提供有效付款依据的除外；（3）银行应在客户的信用卡授信额度内，设定用于网上支付交易的额度供客户选择，但该额度不得超过信用卡的预借现金额度。

电子支付交易数据以纸介质或磁性介质的方式进行保存，保存期限为 5 年。

银行应采取有效措施保证电子支付业务处理系统中的职责分离：（1）……（2）开发和管理经营电子支付业务处理系统的人员维持分离状态；（3）交易程序和内控制度的设计确保任何单个的雇员和外部服务供应商都无法独立完成一项交易。

电子支付交易数据出现差错时，应当依照下列情况承担责任：（1）因银行自身系统、内控制度或为其提供服务的第三方服务机构的原因，造成电子支付指令无法按约定时间传递、传递不完整或被篡改，并造成客户损失的，银行应按约定予以赔偿。（2）因第三方服务机构的原因造成客户损失的，银行应予赔偿，再根据与第三方服务机构的协议进行追偿。（3）因客户原因造成自身损失的，应当由自己承担损失责任。（4）因银行（包括第三方服务机构）和客户共同的原因造成损失的，应当依据各自的过错大小，由相应的责任人承担相应的过错责任。

【要点提示】作为新的知识点，在 2007 年的考试中出现，应予以足够的重视。①电子支付的概念；②电子支付应该符合的基本要求；③电子支付的限制金额；④电子支付交易数据的保存方式和年限；⑤在电子支付业务处理系统中，银行应采取有效措施以保证一些职权分离；⑥电子支付交易数据出现差错应承担的责任。

Ⅱ. 经典例题

1. [2007 年单项选择题第 10 题] 根据有关规定，银行通过互联网为个人客户办理电子支付业务，除采用数字证书、电子签名等安全认证方式外，单笔金额和每日累计金额分别不应超过一定数额。该数额为（　　）。

A. 单笔金额不得超过 500 元，每日累计金额不得超过 2 000 元

B. 单笔金额不得超过 1 000 元，每日累计金额不得超过 5 000 元

C. 单笔金额不得超过 2 000 元，每日累计金额不得超过 5 000 元

D. 单笔金额不得超过 10 000 元，每日累计金额不得超过 20 000 元

【答案】B

【解析】本题考核电子支付的相关规定。根据规定，银行通过互联网为个人客户办理电子支付业务，除采用数字证书、电子签名等安全认证方式外，单笔金额不应超过 1 000 元人民币，每日累

计金额不应超过 5 000 元人民币。

2. [2007 年判断题第 9 题] 银行卡发卡银行应当向持卡人提供对账服务，按月提供对账结单。即使自上一月份结单后，持卡人账户没有进行任何交易，也没有任何未偿还余额，发卡银行仍须向持卡人提供账户结单。（　　）

【答案】×

【解析】本题考核发卡银行应当向持卡人提供对账服务的规定。根据规定，自上一月份结单后，没有进行任何交易，账户没有任何交易，账户没有任何未偿还余额的，发卡银行"可以不向"持卡人提供账户结单。

12.3　结算纪律和结算责任

12.3.1　结算纪律和结算责任

Ⅰ. 考点分析

1. 单位和个人的结算纪律为：（1）不准套取银行信用，签发空头支票、印章与预留印鉴不符支票和远期支票以及没有资金保证的票据；（2）不准无理拒付，任意占用他人资金；（3）不准违反规定出租和借用账户；（4）不准签发、取得和转让没有真实交易和债权债务的票据，套取银行和他人资金。

2. 银行的结算纪律为：（1）不准以任何理由压票、任意退票、截留挪用客户和他行的资金、受理无理拒付、不扣少扣滞纳金；（2）不准在结算制度之外规定附加条件，影响汇路通畅；（3）不准违反规定为单位和个人开立账户；（4）不准拒绝受理、代理他行正常结算业务；（5）不准放弃对企事业单位和个人违反结算纪律的制裁；（6）不准违章签发、承兑、贴现票据，套取银行资金；（7）不准超额占用联行汇差资金、转嫁资金矛盾；（8）不准逃避向人民银行转汇大额汇划款项和清算大额银行汇票资金；（9）不准签发空头银行汇票、银行本票和办理空头汇款；（10）不准无理拒绝支付应由银行支付的票据款项。

3. 结算责任。此知识点内容非常具体，也较难背，但考生应当准确掌握，因为会在考题中出现。如 2001 年单项选择题第 13 题：一张票款为 18 000 元的商业承兑汇票到期，付款人不能支付票款。根据支付结算的有关规定，付款人应受到罚款处罚，其罚款额至少为（　　）元。

A. 360　　　　　　　　B. 540

C. 900　　　　　　　　D. 1 000

法律规定，商业承兑汇票到期，付款人不能支付票款的，按票面金额对其处以 5% 但不低于 1 000 元的罚款。

【要点提示】此部分要重点掌握。①单位和个人的结算纪律；②银行办理的结算纪律；③单位办理结算的责任。

Ⅱ. 经典例题

1. [2007 年单项选择题第 11 题] 一张金额为

16 000 元的商业承兑汇票到期，付款人不能支付票款。根据支付结算管理的相关规定，付款人应受到罚款的处罚。该罚款数额应为（　　）。

A. 160 元　　　　　　B. 320 元

C. 800 元　　　　　　D. 1 000 元

【答案】D

【解析】本题考核商业承兑汇票到期，付款人不能支付票款的法律责任。根据规定，商业承兑汇票到期，付款人不能支付票款，按票面金额对其处以 5% 但不低于 1 000 元的罚款。本题中，按照 5% 计算的金额为 800 元，低于了 1 000 元，因此应按 1 000 元来对其进行处罚。

2. ［2000 年单项选择题第 14 题］一张商业承兑汇票金额为 15 万元，5 月 10 日到期，付款人不能支付票款。根据《支付结算办法》的有关规定，对付款人应处以的罚款数额为（　　）。

A. 10 500 元　　　　B. 7 500 元

C. 1 050 元　　　　　D. 750 元

【答案】B

【解析】商业承兑汇票到期，付款人不能支付票款的，按票面金额对其处以 5%，但不低于 1 000 元的罚款。罚款数额 = 150 000 × 5% = 7 500（元）。

12.4　人民币银行结算账户管理制度

12.4.1　银行结算账户管理制度概述

Ⅰ．考点分析

1. 银行结算账户的特点：（1）办理人民币业务；（2）办理资金收付结算业务；（3）是活期存款账户。

2. 银行结算账户依据存款人的不同划分，可以分为单位银行结算账户和个人银行结算账户。单位银行结算账户按照用途不同，可以分为基本存款账户、一般存款账户、专用存款账户、临时存款账户、合格境外机构投资者在境内从事证券投资开立的人民币特殊账户和人民币结算资金账户。

【要点提示】2004 年增加的。①银行结算账户的特点和不同划分；②银行结算账户的开立，包括基本存款账户，一般存款账户，专用存款账户，临时存款账户，个人存款账户和异地存款账户。

Ⅱ．经典例题

1. ［2004 年判断题第 13 题］人民币银行结算账户既可以作为存款人的活期存款账户，也可以作为存款人的定期存款账户。（　　）

【答案】×

【解析】法律规定，人民币银行结算账户，是指银行为存款人开立的办理资金收付结算的人民币活期存款账户。

2. ［多项选择题］银行结算账户管理应当遵守的基本原则是（　　）。

A. 一个基本账户原则

B. 自主选择银行开立银行结算账户原则

C. 银行结算账户信息保密原则

D. 守法原则

【答案】A B C D

【解析】银行结算账户管理应当遵守的基本原则：一个基本账户原则；自主选择银行开立银行结算账户原则；银行结算账户信息保密原则和守法原则。

12.4.2　银行结算账户的开立

Ⅰ．考点分析

存款人开立银行结算账户应当以实名开立，并对其出具的开户申请资料实质内容的真实性负责，但法律、行政法规另有规定的除外。

下列存款人可以申请开立基本存款账户：（1）企业法人；（2）非法人企业；（3）机关、事业单位；（4）团级（含）以上军队、武警部队及分散执勤的支（分）队；（5）社会团体；（6）民办非企业组织；（7）异地常设机构；（8）外国驻华机构；（9）个体工商户；（10）居民委员会、村民委员会、社区委员会；（11）单位设立的独立核算的附属机构；（12）其他组织。

对下列资金的管理与使用，存款人可以申请开立专用存款账户：（1）基本建设资金；（2）更新改造资金；（3）财政预算外资金；（4）粮、棉、油收购资金；（5）证券交易结算资金；（6）期货交易保证金；（7）信托基金；（8）金融机构存放同业资金；（9）政策性房地产开发资金；（10）单位银行卡备用金；（11）住房基金；（12）社会保障基金；（13）收入汇缴资金和业务支出资金；（14）党、团、工会设在单位的组织机构经费；（15）其他需要专项管理和使用的资金。合格境外机构投资者在境内从事证券投资开立的人民币特殊账户和人民币结算资金账户纳入专用存款账户管理。

存款人有下列情况的，可以申请开立临时存款账户：（1）设立临时机构；（2）异地临时经营活动；（3）注册验资。

存款人有下列情形之一的，可以在异地开立有关银行结算账户：（1）营业执照注册地与经营地不在同一行政区域（跨省、市、县）需要开立基本账户的；（2）办理异地借款和其他结算需要开立一般存款账户的；（3）存款人因附属的非独立核算单位或派出机构发生的收入汇缴或业务支出需要开立专用存款账户的；（4）异地临时经营活动需要开立临时存款账户的；（5）自然人根据需要在异地开立个人银行结算账户的。

开立一般存款账户没有限制条件且没有数量限制。开立基本存款账户、临时存款账户和预算单位专用存款账户都要经中国人民银行核准；而开立一般存款账户，其他专用存款账户和个人银行结算账户都实行备案制，无须中国人民银行核准。

存款人在开立银行结算账户过程中，应当注意以下问题：（1）存款人为单位的，其预留签章为该单位的公章或财务专用章加其法定代表人（单位负责人）或其授权的代理人的签名或盖章；存款人为个人的，其预留签章为该个人的签名或者盖章。（2）存款人申请开立的银行结算账户的账户名称、出具的开户证明文件上记载的存款人名称以及预留银行签章中的公章或财务专用章的名称应当保持一致。但是，在下列情形下，可以不一致：①因注册验资开立的临时存款账户；②预留银行签章中公章或财务专用章的名称依法可使用简称的；③没有字号的个体工商户开立的银行结算账户。（3）……（4）……

【要点提示】银行结算账户的开立，包括基本存款账户，一般存款账户，专用存款账户，临时存款账户，个人存款账户和异地存款账户的开立条件；②开立过程中需注意的问题。

Ⅱ．经典例题

1. ［2004年多项选择题第14题］根据人民币银行结算账户管理的有关规定，存款人申请开立的下列人民币银行结算账户中，应当报送中国人民银行当地分支行核准的有（　　）

A．预算单位专用存款账户

B．临时存款账户

C．个人存款账户

D．异地一般存款账户

【答案】A B

【解析】法律规定，开立一般存款账户、其他专用存款账户和个人银行结算账户都实行备案制，无须中国人民银行核准。而开立基本存款账户、临时存款账户和预算单位专用存款账户都要经中国人民银行核准。

2. ［2001年判断题第14题］企业法人内部单位，只要是单独核算的，就可以申请开立基本存款账户。（　　）

【答案】√

【解析】企业法人内部单独核算的单位，可以申请设立基本存款账户。

12.4.3　银行结算账户的使用

Ⅰ．考点分析

基本存款账户是存款人的主办账户。该账户主要办理存款人日常经营活动的资金收付及其工资、奖金和现金的支取。

一般存款账户用于办理存款人借款转存、借款归还和其他结算的资金收付。该账户可以办理现金缴存，但不得办理现金支取。

专用存款账户用于办理各项专用资金的收付，其使用范围包括：（1）单位银行卡账户的资金必须由其基本存款账户转账存入。该账户不得办理现金收付业务。（2）财政预算外资金、证券交易结算资金、期货交易保证金和信托基金专用存款账户，不得支取现金。（3）基本建设资金、更新改造资金、政策性房地产开发资金、金融机构存

放同业资金账户需要支取现金的，应在开户时报中国人民银行当地分支行批准。（4）粮、棉、油收购资金、社会保障基金、住房基金和党、团、工会经费等专用存款账户支取现金应按照国家现金管理的规定办理。（5）收入汇缴账户除向其基本存款账户或预算外资金财政专用存款户划缴款项外，只收不付，不得支取现金。业务支出账户除从其基本存款账户拨入款项外，只付不收，其现金支取必须按照国家现金管理的规定办理。

临时存款账户用于办理临时机构以及存款人临时经营活动发生的资金收付。

个人银行结算账户用于办理个人转账收付和现金存取。下列款项可以转入个人银行结算账户：（1）工资、奖金收入；（2）稿费、演出费等劳务收入；（3）债券、期货、信托等投资的本金和收益；（4）个人债权或产权转让收益；（5）个人贷款转存；（6）证券交易结算资金和期货交易保证金；（7）继承、赠与款项；（8）保险理赔、保费退还等款项；（9）纳税退还；（10）农、副、矿产品销售收入；（11）其他合法款项。

银行结算账户使用过程中应当注意的事项包括：（1）存款人开立单位银行结算账户，自正式开立之日起3个工作日后，方可办理付款业务。但注册验资的临时存款账户转为基本存款账户和因借款转存开立的一般存款账户除外。该"正式开立之日"是指账户为中国人民银行当地分支行的核准日期，非银行为存款人办理开户手续的日期。（2）存款人不得出租、出借银行结算账户，不得利用银行结算账户套取银行信用。（3）存款人在同一营业机构撤销银行结算账户后重新开立银行结算账户时，重新开立的银行结算账户可自开立之日起办理付款业务。（4）注册验资的临时存款账户在验资期间只收不付。（5）单位从其银行结算账户支付给个人银行结算账户的款项，且每笔超过5万元的，应向其开户银行提供下列付款依据：①代发工资协议和收款人清单；②奖励证明；③新闻出版、演出主办等单位与收款人签订的劳务合同或支付给个人款项的证明；④证券公司、期货公司、信托投资公司、奖券发行或承销部门支付或退还给自然人款项的证明；⑤债权或产权转让协议；⑥借款合同；⑦保险公司的证明；⑧税收征管部门的证明；⑨农、副、矿产品购销合同；其他合法款项的证明。

【要点提示】2004年新增知识点。①基本存款账户的概念；②一般存款账户的概念；③专用存款账户的使用范围；④可以转入个人银行结算账户的款项；⑤银行结算账户使用过程中应当注意的事项，尤其是关于办理现金支取的规定。

Ⅱ．经典例题

1. ［2006年单项选择题第15题］根据支付结

算制度的规定，下列存款账户中，可以用于办理现金支取的是（   ）。

    A. 证券交易结算资金专用存款账户

    B. 一般存款账户

    C. 信托基金专用存款账户

    D. 临时存款账户

【答案】D

【解析】一般存款账户用于办理存款人借款转存、借款归还和其他结算的资金收付。该账户可以办理现金缴存，但不得办理现金支取。临时存款账户用于办理临时机构以及存款人临时经营活动发生的资金收付。

2. [2005年多项选择题第15题] 根据人民币银行结算账户管理的有关规定，下列专用存款账户中，经过中国人民银行批准可以支取现金的有（   ）。

    A. 单位银行卡专用存款账户

    B. 财政预算外资金专用存款账户

    C. 金融机构存放同业资金专用存款账户

    D. 政策性房地产开发资金专用存款账户

【答案】C D

【解析】(1) 单位银行卡账户的资金必须由其基本存款账户转账存入。该账户不得办理现金收付业务。(2) 财政预算外资金、证券交易结算资金、期货交易保证金和信托基金专用存款账户，不得支取现金。(3) 基本建设资金、更新改造资金、政策性房地产开发资金、金融机构存放同业资金账户需要支取现金的，应在开户时报中国人民银行当地分支行批准。

3. [2005年多项选择题第18题] 根据人民币银行结算账户管理的有关规定，下列款项中，可以转入个人银行结算账户的有（   ）。

    A. 出版单位支付给个人稿费5万元

    B. 期货公司退还个人交存的交易保证金10万元

    C. 保险公司向个人支付的理赔款15万元

    D. 单位向个人支付的薪酬

【答案】A B C D

【解析】法律规定，个人银行结算账户用于办理个人转账收付和现金存取。

12.4.4 银行账户结算的变更与撤销

Ⅰ. 考点分析

银行结算账户的存款人名称发生变更，但不改变开户银行及账号的，应于5个工作日内向开户银行提出银行结算账户的变更申请，并出具有关部门的证明文件。

单位的法定代表人或主要负责人、住址以及其他开户资料发生变更时，应于5个工作日内书面通知开户银行并提供有关证明。

发生下列事项之一的，存款人应向开户银行提出撤销银行结算账户的申请：(1) 被撤并、解散、宣告破产或关闭的；(2) 注销、被吊销营业执照的；(3) 因迁址需要变更开户银行的；(4) 其他原因需要撤销银行结算账户的。

存款人发生被撤并、解散、宣告破产或关闭，或被注销、被吊销营业执照等主体资格终止的，应于5个工作日内向开户银行提出撤销银行结算账户的申请。存款人主体资格终止后，撤销银行结算账户的，应当先撤销一般存款账户、专用存款账户、临时存款账户，将账户资金转入基本存款账户后，方可办理基本存款账户的撤销。存款人应撤销而未办理销户手续的单位银行结算账户或银行对一年未发生收付活动且未欠开户银行债务的单位银行结算账户，应通知单位自发出通知之日起30日内办理销户手续，逾期视同自愿销户，未划转款项列入久悬未取专户管理。

银行结算账户管理档案的保管期限为银行结算账户撤销后10年。

【要点提示】①银行结算账户变更应办理的手续；②存款人应向开户银行提出撤销银行结算账户申请的事由和手续以及应注意的事项；③存款人发生被撤并、解散、宣告破产或关闭，或被注销、被吊销营业执照等主体资格终止的程序。

Ⅱ. 经典例题

1. [多项选择题] 发生下列事项之一的，存款人应向开户银行提出撤销银行结算账户的申请：(   )。

    A. 被撤并、解散、宣告破产或关闭的

    B. 注销、被吊销营业执照的

    C. 因迁址需要变更开户银行的

    D. 其他原因需要撤销银行结算账户的

【答案】A B C D

【解析】发生下列事项之一的，存款人应向开户银行提出撤销银行结算账户的申请：(1) 被撤并、解散、宣告破产或关闭的；(2) 注销、被吊销营业执照的；(3) 因迁址需要变更开户银行的；(4) 其他原因需要撤销银行结算账户的。

2. [判断题] 存款人发生被撤并、解散、宣告破产或关闭，或被注销、被吊销营业执照等主体资格终止的，应于10个工作日内向开户银行提出撤销银行结算账户的申请。（   ）

【答案】×

【解析】存款人发生被撤并、解散、宣告破产或关闭，或被注销、被吊销营业执照等主体资格终止的，应于5个工作日内向开户银行提出撤销银行结算账户的申请。

12.4.5 违反银行账户结算管理制度的处罚

Ⅰ. 考点分析

违反银行账户结算管理制度的处罚包括对存款人和银行及有关人员的处罚两个方面的内容，考生应当认真掌握具体的违法行为以及处罚办法。

当事人	行　为	罚　则
存款人	违反规定开立银行结算账户	非经营性的存款人，给予警告并处以 1 000 元的罚款；经营性的存款人，给予警告并处以 1 万元以上 3 万元以下的罚款；构成犯罪的，移交司法机关追究刑事责任。
	伪造、变造证明文件欺骗银行开立银行结算账户	
	违反规定不及时撤销银行结算账户	
	违反规定将单位款项转入个人银行结算账户	非经营性的存款人给予警告并处以 1 000 元罚款；经营性的存款人给予警告并处以 5 000 元以上 3 万元以下的罚款。
	违反规定支取现金	
	利用开立银行结算账户逃废银行债务	
	出租、出借银行结算账户	
	从基本存款账户之外的银行结算账户转账存入、将销货收入存入或现金存入单位信用卡账户	
	法定代表人或主要负责人、存款人地址以及其他开户资料的变更事项未在规定期限内通知银行	给予警告并处以 1 000 元的罚款。
	违反规定，伪造、变造、私自印制开户登记证	属非经营性的处以 1 000 元罚款；属经营性的处以 1 万元以上 3 万元以下的罚款；构成犯罪的，移交司法机关追究刑事责任。
银行	违反规定为存款人多头开立银行结算账户	对银行给予警告，并处以 5 万元以上 30 万元以下的罚款；对该银行直接负责的高级管理人员、其他直接负责的主管人员、直接责任人员按规定给予纪律处分；情节严重的，人民银行有权停止对其开立基本存款账户的核准，责令该银行停业整顿或者吊销其金融机构经营许可证，构成犯罪的，移交司法机关追究刑事责任。
	明知或应知是单位资金，而允许以自然人名称开立账户存储	
	提供虚假开户申请资料欺骗许可开立基本存款账户、临时存款账户、预算单位专用存款账户	对银行给予警告，并处以 5 000 元以上 3 万元以下的罚款；对该银行直接负责的高级管理人员、其他直接负责的主管人员、直接责任人员按规定给予纪律处分；情节严重的，人民银行有权停止对其开立基本存款账户的核准，构成犯罪的，移交司法机关追究刑事责任。
	开立或撤销单位银行结算账户，未按规定进行登记、签章或通知相关开户银行	
	违反规定办理个人银行结算账户转账结算	
	为储蓄账户办理转账结算	
	违反规定为存款人支付现金或办理现金存入	
	超过期限或未向中国人民银行报送账户开立、变更、撤销等资料	

【要点提示】 2004 年新增知识点。违反银行账户结算管理制度的处罚包括对存款人和银行及有关人员的处罚两个方面的内容，包括违法行为以及处罚办法。

Ⅱ. 经典例题

1. [2007 年单项选择题第 11 题] 一张金额为 16 000 元的商业承兑汇票到期，付款人不能支付票款。根据支付结算管理的相关规定，付款人应受到罚款的处罚。该罚款数额应为（　　）。

A. 160 元　　　　　B. 320 元

C. 800 元　　　　　D. 1 000 元

【答案】 D

【解析】 本题考核商业承兑汇票到期，付款人不能支付票款的法律责任。根据规定，商业承兑汇票到期，付款人不能支付票款，按票面金额对其处以 5% 但不低于 1 000 元的罚款。本题中，按照 5% 计算的金额为 800 元，低于了 1 000 元，因此应按 1 000 元对其进行处罚。

2. [2006 年单项选择题第 15 题] 根据支付结算制度的规定，下列存款账户中，可以用于办理现金支取的是（　　）。

A. 证券交易结算资金专用存款账户

B. 一般存款账户

C. 信托基金专用存款账户

D. 临时存款账户

【答案】 D

【解析】 （1）选项 AC：财政预算外资金、证券交易结算资金、期货交易保证金和信托基金专用存款账户，不得支取现金。（2）选项 B：一般存款账户可以办理现金缴存，但不得办理现金支取。

知识点测试

一、单项选择题

1. 汇款人委托银行将款项汇给外地收款人的结算方式是（　　）。

A. 汇兑　　　　　B. 委托收款

C. 托收承付　　　D. 支票结算

2. 汇入银行对于向收款人发出取款通知，经过

（ ）个月无法交付的汇款，应主动办理退汇。

A. 1   B. 2   C. 3   D. 6

3. 根据购销合同由收款人发货后委托银行向异地付款人收取款项、由付款人向银行承认付款的结算方式是（ ）。

A. 委托收款   B. 托收承付

C. 汇兑   D. 银行卡

4. 下列款项中，不能办理托收承付结算的是（ ）。

A. 商品交易取得的款项

B. 因商品交易而产生的劳务供应的款项

C. 因寄销商品而产生的款项

D. 因运送商品而产生的款项

5. 根据支付结算办法的规定，国有工业企业之间购销商品采用托收承付方式结算的，结算每笔的金额起点为（ ）元。

A. 100 000   B. 50 000

C. 10 000   D. 1 000

6. 准贷记卡的透支期限最长为（ ）天。

A. 20   B. 30   C. 60   D. 90

7. 持卡人在他行 ATM 机上成功办理取款时，无论同城或异地，发卡行均按每笔（ ）的标准向代理行支付代理手续费，同时按每笔（ ）的标准向银联支付网络服务费。

A. 2.0 元   0.5 元

B. 3.0 元   0.6 元

C. 3.5 元   0.7 元

D. 4.0 元   0.8 元

8. 银行为客户办理电子支付业务，单位客户从其银行结算账户支付给个人银行结算账户的款项，其单笔金额不得超过（ ）人民币。

A. 3 万元   B. 5 万元

C. 8 万元   D. 10 万元

9. 根据有关规定，存款人对用于基本建设的资金，可以向开户银行出具相应的证明并开立（ ）。

A. 临时存款账户   B. 一般存款账户

C. 专用存款账户   D. 基本存款账户

10. 存款人需要支取职工工资、奖金的，只能通过（ ）办理。

A. 基本存款账户   B. 专用存款账户

C. 一般存款账户   D. 临时存款账户

11. 单位从其银行结算账户支付给个人银行结算账户的款项，每笔超过（ ）万元的，应向其开户银行提供付款依据。

A. 2   B. 3   C. 5   D. 10

12. 经营性的存款人违反规定支取现金，给予警告并处以（ ）的罚款。

A. 5 000 元以上 3 万元以下

B. 3 000 元以上 5 万元以下

C. 3 000 元以上 3 万元以下

D. 5 000 元以上 5 万元以下

13. 银行违反规定为存款人多头开立银行结算账户的，应给予警告，并处以（ ）的罚款。

A. 5 000 元以上 3 万元以下

B. 1 万元以上 5 万元以下

C. 5 万元以上 10 万元以下

D. 5 万元以上 30 万元以下

二、多项选择题

1. 根据有关规定，下列选项中，可以成为托收承付的付款人向银行提出拒绝付款的理由有：（ ）。

A. 合同未订明以托收承付方式结算款项

B. 未按合同规定到货地址发货的款项

C. 代销商品的款项

D. 赊销商品的款项

2. 可以使用托收承付结算方式的企业包括（ ）。

A. 国有企业

B. 中外合资企业

C. 供销合作社

D. 经开户银行审查同意的城乡集体所有制工业企业

3. 根据《支付结算办法》的规定，当事人签发委托收款凭证时，下列选项中，属于必须记载的事项有（ ）。

A. 确定的金额和付款人名称

B. 委托收款凭证名称及附寄单证张数

C. 收款人名称和收款人签章

D. 收款日期

4. 根据支付结算办法及有关规定，下列各项中，属于违反结算纪律的行为有（ ）。

A. 企业法人内部单独核算的单位以其名义在银行分立基本账户的

B. 银行受理无理拒付企业的申请而拖延付款的

C. 单位签发空头支票的

D. 银行放弃执行对企事业单位违反结算纪律行为处罚的

5. 下列（ ）项存款人，可以申请开立基本存款账户。

A. 民办非企业组织

B. 社区委员会

C. 单位设立的独立核算的附属机构

D. 团级（含）以上军队、武警部队及分散执勤的支（分）队

6. 根据《账户管理办法》的规定，开立下列（ ）账户须经中国人民银行核准。

A. 一般存款账户

B. 专用存款账户

C. 临时存款账户

D. 预算单位专用存款账户

7. 关于专用存款账户的使用管理，下列（　　）项论述是正确的。

　　A. 单位银行卡账户的资金必须由其基本存款账户转账存入

　　B. 期货交易保证金和信托基金专用存款账户不得支取现金

　　C. 基本建设资金账户需要支取现金的，应在开户时报人民银行当地分支行批准

　　D. 收入汇缴账户除向其基本存款账户或预算外资金财政专用存款账户划缴款项外，只收不付，不得支取现金

8. 根据我国《支付结算办法》的规定，在票据和结算凭证上，不得更改的项目是（　　）。

　　A. 金额

　　B. 出票日期（或签发日期）

　　C. 出款人名称

　　D. 付款人名称

9. 下列各项中，能够办理汇兑退汇的有（　　）。

　　A. 汇出银行尚未汇出款项

　　B. 汇入银行的汇款未支付

　　C. 收款人在汇入银行并立存款账户，汇款人与收款人达成一致退款意见

　　D. 收款人拒绝接受的款项

10. 专用存款账户的特定用途的资金范围包括（　　）。

　　A. 银行借款转存

　　B. 基本建设资金

　　C. 更新改造的资金

　　D. 工资、奖金

三、判断题

1. 委托收款是收款人委托银行向付款人收取款项的一种结算方式，无论是同城还是异地都可以使用。　　　　　　　　（　　）

2. 银行卡都可以透支。　　　（　　）

3. 贷记卡是指持卡人须先按发卡银行要求缴存一定金额的备用金，当备用金账户余额不足支付时，可在发卡银行规定的信用额度内透支的信用卡。　　　　　　　（　　）

4. 银行卡的持卡人出租或转借其信用卡及其账户的，发卡银行应当责令其改正，并对其处以10 000 元人民币以内的罚款。　（　　）

5. 在电子支付过程中，纸质支付凭证比电子支付指令具有更高法律效力。　　（　　）

6. 银行挪用结算资金，影响客户和他行资金使用的，按延压结算金额每天5%计付赔偿金。

7. 基本存款账户的存款人可以通过本账户办理转账结算和现金缴存，但不能办理现金支取。　　　　　　　　　　　　（　　）

8. 存款人可以通过一般存款账户办理现金缴存，不能办理现金支取。　　　　（　　）

9. 对宾馆、餐饮、娱乐、珠宝金饰、工艺美术品类的商户，发卡行的固定收益为交易金额的 2%，银联网络服务费标准为交易金额的 0.2%。　　　　　　　　　　　（　　）

10. 临时存款账户的有效期最长不得超过 2 年。　　　　　　　　　　　　　（　　）

知识点测试答案

一、单项选择题

1. 【答案】A
【解析】汇款人委托银行将款项汇给外地收款人的结算方式是汇兑。

2. 【答案】B
【解析】法律规定，汇入银行对于向收款人发出取款通知，经过 2 个月无法交付的汇款，应主动办理退汇。

3. 【答案】B
【解析】委托收款是收款人委托银行向付款人收取款项的结算方式；托收承付是指根据购销合同由收款人发货后委托银行向异地付款人收取款项，由付款人向银行承认付款的结算方式；汇兑是汇款人委托银行将其款项支付给收款人的结算方式；银行卡是指由商业银行向社会发行的，具有消费信用、转账结算、存取现金等全部或部分功能的信用支付工具。因此只有 B 项是对的。

4. 【答案】C
【解析】法律规定，托收承付的适用范围为：（1）收款单位与付款单位必须是国有企业、供销合作社以及经营管理较好，并经开户银行审查同意的城乡集体所有制工业企业；（2）结算款项必须是商品交易以及因商品交易而产生的劳务供应的款项。代销、寄销、赊销商品的款项，不得办理托收承付结算。

5. 【答案】C
【解析】支付结算办法的规定，国有工业企业之间购销商品采用托收承付方式结算的，结算每笔的金额起点为 10 000 元。

6. 【答案】C
【解析】法律规定，准贷记卡的透支期限最长为 60 天。

7. 【答案】B
【解析】法律规定，持卡人在他行 ATM 机上成功办理取款时，无论同城或异地，发卡行均按每笔 3.0 元的标准向代理行支付代理手续费，同时按每笔 0.6 元的标准向银联支付网络服务费。

8.【答案】B

【解析】银行为客户办理电子支付业务，单位客户从其银行结算账户支付给个人银行结算账户的款项，其单笔金额不得超过5万元人民币。

9.【答案】C

【解析】根据有关规定，存款人对用于基本建设的资金，可以向开户银行出具相应的证明并开立专用存款账户。

10.【答案】A

【解析】根据法律规定，存款人需要支取职工工资、奖金的，只能通过基本存款账户办理。

11.【答案】C

【解析】法律规定，单位从其银行结算账户支付给个人银行结算账户的款项，每笔超过5万元的，应向其开户银行提供付款依据。

12.【答案】A

【解析】法律规定，经营性的存款人违反规定支取现金的，给予警告并处以5 000元以上3万元以下的罚款。

13.【答案】D

【解析】法律规定，银行违反规定为存款人多头开立银行结算账户的，应给予警告，并处以5万元以上30万元以下的罚款。

二、多项选择题

1.【答案】A B C D

【解析】法律规定，托收承付遇以下情况的，可以拒绝付款：（1）没有签订购销合同，或合同未订明以托收承付方式结算；（2）未经双方事先达成协议，收款人提前交货或因逾期交货，付款人不需要该项货物；（3）未按合同约定的到货地址发货；（4）代销、寄销、赊销商品的；（5）验单付款，发现所列货物与合同规定不符；（6）验货付款，发现货物与合同约定或发货清单不符；（7）货款已经支付或计算有错误。

2.【答案】A C D

【解析】在托收承付结算方式中，收款单位与付款单位必须是国有企业、供销合作社以及经营管理较好，并经开户银行审查同意的城乡集体所有制工业企业，外商投资企业不能适用这种结算方式。

3.【答案】A B C

【解析】法律规定，委托收款凭证必须记载的事项有：（1）表明"委托收款"字样；（2）确定的金额；（3）付款人名称；（4）收款人名称；（5）委托收款凭据名称及附寄单证张数；（6）委托日期；（7）收款人签章。

4.【答案】B C D

【解析】法律规定，银行受理无理拒付企业的申请而拖延付款的、单位签发空头支票的、银

行放弃执行对企事业单位违反结算纪律行为处罚的行为属于违反结算纪律的行为。

5.【答案】A B C D

【解析】法律规定，下列存款人，可以申请开立基本存款账户：（1）企业法人；（2）非法人企业；（3）机关、事业单位；（4）团级（含）以上军队、武警部队及分散执勤的支（分）队；（5）社会团体；（6）民办非企业组织；（7）异地常设机构；（8）外国驻华机构；（9）个体工商户；（10）居民委员会、村民委员会、社区委员会；（11）单位设立的独立核算的附属机构；（12）其他组织。

6.【答案】C D

【解析】法律规定，开立一般存款账户，其他专用存款账户和个人银行结算账户都实行备案制，无须中国人民银行核准。而开立基本存款账户、临时存款账户和预算单位专用存款账户都要经中国人民银行核准。

7.【答案】A B C D

【解析】法律规定，单位银行卡账户的资金必须由其基本存款账户转账存入；期货交易保证金和信托基金专用存款账户不得支取现金；基本建设资金账户需要支取现金的，应在开户时报中国人民银行当地分支行批准；收入汇缴账户除向其基本存款账户或预算外资金财政专用存款户划缴款项外，只收不付，不得支取现金。

8.【答案】A B C

【解析】票据和结算凭证上的金额、出票日期（或签发日期）、收款人名称三个项目不得更改，更改的结算凭证银行不予受理。

9.【答案】C D

【解析】汇出银行尚未汇出的款项，汇款人可以撤销汇兑；汇入银行的汇款未支付的，银行不得无条件的退汇。

10.【答案】B C

【解析】银行汇款转存可通过一般存款账户办理；工资、奖金的支取通过基本存款账户办理。

三、判断题

1.【答案】√

【解析】委托收款是收款人委托银行向付款人收取款项的一种结算方式，无论是同城还是异地都可以使用。

2.【答案】×

【解析】银行卡分为信用卡和借记卡两种，信用卡可以透支，借记卡不能透支。

3.【答案】×

【解析】持卡人须先按发卡银行要求缴存一定金额的备用金，当备用金账户余额不足支付时，可在发卡银行规定的信用额度内透支的信用卡是准贷记卡；贷记卡是指发卡银行给予持卡人

一定的信用额度，持卡人可在信用额度内先消费、后还款的信用卡。

4. 【答案】×

【解析】银行卡的持卡人出租或转借其信用卡及其账户的，发卡银行除责令其改正外，还要对其处以 1 000 元人民币以内的罚款。

5. 【答案】×

【解析】法律规定，电子支付指令与纸质支付凭证可以相互转换，二者具有同等效力。

6. 【答案】×

【解析】银行挪用结算资金，影响客户和他行资金使用的，按延压结算金额每天 5‰计付赔偿金。

7. 【答案】×

【解析】基本存款账户就是专门用于日常转账结算和现金收付的账户。

8. 【答案】√

【解析】法律规定，存款人可以通过一般存款账户办理现金缴存，不能办理现金支取。

9. 【答案】×

【解析】法律规定，对宾馆、餐饮、娱乐、珠宝金饰、工艺美术品类的商户，发卡行的固定收益为交易金额的 1.4%，银联网络服务费标准为交易金额的 0.2%。

10. 【答案】√

【解析】法律规定，临时存款账户的有效期最长不得超过 2 年。

第十三章 票据法律制度

本 章 概 述

一、内容提要

本章主要内容为票据法的概念，票据法律关系，票据行为，票据权利与抗辩；汇票的概念和种类，出票，背书，承兑，保证，付款，追索权；本票概述；支票概述；涉外票据的法律适用。本章的难点是票据行为、票据权利和票据的抗辩。考生尤其要掌握各种票据行为的定义、特点、期限和程序等。具体的票据行为主要在汇票部分。

本章内容的学习有一定的难度，要求考生仔细阅读理解教材，特别注意教材相关知识点的举例说明，这些内容在以前的CPA考卷中有所体现。

二、历年考题分析

本章在前几年的考试中占的比重都较大，最近5年平均考分9.8分。本章题型除了单项选择题、多项选择题和判断题外，几乎每年都有综合题。而且综合题多为跨章节命题，可以与公司法、合同法、担保法、支付结算法、会计法等内容合并出题。希望考生学习时要注意这些内容的融会贯通。

本章近5年考试的题型、分值及考点分布详见下表：

项目 年份	题 型	题量	分值	考 点
2007	单项选择题	4	4	汇票无效；票据责任承担；票据权利补救的诉讼方式；汇票背书的效力
	多项选择题	4	4	票据的抗辩权；不可以挂失止付的票据；应适用行为地法的票据行为；银行承兑汇票
	判 断 题	1	1	伪造票据的法律后果
2006	单项选择题	4	4	银行本票的提示付款期限；汇票出票的效力；行使追索权的期限；签发空头支票的法律后果
	多项选择题	2	2	禁止背书转让的情形；追索的对象；汇票与支票的区别
	判 断 题	2	2	回头背书的追索权限制；票据关系与票据基础关系的关系
2005	单项选择题	1	1	汇票持票人没有按时提示付款的后果
	判 断 题	1	1	支票的记载事项
	综 合 题		9	票据抗辩的理由；追索权
2004	单项选择题	1	1	不构成票据质押的情况
	多项选择题	1	1	票据债务人可以行使票据抗辩权的情形
	判 断 题	1	1	票据持有人遗失票据后，向人民法院申请公示催告，在人民法院公示催告公告发布之前，代理付款人已经按照规定程序善意付款，付款人不能以已经公示催告为由拒付代理付款人已经垫付的款项
	综 合 题	1	9	变造票据的法律后果；付款人的审查义务；追索当事人
2003	单项选择题	2	2	汇票的记载事项；票据的签章
	多项选择题	2	2	票据权利因时效而消灭的情形；票据权利的保全
	判 断 题	2	2	票据金额的记载；票据的变造
	综 合 题		3	票据的无因性；银行的付款责任

三、2008 年教材内容变化

2008 年教材本章的内容基本没有修改。

本章内容结构基本框架

知识点	第十三章　票据法律制度	学习建议
13.1	票据法概述	
13.1.1	票据	一般了解
13.1.2	票据法律关系	必须掌握
13.1.3	票据行为	必须掌握
13.1.4	票据权利	必须掌握
13.1.5	票据抗辩	必须掌握
13.1.6	票据的伪造与变造	必须掌握
13.2	汇票	
13.2.1	汇票的出票	必须掌握
13.2.2	汇票的背书	必须掌握
13.2.3	汇票的承兑	必须掌握
13.2.4	汇票的保证	必须掌握
13.2.5	汇票的付款	应当记住
13.2.6	汇票的追索权	必须掌握
13.3	本票	
13.3.1	本票	必须掌握
13.4	支票	
13.4.1	支票	必须掌握
13.5	涉外票据的法律适用	
13.5.1	涉外票据的法律适用	应当记住
13.6	法律责任	
13.6.1	违反票据法的法律责任	一般了解

知识点精讲

13.1　票据法概述

13.1.1　票据

Ⅰ. 考点分析

1. 票据是指出票人依法签发的，约定自己或委托付款人在见票时或指定的日期向收款人或持票人无条件支付一定金额并可转让的有价证券。

2. 我国票据法所称的票据包括汇票、本票和支票三种。

3. 票据有以下几个特征：（1）票据是出票人依法签发的有价证券；（2）票据以支付一定金额为目的；（3）票据所表示的权利与票据不可分离；（4）票据所记载的金额由出票人自行支付或委托

他人支付；（5）票据是一种无因证券，持票人只要向付款人提示票据，付款人即应无条件向持票人或收款人支付票据金额；（6）票据是一种可转让的证券。

【要点提示】 ①票据及票据法的概念；②票据的种类；③票据的特征，尤其是无因证券等。

Ⅱ. 经典例题

1. ［多项选择题］票据的特征有以下哪些？（　　）

A. 有价证券

B. 无因证券

C. 可转让证券

D. 票据所表示的权利与票据不可分

【答案】 A B C D

【解析】 票据有以下几个特征：（1）票据是出票人依法签发的有价证券；（2）票据以支付一定金额为目的；（3）票据所表示的权利与票据不可分离；（4）票据所记载的金额由出票人自行支付或委托他人支付；（5）票据是一种无因证券，持票人只要向付款人提示票据，付款人即应无条件向持票人或收款人支付票据金额；（6）票据是一种可转让的证券。

2. ［判断题］票据是指出票人依法签发的，约定自己或委托付款人在见票时或指定的日期向收款人或持票人无条件支付一定金额并可转让的无价证券。（　　）

【答案】 ×

【解析】 票据是指出票人依法签发的，约定自己或委托付款人在见票时或指定的日期向收款人或持票人无条件支付一定金额并可转让的有价证券。

13.1.2　票据法律关系

Ⅰ. 考点分析

1. 票据法律关系是指票据当事人之间在票据的签发和转让等过程中发生的权利义务关系。可以分为票据关系和票据法上的非票据关系。

票据关系是指当事人之间基于票据行为而发生的债权债务关系。票据关系是票据当事人之间的基本法律关系。

非票据关系则是指由票据法所规定的，不是基于票据行为直接发生的法律关系。关于票据行为应参见以下相关内容。

2. 票据关系与票据的基础关系不容混淆，二者既有区别又有联系：

（1）票据关系属于票据法律关系，是票据法上的法律关系；票据的基础关系则往往都是民法上的法律关系。

（2）票据关系的发生总是以票据的基础关系为原因和前提的。

（3）票据关系一经形成，就与基础关系分离，基础关系是否存在，是否有效，对票据关系都不起影响作用。只有当持票人是不履行约定义务的、与自己有直接债权债务关系的人时,票据债务人才能抗辩。

【要点提示】 ①票据法律关系的概念;②票据基础关系的概念;③非票据关系的概念;④票据关系与票据基础关系的联系与区别,切勿混淆。

Ⅱ.经典例题

1. [2006年判断题第11题] 票据关系形成后,票据基础关系是否存在或有效,均不影响票据的效力。 (　　)

【答案】 √

【解析】 票据关系与票据的基础关系不容混淆,二者既有区别又有联系:(1)票据关系属于票据法律关系,是票据法上的法律关系;票据的基础关系则往往是民法上的法律关系。(2)票据关系的发生总是以票据的基础关系为原因和前提的。(3)票据关系一经形成,就与基础关系分离,基础关系是否存在,是否有效,对票据关系都不起影响作用。只有当持票人是不履行约定义务的、与自己有直接债权债务关系的人时,票据债务人才能抗辩。(4)票据关系因一定原因失效,也不影响基础关系的效力。

2. [单项选择题] 甲、乙签订买卖合同后,甲向乙背书转让3万元的汇票作为价款。后乙又将该汇票背书转让给丙。如果在乙履行合同前,甲、乙协议解除合同。甲的下列行为中,符合票据法律制度规定的是 (　　)。

A. 请求乙返还汇票

B. 请求乙返还3万元价款

C. 请求丙返还汇票

D. 请求付款人停止支付汇票上的款项

【答案】 B

【解析】 票据是无因证券,票据基础关系的存在与否、有效与否,于票据权利原则上互不影响。在本题中,甲、乙解除买卖合同,不影响持票人丙的票据权利,甲向丙支付票款后,可以请求乙返还3万元价款。

13.1.3 票据行为

Ⅰ.考点分析

1. 票据行为是指票据关系当事人之间以发生、变更或终止票据关系为目的而进行的民事法律行为。

2. 票据行为是一种合法的行为,其成立的有效条件是:

(1)行为人必须具有从事票据行为的能力。法人的票据能力无严格限制,可依法从事各种票据行为;在票据上签章的自然人必须是具有完全民事行为能力的人。但考生必须注意,签章人不合格,只是签章行为无效,并非票据无效,票据上的有效签章人还是要承担票据责任的。此外,法律法规禁止公民从事某项票据行为的,公民即

不具有从事该行为的能力。

(2)行为人的意思表示真实或无缺陷。具体来说,因欺诈、偷盗、胁迫和恶意而取得票据的行为都是无效的。行为人之间恶意串通损害国家、集体或者第三者利益的票据行为,也是无效的。请考生注意,此处也是行为无效,并非票据无效。因为票据是无因证券,所以如果欺诈、偷盗、胁迫和恶意而取得的票据形式合法,也没有人提出异议,则票据义务人还是要承担票据责任的。

(3)票据行为的内容必须符合法律法规的规定。

(4)票据行为必须符合法定形式。这里要掌握的是票据上的签章与记载事项。

签章,是票据行为生效的一个重要条件。票据上的签章,为签名、盖章或者签名加盖章。《票据法》对法人、公民的签章作了具体规定:①法人和其他单位的签章,为该法人或该单位的盖章加其法定代表人或其授权的代理人的签章。②公民在票据上的签名,应当为该当事人的本名。③不符合规定签章的法律效力:如是出票人的签章,则票据无效;如是背书人的签章,则其签章无效,但其前手符合规定的签章仍有效;如是承兑人、保证人及不具备票据行为能力人的签章,则其签章无效,但其他符合规定的签章仍有效。此处请考生注意,最高人民法院的司法解释和人民银行的支付结算办法对票据的签章作了更具体的规定,与《票据法》的规定有区别,详细请见教材,这一内容会在考试中出现。如2001年判断题第15题:支票的出票人在支票上未加盖与该单位在银行预留签章一致的财务专用章而加盖该出票人公章的,签章人应当承担票据责任。(　　)本题答案为对。法律规定,支票的出票人在支票上未加盖与该单位在银行预留签章一致的财务专用章而加盖该出票人公章的,签章人应当承担票据责任。

票据记载事项分为绝对记载事项、相对记载事项和非法定记载事项等。考生必须掌握各种票据的绝对记载事项,因为这是判断票据是否有效的标志。各类票据共同必须绝对记载的内容有:(1)票据种类;(2)票据金额;(3)票据收款人;(4)年月日。

另外必须注意,票据金额中文大写和数码同时记载的,二者必须一致,否则票据无效;票据金额、日期、收款人名称不得更改,更改的票据无效。

3. 票据行为可以由他人代理。票据代理应具备的条件是:(1)票据当事人有委托代理的表示;(2)代理人按被代理人的委托在票据上签章;(3)代理人在票据上表明代理关系。

没有代理权而以代理人名义在票据上签章的,为无权代理,应当由签章人承担票据责任;代理人超越代理权限的,即越权代理,代理人应当就

其超越权限的部分承担票据责任。考生在复习本知识点时，要结合票据的伪造和变造一起复习。

【要点提示】重点掌握此部分内容。①票据行为的概念；②票据行为的有效要件；③对签章的要求；④票据记载事项；⑤票据行为的代理，注意无权代理和越权代理。

Ⅱ. 经典例题

1. [2003 年单项选择题第 15 题] 根据票据法律制度的规定，下列有关票据上的签章的表述中，正确的是（　　）。

A. 法人在票据上的签章，为该法人的盖章

B. 个人在票据上的签章，为该个人的签名加盖章

C. 支票的出票人在票据上的签章，为其预留银行的签章

D. 商业汇票的出票人在票据上的签章，为该法人或者该单位的财务专用章

【答案】C

【解析】法律规定，法人和其他单位的签章，为该法人或该单位的盖章加其法定代表人或其授权的代理人的签章，个人在票据上的签章，应当为该当事人的本名。支票的出票人在票据上的签章，为其预留银行的签章。商业汇票的出票人在票据上的签章，为该法人或者该单位的财务专用章或公章加其法定代表人、单位负责人或其授权的代理人的签章。

2. [2003 年判断题第 12 题] 票据金额的中文大写记载与数码记载有差异时，以中文大写记载的金额为准。（　　）

【答案】×

【解析】票据金额的中文大写记载与数码记载有差异时，票据无效。

3. [2002 年多项选择题第 18 题] 根据票据法律制度的规定，下列有关在票据上签章效力的表述中，正确的有（　　）。

A. 出票人在票据上签章不符合规定的，票据无效

B. 承兑人在票据上签章不符合规定的，其签章无效，但不影响其他符合规定签章的效力

C. 保证人在票据上签章不符合规定的，其签章无效，但不影响其他符合规定签章的效力

D. 背书人在票据上签章不符合规定的，其签章无效，但不影响其前手符合规定签章的效力

【答案】ABCD

【解析】法律规定：出票人在票据上签章不符合规定的，票据无效；承兑人在票据上签章不符合规定的，其签章无效，但不影响其他符合规定签章的效力；保证人在票据上签章不符合规定的，其签章无效，但不影响其他符合规定签章的效力；背书人在票据上签章不符合规定的，其签章无效，但不影响其前手符合规定签章的效力。

Ⅲ. 相关链接

无效民事行为、无效合同的情形以及法律后果；民事行为的代理和合同的代理。

13.1.4　票据权利

Ⅰ. 考点分析

1. 票据权利，也叫票据上的权利，是持票人向票据债务人请求支付票据金额的权利，包括付款请求权和追索权。票据权利是一种证券权利，产生于票据债务人的票据行为。

2. 票据权利的取得有以下几种情况：（1）从出票人处取得；（2）从持有票据人处受让；（3）以税收、继承、赠与、企业合并等方式获得。行为人合法取得票据，即依法取得票据权利。因欺诈、偷盗、胁迫、恶意或重大过失而取得票据的，不得享有票据权利。

一般情况下，票据的取得必须给付对价，但有下列情况例外：（1）凡是无对价或无相当对价取得票据的，如果属于善意取得，则持票人仍然享有票据权利，只是其必须承受其前手的权利瑕疵，其享有的票据权利不得优于其前手的权利。即如果前手的权利因未没或有瑕疵而受影响或丧失，该持票人的权利也因此受影响或丧失。（2）因税收、继承、赠与可以依法无偿取得票据的，不受给付对价的限制，但其享有的票据权利不得优于其前手的权利。

3. 票据权利的消灭是指因发生一定的法律事实而使票据权利不复存在。票据权利可以因履行、免除、抵销、时效等事由的发生而消灭。

票据权利因时效而消灭的情形有以下几种：（1）持票人对票据的出票人和承兑人的权利，自票据到期日起 2 年。见票即付的汇票、本票，自出票日起 2 年。（2）持票人对支票出票人的权利，自出票日起 6 个月。（3）持票人对前手的追索权，在被拒绝承兑或者被拒绝付款之日起 6 个月。（4）持票人对前手的再追索权，自清偿日或者被提起诉讼之日起 3 个月。上述（1）（2）包括付款请求权和追索权；（3）（4）不包括对出票人的追索权。

4. 票据权利的行使与保全

票据权利的行使是指票据权利人向票据债务人提示票据，请求实现票据权利的行为。

票据权利的保全是指票据权利人防止票据权利丧失的行为。

在人民法院审理、执行票据纠纷案件时，有下列情形之一的，经当事人申请并提供担保，可以依法对票据采取保全措施和执行措施：（1）不履行约定义务，与票据债务人有直接债权债务关系的票据当事人所持有的票据；（2）持票人恶意取得的票据；（3）应付对价而未付对价的持票人持有的票据；（4）记载有"不得转让"字样而用于贴现的票据；（5）记载有"不得转让"字样而用于质押的票据；（6）法律或者司法解释规定有其他情形的

票据。《票据法司法解释》此处的规定是票据保全，不是票据权利的保全，这样就比较好理解了。票据保全是指法院在审理票据纠纷案件时，根据当事人申请，在当事人提供担保的情况下，对与本案有关的争议票据采用扣押、冻结的措施。教材上列举的可以保全的票据都是有问题的票据，扣押、冻结这些票据，是对当事人的民事权利的保护。

持票人对票据债务人行使票据权利，或者保全票据权利，应当在票据当事人的营业场所和营业时间内进行；票据当事人无营业场所的，应当在其住所进行。此处的票据当事人是指对票据债务承担义务的承兑人、付款人、保证人、出票人或前手背书人等。

5. 票据权利的补救

采取补救措施必须具备以下条件：（1）必须有丧失票据的事实；（2）失票人必须是真正的票据权利人；（3）丧失的票据必须是未获付款的有效票据。

票据丧失后的补救措施主要有以下几种：

（1）挂失止付。未记载付款人或者无法确定付款人及其代理付款人的票据不能挂失止付。挂失止付不是票据权利补救的必经程序，只是一种临时预防措施。付款人或者代理付款人自收到挂失止付通知书之日起12日内没有收到人民法院的止付通知书的，自第13日起，挂失止付通知书失效。

（2）公示催告。票据丧失后的公示催告程序如下：

①失票人向票据支付地的基层人民法院提出申请。失票人对已申请挂失止付的票据，应在3日内申请公示催告票据支付地确定为：银行汇票为出票人所在地；商业汇票为承兑人或付款人所在地；银行本票为出票人所在地；支票为出票人开户银行所在地。代理付款银行所在地不能确定为票据支付地。

②人民法院受理申请后，同时通知付款人与代理付款人止付，并在立案之日起3日内发出公告，公示催告的期间不得少于60天，但不得超过90天。

③公示催告期间，如有利害关系人申请权利，人民法院应裁定终结公示催告程序；公示催告期间届满以及作出判决前，没有利害关系人申请权利的，申请人应在期满次日起一个月内申请法院作出判决。

（3）普通诉讼。失票人应当在通知挂失止付后3日内，也可以在票据丧失后，提供担保后向人民法院提起诉讼。

【要点提示】此部分为重点考点，易出题目。①票据权利的概念和内容；②票据权利取得的方式；③票据的取得必须给付对价，但有例外；④票据权利消灭的情形；⑤票据权利的行使与保全；⑥票据权利补救的条件和措施，措施包括挂失止付、公告示催和普通诉讼。

Ⅱ. 经典例题

1. ［2007年单项选择题第14题］在票据权利补救的普通诉讼中，丧失的票据在判决前出现时，付款人应以该票据正处于诉讼阶段为由暂不付款，并将情况迅速通知失票人和人民法院。人民法院正确的处理方式是（　　）。

A. 终结诉讼程序

B. 中止诉讼程序

C. 判决付款人付款，其他争议另案审理

D. 追加持票人作为第三人，诉讼程序继续进行

【答案】A

【解析】本题考核票据丧失后的补救措施。根据规定，在判决前，丧失的票据出现时，付款人应以该票据正处于诉讼阶段为由暂不付款，而将情况迅速通知失票人和人民法院。法院应"终结"诉讼程序。

2. ［2007年多项选择题第15题］根据我国票据法律制度的规定，下列各项中，属于不可以挂失止付的票据的有（　　）。

A. 已承兑的商业汇票

B. 未记载付款人的汇票

C. 未填明"现金"字样的银行汇票

D. 未填明"现金"字样的银行本票

【答案】BCD

【解析】本题考核可以挂失止付的票据。根据规定，未填明"现金"字样的银行汇票以及未填明"现金"字样的银行本票丧失，不得挂失止付。

3. ［2004年判断题第14题］票据持有人遗失票据后，向人民法院申请公示催告，在人民法院公示催告公告发布之前，代理付款人已经按照规定程序善意付款，付款人以已经公示催告为由拒付代理付款人已经垫付的款项的，人民法院不予支持。（　　）

【答案】√

【解析】根据法律规定，在人民法院公示催告公告发布之前，代理付款人已经按照规定程序善意付款，付款人不能以已经公示催告为由拒付代理付款人已经垫付的款项。

4. ［2003年多项选择题第16题］根据票据法律制度的规定，持票人在一定期限内不行使票据权利，其权利归于消灭。下列有关票据权利消灭时效的表述中，正确的有（　　）。

A. 持票人对票据的出票人的权利，自票据到期日起2年

B. 持票人对票据的承兑人的权利，自票据到期日起1年

C. 持票人对支票出票人的权利，自出票日起6个月

D. 持票人对前手的再追索权，自清偿日或被提起诉讼之日起3个月

【答案】A C D

【解析】法律规定，票据权利因时效而消灭的情形有以下几种：（1）持票人对票据的出票人和承兑人的权利，自票据到期日起 2 年。见票即付的汇票、本票，自出票日起 2 年。（2）持票人对支票出票人的权利，自出票日起 6 个月。（3）持票人对前手的追索权，在被拒绝承兑或者被拒绝付款之日起 6 个月。（4）持票人对前手的再追索权，自清偿日或者被提起诉讼之日起 3 个月。

5. [2003 年多项选择题第 17 题] 根据票据法律制度的规定，下列票据中，经票据权利人申请并提供担保，人民法院可以依法采取保全措施和执行措施的有（　　）。

A. 持票人恶意取得的票据

B. 应付而未付对价的持票人持有的票据

C. 记载有"不得转让"字样而用于贴现的票据

D. 记载有"不得转让"字样而用于质押的票据

【答案】A B C D

【解析】法律规定，有下列情形之一的，经当事人申请并提供担保，可以依法采取保全措施和执行措施：（1）不履行约定义务，与票据债务人有直接债权债务关系的票据当事人所持有的票据；（2）持票人恶意取得的票据；（3）应付对价而未付对价的持票人持有的票据；（4）记载有"不得转让"字样而用于贴现的票据；（5）记载有"不得转让"字样而用于质押的票据；（6）法律或者司法解释规定有其他情形的票据。

6. [2002 年综合题第 3 题] 2002 年 3 月 2 日，A 展览公司（以下简称"A 公司"）与 B 公司签订了一份价值为 100 万元的展览设备买卖合同。该合同约定：A 公司于 3 月 3 日向 B 公司签发一张金额为人民币 15 万元的银行承兑汇票作为定金；B 公司于 3 月 10 日交付展览设备；A 公司于 B 公司交付展览设备之日起 3 日内付清货款；任何一方违约，应当依照合同金额的 20% 向守约方支付违约金。

3 日，A 公司依约向 B 公司签发并交付了一张由 C 银行承兑和付款的金额为 15 万元的银行承兑汇票，B 公司在收到该汇票后，于 3 月 4 日将其背书转让给 D 公司。3 月 10 日，B 公司未向 A 公司交付设备，经 A 公司催告后至 3 月 15 日，B 公司仍未交货，A 公司遂于 3 月 18 日另行购买了设备，并通知 B 公司解除合同，要求 B 公司双倍返还定金 30 万元，同时支付违约金 20 万元。B 公司收到 A 公司通知未就解除合同提出异议，但不同意 A 公司提出的双倍返还定金和支付违约金的要求。

3 月 9 日，D 公司取得的上述汇票不慎被盗，同日，D 公司到 C 银行办理了挂失止付手续。3 月 10 日，王某用盗得的上述汇票以 D 公司的名义向 E 公司购买汽车一辆，并以 D 公司的名义将该汇票签章背书转让给 E 公司作为支付购买汽车的价款。

3 月 12 日，E 公司为支付 F 公司货款，又将该汇票背书转让给 F 公司。4 月 5 日，F 公司在该汇票到期日向 C 银行提示付款，C 银行拒绝支付票款。

【要求】根据上述事实，回答下列问题：

（1）B 公司收到 A 公司解除合同通知后，双方之间签订的买卖合同是否已经解除？并说明理由。

（2）A 公司要求 B 公司双倍返还定金 30 万元，同时支付违约金 20 万元是否符合《中华人民共和国合同法》的规定？并说明理由。

（3）王某以 D 公司的名义将汇票签章背书转让给 E 公司的行为是否有效？并说明理由。

（4）在 F 公司向 C 银行提示付款时，D 公司已采取的挂失止付补救措施是否可以补救其票据权利？为什么？

【答案及解析】

（1）B 公司收到 A 公司解除合同通知后，双方之间签订的买卖合同解除。因为《合同法》规定，当事人一方迟延履行合同主要债务，经催告后在合理期限内仍未履行的，合同法定解除，即对方当事人可以通知解除合同。

（2）不符合规定。因为《合同法》规定，定金和违约金不能同时并用，守约方只能在两种方式中选择一项。

（3）无效。因为这张票据为王某偷盗而来，D 公司并未作出转让票据的意思表示。

（4）挂失止付是票据遗失后可采取的一种暂时的预防措施。失票人在挂失止付后应当立即向法院起诉，因为法律规定，付款人或代理付款人自收到挂失止付通知书之日起 12 日内没有收到人民法院的支付通知书的，自第 13 日起，挂失止付通知书失效。因此，在 F 公司向 C 银行提示付款时，如 D 公司尚未向法院起诉，则挂失止付补救措施不能补救其票据权利。

7. [2001 年多项选择题第 16 题] 根据《中华人民共和国票据法》的规定，下列选项中，属于因时效而致使票据权利消灭的情形有（　　）。

A. 甲持有一张本票，出票日期为 2000 年 5 月 20 日，于 2001 年 5 月 27 日行使票据的付款请求权

B. 乙持一张为期 30 天的汇票，出票日期为 1999 年 5 月 20 日，于 2001 年 5 月 27 日行使票据的付款请求权

C. 丙持一张见票即付的汇票，出票日期为 1999 年 5 月 20 日，于 2001 年 5 月 27 日行使票据的付款请求权

D. 丁持一张支票，出票日期为 2000 年 5 月 20 日，于 2001 年 4 月 27 日行使票据的付款请求权

【答案】C D

【解析】本票的付款请求权，因自出票日起 2 年内不行使而消灭，所以 A 项不选；汇票持票人

对票据的出票人和承兑人享有的付款请求权,因自票据到期日起 2 年内不行使而消灭,所以 B 项不选;见票即付的汇票的付款请求权时效为出票日起 2 年,支票的付款请求权的时效为出票日起 6 个月,所以本题选 C、D 项。

Ⅲ.相关链接

票据权利时效和诉讼时效。

13.1.5 票据抗辩

Ⅰ.考点分析

1. 票据抗辩是票据的债务人依照票据法的规定,对票据债权人拒绝履行义务的行为。

2. 票据抗辩的种类有:

(1) 对物抗辩。指基于票据本身的内容而发生的事由所进行的抗辩。它可以对任何持票人提出,主要有以下几种情况:①因票据行为不成立而抗辩;②依票据记载不能提出请求而抗辩;③因票据载明的权利已消灭或已失效而抗辩;④因票据权利的保全手续欠缺而抗辩;⑤因票据上有伪造、变造情形而抗辩。考生不仅应当掌握上述 5 种对物抗辩的概述,而且应当掌握其具体表现,因为考试时不是考核概括论述,而是考具体表现情况。如 2004 年多项选择题第 16 题:根据票据法的有关规定,下列选项中,票据债务人可以拒绝履行义务,行使票据抗辩权的有 ( )。

A. 背书不连续

B. 持票人向票据债务人交付的货物有严重的质量问题

C. 票据金额的中文大写与数码记载的内容不一致

D. 票据上没有记载付款地

本题答案为 ABC。A 项是因票据行为不成立而为的抗辩;B 项是票据债务人对基础关系中的直接相对人不履行约定义务而进行的抗辩;C 项是因票据无效而为的抗辩。票据债务人对票据上没有记载付款地的票据不能抗辩,而应当按照法律规定的地点履行义务。

(2) 对人抗辩。指票据债务人对抗特定债权人的抗辩。这一抗辩多与票据的基础关系有关。票据法规定,票据债务人只能对基础关系中的直接相对人不履行约定义务的行为进行抗辩,且该基础关系必须是该票据赖以产生的民事法律关系,而不是其他的民事法律关系;如票据已被不履行约定义务的持票人转让给了第三人,而该第三人属于善意的、已对价取得票据的持票人,则票据债务人不能对其进行抗辩。

3. 票据抗辩是有限制的。票据法对票据抗辩的限制主要表现为以下几点:(1) 票据债务人不得以自己与出票人之间的抗辩事由,对抗善意持票人。(2) 票据债务人不得以自己与持票人的前手之间的抗辩事由,对抗善意持票人。(3) 凡是善意的、已支付对价的正当持票人可以向票据上的一切债务人请求付款,不受前手权利瑕疵和前手相互间抗辩的影响。(4) 持票人取得的票据是无对价或不相当对价的,票据债务人可以对抗持票人前手的抗辩事由对抗该持票人。

【要点提示】 重点要掌握的地方,曾经多次出题。①票据抗辩的概念;②票据抗辩的种类,包括对人和对物的抗辩;③票据抗辩的限制。

Ⅱ.经典例题

1. [2007 年多项选择题第 14 题] 票据的对物抗辩是指基于票据本身的内容而发生的事由所进行的抗辩。下列情形中,属于对物抗辩的理由有 ( )。

A. 背书不连续

B. 票据被伪造

C. 票据债务人无行为能力

D. 直接后手交付的货物存在质量问题

【答案】 A B C

【解析】 本题考核票据对物抗辩的规定。选项 D 属于对人抗辩的范围。

2. [单项选择题] 根据《中华人民共和国票据法》的规定,下列各项中,汇票债务人可以对持票人行使抗辩权的事由是 ( )。

A. 汇票债务人与出票人之间存在合同纠纷

B. 汇票债务人与持票人的前手存在抵销关系

C. 背书不连续

D. 出票人存入汇票债务人的资金不够

【答案】 C

【解析】 考查票据债务人可以对持票人提出的抗辩事由的规定。

13.1.6 票据的伪造与变造

Ⅰ.考点分析

	票据的伪造	票据的变造
概念	假冒他人的名义或虚构的名义而进行的票据行为。	无权更改票据内容的人,对票据上的签章以外的记载事项加以变更的行为。
概念辨析	(1) 与票据的无权代理不同:票据伪造的伪造人假冒他人名义签章,而未以自己的名义签章;票据无权代理则是在票据上记载代理关系、被代理人的姓名或名称,代理人本人也签章。(2) 与限制行为人签章:限制行为人签章是以本人的名义签章。(3) 与签章不符合要求不同:签章不符合要求也是以本人的名义签章。	(1) 有变更权的人依法对票据进行的变更,属有效变更;(2) 在空白票据上经授权进行补记,属构成有效票据的条件;(3) 变更票据上的签章的,属票据的伪造。

续表

	票据的伪造	票据的变造
效力	票据的伪造从一开始就是无效的，故即使持票人是善意的，被伪造人和伪造人也不承担票据义务；票据上有伪造签章的，不影响票据上其他真实签章的效力。	变造人承担变造后的责任。其他当事人签章如果在变造前，应按原记载内容负责；如果签章在变造后，则按变造后的记载内容负责；如果无法辨别签章是在变造前还是变造后，视同在变造之前签章。
责任	如果伪造人的行为给他人造成损害的，必须承担民事责任，构成犯罪的，还应承担刑事责任。	变造人因此给他人造成经济损失的，应承担赔偿责任；构成犯罪的，应承担刑事责任。

在复习此知识点时，考生首先应当掌握票据伪造和变造的区别。如 2001 年多项选择题第 15 题：根据《中华人民共和国票据法》的规定，下列选项中，属于变造票据的有（ ）。

A. 变更票据金额

B. 变更票据上的到期日

C. 变更票据上的签章

D. 变更票据上的付款日

本题答案为 ABD，因为变更票据上签章，属于票据的伪造，不是变造，所以 C 不选。

其次，考生应该掌握伪造或变造票据的法律责任，这一内容也可以考核自题。如 2004 年综合题第 3 题，甲公司为支付一批采购的农副产品货款，向李某开出一张金额为 4 万元的转账支票。李某为偿还欠款，将该支票背书转让给张某。张某获该支票后，将支票金额改为 14 万元后，又将该支票背书转让给王某。王某取得该支票后，到为其开立个人银行结算账户的乙银行办理委托收款手续。乙银行在对该支票审查后，未提出任何异议，也未要求王某提供其他任何证明资料，为王某办理了委托收款手续。甲公司开户的丙银行作为委托付款人，也按照乙银行的审查方式审查该支票后，将票面标明的 14 万元从甲公司账户转入王某个人银行结算账户。

甲公司在与丙银行对账的过程中，发现前述支票转出的金额与所应当支付的金额不符，即提出异议。丙银行在核对的过程中，发现支票票面金额被变造的事实。

【要求】

根据上述内容，回答下列问题：

（1）甲公司所受损失可否向丙银行追索？并说明理由。

（2）本题所述的支票在变造后是否有效？并说明理由。

（3）乙银行在办理委托收款手续时，除未发现支票变造的事实外，根据《人民币银行结算账户管理办法》的有关规定，是否存在其他过失？并说明理由。

（4）如果丙银行在向王某付款前发现该支票被变造的事实而拒绝付款，王某可以向哪些人进行追索？被追索对象应承担票据责任的金额分别是多少？并分别说明理由。

【答案及解析】

（1）甲公司是票据义务人，不是票据权利人，所以不能行使票据法上的追索权。甲公司所受损失可以通过民事程序向丙银行追索。因为丙银行没有对该支票进行认真审查即予以付款，应承担重大过失责任。

（2）支票在变造后是有效的，法律规定，变造票据的债务人仍然要承担票据责任。

（3）乙银行在办理委托收款手续时，除未发现支票变造的事实外，还存在未要求提示付款人出具相关证明资料的过失。《人民币银行结算账户管理办法》第 41 条规定，（银行）应认真审查付款依据或收款依据的原件，并留存复印件，按会计档案保管。未提供相关依据或相关依据不符合规定的，银行应拒绝办理。

（4）如果丙银行在向王某付款前发现该支票被变造的事实而拒绝付款，王某可以向甲公司、李某、张某进行追索。甲公司和李某应承担票据责任的金额为 4 万元，张某应承担的票据责任金额为 14 万元。因为法律规定，变造前签章的当事人承担变造前的票据责任，变造人和变造后签章的当事人承担变造后的票据责任。

【要点提示】 容易出综合题，也是常考点。①票据伪造的概念、效力和责任；②票据变造的概念、效力和责任。对于两者的不同点要有所区分。

II. 经典例题

1. ［2007 年判断题第 10 题］甲伪造乙的签章实施票据欺诈行为，给他人造成损失的，乙不承担票据责任。 （ ）

【答案】 √

【解析】 本题考核伪造票据的法律后果。根据规定，伪造人没有在票据上进行签章，不承担票据责任。以上的表述是正确的。

2. ［2003 年判断题第 13 题］变更票据上的金额，属于票据的伪造，不属于票据的变造。
（ ）

【答案】 ×

【解析】 伪造仅限于"签章"，变更金额属于票据的变造。

3. ［2002 年判断题第 15 题］甲签发一张金额为 5 万元的本票交收款人乙，乙背书转让给丙，丙将本票金额改为 8 万元后转让给丁，丁又背书转让给戊。如果戊向甲请求付款，甲只应支付 5 万元，戊所受损失 3 万元应向丁和丙请求赔偿。

（　　）

【答案】√

【解析】根据法律规定，变造前的当事人只承担变造前的票据责任，变造人和变造后的当事人承担变造后的票据责任。

13.2　汇票

13.2.1　汇票的出票

Ⅰ. 考点分析

根据出票人的不同，可以将汇票分为银行汇票和商业汇票；根据承兑人的不同，又可以将商业汇票分为银行承兑汇票和商业承兑汇票。银行汇票不需承兑。

1. 出票是指出票人签发票据并将其交付给收款人的票据行为。汇票出票人不得签发无对价的汇票。但请考生注意，由于票据是无因证券，故即便出票人签发无对价的汇票，出票人等债务人仍应按汇票记载的事项承担票据责任。

2. 汇票的绝对应记载事项有：（1）表明"汇票"的字样；（2）无条件支付的委托；（3）确定的金额；收款人受理申请人交付的银行汇票时，应在出票金额以内，根据实际需要的款项办理结算，并将实际结算金额和多余金额准确、清晰地填入银行汇票内解讫通知的有关栏内。未填明实际结算金额和多余金额或实际结算金额超过出票金额的，银行不予受理；（4）付款人名称；（5）收款人名称；（6）出票日期；（7）出票人签章。上述事项缺一条即汇票无效。

3. 汇票的相对应记载事项有：（1）付款日期。未记载的，法定为见票即付。（2）付款地。未记载的，法定为付款人的营业场所、住所或经常居住地。（3）出票地。未记载的，法定为出票人的营业场所、住所或经常居住地。

考生还应掌握汇票未记载事项的法律后果。如 2003 年单项选择题第 14 题：根据票据法律制度的规定，下列有关汇票未记载事项的表述中，正确的是（　　）。

A. 汇票上未记载付款日期的，为出票后 3 个月内付款

B. 汇票上未记载付款地的，出票人的营业场所、住所或者经常居住地为付款地

C. 汇票上未记载收款人名称的，经出票人授权可以补记

D. 汇票上未记载出票日期的，该汇票无效

本题答案为 D，法律规定，汇票上未记载付款日期的，是为见票即付；汇票上未记载付款地的，以付款人的营业场所、住所或者经常居住地为付款地；汇票上未记载收款人名称的票据无效；汇

票上未记载出票日期的，该汇票无效。

4. 出票的效力：（1）对收款人的效力：收款人取得票据权利，即付款请求权和追索权。（2）对付款人的效力：付款人只有付款之权限，而无付款之义务。（3）对出票人的效力：承担保证该汇票承兑和付款的责任。

【要点提示】①汇票的不同分类；②出票的概念；③汇票的格式，包括绝对记载事项和相对记载事项；④出票的效力。

Ⅱ. 经典例题

1. ［2007 年单项选择题第 12 题］根据票据法律制度的规定，某公司签发汇票时出现的下列情形中，导致该汇票无效的是（　　）。

A. 汇票上未记载付款日期

B. 汇票上金额记载为"不超过 50 万元"

C. 汇票上记载了该票据项下交易的合同号码

D. 签章时加盖了本公司公章，公司负责人仅签名而未盖章

【答案】B

【解析】本题考核汇票无效的情形。根据规定，确定的金额是汇票的绝对应记载事项，如果汇票上记载的金额是不确定的，汇票将无效。

2. ［2007 年多项选择题第 17 题］甲签发一张银行承兑汇票给乙。下列有关票据关系当事人的表述中，正确的有（　　）。

A. 甲是出票人

B. 乙是收款人

C. 甲是承兑申请人

D. 承兑银行是付款人

【答案】ABCD

【解析】本题考核商业承兑汇票签发时的当事人。以上的说法均正确。

3. ［2006 年单项选择题第 18 题］根据《票据法》的规定，汇票出票人依法完成出票行为后即产生票据上的效力。下列表述中，正确的是（　　）。

A. 收款人在汇票金额的付款请求权不能满足时，仅享有对出票人的追索权

B. 付款人在出票人完成出票之日，即成为汇票上的主债务人

C. 汇票签发后，如付款人不予付款，出票人应当承担票据责任

D. 持票人变造汇票金额的，出票人不仅不对变造后汇票记载的内容承担责任，而且也不对变造前汇票记载的内容承担责任

【答案】C

【解析】出票是指出票人签发票据并将其交付给收款人的票据行为。汇票出票人不得签发无对价的汇票。但请考生注意，由于票据是无因证券，故即便出票人签发无对价的汇票，出票人等债务人仍应按汇票记载的事项承担票据责任。

13.2.2 汇票的背书

Ⅰ. 考点分析

1. 我国票据法规定，汇票的转让只能采用背书的方式。

2. 背书的形式

（1）背书由背书人签章并记载背书日期。其中，背书人签章是绝对记载事项，否则背书无效；背书日期为相对记载事项，未记载的，视为在汇票到期日前背书。

汇票背书转让，还必须记载被背书人名称，即被背书人名称也是背书的绝对应记载事项。依据司法解释，如背书人未记载被背书人名称即将票据交付他人的，持票人在票据被背书人栏内记载自己的名称与背书人记载具有同等法律效力。

（2）背书不得记载的内容有：①附条件的背书。背书时附有条件的，所附条件不具有汇票上的效力，但背书行为仍然有效；②部分背书。将汇票金额的一部分或者将汇票金额分别转让给 2 人以上的背书无效。

（3）当票据凭证不能满足背书人记载事项的需要，可以加附粘单。第一位使用粘单的背书人必须将粘单粘在票据上，并且在粘接处签章，否则该粘单记载的内容即为无效。

3. 背书连续

（1）背书连续是指在票据转让中，转让汇票的背书人与受让汇票的被背书人在汇票上的签章依次前后衔接。背书连续主要是指背书在形式上的连续。

（2）认定背书连续还应注意以下问题：①背书必须在形式要件上有效，但背书存在实质上的原因而无效（例如无行为能力人的签章或伪造背书）则不影响背书连续。②后次背书的背书人与收款人或前次背书的被背书人必须是同一人。以不同名称表述同一人的，也认定为背书连续。③非经背书转让，而以其他合法方式取得汇票的，不涉及背书连续的问题。④背书的连续是指转让背书连续，而不包括委托收款背书、质押背书等非转让背书在内。

委托收款背书是指持票人以行使票据上的权利为目的，而授予被背书人以代理权的背书。背书人（原持票人）与被背书人（代理人）之间形成民法上的代理关系，背书人仍是票据权利人，被背书人不得再以背书转让汇票权利。

质押背书是指持票人以票据权利设定质权为目的而做成的背书。背书人（出质人）与被背书人（质权人）之间确立的是一种担保关系，背书人仍是票据权利人。设定票据质押时，出质人必须在汇票上记载"质押"字样且须在票据上签章，否则票据质押无效。

4. 禁止背书

（1）约定禁止背书：出票人、前手背书人在汇票上记载"不得转让"字样的，汇票不得进行背书转让。出票人在汇票上记载"不得转让"字样，其后手再背书转让的，出票人和承兑人对受让人不承担票据责任。背书人在汇票上记载"不得转让"字样，其后手再背书转让的，原背书人对后手的被背书人不承担保证责任。

（2）法定禁止背书转让的情况有：①被拒绝承兑的汇票；②被拒绝付款的汇票；③超过付款提示期限的汇票。背书人将上述三种情形的汇票背书转让的，则该背书人应承担票据责任。

【要点提示】 重点掌握，易出综合题。①背书的情形；②背书的连续以及应注意的问题；③委托收款背书和质押背书；④禁止背书的情形，其中包括约定禁止背书和法定禁止背书。

Ⅱ. 经典例题

1. ［2007 年单项选择题第 13 题］汇票的背书人在票据上记载了"不得转让"字样，但其后手仍进行了背书转让。下列关于票据责任承担的表述中，错误的是（ ）。

A. 不影响承兑人的票据责任

B. 不影响出票人的票据责任

C. 不影响原背书人之前手的票据责任

D. 不影响原背书人对后手的被背书人承担票据责任

【答案】 D

【解析】 本题考核转让了背书人记载"不得转让"汇票的法律后果。根据规定，背书人在汇票上记载"不得转让"字样，其后手再背书转让的，原背书人对后手的被背书人不承担保证责任（票据责任）。因此选项 D 的说法是错误的。

2. ［2007 年单项选择题第 15 题］甲在将一汇票背书转让给乙时，未将乙的姓名记载于被背书人栏内。乙发现后将自己的姓名填入被背书人栏内。下列关于乙填入自己姓名的行为效力的表述中，正确的是（ ）。

A. 无效 B. 有效

C. 可撤销 D. 甲追认后有效

【答案】 B

【解析】 本题考核被背书人栏的填写规定。根据票据法司法解释的规定，背书人未记载被背书人名称即将票据交付他人的，持票人在票据被背书人栏内记载自己的名称与背书人记载具有同等法律效力。

3. ［2006 年多项选择题第 14 题］根据《票据法》的规定，下列选项中，属于禁止背书转让汇票的情形有（ ）。

A. 汇票未记载付款地的

B. 汇票超过付款提示期限的

C. 汇票被拒绝承兑的

D. 汇票被拒绝付款的

【答案】 B C D

【解析】法定禁止背书转让的情况有：①被拒绝承兑的汇票；②被拒绝付款的汇票；③超过付款提示期限的汇票。背书人将上述三种情形的汇票背书转让的，则该背书人应承担票据责任。

4. [2004年单项选择题第14题] 根据票据法律制度的规定，下列选项中，不构成票据质押的是（ ）。

A. 出质人在汇票上记载了"质押"字样而未在汇票上签章的

B. 出质人在汇票粘单上记载了"质押"字样并在汇票粘单上签章的

C. 出质人在汇票上记载了"质押"字样并在汇票上签章，但是未记载背书日期的

D. 出质人在汇票上记载了"为担保"字样并在汇票上签章的

【答案】A

【解析】法律规定，出质人在汇票上记载了"质押"字样而未在汇票上签章的，不构成质押。

5. [2002年单项选择题第17题] 背书人甲将一张100万元的汇票分别背书转让给乙和丙各50万元，下列有关该背书效力的表述中，正确的是（ ）。

A. 背书无效

B. 背书有效

C. 背书转让给乙50万元有效，转让给丙50万元无效

D. 背书转让给乙50万元无效，转让给丙50万元有效

【答案】A

【解析】《票据法》第32条规定部分背书无效。

6. [2001年单项选择题第14题] 根据《中华人民共和国票据法》的规定，背书人在汇票上记载"不得转让"字样，其后手再背书转让的，将产生的法律后果是（ ）。

A. 该汇票无效

B. 该背书转让无效

C. 原背书人对后手的被背书人不承担保证责任

D. 原背书人对后手的被背书人承担保证责任

【答案】C

【解析】根据《中华人民共和国票据法》的规定，背书人在汇票上记载"不得转让"字样，其后手再背书转让的，原背书人对后手的被背书人不承担保证责任。

7. [2001年判断题第16题] 以汇票设定质押时，出质人在汇票上只记载了"质押"字样而未在票据上签章的，构成票据质押。（ ）

【答案】×

【解析】出质人在汇票上只记载了"质押"字样而未在票据上签章的，不构成票据质押。

13.2.3 汇票的承兑

I. 考点分析

1. 承兑是指汇票付款人承诺在汇票到期日支付汇票金额的票据行为。承兑是汇票特有的制度。

2. 承兑的程序。

（1）提示承兑。应着重注意提示承兑的期限。①见票即付的汇票无需提示承兑；汇票上未记载付款日期的，视为见票即付的汇票，也无需提示承兑。②定日付款或出票后定期付款的汇票，应在汇票到期日前向付款人提示承兑。③见票后定期付款的汇票，应当自出票日起1个月内向付款人提示承兑；否则，即丧失对其前手的追索权。

（2）承兑成立。付款人将其已承兑的汇票退回给持票人时，承兑生效。

承兑时间：付款人对向其提示承兑的汇票，应当自收到汇票之日起3日内承兑或拒绝承兑。

承兑格式：付款人承兑汇票的，应在汇票正面记载"承兑"字样和承兑日期并签章。承兑文句和承兑人签章是绝对应记载事项；见票后定期付款的汇票，还应记载付款日期。承兑日期是相对记载事项，汇票未记载承兑日期的，以上述3日承兑期的最后一日为承兑日期。

3. 承兑的效力：（1）付款人承兑汇票后，应承担到期付款的绝对责任。（2）承兑汇票不得附有条件，承兑附条件的，视为拒绝承兑。

【要点提示】①汇票承兑的概念；②汇票的程序，包括提示承兑和承兑成立，同时要注意承兑时间和承兑格式；③承兑的效力。

II. 经典例题

[判断题] 付款人承兑汇票时附有条件的，所附条件不具有法律上的效力。（ ）

【答案】×

【解析】承兑附有条件的，被视为拒绝承兑。

13.2.4 汇票的保证

I. 考点分析

1. 保证是指票据债务人以外的第三人，以担保特定债务人履行票据债务为目的，而在票据上所为的一种附属票据行为。票据保证的保证人资格同《担保法》有关保证人资格的规定相同。

2. 保证的格式：保证人在汇票或粘单上绝对记载的事项是表明"保证"的字样和保证人签章。保证人的相对记载事项是被保证人的名称、保证日期和保证人住所。

为出票人、承兑人保证的，应记载于汇票的正面；为背书人保证的，应记载于汇票的背面或粘单上。

如果未记载被保证人名称，已承兑汇票的承兑人或未承兑汇票的出票人为被保证人。如果未记载保证日期的，出票日期为保证日期。

保证不得附条件；附有条件的，不影响对汇票的保证责任。

3. 保证的效力。

(1) 保证人对合法取得汇票的持票人所享有的汇票权利，承担保证责任。但被保证人的债务因汇票记载事项欠缺而无效的除外。也即只有当被保证人的债务因形式要件欠缺而无效的，保证人的保证责任才免除。

(2) 保证人与被保证人对持票人承担连带责任；保证人为 2 人以上的，保证人之间承担连带责任。

(3) 保证人与被保证人的责任在数量上相同，我国法律不允许部分保证。

(4) 保证人清偿汇票债务后，可以行使持票人对被保证人及其前手的追索权。

【要点提示】①汇票保证的定义；②保证的当事人与格式；③保证的效力。

Ⅱ. 经典例题

1. [单项选择题] 根据《票据法》的规定，下列关于汇票的表述中，正确的是（　　）。

A. 汇票金额中文大写与数码记载不一致的，以中文大写金额为准

B. 汇票保证中，被保证人的名称属于相对应记载事项

C. 见票即付的汇票，无须提示承兑

D. 汇票承兑后，承兑人如果未受有出票人的资金，则可对抗持票人

【答案】C

【解析】保证人在汇票或粘单上绝对记载的事项是表明"保证"的字样和保证人签章。如果未记载被保证人名称，已承兑汇票的承兑人或未承兑汇票的出票人为被保证人，而并非是保证人的名称。

2. [单项选择题] 乙公司与丙公司交易时以汇票支付。丙公司见汇票出票人为甲公司，遂要求乙公司提供担保，乙公司请丁公司为该汇票作保证，丁公司在汇票背书栏签注"若甲公司出票真实，本公司愿意保证"。后经了解甲公司实际并不存在。根据票据法律制度的规定，下列表述中，正确的是（　　）。

A. 丁公司应承担一定赔偿责任

B. 丁公司只承担一般保证责任，不承担票据保证责任

C. 丁公司应当承担票据保证责任

D. 丁公司不承担任何责任

【答案】C

【解析】保证人对合法取得汇票的持票人所享有的汇票权利，承担保证责任。因此，对于甲公司的汇票，应予以担保。

Ⅲ. 相关链接

汇票保证与合同保证的区别。

13.2.5 汇票的付款

Ⅰ. 考点分析

1. 付款是指付款人依据票据文义支付票据金额，以消灭票据关系的行为。

2. 付款的程序分为提示付款与支付票款

(1) 提示付款的期限：见票即付的汇票，自出票日起 1 个月内；定日付款、出票后定期付款或见票后定期付款的汇票，自到期日起 10 日内。

持票人未在上述法定期限内提示付款的，丧失其前手的追索权，但对于承兑人并不发生失权的效果，即承兑人仍应负责。如果承兑人或付款人对逾期提示付款的持票人付款的，与按照规定的期限付款具有同样的法律效力。

(2) 支付票款：持票人按规定提示付款的，付款人必须在当日足额付款。

付款人或代理付款人付款时，应当审查汇票背书的连续，并审查提示付款人的合法身份证明或有效证件，付款人或代理付款人恶意或者有重大过失付款的，或在到期日前付款的，应当自行承担责任。

付款人依票据文义足额付款后，全体汇票债务人的责任解除。但付款人付款存在瑕疵的，付款人及其他债务人的义务不能免除。

【要点提示】①汇票付款概念；②汇票付款的程序，分提示付款和支付款项；③付款的效力。

Ⅱ. 经典例题

1. [2005 年单项选择题第 15 题] 根据票据法的规定，汇票的持票人没有在规定期限内提示付款的，其法律后果是（　　）。

A. 持票人丧失全部票据权利

B. 持票人在作出说明后，承兑人仍然应当承担票据责任

C. 持票人在作出说明后，背书人仍然应当承担票据责任

D. 持票人在作出说明后，可以行使全部票据权利

【答案】B

【解析】法律规定，汇票的持票人没有在规定期限内提示付款的，在作出说明后，承兑人仍然应当承担票据责任。

2. [判断题] 提示付款的期限：见票即付的汇票，自出票日起 1 个月内；定日付款、出票后定期付款或见票后定期付款的汇票，自到期日起 15 日内。

【答案】×

【解析】提示付款的期限：见票即付的汇票，自出票日起 1 个月内；定日付款、出票后定期付款或见票后定期付款的汇票，自到期日起 10 日内。

13.2.6 汇票的追索权

Ⅰ. 考点分析

1. 追索权是指持票人在票据到期不获付款或期前不获承兑或有其他法定原因，并在实施行使或保全票据上权利的行为后，可以向其前手请求偿还票据金额、利息及其他法定款项的一种票据

权利。

2. 追索权发生的条件：

追索权发生的实质条件是：（1）汇票到期被拒绝付款；（2）汇票在到期日前被拒绝承兑；（3）汇票到期日前，承兑人或付款人死亡、逃匿的；（4）汇票到期日前，承兑人或付款人被依法宣告破产或因违法被责令终止业务活动。

追索权发生的形式条件是：（1）在法定期限提示承兑或提示付款；（2）在不获承兑或不获付款时，在法定期限内做成拒绝证明。拒绝证明的种类包括：拒绝证书、退票理由书、记载着拒绝付款字样的汇票、其他有关证明、人民法院的有关司法文书、有关行政主管部门的处罚决定等。

持票人不能出示拒绝证明的，丧失对其前手的追索权；但承兑人或付款人仍应对持票人承担责任。

3. 追索权的行使：

（1）持票人行使追索权的对象是其一切前手，出票人、背书人、承兑人、保证人均系汇票债务人，承担连带责任，持票人可不按照汇票债务人的先后顺序，对其中任何人行使追索权；并且，持票人对汇票债务人中的一人或数人已经进行追索的，对其他汇票债务人仍可以行使追索权。但是，持票人为出票人的，对其前手无追索权；持票人为背书人的，对其后手无追索权。

（2）持票人行使追索权，可以请求清偿的金额和费用包括：①被拒绝付款的汇票金额；②汇票金额自到期日或者提示付款日起至清偿日止，按中国人民银行的规定计算的相应的利息；③取得有关拒绝证明和发出通知书的费用。

（3）被追索人向持票人支付上述清偿金额及费用后，可以向其他汇票债务人行使再追索权，其可以请求支付的金额和费用有：①已清偿的全部金额；②前项金额自清偿日起至再追索清偿日止，按中国人民银行的规定计算的相应的利息；③发出通知书的费用。

【要点提示】①追索权的概念；②追索权发生的实质条件和形式条件；③追索权的行使，发出追索通知，确定追索对象和请求清偿金额和受领。

Ⅱ. 经典例题

1. ［2006年单项选择题第19题］2006年6月5日，A公司向B公司开具一张金额为5万元的支票，B公司将支票背书转让给C公司。6月12日，C公司请求付款银行付款时，银行以A公司账户内只有5 000元为由拒绝付款。C公司遂要求B公司付款，B公司于6月15日向C公司付清了全部款项。根据《票据法》的规定，B公司向A公司行使再追索权的期限为（　　）。

A. 2006年6月25日之前
B. 2006年8月15日之前
C. 2006年9月15日之前

D. 2006年12月5日之前

【答案】D

【解析】（1）持票人对票据的出票人和承兑人的权利，自票据到期日起2年。见票即付的汇票、本票，自出票日起2年。（2）持票人对支票出票人的权利，自出票日起6个月。（3）持票人对前手的追索权，在被拒绝承兑或者被拒绝付款之日起6个月。（4）持票人对前手的再追索权，自清偿日或者被提起诉讼之日起3个月。上述（1）（2）包括付款请求权和追索权；（3）（4）不包括对出票人的追索权。A公司属于出票人。

2. ［2006年多项选择题第15题］甲出具一张本票给乙，乙将该本票背书转让给丙，丁作为乙的保证人在票据上签章。丙又将该本票背书转让给戊，戊作为持票人未按规定期限向出票人提示本票。根据《票据法》的规定，下列选项中，戊不得行使追索权的有（　　）。

A. 甲　　B. 乙　　C. 丙　　D. 丁

【答案】BCD

【解析】本票为见票即付的票据，收款人或持票人在取得银行本票后，随时可以向出票人请求付款；但自出票日起，付款期限最长的不得超过2个月。持票人未在此期限内提示本票的，丧失对出票人以外的前手的追索权。

3. ［2006年判断题第10题］甲公司向乙公司开具了一张金额为20万元的商业承兑汇票，乙公司将此汇票背书转让给丙，丙又将汇票背书转让给甲。甲在汇票得不到付款时，可以向丙行使票据追索权。（　　）

【答案】×

【解析】持票人为出票人的，对其前手无追索权。持票人为背书人的，对其后手无追索权。

4. ［2005年综合题第1题］为向A公司支付购买化工产品的货款，B公司向自己开户的C银行申请开具银行承兑汇票。C银行审核同意后，B公司依约存入C银行300万元保证金，并签发了以自己为出票人、A公司为收款人、C银行为承兑人、金额为1 000万元的银行承兑汇票，C银行在该汇票上作为承兑人签章。B公司将上述汇票交付A公司以支付货款。

A公司收到汇票后，在约定的期限向B公司交付完毕化工产品。并向D公司支付采购原料价款，A公司又将该汇票背书转让给D公司。

B公司收到A公司交付的化工产品后，经过检验，发现产品存在重大质量问题，在与A公司多次交涉无果后，解除了合同，并将收到的化工产品全部退还A公司。A公司承诺向B公司返还货款，但未能履行。B公司在解除合同后，立即将该事实通知C银行，要求该银行不得对其开出的汇票付款。直到该汇票到期日，B公司也未依约定将剩余汇票金额存入C银行。

D 公司在该汇票到期时，持票请求 C 银行付款，C 银行以 B 公司已经解除与 A 公司的合同以及 B 公司未将剩余汇票金额存入账户为由，拒绝了 D 公司的付款请求。

【要求】 根据本题所述内容，分别回答下列问题：

（1）C 银行拒绝 D 公司付款请求的两个理由是否能够成立？并分别说明理由。

（2）D 公司是否有权向 B 公司追索？并说明理由。

（3）如果 A 公司应 D 公司的要求，支付了全部被追索金额，转而作为持票人向 B 公司再追索，B 公司是否有权拒绝其请求？并说明理由。

【答案及解析】

（1）C 银行拒绝 D 公司付款请求的两个理由均不成立。首先，票据关系一经形成，就与基础关系相分离，基础关系是否存在，是否有效，对票据关系都不起影响作用。在本题中，C 银行不得以 B 公司已经解除与 A 公司的合同为由拒绝 D 公司的付款请求。其次，承兑人不得以其与出票人之间的资金关系对抗持票人，即要支付汇票金额。在本题中，C 银行不得以 B 公司未将剩余汇票金额存入账户为由，拒绝 D 公司的付款请求。

（2）D 公司有权向 B 公司追索。根据规定，首先，持票人可以不按照汇票债务人的先后顺序，对出票人、背书人、承兑人和保证人中的任何一人、数人或者全体行使追索权。其次，凡是善意的、已支付对价的正当持票人可以向票据上的一切债务人请求付款，不受前手权利瑕疵和前手相互间抗辩的影响。在本题中，D 公司属于善意、支付对价的持票人，有权向出票人 B 公司追索。

（3）B 公司有权拒绝 A 公司的请求。根据规定，票据债务人可以对不履行约定义务的与自己有直接债权债务关系的持票人，进行抗辩。在本题中，由于直接相对人 A 公司在买卖合同中未履行约定义务，因此 B 公司有权拒绝 A 公司的请求。

13.3 本票

13.3.1 本票

Ⅰ. 考点分析

本票的大部分内容与汇票的规定相同，仅需注意其不同的规定。重点是本票的定义、出票。

1. 本票是出票人签发的，承诺自己在见票时无条件支付确定的金额给收款人或者持票人的票据。

2. 本票出票时必须记载的事项有：（1）表明"本票"字样；（2）无条件支付的承诺；（3）确定的金额；（4）收款人名称；（5）出票日期；（6）出票人签章。

3. 本票为见票即付的票据，收款人或持票人在取得银行本票后，随时可以向出票人请求付款；

但自出票日起，付款期限最长的不得超过 2 个月。持票人未在此期限内提示本票的，丧失对出票人以外的前手的追索权。

【要点提示】 ①本票的概念；②本票出票时必须记载的事项；③本票为见票即付的票据，收款人或持票人在取得银行本票后，随时可以向出票人请求付款；但自出票日起，付款期限最长的不得超过 2 个月。持票人未在此期限内提示本票的，丧失对出票人以外的前手的追索权。

Ⅱ. 经典例题

1. [2006 年单项选择题第 17 题] 根据《票据法》的规定，银行本票自出票之日起，付款期限最长为（ ）。

A. 1 个月　　　　　B. 2 个月

C. 6 个月　　　　　D. 9 个月

【答案】 B

【解析】 本票为见票即付的票据，收款人或持票人在取得银行本票后，随时可以向出票人请求付款；但自出票日起，付款期限最长的不得超过 2 个月。

2. [单项选择题] 根据《票据法》的规定，下列关于本票的表述中，不正确的是（ ）。

A. 到期日是本票的绝对应记载事项

B. 本票的基本当事人只有出票人和收款人

C. 本票无须承兑

D. 本票是由出票人本人对持票人付款的票据

【答案】 A

【解析】 本票出票时必须记载的事项有：（1）表明"本票"字样；（2）无条件支付的承诺；（3）确定的金额；（4）收款人名称；（5）出票日期；（6）出票人签章。

13.4 支票

13.4.1 支票

Ⅰ. 考点分析

支票的大部分内容也与汇票相同，这里要掌握的是有关支票的不同规定之处。重点是支票的定义、出票、付款。

1. 支票是出票人委托银行或者其他金融机构见票时无条件支付一定金额给收款人或者持票人的票据。

2. 《票据法》规定的支票有三种：（1）普通支票；（2）现金支票；（3）转账支票。后二者只能分别用于支取现金和转账。

3. 支票出票时必须记载的事项有：（1）表明"支票"字样；（2）无条件支付的委托；（3）确定的金额；（4）付款人名称；（5）出票日期；（6）出票人签章。

另外，支票上的金额和收款人名称可以由出票人授权补记，但未补记前的支票，不得背书转让、提示付款。这就是通常所称的空白支票，它与空头支票有区别。出票人签发的支票金额超过其付款时在付款人处实有的存款金额的，为空头支票。签发空头支票是法律禁止的行为，属于票据欺诈行为。

签发支票应使用碳素墨水或墨汁填写，中国人民银行另有规定的除外。

4. 支票的付款：（1）支票也属于见票即付的票据，不得另行记载付款日期；另行记载付款日期的，该记载无效。（2）支票的提示付款期限为自出票日起10日；异地使用的支票，其提示付款的期限由人民银行另行规定。超过提示付款期限的，付款人可以不予付款，但出票人仍应当对持票人承担票据责任。

5. 对签发空头支票行为实施的行政处罚：

中国人民银行及其分支机构实施对签发空头支票出票人的行政处罚。

签发空头支票或者签发与其预留的签章不符的支票，不以骗取财物为目的的，处以票面金额5%但不低于1 000元的罚款。对逾期缴纳罚款的出票人，可按每日以罚款数额的3%加处罚款，或填写《中国人民银行强制执行申请书》，向人民法院申请强制执行。

支票是很常用的结算办法，所以考试的概率比较高，其与汇票不同的部分是考生尤其应当掌握的。如以下综合题：甲公司拟向乙公司订购一批办公家具，授权本单位员工李某携带一张记载有本单位签章、出票日为2001年5月9日、票面金额为18万元的转账支票（同城使用，下同）前往采购。5月10日，李某代表甲公司与乙公司签订了价值18万元的买卖合同。该合同约定：甲公司于合同签订当日以支票方式一次付款；乙公司应当在6月10日前向甲公司交付所购全部家具。李某在向乙公司交付支票时，声明该支票未记载收款人，由乙公司自己填写。

乙公司在收到该支票后，未在该支票收款人栏内记载自己的名称，而是直接在该栏目将收款人填写为丙公司，于5月12日将该支票交给丙公司，由丙公司存入其开立账户的丁银行，以便利用丙公司的银行账户提取现金。为此，丙公司将按照支票金额的5%提取管理费。

5月15日，丁银行通知丙公司，其存入的上述支票的款项已于5月14日到账，但却不能支取使用，主要原因是：该支票上记载有在甲公司收到乙公司交付家具之次日，持票人才能支取使用该资金。乙公司于6月8日向甲公司交付所购家具，丙公司于第二天才得以开始分批从其账户中支取该资金并交付乙公司。

【要求】

1. 甲公司交付给乙公司的支票未记载收款人，该支票是否有效？并说明理由。

2. 乙公司利用丙公司账户存取款项的行为是

否符合有关规定？并说明理由。如不符合有关规定，应当由谁承担何种法律责任？

3. 丁银行通知内公司不能支取使用到账资金的理由是否成立？并说明理由。如丁银行的理由不能成立，其应当承担何种法律责任？

【答案及解析】

1. 该支票有效，因为支票的收款人名称可以授权补记。

2. 乙公司利用丙公司账户存取款项的行为违反了银行账户管理和结算的法律制度，丙公司的行为属于出租账户行为，应当由丙公司承担法律责任。具体地说，应当按其行为发生的金额处以5%但不低于1 000元的罚款，并没收出租账户的非法所得。

3. 丁银行通知丙公司不能支取使用到账资金的理由不成立。一是因为法律规定支票是见票即付的，另行记载付款日期的，该记载无效。二是除国家法律另有规定外，银行不得代任何单位或个人冻结、扣款，不得停止支付单位、个人存款的正常支付。丁银行的理由不能成立，其应当承担故意压票、拖延支付的法律责任。根据有关规定，丁银行应当按延压资金额每天万分之五计付赔偿金。

【要点提示】①支票的定义；②支票的种类；③支票出票时必须记载的事项；④支票的付款；⑤对签发空头支票行为的行政处罚。

Ⅱ. 经典例题

1. ［2006年单项选择题第16题］存款人签发空头支票不以骗取财物为目的的，除了由中国人民银行处以罚款外，持票人有权要求出票人支付支票金额一定比例的赔偿金，该比例为（　　）。

A. 5%　　B. 1%　　C. 2%　　D. 15%

【答案】C

【解析】签发空头支票或签发与其预留的签章不符的支票，不以骗取钱财为目的的，由中国人民银行处以票面金额5%但不低于1 000元的罚款，持票人有权要求出票人赔偿支票金额2%的赔偿金。

2. ［2006年多项选择题第16题］根据《票据法》的规定，下列有关汇票与支票区别的表述中，正确的有（　　）。

A. 汇票可以背书转让，支票不可背书转让

B. 汇票有即期汇票与远期汇票之分，支票则均为见票即付

C. 汇票的票据权利时效为2年，支票的票据权利时效则为6个月

D. 汇票上的收款人可以由出票人授权补记，支票则不能授权补记

【答案】B C

【解析】根据法律规定，汇票和支票都可以背书转让；汇票上的收款人属于绝对记载事项，不

能补记，支票上的金额和收款人名称可以由出票人授权补记。

3. ［2005 年判断题第 8 题］支票的出票人于 2005 年 9 月 9 日出票时，在票面上记载"到期日为 2005 年 9 月 19 日"。该记载有效。（　　）

【答案】×

【解析】支票为见票即付的票据；另行记载付款日期的，该记载无效。

Ⅲ. 相关链接

（1）本票、支票和汇票的比较

	本　票	支　票	汇　票
定义	出票人签发，承诺自己在见票时无条件支付确定的金额给收款人或者持票人的票据	出票人委托银行或者其他金融机构见票时无条件支付一定金额给收款人或者持票人的票据	出票人签发，委托付款人在见票时或者在指定日期无条件支付一定金额给收款人或者持票人的票据
性质	自付证券	委托证券	委托证券
基本当事人	出票人、收款人	出票人、付款人、收款人	出票人、付款人、收款人
种类	银行本票（定额、不定额）	普通支票、现金支票、转账支票	银行汇票、商业汇票（商业承兑汇票、银行承兑汇票）
出票人	有直接支付责任	有直接支付责任	无直接支付责任，只有担保责任
绝对记载事项	（1）表明"本票"字样；（2）无条件支付的承诺；（3）确定的金额；（4）收款人名称；（5）出票日期；（6）出票人签章	（1）表明"支票"字样；（2）无条件支付的委托；（3）确定的金额；（4）付款人名称；（5）出票日期；（6）出票人签章	（1）表明"汇票"字样；（2）无条件支付的委托；（3）确定的金额；（4）付款人名称；（5）收款人名称；（6）出票日期；（7）出票人签章
相对记载事项	（1）付款地，（2）出票地	（1）付款地；（2）出票地	（1）付款日期；（2）付款地；（3）出票地
提示承兑期限	不需要承兑	不需要承兑	（1）见票即付不需承兑；（2）定日付款、出票后定期付款的，汇票到期日前；（3）见票后定期付款的，自出票日起 1 个月内
提示付款期限	自出票日起 2 个月之内提示付款	自出票日起 10 日之内提示付款	（1）见票即付汇票，自出票日起 1 个月内提示付款；（2）其他汇票，自到期日起 10 日之内提示付款
未按期提示付款后果	丧失对前手的追索权，但出票人仍负绝对支付责任	付款人可以不付款，出票人仍应承担付款责任	丧失对前手的追索权，但承兑人仍负绝对支付责任
背书	准用汇票的有关规定。（见下表）		
保证			
付款			
追索权			

（2）背书、承兑和保证的比较

	背　书	承兑（汇票特有）	保　证
绝对记载事项	背书人签章、被背书人名称	承兑文句、承兑人签章	表明"保证"的字样；保证人签章
记载方法	汇票背面或粘单上	汇票正面	为出票人、承兑人保证的，记载于汇票正面；为背书人保证的，记载于汇票的背面或粘单上
不得记载的内容及相应后果	（1）附条件的背书，条件无效背书有效；（2）部分背书无效	承兑附条件视为拒绝承兑	附条件的保证，条件无效保证有效
效力	背书人对其后手承担票据责任	付款人应承担到期付款的绝对责任	保证人与被保证人之间、共同保证人之间对持票人都承担连带责任
准用汇票的有关规定	本票、支票都适用	汇票特有的制度	本票适用，支票无保证制度

13.5　涉外票据的法律适用

13.5.1　涉外票据的法律适用

Ⅰ.考点分析

1. 涉外票据是指出票、背书、承兑、保证、付款等行为中，既有发生在中华人民共和国境内又有发生在中华人民共和国境外的票据。

2. 关于涉外票据法律适用的规定：（1）票据债务人的民事行为能力：本国法。如适用本国法为无民事行为能力或限制民事行为能力而适用行为地法为完全民事行为能力的，适用行为地法。（2）汇票、本票出票时的记载事项：出票地法。（3）支票出票时的记载事项：出票地法。经协议可适用付款地法。（4）背书、承兑、付款和保证行为：行为地法。（5）追索权行使期限：出票地法。（6）票据的提示期限、拒绝证明的方式及出具拒绝证明的期限：付款地法。（7）票据丢失，请求，保全票据权利的程序：付款地法。

【要点提示】①涉外票据的概念；②关于涉外票据法律适用的规定，包括票据民事法律行为能力，出票时记载事项等所适用的法律。

Ⅱ.经典例题

1.［2007 年多项选择题第 16 题］根据票据法的规定，下列涉外汇票票据行为中，属于应适用行为地法的有（　　）。

A. 背书　　B. 保证　　C. 付款　　D. 承兑

【答案】A B C D

【解析】本题考核涉外票据的法律适用。根据规定，票据的背书、承兑、付款和保证行为，适用行为地法律。

2.［多项选择题］根据票据法律制度的规定，下列涉外票据的票据行为中，可以适用行为地法律的有（　　）。

A. 票据追索权行使期限的确定

B. 票据的背书

C. 票据的付款

D. 票据的承兑

【答案】B C D

【解析】关于涉外票据法律适用的规定，背书、承兑、付款和保证行为可适用行为地法。

13.6　法律责任

13.6.1　违反票据法的法律责任

Ⅰ.考点分析

学习本知识点，主要掌握构成票据欺诈罪的行为有 7 种，即伪造、变造票据；故意使用伪造、变造票据；签发空头支票或故意签发与预留的本名签名式样或者印鉴不相符的支票，骗取财物；签发无可靠资金来源的汇票、本票，骗取资金；汇票、本票的出票人在出票时作虚假记载，骗取财物；冒用他人的票据，或者故意使用过期或者

作废的票据，骗取财物；付款人同出票人、持票人恶意串通，实施前六项行为之一的。

【要点提示】票据欺诈的行为（7 种）以及法律责任。

知识点测试

一、单项选择题

1. 根据有关规定，支票丧失后，失票人应向支票支付地基层人民法院提出公示催告的申请。该支票支付地是指（　　）。

A. 失票人所在地

B. 收款人所在地

C. 出票人开户银行所在地

D. 出票人所在地

2. 根据有关规定，下列各项中，汇票债务人可以对持票人行使抗辩权的事由是（　　）。

A. 汇票债务人与出票人之间存在合同纠纷

B. 汇票债务人与持票人的前手存在抵销关系

C. 背书不连续

D. 出票人存入汇票债务人的资金不够

3. 商业汇票的付款期限最长不得超过（　　）；商业汇票的提示付款期限，自汇票到日起（　　）。

A. 2 个月　5 日　　　　B. 6 个月　5 日

C. 2 个月　10 日　　　D. 6 个月　10 日

4. 见票后定期付款的汇票，持票人向付款人提示承兑的期限为（　　）。

A. 到期日前　　　　　B. 出票起 10 日内

C. 出票日起 1 个月内　D. 出票日起 2 个月内

5. 某本票的出票日期为 2001 年 5 月 7 日，其付款期限最多不得超过（　　）。

A. 2001 年 6 月 7 日　　B. 2001 年 7 月 7 日

C. 2001 年 8 月 7 日　　D. 2001 年 9 月 7 日

6. 根据《票据法》的有关规定，在涉外票据中，票据追索权的行使期限应适用（　　）。

A. 出票地法律　　　　B. 付款地法律

C. 出票人本国法律　　D. 付款人本国法律

7. 根据《中华人民共和国票据法》的规定，背书人在汇票上记载"不得转让"字样，其后手在再背书转让的，将产生的法律后果是（　　）。

A. 该汇票无效

B. 该背书转让无效

C. 原背书人对后手的被背书人不承担保证责任

D. 原背书人对后手的被背书人承担保证责任

8. 背书人甲将一张 100 万元的汇票分别背书转让给乙和丙各 50 万元，下列有关该背书效力的表述中，正确的是（　　）。

A. 背书无效

B. 背书有效

C. 背书转让给乙 50 万元有效，转让给丙 50 万

元无效

    D. 背书转让给丙 50 万元有效，转让给乙 50 万元无效

9. 根据法律规定，当银行汇票上记载的实际结算金额与出票时记载的确定金额不一致时，应该（   ）。

    A. 以出票时记载的确定金额为付款金额

    B. 以实结算金额为付款金额

    C. 以两种金额中较小的一种金额为付款金额

    D. 确认该汇票无效，由出票人重新出票

10. 根据票据法律制度的规定，下列有关汇票未记载事项的表述，正确的是（   ）。

    A. 汇票上未记载付款日期的，为出票后 1 个月内付款

    B. 汇票上未记载付款地的，出票人的营业场所、住所或经常居住地为付款地点

    C. 汇票上未记载收款人名称的，经出票人授权可以补记

    D. 汇票上未记载出票日期的，该汇票无效

二、多项选择题

1. 下列关于票据的特征说法正确的有（   ）。

    A. 票据是出票人依法签发的有价证券

    B. 票据以支付一定金额为目的

    C. 票据所表示的权利与票据不可分离

    D. 票据所记载的金额必须由出票人自行支付

2. A 公司向 B 公司出售一批商品，约定以汇票结算。B 公司依约开出金额为 20 万元的汇票一张，则下列说法中正确的有（   ）。

    A. A 公司向 B 公司出售一批商品是票据的基础法律关系，出票人 B 公司与受票人 A 公司之间的关系是票据关系

    B. 如票据被 C 所盗，A 公司要求 C 返还票据，则 A 与 C 之间的关系为票据法上的非票据关系

    C. 如合同履行期满，A 公司未依约供货，A 提示付款时，B 公司可拒付

    D. 如 A 提示付款时，银行以汇票欠缺记载事项，票据无效为由拒付款，则 A 与 B 之间的买卖合同也无效

3. 下列关于票据签章的表述中正确的有（   ）。

    A. 票据上的签章是票据行为表现形式中绝对应记载的事项

    B. 法人和其他单位的签章必须同时采用两种方式，即该法人或该单位的盖章加其法定代理人或其授权的代理人的签章

    C. 公民在票据上的签名，应当为该当事人合法身份证件上的姓名

    D. 票据承兑人的签章如不符合法律规定，则票据无效

4. 根据《中华人民共和国票据法》的规定，下列选项中，属于票据权利消灭的情形是（   ）。

    A. 持票人对前手的再追索权，自清偿日或者被提起诉讼之日起 3 个月未行使

    B. 持票人对前手的追索权，在被拒绝承兑或者被拒绝付款之日起 6 个月未行使

    C. 持票人对支票出票人的权利，自出票日起 6 个月未行使

    D. 持票人对本票出票人的权利，自票据到期日起 2 年未行使

5. 在人民法院审理、执行票据纠纷案件时，有下列情形之一的，经当事人申请并提供担保，可以依法采取保全措施和执行措施（   ）。

    A. 不履行约定义务，与票据债务人有直接债权债务关系的票据当事人所持有的票据

    B. 持票人恶意取得的票据

    C. 应付对价而未付对价的持票人持有的票据

    D. 记载有"不得转让"字样而用于质押的票据

6. 丧失票据的权利无论采用哪种补救措施均必须符合（   ）条件。

    A. 取得票据时已支付对价

    B. 必须有丧失票据的事实

    C. 失票人是票据的真正权利人

    D. 丧失票据是未获付款的有效票据

7. 根据有关规定，下列各项中，汇票债务人可以对持票人行使抗辩权的事由是（   ）。

    A. 汇票未到期

    B. 持票人前手不依约履行合同

    C. 背书不连续

    D. 出票人存入汇票债务人的资金不够

8. 汇票是一种要式证券，故汇票的作成必须符合法定的格式。出票时下列哪些事项必须记载，否则汇票无效？（   ）

    A. 付款人名称   B. 收款人名称

    C. 付款地   D. 出票地

9. 根据票据法的有关规定，下列各项中，属于汇票法定禁止背书的情形有（   ）。

    A. 汇票被拒绝承兑

    B. 汇票被拒绝付款

    C. 汇票超过付款提示期限

    D. 汇票背书的次数过多以致在汇票上无法记载

10. 保证人在汇票或粘单上绝对记载的事项是（   ）。

    A. 表明"保证"的字样

    B. 保证人签章

    C. 被保证人的名称

    D. 保证日期

11. 如 A 签发一张汇票给收款人 B，B 依法背书给 C，D 是 C 的票据保证人，C 将票据赠送给 E，则未获付款时，下列说法正确的有（   ）。

    A. E 为持票人时，可对 A、B、C、D 中的任何一人行使追偿权

    B. D 代为付款后，可对 A、B、C 全体行使追

偿权

C. B 为持票人时，可对 A、C、D 中的任何一人行使追偿权

D. 如 E 将该汇票背书转让给 A，则 A 为持票人时，A 无权对 E、B、C、D 中的任何一人行使追偿权

12. 根据有关规定，下列选项中，属于汇票持票人行使追索权时可以请求被追索人清偿的款项有（　　）。

A. 汇票金额自到期日起至清偿日止，按照中国人民银行规定的相关利率计算的利息

B. 发出通知书的费用

C. 因汇票金额被拒绝支付而导致的利润损失

D. 因汇票金额被拒绝支付导致追索人对他人违约而支付的违约金

13. 根据《票据法》和《支付结算办法》的有关规定，下列关于本票说法正确的有（　　）。

A. 本票是一种自付证券

B. 在我国，本票仅限于见票即付的记名式银行本票

C. 定额本票的最高面额为 5 万元

D. 出票人为经中国人民银行当地支行批准办理本票业务的银行机构

14. 本票出票时必须记载的事项有（　　）。

A. 无条件支付的承诺

B. 确定的金额

C. 付款人名称

D. 付款日期

15. 甲作为出票人出具一张本票给乙，乙又将该票据背书转让给丙，丙又背书转让给丁，丁作为持票人未按规定期限向出票人提示本票，则丧失对（　　）的追索权。

A. 甲　　B. 乙　　C. 丙　　D. 所有前手

16. A 公司欲向 B 公司购买化肥 1 万吨，由于 A 公司与 B 公司是多年的贸易伙伴，基于信任，A 公司便以 B 公司为收款人，开出未写金额的支票一张，于其上记载了付款日，签章后，交与 B 公司，并表明待价格确定后，由 B 公司填写金额。B 公司填写金额后，以背书转让给 C 公司，C 公司仍以背书方式转让给 D 公司，D 公司又以背书转让给 E 公司。E 公司在向银行要求支付票据所记载的金额时，银行称该支票未在法定期限内提示付款，拒绝支付。根据上述案情，下列关于此案表述正确的有（　　）。

A. 该票据为有效票据，A 公司开出的为典型的空白支票，支票上金额可以由出票人授权补记

B. 该支票上关于日期的记载不发生票据上的效力，支票仅限于见票即付

C. 银行有权拒绝付款

D. E 公司有权向 C 公司行使追索权

三、判断题

1. 票据是一种可转让的有价证券。我国票据法规定的票据可以通过背书方式转让，也可以直接交付转让。（　　）

2. 支票的出票人在票据上的签章，应为其预留银行的签章。如支票的出票人在票据上未加盖与该单位在银行预留签章一致的财务专用章而加盖该出票人公章的，票据无效，签章人不承担票据责任。（　　）

3. 持票人对票据债务人行使票据权利，或者保全票据权利，应当在票据当事人的住所进行。（　　）

4. 持票人因继承、赠与依法无偿取得票据，票据债务人可以对抗持票人前手的抗辩事由对抗该持票人。（　　）

5. 持票人善意取得伪造的票据，对被伪造人不能行使票据权利。（　　）

6. 票据上有伪造签章的，票据债权人行使追索权时，该票据上的其他真正签章人不能以伪造为由而进行抗辩。（　　）

7. A、B 两公司的债权债务以汇票方式结算，A 在出票时于票据正面注明到期付款的条件是 B 必须按期追加将来的供货，否则不予付款。该票据属于单纯承兑票据，所附条件无效。（　　）

8. 出票人将汇票作成并交付收款人后，收款人即取得付款请求权和追索权；出票人则须承担保证该汇票承兑和付款的责任。（　　）

9. 设定票据质押时，出质人必须在汇票上记载"质押"字样且须在票据上签章，否则票据质押无效。（　　）

10. 汇票是出票人委托他人付款的委托证券，因此汇票都需要付款人进行承兑。（　　）

11. 汇票上未记载付款日期的，无需提示承兑。（　　）

12. 保证附有条件的，也不影响对汇票的保证责任，即保证人与被保证人对持票人承担连带责任；保证人为二人以上的，保证人之间承担连带责任。（　　）

13. 银行对伪造的票据虽以善意且符合规定的正常操作程序审查，但未能发现异常而支付金额的，对持票人或收款人仍应负付款责任。（　　）

14. 汇票的付款人只要依票据文义足额付款后，票据关系便随之消灭，全体汇票债务人的责任即解除。（　　）

15. 支票另行记载付款日期的，该支票无效。（　　）

16. 我国"票据法"中规定的支票是由出票人约定自己付款的一种自付证券，在出票人之外不存在独立的付款人。（　　）

17. 本票的持票人未按照规定期限提示本票的，丧失对出票人的追索权。　　（　　）

18. 本票是自付证券，故其出票人有直接付款责任，而汇票和支票是委付证券，故二者的出票人无直接支付责任，只有担保责任。（　　）

四　综合题

1. 1997 年 7 月 5 日，A 纺织厂（以下简称"A 厂"）与 B 棉麻公司（以下简称"B 公司"）签订了一份购销合同。该合同约定：B 公司向 A 厂供应 50 吨一级皮棉，总价款为人民币 130 万元；在合同签订之后 30 日内，由 A 厂先期以银行承兑汇票的方式预付人民币 30 万元货款；B 公司在同年 10 月上旬一次向 A 厂交货；A 厂收到货物并验收合格后 30 日内一次向 B 公司付清余款。与此同时，为了保证该购销合同的履行，B 公司要求 A 厂的上级公司即 C 纺织工业总公司（以下简称"C 公司"）就 A 厂依约履行付款义务提供担保，A 厂表示由 C 公司提供担保较为困难，但可以找 C 公司在 B 公司所在城市的分公司提供担保，B 公司表示同意。于是，该分公司便与 B 公司签订了保证合同。该保证合同约定，该分公司保证 A 厂履行其与 B 公司签订的购销合同约定的付款义务，如果 A 厂不履行义务，该分公司保证履行。

1997 年 8 月 1 日，A 厂为履行先期预付货款的义务，向 B 公司开出一张人民币 30 万元见票后定期付款的银行承兑汇票。B 公司收到该汇票后于同月 8 日向承兑行提示承兑，承兑行对该汇票审查之后，即于当日在汇票正面记载"承兑"字样，签署了承兑日期和签章，同时记载付款期限为同年 11 月 28 日。B 公司为支付 D 建筑公司（以下称"D 公司"）的工程费，于同月 20 日，将该汇票背书转让给了 D 公司。

1997 年 10 月上旬，B 公司依照上述购销合同的规定向 A 厂一次交付货物，并经 A 厂验收，同年 11 月上旬，A 厂向 B 公司提出：B 公司交付的货物不符质量，要求退货；B 公司声称其货物不存在质量问题，不同意退货；并要求 A 厂严格履行购销合同，按时向 B 公司支付货款。随后，A 厂以 B 公司交付的货物不符质量为由，要求承兑行停止支付由其开出的人民币 30 万元的银行承兑汇票。D 公司在该汇票到期日请求承兑行付款时，该行拒绝付款，A 厂亦拒绝向 B 公司支付货款。

经调查证实：B 公司交付 A 厂的货物不存在质量问题，A 厂之所以要求退货，主要是因其生产的产品不适应市场的需要，积压过多，销售发生困难，因此决定停止生产经营，以便择机转产。

基于以上事实，请分别回答下列问题：

(1) A 厂是否存在违约行为？并说明理由。

(2) B 公司可否依据保证合同，要求 C 公司的分公司承担违约责任及赔偿责任？为什么？

(3) 承兑行可否拒绝支付 D 公司提示的银行承兑汇票？为什么？

(4) D 公司在其提示的汇票遭拒绝付款后，可以向哪些当事人行使追索权？

(5) 本案涉及哪些纠纷？如何处理？

2. A 签发一张汇票给收款人 B，金额为人民币 8 万元，B 依法承兑后将该汇票背书转让给 C，C 获得该汇票的第 2 天，因车祸而死亡，该汇票由其唯一的继承人 D 获得。D 又将该汇票背书转让给 E，并依法提供了继承该票据的有效证明，E 获得该汇票之后，将汇票金额改为人民币 18 万元，并背书转让给 F，F 又将该汇票背书转让给 G。G 在法定期限内向付款人请求付款，付款人在审查该汇票后拒绝付款，理由是：(1) 该汇票背书不连续，因为，C 受让该汇票时，是该转让行为的被背书人，而在下一次背书转让中，背书人不是 C，而是 D，(2) 该汇票金额已被变造。随即，付款人作成退票理由书，即为退票。

根据本例提供的事实，请回答以下三个问题：

(1) 付款人可否以背书不连续作为拒绝付款的理由？为什么？

(2) G 可以向本例中的哪些当事人行使追索权？

(3) 如何界定当事人的民事责任。

3. A 公司为支付 B 公司的货款，于 2000 年 6 月 5 日给 B 公司开出一张 20 万元的银行承兑汇票。B 公司获此汇票后，因向 C 公司购买一批钢材而将该汇票背书转让给了 C 公司，但事后不久，B 公司发现 C 公司根本无货可供，完全是一场骗局，于是，便马上通知付款人停止向 C 公司支付票款。C 公司获此票据后，并未向付款人请求支付票款，而是将该汇票又背书转让给了 D 公司，以支付其所欠之工程款。D 公司获此汇票时，不知道 C 公司以欺诈方式从 B 公司获得该汇票，B 公司已通知付款人停止付款的情况，即于 2000 年 7 月 1 日向付款人请求付款。付款人在对该汇票进行审查之后即为拒绝付款，理由是：(1) C 公司以欺诈行为从 B 公司获得票据的行为为无效票据行为，B 公司已通知付款人停止付款；(2) 该汇票未记载付款日期，为无效票据。随即，付款人便作成退票理由书，交付于 D 公司。

根据本例提供的事实，请回答以下问题：

(1) 付款人可否以 C 公司的欺诈行为为由拒绝向 D 公司支付票款。为什么？

(2) A 公司开出的汇票未记载付款日期，是否为无效票据？为什么？

(3) D 公司的付款请求权得不到实现时，可以向本案的哪些当事人行使追索权？

4. 1996 年，不法分子周某伪造一张 100 万元的银行承兑汇票，该汇票以上海 B 公司为承兑申请人，以杭州 A 公司为收款人，汇票的"交易合同号码"栏未填，在承兑银行盖章处盖着三省一市银行汇票结算章。周某将这张伪造的银行承兑汇票以杭州 A 公司的名义背书转让给杭州 B 公司，杭州 B 公司又背书转让给杭州 C 公司。杭州 C 公司持这张伪造的汇票到杭州工商银行申请贴现。杭州工商银行未审查出这张汇票的真假，予以贴现 96 万元，杭州工商银行通过同城票据交换给杭州建行，杭州建行以联行往来转让给上海第四支行。上海第四支行从未办理过银行承兑业务，在收到汇票后立即向公安机关报案。查明上海 B 公司在宝山区，在工商银行开立结算户，曾买过 25 张银行承兑汇票（全是空白汇票），这份伪造汇票是其中的一张。后又查明，不法分子周某系上海 B 公司的职工，参与者还有上海第四支行职工诸某。因此，上海第四支行将汇票退给杭州工商银行，而工商银行以多种借口拒收汇票。

问：（1）本案中周某处于什么地位，应承担何种责任？

（2）本案中上海 B 公司和杭州 A 公司处于什么地位？应承担何种责任？

（3）本案中杭州 C 公司处于什么地位？如果其持票要求贴现时遭拒付，可以行使哪些权利？

（4）本案中杭州 B 公司处于何种地位？应承担何种责任？

（5）本案中杭州工商银行处于何种地位？应如何承担责任？

5. A 公司从 B 公司购买一批医疗器械，总价款为人民币 150 万元。依据双方约定，1998 年 5 月 28 日，A 公司向 B 公司支付定金人民币 30 万元；B 公司于 7 月 8 日交货，A 公司在收货后 10 日内付清余款。5 月 28 日，A 公司向 B 公司开出一张金额为人民币 30 万元的转账支票（同城使用，下同）。6 月 10 日，B 公司向付款人 Y 提示付款，付款人 Y 拒绝付款。B 公司在遭拒绝付款后，遂向 A 公司要求重新出票，在 A 公司重新出票后，B 公司方获付款。7 月 8 日，B 公司按时交货。7 月 12 日，A 公司将从 C 公司背书受让的一张金额为人民币 150 万元的银行汇票背书转让给 B 公司。7 月 13 日，B 公司因偿还债务又将该汇票背书转让给 D 公司。7 月 15 日，A 公司发现 B 公司交付的货物为伪劣产品，遂即通知付款人 W 拒绝向上述银行汇票的持票人付款，但 D 公司于 7 月 16 日向付款人 W 提示该汇票请示付款时，付款人 W 仍然按票面金额向 D 公司支付了全部票款。7 月 18 日，A 公司将货物退还了 B 公司，同时要求 B 公司返还货款及承担担保责任；B 公司同意退还货款，

但拒绝承担担保责任。A 公司遂向人民法院提起诉讼。经查：B 公司系由甲、乙、丙共同投资设立的一家有限责任公司，该公司于 1998 年元月 18 日成立，注册资金为人民币 150 万元，其中：甲以现金人民币 30 万元出资；乙以房屋折价人民币 60 万元出资；丙以办公设施折价人民币 60 万元出资。经有关中介机构评估和审定：甲出资的现金如数到位；乙出资的房屋价值仅为人民币 20 万元；丙出资的办公设施实际价值只有人民币 15 万元。

【要求】根据上述事实，分别回答以下问题：

（1）付款人 Y 拒绝向 B 公司支付所持转账支票票款是否正确？为什么？

（2）付款人 W 向 D 公司支付所持银行汇票票款是否正确？为什么？

（3）A 公司要求 B 公司承担担保责任的依据是什么？B 公司应如何承担担保责任？

（4）根据《中华人民共和国公司法》的规定，B 公司股东如何承担出资不实的民事责任？

知识点测试答案

一、单项选择题

1. 【答案】C

【解析】法律规定，支票丧失后，失票人应向支票支付地基层人民法院提出公示催告的申请。该支票支付地是指出票人开户银行所在地。

2. 【答案】C

【解析】票据的背书必须连续。背书不连续的，该背书行为不成立。债务人可以以票据行为不成立而行使抗辩权。

3. 【答案】D

【解析】法律规定，商业汇票的付款期限最长不得超过 6 个月；商业汇票的提示付款期限，自汇票到日起 10 日。

4. 【答案】C

【解析】见票后定期付款的汇票，应当自出票日起 1 个月内向付款人提示承兑；否则，即丧失对其前手的追索权。

5. 【答案】B

【解析】本票自出票日起，付款期限最长不得超过 2 个月。

6. 【答案】A

【解析】根据《票据法》的有关规定，在涉外票据中，票据追索权的行使期限应适用出票地法律。

7. 【答案】C

【解析】背书人在汇票上记载"不得转让"字样，其后手再背书转让的，原背书人对后手的被背书人不承担保证责任。

8. 【答案】C

【解析】汇票上记载有实际结算金额的，以实际金额为汇票金额；如果银行汇票记载汇票金额而未记载实际结算金额，并不影响该汇票的效力，而以汇票金额为实际结算金额；实际结算金额只能小于或者等于汇票金额，如果实际结算金额大于汇票金额，实际结算金额无效，以汇票金额为付款金额。

9. 【答案】A

【解析】我国《票据法》规定的背书不得记载的内容有两项：附条件的背书和部分背书。由于背书人将背书金额的一部分或将背书金额分别转让给两人以上，该背书金额的另一部分权利人或数个权利人对同一背书金额无从行使票据权利，因此，部分背书是无效的。

10. 【答案】D

【解析】汇票出票时绝对记载事项有：表明"汇票"的字样，无条件支付的委托，确定的金额，付款人名称，收款人名称，出票日期，出票人签章。绝对记载事项有缺漏，该票据行为无效。

二、多项选择题

1. 【答案】A B C

【解析】票据所记载的金额由出票人自行支付或委托他人支付。

2. 【答案】A B C

【解析】票据关系属于票据法律关系，是票据法上的法律关系；票据的基础关系则往往都是民法上的法律关系。票据关系的发生总是以票据的基础关系为原因和前提。票据关系一经形成，就与基础关系分离，基础关系是否存在，是否有效，对票据关系都不起影响作用。只有当持票人是不履行约定义务的、与自己有直接债权债务关系的人时，票据债务人才能抗辩。票据关系因一定原因失效，也不影响基础关系的效力。

3. 【答案】A B C

【解析】票据承兑人的签章如不符合法律规定，则其签章无效，但其他符合规定的签章仍有效。

4. 【答案】A B C

【解析】法律规定，票据权利因时效而消灭的情形有以下几种：(1) 持票人对票据的出票人和承兑人的权利，自票据到期日起 2 年。见票即付的汇票、本票，自出票日起 2 年。(2) 持票人对支票出票的人权利，自出票日起 6 个月。(3) 持票人对前手的追索权，在被拒绝承兑或者被拒绝付款之日起 6 个月。(4) 持票人对前手的再追索权，自清偿日或者被提起诉讼之日起 3 个月。

5. 【答案】A B C D

【解析】在人民法院审理、执行票据纠纷案件时，有下列情形之一的，经当事人申请并提供担保，可以依法采取保全措施和执行措施：(1) 不履行约定义务，与票据债务人有直接债权债务关系的票据当事人所持有的票据；(2) 持票人恶意取得的票据；(3) 应付对价而未付对价的持票人持有的票据；(4) 记载有"不得转让"字样而用于贴现的票据；(5) 记载有"不得转让"字样而用于质押的票据；(6) 法律或者司法解释规定有其他情形的票据。

6. 【答案】B C D

【解析】法律规定，采取补救措施必须具备以下条件：(1) 必须有丧失票据的事实；(2) 失票人必须是真正的票据权利人；(3) 丧失的票据必须是未获付款的有效票据。

7. 【答案】A C

【解析】基于票据本身的内容而影响票据权利实现的，票据债务人可以对抗任何持票人。而因票据的基础关系而进行的抗辩则只能对直接相对人进行。

8. 【答案】A B

【解析】汇票的绝对记载事项有：(1) 表明"汇票"字样；(2) 无条件支付的委托；(3) 确定的金额；(4) 付款人名称；(5) 收款人名称；(6) 出票日期；(7) 出票人签章。

9. 【答案】A B C

【解析】法定禁止背书转让的情况有：(1) 被拒绝承兑的汇票；(2) 被拒绝付款的汇票；(3) 超过付款提示期限的汇票。

10. 【答案】A B

【解析】保证的绝对记载事项是"保证"字样和保证人签章。

11. 【答案】A B D

【解析】持票人行使追索权的对象是其一切前手，出票人、背书人、承兑人、保证人均系汇票债务人，承担连带责任，持票人可不按照汇票债务人的先后顺序，对其中任何人行使追索权；并且，持票人对汇票债务人中的一人或数人已经进行追索的，对其他汇票债务人仍可以行使追索权。但是，持票人为出票人的，对其前手无追索权；持票人为背书人的，对其后手无追索权。

12. 【答案】A B

【解析】持票人行使追索权，可以请求清偿的金额和费用包括：(1) 被拒绝付款的汇票金额；(2) 汇票金额自到期日或者提示付款日起至清偿日止，按中国人民银行的规定计算的相应的利息；(3) 取得有关拒绝证明和发出通知书的费用。

13. 【答案】A B C D

【解析】本票是一种自付证券。在我国，本票仅限于见票即付的记名式银行本票。定额本票的最高面额为 5 万元。出票人为经中国人民银行当地支行批准办理本票业务的银行机构。

14.【答案】A B
【解析】本票为自付证券，付款人即为出票人，故无须记载付款人名称；我国本票为即期本票，故付款日期无须记载，记载付款日期的，该记载无效。

15.【答案】B C
【解析】本票的持票人未按照规定期限提示本票的，则丧失对出票人以外的前手的追索权。

16.【答案】A B C
【解析】该支票未在法定期限内提示付款，持票人即丧失对其前手的追索权，银行可以拒绝支付，但持票人可以向出票人行使追索权。

三、判断题

1.【答案】×
【解析】票据是一种可转让的有价证券。我国票据法规定的票据均为记名证券，所以必须通过背书方式转让。

2.【答案】×
【解析】支票的出票人在票据上加盖与该单位在银行预留签章一致的财务专用章而加盖该出票人公章的，签章人应当承担票据责任。

3.【答案】×
【解析】持票人对票据债务人行使票据权利，或者保全票据权利，应当在票据当事人的营业场所进行；票据当事人无营业场所的，才在其住所进行。

4.【答案】√
【解析】因税收、继承、赠与可以依法无偿取得票据的，不受给付对价的限制，但其享有的票据权利不得优于其前手的权利，故票据债务人可以对抗持票人前手的抗辩事由对抗该持票人。

5.【答案】√
【解析】票据的伪造从一开始就是无效的，故即使持票人是善意的，被伪造和伪造人也不承担票据义务

6.【答案】√
【解析】票据上有伪造签章的，不影响票据上其他真实签章的效力。

7.【答案】×
【解析】汇票必须是无条件支付，如出票人出票时记载付款条件，则汇票无效。A 在出票时于票据正面注明到期付款的条件是 B 必须按期追加将来的供货，即属于附条件付款，故该汇票无效。

8.【答案】√
【解析】出票人将汇票作成并交付收款人后，

收款人即取得付款请求权和追索权；出票人则须承担保证该汇票承兑和付款的责任。

9.【答案】√
【解析】法律规定，设定票据质押时，出质人必须在汇票上记载"质押"字样且须在票据上签章，否则票据质押无效。

10.【答案】×
【解析】银行汇票以及见票即付的商业汇票不需要承兑。

11.【答案】√
【解析】汇票上未记载付款日期的，视为见票即付的汇票，故无需提示承兑。

12.【答案】√
【解析】法律规定，保证附条件的，条件无效保证有效。保证人为二人以上的，保证人之间承担连带责任。

13.【答案】×
【解析】付款人或代理付款人付款时，应当审查汇票背书的连续，并审查提示付款人的合法身份证明或有效证件，即银行的审查义务仅限于汇票形式上的审查，而不负责实质上的审查。但是付款人或代理付款人恶意或者有重大过失付款的，应当自行承担责任。所以本题中银行对持票人或收款人不负付款责任。

14.【答案】×
【解析】付款人依票据文义足额付款后，全体汇票债务人的责任解除。但付款人付款存在瑕疵的，付款人及其他债务人的义务不能免除。

15.【答案】×
【解析】支票属于见票即付的票据，不得另行记载付款日期；另行记载付款日期的，该记载无效。

16.【答案】×
【解析】支票是出票人委托银行或者其他金融机构见票时无条件支付一定金额给收款人或者持票人的票据。

17.【答案】×
【解析】本票的持票人未按照规定期限提示本票的，丧失对前手的追索权，但出票人仍负绝对支付责任。

18.【答案】×
【解析】本票和支票的出票人都有直接支付责任，而汇票的出票人无直接支付责任，只有担保责任。

四、综合题

1.（1）A 厂存在违约行为，因为，B 公司依照购销合同的规定，向 A 厂交付了货物，并且所交付的货物符合质量要求，A 厂不按时向 B 公司支付货款属于违约行为。
（2）B 公司不能依据保证合同要求 C 公司的分

公司承担违约责任及赔偿责任。因为，C 公司的分公司在未经过 C 公司同意，并以书面授权的情况下，无权与 B 公司签订保证合同，其与 B 公司签订的保证合同无效，故而 B 公司不能依据保证合同要求 C 公司的分公司承担违约责任及赔偿责任。

（3）承兑行不能拒绝支付 D 公司提示的银行承兑汇票。因为，票据属无因证券，票据关系一经成立，即独立于基础法律关系，承兑行不得以基础法律关系的抗辩事由对抗持票人的票据权利。

（4）D 公司在其提示的汇票遭拒绝付款之后，可以向 B 公司、承兑行、A 厂之中的任何一人或数人行使追索权。

（5）本案涉及两方面的纠纷：一是购销合同纠纷；二是票据纠纷。对于购销合同纠纷，应判定 A 厂向 B 公司承担违约责任及赔偿责任；对于票据纠纷，则应判定承兑行和 A 厂向 D 公司支付汇票所记载的金额以及利息损失和因追索该款项而发生的一切损失。

2．（1）付款人不得以背书不连续作为拒绝付款的理由。因为，尽管 C 受让该汇票时，是该行为的被背书人，而在下一次背书转让中，背书人不是 C，而是 D，但是，D 系以继承方式从 C 处合法获得该汇票，是该汇票的权利人，只要其提供了有效证明，便可行使相应的权利，将该汇票转让给他人。因此，付款人不能以该汇票背书不连续作为拒绝付款的理由。

（2）依照票据法的有关规定，G 可向其一切前手及付款人行使追索权，故 G 可以向 A、B、D、E、F 及付款人之一或数人或全部行使追索权。

（3）根据"票据法"的有关规定，票据的变造应依照签章是在变造之前或之后判定当事人的责任。A、B、D 的签章是在变造之前，故应就该汇票当时记载的人民币 8 万元承担责任，付款人亦应对此承担责任；E 为变造人，应对所造文义负责，即人民币 18 万元承担责任；F 签章在变造之后，亦应对人民币 18 万元负责。如果 G 获得付款人支付的人民币 8 万元，则可向 E 和 F 请求赔偿人民币 10 万元及其他损失；如果 F 向 G 赔偿了人民币 10 万元及其他损失，则可向 E 请求赔偿由此造成的一切损失。

3．（1）付款人不能以 C 公司的欺诈行为为由拒绝向 D 公司支付票款。因为，D 公司属善意持票人，其不知道 C 公司从 B 公司取得票据的行为无效，无权转让该票据，此外，D 公司获得的票据，不属无对价或不相当对价之情形。因此，依照票据法的有关规定，付款人不能以 C 公司通过欺诈行为从 B 公司获得票据的事由而拒绝向 D 公司支付票款。

（2）A 公司开出的汇票未记载付款日期，不属无效票据。因为，根据"票据法"的有关规定，付款日期为汇票的相对应记载事项，其未记载这一内容，并不导致票据的无效，而是适用票据法的有关规定。根据票据法的规定，汇票未记载付款日期的，即为见票即付。

（3）D 公司的付款请求权得不到实现时，在作成拒绝证明后，即可向本案中的 A 公司、B 公司、C 公司以及付款人中的一人或数人或全部行使追索权。

4．（1）本案中周某系票据伪造者，应承担民事责任和刑事责任，但不承担票据责任。

（2）本案中上海 B 公司和杭州 A 公司都是被伪造人，上海 B 公司是被伪造的出票人，杭州 A 公司是被伪造的背书人。票据的被伪造人也不负票据责任。被伪造人可向所有持票人主张抗辩，但如被伪造人本身有过失，就应承担票据责任。

（3）本案中杭州 C 公司是持票人。一般情况下，除非被伪造人本身有过失，伪造票据的持票人不能对被伪造人主张票据权利，只能对伪造人提出损害赔偿的要求。但是，如果持票人是从真实签章人手中取得票据的，真实签章人应当承担票据责任，持票人可以对被伪造人的后手签章人行使追索权。因此如果杭州 C 公司持票要求贴现时遭拒付，可以向杭州 B 公司行使追索权。

（4）本案中杭州 B 公司为伪造票据上的真实签章人。《票据法》规定，票据上有伪造、变造签章的，不影响票据上其他真实签章的效力。真实签章人，不论其签章在伪造的签章之前，还是之后，都应承担其应当承担的票据上的责任。因此如果杭州 C 公司的贴现要求遭拒付，杭州 B 公司应当承担相应的票据责任。

（5）杭州工商银行是本案的付款人。付款人付款后，票据关系因付款而消灭，其对出票人、伪造人、真实签章的票据当事人等债务人，都不得基于票据关系而主张权利，但付款人可基于不当得利等非票据关系，请求返还其利益。承兑人或付款人对伪造的票据在认定时有过失而予以付款的，则应自负其责。杭州工商银行在审查伪造票据时有明显的过错，应自行承担责任。如周某被抓住了，则应向杭州工商银行承担赔偿损失的责任。

5．（1）付款人 Y 拒绝向 B 公司支付转账支票票据正确。因为，该支票已过提示付款期间，根据《票据法》的规定，该支票的持票人应当自出票日起 10 日内提示付款，而持票人提示付款的期间已经超过 10 日。

（2）付款人 W 向 D 公司支付所持银行汇票票款正确。因为，票据关系一旦成立后，既与基础关系相分离，根据《票据法》的有关规定，只有持有人是不履行约定义务的与自己有直接债权债务关系的人，票据债务人才可进行抗辩。而 D 公司既与 A 公司无直接债权债务关系，又与付款人 W 无直接的债权债务关系，故付款人不得拒绝向 D 公司支付其提示的票据。

（3）A 公司要求 B 公司承担担保责任的依据是双方当事人约定的定金条款。定金作为担保形式的一种，当一方当事人不履行合同义务时，守约的支付定金方有权要求他方双倍返还定金。因此，B 公司应向 A 公司返还人民币 60 万元。

（4）根据《公司法》的有关规定，有限责任公司的股东作为出资的实物，如果实际的价额显著低于公司章程所定价额的，应当由交付出资的股东补交其差额，公司设立时其他股东对其承担连带责任；未按规定缴纳所认缴出资的股东应当向已足额缴纳出资的股东承担违约责任。因此，乙和丙应补交其出资差额，如果乙和丙或其中之一不能补足该差额时，甲和已补交出资的股东必须承担连带责任。与此同时，乙和丙应当向甲承担违约责任。

第十四章　　知识产权法

本章概述

一、内容提要

本章涉及四个部门法的内容，即著作权法、专利法、商标法和反不正当竞争法。本章主要掌握著作权的主体、客体和内容；著作权的归属；著作权的保护、使用、转让和侵权责任；著作权的邻接权；专利权的主体和客体；授予专利权的条件；专利权终止、无效和强制许可；专利权的保护及侵权责任；商标权的含义；商标注册的申请和审查核准；注册商标的续展、转让、使用许可；注册商标专用权的保护及侵权责任；以及不正当竞争行为等。

二、历年考题分析

本章是 2003 年新增的内容，最近 5 年平均考分 7 分。本章题型既有单选、多选、判断题，又有综合题。2003 年的综合题是将第九章技术合同的内容与本章专利法的内容放在一起考的；2006 年综合题将专利法、著作权法和商标法放在一起考的。

本章近 5 年考试的题型、分值及考点分布详见下表：

项目 年份	题　型	题量	分值	考　　点
2007	单项选择题	2	2	注册商标的续展；专利权的客体
	多项选择题	2	2	侵犯著作权的行为；职务发明创造和技术成果的相关规定
	判　断　题	1	1	注册商标专用权的保护
2006	多项选择题	1	1	不得作为商标注册的情形
	综　合　题	1	8	专利侵权行为界定；著作权侵权行为界定；著作权的许可使用；商标侵权行为界定
2005	单项选择题	2	2	著作权的归属；注册商标转让生效时间
	多项选择题	2	2	专利权终止的情形；注册商标许可使用的注意事项
	判　断　题	1	1	专利申请的新颖性
2004	单项选择题	3	3	委托作品著作权的归属；专利诉讼时效；注册商标的续展
	多项选择题	1	1	专利申请的优先权
	判　断　题	1	1	著作权的使用许可
2002	单项选择题	2	2	合作作品著作权的保护期限；注册商标续展注册的有效期
	判　断　题	2	2	演绎作品著作权的归属；不正当的有奖销售的认定
	综　合　题	0.6	7	发明人的认定、职务发明、新颖性

三、2008 年教材内容变化

2008 年教材本章的内容基本没有修改。

本章内容结构基本框架

知识点	第十四章　知识产权法	学习建议
14.1	著作权法	
14.1.1	著作权概述	一般了解
14.1.2	著作权的主体	应当记住
14.1.3	著作权的归属	应当记住
14.1.4	著作权的客体	应当记住

续表

知识点	第十四章　知识产权法	学习建议
14.1.5	著作权的内容	应当记住
14.1.6	著作权的保护期限和限制	必须掌握
14.1.7	著作权的许可使用和转让	必须掌握
14.1.8	邻接权	应当记住
14.1.9	侵犯著作权的责任	应当记住
14.2	专利法	
14.2.1	专利权的主体和客体	应当记住
14.2.2	授予专利权的条件	必须掌握
14.2.3	专利的申请与审查批准	应当记住

续表

知识点	第十四章 知识产权法	学习建议
14.2.4	专利权终止、无效和强制许可	必须掌握
14.2.5	专利权的保护	必须掌握
14.3	商标法	
14.3.1	商标概述	一般了解
14.3.2	商标权	应当记住
14.3.3	商标注册的申请和审查核准	应当记住
14.3.4	注册商标的续展、转让、使用许可和争议裁定	必须掌握
14.3.5	商标使用的管理	应当记住
14.3.6	注册商标专用权的保护	必须掌握
14.4	反不正当竞争法	
14.4.1	不正当竞争行为	必须掌握

知识点精讲

14.1 著作权法

14.1.1 著作权概述
Ⅰ.考点分析

著作权,也称版权,是指作者及其他著作权人对其创作的文学、艺术和科学作品依法享有的权利。著作权包括人身权和财产权两种。著作权的特征为:著作权因作品的创作完成而自动产生;著作权突出对人身权的保护。

【要点提示】 注意著作权因作品的创作完成而自动产生。

Ⅱ.经典例题

1. 〔判断题〕著作权法只保护权利人的财产权。 ( )

【答案】 ×

【解析】 著作权包括人身权和财产权两种。

2. 〔判断题〕著作权必须由权利人申请才可以产生。 ( )

【答案】 ×

【解析】 著作权因作品的创作完成而自动产生。

14.1.2 著作权的主体
Ⅰ.考点分析

著作权主体即著作权人,指依法对文学、艺术和科学作品享有著作权的人。

著作权人包括:

1. 作者:(1)创作作品的公民是作者;(2)由法人或者其他组织主持,代表法人或者其他组织意志创作,并由法人或者其他组织承担责任的作品,法人或者其他组织为作者。(3)无相反证明,在作品上署名的公民、法人或者其他组织为作者。

2. 其他依照著作权法享有著作权的公民、法人或者其他组织:(1)因合同而取得著作权。包括依委托合同取得、依转让合同取得和依许可合同取得三种情况。(2)因继受而取得著作权。包括依继承或接受遗赠取得和依承受而取得两种情况。此处请考生注意分辨取得的是财产权还是人身权。

【要点提示】 ①著作权主体既包括公民,也包括法人或其他组织。②除作者以外的著作权人主要由合同与继受两种途径获得。

Ⅱ.经典例题

1. 〔单项选择题〕下列有关著作权主体的说法,正确的是( )。

A. 由法人主持,代表法人意志创作,并由法人承担责任的作品,创作该作品的自然人为作者

B. 创作作品的是公民的,公民为作者

C. 只要在作品上署名的,不管是公民、法人还是其他组织,都不可以称为作者

D. 为他人创作进行组织工作,提供咨询意见的人,可以视为创作

【答案】 B

【解析】 本题考核著作权主体中作者的界定。创作作品的公民是作者;由法人主持,代表法人意志创作,并由法人承担责任的作品,法人是作者,因此选项 A 是错的;如无相反证明,在作品上署名的,不管是公民、法人还是其他组织,都可以称为作者,因此选项 C 是错的;为他人创作进行组织工作,提供咨询意见的人,不视为创作,因此选项 D 是错的。

2. 〔多项选择题〕下列属于著作权法所保护的作品有( )。

A. 文字作品   B. 口述作品

C. 地图   D. 计算机软件

【答案】 A B C D

【解析】 本题考核著作权法保护作品的范围,以上四项均是属于著作权法保护的作品范围。

14.1.3 著作权的归属
Ⅰ.考点分析

1. 除著作权法另有规定的以外,著作权属于作者。

2. 演绎作品的著作权由改编、翻译、注释、整理人享有,但不得侵犯原作品的著作权,对被演绎作品也不享有著作权。

3. 汇编作品的著作权由汇编人享有,但不得侵犯原作品的著作权。

4. 合作作品可以分割使用的,作者对各自创作的部分可以单独享有著作权,但不得侵犯合作作品整体的著作权。合作作品不能分割使用的,其著作权由作者共同享有,通过协商一致行使;不能协商一致的,任何一方无正当理由不得阻止他方行使除转让以外的其他权利,但所得收益应当合理分配给所有合作作者。请考生注意,本段

内容 2004 年作过修改。

5. 影视作品的著作权由制片者享有，但编剧、导演、摄影、作词、作曲等作者享有署名权，并有权按照与制片者签订的合同获得报酬。影视作品中的剧本、音乐等可以单独使用的作品的作者有权单独行使其著作权。

6. 职务作品的著作权由作者享有，但法人或者其他组织有权在其业务范围内优先使用。作品完成 2 年内，未经单位同意，作者不得许可第三人以与单位使用的相同方式使用该作品。有法定情形的，职务作品的作者只能享有署名权，著作权的其他权利由法人或其他组织享有，法人或其他组织可以给予作者奖励。

7. 委托作品著作权的归属由委托人和受托人通过合同约定。合同未作明确约定或者没有订立合同的，著作权属于受托人。著作权属于受托人的，委托人在约定的使用范围内享有使用作品的权利；双方没有约定使用范围的，委托人可以在委托创作的特定目的范围内免费使用该作品。

8. 美术作品原件所有权的转移，不视为作品著作权的转移，但美术作品原件的展览权由原件所有人享有。

9. 作者身份不明的作品，由作品原件的合法持有人行使除署名权以外的著作权。作者身份确定后，由作者或其继承人行使著作权。

【要点提示】重点掌握合作作品著作权、职务作品著作权和委托作品著作权的归属问题。

Ⅱ. 经典例题

1. ［2005 年单项选择题第 16 题］某建筑设计公司工程师张某接受公司指派的任务，为该公司承揽设计的某住宅楼绘制了工程设计图。按照著作权法的规定，有关该工程设计图著作权的下列表述中，对的是（　　）。

A. 张某享有工程设计图的署名权，该公司享有著作权的其他权利

B. 张某享有工程设计图的发表权、署名权、修改权和保护作品完整权，该公司享有著作权的其他权利

C. 张某享有工程设计图的所有权利，但该公司在其业务范围内可以优先使用

D. 该公司有工程设计图著作权的所有权利，但应当给予张某相应的奖励

【答案】A

【解析】法律规定，有本题所述法定情形的，职务作品的作者只能享有署名权，著作权的其他权利由法人或其他组织享有，法人或其他组织可以给予作者奖励。

2. ［2004 年单项选择题第 15 题］甲委托乙开发一套管理软件，并约定在乙交付符合要求的软件后，甲一次性向乙支付 5 万元费用，甲、乙没有就该软件著作权的归属作出约定。乙依约交付软件后，甲支付了费用。下列关于该软件著作权归属的表述中，对的是（　　）。

A. 由甲与乙共同享有

B. 由甲、乙各享有 50% 的权益

C. 由甲享有

D. 由乙享有

【答案】D

【解析】法律规定，委托作品著作权的归属由委托人和受托人通过合同约定。合同未作明确约定或者没有订立合同的，著作权属于受托人。

3. ［2003 年判断题第 14 题］甲对乙的某部作品进行翻译并已出版，当丙对乙的同一部作品进行翻译时，甲有权予以阻止。（　　）

【答案】×

【解析】法律规定，演绎作品的著作权由改编、翻译、注释、整理人享有，但不得侵犯原作品的著作权，对被演绎作品也不享有著作权。

14.1.4　著作权的客体

Ⅰ. 考点分析

1. 著作权的客体为作品，作品除必须属于文学、艺术和科学领域外，还必须是一种智力创作成果，必须具有独创性，必须具有可复制性。

2. 著作权客体包括以下列形式创作的文学、艺术和自然科学、社会科学、工程技术等作品：（1）文字作品；（2）口述作品；（3）音乐、戏剧、曲艺、舞蹈、杂技艺术作品；（4）美术、建筑作品；（5）摄影作品；（6）电影作品和以类似摄制电影的方法创作的作品；（7）工程设计图、产品设计图、地图、示意图等图形作品和模型作品；（8）计算机软件；（9）法律、行政法规规定的其他作品。

3. 依法禁止出版、传播的作品，不受著作权法保护。

4. 著作权法不适用于：（1）法律、法规，国家机关的决议、决定、命令和其他具有立法、行政、司法性质的文件及其官方正式译文；（2）时事新闻；（3）历法、通用数表、通用表格和公式。

【要点提示】着重掌握著作权法的保护和适用范围。

Ⅱ. 经典例题

1. ［单项选择题］根据《著作权法》的规定，下列各项中，不属于著作权法的客体的是（　　）。

A. 最高人民法院的司法解释

B. 舞蹈作品

C. 地图

D. 论文

【答案】A

【解析】本题考核著作权法的客体，根据规定，不适用于著作权的对象包括：（1）法律法规，国家机关的决议、决定等及其官方正式译文；（2）时事新闻；（3）历法、通用数据、通用表格和公式。

本题选项 A 不属于著作权法的客体。

14.1.5 著作权的内容

Ⅰ. 考点分析

著作权的内容包括著作人身权和著作财产权。

1. 著作人身权包括：（1）发表权；（2）署名权；（3）修改权；（4）保护作品完整权。

2. 著作财产权包括：（1）复制权；（2）发行权；（3）出租权；（4）展览权；（5）表演权；（6）放映权；（7）广播权；（8）信息网络传播权；（9）摄制权；（10）改编权；（11）翻译权；（12）汇编权；（13）应当由著作权人享有的其他权利。

【要点提示】 著作财产权还包括许可他人使用并获得报酬的权利以及转让权。

Ⅱ. 经典例题

1. ［多项选择题］著作权的内容包括（　　）。

A. 发表权　　　　　　B. 署名权

C. 修改权　　　　　　D. 保护作品完整权

【答案】 A B C D

【解析】 以上四项都是著作人身权的内容。

2. ［多项选择题］著作财产权包括（　　）。

A. 复制权　　　　　　B. 发行权

C. 摄制权　　　　　　D. 信息网络传播权

【答案】 A B C D

【解析】 以上四项都是著作财产权的内容。

14.1.6 著作权的保护期限和限制

Ⅰ. 考点分析

1. 著作权的保护期是指著作权人对其作品享有著作权的期限。关于著作权的保护期限，在人身权和财产权方面是有区别的。

2. 作者的署名权、修改权、保护作品完整权的保护期限不受限制。

3. 公民的作品，其发表权、著作权中的财产权的保护期为作者终生及其死亡后 50 年，截止于作者死亡后第 50 年的 12 月 31 日；如果是合作作品，截止于最后死亡的作者死亡后的第 50 年的 12 月 31 日。法人或者其他组织的作品，其发表权、著作权中的财产权的保护期为 50 年，截止于作品首次发表后第 50 年的 12 月 31 日，但是作品自创作完成后 50 年内未发表的，则著作权法不再保护。电影作品和以类似摄制电影的方法创作的作品、摄影作品，其发表权、著作权中的财产权的保护期为 50 年，截止于作品首次发表后第 50 年的 12 月 31 日，但作品自创作完成后 50 年内未发表的，不再受著作权法保护。

4. 在下列情况下使用作品，称为"合理使用"，可以不经著作权人许可，不向其支付报酬，但是应当指明作者姓名、作品名称，并且不得侵犯著作权人依照著作权法享有的其他权利：

（1）为个人学习、研究或者欣赏，使用他人已经发表的作品；

（2）为介绍、评论某一作品或者说明某一问题，在作品中适当引用他人已经发表的作品；

（3）为报道时事新闻，在报纸、期刊、广播电台、电视台等媒体中不可避免地再现或者引用已经发表的作品；

（4）报纸、期刊、广播电台、电视台等媒体中刊登或者播放其他报纸、期刊、广播电台、电视台等媒体已经发表的关于政治、经济、宗教问题的时事性文章，但作者声明不许刊登、播放的除外；

（5）报纸、期刊、广播电台、电视台等媒体刊登或者播放在公众集会上发表的讲话，但作者声明不许刊登、播放的除外；

（6）为学校课堂教学或者科学研究，翻译或者少量复制已经发表的作品，供教学或者科研人员使用，但不得出版发行；

（7）国家机关为执行公务在合理范围内使用已经发表的作品；

（8）图书馆、档案馆、纪念馆、博物馆、美术馆为陈列或者保存版本的需要，复制本馆收藏的作品；

（9）免费表演已经发表的作品，该表演未向公众收取费用，也未向表演者支付报酬；

（10）对设置或者陈列在室外公共场所的艺术作品进行临摹、绘画、摄影、录像；

（11）将中国公民、法人或者其他组织已经发表的以汉语言文字创作的作品翻译成少数民族语言文字作品在国内出版发行；

（12）将已经发表的作品改成盲文出版。

5. 法定许可使用是指为实施九年制义务教育和国家教育规划而编写出版教科书，除作者事先声明不许使用的外，可以不经过著作权人许可，在教科书中汇编已经发表的作品片段或者短小的文字作品、音乐作品或者单幅的美术作品、摄影作品，但应当按照规定支付报酬，指明作者姓名、作品名称，并且不得侵犯著作权人依照著作权法享有的其他权利。上述规定也适用于对出版者、表演者、录音录像制作者、广播电台、电视台的权利的限制。

【要点提示】 著作权的限制主要是针对著作权人所享有的财产权利的限制，即对著作权人依法享有的使用作品以及许可他人使用其作品并因此获得报酬的权利的限制。著作权人依法享有的人身权利不受任何限制。

Ⅱ. 经典例题

1. ［2003 年单项选择题第 16 题］2002 年 8 月 8 日，甲与乙合作制作了一部音乐作品。甲于 2002 年 11 月 15 日去世，乙于 2003 年 6 月 10 日去世。根据著作权律制度的规定，该音乐作品的继承人对该音乐作品享有的许可他人使用并获得报酬的权利的保护期截止日期为（　　）。

A. 2022 年 8 月 8 日

B. 2052 年 11 月 15 日

C. 2053 年 6 月 10 日

D. 2053 年 12 月 31 日

【答案】D

【解析】法律规定，合作作品著作权的保护期限截止于最后死亡的作者死亡后的第 50 年的 12 月 31 日。

2. [单项选择题] 独立制片人甲自筹资金于 1993 年 11 月 15 日首次出版《××》电视剧录像带。甲于 1996 年 10 月 21 日去世，甲对该录像带享有的许可他人复制权和报酬请求权的保护期应于（　　）截止。

A. 2043 年 11 月 15 日

B. 2043 年 12 月 31 日

C. 2046 年 10 月 21 日

D. 2046 年 12 月 31 日

【答案】B

【解析】电影作品和以类似摄制电影的方法创作的作品、摄影作品，其发表权、使用权和获得报酬权的保护期为 50 年，截止于作品首次发表后第 50 年的 12 月 31 日，但作品自创作完成后 50 年内未发表的，其著作权不再受保护。

14.1.7 著作权的许可使用和转让

Ⅰ．考点分析

著作权人可以许可他人行使前述著作财产权，也可以全部或者部分转让前述著作财产权。著作权许可和转让都应当签订书面合同。许可和转让都可以依照约定或者著作权法的有关规定获得报酬。

【要点提示】①著作权许可使用合同中著作权人未明确许可的权利，未经著作权人同意，另一方当事人不得行使。②著作权转让合同中著作权人未明确转让的权利，未经著作权人同意，另一方当事人不得行使。

Ⅱ．经典例题

1. [2006 年综合题第 4 题] 甲公司为国内生产数控机床的公司，拥有与数控机床有关的多项发明专利技术。2005 年 4 月，甲公司与外国乙公司分别签订了商标使用许可合同和著作权使用许可合同。根据商标使用许可合同，甲公司获得了乙公司的 A 注册商标的独占使用权，核准使用的商品为数控机床。根据著作权许可使用合同，甲公司获得乙公司的 B 软件在中国内地的专有使用权，但合同没有约定甲公司是否可以许可第三人使用该软件。

2005 年 7 月，甲公司与丙公司签订代销合同，约定丙公司以自己的名义试销贴有 A 注册商标的数控机床 10 台，销售价格为每台 15 万元，每销售一台收取代销费 2 万元。

2006 年 3 月，丙公司以每台 15 万元的价格向丁公司销售了 3 台数控机床。丁公司收到 3 台数控机床后，自己使用一台，将其余两台出租给其他公司。

2006 年 8 月，丙公司未经甲公司同意，将其余 7 台数控机床的 A 注册商标清除，更换为自己的 C 注册商标，并以每台 13 万元的价格卖出了 5 台。

【要求】根据上述内容，分别回答下列问题：

（1）丁公司出租数控机床的行为是否侵犯甲公司的专利权？并说明理由。

（2）丁公司出租数控机床的行为是否侵犯乙公司的著作权？并说明理由。

（3）根据甲、乙之间的著作权使用许可合同，乙公司是否可以在中国使用 B 软件？并说明理由。

（4）甲公司是否可以许可第三人在中国使用 B 软件？并说明理由。

（5）丙公司更换 A 注册商标的行为是否侵犯乙公司的商标权？并说明理由。

【答案及解析】

（1）丁公司出租数控机床的行为没有侵犯甲公司的专利权。根据专利法，当专利权人制造、进口或者经专利权人许可而制造、进口的专利产品或者依照专利方法直接获得的产品售出后，使用、许诺销售或者销售产品的，不视为侵犯专利权。本题中丁公司从合法的销售渠道购得专利产品之后，可以充分对甲公司的专利产品行使所有权。

（2）丁公司出租数控机床的行为侵犯了乙公司的著作权。根据法律规定，未经电影作品和以类似方法摄制电影作品的方法创作的作品、计算机软件、录音录像制品的著作权人或者与著作权有关的权利人的许可，出租其作品或者录音录像作品的，应承担侵权责任。

（3）乙公司无权在中国使用 B 软件。根据著作权法，取得某项专有使用权的使用者，有权排除著作权在内一切他人以同样的方式使用作品，如果许可第三人使用同一权利，必须取得著作权人的许可。本题中，甲公司取得了 B 软件在内地的专有使用权。

（4）甲公司不能许可第三人在中国使用 B 软件。根据规定，著作权许可使用合同中著作权人未明确许可的权利，未经著作权人同意，另一方当事人不得行使。在本题中，由于合同没有约定甲公司是否可以许可第三人使用该软件，因此，甲公司不能许可第三人在中国使用 B 软件。

（5）丙公司更换 A 注册商标的行为侵犯了乙公司的商标权。根据规定，未经商标注册人同意，更换其注册商标并将该更换商标的商品又投入市场的，属于侵犯注册商标专用权的行为。

2. [2004 年判断题第 15 题] 著作权使用许可合同应经过版权行政管理部门登记后生效。

（　　）

【答案】×

【解析】法律只规定著作权许可和转让都应当签订书面合同，并未规定该合同应经过版权行政管理部门登记才生效。

14.1.8 邻接权

Ⅰ. 考点分析

1. 邻接权与著作权的区别：（1）权利主体不同；（2）权利内容不同；（3）权利对象不同。

2. 关于邻接权的法律规定：

（1）出版者对其出版的图书和报刊享有的权利：保护期10年。

（2）表演者对其表演享有的权利：保护期50年。

（3）录音录像制作者对其制作的录音录像制品享有的权利：保护期为50年，截止于该制品首次制作完成后第50年的12月31日。

（4）广播电台、电视台对其制作的广播、电视节目享有的权利：保护期为50年，截止于该广播、电视节目首次播放后第50年的12月31日。

【要点提示】①著作权的主体为创作作品的作者和作者以外依法取得著作权的公民、法人和其他组织；邻接权的主体则是作品的传播者。②著作权的内容包括著作人身权和著作财产权；邻接权的内容主要是作品传播者对其传播劳动及传播作品的过程中投入资金的回报所享有的权利。③著作权的对象是作品；邻接权的对象则为作品的传播行为。④注意关于邻接权的具体规定。

Ⅱ. 经典例题

1. ［多项选择题］下列选项中，属于邻接权的有（　　）。

A. 广播电台、电视台对其制作的广播、电视节目享有的权利

B. 录音录像制作者对其制作的录音录像作品享有的权利

C. 表演者对其表演享有的权利

D. 出版者对其出版的图书和报刊享有的权利

【答案】ABCD

【解析】《著作权法实施条例》规定："著作权法和本实施条例所称与著作权有关权益，出版者对其出版的图书和报刊享有的权利，表演对其表演享有的权利，录音录像制作者对其制作的录音录像制品享有的权利，广播电台、电视台对其制作的广播、电视节目享有的权利。"

2. ［判断题］著作权的对象是作品，邻接权的对象则为作品的传播行为。（　　）

【答案】√

【解析】这是著作权和邻接权的区别之一。

14.1.9 侵犯著作权的责任

Ⅰ. 考点分析

对于侵犯著作权的行为，应当根据情况，承担停止侵害、消除影响、公开赔礼道歉、赔偿损失等民事责任，并可以视情况由著作权行政管理部门给予没收非法所得、罚款等行政处罚。对著作权侵权纠纷，可以通过调解、仲裁或者诉讼等途径加以解决。

侵犯著作权的诉讼时效为2年，自著作权人知道或者应当知道侵权行为之日起计算。权利人超过2年起诉的，如果侵权行为在起诉时仍在持续，在该著作权保护期内，法院应当判决被告停止侵权行为；侵权损害赔偿数额应当自权利人向法院起诉之日起向前推算2年计算。

【要点提示】①著作权侵权行为的法律责任包括：民事责任、行政责任和刑事责任。②为了更有效地保护著作权人的合法权益，《著作权法》还规定了相应的执法措施，如证据保全和财产保全。

Ⅱ. 经典例题

1. ［2007年多项选择题第18题］甲为摄影家，曾于1931年"9·18事变"和1937年"卢沟桥事变"时分别拍有《人民的抗争》、《染血的大刀》两幅珍贵摄影作品。甲于1970年去世，此两幅作品于1983年由其独女乙整理后在国内首次发表。2005年丙公司未经许可且未注明作者，以《人民的抗争》、《染血的大刀》作为封面，制作并发售《中国近现代战争》系列DVD。下列关于丙公司行为性质的说法中，对的有（　　）。

A. 丙公司侵犯了乙的著作人身权

B. 丙公司侵犯了甲的著作人身权

C. 丙公司侵犯了乙对《人民的抗争》的著作财产权

D. 丙公司侵犯了乙对《染血的大刀》的著作财产权

【答案】BCD

【解析】本题考核侵犯著作权的行为。根据规定，著作权中作者的署名权、修改权、保护作品完整权等人身权利，永远归作者享有，不能转让，也不受著作权保护期限的限制。本题中，甲去世后，该作品的财产权由其女儿继承，但是人身权仍归甲所有，因此丙公司侵犯的是"甲"的著作人身权，侵犯了"乙"的著作财产权。

2. ［单项选择题］根据《著作权法》的规定，为制止侵权行为，在证据可能灭失的情况下，著作权人可以在起诉前向人民法院申请保全证据，但申请人在人民法院采取保全措施后（　　）内不起诉的，人民法院应当解除保全措施。

A. 15日　B. 30日　C. 3个月　D. 6个月

【答案】A

【解析】申请人在人民法院采取保全措施后15日内不起诉的，人民法院应当解除保全措施。

3. ［判断题］侵犯著作权的诉讼时效为2年，自侵权行为发生之日起计算。（　　）

【答案】×

【解析】自著作权人知道或者应当知道侵权行

为之日起计算，而不是侵权行为发生之日起计算。

14.2　专利法

14.2.1　专利权的主体和客体

Ⅰ.考点分析

1. 专利权主体即具体参加特定的专利权法律关系并享有专利权的人。

2. 发明人或者设计人，是指对发明创造的实质性特点作出创造性贡献的人。

3. 执行本单位的任务或者主要是利用本单位的物质技术条件所完成的发明创造为职务发明创造。具体包括：（1）在本职工作中作出的发明创造；（2）履行本单位交付的本职工作之外的任务所作出的发明创造；（3）退职、退休或者调动工作后 1 年内作出的，与其在原单位承担的本职工作或者原单位分配的任务有关的发明创造；（4）利用本单位的物质技术条件（指本单位的资金、设备、零部件、原材料或者不对外公开的技术资料等）所完成的发明创造。

4. 非职务发明创造，申请专利的权利属于发明人或者设计人，申请被批准后，该发明人或者设计人为专利权人。职务发明创造申请专利的权利属于该单位；申请被批准后，该单位为专利权人。但单位与发明人或者设计人订有合同，对申请专利的权利和专利权的归属作出约定的，从其约定。

5. 在中国没有经常居所或者营业所的外国人、外国企业或者外国其他组织在中国申请专利的，依照其所属国同中国签订的协议或者共同参加的国际条约，或者依照互惠原则，根据专利法办理。

6. 在中国没有经常居所或者营业所的外国人、外国企业或者外国其他组织在中国申请专利和办理其他专利事务的，应当委托国务院专利行政部门指定的专利代理机构办理。

7. 专利权客体是指专利法保护的对象，即可以获得专利法保护的发明创造。我国专利法所称的发明创造是指发明、实用新型和外观设计。发明，是指对产品、方法或者其改进所提出的新的技术方案。实用新型，是指对产品的形状、构造或者其结合所提出的适于实用的新的技术方案。外观设计，是指对产品的形状、图案或者其结合以及色彩与形状、图案的结合所作出的富有美感并适于工业应用的新设计。

在复习此知识点时，考生应当仔细辨别专利权主体的不同情况以及相应的条件。如 2003 年综合题第 2 题：张某在 A 研究所从事医疗器械研发工作。2001 年 1 月，张某从 A 研究所退职，并与 B 公司签订了一份合作开发合同。该合同约定：B公司提供研发经费、设施等必要的研究条件，张某主持从事一种治疗骨质增生的医疗器械的研发工作，该医疗器械被称为"骨质增生治疗仪"；该

产品研发成功之后，B 公司付给张某 30 万元报酬；该产品的发明人为张某。2002 年 6 月，张某主持研发的"骨质增生治疗仪"获得成功，B 公司依约付给张某 30 万元报酬。

2002 年 7 月，B 公司将"骨质增生治疗仪"的专利申请权以 300 万元的价格转让给 C 公司，C 公司支付了全部价款。

2002 年 8 月 12 日，C 公司就"骨质增生治疗仪"向国务院专利行政部门提出发明专利申请，国务院专利行政部门于同日收到该申请文件，在经初步审查后受理了 C 公司的发明专利申请。同年 9 月 1 日，A 研究所就与"骨质增生治疗仪"相同的发明创造向国务院专利行政部门提出专利申请，该发明创造被称为"骨质增生治疗器"，国务院专利行政部门在初步审查后，以 C 公司已经就相同的发明创造在 A 研究所申请日之前申请专利为由，驳回了 A 研究所的该发明专利申请。

A 研究所经过调查后认为，C 公司无权就"骨质增生治疗仪"向国务院专利行政部门提出发明专利申请，理由为：第一，张某作为"骨质增生治疗仪"的发明人，在 A 研究所从事的工作与该发明创造有关，其退职后与 B 公司合作开发的该产品应当属于 A 研究所的职务发明，A 研究所之外的任何人无权就此发明创造申请专利；第二，A 研究所实际于 2001 年 5 月就已经完成"骨质增生治疗器"的发明，而"骨质增生治疗仪"的发明创造的完成时间是 2002 年 6 月，因此，"骨质增生治疗仪"不具有新颖性。因此，A 研究所就被驳回申请向专利复审委员会请求复审。

张某在获悉 B 公司将"骨质增生治疗仪"的专利申请权转让给 C 公司之后，以 B 公司将该专利申请权转让给 C 公司未经其同意为由，于 2002 年 10 月 8 日向人民法院提起诉讼，请求人民法院确认该转让行为无效。经查：张某与 B 公司签订的合作开发合同未就合作开发完成的发明创造的归属作出明确规定；C 公司不知道张某与 B 公司的合作开发关系。

【要求】

（1）张某和 B 公司在合作开发合同中约定张某为"骨质增生治疗仪"的发明人是否妥当？为什么？可否将 B 公司列为发明人和专利权人？并说明理由。

（2）张某退职后与 B 公司合作开发的"骨质增生治疗仪"是否属于 A 研究所的职务发明？为什么？

（3）A 研究所以其完成的"骨质增生治疗器"的时间早于"骨质增生治疗仪"的完成时间为由，认为"骨质增生治疗仪"不具有新颖性是否对？并说明理由。

（4）张某请求人民法院确认 B 公司将该专利申请权转让给 C 公司的行为无效是否成立？为

什么？

【答案及解析】

（1）张某和 B 公司在合作开发合同中约定张某为"骨质增生治疗仪"的发明人是妥当的，因为发明人指对发明创造的实质性特点做出创造性贡献的人。B 公司不能列为发明人，因为其仅是提供研发经费、设施等必要的研究条件，并不是对发明创造的实质性特点做出创造性贡献的人。B 公司也不能列为专利权人，因为专利权人指经过申请，由国家专利管理机关授予专利权的人。

（2）张某退职后与 B 公司合作开发的"骨质增生治疗仪"不属于 A 研究所的职务发明，因为这是在张某离开研究所一年以后作出的发明创造。而法律规定，退职一年内作出的，与其在原单位承担的本职工作或原单位分配的任务有关的发明创造为职务发明。

（3）A 研究所以其完成的"骨质增生治疗器"的时间早于"骨质增生治疗仪"的完成时间为由，认为"骨质增生治疗仪"不具有新颖性不对，因为法律规定，新颖性是指在申请日以前没有同样的发明或者实用新型在国内外出版物上公开发表过、在国内公开使用过或者以其他方式为公众所知，也没有同样的发明或者实用新型由他人向国务院专利行政部门提出过申请并且记载在申请日以后公布的专利申请文件中。如果 A 研究所的发明尚未为公众所知，则不丧失新颖性。

（4）张某请求人民法院确认 B 公司将该专利申请权转让给 C 公司的行为无效成立。首先，张某与 B 公司签订的合同不是合作开发合同，而是委托开发合同。因为法律规定，一方当事人仅提供资金、设备、材料等物质条件或者承担辅助协作事项，另一方当事人进行研究开发工作的，则应属于委托开发合同。其次，法律规定，委托开发完成的发明创造，申请专利的权利属于研究开发人。因此，张某请求人民法院确认 B 公司将该专利申请权转让给 C 公司的行为无效成立。

【要点提示】①发明人或者设计人、职务发明创造的单位、外国人和外国企业或者外国其他组织都可以成为专利权的主体。②重点掌握职务发明创造的专利权授予情况。③发明包括产品发明和方法发明。

Ⅱ．经典例题

1．[2007 年单项选择题第 17 题] 根据专利法律制度的规定，某汽车制造厂完成的下列新技术成果中，可能获得实用新型专利的是（　　）。

A．汽车新燃料　　B．汽车防冻液

C．汽车发动机　　D．汽车节能方法

【答案】C

【解析】本题考核专利权的客体。实用新型仅限于产品，不包括方法，因此选项 D 不属于实用新型；实用新型要求产品必须是具有固定的形状、构造的产品。气态、液态、凝胶状或颗粒粉末状的物质或者材料，不属于实用新型的产品范围，因此选项 A 和选项 B 均不属于实用新型。

2．[2007 年多项选择题第 19 题] 甲是乙公司的研发人员，经长期研究，完成单位交付的研发任务，开发出了一种抗癌新药，现欲申请专利。以下关于该成果权利归属的说法中，对的是（　　）。

A．专利申请权及专利权均归乙公司

B．专利申请权归乙公司，专利权归甲

C．专利申请权归甲，专利权归乙公司

D．乙公司转让专利权时，甲在同等条件下有优先受让权

【答案】A D

【解析】本题考核职务发明创造和技术成果的相关规定。根据规定，对于职务发明创造，申请专利的权利属于该单位，申请被批准后，该单位为专利权人。因此选项 B 和选项 C 的说法是错的。另外根据规定，法人或者其他组织订立技术合同转让职务技术成果时，职务技术成果的完成人享有以同等条件优先受让的权利。

3．[多项选择题] 职务发明创造的种类包括（　　）。

A．在本职工作中作出的发明创造

B．履行本单位交付的本职工作之外的任务作出的发明创造

C．退职、退休或者调动工作的半年内作出的与其在原单位承担的本职工作或者分配的任务有关的发明创造

D．主要利用本单位物质技术条件所完成的发明创造

【答案】A B D

【解析】此四项为职务发明创造的四个种类，不过根据规定，退职、退休或者调动工作的 1 年内作出的与其在原单位承担的本职工作或者分配的任务有关的发明创造，因此选项 C 是错的。

4．[判断题] 发明创造是一种法律行为，因此，发明创造人或者设计人应当具有相应的民事行为能力。（　　）

【答案】×

【解析】本题考核专利权的主体。发明创造是一种事实行为，不是法律行为，因此，发明创造人或者设计人不受其民事行为能力的限制；只要其完成了发明创造，不论从事发明创造的人作为法律上的主体是否具备完全行为能力，都可以被认定为发明创造人或者设计人。

14.2.2 授予专利权的条件

Ⅰ．考点分析

1．授予专利权的发明和实用新型，应当具备新颖性、创造性和实用性。

新颖性，是指在申请日以前没有同样的发明或者实用新型在国内外出版物上公开发表过、在

国内公开使用过或者以其他方式为公众所知，也没有同样的发明或者实用新型由他人向国务院专利行政部门提出过申请并且记载在申请日以后公布的专利申请文件中。

创造性，是指同申请日以前已有的技术相比，该发明有突出的实质性特点和显著的进步，该实用新型有实质性特点和进步。

实用性，是指该发明或者实用新型能够制造或者使用，并且能够产生积极效果。

2. 授予专利权的外观设计，应当同申请日以前在国内外出版物上公开发表过或者国内公开使用过的外观设计不相同和不相近似，并不得与他人在先取得的合法权利相冲突。

3. 申请专利的发明创造在申请日以前 6 个月内，有下列情形之一的，不丧失新颖性：（1）在中国政府主办或者承认的国际展览会上首次展出的；（2）在规定的学术会议或者技术会议上首次发表的；（3）他人未经申请人同意而泄露其内容的。

4. 违反国家法律、社会公德或损害公共利益的发明创造，不能授予专利权。

5. 对下列各项，不授予专利权：（1）科学发现；（2）智力活动的规则和方法；（3）疾病的诊断和治疗方法，但用于诊断和治疗疾病的仪器可以授予专利权；（4）动物和植物品种；（5）用原子核变换方法获得的物质，但动物和植物品种的生产方法可以授予专利权。

【要点提示】 重点掌握授予专利权的条件、申请专利的发明创造在申请日以前 6 个月内不丧失新颖性的情形和不授予专利权的 5 种项目。

Ⅱ. 经典例题

1. ［2005 年判断题第 9 题］专利申请人在专利公开以后撤回专利申请的，该发明创造丧失新颖性，其他人就此发明创造提出的专利申请，都会被驳回。 （ ）

【答案】 √

【解析】 授予发明专利权必须具有新颖性、创造性、实用性的特征。新颖性，是指在申请日以前没有同样的发明或者实用新型在国内外出版物上公开发表过、在国内公开使用过或者以其他方式为公众所知，也没有同样的发明或者实用新型由他人向国务院专利行政部门提出过申请并且记载在申请日以后公布的专利申请文件中。因此，已经公开过的发明创造丧失新颖性，不能授予专利权。

2. ［单项选择题］下列可以被授予专利权的项目是（ ）。

A. 智力活动的规则和方法
B. 房产大亨智力游戏牌及其游戏器具
C. 用原子核变换方法获得的物质
D. 可以快速在地面贴小广告的器具

【答案】 B

【解析】 本题考核可以被授予专利权的项目。根据规定，智力活动的规则和方法不能被授予专利权，但是进行智力活动的设备、装置或者根据智力活动的规则和方法而设计制造的仪器、用具等，如果具备专利条件，可以被授予专利权，因此选项 B 是对的；用原子核变换方法获得的物质不能被授予专利权；对于违反国家法律、社会公德或者妨害公共利益的发明创造，不授予专利权，因此选项 D 是错的。

14.2.3 专利的申请与审查批准

Ⅰ. 考点分析

本知识点内容比较散乱，考生主要掌握：

1. 申请递交文件——申请发明或者实用新型专利的，应当提交请求书、说明书及其摘要和权利要求书等文件。申请外观设计专利的，应当提交请求书以及该外观设计的图片或者照片等文件。

2. 先申请原则——两个以上的申请人分别就同样的发明创造申请专利的，专利权授予最先申请的人。国务院专利行政部门收到专利申请文件之日为申请日。如果申请文件是邮寄的，以寄出的邮戳日为申请日。

3. 优先权期限——申请人自发明或者实用新型在外国第一次提出专利申请之日起 12 个月内，或者自外观设计在外国第一次提出专利申请之日起 6 个月内，又在中国就相同主题提出专利申请的，依照该外国同中国签订的协议或者共同参加的国际条约，或者依照相互承认优先权的原则，可以享有优先权。申请人自发明或者实用新型在中国第一次提出专利申请之日起 12 个月内，又向国务院专利行政部门就相同主题提出专利申请的，可以享有优先权。

4. 申请审批的有关期限——（1）对发明专利国务院专利行政部门经初步审查认为符合要求的，自申请日起满 18 个月，即行公布。国务院专利行政部门可以根据申请人的请求早日公布其申请。（2）发明专利申请自申请日起 3 年内，国务院专利行政部门可以根据申请人随时提出的请求，对其申请进行实质审查；也可以在认为必要时自行对发明专利申请进行实质审查。申请人无正当理由逾期不请求实质审查的，该申请即被视为撤回。

5. 实用新型和外观设计没有申请公开和实质审查阶段。

【要点提示】 ①专利申请还要遵循单一性原则，是指一份专利申请文件只能就一项发明创造提出专利申请，即"一申请一发明"原则。②专利优先权包括外国优先权和本国优先权，注意两者期限的细微差别。③掌握专利申请审批的有关期限。

Ⅱ. 经典例题

1. ［2004 年多项选择题第 17 题］根据专利法的规定，专利申请人在外国或中国第一次提出专利申请后，在下列期限内，又在中国就相同主题提出专利申请的，可以享有优先权的有（ ）。

A. 自发明在外国第一次提出专利申请之日起12个月

B. 自实用新型在外国第一次提出专利申请之日起6个月

C. 自实用新型在中国第一次提出专利申请之日起3个月

D. 自外观设计在外国第一次提出专利申请之日起6个月

【答案】A B C D

【解析】法律规定，申请人自发明或者实用新型在外国第一次提出专利申请之日起12个月内，或者自外观设计在外国第一次提出专利申请之日起6个月内，又在中国就相同主题提出专利申请的，依照该外国同中国签订的协议或者共同参加的国际条约，或者依照相互承认优先权的原则，可以享有优先权。申请人自发明或者实用新型在中国第一次提出专利申请之日起12个月内，又向国务院专利行政部门就相同主题提出专利申请的，可以享有优先权。B、C两项都在法律规定的12个月期限内，所以也予以选择。

2. [单项选择题] 中国学者王某在法国完成一项产品发明，2003年12月3日，王某在我国某学术研讨会上介绍了他的这项发明成果。2004年5月5日，王某以这项成果在法国提出专利申请。2004年6月16日，出席该研讨会的某研究所工程师张某，将这项成果作为他自己的非职务发明，向中国专利局提出专利申请。2005年4月28日，王某又以同一成果向中国专利局提出专利申请，同时提出要求优先权的书面声明，并提交了有关文件。下列说法对的是（ ）。

A. 张某申请在先，按照先申请原则，享有专利申请权

B. 王某享有国外优先权，故专利申请应属王某

C. 王某是中国人，不应享有国外优先权，但张某不是真正的发明人，故专利申请权应属王某

D. 王某的发明已丧失新颖性，应驳回双方的申请

【答案】B

【解析】申请人自发明或者实用新型在外国第一次提出专利申请之日起12个月内，又在中国就相同主题提出专利申请的，依照该外国同中国签订的协议或者共同参加的国际条约，或者依照相互承认优先权的原则，可以享有优先权。本题中，申请人王某自发明在法国第一次提出专利申请之日起12个月内，又在中国就相同主题提出专利申请，可以享有优先权。

14.2.4 专利权终止、无效和强制许可

I. 考点分析

1. 专利权因期限届满而终止。有下列情形之

一的，专利权在期限届满前终止：（1）没有按照规定缴纳年费的；（2）专利权人以书面声明放弃其专利权的。

2. 自国务院专利行政部门公告授予专利权之日起，任何单位或者个人认为该专利权的授予不符合专利法有关规定的，可以请求专利复审委员会宣告该专利权无效。对专利复审委员会宣告专利权无效或者维持专利权的决定不服的，可以自收到通知之日起3个月内向人民法院起诉。

3. 宣告无效的专利权视为自始即不存在。宣告专利权无效的决定，对在宣告专利权无效前人民法院作出并已执行的专利侵权的判决、裁定，已经履行或者强制执行的专利侵权纠纷处理决定，以及已经履行的专利实施许可合同和专利权转让合同，不具有追溯力。但是因专利权人的恶意给他人造成的损失，应当给予赔偿。明显违反公平原则的，应当部分或全部返还费用。

4. 强制许可的条件包括：（1）自专利权被授予之日起满3年后，任何具备实施条件的单位以合理的条件请求发明或者实用新型专利权人许可实施其专利，而未能在合理长的时间内获得许可时，均可以请求国务院专利行政部门给予强制许可。请考生注意，本条件为《专利法实施细则》的规定，2004年收入教材。（2）国家出现紧急状态或者非常情况时，或者为了公共利益的目的。（3）一项取得专利权的发明或者实用新型比以前已经取得专利权的发明或者实用新型具有显著经济意义的重大技术进步，其实施又有赖于前一发明或者实用新型的实施的。在依照此条件给予实施强制许可的情形下，国务院专利行政部门根据前一专利权人的申请，也可以给予实施后一发明或者实用新型的强制许可。

5. 强制许可只能针对发明和实用新型进行。

6. 强制许可必须注意的问题：（1）申请实施强制许可的单位或者个人，应当提出未能以合理条件与专利权人签订实施许可合同的证明。（2）取得实施强制许可的单位或者个人不享有独占的实施权，并且无权允许他人实施。（3）取得实施强制许可的单位或者个人应当付给专利权人合理的使用费，其数额由双方协商；双方不能达成协议的，由国务院专利行政部门裁决。（4）专利权人对国务院专利行政部门关于实施强制许可的决定不服的，专利权人和取得实施强制许可的单位或者个人对国务院专利行政部门关于实施强制许可的使用费的裁决不服的，可以自收到通知之日起3个月内向人民法院起诉。

【要点提示】专利权在专利权人以书面声明放弃或者专利权人死亡，无继承人或者受遗赠人的，专利权也终止。

II. 经典例题

1. [2005年多项选择题第16题] 根据专利法

的有关规定，下列情形中，可以导致专利权终止的有（ ）。

  A. 专利权人有严重侵犯他人专利权的行为

  B. 专利权人没有按照规定缴纳年费

  C. 专利权人以书面声明放弃其专利

  D. 专利权人拒绝执行已经生效的专利实施强制许可决定

【答案】B C

【解析】法律规定，专利权除了因期限届满而终止外，有下列情形之一的，在期限届满前终止：（1）没有按照规定缴纳年费的；（2）专利权人以书面声明放弃其专利权的。

  2. ［单项选择题］根据专利法的有关规定，下列情形中，不会导致专利权终止的是（ ）。

  A. 专利权人死亡

  B. 专利权人没有按照规定缴纳年费

  C. 专利权人以书面声明放弃其专利

  D. 专利权人拒绝执行已经生效的专利实施强制许可决定

【答案】D

【解析】本题考核专利权终止的情形。根据规定，专利权终止的情形包括：（1）专利权的期限届满的；（2）没有按照规定缴纳年费的；（3）专利权人以书面声明放弃其专利的；（4）专利权人死亡，无继承人或受遗赠人的。

14.2.5 专利权的保护

Ⅰ. 考点分析

1. 发明专利权的期限为 20 年，实用新型专利权和外观设计专利权的期限为 10 年，均自申请日起计算。

2. 发明或者实用新型专利权的保护范围以其权利要求的内容为准，说明书及附图可以用于解释权利要求。外观设计专利权的保护范围以表示在图片或者照片中的该外观设计专利产品为准。

3. 专利侵权行为包括：（1）未经专利权人许可，实施其专利；（2）假冒他人专利；（3）以非专利产品冒充专利产品、以非专利方法冒充专利方法；（4）侵夺发明人或者设计人的非职务发明创造专利申请权及其他权益。

4. 有下列情形之一的，不视为侵犯专利权：（1）专利权人制造、进口或者经专利权人许可而制造、进口的专利产品或者依照专利方法直接获得的产品售出后，使用、许诺销售或者销售该产品的；（2）在专利申请日前已经制造相同产品、使用相同方法或者已经做好制造、使用的必要准备，并且仅在原有范围内继续制造、使用的；（3）临时通过中国领陆、领水、领空的外国运输工具，依照其所属国同中国签订的协议或者共同参加的国际条约，或者依照互惠原则，为运输工具自身需要而在其装置和设备中使用有关专利的；（4）专为科学研究和实验而使用有关专

利的。

5. 侵害专利权行为的法律责任包括民事责任、行政责任和刑事责任。请考生注意，此处假冒他人专利的犯罪行为以及刑事责任是 2005 年新增的。

6. 侵犯专利权的诉讼时效为 2 年，自专利权人或者利害关系人得知或者应当得知侵权行为之日起计算。但是，专利权人于专利权授予之日前即已得知或者应当得知的，自专利权授予之日起计算。发明专利申请公布后至专利权授予前使用该发明未支付适当使用费的，专利权人要求支付使用费的诉讼时效为 2 年，自专利权人得知或者应当得知他人使用其发明之日起计算，但是，专利权人于专利权授予之日前即已得知或者应当得知的，自专利权授予之日起计算。

【要点提示】①掌握专利权的保护范围。②掌握侵权行为及其例外情况。③掌握关于专利权诉讼时效的规定。

Ⅱ. 经典例题

1. ［2004 年单项选择题第 17 题］甲公司申请某项发明专利，在该发明专利申请公布后至专利权授予前，甲公司发现乙公司使用了该发明，乙公司拒绝支付使用费。根据专利法的规定，甲公司要求乙公司支付使用费的诉讼时效起算日应当是（ ）。

  A. 甲公司发现乙公司使用其发明之日

  B. 乙公司使用其发明之日

  C. 该发明专利权授予之日

  D. 该发明专利申请公布之日

【答案】C

【解析】发明专利申请公布后至专利权授予前使用该发明未支付适当使用费的，专利权人要求支付使用费的诉讼时效为 2 年，自专利权人得知或者应当得知他人使用其发明之日起计算，但是，专利权人于专利权授予之日前即已得知或者应当得知的，自专利权授予之日起计算。

2. ［多项选择题］下列选项中不构成侵犯专利权的有（ ）。

  A. 甲机械厂从国外进口依照乙机床厂的专利方法制造的精密机床两台用于企业生产

  B. 甲商场销售经专利权人乙许可而从国外进口的装饰灯具

  C. 甲研究所为研究开发一种电力自动保护系统而使用了乙电力集团的一项发明专利

  D. 临时通过中国领海法国甲远洋货轮，依照法国同中国签订的协议，为货轮自身需要而在蒸汽锅炉中使用乙锅炉集团的一项专利

【答案】B C D

【解析】A 项侵犯了专利权人的进口权，B 项为许可进口，C 项系为科学研究目的而使用，D 项系临时过境，都不视为侵犯专利权。

Ⅲ．相关链接

三种专利的区别比较：

	授权条件	国际优先权	国内优先权	强制许可	审批程序	保护期限
发明、实用新型	新颖性、创造性、实用性	12 个月	12 个月	可以	早期公开、延迟审查登记制，没有实质审查	20 年
						10 年
外观设计	不相同和不相近似	6 个月	没有	不可以		

14.3 商标法

14.3.1 商标概述

Ⅰ．考点分析

商标的特征包括：（1）商标主要是由文字、图形或者文字与图形结合而组成的标记；（2）商标是使用于商品或者服务上的显著标记；（3）商标是代表特定商品生产者、经销者或者服务提供者的专用符号；（4）商标是附着于商品表面或者包装或者置于与所提供的服务相关的物品上的具有显著特征的简洁符号。

【要点提示】①商标依据不同的标准可以分为驰名商标、著名商标和知名商标。还可以分为商品商标和服务商标。②商标法采取注册取得商标专用权的原则和自愿注册原则。

Ⅱ．经典例题

1.［判断题］根据商标在相关市场上的知名度，可将商标分为驰名商标、著名商标和知名商标，驰名商标是指由商标局认定的在市场上有较高声誉并为相关公众所熟知的商标。（　　）

【答案】√

【解析】驰名商标是指由商标局认定的在市场上有较高声誉并为相关公众所熟知的商标。

2.［判断题］商标法采取商标的强制注册原则。（　　）

【答案】×

【解析】商标法对大部分商品是采取自愿注册原则，只对部分特殊商品采取强制注册原则。

14.3.2 商标权

Ⅰ．考点分析

1．商标权是指商标所有人对其注册商标拥有的独占的、排他的权利。

2．商标权的主体是指通过法定程序，在自己生产、制造、加工、拣选或者经销的商品以及提供的服务上享有商标专用权的自然人、法人或者其他组织。

3．商标权的客体是指经过商标局核准注册的商标。申请注册的商标，应当有显著特征，并符合可视性要求。

4．下列标志不得作为商标使用：（1）同中华人民共和国的国家名称、国旗、国徽、军旗、勋章相同或者近似的，以及同中央国家机关所在地特定地点的名称或者标志性建筑物的名称、图形相同的；（2）同外国的国家名称、国旗、国徽、军旗相同或者近似的，但该国政府同意的除外；（3）同政府间国际组织的名称、旗帜、徽记相同或者近似的，但经该组织同意或者不易误导公众的除外；（4）与表明实施控制、予以保证的官方标志、检验印记相同或者近似的，但经授权的除外；（5）同"红十字"、"红新月"的名称、标志相同或者近似的；（6）带有民族歧视性的；（7）夸大宣传并带有欺骗性的；（8）有害于社会主义道德风尚或者有其他不良影响的。

县级以上行政区划的地名或者公众知晓的外国地名，不得作为商标。但是，地名具有其他含义或者作为集体商标、证明商标组成部分的除外；已经注册的使用地名的商标继续有效。

5．下列标志不得作为商标注册：（1）仅有本商品的通用名称、图形、型号的；（2）仅仅直接表示商品的质量、主要原料、功能、用途、重量、数量及其他特点的；（3）缺乏显著特征的。

以三维标志申请注册商标的，仅由商品自身的性质产生的形状、为获得技术效果而需有的商品形状或者使商品具有实质性价值的形状，不得注册。

就相同或者类似商品申请注册的商标是复制、摹仿或者翻译他人未在中国注册的驰名商标，容易导致混淆的，不予注册并禁止使用。

就不相同或者不相类似商品申请注册的商标是复制、摹仿或者翻译他人已经在中国注册的驰名商标，误导公众，致使该驰名商标注册人的利益可能受到损害的，不予注册并禁止使用。

本知识点请考生注意不能作为商标使用和不能作为商标注册的区别。不能作为商标注册的标志，在非注册商标中是可以使用的。

【要点提示】①商标权和所有权一样，属于绝对权的范畴，即权利主体对其注册商标享有完全的使用权和排他的权利。②两个以上自然人、法人或者其他组织可以共同向商标局申请注册同一商标，共同享有和行使该商标专用权。③掌握不能作为商标使用和不能作为商标注册的规定。

Ⅱ．经典例题

1.［2006 年多项选择题第 17 题］根据《商标法》的规定，下列选项中，不得作为注册商标的有（　　）。

A．三维标志

B．气味标志

C. 植物名称

D. 与"红十字"标志近似的标志

【答案】B D

【解析】商标是由文字、图形或者文字与图形结合而组成的标记，气味不得作为商标注册；同"红十字"、"红新月"的名称、标志相同或者近似的标志不能作为商标使用，当然更不能作为商标注册。

2. [单项选择题] 下列不属于认定驰名商标应当考虑的因素是（　　）。

A. 相关公众对该商标的知晓程度

B. 该商标的任何宣传工作的持续时间

C. 该商标作为驰名商标保护的记录

D. 该商标的使用企业的经营规模

【答案】D

【解析】认定驰名商标应当考虑下列因素：
（1）相关公众对该商标的知晓程度；（2）该商标使用的持续时间；（3）该商标的任何宣传工作的持续时间、程序和地理范围；（4）该商标作为驰名商标受保护的记录；（5）该商标驰名的其他因素。

14.3.3　商标注册的申请和审查核准

Ⅰ. 考点分析

本知识点内容比较散乱，考生主要掌握：

1. 优先权期限——（1）商标注册申请人自其商标在外国第一次提出商标注册申请之日起 6 个月内，又在中国就相同商品以同一商标提出商标注册申请的，依照该外国同中国签订的协议或者共同参加的国际条约，或者按照相互承认优先权的原则，可以享有优先权。（2）商标在中国政府主办的或者承认的国际展览会展出的商品上首次使用的，自该商品展出之日起 6 个月内，该商标的注册申请人可以享有优先权。

2. 先申请为主、先使用为辅原则——两个或者两个以上的商标注册申请人，在同一种商品或者类似商品上，以相同或者近似的商标申请注册的，初步审定并公告申请在先的商标；同一天申请的，初步审定并公告使用在先的商标，驳回其他人的申请，不予公告。

3. 在先权利保护——申请商标注册不得损害他人现有的在先权利，也不得以不正当手段抢先注册他人已经使用并有一定影响的商标。

【要点提示】商标局对受理的申请，依照《商标法》的规定既进行形式审查，又进行实质审查。掌握优先权的规定和在先权利保护的规定。

Ⅱ. 经典例题

1. [单项选择题] 根据《商标法》的规定，经初步审定的商标，自公告之日起（　　）内，任何人均可以提出异议。

A. 10 日　　B. 30 日　　C. 3 个月　D. 6 个月

【答案】C

【解析】对初步审定的商标，自公告之日 3 个月内任何人均可以提出异议，公告期满无异议的，予以核准注册，发给商标注册证并予以公告。

2. [单项选择题] 某服装公司于 2003 年 5 月 10 日已在国外申请商标注册，并准备就该商标在我国申请注册。该国与我国签订了相互承认优先权的协议，根据商标法的规定，该公司应在（　　）以前，向我国商标局提出，否则丧失优先权。

A. 2003 年 10 月 10 日

B. 2004 年 5 月 10 日

C. 2003 年 8 月 10 日

D. 2003 年 11 月 10 日

【答案】D

【解析】商标注册申请人自其商标在外国第一次提出商标申请之日起 6 个月内，又在中国就相同商品以同一商标提出注册申请的，依照该外国同中国签订的协议或者共同参加的国际条约，或者按照相互承认优先权原则，可以享有优先权。

Ⅲ. 相关链接

专利申请的优先权期限。

14.3.4　注册商标的续展、转让、使用许可和争议裁定

Ⅰ. 考点分析

1. 注册商标的有效期为 10 年，自核准注册之日起计算。

2. 注册商标有效期满，需要继续使用的，应当在期满前 6 个月内申请续展注册；在此期间未能提出申请的，可以给予 6 个月的宽展期。宽展期满仍未提出申请的，注销其注册商标。每次续展注册的有效期为 10 年。

3. 转让注册商标的，转让人和受让人应当签订转让协议，并共同向商标局提出申请。受让人应当保证使用该注册商标的商品质量。

4. 商标注册人可以通过签订商标使用许可合同，许可他人使用其注册商标。许可人应当监督被许可人使用其注册商标的商品质量。被许可人应当保证使用该注册商标的商品质量。经许可使用他人注册商标的，必须在使用该注册商标的商品上标明被许可人的名称和商品产地。商标使用许可合同应当报商标局备案。商标的使用许可包括独占使用许可、排他使用许可、普通使用许可 3 种。

5. 已经注册的商标，违反商标法有关规定的，或者是以欺骗手段或者其他不正当手段取得注册的，由商标局撤销该注册商标。已经注册的商标，违反商标法有关规定的，自商标注册之日起 5 年内，商标所有人或者利害关系人可以请求商标评审委员会裁定撤销该注册商标。对恶意注册的，驰名商标所有人不受 5 年的时间限制。除上述规定的情形外，对已经注册的商标有争议的，可以自

该商标经核准注册之日起 5 年内，向商标评审委员会申请裁定。

【要点提示】 掌握：①注册商标的有效期和续展的要求；②注册商标转让和许可使用的规定；③注册商标撤销的有关规定。

Ⅱ. 经典例题

1. ［2007 年单项选择题第 16 题］甲公司于 2003 年 12 月 10 日申请注册 A 商标，2005 年 3 月 20 日该商标被核准注册。根据商标法的规定，甲公司申请商标续展注册的最迟日期是（　　）。

A. 2013 年 12 月 10 日

B. 2014 年 6 月 10 日

C. 2015 年 3 月 20 日

D. 2015 年 9 月 20 日

【答案】 D

【解析】 本题考核注册商标的续展。根据规定，注册商标的有效期为 10 年，自核准注册之日起计算。注册商标有效期满，需要继续使用的，应当在期满前 6 个月内申请续展注册；在此期间未能提出申请的，可以给予 6 个月的宽展期。本题中，核准注册之日为 2005 年 3 月 20 日，有效期满日为 2015 年 3 月 20 日，加上宽展期，甲公司最迟日期为 2015 年 9 月 20 日。

2. ［2005 年单项选择题第 17 题］甲公司将本公司注册商标转让给乙公司，双方签订了转让合同。根据商标法的规定，乙公司开始享有该注册商标专用权的时间是（　　）。

A. 甲、乙双方签订注册商标转让合同之日

B. 商标局收到注册商标转让申请之日

C. 商标局核准注册商标转让合同之日

D. 商标局核准注册商标转让合同后，予以公告之日

【答案】 D

【解析】 法律规定，注册商标专用权转让的，受让方开始享有该注册商标专用权的时间是商标局核准注册商标转让合同后，予以公告之日。

3. ［2005 年多项选择题第 17 题］甲公司将拥有的"飞天"注册商标使用在其生产的乐器产品上。甲公司与乙公司签订商标使用许可合同，许可乙公司在其生产的乐器上使用"飞天"注册商标。根据商标法的规定，下列表述中，对的有（　　）。

A. 乙公司必须在其生产的使用"飞天"商标的乐器上标明自己的名称

B. 乙公司必须在其生产的使用"飞天"商标的乐器上标明自己的产地

C. 甲公司应当监督乙公司使用"飞天"商标的乐器的质量

D. 乙公司应当保证使用"飞天"商标的乐器的质量

【答案】 A B C D

【解析】 法律规定，商标注册人许可他人使用其注册商标的，应当监督被许可人使用其注册商标的商品质量；被许可人应当保证使用该注册商标的商品质量；经许可使用他人注册商标的，必须在使用该注册商标的商品上标明被许可人的名称和商品产地。

4. ［2004 年单项选择题第 16 题］某公司于 1993 年 12 月 10 日申请注册"海天"商标，1994 年 3 月 20 日该商标被核准注册。根据商标法的规定，该公司第一次申请"海天"商标续展注册的最后期限应为（　　）。

A. 2004 年 1 月 10 日

B. 2004 年 2 月 10 日

C. 2004 年 3 月 20 日

D. 2004 年 9 月 20 日

【答案】 D

【解析】 法律规定，注册商标的保护期限为 10 年，10 年期满后可以续展。续展申请期限为保护期限届满前 6 个月，并给予 6 个月的宽展期。

5. ［2003 年单项选择题第 17 题］根据商标法律制度的规定，注册商标有效期满后可以续展注册，每次续展注册的有效期为（　　）。

A. 6 个月　　　　　　B. 5 年

C. 10 年　　　　　　D. 20 年

【答案】 C

【解析】 商标法规定，注册商标每次续展注册的有效期为 10 年。

Ⅲ. 相关链接

专利、商标保护期限的比较：

	保护期限	起算时间	续展
发明	20 年		
实用新型		申请日	不可以
外观设计	10 年		
商标		核准注册日	可以；提前 6 个月，宽展 6 个月

14.3.5　商标使用的管理

Ⅰ. 考点分析

1. 使用注册商标，有下列行为之一的，由商标局责令限期改正或者撤销其注册商标：（1）自行改变注册商标的；（2）自行改变注册商标的注册人名义、地址或者其他注册事项的；（3）自行转让注册商标的；（4）连续 3 年停止使用的。

2. 使用注册商标，其商品粗制滥造，以次充好，欺骗消费者的，由各级工商行政管理部门分别不同情况，责令限期改正，并可以予以通报或者处以罚款，或者由商标局撤销其注册商标。

3. 注册商标被撤销的或者期满不再续展的，自撤销或者注销之日起 1 年内，商标局对与该商标相同或者近似的商标注册申请，不予核准。

4. 使用未注册商标，有下列行为之一的，由

地方工商行政管理部门予以制止，限期改正，并可以予以通报或者处以罚款：（1）冒充注册商标的；（2）违反本法第十条规定的；（3）粗制滥造，以次充好，欺骗消费者的。

【要点提示】未注册的商标不享有商标专用权，但由于我国对商标注册采取自愿的原则，除国家规定必须使用注册商标的商品外，允许商品生产者、经营者或者服务提供者合法使用未注册商标。未注册商标的使用同样涉及商标专用权的保护、商品或者服务质量的保证和消费者利益的保障。

II．经典例题

1．[多项选择题] 使用注册商标，有下列行为之一的，由商标局责令限期改正或者撤销其注册商标（　　）。

A．自行改变注册商标

B．自行改变注册商标的注册人名义、地址或者其他注册事项的

C．自行转让注册商标的

D．连续 3 年停止使用的

【答案】A B C D

【解析】以上四项都符合要求。

2．[判断题] 注册商标被撤销的或者期满不再续展的，自撤销或者注销之日起 2 年内，商标局对与该商标相同或者近似的商标注册申请，不予核准。（　　）

【答案】×

【解析】注册商标被撤销的或者期满不再续展的，自撤销或者注销之日起 1 年内，商标局对与该商标相同或者近似的商标注册申请，不予核准。

14.3.6 注册商标专用权的保护

I．考点分析

1．注册商标的专用权，以核准注册的商标和核定使用的商品为限。

2．有下列行为之一的，均属侵犯注册商标专用权：（1）未经商标注册人的许可，在同一种商品或者类似商品上使用与其注册商标相同或者近似的商标的。（2）销售侵犯注册商标专用权的商品的。（3）伪造、擅自制造他人注册商标标识或者销售伪造、擅自制造的注册商标标识的。（4）未经商标注册人同意，更换其注册商标并将该更换商标的商品又投入市场的。（5）给他人的注册商标专用权造成其他损害的，包括将与他人注册商标相同或相近似的文字作为企业的字号在相同或者类似商品上突出使用，容易使相关公众产生误认的；复制、摹仿、翻译他人注册的驰名商标或者其主要部分在不相同或者不相类似的商品上作为商标使用，误导公众，致使该驰名商标注册人的利益可能受到损害的；将与他人注册商标相同或者相近似的文字注册为域名，并且通过该域名进行相关商品交易的电子商务，容易使相关公众产生误认的。

认的。

3．侵犯注册商标专用权的法律责任包括民事责任、行政责任和刑事责任。此处请考生注意出售不知情的责任承担方法、侵犯注册商标专用权的行政责任的罚款数额等。

4．侵犯注册商标专用权的诉讼时效为 2 年，自商标注册人或者利害权利人知道或者应当知道侵权行为之日起计算。权利人超过 2 年起诉的，如果侵权行为在起诉时仍在持续，在该注册商标专用权有效期内，法院应当判决被告停止侵权行为，侵权损害赔偿数额应当自权利人向法院起诉之日起向前推算 2 年计算。

5．我国法律对驰名商标的保护。

【要点提示】①注册商标专用权的保护主要限定在三个方面：一是核准的注册商标，二是核定使用的商品或者服务，三是注册商标在有效期内。②驰名商标由国家工商行政管理总局认定，任何组织或者个人不得认定或者采取其他变相方式认定驰名商标，而且国家对驰名商标采取了不同于一般商标的特殊保护措施。

II．经典例题

1．[2007 年判断题第 11 题] 就不相类似商品申请注册的商标是摹仿他人在中国注册的驰名商标，误导公众，致使该驰名商标注册人的利益可能受到损害的，商标主管部门应当不予注册并禁止使用。（　　）

【答案】√

【解析】本题考核注册商标专用权的保护，以上的表述是对的。

2．[多项选择题] 甲侵犯了乙的注册商标专用权，对于该侵权的行为，下列各项中乙可以选择的合法做法有（　　）。

A．由甲乙二人协商解决

B．由乙请求工商行政管理部门处理

C．由乙请求商标局进行处理

D．直接向人民法院起诉

【答案】A B D

【解析】本题考核侵犯注册商标专用权案件的处理，根据规定，对侵犯注册商标专用权的案件，首先由当事人协商解决；当事人不愿协商或者协商不成的，可以有两种处理方式：（1）由商标注册人或者利害关系人请求工商行政管理部门处理。（2）由商标注册人或者利害关系人向人民法院起诉。

3．[多项选择题] 侵犯注册商标专用权的行政责任包括（　　）。

A．责令立即停止侵权行为

B．没收、销毁侵权商品和专门用于制造侵权商品、伪造注册商标标识的工具

C．罚款

D．赔偿损失

【答案】ＡＢＣ

【解析】本题考核侵犯注册商标专用权的行政责任。赔偿损失属于民事责任，不属于行政责任。

14.4 反不正当竞争法

14.4.1 不正当竞争行为

Ⅰ.考点分析

1. 欺骗性市场交易行为。具体包括：（1）假冒他人的注册商标。（2）擅自使用知名商品特有的名称、包装、装潢，或者使用与知名商品近似的名称、包装、装潢，造成和他人的知名商品相混淆，使购买者误认为是该知名商品。（3）擅自使用他人的企业名称或者姓名（包括具有一定的市场知名度、为相关公众所知悉的自然人的笔名、艺名等），引人误认为是他人的商品。（4）在商品上伪造或者冒用认证标志、名优标志等质量标志，伪造产地，对商品质量作引人误解的虚假表示。（5）利用广告或者其他方法，对商品的质量、制作方法、性能、用途、生产者、有效期限、产地等作引人误解的虚假宣传。下列行为足以造成相关公众误解的，可以认定为引人误解的虚假宣传行为：①对商品作片面的宣传或者对比的；②将科学上未定论的观点、现象等当作定论的事实用于商品宣传的；③以歧义性语言或者其他引人误解的方式进行商品宣传的。以明显的夸张方式宣传商品，不足以造成相关公众误解的，不属于引人误解的虚假宣传行为。广告的经营者也不得在明知或者应知的情况下，代理、设计、制作、发布虚假广告。

2. 限制正常市场竞争行为。具体包括：（1）公用企业或者其他依法具有独占地位的经营者，限定他人购买其指定的经营者的商品的行为。（2）政府及其所属部门滥用行政权力的行为，包括：限定他人购买其指定的经营者的商品；限制其他经营者正当的经营活动；限制外地商品进入本地市场，或者本地商品流向外地市场。

3. 商业贿赂行为。具体包括：（1）经营者采用财物或者其他手段进行贿赂以销售或者购买商品的行为。（2）经营者在销售或者购买商品时，在账外给予对方折扣，或者给予非法的中间人佣金。

4. 侵犯商业秘密的行为。商业秘密指不为公众所知悉，能为权利人带来经济利益、具有实用性并经权利人采取保密措施的技术信息和经营信息。侵犯商业秘密行为具体包括：（1）以盗窃、利诱、胁迫或者其他不正当手段获取权利人的商业秘密；（2）披露、使用或者允许他人使用以前项手段获取的权利人的商业秘密；（3）违反约定或者违反权利人有关保守商业秘密的要求，披露、使用或者允许他人使用其所掌握的商业秘密。第三人明知或者应知前款所列违法行为，获取、使用或者披露他人的商业秘密，也视为侵犯商业秘密。具有下列情形之一的，可以认定有关信息不构成不为公众所知悉：（1）该信息为其所属技术或者经济领域的人的一般常识或者行业惯例；（2）该信息仅涉及产品的尺寸、结构、材料、部件的简单组合等内容，进入市场后相关公众通过观察产品即可直接获得；（3）该信息已经在公开出版物或者其他媒体上公开披露；（4）该信息已通过公开的报告会、展览等方式公开；（5）该信息从其他公开渠道可以获得；（6）该信息无须付出一定的代价而容易获得。

5. 不正当的贱卖行为。经营者以排挤竞争对手为目的，以低于成本的价格销售商品的行为属于不正当竞争行为，但有下列情形之一的除外：（1）销售鲜活商品；（2）处理有效期限即将到期的商品或者其他积压的商品；（3）季节性降价；（4）因清偿债务、转产、歇业降价销售商品。

6. 采取强迫、欺骗等手段销售商品行为。具体包括：（1）经营者销售商品时违背购买者的意愿，搭售商品或者附加其他不合理条件的行为。（2）经营者从事不正当的有奖销售行为，包括：①采用谎称有奖或者故意让内定人员中奖的欺骗方式进行有奖销售；②利用有奖销售的手段推销质次价高的商品；③抽奖式的有奖销售，最高奖的金额超过 5 000 元。

7. 商业诽谤行为，指经营者捏造、散布虚伪事实，损害竞争对手的商业信誉、商品声誉的行为。

8. 串通招标、投标行为。具体包括：（1）投标者串通投标，抬高标价或者压低标价；（2）投标者和招标者相互勾结，以排挤竞争对手的公平竞争。

不正当竞争行为应承担的法律责任包括民事责任、行政责任和刑事责任。

【要点提示】掌握不正当竞争行为的种类以及例外情况。

Ⅱ.经典例题

1. ［2003年判断题第15题］某商场采取有奖销售方式促销商品，凡在本商场购买商品超过100元者，可凭当日购买商品小票获得一次抽奖机会，奖金共分三档：其中，一等奖5名，奖金为3 000元；二等奖3名，奖金为2 000元；三等奖10名，奖金为100元。该商场的有奖销售行为属于不正当竞争行为。　　　　　　（　　）

【答案】×

【解析】《反不正当竞争法》规定，抽奖式的有奖销售，最高奖的金额超过5 000元的为不正当竞争行为。

2. ［多项选择题］下列各项中，属于不正当竞争行为的有（　　）。

A. 甲公司因转产以低于成本的价格销售商品

B. 乙公司在国庆节期间举办抽奖式有奖销售，设置奖额自 88 元至 8 888 元不等

C. 丙电信公司向用户推荐某品牌电话机

D. 某公司登记机关指定丁会计师事务所为本地区公司登记的唯一验资机构

【答案】B D

【解析】本题考核不正当竞争行为的认定。(1) 抽奖式的有奖销售，最高奖的金额超过 5 000 元的，属于不正当竞争行为；(2) 政府及其所属部门不得滥用行政权力，限定他人购买其指定的经营者的商品或者接受指定的经营者提供的服务，限制其他经营者正当的经营活动。

3. ［判断题］不正当竞争行为的主体是经营者，因此政府及其所属部门滥用行政权力妨碍经营的限制竞争行为不属于不正当竞争行为。

( )

【答案】×

【解析】经营者是构成不正当竞争行为最主要的主体，但是政府部门在某些特定情形下，也可以成为该主体。

Ⅲ. 刑事错综

假冒他人注册商标行为既是不正当竞争行为，又是商标侵权行为。

知识点测试

一、单项选择题

1. 某学校开运动会，两位同学先后在同一场地、相同时间、相同角度各拍了一张展示运动员风采的照片。对于该张照片，以下 ( ) 的说法是对的。

A. 两张照片都享有著作权

B. 拍第二张照片的人侵犯了第一张照片的著作权

C. 谁先发表谁享有著作权

D. 第一张照片享有著作权

2. 公民甲系作家，经常发表文学作品，一日甲与其友乙在乙家探讨甲一近作，谈毕，甲对该作品表示极不满意，并说要弃之重写，临行亦将其作品弃之于乙家垃圾桶。后来乙将甲这一作品稍加修改并署乙名发表，( )。

A. 乙的行为侵犯了著作权

B. 乙的行为没有侵犯甲的著作权，因为甲已表示弃之重写

C. 乙的行为没有侵犯甲的著作权，因为甲已将作品扔掉

D. 乙的行为没有侵犯甲的著作权，因为乙将作品修改

3. 甲经乙许可，将乙的小说改编成电影剧本，丙获该剧本手稿后，未征得甲和乙的同意，将该电影剧本改编为电视剧本并予以发表，下列对丙的行为说法正确的项是 ( )。

A. 侵犯了甲的著作权，但未侵犯乙的著作权

B. 侵犯了乙的著作权，但未侵犯甲的著作权

C. 不构成侵权

D. 同时侵犯了甲的著作权和乙的著作权

4. 甲、乙两人系同事，甲曾委托乙创作一剧本，乙碍于情面答应为其创作，但双方没有订立任何书面合同，也未作出明确的口头约定。后甲因工作调到外省工作，乙修改完作品即以自己的名义对外发表。甲知悉后，提出著作权属于自己。依法律规定，此剧本的著作权 ( )。

A. 甲、乙均不享有

B. 甲、乙共同享有

C. 甲一人享有

D. 乙一人享有

5. 公民甲生前有大量作品问世，一部分已经发表，还有一些没有发表。1994 年 12 月 20 日，公民甲去世。根据法律规定，公民甲的未发表作品的著作权，( )。

A. 其署名权的保护期至 2044 年 12 月 20 日

B. 其修改的保护期至 2044 年 12 月 31 日

C. 其保护作品完整权的保护期到 2044 年 12 月 20 日

D. 其发表权、使用权和获得报酬权的保护期至 2044 年 12 月 31 日

6. 图书出版者有权许可或者禁止他人使用其出版的图书、期刊的版式设计。该版式设计专用权的保护期为 ( )，截止于使用该版式设计的图书、期刊首次出版后第 ( ) 的 12 月 31 日。

A. 5 年　5 年　　　　B. 10 年　10 年

C. 15 年　15 年　　　D. 20 年　20 年

7. 侵犯著作权的侵权人应当赔偿权利人的实际损失，权利人的实际损失或者侵权人的违法所得不能确定的，由人民法院根据侵权行为的情节，判决给予 ( ) 元以下的赔偿。

A. 30 万　B. 40 万　C. 50 万　D. 60 万

8. 授予专利权的外观设计，应当同申请日以前在 ( ) 出版物上公开发表过或者在 ( ) 公开使用过的外观设计不相同或者不相近似。

A. 国内　国内

B. 国内　国外

C. 国内外　国内

D. 国内　国内外

9. 申请人自发明或者实用新型在外国第一次提出专利申请之日起 ( )，或者自外观设计在外国第一次提出专利申请之日起 ( )，又在中国就相同主题提出专利申请的，依照相互承认优先权的原则，可享有优先权。

A. 12 个月内　6 个月内

B. 6 个月内　12 个月内

C. 3 个月内　9 个月内

D. 9 个月内　3 个月内

10. 专利实施的强制许可意味着（　　）。

　　A. 取得实施强制许可的单位或个人享有的实施权，即强制许可是独占许可

　　B. 取得实施强制许可的单位或个人享有排除第三人使用的权利，即强制许可是排他许可

　　C. 取得实施强制许可的单位或个人有权允许他人实施

　　D. 取得实施强制许可的单位或个人既不享有独占的实施权，也无权允许他人实施

11. 发明或者实用新型专利权的保护范围以（　　）的内容为准。

　　A. 图片或照片

　　B. 侵权行为人侵权

　　C. 要求专利管理机关处理的申请书

　　D. 该项专利的权利请求书

12. 下列（　　）行为不视为侵犯专利权。

　　A. 某研究生在实验中未经专利权人同意而利用了其专利技术

　　B. 甲厂为推销自己的产品，在没有征得乙的同意的情况下，在其自己的产品上标上乙的专利号和专利标记

　　C. 甲公司未征得乙公司的同意，从国外进口用乙公司的专利方法可直接获得的产品

　　D. 甲公司擅自实施乙公司的专利

13. 假冒他人专利的，除依法承担民事责任外，由专利管理部门责令改正并予公告，没收违法所得，可以并处违法所得（　　）倍以下的罚款，没有违法所得的，可以处（　　）万元以下的罚款；构成犯罪的，依法追究刑事责任。

　　A. 3　3　　B. 5　5　　C. 5　3　　D. 3　5

14. 对商标局初步审查的商标，自公告之日起（　　），任何人均可以提出异议。

　　A. 15 日内　　　　　B. 30 日内

　　C. 45 日内　　　　　D. 3 月以内

15. 某饮料生产企业申请在其产品上注册"温馨"商标，在商标局初步审定公告后，该企业即开始使用，并标注了注册商标标记"®"，该企业的行为属于（　　）。

　　A. 假冒他人注册商标

　　B. 冒充注册商标

　　C. 合理使用

　　D. 滥用商标

16. 甲企业于 2002 年 12 月 8 日取得运动鞋的"捷达"注册商标。2003 年 12 月 3 日，甲企业发现乙企业未经其同意，也在运动鞋上使用"捷达"商标。经多次交涉，乙企业一直未停止侵权行为。直到 2006 年 4 月，甲企业在忍无可

忍的情况下，于 11 日向法院提起诉讼。经法院审理，乙企业确为侵权行为。乙企业的侵权损害赔偿数额计算时间为（　　）。

　　A. 2002 年 12 月 8 日~2004 年 12 月 8 日

　　B. 2003 年 12 月 3 日~2005 年 12 月 3 日

　　C. 2006 年 4 月 11 日~2008 年 4 月 11 日

　　D. 2004 年 4 月 11 日~2006 年 4 月 11 日

17. 侵犯商标专用权的赔偿数额，为侵权人在侵权期间因侵权所获得的利益，或者被侵权人在被侵权期间因被侵权所受到的损失。侵权人因侵权所得利益，或者被侵权人因被侵权所受损失难以确定的，由法院根据侵权行为的情节判决给予（　　）元以下的赔偿。

　　A. 10 万　　B. 30 万　　C. 50 万　　D. 60 万

18. 某市甲饮料厂生产一种"清泉"牌的矿泉水，在当地很受消费者喜爱，知名度极高。不久，乙饮料厂开发出一种名叫"金泉"的矿泉水。其注册商标、商品名称以及厂名厂址均与"清泉"牌矿泉水不同，但其矿泉水瓶形状、瓶贴标签的图样、色彩与"清泉"牌矿泉水极为相似。对此，下列表述中（　　）是对的。

　　A. 两种矿泉水装潢外观虽极为相似，但消费者只要仔细辨认仍可以将它们区别开来，故乙厂的行为不构成不正当竞争行为

　　B. 两种矿泉水虽然注册商标、名称以及厂名厂址不同，但其外观极为相似，足以造成购买者发生误认，故乙厂的行为构成不正当竞争行为

　　C. "清泉"商标并非驰名商标，其标识又未申请专利，且与"金泉"之间仍有区别，故甲厂不能以乙厂侵权为由起诉

　　D. 两种矿泉水注册商标、名称以及厂名厂址不同，只是装潢、外观相似，乙厂的行为虽不构成侵权，但工商部门仍应责令乙厂改进其矿泉水的装潢外观

19. 某葡萄酒厂在其产品的瓶颈上挂一标签，上印有"获 1900 年柏林国际葡萄酒博览会金奖"字样和一个带外文的徽章。此奖项和徽章均属子虚乌有。对这一行为应当如何认定？（　　）

　　A. 根据《反不正当竞争法》，该行为构成虚假宣传行为

　　B. 根据《反不正当竞争法》，该行为构成虚假表示行为

　　C. 根据《民法通则》，该行为构成欺诈的民事行为

　　D. 该行为违反商业道德，但不违反法律

20. 某百货公司销售电视机，在门口广告牌上写明："凡在本处购买电视机者，给付总价款 5% 的回扣，介绍推销者给付总价款 1% 的佣金。"被人发现后举报到有关部门，经调查发现该公司给付的回扣、佣金，账面上均有明确记载。该公

司给付回扣的行为是（　　）。

A. 不正当竞争行为

B. 变相行贿行为

C. 正当的促销交易行为

D. 降价排挤行为

21. 某电器销售公司甲与某冰箱厂乙因货款纠纷而产生隔阂，甲不再经销乙的产品。当客户询问甲的营业人员是否有乙厂的冰箱时，营业人员故意说道："乙厂的冰箱质量不好，价格又贵，所以我们不再卖它们的产品了。"下列有关该事例的表述对的是（　　）。

A. 甲侵犯了乙的名誉权

B. 甲的行为属于诋毁乙的商业信誉的不正当竞争行为

C. 甲的行为因未通过宣传媒介诋毁乙的商业信誉，故不构成诋毁商业信誉

D. 甲侵犯了乙的荣誉权

22. 实施刑法第 219 条规定的行为之一，给商业秘密的权利人造成损失数额在（　　）万元以上的，应当以侵犯商业秘密罪判处 3 年以下有期徒刑或者拘役，并处或者单处罚金，给商业秘密的权利人造成损失数额在（　　）万元以上的，应当判处 3 年以上 7 年以下有期徒刑，并处罚金。

A. 30　100　　　　　B. 40　150

C. 50　250　　　　　D. 60　300

二、多项选择题

1. 著作权法所称的作品，包括（　　）。

A. 文学、艺术作品

B. 自然科学作品

C. 社会科学作品

D. 工程技术作品

2. 下列各项中，不适用或不受著作权法保护的作品有（　　）。

A. 国务院《关于实施行政诉讼法的通知》

B. 最高人民法院组织编写的《行政诉讼案例选编》

C. 张贤亮《绿化树》

D. 《少女之心》（黄色书籍）

3. 著作权人享有下列（　　）著作人身权。

A. 发表权

B. 修改权

C. 保护作品完整权

D. 发行权

4. 著作权人享有下列（　　）著作财产权。

A. 出租权　　　　　B. 表演权

C. 广播权　　　　　D. 摄制权

5. 合作作品的（　　）的保护期截止于最后死亡的作者死亡后的第 50 年的 12 月 31 日。

A. 署名权　　　　　B. 发表权

C. 使用权　　　　　D. 获得报酬权

6. 作者甲将其创作的一部著作交乙出版社出版，但双方始终未签订出版合同，事后，该作者又与丙出版社签订了专有出版合同，将此著作交丙出版。现乙对丙提出异议。本案依法应如何认定？（　　）

A. 甲的行为属一稿多投，侵犯了乙的权利

B. 丙明知乙已出版此书，仍与甲签订出版合同，属侵权行为

C. 甲一稿多投并不违法，乙不签订出版合同有悖于著作权法的要求

D. 乙应尊重丙的专有出版权，不得再出版此书

7. 非职务技术成果的（　　）。

A. 使用权属于完成技术成果的个人

B. 完成者的单位享有使用权

C. 转让权属于完成技术成果的个人

D. 使用权属于完成者的所属单位，所有权属于完成者个人

8. 根据《专利法》的规定，对发明专利申请的审查分为初步审查和实质审查，其中实质审查的发生条件包括（　　）。

A. 发明专利申请自申请日起 3 年内，专利局可以根据申请人随时提出的请求，对其申请进行实质审查

B. 申请人无正当理由逾期不请求实质审查的，专利局应当进行实质审查

C. 申请人无正当理由逾期不请求实质审查的，该发明专利申请被视为撤回

D. 专利局认为必要的时候，可以自行对发明专利申请进行实质审查

9. 根据专利法，下列（　　）项论述是对的。

A. 发明专利权的期限为 20 年，自申请日起计算

B. 发明专利权的期限为 15 年，自申请日起计算，期满前专利权人可申请续展

C. 实用新型专利权的期限是 10 年，自申请日起计算，期满前专利权人可以申请续展 3 年

D. 外观设计专利权的期限是 10 年，自申请日起计算

10. 商标使用的文字、图形或者组合，应当有（　　）。

A. 新颖性

B. 创造性

C. 显著特征，便于识别

D. 符合可视性要求

11. 商标局接受了一批商标注册申请，经审查，应当依法驳回（　　）的商标注册申请。

A. 美利坚合众国果汁

B. 奥林匹克运动衣

C. 美美牌钢笔

D. 红新月牌健身器

12. 某酒厂生产一种优质酒驰名中外,该厂于 1985 年 12 月 30 日经国家商标局核准取得注册商标,请判断下列各项哪些符合商标法的规定?( )

    A. 该注册商标的有效期是 1995 年 12 月 30 日

    B. 注册商标的有效期到 2000 年 12 月 30 日

    C. 注册商标有效期满,如果需要继续使用,该厂应该在 1995 年 6 月 30 日以后至 1995 年 12 月 30 日以前申请续展注册

    D. 注册商标有效期满,如果需要继续使用,该厂应该在 1995 年 1 月 1 日以后至 1995 年 12 月 30 日以前申请续展注册

13. 转让注册商标,应当符合下列( )条件。

    A. 转让人向商标局提出申请

    B. 受让人向商标局提出申请

    C. 转让人和受让人共同向商标局提出申请

    D. 受让人应当保证使用该注册商标的商品质量

14. 甲公司通过商标使用许可合同,许可乙厂使用其"永定牌"音箱注册商标。对于乙厂生产销售"永定牌"音箱的质量事宜,甲公司的哪些做法是对的?( )

    A. 甲公司不必过问,由乙厂自行负责

    B. 甲公司有义务进行监督

    C. 甲公司有权派人进行抽样检查

    D. 如果不合格,甲公司有权禁止乙厂继续使用该商标

15. 某公司以"OCR"作为计算机文字识别系统软件商标获得注册。"OCR"为计算机文字识别系统的国际通用名称。对此事件的以下说法中,( )是对的。

    A. 该项注册商标违反了商标法关于不该使用的文字、图形的规定

    B. 任何单位或个人可以请求商标评审委员会撤销该注册商标

    C. 该注册商标被撤销后,应视为自始不存在,该公司以前通过该注册商标的使用许可取得的收入应予返还

    D. 在撤销以前人民法院作出的侵犯该注册商标的侵权案件判决尚未执行的,不再执行

16. 下列( )行为属于侵犯注册商标专用权的行为。

    A. 虽经注册商标所有人的许可,但不是在同一种商品而是在类似的商品上使用与其注册商标相同或近似的商标的

    B. 擅自制造或者销售他人注册商标标识的

    C. 未经注册商标所有人的许可,但不是在同一种商品上使用而是在类似商品上使用与其注册商标相同或相似的商标的

    D. 经注册商标所有权人许可,但背着商标所有人,在劣质产品上使用该注册商标的

17. 下列( )行为违反《反不正当竞争法》,构成侵犯商业秘密。

    A. 某公司供销人员华某为了推销本公司的产品,约请另一公司销售人员朱某喝酒,席间将其灌醉,诱使朱某说出了客户名单及其细节

    B. 某研究所技术人员周某好自我吹嘘,有一次与朋友喝茶吹牛中将其研究所的一项技术秘密透露。恰被某厂工程师听到,该工程师将该技术用于改进该厂的机器设备

    C. 某工厂技术人员到某研究所学习,在学习中参观了该研究所研制设计的一项尚未公开的工艺流程,回厂后,将该工艺流程运用于本厂工艺流程的改造

    D. 某研究所高工将研究所技术图纸遗失,某厂职工拾到后将其交给了该厂的一位工程师。该工程师利用该技术图纸为工厂解决了技术难题

18. 以营利为目的,实施刑法第 217 条所列侵犯著作权行为之一,具有下列( )情形的,应当判处 3 年以上 7 年以下有期徒刑,并处罚金。

    A. 非法经营数额在 5 万元以上

    B. 非法经营数额在 25 万元以上的

    C. 未经著作权人许可,复制发行其文字作品、音乐、电影、电视、录像作品、计算机软件及其他作品,复制品数量合计在 1 000 张(份)以上的

    D. 未经著作权人许可,复制发行其文字作品、音乐、电影、电视、录像作品、计算机软件及其他作品,复制品数量合计在 5 000 张(份)以上的

19. 假冒他人专利,具有下列( )情形的,应当以假冒专利罪判处 3 年以下有期徒刑或者拘役,并处或者单处罚金。

    A. 非法经营数额在 20 万元以上或者违法所得数额在 10 万元以上的

    B. 给专利权人造成直接经济损失 50 万元以上的

    C. 假冒两项以上他人专利,非法经营数额在 10 万元以上或者违法所得数额在 5 万元以上的

    D. 非法经营数额在 10 万元以上或者违法所得数额在 5 万元以上的

三、判断题

1. 甲和乙先后发明了同一种保暖型外墙用建筑材料,并在同一天分别向专利管理机关申请专利,根据我国专利法的规定,由于他们是同一天申请的,所以只能授予他们分别拥有专利权。

    ( )

2. 美国工程师 A 发明了一种新型的汽车外观设计，并在美国取得了专利权。中国企业在中国生产这种汽车时，必须征得该美国工程师 A 许可。 （　）

3. 著作权包括人身权和财产权两个方面，著作权人的继承人可以继承这些权利。 （　）

4. 甲公司拥有一项著作权，近日甲公司与乙公司合并为丙公司，在该著作权的保护期限内，该著作权由丙公司享有。 （　）

5. 王某是某报社记者。在"非典"肆虐时期，他受报社委托，采访了几家医院以及医务人员，撰写了一篇引起很大反响的报道。因为王某的写作是职务行为，所以该报道的著作权归报社。 （　）

6. 甲委托乙创作一部长篇小说。为了保证乙写作顺利，甲甚至承担了乙在创作期间的生活费。该小说的著作权应当归甲、乙共同拥有。 （　）

7. 甲剧团聘请专业创作人员王某创作剧本供剧团演出使用，因疏忽大意，委托合同只约定剧本的著作权归王某，没有约定剧团的使用范围。根据法律规定，甲剧团可以在演出中免费使用该剧本。 （　）

8. 表演者使用他人作品演出，应当向著作权人支付报酬，但不一定要取得著作权人许可。 （　）

9. 录音制作者使用他人已经合法录制为录音制品的音乐作品制作录音制品，可以不经著作权人许可，但应当按照规定支付报酬；著作权人声明不许使用的不得使用。 （　）

10. 为制止侵权行为，在证据可能灭失或者以后难以取得的情况下，著作权人或者与著作权有关的权利人可以在起诉前向人民法院申请保全证据。 （　）

11. A 公司为在我国有营业所的美国公司。根据巴黎公约的规定，其在我国申请专利时享有与中国公民同等的待遇。 （　）

12. 宣告专利权无效的决定，对在宣告专利权无效前人民法院作出并已执行的专利侵权的判决、裁定等不具有追溯力。因此该宣告无效的专利权自宣告之日起即不存在。 （　）

13. 以非专利产品冒充专利产品、以非专利方法冒充专利方法的，由专利管理部门责令改正并予以公告，可以处 10 万元以下的罚款。 （　）

14. 销售不知道是侵犯注册商标专用权的商品，能证明该商品是自己合法取得的并说明提供者的，不承担赔偿责任。 （　）

15. 销售明知是假冒注册商标的商品，销售金额在 10 万元以上的，应当以销售假冒注册商标的商品罪判处 3 年以下有期徒刑或者拘役，并处或者单处罚金；销售金额在 20 万元以上的，应

当判处 3 年以上 7 年以下有期徒刑，并处罚金。 （　）

四、综合题

1. 1991 年 1 月，某甲与乙饭店签订合作开办饭店协议一份。同年 3 月，乙饭店开业后，未悬挂店名，但在该店门上方悬挂"正宗狗不理包子第四代传人赵某第五代传人甲"为内容的牌匾一块，其中"狗不理包子"为大字，其余为小字，并聘请甲为该店厨师。该店自 1991 年 3 月起经营包子。1980 年 12 月，多年经营狗不理包子的丙饮食公司取得狗不理牌商标注册证，当其发现乙饭店及甲的行为后，即向法院提起诉讼要求保护其商标专用权。甲与乙饭店辩称，制作悬挂的牌匾是对"狗不理"创始人及传人赵某和甲个人身份的宣传；且丙公司的商标已过有效期，所以法院应驳回。
请回答：
(1) 丙公司是否具有狗不理牌商标专用权，为什么？
(2) 甲与乙饭店的行为是否属于侵权？为什么？
(3) 哪一方当事人应承担民事责任？应承担什么民事责任？

2. 云南某甲厂生产的"金枝"牌名称为"千里香"的白酒行销本省及西南地区。该酒自 1980 年起销售，广告力度较大，在西南各省乡镇、农村都可见到此酒的广告及销售点。此酒价廉物美，在西南农村广受欢迎。该酒的包装、装潢是将酒瓶设计成葫芦型，并贴有黑底及金色字体的"千里香"名称，"香"字占据瓶贴 1/2 面积，极为醒目。
云南某乙厂从 2000 年起生产"金叶"牌酒。酒瓶也设计成葫芦型，并贴有黑底金字瓶贴，酒的名称为"久久香"，其中"香"字也占瓶贴的 1/2，很是突出。该酒也在西南地区销售。
甲厂向执法部门投诉，诉乙厂行为属假冒仿冒行为。乙方辩称：①甲厂生产使用的是"金枝"商标，乙厂使用的是"金叶"商标，购买者不会误认；②甲厂商品名称为"千里香"，乙厂商品名称"久久香"，根本不同，没有构成假冒；③将两种酒摆在一起，细细观察，差别是明显的，所以不能认定为假冒仿冒。
试问：
(1) 乙厂的行为是否构成不正当竞争行为，该行为的构成要件是什么？乙厂的行为是否构成该行为？
(2) 乙厂的辩称是否有法律依据？在对"相同或近似使用"的认定上应根据哪些准则？

3. 甲公司是一家从事化工涂料的大型公司，2003 年 12 月依照商标法的规定向当地工商部门申请"保山"牌商标（"保山"是当地一座山的名

称），工商局于 2004 年 5 月核准注册该商标，并于 2005 年 6 月被国家工商总局商标局认定为驰名商标，该公司于 2005 年 7 月扩大经营范围，开始生产卷帘门窗、塑钢门窗，便在生产的门窗上也使用了"保山"牌注册商标。乙公司也是一家化工企业，早在 2002 年就使用了"保山"牌商标，但未申请注册。甲公司申请商标注册后，要求乙公司停止使用该商标，否则构成侵权。乙公司遂向当地工商局提出申请，请求撤销甲公司的"保山"牌商标，理由是"保山"是云南省州的州名，按照《商标法》的规定不得作为注册商标使用；并且乙公司早在甲公司申请注册以前就已经使用"保山"牌商标，因此不构成侵权。

2005 年 9 月，丙化工厂将"保山"牌商标用于其生产的化工产品上，甲公司对此提出异议。

2005 年 12 月，甲公司欲将自己的注册商标转让给丁公司，在丁公司保证使用该注册商标的商品质量的基础上，双方签订了转让协议并由甲公司向商标局申请。

【要求】

（1）甲公司能否将"保山"牌注册商标用于门窗生产上？为什么？

（2）乙公司申请撤销甲公司"保山"牌注册商标的主张能否成立？乙公司是否构成侵权？

（3）丙公司是否构成侵权？为什么？

（4）甲公司与丁公司的转让注册商标的程序是否合法？如果转让顺利进行，丁公司何时享有商标专用权？

4. 公民张某于 2000 年 4 月完成了一项"水变油"的方法发明，5 月利用 A 企业提供的物质技术条件对该方法进行了验证和测试，并向 A 企业支付了 100 万元的测试费用。在测试过程中，A 企业的职工王某窃取了张某的技术秘密后，于 2000 年 6 月将该技术秘密转让给李某，李某不知道王某的技术秘密系窃取所得，并向王某支付了 200 万元的转让费。张某得知李某使用自己的技术秘密后，要求李某向其支付合理的使用费、承担保密义务，李某向张某支付使用费后，张某要求李某停止使用该技术秘密。

2001 年 12 月，张某将该项技术的专利申请权以 300 万元的价格转让给甲公司，2002 年 1 月 1 日，甲公司向国家知识产权局提出发明专利的书面申请。国家知识产权局经初步审查认为该方法发明符合专利法的规定要求，于 2003 年 7 月 1 日即行公布。2004 年 10 月 1 日，国家知识产权局根据甲公司的请求，对该方法发明进行实质审查后，于 2005 年 1 月 1 日作出授予甲公司发明专利权的决定，并于同日予以登记和公告。

2005 年 4 月，甲公司对乙公司、丙公司、丁公司分别提起专利侵权诉讼，人民法院在审理过程中，查明以下情况：

（1）乙公司于 2004 年 1 月 1 日开始，多次使用甲公司的该项方法发明。2004 年 12 月 15 日甲公司得知后要求乙公司支付使用费时，遭到乙公司的拒绝。

（2）2005 年 4 月 1 日，甲公司得知丙公司在未经许可的情况下，于 2005 年 2 月 1 日在与某公司的买卖合同中使用甲公司的专利号，非法获利 20 万元。

（3）丁公司在 2002 年 1 月 1 日前已经使用相同的方法，甲公司于 2005 年 1 月 1 日取得发明专利权后，丁公司在原有范围内继续使用该方法。2005 年 6 月 1 日，人民法院经审理，判决丙公司的侵权行为成立。丙公司于 2005 年 6 月 10 日向甲公司支付了赔偿金 20 万元。

2005 年 8 月 1 日，甲公司的发明专利被国家知识产权局宣告无效，于是丙公司向甲公司要求退还 20 万元的专利侵权赔偿金。

【要求】

根据上述内容，分别回答以下问题：

（1）张某的发明是否属于 A 企业的职务发明？并说明理由。

（2）张某要求李某停止使用该技术秘密的主张是否成立？并说明理由。

（3）甲公司的发明专利权自何日起生效？其 20 年的保护期限从何日起计算？

（4）指出甲公司对乙公司提起诉讼的具体诉讼时效期间，并说明理由。

（5）指出甲公司对丙公司提起诉讼的具体诉讼时效期间，并说明理由。

（6）丙公司的行为属于何种性质的违法行为？丙公司及直接责任人员应承担何种刑事责任？

（7）在甲公司对丙公司的专利侵权诉讼中，举证责任在甲公司还是丙公司？并说明理由。

（8）丁公司的行为是否属于专利侵权？并说明理由。

（9）丙公司向甲公司要求退还 20 万元的专利侵权赔偿金的主张是否成立？并说明理由。

5. 孙某是甲自行车厂技术开发科工程师，专门负责新产品研究工作，2000 年 10 月退休，2002 年 2 月，孙某利用过去工作中积累的资料，研究出"减震自行车"，经在乙机械厂试验，效果极佳。2002 年 5 月，乙机械厂生产了 50 台用于销售，市场反映良好。2002 年 6 月，孙某将"减震自行车"以个人名义向中国专利局提出专利申请。

甲自行车厂得知消息后，向专利局提出撤销孙某专利权的请求。甲自行车厂认为孙某开发的新技术是使用其工作期间积累的资料完成的，所以属于职务发明。乙机械厂提出孙工程师加工"减震自行车"时，利用了我单位的设备，所以，该专利技术应由乙机械厂与孙某共有。

问题：

(1) 甲自行车厂的请求是否能够成立？为什么？

(2) 乙机械厂的请求是否能够成立？为什么？

(3) 孙某的专利请求是否能够成立？为什么？

知识点测试答案

一、单项选择题

1. 【答案】A

【解析】摄影作品属于我国著作权法的保护范围。著作权法规定，中国公民、法人或者其他组织的作品，不论是否发表，都享有著作权。

2. 【答案】A

【解析】著作权因作品的创作完成而自动产生，著作权属于作者。虽然作者表示弃之重写，但他人未经许可使用的行为仍然为侵权行为。

3. 【答案】D

【解析】著作权法规定，创作作品的公民是作者，著作权属于作者。改编、翻译、注释、整理已有作品而产生的作品，其著作权由改编、翻译、注释、整理人享有，但行使著作权时不得侵犯原作品的著作权。甲和乙都享有著作权，丙未征得甲和乙的同意，擅自修改剧本，同时侵犯了甲的著作权和乙的著作权。

4. 【答案】D

【解析】《著作权法》规定，受委托创作的作品，著作权的归属由委托人和受托人通过合同约定。合同未作明确约定或者没有订立合同的，著作权属于受托人。

5. 【答案】D

【解析】《著作权法》规定，公民的作品，其发表权及各种使用权和获得报酬权的保护期为作者终生及其死亡后 50 年，截止于作者死亡后第 50 年的 12 月 31 日。

6. 【答案】B

【解析】法律规定，图书出版者有权许可或者禁止他人使用其出版的图书、期刊的版式设计。该版式设计专用权的保护期为 10 年，截止于使用该版式设计的图书、期刊首次出版后第 10 年的 12 月 31 日。

7. 【答案】C

【解析】法律规定，侵犯著作权的侵权人应当赔偿权利人的实际损失，权利人的实际损失或者侵权人的违法所得不能确定的，由人民法院根据侵权行为的情节，判决给予 50 万元以下的赔偿。

8. 【答案】C

【解析】《专利法》规定，授予专利权的外观设计，应当同申请日以前在国内外出版物上公开发表过或者在国内公开使用过的外观设计不相同或者不相近似。

9. 【答案】A

【解析】《专利法》规定，申请人自发明或者实用新型在外国第一次提出专利申请之日起 12 个月内，或者自外观设计在外国第一次提出专利申请之日起 6 个月内，又在中国就相同主题提出专利申请的，依照相互承认优先权的原则，享有优先权。

10. 【答案】D

【解析】《专利法》规定，取得实施强制许可的单位或个人既不享有独占的实施权，也无权允许他人实施。

11. 【答案】D

【解析】《专利法》规定，发明或者实用新型专利权的保护范围以该项专利的权利请求书的内容为准。

12. 【答案】A

【解析】《专利法》规定，为科学实验之目的使用他人专利的，不视为侵犯专利权。

13. 【答案】D

【解析】法律规定，假冒他人专利的，除依法承担民事责任外，由专利管理部门责令改正并予公告，没收违法所得，可以并处违法所得 3 倍以下的罚款，没有违法所得的，可以处 5 万元以下的罚款；构成犯罪的，依法追究刑事责任。

14. 【答案】D

【解析】《商标法》规定，对商标局初步审查的商标，自公告之日起 3 个月以内，任何人均可以提出异议。

15. 【答案】B

【解析】申请注册的商标，凡符合商标法有关规定的，由商标局初步审定，予以公告。对初步审定的商标，自公告之日起 3 个月内，任何人均可以提出异议。公告期满无异议的，予以核准注册，发给商标注册证，并予公告。在异议期内，商标还没有被核准为注册商标，企业不得在商标上标注注册商标标记"®"使用。

16. 【答案】D

【解析】法律规定，侵犯注册商标专用权的诉讼时效为 2 年，自商标注册人或者利害权利人知道或者应当知道侵权行为之日起计算。权利人超过 2 年起诉的，如果侵权行为在起诉时仍在持续，在该注册商标专用权有效期内，法院应当判决被告停止侵权行为，侵权损害赔偿数额应当自权利人向法院起诉之日起向前推算 2 年计算。

17. 【答案】C

【解析】法律规定，侵犯商标专用权的赔偿数额，为侵权人在侵权期间因侵权所获得的利益，或者被侵权人在被侵权期间因被侵权所受到的损失。侵权人因侵权所得利益，或者被侵权人因被侵权所受损失难以确定的，由法院根据侵权行为的情节判决给予 50 万元以下的赔偿。

18.【答案】B
【解析】《反不正当竞争法》规定，擅自使用知名商品特有的名称、包装、装潢，或者使用与知名商品近似的名称、包装、装潢，造成和他人的知名商品相混淆，使购买者误认为是该知名商品的，属于不正当竞争行为。

19.【答案】B
【解析】根据《反不正当竞争法》规定："在商品上伪造或者冒用认证标志、名优标志等质量标志，伪造产地，对商品质量作引人误解的虚假表示，是不正当行为。"因此，B 项是对的。注意"表示"二字，该法未用"宣传"。而 C 项不满足欺诈的构成要件，因此 C 项是错的。

20.【答案】C
【解析】《反不正当竞争法》规定，经营者不得采用财物或者其他手段进行贿赂以销售或者购买商品。在账外暗中给予对方单位或者个人回扣的，以行贿论处；对方单位或者个人在账外暗中收受回扣的，以受贿论处。经营者销售或者购买商品，可以以明示方式给对方折扣，可以给中间人佣金。经营者给对方折扣、给中间人佣金的，必须如实入账。接受折扣、佣金的经营者必须如实入账。该公司给付的回扣、佣金，账面上均有明确记载。所以，该公司给付回扣的行为是正当的促销交易行为。

21.【答案】B
【解析】《反不正当竞争法》规定，经营者不得捏造、散布虚伪事实，损害竞争对手的商业信誉、商品声誉。甲的行为属于诋毁乙的商业信誉的不正当竞争行为。

22.【答案】C
【解析】法律规定，实施刑法第 219 条规定的行为之一，给商业秘密的权利人造成损失数额在 50 万元以上的，应当以侵犯商业秘密罪判处 3 年以下有期徒刑或者拘役，并处或者单处罚金；给商业秘密的权利人造成损失数额在 250 万元以上的，应当判处 3 年以上 7 年以下有期徒刑，并处罚金。

二、多项选择题

1.【答案】A B C D
【解析】著作权法所称的作品包括：（1）文字作品；（2）口述作品；（3）音乐、戏剧、曲艺、舞蹈、杂技艺术作品；（4）美术、建筑作品；（5）摄影作品；（6）电影作品和以类似摄制电影的方法创作的作品；（7）工程设计图、产品设计图、地图、示意图等图形作品和模型作品；（8）计算机软件；（9）法律、行政法规规定的其他作品。

2.【答案】A D
【解析】著作权法不适用于：（1）法律、法规，国家机关的决议、决定、命令和其他具有立法、行政、司法性质的文件，及其官方正式译文；（2）时事新闻；（3）历法、通用数表、通用表格和公式。依法禁止出版、传播的作品，不受著作权法保护。

3.【答案】A B C
【解析】D 项属于著作财产权。

4.【答案】A B C D
【解析】著作财产权包括：（1）复制权；（2）发行权；（3）出租权；（4）展览权；（5）表演权；（6）放映权；（7）广播权；（8）信息网络传播权；（9）摄制权；（10）改编权；（11）翻译权；（12）汇编权；（13）应当由著作权人享有的其他权利。

5.【答案】B C D
【解析】《著作权法》规定，合作作品，截止于最后死亡的作者死亡后的第 50 年的 12 月 31 日。

6.【答案】C D
【解析】乙应与甲签订出版合同，未签订合同，无专有出版合同则无权约束作者与其他出版社签订专有出版合同，且不得侵犯后者的专有出版权。

7.【答案】A C
【解析】法律规定，非职务技术成果的使用权属于完成技术成果的个人，转让权也属于完成技术成果的个人。

8.【答案】A C D
【解析】《专利法》规定，发明专利申请自申请日起 3 年内，专利局可以根据申请人随时提出的请求，对其申请进行实质审查。申请人无正当理由逾期不请求实质审查的，该发明专利申请被视为撤回。专利局认为必要的时候，可以自行对发明专利申请进行实质审查。

9.【答案】A D
【解析】《专利法》规定，发明专利权的期限为 20 年，外观设计专利权的期限是 10 年，都是自申请日起计算。

10.【答案】C D
【解析】《商标法》规定，商标使用的文字、图形或者组合，应当有显著特征并符合可视性要求。

11.【答案】A B D
【解析】《商标法》规定，同外国的国家名称、国旗、国徽、军旗相同或者近似的，同政府间国际组织的名称、旗帜、徽记相同或者近似的，同"红十字"、"红新月"的名称、标志相同或者近似的标志不能作为商标使用。

12.【答案】A C
【解析】《商标法》规定，注册商标的有效期是10年，需要续展的，应当在期限届满前6个月内申请，并给予6个月的宽展期。

13.【答案】C D
【解析】《商标法》规定，转让注册商标，应当由转让人和受让人共同向商标局提出申请，并且受让人应当保证使用该注册商标的商品质量。

14.【答案】B C D
【解析】商标注册人可以通过签订商标使用许可合同，许可他人使用其注册商标。许可人应当监督被许可人使用其注册商标的商品质量。被许可人应当保证使用该注册商标的商品质量。

15.【答案】A B D
【解析】《商标法》规定，仅有本商品的通用名称、图形、型号的，不能作为商标注册。任何单位或个人可以请求商标评审委员会撤销不符合商标法的注册商标。注册商标的撤销没有追溯力，但在撤销以前人民法院作出的侵犯该注册商标的侵权案件判决尚未执行的，不再执行。

16.【答案】B C D
【解析】《商标法》规定，有下列行为之一的，均属于侵犯注册商标专用权：（1）未经商标注册人的许可，在同一种商品或者类似商品上使用与其注册商标相同或者近似的商标的；（2）销售侵犯注册商标专用权的商品的；（3）伪造、擅自制造他人注册商标标识或者销售伪造、擅自制造的注册商标标识的；（4）未经商标注册人同意，更换其注册商标并将该更换商标的商品又投入市场的；（5）给他人的注册商标专用权造成其他损害的。

17.【答案】A B C
【解析】《反不正当竞争法》规定，经营者侵犯商业秘密的行为。具体包括：（1）以盗窃、利诱、胁迫或者其他不正当手段获取权利人的商业秘密；（2）披露、使用或者允许他人使用以前项手段获取的权利人的商业秘密；（3）违反约定或者违反权利人有关保守商业秘密的要求，披露、使用或者允许他人使用其所掌握的商业秘密。

18.【答案】C D
【解析】AB项属于判处3年以下有期徒刑或者拘役，并处或者单处罚金的情形。

19.【答案】A B C
【解析】法律规定，非法经营数额在20万元以上或者违法所得数额在10万元以上的，应当以假冒专利罪判处3年以下有期徒刑或者拘役，并处或者单处罚金。所以D项不选。

三、判断题

1.【答案】×
【解析】知识产权具有专有性的特征，对同一项知识产品，不允许有两个以上的主体同时享有权利。

2.【答案】×
【解析】知识产权具有地域性的特征，按照一国法律获得承认和保护的知识产权，只能在该国发生法律效力。因此，如果A没有在中国申请并取得专利，则其专利在中国不受法律保护。

3.【答案】×
【解析】著作权包括人身权和财产权两个方面。著作权中作者的署名权、修改权、保护作品完整权等人身权利，永远归作者享有，不能转让，也不受著作权保护期限的限制。

4.【答案】×
【解析】我国《著作权法》规定，著作权属于法人或者其他组织的，法人或者其他组织变更、终止后，著作权中的财产权利在保护期内由承受其权利义务的法人或者其他组织享有；而著作权中的人身权利是不能转让的。

5.【答案】×
【解析】职务作品的著作权由作者享有，法人或者其他组织只是有权在其业务范围内优先使用。

6.【答案】×
【解析】《著作权法》规定，委托作品著作权的归属由委托人和受托人通过合同约定。合同未作明确约定或者没有订立合同的，著作权属于受托人。因此，如果甲、乙之间没有约定，则该小说的著作权归乙。

7.【答案】√
【解析】法律规定，委托作品的著作权属于受托人的，委托人在约定的使用范围内享有使用作品的权利；双方没有约定使用范围的，委托人可以在委托创作的特定目的范围内免费使用该作品。

8.【答案】×
【解析】法律规定，表演者使用他人作品演出，应当取得著作权人许可，并向著作权人支付报酬。

9.【答案】√
【解析】法律规定，录音制作者使用他人已经合法录制为录音制品的音乐作品制作录音制品，可以不经著作权人许可，但应当按照规定支付报酬；著作权人声明不许使用的不得使用。

10.【答案】√
【解析】法律规定，为制止侵权行为，在证据可能灭失或者以后难以取得的情况下，著作权人或者与著作权有关的权利人可以在起诉前向人民法院申请保全证据。

11.【答案】√

【解析】巴黎公约成员国公民在我国申请专利时享有与中国公民同等的待遇。

12.【答案】×

【解析】宣告专利权无效的决定，确实对在宣告专利权无效前人民法院作出并已执行的专利侵权的判决、裁定等不具有追溯力，但该宣告无效的专利权不是自宣告之日起即不存在，而是自始即不存在。

13.【答案】×

【解析】以非专利产品冒充专利产品、以非专利方法冒充专利方法的，由专利管理部门责令改正并予公告，可以处 5 万元以下的罚款。

14.【答案】√

【解析】法律规定，销售不知道是侵犯注册商标专用权的商品，能证明该商品是自己合法取得的并说明提供者的，不承担赔偿责任。

15.【答案】×

【解析】法律规定，销售明知是假冒注册商标的商品，销售金额在 5 万元以上的，应当以销售假冒注册商标的商品罪判处 3 年以下有期徒刑或者拘役，并处或者单处罚金；销售金额在 25 万元以上的，应当以销售假冒注册商标的商品罪判处 3 年以上 7 年以下有期徒刑，并处罚金。

四、综合题

1.（1）丙饮食公司享有狗不理包子的商标专用权。丙饮食公司的该商标已经工商局注册登记，其有效期 10 年虽已满，但未过 6 个月申请续展期，仍应认为有效。

（2）甲与乙饭店行为构成侵权；属于"未经注册商标所有人的许可，在同一种商品或者类似商品上使用与其注册商标相同或者近似的商标"的侵权行为。

（3）甲与乙饭店应当承担责任。承担停止侵权、赔偿损失的民事责任。

2.（1）乙厂的行为属于仿冒知名商品特有名称、包装、装潢的行为。该行为的构成要件是：首先，被仿冒的商品必须是"知名"商品。"千里香"酒，在特定地区深受欢迎，属于"知名"商品。其次，被仿冒的名称、包装、装潢须为知名商品所"特有"。"千里香"的名称、瓶呈葫芦型及突出的"香"字都属于与通用名称、包装、装潢不同的"特有"。

（2）根据主要部分和整体印象来判断及异时异地隔离观察是认定时的准则，乙厂的商品的外形及瓶贴的主要部分和整体印象在外观上、内容上、观念上都使消费者容易误认，实际交易中消费者不可能将两个商品放在一起仔细辨认，

所以乙厂的辩称是没有根据的。

3.（1）甲公司不能将"保山"牌注册商标用于门窗生产上。根据《商标法》规定，注册商标需要在同一类的其他商品上使用的，应当另行提出注册申请。

（2）乙公司申请撤销甲公司"保山"牌注册商标的主张不能成立。根据《商标法》规定，县级以上行政区划的地名或者公众知晓的外国地名，不得作为商标使用。但是，地名具有其他含义或者作为集体商标、证明商标组成部分的除外；已经注册的使用地名的商标继续有效。在 2004 年 5 月之前，乙公司使用"保山"牌商标不构成商标侵权；在 2004 年 5 月之后，乙公司使用"保山"牌商标构成商标侵权。

（3）丙公司构成侵权。根据《商标法》规定，就不相同或者不相类似商品申请注册的商标是复制、摹仿或者翻译他人已经在中国注册的驰名商标，误导公众，致使该驰名商标注册人的利益可能受到损害的，不予注册并禁止使用。

（4）甲公司与丁公司转让注册商标的程序不符合法律规定。根据规定，转让注册商标的，转让人和受让人应当签订转让协议，并共同向商标局提出申请。丁公司应该自公告之日起享有商标专用权，根据规定，转让注册商标经商标局核准后，发给受让人相应证明，并予公告。受让人自公告之日起享有商标专用权。

4.（1）张某的发明不属于 A 企业的职务发明。根据规定，在技术成果完成后利用法人的物质技术条件进行验证、测试的，不属于职务技术成果。在本题中，张某完成发明后利用 A 企业的物质技术条件进行验证和测试，不属于职务技术成果。

（2）张某要求李某停止使用该技术秘密的主张不成立。根据规定，侵害他人技术秘密的技术合同被确认无效后，善意取得该技术秘密的一方当事人可以在其取得时的范围内继续使用该技术秘密，但应当向权利人支付合理的使用费并承担保密义务。

（3）甲公司的发明专利权自 2005 年 1 月 1 日起生效，其 20 年的保护期限自 2002 年 1 月 1 日起计算。

（4）甲公司对乙公司的诉讼时效期间为 2005 年 1 月 1 日~2007 年 1 月 1 日。根据规定，发明专利申请公布后至专利权授予前（2003 年 7 月 1 日~2005 年 1 月 1 日）使用该发明未支付使用费的，专利权人要求支付使用费的诉讼时效为 2 年，自专利权人得知他人使用其发明之日起计算；但是，专利权人于专利权授予之日前即已得知的，自专利权授予之日（2005 年 1 月 1 日）起计算。

（5）甲公司对丙公司的诉讼时效期间为 2005 年

4 月 1 日~2007 年 4 月 1 日。根据规定，侵犯专利权的诉讼时效为 2 年，自专利权人得知侵权行为之日起计算。

（6）根据最高人民法院的司法解释，丙公司的行为属于情节严重的假冒他人专利的违法行为，应当以假冒专利罪判处 3 年以下有期徒刑或者拘役，并处或者单处罚金。

（7）举证责任在丙公司。根据规定，方法发明专利权被侵权后，诉讼中的举证责任在被告一方。

（8）丁公司不属于专利侵权。根据规定，在专利申请日前已经制造相同产品、使用相同方法，并且仅在原有范围内继续制造、使用的，不视为侵犯专利权。

（9）丙公司的主张不成立。根据规定，宣告专利权无效的决定，对在宣告前人民法院作出并已经执行的专利侵权的判决、裁定，不具有溯及力。

5.（1）甲自行车厂的请求不能成立。《专利法》及其实施细则规定，退职、退休或调动工作 1 年以内作出的，与其在原单位承担的本职工作或分配的任务有关的发明创造属于职务发明创造，其申请专利的权利属于发明人或者设计人所在的单位，本案由于孙某已退休 1 年多，不

符合职务发明的条件，故甲自行车厂的请求不能成立。

（2）乙机械厂的请求不能成立。《专利法》及其实施细则规定："执行本单位的任务或者主要是利用本单位的物质条件所完成的发明创造为职务发明创造，职务发明创造申请专利的权利属于单位；申请被批准后，该单位为专利权人。非职务发明创造，申请专利的权利属于发明人或设计人，申请被批准后，该发明人或者设计人为专利权人。""专利法所称本单位的物质技术的条件，是指本单位的资金、零部件、原材料或者不对外公开的技术资料等。"乙机械厂未对技术开发提供过实质性帮助，不能共享专利。

（3）孙某的专利请求不能成立。《专利法》规定："授予专利权的发明和实用新型，应当具备新颖性、创造性和实用性。新颖性是指在申请日以前没有同样的发明或者实用新型在国内外出版物上公开发表过，在国内公开使用过或者以其他方式为公众所知，也没有同样的发明或者实用新型由他人向专利局提出过申请并且记载在申请日以后公布的专利申请文件中。"孙某将发明在乙机械厂试验，又制造了 50 台用于销售。据此，该技术已公开实施，不具有新颖性，不符合授予专利的条件。

■第十五章　　会　计　法

本章概述

一、内容提要

本章在内容上是多学科的综合体现，包括法律、会计、税收、金融、证券的相关理论。学习时要注意学科间的融会贯通。

本章的主要内容包括会计法的概念、调整对象、基本原则，会计管理体制，单位内部的会计监督，财政等有关部门对单位会计工作的监督，会计机构，会计人员，以及违反会计法的法律责任。其中违反会计法的法律责任为本章考试常见的内容。

二、历年考题分析

本章题型除单选、多选和判断题外，还能考综合题；综合题可与公司法、证券法、合同法的相关知识点一起考。本章最近5年平均考分2.6分。

本章近5年考试的题型、分值及考点分布详见下表：

项目 年份	题型	题量	分值	考点
2007	单项选择题	1	1	原始凭证错误的处理
	多项选择题	1	1	会计人员调动或离职时应当办理的交接手续
2006	单项选择题	1	1	违反会计法的法律责任
	多项选择题	1	1	必须在会计报表上签名盖章的当事人
	判断题	1	1	会计证管理
2005	单项选择题	1	1	编制虚假财务报告的法律责任
	多项选择题	1	1	会计人员的移交手续
2004	单项选择题	1	1	隐匿或者故意销毁依法应当保存的会计凭证、会计账簿、财务会计报告的法律责任
	多项选择题	1	1	取得或者填制原始凭证的法律规定
	判断题	1	1	不得取得或者重新取得会计从业资格证书的情形
2003	单项选择题	1	1	伪造、变造会计凭证、会计账簿，向股东和社会公众提供虚假的财务会计报告的刑事责任
	多项选择题	1	1	会计人员调动工作或者离职时应当办理交接手续
	判断题	1	1	对本单位会计资料的真实性负责的单位负责人

三、2008年教材内容变化

2008年教材本章的内容基本没有修改。

本章内容结构基本框架

知识点	第十五章　会计法	学习建议
15.1	会计法概述	
15.1.1	会计法的基本原则	一般了解
15.1.2	会计管理体制	一般了解
15.2	会计监督	
15.2.1	单位内部的会计监督	必须掌握
15.2.2	财政等有关部门对单位会计 工作的监督	一般了解
15.3	会计机构和会计人员	

续表

知识点	第十五章　会计法	学习建议
15.3.1	会计机构	应当记住
15.3.2	会计人员	必须掌握
15.4	违反会计法的法律责任	
15.4.1	违反会计法的法律责任	应当记住

知识点精讲

15.1　会计法概述

15.1.1　会计法的基本原则

Ⅰ.考点分析

1.各单位必须依法办理会计事务。

2.各单位必须依法设置会计账簿，并保证其真实、完整。

3. 单位负责人对本单位的会计工作和会计资料的真实性、完整性负责。会计法所指的单位负责人是指狭义的负责人，即一个单位的最高领导者。在国家机关是指该机关的最高行政首长；在社会团体是指该团体的行政事业负责人；在企事业单位是指其法定代表人；在其他组织是指该组织的最高行政负责人。

4. 会计机构、会计人员依法进行会计核算，实行会计监督。任何单位或个人不得以任何方式授意、指使、强令会计机构、会计人员，伪造、变造或提供虚假会计资料；不得打击依法履行职责的会计人员。

5. 对认真执行会计法，忠于职守，坚持原则，做出显著成绩的会计人员，给予精神的或物质的奖励。

【要点提示】特别注意，会计法所指的单位负责人是狭义的负责人，即单位的最高行政领导者。

Ⅱ．经典例题

1. [2003 年判断题第 16 题] 会计法所指对本单位会计资料的真实性负责的单位负责人，是指该单位财务部门的负责人。 （　　）

【答案】×

【解析】会计法所指对本单位会计资料的真实性负责的单位负责人，是指该单位的最高领导者。

2. [单项选择题] 根据我国有关法律规定，在股份有限公司，对本单位会计工作负责的单位负责人是（　　）。

A. 董事长　　　　　B. 财务总监
C. 总会计师　　　　D. 会计机构负责人

【答案】A

【解析】本题考核对会计工作负责的单位负责人含义。单位负责人对本单位的会计工作和会计资料的真实性、完整性负责。单位负责人在企事业单位是指其法定代表人，而股份有限公司的法定代表人是董事长或总经理。

15.1.2 会计管理体制

Ⅰ．考点分析

1. 统一领导和分级管理：（1）国务院财政部门主管全国的会计工作；（2）县级以上的各级人民政府财政部门管理本行政区域内的会计工作。

2. 会计制度制定权限：（1）国家统一的会计制度由国务院财政部门根据会计法制定并公布；（2）有些对会计核算和会计监督有特殊要求的行业，由国务院有关部门依照会计法和国家统一的会计制度制定具体办法或补充规定，但必须报国务院财政部门审批；（3）军队实施国家统一会计制度的具体办法，由解放军总后勤部制定，但必须报国务院财政部门备案。

【要点提示】掌握会计制度的制定权限。还要注意只有县级以上的各级人民政府财政部门管理本行政区域内的会计工作。

Ⅱ．经典例题

1. [单项选择题] 会计年度是自（　　）。

A. 公历的 1 月 1 日起至 12 月 31 日止
B. 公历的 6 月 1 日起至次年的 5 月 31 日止
C. 公历的 10 月 1 日起至次年的 9 月 30 日止
D. 公历的 4 月 1 日起至次年的 3 月 31 日止

【答案】A

【解析】本题考核会计年度。会计年度自公历的 1 月 1 日起至 12 月 31 日止。

2. [多项选择题] 关于会计制度的制定权限，下列表述正确的有（　　）。

A. 国务院财政部门制定国家统一的会计制度
B. 省级人民政府财政部门制定执行会计制度的具体办法
C. 国务院有关部门对有特殊要求的行业制定实施会计制度的补充规定，报财政部备案
D. 解放军总后勤部制定军队实施会计制度的具体办法，报财政部备案

【答案】A D

【解析】本题考核会计制度的制定权限。国家统一的会计制度由国务院财政部门制定，各地方、各部门不得自搞一套，自行其是。

15.2 会计监督

15.2.1 单位内部的会计监督

Ⅰ．考点分析

会计监督包括单位内部的会计监督和财政等有关部门对单位会计工作的监督两个部分。

1. 各单位的内部会计监督制度：（1）内部会计管理体系；（2）会计人员岗位责任制度；（3）账务处理程序制度；（4）内部牵制制度；（5）稽核制度；（6）原始记录管理制度；（7）定额管理制度；（8）计量验收制度；（9）财产清查制度；（10）财务收支审批制度；（11）实行成本核算的单位建立成本核算制度；（12）各单位建立财务会计分析制度。

2. 单位内部会计监督制度应当符合下列要求：（1）记账人员与经济业务事项和会计事项的审批人员、经办人员、财物保管人员的职责权限应当明确，并相互分离、相互制约；（2）重大对外投资、资产处置、资金调度和其他重要经济业务事项的决策和执行的相互监督、相互制约程序应当明确；（3）财产清查的范围、期限和组织程序应当明确；（4）对会计资料定期进行内部审计的办法和程序应当明确。

3. 单位负责人的义务：（1）保证会计机构、会计人员依法履行职责。一方面，单位负责人要坚决支持会计机构、会计人员的工作；另一方面，单位负责人自己也不得非法干涉会计机构、会计人员依法行使职权。（2）不得授意、指使、强令会计机构、会计人员违法办理会计事项。

4. 会计机构、会计人员的职权：

会计机构、会计人员在会计监督方面的职权主要是，发现会计账簿记录与实物、款项及有关资料不相符的，按照国家统一的会计制度的规定有权自行处理的，应当及时处理；无权处理的，应当立即向单位负责人报告，请求查明原因，作出处理。

考试时会考具体监督职权的内容，考生应当准确掌握。如下列多项选择题：根据《中华人民共和国会计法》的规定，下列选项中，属于会计人员职权的有（　　）。

A. 对不真实的原始凭证不予受理

B. 对伪造财务会计报告的行为进行制止和纠正

C. 对审批手续不全的财务收支退回并要求补正或者更正

D. 对单位制定的预算、财务计划执行情况进行监督

本题答案为 ABCD。法律规定，会计人员的职权包括：对不真实的原始凭证不予受理；对伪造财务会计报告的行为进行制止和纠正；对审批手续不全的财务收支退回并要求补正或者更正；对单位制定的预算、财务计划执行情况进行监督。

【要点提示】重点掌握单位负责人的义务和会计机构、会计人员的职权。

Ⅱ. 经典例题

1. ［2007 年单项选择题第 18 题］某单位会计甲在审核本单位某科室报销凭证时发现，一张采购发票上的小写金额与大写金额不一致，后经核实为出具发票单位笔误。根据会计法律制度的规定，下列处理方式中，正确的是（　　）。

A. 由发票出具单位重新开具发票

B. 由发票出具单位更正，并在更正处加盖出具单位印章

C. 由甲将写错的数字用红线划掉，再将正确的数字写在画线部分的上方，并在更正处加盖甲的印章

D. 由甲将写错的数字用红线划掉，再将正确的数字写在画线部分的上方，并在更正处加盖甲和会计机构负责人的印章

【答案】A

【解析】本题考核原始凭证错误的处理。根据规定，凡填有大写和小写金额的原始凭证，大写与小写金额必须相符，原始凭证金额有错误的，应当由出具单位重开。

2. ［2001 年多项选择题第 17 题］根据《中华人民共和国会计法》的规定，企业的下列人员中，应当在财务会计报告上签名并盖章的有（　　）。

A. 单位负责人

B. 主管会计工作的负责人

C. 会计机构负责人

D. 总会计师

【答案】ABCD

【解析】财务会计报告应由单位领导人、会计机构负责人、会计主管人员签名或盖章，设置总会计师的单位并由总会计师签名或盖章。

3. ［2001 年判断题第 17 题］会计人员对篡改财务会计报告的行为应当制止和纠正。制止和纠正无效的，应当向上级主管单位报告，请求处理。（　　）

【答案】√

【解析】会计人员对篡改财务会计报告的行为应当制止和纠正。制止和纠正无效的，应当向上级主管单位报告，请求处理。

15.2.2　财政等有关部门对单位会计工作的监督

Ⅰ. 考点分析

1. 财政部门对各单位会计工作实施监督主要包括以下方面：（1）是否依法设置会计账簿；（2）会计凭证、会计账簿、财务会计报告和其他会计资料是否真实、完整；（3）会计核算是否符合《会计法》和国家统一的会计制度的规定；（4）是否依法管理会计档案；（5）从事会计工作的人员是否具备从业资格。

具体监督职权的内容会在考试中出现，考生应准确掌握这部分教材的内容。如 2004 年多项选择题第 18 题：根据会计法律制度的规定，下列有关取得或者填制原始凭证的表述中，符合规定的有（　　）。

A. 从外单位取得的原始凭证，必须盖有填制单位的公章

B. 从个人取得的原始凭证，必须有填制人员的签名或者盖章

C. 购买实物的原始凭证，必须有验收证明

D. 支付款项的原始凭证，必须有收款单位和收款人的收款证明

根据法律规定，本题 ABCD 项都要选。

2. 其他部门对各单位会计工作的监督

根据《会计法》的规定，除财政部门外，审计、税务、证券监管、监察机关、中国人民银行、保险监管等部门对有关单位的会计资料依法实施监督检查。

【要点提示】记忆财政部门具体的监督职权。

Ⅱ. 经典例题

1. ［2006 年多项选择题第 18 题］根据《会计法》的规定，下列人员中，必须在对外报送的财务会计报告上签名并盖章的有（　　）。

A. 会计人员

B. 会计机构负责人

C. 单位负责人

D. 单位内设审计机构负责人

【答案】BC

【解析】财务会计报告应由单位领导人、会计机构负责人、会计主管人员签名或盖章，设置总会计师的单位并由总会计师签名或盖章。

2. ［多项选择题］下列可以实施会计监督的有（　　）。

A. 财政部门　　　　B. 审计部门
C. 税务部门　　　　D. 人民银行

【答案】A B C D

【解析】本题考核会计监督的机构。以上的机关都可以对会计工作实施监督。

15.3　会计机构和会计人员

15.3.1　会计机构

Ⅰ. 考点分析

1. 会计机构和会计人员的设置

（1）各单位应当根据会计业务的需要，设置会计机构且配备会计机构负责人，或者在有关机构中设置会计人员并指定会计主管人员。会计机构负责人、会计主管人员要求具备会计专业技术资格，主管一个单位或单位内一个重要方面的财务会计工作时间不少于三年。

（2）不具备设置会计机构和配备会计人员条件的，可以委托经批准设立从事会计代理记账业务的中介机构代理记账。

（3）国有的和国有资产占控股地位或者主导地位的大、中型企业必须设置总会计师。总会计师的任职资格、任免程序、职责权限由国务院规定。总会计师由具有会计师以上专业技术资格的人员担任。总会计师是单位行政领导成员，协助单位主要行政领导人工作，直接对单位主要行政领导人负责。

2. 会计机构内部应当建立稽核制度。

会计机构内部稽核制度是会计机构自身对会计核算工作进行的一种自我检查、自我审核的制度。着重掌握出纳人员不得兼任稽核、会计档案保管和收入、支出、费用、债权债务账目的登记工作等。

【要点提示】掌握总会计师可以行使的职权，会计机构内部稽核制度的主要内容。

Ⅱ. 经典例题

1. ［单项选择题］根据《中华人民共和国会计法》的规定，国有资产占控股地位的大型企业必须设总会计师。总会计师的任职资格、任免程序和职责权限由（　　）。

A. 国务院规定

B. 国务院财政部门规定

C. 国家发展与改革委员会规定

D. 企业规定

【答案】A

【解析】本题考核总会计师任职资格、任免程序和职责的规定权限。

2. ［多项选择题］会计工作岗位可以一人一岗、一人多岗或者多人一岗；但是出纳人员不得监管（　　）的工作。

A. 稽核

B. 会计档案保管

C. 债权债务项目的登记工作

D. 收入、支出的登记工作

【答案】A B C D

【解析】本题考核稽核制度。会计工作岗位可以一人一岗、一人多岗或者多人一岗；但是出纳人员不得监管稽核、会计档案保管和收入、支出、费用、债权债务项目的登记工作。

3. ［判断题］会计人员的任用、晋升、调动、奖惩，应当事先征求总会计师的意见。（　　）

【答案】√

【解析】本题考核总会计师的职责。（1）会计人员的任用、晋升、调动、奖惩，应当事先征求总会计师的意见；（2）会计机构负责人或者会计人员的人选，应当由总会计师进行业务考核，依照有关规定审批。

15.3.2　会计人员

Ⅰ. 考点分析

1. 会计人员的任职资格

（1）从事会计工作的人员，必须取得会计从业资格证书。会计证是具备一定会计专业知识和技能的人员从事会计工作的资格证书。未取得会计证的人员，各单位不得任用其担任会计岗位工作。会计证的颁发和管理按属地原则由所在地的同级财政部门负责。

（2）担任单位会计机构负责人（会计主管人员）的，除取得会计从业资格证书外，还应当具备会计师以上专业技术职务资格或者从事会计工作3年以上经历。

（3）会计证实行考试制度、注册登记和年检考核制度。持证人员被单位任用从事会计工作时，应当由所在单位提出申请，在30日内到发证机关换领正式会计证，同时办理注册登记手续。

在岗会计人员应按规定向发证机关办理会计证年检。年检工作每两年进行一次。有下列情况之一的，发证机关不予办理年检：（1）未经发证机关注册登记；（2）有违法乱纪行为；（3）连续2年未接受继续教育或连续2年未按有关规定完成继续教育时间；（4）脱离会计岗位；（5）弄虚作假骗取会计证。

持证人员调离原单位的，应在离岗日30日内，由所在单位报发证机关备案。凡脱离会计岗位连续时间超过3年的，所持会计证自行失效。

因有提供虚假财务会计报告、做假账、隐匿或故意销毁会计凭证、会计账簿、财务会计报告，贪污、挪用公款，职务侵占等与会计职务有关的违法行为被依法追究刑事责任的人员，不得取得或重新取得会计从业资格证书。

除上述人员外，因违法违纪行为被吊销会计从业资格证书的人员，自被吊销资格证书之日起5年内，不得重新取得会计从业资格证书。

2. 会计人员调动工作或者离职，必须与接管人员办清交接手续。一般会计人员办理交接手续，由会计机构负责人（会计主管人员）监交；会计机构负责人（会计主管人员）办理交接手续，由单位负责人监交；必要时主管单位可以派人会同监交。

移交人因病或其他特殊原因不能亲自办理移交的，经单位领导人批准，可由移交人委托他人代办移交，但委托人应当承担相应的责任。

移交人员对所移交的会计凭证、会计账簿、会计报表和其他有关资料的合法性、真实性承担法律责任。

3. 会计人员每年接受培训（面授）的时间累计不应少于24小时。

【要点提示】 掌握：①会计机构负责人的条件；②会计证管理的有关规定；③移交监交的有关规定。

Ⅱ. 经典例题

1. ［2007年多项选择题第20题］小王是某事业单位的会计，因故即将调离。小王办理移交手续的下列行为中，符合会计法律制度规定的有（　　）。

A. 将尚未登记的账目登记完毕，并在最后一笔余额后加盖了本人的印章

B. 将本人保管或掌握的本单位的会计软件及密码、会计软件数据磁盘及有关资料、实物等内容在移交清册中列明

C. 对刚刚受理且尚未填制会计凭证的一笔经济业务，作为未了事项在相关书面材料中进行了说明

D. 将应当移交的会计凭证、会计账簿、会计报表、印章、现金、有价证券、支票簿、发票、文件、其他会计资料和物品等内容在移交清册中列明

【答案】 A B D

【解析】 本题考核会计人员调动或离职时应办理的交接手续。根据规定，已经受理的经济业务尚未填制会计凭证的，应当填制完毕。因此选项C的说法是错误的。

2. ［2006年判断题第12题］因提供虚假财务会计报告、做假账被依法追究刑事责任的人员，自刑罚执行期满之日起5年后，可以取得或者重新取得会计从业资格证书。（　　）

【答案】 ×

【解析】 因提供虚假财务会计报告、做假账、隐匿或故意销毁会计凭证、会计账簿、财务会计报告，贪污、挪用公款，职务侵占等与会计职务

有关的违法行为，被依法追究刑事责任的人员，不得取得或者重新取得会计从业资格。

3. ［2005年多项选择题第19题］根据会计法律制度的有关规定，会计人员调动时应当办理交接手续。下列关于会计人员交接的表述中，正确的有（　　）。

A. 会计主管人员办理交接手续时，主管单位应当派人会同单位负责人共同监督交接

B. 会计人员在办理移交手续前，已经受理的经济业务尚未填制会计凭证的，应当填制完毕

C. 移交人员和接替人员对所移交会计资料的合法性、真实性共同承担法律责任

D. 接替人员应当继续使用移交的会计账簿，不得自行另立新账

【答案】 B D

【解析】 法律规定，会计机构负责人（会计主管人员）办理交接手续，由单位负责人监交，必要时主管单位可以派人会同监交；会计人员在办理移交手续前，已经受理的经济业务尚未填制会计凭证的，应当填制完毕；移交人员对所移交的会计凭证、会计账簿、会计报表和其他有关资料的合法性、真实性承担法律责任；接替人员应当继续使用移交的会计账簿，不得自行另立新账。

4. ［2004年判断题第16题］因编制虚假财务会计报告被依法追究刑事责任的人员，刑罚期满5年后，可以取得或者重新取得会计从业资格证书。（　　）

【答案】 ×

【解析】 法律规定，有编制虚假财务会计报告等与会计职务有关的违法行为被依法追究刑事责任的人员，不得取得或者重新取得会计从业资格证书。

5. ［2003年多项选择题第18题］根据会计法律制度的规定，下列有关办理会计移交手续的表述中，正确的有（　　）。

A. 会计主管人员办理交接手续，由本单位负责人监交

B. 经单位领导人批准，委托他人代办移交的，委托人仍应承担相应责任

C. 因病不能工作的会计人员恢复工作的，也应当与接替人员办理交接手续

D. 单位会计机构负责人晋升为本单位总会计师的，因仍主管会计工作，可不办理交接手续

【答案】 A B C

【解析】 法律规定，会计人员调动工作或者离职，必须与接管人员办清交接手续。一般会计人员办理交接手续，由会计机构负责人（会计主管人员）监交；会计机构负责人（会计主管人员）办理交接手续，由单位负责人监交，必要时主管单位可以派人会同监交。移交人因病或其他特殊原因不能亲自办理移交的，经单位领导人批准，

可由移交人委托他人代办移交，但委托人应当承担相应的责任。移交人员对所移交的会计凭证、会计账簿、会计报表和其他有关资料的合法性、真实性承担法律责任。

6. ［2002 年单项选择题第 18 题］根据会计法律制度的规定，会计人员脱离会计工作岗位时间连续超过一定期限的，其所持会计证自行失效。该期限为（　　）。

　　A. 1 年　　B. 2 年　　C. 3 年　　D. 5 年

【答案】C

【解析】法律规定，凡脱离会计工作岗位连续时间超过 3 年的，所持会计证自行失效。

7. ［2002 年判断题第 16 题］只有取得会计从业资格证书的人员，才能从事会计工作；未取得会计从业资格证书的人员，不得从事会计工作。（　　）

【答案】√

【解析】法律规定，从事会计工作的人员，必须取得会计从业资格证书。

8. ［2001 年单项选择题第 16 题］根据《中华人民共和国会计法》的规定，一般会计人员因调动工作或者离职办理交接手续时，负责监交的人员应当是（　　）。

　　A. 其他会计人员　　　B. 会计机构负责人

　　C. 单位负责人　　　　D. 财政部门派出人员

【答案】B

【解析】根据《中华人民共和国会计法》的规定，一般会计人员因调动工作或者离职办理交接手续时，负责监交的人员应当是会计机构负责人。

15.4　违反会计法的法律责任

15.4.1　违反会计法的法律责任

Ⅰ. 考点分析

违法情形	行政责任	刑事责任
不依法进行会计管理、核算和监督，有下列行为之一的：（1）不依法设置会计账簿的；（2）私设会计账簿的；（3）未按照规定填制、取得原始凭证或者填制、取得的原始凭证不符合规定的；（4）以未经审核的会计凭证为依据登记会计账簿或者登记会计账簿不符合规定的；（5）随意变更会计处理方法的；（6）向不同的会计资料使用者提供的财务会计报告编制依据不一致的；（7）未按照规定使用会计记录文字或者记账本位币的；（8）未按照规定保管会计资料，致使会计资料毁损、灭失的；（9）未按照规定建立并实施单位内部会计监督制度或者拒绝依法实施监督或者不如实提供有关会计资料及有关情况的；（10）任用会计人员不符合本法规定的。	（1）由县级以上人民政府财政部门责令限期改正；（2）可以对单位并处 3 000 元～5 万元的罚款；（3）对其直接负责的主管人员和其他直接责任人员，可以处 2 000 元～2 万元的罚款；（4）会计人员情节严重的，由县级以上人民政府财政部门吊销会计从业资格证书；（5）属于国家工作人员的，还应当由其所在单位或者有关单位依法给予行政处分。	构成犯罪的，依法追究刑事责任。（略）
（1）伪造、变造会计凭证、会计账簿，编制虚假财务会计报告；（2）隐匿或者故意销毁依法应当保存的会计凭证、会计账簿、财务会计报告。	（1）由县级以上人民政府财政部门予以通报；（2）可以对单位并处 5 000 元～10 万元的罚款；（3）对其直接负责的主管人员和其他直接责任人员，可以处 3 000 元～5 万元罚款；对于国家工作人员、会计人员的处理同上。	
授意、指使、强令会计机构、会计人员及其他人员伪造、变造、编制、隐匿、故意销毁会计资料。	（1）5 000 元以上 5 万元以下的罚款；（2）属于国家工作人员的，还应当由其所在单位或者有关单位依法给予降级、撤职、开除的行政处分。	
单位负责人对会计人员实行打击报复。	（1）由所在单位或者有关单位依法给予行政处分。（2）对受打击报复的会计人员，应当恢复其名誉和原有职务、级别。	

【要点提示】本知识点的内容比较难背，但考生应尽量争取准确掌握，因为本知识点几乎每年都有题目，而且考得都很具体。利用表格的形式可以帮助更好地加深记忆。

Ⅱ. 经典例题

1. ［2006 年单项选择题第 18 题］某单位会计甲在审核本单位某科室报销凭证时发现，一张采购发票上的小写金额与大写金额不一致，后经核实为出具发票单位笔误。根据会计法律制度的规定，下列处理方式中，正确的是（　　）。

　　A. 由发票出具单位重新开具发票

　　B. 由发票出具单位更正，并在更正处加盖出具单位印章

　　C. 由甲将写错的数字用红线划掉，再将正确的数字写在画线部分的上方，并在更正处加盖甲的印章

D. 数字用红线划掉，再将正确的数字写在画线部分的上方，并在更正处加盖甲和会计机构负责人的印章

【答案】A

【解析】本题考核原始凭证错误的处理。根据规定，凡填有大写和小写金额的原始凭证，大写与小写金额必须相符，原始凭证金额有错误的，应当由出具单位重开。

2. ［2006年单项选择题第20题］某公司会计机构负责人甲为逃避法律责任，故意销毁部分依法应当保存的会计凭证、会计账簿，情节严重，构成犯罪。根据《刑法》的有关规定，甲可能受到的刑事处罚是（ ）。

A. 处3年以下有期徒刑或者拘役，并处或者单处1万元以上10万元以下罚金

B. 处3年以下有期徒刑或者拘役，并处或者单处2万元以上20万元以下罚金

C. 处5年以下有期徒刑或者拘役，并处或者单处1万元以上10万元以下罚金

D. 处5年以下有期徒刑或者拘役，并处或者单处2万元以上20万元以下罚金

【答案】D

【解析】法律规定，隐匿或者故意销毁依法应当保存的会计凭证、会计账簿、财务会计报告，构成犯罪的，依法追究刑事责任。犯本罪，隐匿、销毁的会计资料涉及金额在50万元以上的，或者为逃避依法查处而隐匿、销毁或者拒不交出会计资料的，处5年以下有期徒刑或者拘役，并处或者单处2万元以上20万元以下罚金。单位犯本罪的，对单位判处罚金，并对其直接负责的主管人员和其他直接责任人员，依照上述规定处罚。

3. ［2005年单项选择题第18题］某市财政局对该市技术监督局进行财务会计检查时，发现该局存在编制虚假财务报告的情况。根据会计法的有关规定，如果上述行为不构成犯罪，财政局可对技术监督局处以罚款。该罚款的数额范围是（ ）。

A. 3 000元以上5万元以下

B. 5 000元以上5万元以下

C. 5 000元以上10万元以下

D. 2万元以上20万元以下

【答案】C

【解析】法律规定，编制虚假财务报告的情况，尚不构成犯罪的，其罚款数额范围为5 000元以上10万元以下。

4. ［2004年单项选择题第18题］王某为公司会计人员，故意销毁了公司大量的依法应当保存的会计凭证、会计账簿，情节严重，构成犯罪。根据刑法的规定，对王某可判处的刑罚是（ ）。

A. 处3年以下有期徒刑或者拘役，并处或者单处1万元以上10万元以下罚金

B. 处5年以下有期徒刑或者拘役，并处或者单处1万元以上20万元以下罚金

C. 处5年以下有期徒刑或者拘役，并处或者单处2万元以上20万元以下罚金

D. 处7年以下有期徒刑或者拘役，并处或者单处2万元以上30万元以下罚金

根据上述法律规定，本题答案应选C项。

5. ［2003年单项选择题第18题］伪造、变造会计凭证、会计账簿，向股东和社会公众提供虚假的财务会计报告，严重损害股东或者其他人利益，构成犯罪的，根据刑法的规定，对其直接负责的主管人员和其他直接责任人员可处以的刑罚是（ ）。

A. 处5年以下有期徒刑或者拘役，并处或者单处2万元以上20万元以下的罚金

B. 处3年以下有期徒刑或者拘役，并处或者单处2万元以上20万元以下的罚金

C. 处5年以下有期徒刑或者拘役，并处或者单处5万元以上30万元以下的罚金

D. 处3年以下有期徒刑或者拘役，并处或者单处5万元以上30万元以下的罚金

【答案】B

【解析】法律规定，伪造、变造会计凭证、会计账簿，向股东和社会公众提供虚假的财务会计报告，严重损害股东或者其他人利益，构成犯罪的，对其直接负责的主管人员和其他直接责任人员可以处以3年以下有期徒刑或者拘役，并处或者单处2万元以上20万元以下的罚金。

6. ［2001年单项选择题第15题］某公司的会计人员甲伪造会计账簿，尚不构成犯罪。根据《中华人民共和国会计法》的规定，甲的违法行为的法律后果是（ ）。

A. 处以3 000元以上5万元以下的罚款，并吊销会计从业资格证书

B. 处以5 000元以上10万元以下的罚款，并吊销会计从业资格证书

C. 予以警告，并处3 000元以上5万元以下的罚款

D. 予以警告，并处以2 000元以上2万元以下的罚款

【答案】A

【解析】根据《中华人民共和国会计法》的规定，伪造会计账簿，尚不构成犯罪的，应处以3 000元以上5万元以下的罚款，并吊销会计从业资格证书。

知识点测试

一、单项选择题

1. 根据我国有关法律规定，在股份公司，对本单位会计工作负责的单位负责人是（ ）。

A. 董事长　　　　B. 总经理

C. 总会计师　　　D. 会计机构负责人

2. 根据法律规定，（　　）管理全国的会计工作。

A. 国务院　　　　B. 国务院财政部门

C. 审计署　　　　D. 中国证监会

3. 我国单位内部会计监督的主体一般是（　　）。

A. 财政、审计、税务机关

B. 本单位的负责人

C. 本单位的会计机构和会计人员

D. 会计师事务所

4. 根据《总会计师条例》的规定，总会计师是（　　）。

A. 专业技术职务

B. 会计机构负责人

C. 单位行政领导职务

D. 单位负责人

5. 根据《中华人民共和国会计法》的规定，国有资产占控股地位的大型企业必须设置总会计师。总会计师的任职资格、任免程序和职责权限由（　　）。

A. 国务院规定

B. 国务院财政部门规定

C. 国务院经济贸易部门规定

D. 企业规定

6. 出纳人员可以兼任以下（　　）工作。

A. 稽核

B. 会计档案的保管

C. 现金日记账的登记

D. 收入、支出、费用账目的登记

7. 某公司会计人员王某因做假账（未构成犯罪），被财政部门依法吊销会计从业资格证书。根据规定，下列说法正确的是（　　）。

A. 自被吊销会计从业资格证书之日起 3 年内，不得重新取得会计从业资格证书

B. 自被吊销会计从业资格证书之日起 5 年内，不得重新取得会计从业资格证书

C. 自被吊销会计从业资格证书之日起 10 年内，不得重新取得会计从业资格证书

D. 不得重新取得会计从业资格证书

8. 会计机构、会计人员对弄虚作假、严重违法的原始凭证，应（　　）。

A. 不予受理

B. 不予受理并予以扣留

C. 予以退回，要求经办人员更正、补充

D. 不予受理，同时予以扣留，并及时向单位领导人报告，请求查明原因，追究当事人的责任

二、多项选择题

1. 根据会计法规定，下列关于违反国家统一的财政、财务、会计制度规定的财务收支的处理，说法正确的有（　　）。

A. 不予受理

B. 应当制止和纠正

C. 制止和纠正无效，应向单位领导人提出书面意见请求处理

D. 对严重违反国家利益和社会公共利益的财务收支，应向主管单位或财政、审计、税务机关报告

2. 根据《总会计师条例》的规定，下列各项中属于总会计师职责的有（　　）。

A. 组织编制财务收支计划

B. 拟订资金筹措方案

C. 对本单位的生产经营作出决策

D. 审批本单位的工资奖金方案

3. 担任单位会计机构负责人（会计主管人员）的，应具备的条件为（　　）。

A. 取得会计从业资格证书

B. 具有会计师以上专业技术资格或从事会计工作 3 年以上经历

C. 年龄在 30 岁以上

D. 主管财务会计工作时间不少于 2 年

4. 根据《中华人民共和国会计法》的规定，下列选项中，属于会计人员职权的有（　　）。

A. 对不真实的原始凭证不予受理

B. 对伪造财务会计报告的行为进行制止和纠正

C. 对审批手续不全的财务收支退回并要求补正或者更正

D. 对单位制定的预算、财务计划执行情况进行监督

5. 下列各项中，属于会计档案的有（　　）。

A. 会计移交清册

B. 会计档案保管清册

C. 会计档案销毁清册

D. 月度财务计划

6. 会计人员连续 2 年未接受继续教育或连续 2 年未按有关规定完成继续教育时间的会计人员依法给予的处罚有（　　）。

A. 予以警告

B. 不予办理会计证年检

C. 不得参加先进会计工作者评选

D. 取消其会计证

7. 根据《会计法》的规定，下列企业中，应当必须设置总会计师的有（　　）。

A. 大、中型国有企业

B. 大、中型城镇集体所有制企业

C. 国有资产占控股地位的大、中型企业

D. 国有资产占主导地位的大、中型企业

8. 根据《中华人民共和国会计法》的规定，对于保管期满的会计档案，不得销毁的有（　　）。

A. 未了结的债权债务的原始凭证

B. 月度财务会计报告

C. 季度财务会计报告

D. 建设单位在建设期间的会计档案

9. 根据规定，伪造、变造、编制虚假会计资料，可能构成（ ）。

A. 虚报注册资本罪

B. 虚假出资、抽逃罪

C. 出售国有资产罪

D. 偷税罪

10. 根据《会计法》的规定，下列各项中，单位出纳人员不得兼任的工作有（ ）。

A. 会计档案保管

B. 固定资产卡片登记

C. 收入账目登记

D. 债权债务账目登记

11. 会计人员应对原始凭证进行审核和监督，对弄虚作假、严重违法的原始凭证，应当（ ）。

A. 不予受理，予以退回

B. 不予受理，予以扣留

C. 及时向单位领导人报告

D. 向当事人追查其来源

12. 根据会计法律制度的规定，下列有关办理会计移交手续的表述中，正确的有（ ）。

A. 会计主管人员办理交接手续，由本单位负责人监交

B. 经单位领导人批准，委托他人代办移交的，委托人仍应承担相应责任

C. 因病不能工作的会计人员恢复工作的，也应当与接替人员办理交接手续

D. 单位会计机构负责人晋升为本单位总会计师的，因仍主管会计工作，可不办理交接手续

三、判断题

1. 任何单位或个人不得以任何方式授意、指使、强令会计机构、会计人员，伪造、变造或提供虚假会计资料；不得打击依法履行职责的会计人员。（ ）

2. 军队实施国家统一会计制度的具体办法，由解放军总后勤部制定，但必须报国务院财政部门审核批准。（ ）

3. 会计机构、会计人员对指使、强令编造财务报告的行为，经制止和纠正无效的，应当向本单位的领导人报告，请求处理。（ ）

4. 会计人员在对原始凭证进行审核时，发现不真实、不合理的原始凭证，应当退回，要求经办人员更正、补充。（ ）

5. 用作记账的原始凭证按其来源不同，可以分为收款凭证、付款凭证和转账凭证。（ ）

6. 只有取得会计从业资格证书的人员才能从事会计工作，未取得会计从业资格证书的人员，不得从事会计工作。（ ）

7. 会计人员因离退、解聘、留职停薪、辞职等原因离开原工作单位的，所持会计证应予以收回，继续从事会计工作时，必须重新参加考试或按规定申领。（ ）

8. 因违法违纪行为被吊销会计从业资格证书的人员，自被吊销资格证书之日起3年内，不得重新取得会计从业资格证书。（ ）

9. 持会计证的人员调离原单位的，应在离岗日30日内，主动报发证机关备案。凡脱离会计岗位连续时间超过2年的，所持会计证自行失效。（ ）

10. 会计机构负责人（会计主管人员）因工作调动或离职而办理交接手续，由单位负责人会同主管单位一并监交。（ ）

11. 不具备设置会计机构和配备会计人员条件的单位，应当委托合法的中介机构代理记账。（ ）

四、综合题

中国证监会在组织对A上市公司（本题下称"A公司"）进行例行检查时，发现以下事实：

（1）1998年，A公司由于经营管理和市场方面的原因，经营业绩滑坡。为了获得配股资格，A公司的主要负责人甲便要求公司财务总监乙对该年度的财务数据进行调整，以保证公司的净资产收益率符合配股条件。乙组织公司会计人员丙以虚做营业额、隐瞒费用和成本开支等方法调整了公司财务数据。A公司根据调整后的财务资料，于1999年10月申请配股并获批准发行。

（2）在A公司申请配股期间，持有A公司5.5%非流通股票的B企业认为A公司的股票将会上涨，便于1999年8月以每股8.5元的价格通过证券交易所购买A公司股票50万股，使其持有A公司的股票达到6%，随后，A公司的股票价格连续攀升，同年9月，B企业以14.89元的价格抛出所持A公司的50万股流通股票；为A公司出具1999年度审计报告的注册会计师李某，在该报告公布日（2000年3月16日）后，于2000年5月购买该公司4万股股票，并于6月抛出，获利6万元；C证券公司的证券从业人员钱某认为A公司的股票仍具上涨潜力，遂于2000年6月购买A公司股票2万股，其购买的股票被套牢，亏损严重。

【要求】

1. 据上述要点（1）所述事实以及《中华人民共和国会计法》的规定，指出哪些当事人存在何种违法行为？并分别说明各违法行为的法律后果。

2. 据上述要点（2）所述事实以及《中华人民共和国证券法》的有关规定，B企业、李某、钱

某买卖 A 公司的股票的行为是否合法？并说明理由。

知识点测试答案

一、单项选择题

1. 【答案】A
   【解析】单位负责人对本单位的会计工作和会计资料的真实性、完整性负责。单位负责人在企事业单位是指其法定代表人，而股份公司的法定代表人是董事长。

2. 【答案】B
   【解析】法律规定，国务院财政部门管理全国的会计工作。

3. 【答案】C
   【解析】财政、审计、税务机关及会计师事务所是外部会计监督的主体；本单位的负责人对单位会计机构、会计人员实行内部会计监督负有两方面的义务，但不是内部会计监督主体。

4. 【答案】C
   【解析】总会计师是单位行政领导成员，协助单位主要行政领导人工作，直接对单位主要行政领导人负责。单位负责人是一个单位的最高领导人。

5. 【答案】A
   【解析】法律规定，国有资产占控股地位的大型企业必须设置总会计师。总会计师的任职资格、任免程序和职责权限由国务院规定。

6. 【答案】C
   【解析】出纳人员不得兼任稽核、会计档案保管和收入、支出、费用、债权债务账目的登记等工作，所以只有 C 项是对的。

7. 【答案】B
   【解析】本题考核有关会计证的规定。根据规定，因有提供虚假会计报表、做假账、隐匿或者故意销毁会计凭证、会计账簿、财务会计报告，贪污、挪用公款，职务侵占等与会计职务有关的违法行为，而未被追究刑事责任的人员，自被吊销会计从业资格证书之日起 5 年内，不得重新取得会计从业资格证书。

8. 【答案】D
   【解析】本题考核会计机构、会计人员的职权。会计机构、会计人员对弄虚作假、严重违法的原始凭证，在不予受理的同时，应当予以扣留，并及时向单位领导人报告，请求查明原因，追究当事人的责任。

二、多项选择题

1. 【答案】A B C D
   【解析】法律规定，会计人员对于违反国家统一的财政、财务、会计制度规定的财务收支应当不予受理、制止和纠正；制止和纠正无效的，应向单位领导人提出书面意见请求处理；对严重违反国家利益和社会公共利益的财务收支，应向主管单位或财政、审计、税务机关报告。

2. 【答案】A D
   【解析】法律规定，总会计师的职责包括：（1）编制执行预算、财务收支计划、信贷计划，拟订资金筹措和使用方案；（2）进行成本费用预测、计划、控制、核算、分析和考核；（3）建立健全经济核算制度，利用财务会计资料进行经济活动分析；（4）承办单位主要行政领导人交办的其他工作。

3. 【答案】A B D
   【解析】《会计法》对单位会计机构负责人没有年龄上的要求。

4. 【答案】A B C D
   【解析】本题考核会计人员的监督职权。根据《中华人民共和国会计法》的规定，会计人员的监督职权有：（1）对原始凭证进行审核和监督，对不真实、不合法的原始凭证，不予受理；（2）对伪造、变造、故意毁灭会计账簿或者账外设账行为，应当制止和纠正；制止和纠正无效的，应当向上级主管单位报告，请求作出处理；（3）对财务收支进行监督，对审判手续不全的财务收支，应当退回，要求补充、更正；（4）对单位制定的预算、财务计划、经济计划、业务计划的执行情况进行监督等。

5. 【答案】A B C
   【解析】本题考核会计档案。根据规定，会计档案是指会计凭证、会计账簿、财务会计报告等会计核算专业资料。比如，会计移交清册、会计档案保管清册、会计档案销毁清册等。月度财务计划属于文书档案，不属于会计档案。

6. 【答案】B C
   【解析】本题考核会计人员的教育和培训。根据规定，连续 2 年未接受继续教育或连续 2 年未按有关规定完成继续教育时间的会计人员，不予办理会计证年检，不得参加上一档次会计专业技术资格考试或者高级会计师资格评审，不得参加先进会计工作者评选，财政部门不予颁发会计人员荣誉证书。

7. 【答案】A C D
   【解析】国有的和国有资产占控股地位或者主导地位的大、中型企业必须设置总会计师。

8. 【答案】A D
   【解析】会计档案保管期满，对于其中未了结的债权债务的原始凭证，应单独抽出，另行立卷，由档案部门保管到结清债权债务时为止。建设单位在建设期间的会计档案，不得销毁。

9. 【答案】A B C D

【解析】本题的考核点为伪造、变造、编制虚假会计资料的法律责任，由于实施伪造、变造会计凭证、会计账簿以及编制虚假财务会计报告行为的目的的不同，因此将可能构成虚假注册资本罪、虚假出资、抽逃罪；妨害清算罪；徇私舞弊低价折股，出售国有资产罪；偷税罪；逃避追缴欠税罪等。

10.【答案】A C D
【解析】本题考查会计工作岗位的设置。根据规定，会计工作人员可以一人一岗、一人多岗或者一岗多人，但出纳人员不得兼管稽核、会计档案保管和收入、债权债务账目的登记工作。

11.【答案】B C
【解析】本题的考核点为会计机构、会计人员的职权。对弄虚作假、严重违法的原始凭证，在不予受理的同时，应当予以扣留，并及时向单位领导人报告，请求查明原因，追究当事人的责任。

12.【答案】A B C
【解析】（1）会计机构负责人（会计主管人员）办理交接手续，由单位负责人监交，因此选项 A 是正确的；（2）经单位领导人批准，可由移交人员委托他人代办移交，但委托人仍应承担相应的责任，因此选项 B 是正确的；（3）临时离职或者因病暂时不能工作的会计人员恢复工作的，应当与接替人员或者代理人办理交接手续，因此选项 C 是正确的。

三、判断题

1.【答案】√
【解析】法律规定，任何单位或个人不得以任何方式授意、指使、强令会计机构、会计人员，伪造、变造或提供虚假会计资料；不得打击依法履行职责的会计人员。

2.【答案】×
【解析】军队实施国家统一会计制度的具体办法，由解放军总后勤部制定，但必须报国务院财政部门备案。

3.【答案】×
【解析】会计机构、会计人员对指使、强令编造财务报告的行为，经制止和纠正无效的，应当向上级主管单位报告，请求处理。

4.【答案】×
【解析】会计人员在对原始凭证进行审核时，发现不真实、不合理的原始凭证，应当不予受理。对记载不准确、不完整的原始凭证，才退回，要求经办人员更正、补充。

5.【答案】×
【解析】原始凭证按其来源不同，可以分为自制原始凭证和外来原始凭证。

6.【答案】√

【解析】从事会计工作的人员，必须取得会计从业资格证书。未取得会计证的人员，各单位不得任用其担任会计岗位工作。

7.【答案】×
【解析】会计人员因离退、解聘、留职停薪、辞职等原因离开原工作单位的，所持会计证在有效期内不予收回，继续从事会计工作时，重新按规定向发证机关办理注册登记手续。

8.【答案】×
【解析】因违法违纪行为被吊销会计从业资格证书的人员，自被吊销资格证书之日起 5 年内，不得重新取得会计从业资格证书。

9.【答案】×
【解析】持证人员调离原单位的，应在离岗 30 日内，由所在单位报发证机关备案。凡脱离会计岗位连续时间超过 3 年的，所持会计证自行失效。

10.【答案】×
【解析】本题考核会计人员交接的监交。会计机构负责人（会计主管人员）办理交接手续，由单位负责人监交即可，只有在必要时主管单位才可以派人会同监交。

11.【答案】√
【解析】本题考查代理记账。不具备设置会计机构和配备会计人员条件的，应当根据《代理记账管理暂行办法》的规定，委托经批准设立从事会计代理记账业务的中介机构代理记账。

四、综合题

1. 首先，A 公司、乙、丙存在编制虚假财务会计报告的行为。根据《会计法》有关规定，上述当事人构成犯罪的，依法追究刑事责任；尚不构成犯罪的，由县级以上的人民政府财政部门予以通报，可以对 A 公司并处 5 000 元以上 10 万元以下的罚款，对乙、丙处 3 000 元以上 5 万元以下的罚款；乙、丙为会计人员，应由县级以上人民政府财政部门吊销会计从业资格证书。其次，甲存在授意、指使他人编制虚假财务会计报告的行为。根据《会计法》的有关规定，构成犯罪的，依法追究刑事责任；尚不构成犯罪的，可以处以 5 000 元以上 5 万元以下的罚款。

2. 首先，B 企业买卖 A 公司股票的行为为非法，因为，B 企业持有 A 公司 5% 以上的股票，其属于内幕信息单位，其不以收购为目的，在 A 公司申请配股期间买卖该公司股票即为非法。其次，李某买卖 A 公司股票的行为合法，因为，尽管李某是为 A 公司出具申请报告的人员，但其在该报告公开 5 日以后的时间买卖该公司的股票，即为合法。最后，钱某买卖 A 公司股票的行为非法，因为，凡是证券从业人员在其任期或者法定期限内，不得直接或者以化名、借他人名义持有、买卖股票。

2008年注册会计师全国统一考试《经济法》
模拟试卷（A）

一、单项选择题（本题型共18题；每题1分，共18分。每题只有一个正确答案，请从每题的备选答案中选出一个你认为正确的答案，在答题卡相应位置上用2B铅笔填涂相应的答案代码。答案写在试题卷上无效）

1. 甲于2000年5月10日同乙签订保管合同，5月12日甲将货物交于乙保管。5月14日，甲提货时得知货物被盗。2000年10月1日甲所在地发生洪水泛滥的自然灾害，经过3个月抗洪救灾，通讯与交通才恢复。甲请求乙赔偿损失的诉讼时效应始于（　　），届满于（　　）。
   A. 2000年5月10日　2001年5月10日
   B. 2000年5月12日　2002年5月12日
   C. 2000年5月14日　2001年7月1日
   D. 2000年5月14日　2002年7月14日

2. 某会计师事务所为依法设立的特殊普通合伙企业，大于该企业的法律责任承担方式，下列（　　）论述是错误的。
   A. 甲合伙人在执业活动中因故意造成合伙企业重大债务，其应当承担无限责任，其他合伙人承担有限责任
   B. 乙合伙人在执业活动中因重大过失造成合伙企业债务，所有合伙人都承担无限责任
   C. 丙在执业活动中因过失造成合伙企业债务的，由全体合伙人承担无限连带责任
   D. 丁在执业活动中因故意造成合伙企业债务，以合伙企业财产对外承担责任后，丁应当按照合伙协议的约定对给合伙企业造成的损失承担赔偿责任

3. 关于企业国有产权转让价格的问题，下列（　　）项论述是错误的。
   A. 转让企业国有产权的首次挂牌价格不得低于经核准或备案的资产评估结果
   B. 转让方确定新的挂牌价格低于资产评估结果90%的，应当获得相关产权转让批准机构书面同意
   C. 企业国有产权转让中涉及的职工安置、社会保险等有关费用，不得在评估作价之前从拟转让的国有净资产中先行扣除
   D. 在产权交易市场中公开形成的企业国有产权转让价格，可以根据不同的付款方式予以优惠

4. 新公司法赋予股东一系列权利，关于股东权利的下列论述中，（　　）项是错误的。
   A. 股东会决议内容违反公司章程的，股东可以自决议作出之日起60日内请求人民法院撤销
   B. 股东有权查阅、复制公司章程、股东会会议记录、董事会会议决议、监事会会议决议和财务会计报告
   C. 股份有限公司出现法定情形的，连续180日以上单独或者合计持有公司1%以上股份的股东可以自行召集和主持股东大会
   D. 连续180日以上单独或者合计持有公司1%以上股份的股东对他人给公司造成损失行为的，可以直接提起诉讼

5. 关于外国投资者并购境内企业的问题，下列（　　）项论述是错误的。
   A. 外国投资者认购境内公司增资，使该境内公司变更设立为外商投资企业的，为股权并购
   B. 外国投资者并购境内企业并取得实际控制权，导致中华老字号的境内企业实际控制权转移的，应向商务部进行申报
   C. 一般情况下，境内公司以其在境外合法设立的公司名义并购与其有关联关系的境内公司的，所设立的外商投资企业不得享受外商投资企业待遇
   D. 外国投资者以股权并购境内公司所涉及的境内外公司的股权，必须是在境外公开合法证券交易市场挂牌交易的

6. 根据《企业破产法》的规定，下列（　　）不能成为破产申请人。
   A. 占1/10以上注册资本的出资人
   B. 债权人
   C. 债务人
   D. 清算人

7. 人民法院受理破产申请后，对于破产申请受理前成立的债务人和对方当事人均未履行完毕的合同的处理办法，下列（　　）论述是正确的。
   A. 由清算人决定合同解除或继续履行
   B. 决定合同解除或继续履行的原则是保障债权人利益最大化
   C. 合同解除的，对方当事人因此所产生的实际损失以及债务人应承担的违约金均作为破产债权
   D. 因请求对方当事人履行双方均未履行完毕的合同所产生的债务为破产费用

8. 某股份有限公司成立于2003年7月。2007年7月，该公司打算首次发行股票并上市。关于该公司的下列情况中，会构成公司首次发行股票并上市的障碍的是（　　）。
   A. 公司的总经理王某在控股股东甲公司控制的

乙公司担任董事

B. 公司董事李某在 2005 年 7 月受到证券交易所公开谴责

C. 公司最近一个会计年度的净利润主要来自合并财务报表范围以外的投资收益

D. 公司最近 3 个会计年度经营活动产生的现金流量净额累计超过人民币 5 000 万元

9. 某上市公司成立于 2000 年 7 月。2007 年 7 月，该公司打算向社会公众增发新股。关于该公司的下列情况中，会构成公司增发障碍的是（　　）。

A. 公司核心技术人员在 2005 年 4 月曾发生重大不利变化

B. 公司 2005 年 8 月曾公开发行股票，2006 年的营业利润比 2005 年下降 51%

C. 公司最近 3 年以现金累计分配的利润不少于最近 3 年实现的年均可分配利润的 20%

D. 公司 2004～2006 年的加权平均净资产收益率分别为 4%、5%、6%

10. 甲、乙、丙依次比邻而居。甲为修房向乙提出在其院内堆放建材，乙不允。甲遂向丙提出在其院内堆放，丙要求甲付费 200 元，并提出不得超过 20 天，甲同意。修房过程中，甲搬运建材须从乙家门前经过，乙予以阻拦。对此，下列（　　）说法不正确。

A. 乙无权拒绝甲在其院内堆放建材

B. 乙无权阻拦甲经其门前搬运建材

C. 甲应依约定向丙支付占地费

D. 若建材堆放时间超过 20 天，丙有权要求甲清理现场

11. 关于保证担保问题，下列（　　）项论述是正确的。

A. 国家机关、事业单位、企业法人的职能部门都不能作为保证人

B. 两个以上保证人保证担保同一债权时，与债权人没有约定保证份额的，为连带责任的保证

C. 保证期间，债权人依法将债权出让没有经过保证人书面同意的，除另有约定外，保证人应在原保证范围内承担保证责任

D. 第三人物的担保和保证并存时，其中一人承担了担保责任的，既可以向债务人追偿，又可以向另一个担保人追偿

12. 关于租赁合同，下列（　　）论述是正确的。

A. 租赁合同最长期限不得超过 20 年，超过 20 年的合同无效

B. 租赁合同未采用书面形式的，视为不定期合同

C. 租赁期内经出租人同意，承租人将租赁物转租给第三人，第三人对租赁物造成损失的，由第三人承担赔偿损失的责任

D. 租赁物在租赁期间发生所有权变动的，原租赁合同无效

13. 关于委托、行纪、居间合同，下列（　　）论述是正确的。

A. 委托合同关系中，受托人以自己的名义，在委托人的授权范围内与第三人订立合同，该合同直接约束委托人和受托人

B. 无偿的委托合同，因受托人的过错给委托人造成损失的，委托人可以要求赔偿损失

C. 行纪合同是行纪人以委托人的名义为委托人从事贸易活动，委托人支付报酬的合同

D. 居间合同的居间人不是合同代理人

14. 某公司享有进出口经营权，该公司 2006 年经常项目外汇收入为 4 000 万美元，经常项目外汇支出为 3 000 万美元。根据有关规定，该公司 2007 年经常项目外汇账户保留现汇的最高限额为（　　）。

A. 4 700 万美元　　　　B. 4 000 万美元

C. 3 200 万美元　　　　D. 3 000 万美元

15. 银行通过互联网为个人客户办理电子支付业务，除采用数字证书、电子签名等安全认证方式外，单笔金额不应超过（　　）人民币，每日累计金额不应超过（　　）人民币。

A. 1 000 元　3 000 元

B. 1 000 元　5 000 元

C. 3 000 元　5 000 元

D. 5 000 元　10 000 元

16. 关于票据行为和票据权利，下列（　　）论述是错误的。

A. 限制行为能力人在票据上签章的，只是签章行为无效，并非票据无效，票据上的有效签章人应承担票据责任

B. 因欺诈、偷盗、胁迫和恶意而取得票据的，取得票据行为无效并非票据无效

C. 票据的取得必须给付对价，否则该票据持有人不能享有票据权利

D. 持票人对支票出票人的权利，自出票日起 6 个月内不行使而消灭

17. 2004 年 1 月 15 日，甲企业取得了某化妆品的注册商标。2005 年 2 月 8 日，该企业发现乙企业未经其同意即在同类商品上使用与其注册商标相同的商标。2007 年 9 月 5 日，甲企业发现乙企业仍在使用该注册商标，遂向法院提起诉讼。根据我国法律规定，乙企业的侵权损害赔偿数额应当自（　　）开始计算。

A. 2004 年 1 月 15 日

B. 2005 年 2 月 8 日

C. 2005 年 9 月 5 日

D. 2007 年 9 月 5 日

18. 关于会计人员的任职资格问题，下列（　　）论述是正确的。

A. 甲单位欲招聘一名会计主管人员，该会计主管人员除取得会计从业资格证书外，还必须具备会计师以上专业技术职务资格

B. 乙脱离会计岗位的连续时间超过 2 年了，其所持的会计证自行失效

C. 丙因做假账被吊销会计从业资格证书，其自被吊销资格证书之日起 6 年内，不得重新取得会计从业资格证书

D. 丁为某单位会计，因挪用公款被依法追究刑事责任了，其将不得再重新取得会计从业资格证书

二、多项选择题（本题型共 18 题，每题 1 分，共 18 分。每题均有多个正确答案，请从每题的备选答案中选出你认为正确的答案，在答题卡相应位置上用 2B 铅笔填涂相应的答案代码。每题所有答案正确的得分；不答、错答、漏答均不得分。答案写在试题卷上无效）

1. 根据《民法通则》的规定，下列选项中，属于无效民事行为的是（   ）。

   A. 限制民事行为能力人实施的民事行为

   B. 无民事行为能力人实施的民事行为

   C. 恶意串通损害第三人利益的民事行为

   D. 因重大误解而实施的民事行为

2. 万某因出国留学将自己的个人独资企业委托陈某管理，并授权陈某在 5 万元以内的开支和 50 万元以内的交易可自行决定。假设第三人对此授权不知情，则陈某在受托期间实施的下列行为中，属于法律禁止或无效的是（   ）。

   A. 未经万某同意与某公司签订交易额为 100 万元的合同

   B. 未经万某同意将自己的房屋以 1 万元出售给本企业

   C. 未经万某同意向某电视台支付广告费 8 万元

   D. 未经万某同意将企业的商标有偿转让

3. 根据《合伙企业法》的规定，下列各项中，属于有限合伙人当然退伙的情形是（   ）。

   A. 作为有限合伙人的自然人死亡

   B. 有限合伙人个人丧失偿债能力

   C. 有限合伙人在合伙企业中的全部财产份额被人民法院强制执行

   D. 作为有限合伙人的自然人在有限合伙企业存续期间丧失民事行为能力

4. 根据外商投资企业法律制度的规定，下列关于中外合资经营企业的表述中，正确的是（   ）。

   A. 合营各方发生纠纷可以按照约定在境外仲裁机构申请仲裁

   B. 中外合资经营企业合同适用中华人民共和国法律

   C. 合营企业所需原材料、燃料可在境外购买

   D. 从事资源勘查开发的合营企业应当在合营合同中约定合营期限

5. 根据外资企业法律制度的规定，外资企业下述事项中，必须经审批机关批准的有（   ）。

   A. 注册资本的增加、减少

   B. 财产的对外抵押、转让

   C. 外国投资者用其从中国境内兴办的其他外商投资企业获得的人民币利润出资

   D. 延长经营期限

6. 甲公司为按照《公司法》设立的有限责任公司，乙公司为按照《中外合资经营企业法》设立的有限责任公司，下列有关甲乙两公司区别的表述中，正确的有（   ）。

   A. 甲公司在取得营业执照的当天实际到位出资不能为零，乙公司在取得营业执照的当天实际到位出资可以为零

   B. 甲公司的最高权力机构为股东会，而乙公司的最高权力机构为董事会

   C. 甲公司董事长的产生方式由公司章程规定，而乙公司的董事长由合营各方协商确定或者由董事会选举产生

   D. 甲公司在公司章程中必须约定经营期限，而乙公司一般情况下可以约定经营期限也可以不约定经营期限

7. 根据《企业破产法》规定，下列各项中，人民法院应当裁定终止重整程序，并宣告债务人破产的情形有（   ）。

   A. 破产企业的重整计划草案未获得债权人会议的通过

   B. 破产企业的重整计划草案未获得债权人会议的通过且未依照《企业破产法》的规定获得人民法院的批准

   C. 破产企业的重整计划草案已获得债权人会议的通过但未获得人民法院的批准

   D. 破产企业的重整计划草案未获得债权人会议的通过但通过了人民法院的批准

8. 根据《企业破产法》的规定，下列各项中，人民法院应当裁定终止和解程序，并宣告债务人破产的情形有（   ）。

   A. 和解协议草案经债权人会议表决未获得通过

   B. 债权人会议通过和解协议但未获得人民法院认可的

   C. 债权人会议通过和解协议并获得人民法院认可的

   D. 债务人未提出和解协议草案

9. 甲、乙、丙、丁分别购买了某住宅楼（共四层）的一至四层住宅，并各自办理了房产证。下列（   ）说法是正确的。

   A. 甲、乙、丙、丁有权分享该住宅楼的外墙广告收入

   B. 一层住户甲对三、四层间楼板不享有民事权利

C. 若甲出卖其住宅，乙、丙、丁享有优先购买权

D. 如四层住户丁欲在楼顶建一花圃，须得到甲、乙、丙同意

10. 根据证券法律制度的规定，下列各项中，上市公司不得增发新股的有（　　）。

A. 最近 3 年及最近一期财务报表被注册会计师出具了保留意见的审计报告

B. 最近 3 年及最近一期财务报表被注册会计师出具了否定意见的审计报告

C. 最近 3 年及最近一期财务报表被注册会计师出具了无法表示意见的审计报告

D. 最近 3 年及最近一期财务报表被注册会计师出具带强调事项段的无保留意见审计报告的，所涉及的事项对发行人无重大不利影响或者在发行前重大不利影响已经消除

11. 下列股票交易行为中，属于国家有关证券法律、法规禁止的有（　　）。

A. 甲上市公司的董事乙离职后第 4 个月，转让其所持甲公司的股票

B. 因包销购入售后剩余股票而持有内上市公司 6% 股份的丁证券公司，第 3 个月转让其所持丙公司的股票

C. 戊上市公司的收购人，在收购行为完成后的第 8 个月，转让其所购股票的 1/3

D. 庚上市公司持股 8% 的股东，将其持有的庚公司股票在买入后 4 个月内卖出

12. 根据证券法律制度的规定，如果没有相反的证据，下列情形中，视为投资者为一致行动人的有（　　）。

A. 投资者之间有股权控制关系

B. 投资者之间存在合伙、合作、联营等经济利益关系

C. 持有投资者 25% 股份的自然人，与投资者持有同一上市公司股份

D. 在投资者任职的董事、监事及高级管理人员，与投资者持有同一上市公司股份

13. 根据合同法律制度的规定，下列关于合同解除的表述中，正确的是（　　）。

A. 委托人或者受托人都可以随时解除委托合同

B. 不定期租赁合同的双方当事人可以随时解除合同

C. 承揽合同中的定做人可以随时解除合同

D. 在承运人将货物交付收货人之前，托运人可以解除运输合同

14. 根据合同法律制度的规定，下列各项中，买卖合同的出卖人应承担标的物毁损、灭失的风险的有（　　）。

A. 合同约定卖方代办托运，出卖人已将标的物发运，即将到达约定的交付地点

B. 买受人下落不明，出卖人已将标的物提存

C. 标的物已运抵交付地点，买受人因标的物质量不合格而拒收货物

D. 合同约定在标的物所在地交货，约定时间已过，买受人仍未前往提货

15. 根据外汇管理法律制度的规定，下列各项中，属于经常项目外汇收入的有（　　）。

A. 境外法人作为投资汇入的收入

B. 境外投资企业汇回的外汇利润

C. 行政、司法机关收入的各项外汇罚没款

D. 对外索赔收入的外汇

16. 根据支付结算法律制度的规定，下列账户的开立，需要经人民银行核准的是（　　）。

A. 基本存款账户

B. 一般存款账户

C. 因注册验资开立的临时存款账户

D. 预算单位专用存款账户

17. 甲公司于 2006 年 3 月 2 日签发支票给乙公司，金额为 10 万元人民币，付款人为丁银行。次日，乙公司将支票背书转让给丙公司。2006 年 3 月 17 日，丙公司请求丁银行付款时遭拒绝。丁银行拒绝付款的理由中，符合票据法律制度规定的有（　　）。

A. 丁银行不是该支票的债务人

B. 甲公司在丁银行账户上的存款仅有 2 万元人民币

C. 该支票的债务人应该是甲公司和乙公司

D. 丙公司未按期提示付款

18. 1992 年 2 月 19 日，甲企业就其生产的家用电器注册了“康威”商标。后来乙企业使用该商标生产冰箱，并在 2002 年 4 月开始销售“康威”牌冰箱。根据《商标法》的规定，下列表述中，正确的是（　　）。

A. 甲企业对其商标的续展申请应当在商标有效期届满后的 6 个月内提出

B. 乙企业对“康威”商标的使用为非法使用

C. 乙企业可以在 2002 年 8 月 19 日后在家用电器上申请获得注册“康威”商标

D. 甲企业在商标续展期内仍享有商标专用权

三、判断题（本题型共 16 题，每题 1 分，共 16 分。请判断每题的表述是否正确，你认为表述正确的，请在答题卡相应位置上用 2B 铅笔填涂代码“√”，你认为错误的，请填涂代码“×”。判断正确的，每题得 1 分，判断错误的，每题倒扣 1 分；不答既不得分，也不扣分。扣分最多扣至本题型零分为止。答案写在试题卷上无效）

1. 甲、乙共同出资购买一房并出租给丙，租房期间甲欲转让自己的份额，乙、丙均表示愿意购买，该房的邻居丁也很想购买，正确的处理是在同等条件下由丁优先购买。（　　）

2. 法律规定，新入伙的有限合伙人对入伙前有限合伙企业的债务，以其认缴的出资额为限承担责任。有限合伙人退伙后，对基于其退伙前的原因发生的有限合伙企业债务，以其退伙时从有限合伙企业中取回的财产承担责任。（　）

3. 某有限责任公司全部由自然人股东组成，共有 9 名股东。当 A 股东打算对外转让股权时，全体股东中必须有 5 人同意。（　）

4. 股份有限公司设立时，全体发起人的首次出资额不得低于注册资本的 20%，并且不能低于注册资本的最低限额。（　）

5. 根据法律规定，出口销售额占其产品销售总额 70% 以上的允许类外商投资项目，视为鼓励类外商投资项目。（　）

6. 外国投资者股权并购的，除国家另有规定外，并购后所设外商投资企业注册资本在 500 万美元以上至 1 200 万美元的，投资总额不得超过注册资本的 2.5 倍。（　）

7. 债务人不能执行或者不执行和解协议，人民法院宣告债务人破产的，和解债权人因执行和解协议所受的清偿，在其他债权人所受清偿同等比例的范围内不予返还。（　）

8. 上市公司非公开发行股票的，发行价格不得低于定价基准日前 20 个交易日公司股票均价的 90%。（　）

9. 根据担保法律制度的规定，保证、留置和定金都不能作为反担保方式。（　）

10. 根据《合同法》的规定，在买卖合同中，标的物的所有权随交付而转移、风险随交付而转移、孳息也随交付而转移，因此所有权、风险和孳息的转移是同步的。（　）

11. 从 2007 年起，国家对个人结汇和境内个人购汇实行年度总额管理，年度总额分别为每人每年等值 5 万美元。（　）

12. 单位从其银行结算账户支付给个人银行结算账户的款项，每笔超过 5 万元的，应向其开户银行提供付款依据。（　）

13. 法律规定，签发空头支票或者签发与其预留的签章不符的支票，不以骗取财物为目的的，处以票面金额 5% 但不低于 1 000 元的罚款。（　）

14. 申请人自发明在外国第一次提出专利申请之日起 12 个月内，或者自实用新型、外观设计在外国第一次提出专利申请之日起 6 个月内，又在中国就相同主题提出专利申请的，依照有关规定可以享有优先权。（　）

15. 某饭店为了庆祝建店 10 周年，推出了有奖销售活动，所有前来用餐的客人均可获得买一送一的奖励。王某在该饭店请客花去了 1 万元，即获得 1 万元的奖金。该饭店的行为属于不正当竞争行为。（　）

16. 李某为某公司出纳，根据法律规定，其不得兼任稽核、会计档案保管和收入、支出、费用、债权债务账目的登记工作等。（　）

四、综合题（本题型共 4 题，其中第 1 题 8 分；第 2 题 15 分；第 3 题 11 分；第 4 题 14 分。本题型共 48 分。在答题卷上解答，答在试题卷上无效）

（一）甲公司与龙某签订一投资合同，约定：双方各出资 200 万元，设立乙有限责任公司；甲公司以其土地使用权出资，龙某以现金和专利技术出资（双方出资物已经验资）；龙某任董事长兼总经理；公司亏损按出资比例分担。双方拟定的公司章程未对如何承担公司亏损作出规定，其他内容与投资合同内容一致。乙公司经工商登记后，在甲公司用以出资的土地上生产经营，但甲公司未将土地使用权过户到乙公司。

2000 年 3 月，乙公司向丙银行借款 200 万元，甲公司以自己名义用上述土地使用权作抵押担保。同年 4 月，甲公司提出退出乙公司，龙某书面表示同意。2003 年 8 月，法院判决乙公司偿还丙银行上述贷款本息共 240 万元，并判决甲公司承担连带清偿责任。此时，乙公司已资不抵债，净亏损 180 万元。另查明，龙某在公司成立后将 120 万元注册资金转出，替朋友偿还债务。

基于上述情况，丙银行在执行过程中要求甲公司和龙某对乙公司债务承担责任。甲公司认为，自己为担保行为时，土地属乙公司所有，故其抵押行为应无效，且甲公司已于贷款后 1 个月退出了乙公司，因此，其对 240 万元贷款本息不应承担责任；另外乙公司注册资金中的 120 万元被龙某占用，龙某应退出 120 万元的一半给甲公司。龙某则认为，乙公司成立时甲公司投资不到位，故乙公司成立无效，乙公司的亏损应由甲公司按投资合同约定承担一半。

问题：

1. 甲公司的抵押行为是否有效？为什么？

2. 乙公司的成立是否有效？为什么？

3. 甲公司认为其已退出乙公司的主张能否成立？为什么？

4. 甲公司可否要求龙某退还其占用的 120 万元中的 60 万元？为什么？

5. 甲公司应否承担乙公司亏损的一半？为什么？

6. 乙公司、甲公司和龙某对丙银行的债务各应如何承担责任？

（二）上海爱建钢材有限公司系上海市金山区的一家有限责任公司，该公司不能清偿到期债务，并且资产不足以清偿全部债务。2007 年 9 月 1 日，其债权人上海高超商贸公司向上海市金山区人民法院提出破产清算的申请，人民法院依法裁定受理，并于 9 月 10 日通知了债务人。9 月 15 日该人民法院指定了由某律师事务所和会计师事务所组成的管理人。管理人进行了如下活动：

（1）决定解除上海爱建钢材有限公司与上海大亚生产资料商店尚未履行完毕的合同。

（2）对上海爱建钢材有限公司的全部财产进行清点，登记造册。该公司在宣告破产时经营管理的全部财产价值为 350 万元（其中 100 万元为抵押给工商银行的厂房，已经办理了抵押登记），后又在破产程序终结前取得对外投资收益 100 万元。债权人甲和乙在人民法院受理该公司的破产申请时对其分别享有 456 万元和 110 万元的债权，工商银行对其享有 150 万元的债权。该公司欠发职工工资 55 万元，欠交税金 35 万元。后又查明：在人民法院受理该公司破产案件前 3 个月内，该公司无偿转让作价为 80 万元的财产，管理人遂向人民法院申请予以撤销，顺利追回上述财产。

（3）上海第三建筑公司向管理人要求取回其于 2006 年 2 月租赁给上海爱建钢材有限公司的脚手架，管理人决定返还脚手架。

（4）管理人决定将破产企业的财产致人损害所产生 10 万元的赔偿金、管理人执行职务致人损害所产生 8 万元的赔偿金都列为共益债务。

（5）该公司在破产程序中还发生了以下的费用：破产案件的诉讼费用 5 万元，管理人执行职务的费用和报酬 5 万元，变价和分配债务人的财产而产生费用 4 万元。

请回答以下问题：

1. 该公司能否依照《企业破产法》的规定清理债务？为什么？

2. 上海高超商贸公司向上海市金山区人民法院提出破产清算的申请是否正确？为什么？破产申请可以由哪些人提出？

3. 人民法院通知债务人的时间是否正确？为什么？

4. 人民法院指定管理人的时间是否正确？为什么？

5. 律师事务所和会计师事务所能否担任管理人？为什么？

6. 管理人能否决定解除上海爱建钢材有限公司与上海大亚生产资料商店尚未履行完毕的合同？为什么？

7. 什么是破产财产？并计算该公司的破产财产的数额。

8. 什么是破产债权？并计算该公司的破产债权的数额。

9. 上海第三建筑公司能否向管理人要求取回脚手架？为什么？

10. 破产企业的财产致人损害的赔偿金和管理人在依法履行职务时致人损害所产生的债务能否列入共益债务？共益债务还包括哪些？

11. 什么是破产费用？并计算该公司的破产费用的数额。

12. 请说明破产财产的清偿顺序。

13. 计算乙能获得清偿的数额。

（三）中国证监会于 2007 年 8 月受理了甲上市公司（本题下称"甲公司"）申请发行认股权和债券分离交易的可转换公司债券的申报材料，该申报材料披露了以下相关信息：

（1）甲公司 2004 年、2005 年和 2006 年按照扣除非经常性损益前的净利润计算的加权平均净资产收益率分别为 6%、5% 和 7%；2004 年、2005 年和 2006 年按照扣除非经常性损益后的净利润计算的加权平均净资产收益率分别为 5.6%、4% 和 6%。2004 年、2005 年和 2006 年经营活动产生的现金流量净额分别为 2 000 万元、3 000 万元和 4 000 万元。截止到 2007 年 6 月 30 日，甲公司经过审计后的财务会计资料显示：资产总额为 260 000 万元，负债总额为 80 000 万元；在负债总额中，没有既往发行债券的记录；2004 年度至 2006 年度的可分配利润分别为 12 000 万元、16 000 万元和 20 000 万元。甲公司拟发行公司债券 80 000 万元，年利率为 4%，期限为 3 年。

（2）本次发行的认股权证的行权价格拟订为募集说明书公告日前 20 个交易日甲公司股票交易均价的 90%。认股权证的存续期间为 12 个月，自发行结束 3 个月后方可行权。

（3）甲公司最近 3 年以现金、股票方式累计分配的利润为最近 3 年年均可分配利润的 15%。

（4）2006 年 12 月，甲公司现任董事陈某被上海证券交易所公开谴责。2005 年 9 月，甲公司现任董事会秘书张某因违规行为受到中国证监会的行政处罚。

（5）甲公司 2005 年度的财务报表被注册会计师出具了无法表示意见的审计报告。

【要求】

1. 根据本题要点（1）所提示的内容，甲公司的净资产额、可分配利润、现金流量净额、公司债券发行额和公司债券的期限是否符合中国证监会规定的发行分离交易的可转换公司债券的条件？并说明理由。

2. 根据本题要点（2）所提示的内容，甲公司本次发行的认股权证的行权价格、存续期间和行权期间是否符合中国证监会的有关规定？并说明理由。

3. 根据本题要点（3）所提示的内容，甲公司最近 3 年的利润分配情况是否对本次发行的批准构成实质性障碍？并说明理由。

4. 根据本题要点（4）所提示的内容，董事陈某、董事会秘书张某的行为是否对本次发行的批准构成实质性障碍？并说明理由。

5. 根据本题要点（5）所提示的内容，甲公司 2005 年度财务报表出现的问题是否对本次发行的批准构成实质性障碍？并说明理由。

（四）2000 年 2 月，甲公司为本公司的智能化大楼建设工程举行招投标。乙是一国有建筑企业，但不符合招标的资质要求，其借用他人的资质证书参与了招标活动。同时，为了顺利中标，乙公司在标书中将工程的预算压得很低。

中标以后，甲公司与乙公司签订了实际建设施工合同，合同其他内容都与中标合同相同，但工程预算比备案的中标合同提高了 30%。甲为了打消乙的疑虑，请丙为自己作保，约定在自己不能履行对乙的建设工程款时，由丙向乙承担连带还款责任，同时，甲将自己另一处厂房和兄弟企业 B 的厂房一并抵押给乙，但 B 的厂房办理了抵押登记手续，甲的厂房却未办理登记手续。

随后，乙开始为承包该工程做准备，因为手头资金紧缺，向 A 公司贷款 100 万元，约定利息为 5 万元，A 认为乙反正要支付利息，遂直接向乙交付 95 万元。

乙在签订合同后不久又与他人签订了另一工程项目，因人手不够，遂与丁签订一合同，约定由丁具体承建甲的工程项目，乙从工程款项中收取 5% 作为中介费。

工程竣工后，甲迟迟未向乙交付工程款。经乙多次催促，甲竟然向乙开了一张空头支票。乙提示付款被拒后，一气之下，将该楼房扣下来并租给戊，约定租期一年，每月向戊收取租金 5 万元，双方未签订租赁合同。问：

1. 乙借用他人资质中标，该中标合同是否有效？应该如何处理？

2. 甲与乙订立的建设工程施工合同与经过备案的中标合同价格相差 30%，应该如何处理？

3. 甲将其厂房向乙作抵押，应办理何种手续？

4. 若乙以甲不支付工程款为由向丙和 B 主张担保权是否成立？为什么？丙和 B 应当怎样承担担保责任？

5. 乙与 A 的借款合同是否成立？为什么？如果成立，则该合同的标的是多少？

6. 乙与丁约定由丁承建甲的工程的合同应如何认定？

7. 甲开具空头支票应受何种处罚？

8. 乙扣押该楼房的行为是否属于留置？为什么？

9. 乙能否将该楼房出租出去？为什么？如果乙有权出租该楼房，那么出租后甲行使所有者权利，让戊搬离，戊能否以租期未到主张权利？为什么？

10. 如果乙不能出租该楼房，又收不到工程款，有何解决办法？

2008 年注册会计师全国统一考试《经济法》 模拟试卷（B）

一、单项选择题（本题型共 20 题，每题 1 分，共 20 分。每题只有一个正确答案。请从每题的备选答案中选出一个你认为正确的答案，在答题卡相应位置上用 2B 铅笔填涂相应的答案代码。答案写在试题卷上无效）

1. 根据《民法通则》的规定，下列有关代理的表述中，**不正确**的是（　　）。
   - A. 滥用代理权的行为，视为无效代理
   - B. 在无权代理的情况下，如果经过本人追认，无权代理人所为代理行为的法律后果归属于被代理人
   - C. 违法行为不得适用代理
   - D. 授权委托书授权不明的，代理人应当对第三人承担民事责任，被代理人负连带责任

2. 根据国有资产管理法律制度的规定，转让企业国有产权的首次挂牌价格不得低于经核准或备案的资产评估结果。经公开征集没有产生意向受让方的，转让方可以根据标的企业情况确定新的挂牌价格并重新公告；如拟确定新的挂牌价格低于资产评估结果（　　）的，应当获得相关产权转让批准机构书面同意。
   - A. 75%　　B. 80%　　C. 90%　　D. 95%

3. 王某依照《公司法》设立了一人有限责任公司。公司存续期间，王某实施的下列行为中，违反了《公司法》规定的有（　　）。
   - A. 决定由其本人担任公司执行董事兼公司经理
   - B. 决定公司不设立监事会，仅由其亲戚张某担任公司监事
   - C. 决定用公司资本的一部分投资另一公司，但未作书面记载
   - D. 未召开任何会议，自作主张制订公司经营计划

4. 汪某与李某拟设立一个注册资本为 50 万元的有限责任公司，其中汪某出资 60%，李某出资 40%。在他们拟订的公司章程中，不符合《公司法》规定的条款是（　　）。
   - A. 公司不设董事会，公司的法人代表由公司经理担任
   - B. 公司不设监事会，公司的执行监事由股东汪某担任
   - C. 公司利润在弥补上一年度亏损并提取公积金后，由股东平均分配
   - D. 公司经营期限届满前，股东不得要求解散公司

5. 甲上市公司在成立 6 个月时召开股东大会，该次股东大会通过的下列决议中，符合公司法律制度规定的是（　　）。
   - A. 公司董事、监事、高级管理人员持有的本公司股份可以随时转让
   - B. 公司发起人持有的本公司股份自即日起可以对外转让
   - C. 公司收回本公司已发行股份的 4% 用于未来 1 年内奖励本公司职工
   - D. 决定与乙公司联合开发房地产，并要求乙公司以其持有的甲公司股份作为履行合同的质押担保

6. 在中国甲公司与外国乙公司拟订的设立中外合资经营企业的协议草案中，下列有关出资方式的约定，符合中外合资经营企业法律制度规定的是（　　）。
   - A. 甲公司通过乙公司提供财产担保从银行贷款作为出资
   - B. 甲公司以已作抵押的厂房作为出资
   - C. 乙公司以人民币现金作为出资
   - D. 乙公司以收购甲公司 30% 的资产作为出资

7. 根据企业破产法律制度的规定，债权申报期限自人民法院发布受理破产申请公告之日起计算，（　　）。
   - A. 最短不得少于 10 日，最长不得超过 1 个月
   - B. 最短不得少于 15 日，最长不得超过 3 个月
   - C. 最短不得少于 30 日，最长不得超过 3 个月
   - D. 最短不得少于 30 日，最长不得超过 6 个月

8. 甲、乙、丙共有一套房屋，其应有部分各为 1/3。为提高房屋的价值，甲主张将此房的地面铺上木地板，乙表示赞同，但丙反对。下列选项中，（　　）是正确的。
   - A. 因没有经过全体共有人的同意，甲乙不得铺木地板
   - B. 因甲乙的部分合计占份额的 2/3 以上，故甲乙可以铺木地板
   - C. 甲乙只能在自己的应有部分上铺木地板
   - D. 因甲乙的应有部分合计已过半数，故甲乙可以铺木地板

9. 根据企业破产法律制度的规定，债权人未受领的破产财产分配额，管理人应当提存。债权人自最后分配公告之日起满（　　）仍不领取的，视为放弃受领分配的权利，管理人或者人民法院应当将提存的分配额分配给其他债权人。
   - A. 1 个月　　B. 2 个月　　C. 6 个月　　D. 2 年

10. 根据证券法律制度的规定，股份有限公司首次公开发行股票并上市的，发行人披露盈利预测的，利润实现数未达到盈利预测的（　　）

的，除因不可抗力外，中国证监会在 36 个月内不受理该公司的公开发行证券申请。

   A. 40%　　　B. 50%　　　C. 70%　　　D. 80%

11. 根据证券法律制度的规定，收购人进行要约收购的，对同一种类股票的要约价格，不得低于（　　）。

   A. 要约收购提示性公告日前 30 个交易日内收购人取得该种股票所支付的最高价格

   B. 要约收购提示性公告日前 60 个交易日内收购人取得该种股票所支付的最高价格

   C. 要约收购提示性公告日前 3 个月内收购人取得该种股票所支付的最高价格

   D. 要约收购提示性公告日前 6 个月内收购人取得该种股票所支付的最高价格

12. 甲将其所持有的 A 公司债券交付乙，作为向乙借款的质押担保。双方签订了书面质押合同，但未在公司债券上背书"质押"字样。借款到期后甲未还款。甲的另一债权人丙向法院申请执行上述公司债券。根据合同法律制度的规定，下列各项中，表述正确的是（　　）。

   A. 质押合同无效

   B. 质押合同自签订书面质押合同之日起生效

   C. 乙对该公司债券不享有质权

   D. 乙以公司债券已出质对抗丙的执行申请，不能得到法院的支持

13. 甲公司将所属设备租赁给乙公司使用。租赁期间，甲公司将用于出租的设备卖给丙公司。根据合同法律制度的规定，下列表述正确的是（　　）。

   A. 甲公司在租赁期间不能出卖出租设备

   B. 买卖合同有效，原租赁合同继续有效

   C. 买卖合同有效，原租赁合同自买卖合同生效之日起终止

   D. 买卖合同有效，原租赁合同须经丙公司同意后方继续有效

14. 某境内公司 2006 年经常项目外汇收入为 4 000 万美元，经常项目外汇支出为 3 000 万美元。根据外汇管理法律制度的规定，该公司 2007 年经常项目外汇账户保留现汇的最高限额为（　　）。

   A. 4 000 万美元　　　　B. 4 700 万美元

   C. 3 000 万美元　　　　D. 3 200 万美元

15. 根据支付结算制度的规定，下列存款账户中，可以用于办理现金支取的是（　　）。

   A. 证券交易结算资金专用存款账户

   B. 一般存款账户

   C. 信托基金专用存款账户

   D. 临时存款账户

16. 根据《票据法》的规定，下列各项中，汇票债务人可以对持票人行使抗辩权的事由是（　　）。

   A. 汇票债务人与出票人之间存在合同纠纷

   B. 汇票债务人与持票人的前手存在抵销关系

   C. 背书不连续

   D. 出票人存入汇票债务人的资金不够

17. 汇票持票人甲公司在汇票到期后即请求承兑人乙公司付款，乙公司明知该汇票的出票人丙公司已被法院宣告破产仍予以付款。根据票据法律制度的规定，下列表述中，不正确的是（　　）。

   A. 乙公司付款后可以向丙公司行使追索权

   B. 乙公司可以要求甲公司退回所付款项

   C. 乙公司付款后可以向出票人丙公司的破产管理人申报债权

   D. 在持票人请求付款时，乙公司不能以丙公司被宣告破产为由而抗辩

18. 甲网站与乙唱片公司签订录音制品的信息网络传播权许可使用合同，按约定支付报酬后，即开展了网上原版音乐下载业务。根据著作权法律制度的规定，下列表述中，正确的是（　　）。

   A. 甲网站的行为属于合法使用行为

   B. 甲网站的行为构成侵权行为，因为该行为应取得著作权人的许可，而不是取得录音制作者的许可

   C. 甲网站的行为构成侵权行为，因为该行为还需取得著作权人、表演者的许可并支付报酬

   D. 甲网站的行为构成侵权行为，因为该行为虽然无须取得著作权人的许可，但必须取得表演者的许可

19. 根据《著作权法》的规定，下列各项中，属于对作品合理使用的有（　　）。

   A. 为介绍、评论某一作品或者说明某一问题在作品中大量引用他人已经发表的作品

   B. 将已发表的作品改为盲文出版

   C. 图书馆复制本馆收藏的作品出售

   D. 将已发表的汉语文字作品翻译成少数民族文字在国内外出版发行

20. 伪造、变造会计凭证、会计账簿，向股东和社会公众提供虚假的财务会计报告，严重损害股东或者其他人利益，构成犯罪的，根据《刑法》的规定，对其直接负责的主管人员和其他直接责任人员可以处以的刑罚是（　　）。

   A. 处 5 年以下有期徒刑或者拘役，并处或者单处 2 万元以上 20 万元以下的罚金

   B. 处 3 年以下有期徒刑或者拘役，并处或者单处 2 万元以上 20 万元以下的罚金

   C. 处 5 年以下有期徒刑或者拘役，并处或者单处 5 万元以上 30 万元以下的罚金

   D. 处 3 年以下有期徒刑或者拘役，并处或者单处 5 万元以上 30 万元以下的罚金

二、多项选择题（本题型共 18 题，每题 1 分，共 18 分。每题均有多个正确答案，请从每题的备选答案中选出你认为正确的所有答案，在答题卡相应位置上用 2B 铅笔填涂相应的答案代码。每题所有答案选择正确的得 1 分；不答、错答、漏答均不得分。答案写在试题卷上无效）

1. 根据法律规定，下列（　　）选项构成表见代理。
   A. 超越代理权的代理
   B. 被代理人向第三人表示已经将代理权授予他人，而实际并未授权
   C. 代理权终止后而为的代理
   D. 代理关系终止后未采取必要措施而使第三人仍然相信行为人有代理权，并与之进行法律行为

2. 根据法律规定，当事人对人民法院的下列（　　）裁定不服的，可以提起上诉。
   A. 不予受理
   B. 管辖权异议
   C. 驳回起诉
   D. 破产财产分配方案

3. 关于个人独资企业和一人有限责任公司的区别，下列（　　）论述是错误的。
   A. 个人独资企业不是法人，一人有限责任公司一定是法人
   B. 两种企业的投资人都只能是 1 个自然人
   C. 个人独资企业承担无限责任，一人有限责任公司承担有限责任
   D. 两种企业的注册资本都不能少于 10 万元

4. 除合伙协议另有约定外，普通合伙企业的下列（　　）事项必须经过全体合伙人一致同意。
   A. 改变合伙企业的经营范围
   B. 以合伙企业名义为他人提供担保
   C. 同意合伙人对外转让其在合伙企业的财产份额
   D. 同意普通合伙人转变为有限合伙人

5. 根据国有资产产权界定管理的有关规定，下列资产中，应当界定为国有资产的有（　　）。
   A. 国有企业接受馈赠形成的资产
   B. 以全民所有制企业和行政事业单位担保，完全用借入资金创办的全民所有制企业的净资产
   C. 集体企业使用银行贷款资金由国有企业提供担保而未发生担保责任所形成的资产
   D. 国有企业以从中外合资经营企业分得的利润再投资所形成的资产

6. 根据法律规定，国有资产占有单位有下列（　　）情形的，应当进行国有资产评估。
   A. 整体或部分改建为有限责任公司或者股份有限公司
   B. 收购非国有单位的资产

C. 以非货币资产对外投资
D. 国有独资企业、行政事业单位下属的独资企业之间的合并

7. 关于公司组织机构的问题，下列（　　）项论述是正确的。
   A. 甲有限责任公司董事会由 9 名董事组成，其召开董事会时，必须有 5 名董事出席方为有效
   B. 乙股份有限公司董事会由 6 名董事组成，因自然减员至 4 人时，必须在 2 个月内召开股东大会临时会议
   C. 丙有限责任公司为国有独资公司，该公司发行债券的决议不能由董事会决定，必须由国有资产监督管理机构决定
   D. 丁有限责任公司为中外合资企业，该公司召开董事会时必须有 2/3 以上的董事出席

8. 外商投资企业法律规定，境外并购有下列（　　）情形之一的，并购方应在对外公布并购方案之前或者报所在国主管机构的同时，向商务部和国家工商行政管理总局报送并购方案。
   A. 境外并购一方当事人在我国境内拥有资产 20 亿元人民币以上
   B. 境外并购一方当事人当年在中国市场上的营业额 15 亿元人民币以上
   C. 并购前，境外并购一方当事人及与其有关联关系的企业在中国市场占有率已经达到 20%；并购后，境外并购一方当事人及与其有关联关系的企业在中国的市场占有率达到 25%
   D. 由于境外并购，境外并购一方当事人直接或间接参股境内相关行业的外商投资企业将超过 10 家

9. 关于债权人会议的表决办法，下列（　　）项论述是错误的。
   A. 一般情况下，所有申报债权的债权人在债权人会议上都有表决权，但讨论重整计划和和解协议时，对债务人特定财产享有优先受偿权的债权人没有表决权
   B. 重整计划分组进行表决，出席会议的同一表决组的债权人过半数同意，并且他们所代表的债权占该组债权总额半数以上的，改组表决为通过
   C. 和解协议必须经出席会议的有表决权的债权人过半数同意，并且他们所代表的债权额应当占无财产担保债权总额的 2/3 以上
   D. 破产财产分配方案三次讨论未通过的，由人民法院裁定

10. 上市公司发行分离交易的可转换公司债券的，除符合公开增发股票的一般条件外，还应当符合下列（　　）条件。
    A. 公司最近一期末经审计的净资产不低于人

民币 20 亿元

  B. 最近 3 个会计年度实现的年均可分配利润不少于公司债券 1 年的利息

  C. 最近 3 个会计年度经营活动产生的现金流量净额平均不少于公司债券 1 年的利息

  D. 本次发行后累计公司债券余额不超过最近一期末净资产额的 40%，预计所附认股权全部行权后募集的资金总量不超过拟发行公司债券金额

11. 在上市公司收购中，如无相反证据，投资者有下列（ ）情形之一的为一致行动人。

  A. 投资者的董事甲同时在另一个投资者担任监事

  B. 持有投资者 30% 以上股份的自然人股东乙与投资者持有同一上市公司股份

  C. 在投资者任职的董事丙的配偶的弟弟的配偶与投资者持有同一上市公司股份

  D. 在上市公司任职的监事丁和其表弟同时持有本公司股份

12. 关于抵押担保问题，下列（ ）项论述是正确的。

  A. 当事人以建筑物、建设用地使用权、土地承包经营权、正在建造的建筑物作抵押的，抵押合同登记生效

  B. 同一财产向两个以上债权人抵押，抵押合同未登记的，按照抵押合同成立的先后顺序清偿

  C. 同一财产向两个以上债权人抵押的，顺序在后的抵押权所担保的债权先到期的，抵押权人只能就抵押物价值超出顺序在先的抵押担保债权的部分受偿

  D. 同一债权上数个抵押并存时，债权人放弃债务人提供的物的担保的，其他担保人在其放弃权利的范围内减轻或者免除担保责任；已承担担保责任的抵押人有权要求其他抵押人清偿其应当承担的份额

13. 下列（ ）项质押合同一定要登记才生效。

  A. 票据、债券

  B. 可以转让的基金份额、股权

  C. 可以转让的商标专用权以及专利权，著作权中的财产权

  D. 应收账款

14. 下列案件中，（ ）项适用返还原物。

  A. 张某借了王某的手表并把它卖给刘某，刘某以为是张某自己的手表而买之，王某要求刘某返还

  B. 宋某偷了李某的金项链送给女友王某，王某在不知情的情况下收下，李某要求王某返还

  C. 贺某借给宋某一支金笔，宋某谎称丢失，贺某要求宋某返还

  D. 赵某向钱某购羊两只，钱某将羊交付赵某后，赵又将羊卖给孙某，赵某得款后迟迟不付钱某的羊款，钱某无奈要求赵某返还两只羊

15. 根据支付结算制度的规定，下列存款账户中，可以用于办理现金支取的是（ ）。

  A. 基本建设资金账户

  B. 社会保障基金账户

  C. 临时存款账户

  D. 收入汇缴账户

16. 关于票据行为，下列（ ）项论述是正确的。

  A. 汇票未记载付款日期的，法定为见票即付

  B. 背书人在汇票上记载"不得转让"字样，其后手再背书转让的，原背书人对后手不承担保证责任

  C. 定日付款或出票后定期付款的汇票，应在汇票到期日起 10 天内向付款人提示承兑

  D. 票据保证人与被保证人的责任在数量上相同，我国法律不允许部分保证

17. 甲乙共同创作了一套系列小说，就该小说的著作权问题双方发生了争议。下列论述中，不符合我国《著作权法》规定的为（ ）。

  A. 如果该系列小说可以分开出版，甲乙对各自创作的单本可以单独享有著作权，但不得侵犯系列小说整体的著作权

  B. 如果该系列小说不能分开出版，其著作权由甲乙共同享有，通过协商一致行使除转让以外的其他权利

  C. 如果该系列小说不能分开出版，甲乙又不能协商一致的，任何一方都可以行使转让权

  D. 甲乙分别对系列小说整体行使著作权的，所得收益归各自所有

18. 根据《中华人民共和国会计法》的规定，下列选项中属于会计人员职权的有（ ）。

  A. 对不真实的原始凭证不予受理

  B. 对伪造财务会计报告的行为进行制止和纠正

  C. 对审批手续不全的财务收支退回并要求补正或者更正

  D. 对单位制定的预算、财务计划执行情况进行监督

  三、判断题（本题型共 12 题。在答题卡相应位置上用 2B 铅笔填涂你认为正确的答案代码。答案写在试题卷上无效。答案正确的，每题得 1 分；答案错误的，每题倒扣 1 分。本题型扣至零分为止。不答题既不得分，也不扣分。本题型共 12 分）

1. 合伙人在合伙企业清算前私自转移或者处分合

伙企业财产的，合伙企业不得以此对抗善意第三人。　　　　　　　　　　　　　（　）

2. 企业国有产权转让中涉及的职工安置、社会保险等有关费用，不得在评估作价之前从拟转让的国有净资产中先行扣除，也不得从转让价款中进行抵扣。　　　　　　　　（　）

3. 有限责任公司合并、分立时，对股东会该项决议投反对票的股东可以请求公司按照合理的价格收购其股权。　　　　　　　　（　）

4. 外国投资者以股权作为支付手段并购境内公司，自营业执照颁发之日起 6 个月内，如果境内外公司没有完成其股权变更手续，则加注的批准证书和中国企业境外投资批准证书自动失效。　　　　　　　　　　　　　（　）

5. 附利息的债权自人民法院宣告破产之日起停止计息。　　　　　　　　　　　　（　）

6. 债权人对债务人的保证人和其他连带债务人所享有的权利，不受重整计划的影响。（　）

7. 同一债权有两个以上抵押人时，当事人对其提供的抵押财产所担保的债权份额或者顺序没有约定或者约定不明的，抵押权人可就其中任一或者各个财产行使抵押权。如果某一抵押人承担担保责任后，只能向债务人追偿。（　）

8. 上市公司公开发行可转换公司债券，如最近一期末经审计的净资产不低于人民币 15 亿元，可以不提供担保。　　　　　　　　（　）

9. 银行为客户办理电子支付业务，单位客户从其银行结算账户支付给个人银行结算账户的款项，其单笔金额不得超过 2 万元人民币。（　）

10. 对于记载"不得转让"字样的票据，其后手以此票据进行贴现、质押的，通过贴现、质押取得票据的持票人主张票据权利的，人民法院不予支持。　　　　　　　　　　　　　（　）

11. 侵犯著作权的诉讼时效为 2 年，自著作权人知道或者应当知道侵权行为之日起计算。权利人超过 2 年起诉的，如果侵权行为在起诉时仍在持续，在该著作权保护期限内，人民法院应当判决被告停止侵权行为；侵权损害赔偿额应当自权利人向人民法院起诉之日起计算。（　）

12. 宣告专利权无效的决定，对在宣告前人民法院作出并已经执行的专利侵权的判决、裁定，不具有溯及力。　　　　　　　　　（　）

四、综合题（本题型共 4 题，其中第 1 题 18 分；第 2 题 14 分；第 3 题 10 分；第 4 题 8 分。本题型共 50 分。在答题卷上解答，答在试题卷上无效）

（一）2007 年 5 月，某国际跨国公司（以下简称 A 公司）计划购买我国一国有化工企业 B 有限责任公司的部分股权，并增投部分资本，将 B 公司改组为外商投资企业 C 有限责任公司。

B 公司董事会成员为 7 人，其中有 1 名为职工代表，经职代会选举产生；其他董事由股东会选举产生。2007 年 6 月 15 日，董事会召开会议，讨论收购事宜。董事长甲因参加人民代表大会不能出席会议，副董事长乙因出国考察不能出席会议，其他 5 名董事都出席了董事会。经董事长指定，由董事丙召集并主持该次董事会。经出席会议的董事讨论并一致作出决定，通过了股份收购的方案。

经 B 公司股东会讨论通过，A、B 两公司达成了以下并购协议：

（1）B 公司的注册资金为人民币 8 000 万元，2006 年底财务报表显示 B 公司现有净资产人民币 1 亿元。A 公司表示，愿向 B 公司的国有股权持有人出合人民币 5 100 万元的货币及资产购买 B 公司现有股权的 51%，再以其持有的境外 D 公司的股权作为出资向 C 公司增加出资 2 000 万元。C 公司成立后的投资总额为 3 亿元。

（2）B 公司 2007 年 6 月底尚有 500 万元人民币的应收债权、1 000 万元人民币的未到期银行贷款。协议约定贷款由 B 公司国有股权持有人负责归还，应收债权到期未能收回的损失也由 B 公司国有股权持有人承担。

（3）A 公司计划将其在中国投资的另一家合资企业的清算所得人民币 1 000 万元、已收购的丙国有企业折合人民币 1 550 万元的资产在 C 公司的营业执照颁发之日起 6 个月内向 B 公司国有股权持有人支付，其余 2 550 万元将在营业执照颁发之日起 18 个月后支付。另外，境外 D 公司向 C 公司增加出资 2 000 万元的股权出资将在营业执照颁发后满 1 年时一次付清。

（4）B 公司所有职工全部移交社会保障机构，应付给职工的经济补偿金、社会保险费由 B 公司国有股权持有人从转让所得中优先支付，原 B 公司拖欠职工的工资及欠缴的社会保险金也由 B 公司国有股权持有人从转让收益中拨付。

（5）双方的股权转让协议从 A 公司首期收购款支付之日起即生效。

（6）经查，A 公司在中国的市场占有率已经达到 20%。

请回答以下问题：

1. B 公司董事会成员的人数、结构以及产生是否符合法律规定？为什么？

2. 该次董事会会议的出席人数、召集人是否合法？为什么？

3. 并购协议中外方的出资比例是否符合法律规定？为什么？

4. 并购后 C 公司的注册资本和投资总额的比例是否符合法律规定？为什么？

5. 并购协议中关于 B 公司的债权债务处理办法的约定是否符合法律规定？为什么？

6. 并购协议中外方的出资方式是否合法？为什么？作为出资的境外公司股权应符合哪些条件？

7. 并购协议中外方的出资期限是否符合法律规定？为什么？

8. 并购协议中关于 B 公司拖欠的职工工资和欠缴的社会保险费的处理办法是否合法？为什么？

9. 并购协议关于协议生效的约定是否合法？为什么？

10. B 公司的并购方案除经董事会、股东会讨论外，还应经过何种程序？

(二) 伟达商场规定其下属的百货、家电、食品等承包组对外开展业务时可以使用伟达商场的名义和公章，但发生的债权债务概与商场无关。1999 年 11 月 2 日，该商场百货组以伟达商场的名义，与时尚服装厂签订一份购买 5 万件服装的合同，合同约定由百货组自行提货，签约后 6 个月内一次性付清货款。为担保合同的履行，在合同签订时，双良商场书面承诺对该合同买方所承担的货款义务负保证责任。此外，百货组还以伟达商场的名义，将商场的 4 辆汽车向时尚服装厂作了抵押，并办理了抵押登记。11 月 5 日，百货组派人到时尚服装厂提货，该服装 500 件 1 包，服装厂装货人员共装运了 105 包服装，双方人员当均未察觉。货车回商场途中与一辆运煤车相撞起火，车上服装全部被烧毁。

根据上述案情，回答下列问题：

1. 百货组以伟达商场的名义与时尚服装厂签订的合同是否有效？为什么？

2. 上述合同中买方的权利、义务应由谁享有、承担？为什么？

3. 该批货物中的 100 包被烧毁的损失应由谁承担？为什么？

4. 在百货组提货时多装的 5 包货物属于什么性质？其损失后果由谁承担？为什么？

5. 在清偿债务时双良商场的保证责任的范围与伟达商场抵押担保的范围应当如何界定？

6. 设汽车抵押后汽车被雷电击毁，双良商场承担保证责任的范围是什么？

7. 设百货组派出的货车系通达汽车运输公司的货车，货车与运煤车相撞系由于不可抗力，现根据通达公司与百货组之间的运输合同，通达公司应否承担 100 包货物被烧毁的损失，为什么？

8. 设在第 7 问情形下，通达公司可否要求百货组支付运费？为什么？

(三) 某上市公司董事会有 13 名董事，2007 年 2 月 15 日，该公司召开董事会讨论配股方案。召开股东大会讨论配股方案。

董事长提交会议讨论的配股方案包括但不限于下列内容：

(1) 截至 2006 年底，公司经审计的净资产为人民币 6.5 亿元；

(2) 公司最近 3 个会计年度连续盈利；最近 3 年以现金或股票方式累计分配的利润为最近 3 年实现的年均可分配利润的 25%；

(3) 公司高级管理人员和核心技术人员稳定，最近 12 个月内未发生重大不利变化；

(4) 公司 2005 年 5 月曾经向社会公众发行过新股，2006 年的营业利润比 2005 年下降 55%；

(5) 公司本次配股方案拟为每 10 股配 4 股。据查，该公司 2007 年 1 月曾未经股东大会批准，对某企业提供一笔 5 000 万元的担保。

1. 该公司董事会开会必须有几名董事出席方为有效？配股方案必须经几名董事同意方为通过？为什么？

2. 该公司的盈利状况和股利分配状况是否符合配股条件？为什么？

3. 该公司的人员状况是否符合配股条件？为什么？

4. 该公司 2006 年的营业利润状况是否符合配股条件？为什么？

5. 该公司的配股比例是否符合法律规定？为什么？

6. 该公司 2007 年 1 月的担保事项是否构成配股障碍？为什么？

7. 该公司的配股方案应经股东大会何种程序通过？为什么？

(四) 2007 年 8 月，中国证监会在对甲上市公司(以下简称"甲公司")进行例行检查中，发现以下事实：

(1) 2007 年 1 月，经董事会同意，甲公司为其控股股东 A 公司 1 000 万元的银行贷款提供担保。A 公司到期不能清偿债务，银行要求甲公司承担 1 000 万元的清偿责任，遭到甲公司的拒绝。经查，该银行和甲公司在签订担保合同时，并不知道 A 公司是甲公司的控股股东。

(2) 2007 年 2 月，甲公司为 B 公司 2 亿元的银行贷款提供担保。经查，为 B 公司的担保额占甲公司 2005 年 12 月 31 日经审计净资产的 12%，该担保经甲公司董事会同意，但未经股东大会审议。

(3) 2007 年 3 月，甲公司为 C 公司 2 000 万

元的银行贷款提供担保。经查，C 公司的资产负债率为 75%，该担保经甲公司股东大会审议通过。

（4）2007 年 4 月，甲公司为 D 公司 500 万元的银行贷款提供担保。经查，甲公司董事会对该担保事项进行表决时，应到董事 9 名，实到董事 9 名，赞成票为 5 票，反对票为 4 票。

（5）2007 年 5 月，控股股东 A 公司（代表国家持有甲公司 8 000 万股的国有股）以其持有的甲公司股份 3 000 万股为 E 公司 6 000 万元的银行贷款提供质押担保。经查，E 公司为 A 公司的控股子公司。

【要求】根据有关规定，分别回答以下问题（不考虑利息等因素）：

1. 根据本题要点（1）所提示的内容，指出甲公司为 A 公司提供担保的行为是否符合有关规定？并说明理由。甲公司拒绝承担1 000 万元清偿责任的主张是否符合有关规定？并说明理由。

2. 根据本题要点（2）所提示的内容，指出甲公司为 B 公司提供担保的行为是否符合有关规定？并说明理由。

3. 根据本题要点（3）所提示的内容，指出甲公司为 C 公司提供担保的行为是否符合有关规定？并说明理由。

4. 根据本题要点（4）所提示的内容，指出甲公司董事会的做法是否符合有关规定？并说明理由。

5. 根据本题要点（5）所提示的内容，指出A 公司为 E 公司提供担保的行为是否符合有关规定？并说明理由。

2008 年注册会计师全国统一考试《经济法》
模拟试卷（A）答案

一、单项选择题（本题型共 18 题；每题 1 分，共 10 分。每题只有一个正确答案，请从每题的备选答案中选出一个你认为正确的答案，在答题卡相应位置上用 2B 铅笔填涂相应的答案代码。答案写在试题卷上无效）

1. 【答案】C
2. 【答案】B
3. 【答案】D
4. 【答案】C
5. 【答案】D
6. 【答案】A
7. 【答案】B
8. 【答案】C
9. 【答案】D
10. 【答案】A
11. 【答案】C
12. 【答案】B
13. 【答案】D
14. 【答案】A
15. 【答案】B
16. 【答案】C
17. 【答案】C
18. 【答案】D

二、多项选择题（本题型共 18 题，每题 1 分，共 18 分。每题均有多个正确答案，请从每题的备选答案中选出你认为正确的答案，在答题卡相应位置上用 2B 铅笔填涂相应的答案代码。每题所有答案正确的得分；不答、错答、漏答均不得分。答案写在试题卷上无效）

1. 【答案】B C
2. 【答案】B D
3. 【答案】A C
4. 【答案】A B C D
5. 【答案】A B C D
6. 【答案】A B C
7. 【答案】B C
8. 【答案】A B D
9. 【答案】A B D
10. 【答案】A B C
11. 【答案】A C D
12. 【答案】A B D
13. 【答案】A B C D
14. 【答案】A C
15. 【答案】B C D
16. 【答案】A D
17. 【答案】B D

18. 【答案】B D

三、判断题（本题型共 16 题，每题 1 分，共 16 分。请判断每题的表述是否正确，你认为表述正确的，请在答题卡相应位置上用 2B 铅笔填涂代码 "√"，你认为错误的，请填涂代码 "×"。判断正确的，每题得 1 分，判断错误的，每题倒扣 1 分；不答既不得分，也不扣分。扣分最多扣至本题型零分为止。答案写在试题卷上无效）

1. 【答案】√
2. 【答案】√
3. 【答案】×
4. 【答案】×
5. 【答案】×
6. 【答案】×
7. 【答案】×
8. 【答案】√
9. 【答案】×
10. 【答案】×
11. 【答案】√
12. 【答案】√
13. 【答案】√
14. 【答案】×
15. 【答案】×
16. 【答案】√

四、综合题（本题型共 4 题，其中第 1 题 8 分；第 2 题 15 分；第 3 题 11 分；第 4 题 14 分。本题型共 48 分。在答题卷上解答，答在试题卷上无效）

（一）1. 有效。因甲公司为抵押行为时，抵押物并未转移，甲公司对该土地仍有支配权。

2. 有效。公司以登记为成立要件，股东出资不到位不影响公司成立的效力。

3. 不能。股东在公司登记后，不得抽回投资。

4. 不能。龙某占用的是公司资金，龙某仅对乙公司有返还义务，对甲公司无返还义务。

5. 不应承担。公司成立后，股东之投资协议不能对抗公司章程，故甲公司仅有依章程向乙公司缴纳出资的义务，而无直接分担公司亏损的义务。

6. 乙公司应当以其全部资产对丙银行的债务负责。甲公司应当在 200 万元的出资范围内对丙银行的债务负责。龙某应当在 120 万元的范围内对丙银行的债务负责。

（二）1. 该公司可以依照《企业破产法》的规定清理债务。《企业破产法》规定，企业法人不能清偿到期债务，并且资产不足以清偿全部债务或者明显缺乏清偿能力的，依照《企业破产法》规定清理债务。

2.（1）上海高超商贸公司向上海市金山区人民法院提出破产清算的申请是正确的。《企业破产法》规定，破产案件由债务人住所地人民法院管辖。

（2）根据法律规定，破产申请可以由债权人、债务人以及清算人提出。

3. 人民法院通知债务人的时间不正确。《企业破产法》规定，债权人提出破产申请的，人民法院应当自收到申请之日起 5 日内通知债务人。债务人对申请有异议的，应当自收到人民法院的通知之日起 7 日内向人民法院提出。人民法院应当自异议期满之日起 10 日内裁定是否受理。

4. 人民法院指定管理人的时间不正确。《企业破产法》规定，人民法院裁定受理破产申请的，应当同时指定管理人。

5. 律师事务所和会计师事务所可以担任管理人。《企业破产法》规定，管理人可以由有关部门、机构的人员组成的清算组或者依法设立的律师事务所、会计师事务所、破产清算事务所等社会中介机构担任。

6. 管理人可以决定解除上海爱建钢材有限公司与上海大亚生产资料商店尚未履行完毕的合同。《企业破产法》规定，人民法院受理破产申请后，管理人对破产申请受理前成立而债务人和对方当事人均未履行完毕的合同有权决定解除或者继续履行，并通知对方当事人。

7. 法律规定：破产申请受理时属于债务人的全部财产，以及破产申请受理后至破产程序终结前债务人取得的财产，为债务人财产。债务人被宣告破产后，债务人称为破产人，债务人财产称为破产财产。人民法院受理破产申请前 1 年内，涉及债务人财产的下列行为，管理人有权请求人民法院予以撤销：（1）无偿转让财产的；（2）以明显不合理的价格进行交易的；（3）对没有财产担保的债务提供财产担保的；（4）对未到期的债务提前清偿的；（5）放弃债权的。人民法院受理破产申请前 6 个月内，债务人不能清偿到期债务，并且资产不足以清偿全部债务或者明显缺乏清偿能力的，仍对个别债权人进行清偿的，管理人有权请求人民法院予以撤销。但是，个别清偿使债务人财产受益的除外。因此，该公司的破产财产为：350 + 100 + 80 = 530（万元）

8. 人民法院受理破产申请时对债务人享有的债权称为破产债权。该公司的破产债权为：

456 + 110 + 150 = 716（万元）

9. 上海第三建筑公司可以向管理人要求取回脚手架。《企业破产法》规定，人民法院受理破产申请后，债务人占有的不属于债务人的财产，该财产的权利人可以通过管理人取回。

10. 破产企业的财产致人损害的赔偿金和管理人在依法履行职务时致人损害所产生的债务可以列入共益债务。人民法院受理破产申请后发生的下列债务，为共益债务：（1）因管理人或者债务人请求对方当事人履行双方均未履行完毕的合同所产生的债务；（2）债务人财产受无因管理所产生的债务；（3）因债务人不当得利所产生的债务；（4）为债务人继续营业而应支付的劳动报酬和社会保险费用以及由此产生的其他债务；（5）管理人或者相关人员执行职务致人损害所产生的债务；（6）债务人财产致人损害所产生的债务。

11. 人民法院受理破产申请后发生的下列费用，为破产费用：（1）破产案件的诉讼费用；（2）管理、变价和分配债务人财产的费用；（3）管理人执行职务的费用、报酬和聘用工作人员的费用。该公司的破产费用为：5 + 5 + 4 = 14（万元）

12. 法律规定，对破产人的特定财产享有担保权的权利人，对该特定财产享有优先受偿的权利；行使优先受偿权利未能完全受偿的，未受偿的债权作为普通债权。破产财产在优先清偿破产费用和共益债务后，依照下列顺序清偿：（1）破产人所欠职工的工资和医疗、伤残补助、抚恤费用，所欠的应当划入职工个人账户的基本养老保险、基本医疗保险费用，以及法律、行政法规规定应当支付给职工的补偿金；（2）破产人欠缴的除前项规定以外的社会保险费用和破产人所欠税款；（3）普通破产债权。

13.（1）用于清偿普通债权的破产财产为：530 − 100（抵押物）− 14 − 18 − 55 − 35 = 308（万元）

（2）普通债权为：716 − 100（有抵押担保的债权）= 616（万元）

（3）乙能获得清偿的数额为：$308/616 × 110 = 55$（万元）

（三）1.（1）净资产额符合规定。根据规定，上市公司发行分离交易的可转换公司债券时，最近一期末经审计的净资产不低于人民币 15 亿元。在本题中，甲公司 2007 年 6 月 30 日的净资产为 18 亿元，符合规定。

（2）可分配利润符合规定。根据规定，上市公司发行分离交易的可转换公司债券时，最近 3 个会计年度实现的平均可分配利润不少于公司债券 1 年的利息。在本题中，甲公司最近 3 个会计年度的平均可分配利润为 16 000 万元，足以支付可转换公司债券 1 年需支付的利息 3 200 万元。

(3) 现金流量净额不符合规定。根据规定，上市公司发行分离交易的可转换公司债券时，最近 3 个会计年度经营活动产生的现金流量净额平均不少于公司债券 1 年的利息（但最近 3 个会计年度加权平均净资产收益率平均不低于 6% 除外）。在本题中，甲公司最近 3 个会计年度的净资产收益率平均低于 6%，经营活动产生的现金流量净额平均为 3 000 万元，低于 80 000 万元公司债券 1 年的利息 3 200 万元。

(4) 公司债券发行额不符合规定。根据规定，上市公司发行分离交易的可转换公司债券时，本次发行后累计公司债券余额不超过最近一期末净资产额的 40%。在本题中，公司债券发行额（80 000 万元）超过了甲公司最近一期净资产（100 000 万元）的 40%。

(5) 公司债券的期限符合规定。根据规定，分离交易的可转换公司债券的期限最短为 1 年。

2. (1) 行权价格不符合规定。根据规定，认股权证的行权价格应不低于公告募集说明书日前 20 个交易日公司股票均价和前一个交易日的均价。

(2) 存续期间符合规定。根据规定，认股权证的存续期间不超过公司债券的期限，自发行结束之日起不少于 6 个月。

(3) 行权期间不符合规定。根据规定，认股权证自发行结束至少已满 6 个月起方可行权。

3. 构成实质性障碍。根据规定，上市公司增发新股的，最近 3 年以现金或股票方式累计分配的利润不少于最近 3 年实现的年均可分配利润的 20%。在本题中，甲公司最近 3 年以现金、股票方式累计分配的利润仅为最近 3 年年均可分配利润的 15%。

4. 构成实质性障碍。根据规定，上市公司现任董事、监事和高级管理人员最近 12 个月内受到过证券交易所公开谴责的，或者最近 36 个月内受到过中国证监会行政处罚的，不得发行可转换公司债券。

5. 构成实质性障碍。根据规定，上市公司最近 3 年及最近一期财务报表被注册会计师出具保留意见、否定意见或无法表示意见的审计报告，不得发行可转换公司债券。

(四) 1. 乙借用他人资质中标，该中标合同无效。

(1) 法律规定，建设工程施工合同具有下列情形之一的，认定无效：(A) 承包人未取得建筑施工企业资质或者超越资质等级的；(B) 没有资质的实际施工人借用有资质的建筑施工企业名义的；(C) 建设工程必须进行招标而未招标或者中标无效的。承包人超越资质等级许可的业务范围签订建设工程施工合同，在建设工程竣工前取得相应资质等级，不按照无效合同处理。

(2) 法律还规定，建设工程施工合同无效，但建设工程经竣工验收合格，承包人可以请求参照合同约定支付工程价款。建设工程施工合同无效，且建设工程经竣工验收不合格的，按照以下情形分别处理：(A) 修复后的建设工程经竣工验收合格，发包人可以请求承包人承担修复费用；(B) 修复后的建设工程经竣工验收不合格，承包人无权请求支付工程价款。

2. 法律规定，当事人就同一建设工程合同另行订立的建设工程施工合同与经过备案的中标合同实质性内容不一致的，应当以备案的中标合同作为结算工程价款的依据。所以甲与乙订立的建设工程施工合同与经过备案的中标合同价格相差 30%，应当以备案的中标合同作为结算工程价款的依据。

3. 法律规定，当事人以建筑物、建设用地使用权、土地承包经营权、正在建造的建筑物作抵押的，抵押合同登记生效。所以甲将其厂房向乙作抵押时，应办理抵押登记手续。

4. (1) 乙以甲不支付工程款为由向丙和 B 主张担保权成立。甲的抵押因为没有登记而无效，B 的抵押登记生效了，而丙是承担连带责任的保证人，不享有先诉抗辩权，所以乙可以向丙和 B 主张担保权。

(2) 法律规定，同一债权上既有抵押又有保证的，根据当事人的约定确定承担责任的顺序；没有约定或约定不明的，先就债务人的物的担保求偿；没有约定或约定不明，又没有债务人的物的担保的，第三人物保和保证担保同一顺序清偿；如果其中一人承担了担保责任，则只能向债务人追偿，不能向另一个担保人追偿。因此丙和 B 在同一顺序承担担保责任，他们中任何一方为甲承担债务责任后，只能向甲追偿，不能向另一方追偿。

5. (1) 乙与 A 的借款合同不成立，A 不是金融机构，不能从事金融业务，所以乙与 A 公司之间属于违法借贷。

(2) 如果该合同成立，则标的为 95 万元。法律规定：借款利息不得预先从借款本金中扣除。利息预先在本金中扣除的，应当按照实际借款数额返还借款并计算利息。

6. 乙与丁约定由丁承建甲的工程的合同无

效。法律规定，建设工程合同不允许肢解发包、转包、肢解分包、再分包和分包给不具相应资质的单位。违反以上规定的，该肢解发包、转包、肢解分包、再分包、分包协议无效。乙在承接工程后不实际履行，而将该工程径直交给丁，属于转包的行为，应认定该合同无效。

7. 甲开具空头支票应受罚款处罚。法律规定，签发空头支票，不以骗取财物为目的的，处以票面金额 5% 但不低于 1 000 元的罚款。对逾期缴纳罚款的出票人，可按每日按罚款数额的 3% 加处罚款，或填写《中国人民银行强制执行申请书》，向人民法院申请强制执行。

8. 乙扣押该楼房的行为不属于留置，因为留置权的对象只能是动产。留置是指债权人按照合同约定占有债务人的动产，债务人不按照合同约定的期限履行债务的，债权人有权留置该财产，以该财产折价或以拍卖、变卖该财产的价款优先受偿。本题中，乙扣押的是甲请求其承建的楼房，属于不动产，不适用留置的规定。

9. （1）乙不能将该楼房出租出去，因为乙不是所有权人。

（2）如果乙有权出租该楼房，出租后甲行使所有者权利，让戊搬离，戊不能以租期未到主张权利。因为戊与乙虽然约定租期 1 年，但未签订合同，应视为不定期租赁。因此当出租人主张结束租赁关系的，承租人不能以租赁期不到拒绝。

10.《合同法》规定：发包人未按照约定支付价款的，承包人可以催告发包人在合理期限内支付工程款，发包人逾期不支付的，承包人可与发包人协议将工程折价，也可以申请人民法院将该工程依法拍卖。建设工程的价款就该工程折价或拍卖的价款优先受偿。因此如果乙不能出租该楼房，又收不到工程款，可以催告甲在合理期限内支付工程款，甲逾期不支付的，乙可与甲协议将工程折价，也可以申请人民法院将该工程依法拍卖。建设工程的价款就该工程折价或拍卖的价款优先受偿。

2008 年注册会计师全国统一考试《经济法》
模拟试卷（B）答案

一、单项选择题（本题型共 20 题，每题 1 分，共 20 分。每题只有一个正确答案。请从每题的备选答案中选出一个你认为正确的答案，在答题卡相应位置上用 2B 铅笔填涂相应的答案代码。答案写在试题卷上无效）

1.【答案】D
2.【答案】C
3.【答案】C
4.【答案】D
5.【答案】C
6.【答案】D
7.【答案】C
8.【答案】B
9.【答案】B
10.【答案】B
11.【答案】D
12.【答案】D
13.【答案】B
14.【答案】B
15.【答案】D
16.【答案】C
17.【答案】B
18.【答案】C
19.【答案】B
20.【答案】B

二、多项选择题（本题型共 18 题，每题 1 分，共 18 分。每题均有多个正确答案，请从每题的备选答案中选出你认为正确的所有答案，在答题卡相应位置上用 2B 铅笔填涂相应的答案代码。每题所有答案选择正确的得 1 分；不答、错答、漏答均不得分。答案写在试题卷上无效）

1.【答案】B D
2.【答案】A B C
3.【答案】B D
4.【答案】A B C D
5.【答案】A B D
6.【答案】A C
7.【答案】B C D
8.【答案】B C
9.【答案】A B
10.【答案】B D
11.【答案】A B C
12.【答案】A C D
13.【答案】B C D
14.【答案】B C
15.【答案】A B C
16.【答案】A D
17.【答案】B C D
18.【答案】A B C D

三、判断题（本题型共 12 题。在答题卡相应位置上用 2B 铅笔填涂你认为正确的答案代码。答案写在试题卷上无效。答案正确的，每题得 1 分；答案错误的，每题倒扣 1 分。本题型扣至零分为止。不答题既不得分，也不扣分。本题型共 12 分）

1.【答案】√
2.【答案】√
3.【答案】√
4.【答案】√
5.【答案】×
6.【答案】×
7.【答案】×
8.【答案】√
9.【答案】×
10.【答案】√
11.【答案】×
12.【答案】√

四、综合题（本题型共 4 题，其中第 1 题 18 分；第 2 题 14 分；第 3 题 10 分；第 4 题 8 分。本题型共 50 分。在答题卷上解答，答在试题卷上无效）

（一）1. B 公司董事会成员的人数、结构以及产生符合法律规定。《公司法》规定，有限责任公司董事会的成员为 3～13 人；国有独资公司以及两个以上国有企业联合组成的有限责任公司董事会成员中必须有由职代会选出的职工代表；其他董事由股东选举产生。

2. （1）该次董事会会议的出席人数合法。因为《公司法》并未对有限责任公司董事会会议的出席人数作出强制性规定。

（2）该次董事会会议的召集人不合法，《公司法》规定，公司的董事会会议由董事长召集和主持；董事长不能履行职务或者不履行职务的，由副董事长召集和主持；副董事长不能履行职务或者不履行职务的，由半数以上董事共同推举 1 名董事召集和主持。

3. 并购协议中外方的出资比例符合法律规定。法律规定合资企业外方的出资比例一般不少于 25%，并购后 C 公司的注册资本为 1.2 亿元，外方的出资为 7 100 万元，占注册资本 59%，故符合法律规定。

4. 并购后 C 公司的注册资本和投资总额的比例符合法律规定。法律规定，并购后合资企业的注册资本为 1 200 万美元以上的，投资总额不能超过 3 倍；C 公司的投资总额为注册资本的 2.5 倍，故符合法律规定。

5. 并购协议中关于 B 公司的债权债务处理办法的约定不合适。法律规定，外国投资者股权并购的，并购后所设外商投资企业继承被并购境内公司的债权和债务。本题的外商并购属于股权并购，因此应当由改组后的企业（即 C 公司）承继债权债务，而协议约定由 B 公司国有股权持有人承继债权债务，所以不符合法律规定。

6.（1）并购协议中外方的出资方式合法。法律规定，外方可以可自由兑换的货币或其他财产权利出资，经外汇管理部门同意，也可以以在中国境内投资获得的人民币利润、清算所得等出资；境外公司的股东还可以以其持有的境外公司股权，或者境外公司以其增发的股份，作为支付手段，购买境内公司股东的股权或者境内公司增发股份。

（2）作为出资的境外公司股权应符合以下条件：①股东合法持有并依法可以转让；②无所有权争议且没有设定质押及任何其他权利限制；③境外公司的股权应在境外公开合法证券交易市场（柜台交易市场除外）挂牌交易；④境外公司的股权最近 1 年交易价格稳定。上述第③、④项不适用于特殊目的公司。

7. 并购协议中外方的出资期限不合法。

（1）法律规定，外国投资者并购境内企业设立外商投资企业，应自外商投资企业营业执照颁发之日起 3 个月内向转让股权的股东支付全部对价。特殊情况需要延长者，经审批机关批准后，应自营业执照颁发之日起 6 个月内支付全部对价的 60% 以上，1 年内付清全部对价。而本题 A 公司在 C 公司营业执照颁发之日起 6 个月内向 B 公司国有股权持有人支付 50% 对价，其余部分在营业执照颁发之日起 18 个月后支付，明显违反法律规定。

（2）法律规定，外国投资者股权并购后又对所设外商投资企业增资，首付不低于 20% 的出资，其余部分 2 年内付清，投资类公司 5 年内付清。本题 A 公司向 C 公司增加出资的 2 000 万元在营业执照颁发后满 1 年时一次付清，明显违反法律规定。

8. 并购协议中关于 B 公司拖欠的职工工资和欠缴的社会保险费的处理办法不合法。法律规定，原企业拖欠职工的工资和欠缴的社会保险费应当以原企业的现有资产清偿，而协议约定由 B 公司的股权持有人从转让收益中拨付，所以不合法。

9. 并购协议关于协议生效的约定不合法，因为改组后的企业属于外商投资企业，该转让协议应经审批部门批准生效，并非缴纳收购款即生效。

10.（1）《企业国有产权转让管理暂行办法》规定，国有资产监管机构决定所出资企业的国有产权转让。其中，转让企业国有产权致使国家不再拥有控股地位的，应当报本级人民政府批准。因此，B 公司的并购方案除经董事会、股东会讨论外，首先应由国有资产监管机构作出决定；因为并购后国家不再拥有控股地位的，该方案还应报本级人民政府批准。

（2）《利用外资改组国有企业暂行规定》规定，外商收购国有公司的股权，应当事先征求该公司的职工代表大会的意见；改组后企业控制权转移给外国投资者的，改组双方应制订妥善安置职工的方案，并应经职代会审议通过。因此，B 公司的并购方案还应经职代会审议通过。

（3）《外国投资者并购境内企业暂行规定》规定，并购一方当事人在中国的市场占有率已经达到 20% 的，投资者还应就所涉情形向商务部和国家工商行政管理总局报告。所以，A 公司还应就并购事项以及其占有中国市场的情况向商务部和国家工商行政管理总局报告。

（二）1. 有效。本案中百货组以伟达商场名义，使用伟达商场公章，而时尚服装厂并不知悉伟达商场的内部规定，这实际上形成了百货组作为代理人为伟达商场代订合同的事实，因而合同有效。

2. 买方的权利义务由伟达商场享有和承担。因为实际上伟达商场是被代理人。

3. 由伟达商场承担。因为买卖合同中动产的风险在交付时转移，百货组已提走货物，风险在运输途中已转归买方，因此损失由买方承担。

4. 属不当得利性质，应由时尚服装厂承担损失。因为买方对此并不知悉，没有恶意，故应以现存利益为限负返还责任。

5. 双良商场对 4 辆汽车价值以外的债权承担保证责任。

6. 如果汽车被毁，双良商场的保证责任范围应包括主债权及利息、违约金、损害赔偿金、实现债权的费用等。

7. 通达公司不应承担 100 包货物被烧毁的损失。因为货运合同的承运人对运输过程中货物的毁损灭失所负的赔偿责任，可基于不可抗力这一抗辩事由而免责。

8. 通达公司不可要求对方支付运费。因为货物在运输过程中因不可抗力灭失的，承运人不得要求支付运费。

（三） 1. 该公司董事会开会必须有 7 名董事出席方为有效；配股方案必须经 7 名董事同意方为通过。因为《公司法》规定，股份有限公司的董事会开会必须有过半数的董事出席方为有效；董事会决议必须经全体董事过半数同意。

2. 该公司的盈利状况和股利分配状况符合配股条件。法律规定，欲向老股东配售股份的上市公司必须为最近 3 个会计年度连续盈利；最近 3 年以现金或股票方式累计分配的利润不少于最近 3 年实现的年均可分配利润的 20%。

3. 该公司的人员状况符合配股条件。法律规定，欲向老股东配售股份的上市公司的高级管理人员和核心技术人员必须稳定，最近 12 个月内未发生重大不利变化。

4. 该公司 2006 年的营业利润状况符合配股条件。法律规定，欲向老股东配售股份的上市公司最近 24 个月内曾公开发行证券的，不存在发行当年营业利润比上年下降 50% 以上的情形。

5. 该公司以 10 股配 3 股的方案不符合法律规定。按规定，公司一次配股发行股份总数，不得超过该公司前一次发行并募足股份后其普通股股份总数的 30%，本次拟配股总数超过了此前股本总数的 30%。

6. 该公司 2007 年 1 月的担保事项不构成配股障碍。法律规定，欲向老股东配售股份的上市公司最近 12 个月内不能存在违规对外提供担保的行为；上市公司对外提供单笔担保额超过最近一期经审计净资产 10% 的担保必须经股东大会审批。本题中，上市公司的这笔对外担保未超过其净资产的 10%，所以不构成违规担保，也不构成配股的障碍。

7. 该公司的配股方案应经股东大会以特别决议的方式审议通过。法律规定，股东大会就增发股份事项作出决议的，必须经出席会议的股东所持表决权的 2/3 以上通过。

（四） 1. 首先，甲公司为 A 公司提供担保的行为不符合规定。根据《公司法》的规定，公司为公司股东或者实际控制人提供担保的，必须经股东大会决议。在本题中，由于 A 公司为甲公司的控股股东，该项担保未经股东大会决议，不符合规定。其次，甲公司拒绝承担清偿责任的主张不符合规定。根据《担保法解释》规定，主合同有效而担保合同无效，债权人无过错的，担保人与债务人对主合同债权人的经济损失，承担连带赔偿责任。在本题中，由于银行作为债权人没有过错，因此担保人甲公司和债务人 A 公司应当对银行的经济损失承担连带赔偿责任。

2. 甲公司为 B 公司提供担保的行为不符合规定。根据规定，单笔担保额超过最近一期经审计净资产 10% 的担保，必须经股东大会审批。

3. 甲公司为 C 公司提供担保的行为符合规定。根据规定，为资产负债率超过 70% 的担保对象提供的担保，必须经股东大会审批。

4. 甲公司董事会的做法不符合规定。根据规定，应由董事会审批的对外担保，必须经出席董事会的 2/3 以上董事审议同意并做出决议。

5. A 公司为 E 公司提供担保的行为符合规定。根据规定，国有股东授权代表单位持有的国有股只限于为本单位及其全资子公司或者控股子公司提供质押，用于质押的国有股数量不得超过其所持该上市公司国有股总额的 50%。在本题中，由于 E 公司是 A 公司的控股子公司，并且质押的股份数量未超过 A 公司所持国有股总额的 50%，因此 A 公司为 E 公司提供担保的行为符合规定。

责任编辑：卢元孝
责任校对：徐领柱
版式设计：代小卫
技术编辑：王世伟

经科版 2008 年 CPA 考试精读精讲——经济法

组编　上海国家会计学院 CPA 考试辅导委员会

主编　叶　朱

经济科学出版社出版、发行　新华书店经销

社址：北京市海淀区阜成路甲 28 号　邮编：100036

总编室电话：88191217　发行部电话：88191540

网址：www.esp.com.cn

电子邮件：esp@esp.com.cn

保定市中画美凯印刷有限公司印装

787×1092　16 开　22.75 印张　710000 字

2008 年 4 月第 1 版　2008 年 4 月第 1 次印刷

ISBN 978 - 7 - 5058 - 7016 - 1/F·6267　定价：32.00 元